21世纪通识教育系列教材
21st Century Textbooks of General Education

世界文学名著赏析

An Introduction to Masterpiece of World Literature

钱谷融　刘洪涛 ◎ 主编

中国人民大学出版社
· 北京 ·

图书在版编目（CIP）数据

世界文学名著赏析/钱谷融，刘洪涛主编．—北京：中国人民大学出版社，2012.3
21世纪通识教育系列教材
ISBN 978-7-300-15457-2

Ⅰ．①世… Ⅱ．①钱… ②刘… Ⅲ．①世界文学-文学欣赏-高等学校-教材 Ⅳ．①I106

中国版本图书馆CIP数据核字（2012）第052898号

21世纪通识教育系列教材
世界文学名著赏析
钱谷融　刘洪涛　主编
Shijie Wenxue Mingzhu Shangxi

出版发行	中国人民大学出版社		
社　　址	北京中关村大街31号	**邮政编码**	100080
电　　话	010－62511242（总编室）		010－62511770（质管部）
	010－82501766（邮购部）		010－62514148（门市部）
	010－62515195（发行公司）		010－62515275（盗版举报）
网　　址	http://www.crup.com.cn		
	http://www.ttrnet.com(人大教研网)		
经　　销	新华书店		
印　　刷	唐山玺诚印务有限公司		
规　　格	170 mm×240 mm　16开本	**版　　次**	2012年4月第1版
印　　张	28.25 插页1	**印　　次**	2023年2月第8次印刷
字　　数	468 000	**定　　价**	59.00元

作者名单（按姓氏音序排列）

蔡春华（福建师范大学文学院）
陈建华（华东师范大学中文系）
陈丽军（华东师范大学中文系）
邓　琳（中南大学文学院）
高恒文（天津师范大学文学院）
贺玉高（郑州大学文学院）
胡佳佳（中南大学文学院）
季　进（苏州大学文学院）
黎跃进（天津师范大学文学院）
李　娟（云南大学中文系）
刘洪涛（北京师范大学文学院）
刘会凤（商丘师范学院文学院）
刘　霞（华东师范大学中文系）
刘象愚（北京师范大学文学院）
刘英梅（天津外国语大学汉文化传播学院）
马　征（河南大学文学院）
毛　尖（华东师范大学对外汉语学院）
彭海云（华东师范大学中文系）
钱谷融（华东师范大学中文系）
孙圣英（国际关系学院日法语系）
王程熹（玉溪师范学院文学院）
王家新（中国人民大学文学院）
王文湛（北京师范大学文学院）
王　阳（天津师范大学文学院）
吴晓东（北京大学中文系）
谢江南（中国人民大学外国语学院）
曾繁亭（中南大学文学院）
曾　琼（天津师范大学文学院）
翟月琴（华东师范大学中文系）
张　柠（北京师范大学文学院）
张青梅（河北师范大学外国语学院）
章　燕（北京师范大学外国语学院）
赵　昉（郑州大学文学院）
赵　四（北京十月出版社）
朱艳阳（北京师范大学文学院）

· 出版说明 ·

随着信息时代的来临、经济全球化的深入与文化软实力竞争的加剧，重视大学生人文素养与创新能力的培养，提升大学生的综合素质，已成为各国教育改革与发展关注的重点和热点。人们越来越意识到：高等教育不仅要培养大学生良好的专业素质，更重要的是要使他们在走向社会之后拥有长足的自我拓展能力。只有以宽口径、厚基础、复合型为人才培养目标，才能更好地提高我国高等教育的质量，培育出适应现代社会需求的具备公民意识、社会责任感与创新精神的优秀人才。

从中外大学通识教育的实践来看，通识教育是一项系统工程，而课程体系建设始终是推进通识教育的核心任务，教材建设则又是其中的重要环节。为满足广大高校师生对高质量通识教育教材的需求，中国人民大学出版社组织多学科、多领域的专家学者，在广泛调研与深入研讨的基础上，组织编写了这套“21 世纪通识教育系列教材”，为推动高等学校通识教育教材建设进行了努力和探索。

本套教材分为人文、政法和经管三大板块，定位为非专业统开课教材，突出“通识”的特色，强调内容阐释的“基础”和“宽度”，力求突破单纯的“专业视域”或“知识视域”，引导学生调整知识结构，拓宽文化视野，以达成人才培养效果上的“宽度”，从而实现高等教育培养复合型人才的目标。

本套教材中的每一本均由该学科领域有影响力的专家学者领衔编写。通识教材的“基础”与“宽度”，需要特别重视教材纲目与内容的适用性、可拓展性和灵活性。唯有在该领域具有丰富教学经验及精深学术水准的名家，方能“取精用弘，由博返约”，编写出体现“通识”特色的高水平教材。

本套教材形式与内容和谐统一，教材内容基础适用，语言简洁生动，并辅以典型、有趣的案例、图表，轻松活泼的栏目和插图等，图文并茂，引人入胜，照顾到青年学生群体的阅读习惯。

作为出版者，我们特别希望通过加强通识教育教材建设，推进高校课程体系的融会贯通，提高学生跨学科、跨文化的理解能力，为学生未来的职业生涯与人生发展奠定良好的知识和能力基础。这套通识教育系列教材只是开始，期望更多的专家学者共襄此事，推进通识教育教学的改革与发展。

中国人民大学出版社

·导　言·

世界文学是全世界各国文学的总称，也是全部人类文学作品的精选；但从学科专业及课程范围来讲，它只涵盖外国文学，即中国之外所有国家的文学——既有英、法、德、俄、美、印度、日本等大国的文学，也包括卢森堡、安道尔、马尔代夫、斐济这类小国的文学。世界文学不仅范围辽阔，而且源远流长，其中埃及、巴比伦、印度乃至希腊文学的诞生都早于中国文学。

世界文学是人类优秀文化遗产的重要组成部分。它在中国近现代历史进程中所扮演的重要角色有目共睹：它为中国文学从古典向现代的转型提供了实质性的推力；它所包含、挟裹的思想、观念冲击着古老的中国文明，策动了一波又一波文化创新的浪潮；它也深刻地影响了中国人的语言、日常习惯的诸多方面。当前，世界文学对于繁荣我国文学事业，涵养思想和智慧，促进文学趣味多元化，提高我国国民的文学鉴赏水平，推动国际文化交流，增进国际间的了解，仍然具有重要的意义。

世界文学博大精深、丰富多彩，但一个现实的问题是，没有人能够读完所有这些作品，即便是专家，穷毕生精力，也不能遍览其中万一。读哪些优秀作品？如何阅读这些作品？对于接受通识教育的非中文专业本科生，或其他外国文学爱好者而言，这是一个相当困难的问题。要解决这个问题，我们认为不妨先选一部适合自己的教材，按照教材提供的作品线索和理解这些作品的思路，来引导自己的学习，这样可以收到事半功倍的效果。

《世界文学名著赏析》是专为通识教育而编写的。它最大的一个特点，是体例上打破了中文专业本科外国文学教材“以史为纲，东西二分”的模式。这类外国文学教材，都是按照从古到今的时间线索讲授文学史，把一部部文学作品，嵌入历史的框架之中，给予其以历史的定位。这类教材的优点是具有系统性和彼此关联性；但对作为通识课程学习的学生而言，学习的难度提高了，趣味性却降低了。此外，这类教材往往把外国文学分为西方文学和东方文学两大板块，这种模式的好处在于充分考虑了区域文化的差异和历史传统，缺点是忽略了世界文学的整体性。本教材的编排体例，从通识教育受众的实际情况出发，把学习对象定位于世界文学名著本身，并按文体把它们分为“诗歌”、“小说”、“戏剧”、“散文”四大类；“小说”类因内容多，又分成两编，共五编五十三节。这种分类让学生从文学作品最直观、最容易把握的区别——文体入手，接触世界文学名著；更重要的是，它体现了文体平等的思想，并使世界散文这一特别受普通读者欢迎、但在正统文学史中又往往被忽略的文学类型凸显出来，起到了拾遗补缺的作用，还扩大了世界文学经典的选择范围。其次，本教材将东西方文学名著混编，体现了世界文学整体性的观念。同时，它又吸收了以往外国文学教材体例编排的优点，在各编内部，作品按时间先后排列，隐含了史的线索，显示出作品内容形式的发展变化。

《世界文学名著赏析》的另一个亮点是它的作者队伍。除邀请到外国文学领域学有所成的研究者撰稿外，还有不少知名的作家、诗人、批评家及中国现当代文学领域的学者加盟。这样做的目的，是为了适应通识教育重视培养素质、拓宽口径的需要。起初不免担心非外国文学领域的作者会信马由缰，不守“规矩”，“不专业”，但现在看来这个选择不仅正确，而且高明，因为这些作者更容易摆脱外国文学知识领域的固有观念，融入个人的性情与感悟，写出作为纯粹鉴赏家的真知灼见。这样说，当然不是贬低外国文学领域专家的贡献，他们言出有据，能够更多地吸纳学科前沿的成果，更有历史纵深感和分寸感。总的来说，两类作者优势互补，相得益彰，使这部教材的文风活泼多样，内容丰富多彩。

《世界文学名著赏析》精选了世界文学数千年发展所积累的最优秀成果进行赏析。为便于学生赏析这些作品，有必要简略梳理一下世界文学发展的基本脉络，以显示这些作品的历史定位。

西方文学的源头起自古希腊，从神话经荷马史诗，再发展到悲喜剧，历时约 1 000 年。在这一阶段的文学中，我们选了荷马史诗《伊利亚特》、索福克勒斯的悲剧《俄狄浦斯王》两部作品。此后西方文学经古罗马时代的过渡和中世纪的蛰伏，到但丁时掀起了一个新的高峰。但丁是中世纪最伟大的诗人，他的《神曲》用梦幻故事的形式探索了人类精神某些最本质的层面。

从 14 世纪到 16 世纪，欧洲迎来了文艺复兴时期，文学出现了百花齐放、欣欣向荣的局面。此后西方文学的发展呈现出思潮流派更替的特点：文艺复兴时期的文学主潮是人文主义，西班牙作家塞万提斯的长篇小说《堂吉诃德》、英国戏剧家莎士比亚的《哈姆莱特》、蒙田的《随笔集》、培根的《培根论说文集》都属于这一思潮下的代表作品。

18 世纪，欧洲迎来了启蒙主义文学，卢梭的《忏悔录》是其中的重要作品，歌德的诗剧《浮士德》代表了启蒙文学的最高成就。

18 世纪末 19 世纪前期，浪漫主义文学在欧美风起云涌，英国出现了华兹华斯、拜伦、雪莱、济慈等重要诗人和兰姆等散文家，法国有雨果，俄国有普希金，美国有梭罗、惠特曼等作家。较前一时期而言，西方文学扩大了地域范围，在联系上更加紧密。浪漫主义时代的作家作品，我们选了济慈的诗歌、普希金的《叶甫盖尼·奥涅金》、雨果的《巴黎圣母院》、兰姆的《伊利亚随笔》、梭罗的《瓦尔登湖》。英国小说家奥斯丁也是在浪漫主义时代进行创作的，但她的风格与思想超出了浪漫主义的范围，兼具前期启蒙主义和后期现实主义的某些特征。

从 19 世纪 30 年代开始，现实主义文学成为欧美文学的主潮。法国作家司汤达的小说《红与黑》是这一思潮的开山之作。法国的巴尔扎克和俄国的托尔斯泰是现实主义文学的两座高峰，他们把西方古典文学推到新的高度。在本教材中，我们选了巴尔扎克的《驴皮记》、托尔斯泰的《安娜·卡列尼娜》。其他入选的现实主义作家作品还有福楼拜的《包法利夫人》、陀思妥耶夫斯基的《罪与罚》、哈代的《德伯家的苔丝》、易卜生的《玩偶之家》、屠格涅夫的《猎人笔记》等，都是这一文学思潮产生的经典。在 19 世纪中后期的欧洲，除现实主义文学主潮外，还有象征主义文学，波德莱尔的《恶之花》是主要代表。

20 世纪西方文学的主潮是现代主义和后现代主义，二者的划分大致以 40 年代末为界，各领风骚约半个世纪。现代主义文学着重表现西方文明的危机与异化，并探索拯救人类之途；后现代主义文学则以荒诞和解构为主要特征。两个文学潮流都在艺术形式方面进行了令人眼花缭乱的创新与实验，从而形成了 20 世纪西方文学波澜壮阔的风景线。本教材对 20 世纪西方文学格外重视，选入了 21 位作家的作品，占全部作家作品三分之一还多，体现了“厚今薄古”的理念。其中的诗人叶芝、艾略特、史蒂文斯、策兰，小说家普鲁斯特、卡夫卡、乔伊斯、福克纳，戏剧家奥尼尔、布莱希特、萨特和小说家兼散文家劳伦斯大体上可以归为现代主义作家。哲学家尼采的《查拉图斯特拉如是说》也属于现代主义文学作品。小说家罗伯一格里耶、博尔赫斯、马尔克斯、福尔斯、昆德拉，戏剧家尤奈斯库、品特属于后现代主义作家。苏联作家帕斯捷尔纳克的《日瓦戈医生》是苏联时代文学的一个奇迹，它探索了严酷时代知识分子的命运，表现了深刻的人道主义情怀。

东方文学具有历史悠久、起源多样的特点。其最早的源头可以追溯到公元前5000年。辉煌灿烂的东方古代文学以古希伯来的《圣经》和古印度史诗《罗摩衍那》为代表。东方中古文学的代表作家作品有印度迦梨陀娑的戏剧《沙恭达罗》、日本紫式部的长篇小说《源氏物语》、阿拉伯民间故事集《一千零一夜》。近现代东方文学受到西方文学的深刻影响，共性增强，发展迅速。泰戈尔是近现代印度最伟大的作家，我们选入了他的优秀哲理诗集《吉檀迦利》。黎巴嫩作家纪伯伦的《先知》是一朵文学的奇葩。日本现代作家川端康成为日本文学带来世界声誉，本教材选的《雪国》是他的代表作之一。

以上是对世界文学发展史及各部作品历史定位的一个极其简略的描述。了解它，会增加对作品的熟悉感，增加对不同文体作品之间关联性的理解，起到举一反三之效。具体到每部作品的赏析，一般分为作家生平、作品内容、作品赏析、拓展阅读、思考题五部分。这样安排的目的，是为了给所选作品提供一个上下文，把作品讲透；也使学生有章可循，能够循序渐进地学习。各部分的具体内容和目的介绍如下：

作家生平。这一部分介绍作家的生平与创作概貌。其中“生平”部分简要描述作家的生活道路，以提示该作家思想艺术个性之成因为主要目的，为创作成就与艺术个性的分析提供依据。“创作”部分描述作家创作的发展演变过程，对比较重要的作品有言简意赅的评析；一般还会归纳该作家全部作品的艺术特征与创作风格。

作品内容。介绍所选作品的主要情节或内容梗概。对于史诗、叙事诗、小说、戏剧类作品，以介绍故事情节为主；对抒情诗和散文，则着重介绍其抒情线索和整体结构。

作品赏析。具体分为内容赏析和艺术形式赏析两部分。内容赏析部分介绍作品时代和社会背景，分析人物形象、思想主题，并发掘其中的深层意蕴（人性的、哲理的、文化的与文明的，等等）。艺术形式的赏析，则突出作品的艺术个性，突出其创新性和特殊贡献。

拓展阅读。列举优秀的中译本数种，研究著作及论文若干，目的是为学生进一步学习提供参考资料。

思考题。每篇作品赏析之后，一般附4道思考题。其中“作家生平”部分1题，“作品内容”部分1题，“作品赏析”部分2题，意在让学生加深印象，知道作品的学习要点，更深入地领会作品。

最后需要特别指出的是，熟读教材，是学习世界文学名著的第一步，但仅仅熟读教材是不够的。由于阅读能力的培养和提高主要依靠学生在课外广泛、深入地阅读原著，而文学阅读又是一项主观性、创造性很强的精神活动，因此，教材中的分析引导，只能提供一种理解作品的方式，它们不能代替学生的自主阅读体验。学生当然可以只靠死记硬背教材中提供的现成答案来完成学业，但我们更鼓励学生直接到作品的字里行间去寻找真意。此教材不以传授给学生世界文学名著的基本常识和已有的见解为全部目的，而更为注重培养学生独立思考、理解、分析作品的能力。因此，我们要求学生一方面脚踏实地掌握教材内容，另一方面，要在课后阅读作品，在这个基础上，逐渐培养出对文学作品的独到见解，能够独立对世界文学名著进行品评鉴赏。这是需要同学们谨记的。

·目　录·

第一编　诗歌

第二编　小说（一）

第三编　小说（二）

第四编　戏剧

第五编　散文

第一编

诗　歌

第一节　荷马的《伊利亚特》赏析

【作家生平】

传说中古希腊史诗《伊利亚特》和《奥德赛》的作者是行吟歌手荷马，他可能生活在公元前 9 至 8 世纪。在那个时代，行吟歌手多为盲人，因为他们无法从事其他的工作，只有靠卖唱来维持生计，而荷马则是这些行吟歌手中的佼佼者。史诗《奥德赛》卷 8 描写了一位在腓基尼王宫廷里卖唱的行吟盲歌手谛摩多科，这一人物形象历来被认为其实也包含着荷马对自身的写照。荷马活着时四处飘零，乞讨卖唱，死后却享有崇高的声誉，有 9 座城市争着说他诞生在他们城里。

尽管我们尚无任何可靠的史料可以证明荷马在历史上确有其人，但公元前 5 世纪的古希腊历史学家希罗多德、稍后的修昔底德、公元前 4 世纪的柏拉图和亚里士多德等，都肯定地把两部史诗《伊利亚特》和《奥德赛》归入荷马的名下。如柏拉图在《理想国》中认为"荷马教育了希腊"，亚里士多德在《诗学》中称荷马是"真正的诗人"。不过，从 18 世纪起，欧洲学者中一度出现了所谓"荷马问题"的争论，其焦点集中在荷马其人的真实性以及荷马到底是不是两部史诗的作者上。争论的结果是，多数学者都认为荷马确有其人，也正是他根据长期在口头流传的神话传说和英雄故事的篇章，整理成了两部伟大的史诗。

【作品内容】

史诗《伊利亚特》分为 24 卷，共有 15 000 多行，它的主要情节源于古代特洛伊战争的传说。相传很久以前，在小亚细亚西部沿海，以一座名叫特洛伊的城堡为中心，盘踞着一个强盛的部族，称特洛伊人。有一次，特洛伊王子帕里斯渡海到希腊，受到斯巴达王墨涅拉奥斯的热情款待，但帕里斯对斯巴达王美貌的妻子海伦一见倾心，乘着墨涅拉奥斯外出奔丧的机会，设法把海伦拐回特洛伊城。帕里斯的行为引起了希腊部族（一般称为阿凯亚人）的愤怒，于是墨涅拉奥斯的哥哥、迈锡尼王阿伽门农作为统帅，联合希腊地方上的各个部族，渡过爱琴海，远征特洛伊城。特洛伊人则联合附近的部落，在王子赫克托耳的指挥下严阵以待。奥林匹斯山上的诸神也分成两派，卷入了这场大战中。战争惨烈且旷日持久，9 年过去了，希腊人还是没能攻下特洛伊人的王城。

《伊利亚特》的描写集中在特洛伊战争的第 10 年的 51 天里，以希腊英雄阿喀琉斯的愤怒拉开了史诗的序幕。战争第 10 年，希腊人俘获了阿波罗（日神）庙的祭司的女儿，祭司带了很多黄金去赎女儿，遭到联军统帅阿伽门农的拒绝。此举令阿波罗极为震怒，连续 9 天，他用死亡之箭给希腊联军以惩罚。第 10 天，联军召开大会，军中最勇猛的将领阿喀琉斯要求阿伽门农放回祭司的女儿。阿伽门农虽勉强答应，但他要求补偿，并因此强行夺走了阿喀琉斯的女俘布里塞伊斯。于是阿喀琉斯愤然带领自己的部落退出了战斗。他痛哭流涕，向自己的母亲忒提斯（海上女神）诉说自己的委屈，认为希腊人应该遭到神的重重惩罚。忒提斯于是请求宙斯为儿子报仇，惩罚希腊人，直到阿喀琉斯得到应有的尊敬和补偿。宙斯答应了她。

在两军对垒的战场上，帕里斯从特洛伊人阵中挺身而出，要求与人单独决斗。希腊联军方面，被帕里斯拐跑了妻子的墨涅拉奥斯愤怒地出来应战。双方约定，胜利者将得到海伦及全部财宝，而双方也从此放下武器，缔约休战。决斗结果，帕里斯战败，阿伽门农于是要求特洛伊人遵守协定，交出海伦和财宝。眼看 10 年战争即将结束，希腊联军的将士们都欢天喜地。就在这时，众神在宙斯宫中聚会，赫拉要求毁灭特洛伊城，宙斯勉强答应设法使特洛伊人破坏停战协约。于是雅典娜唆使特洛伊人潘达洛斯放冷箭射伤墨涅拉奥斯，和约告吹，被神愚弄的双方军队又重新开始了残酷的战争。

战争的形势曾一度对希腊人有利。赫克托耳见形势危急，便请母亲领着特洛伊的妇女祈求雅典娜的保佑，并激励情绪低落的帕里斯继续战斗。赫克托耳的妻子抱着孩子，哭求丈夫不要再上战场，但把城邦的安危和勇士的荣誉看得高于一切的赫克托耳还是毅然投入了战斗。

赫克托耳所向无敌，伤了不少希腊人。阿伽门农召开会议，他对战争失去信心，建议回家，结果遭到狄奥墨德斯的坚决反对。老英雄涅斯特尔建议阿伽门农向阿喀琉斯道歉。此时的阿伽门农也后悔了，但他放不下架子亲自认错，只派人给阿喀琉斯送上丰厚的礼物，同时答应归还那个女俘，希望阿喀琉斯重新参战。余怒未息的阿喀琉斯拒绝了请求。

战斗重新开始，希腊将领阿伽门农、狄奥墨德斯、俄底修斯等纷纷受伤，埃阿斯苦苦支撑。特洛伊人在赫克托耳的带领下冲进希腊人的壁垒里，希腊人纷纷逃向海边的楼船。一旁观战的希腊将领帕特洛克罗斯为希腊人的惨败感到极为痛心。他走到阿喀琉斯跟前，恳求阿喀琉斯把铠甲借给他，让他带着人马出战。阿喀琉斯答应了好友的请求，同时也告诫他把特洛伊人赶出营垒便可回来，不要因贪功远离大军。特洛伊人以为帕特洛克罗斯就是阿喀琉斯，军心大乱，退出壁垒，往特洛伊城溃逃。帕特洛克罗斯被胜利冲昏了头，忘了阿喀琉斯的告诫，冲杀出去，结果在特洛伊城下被赫克托耳杀死。埃阿斯虽然奋勇抢回帕特洛克罗斯的尸体，但铠甲却被赫克托耳剥走。好友的惨死令阿喀琉斯极为悲痛和懊悔，他决定与阿伽门农和解，重新参加战斗。他要杀了赫克托耳，为好友报仇。

应忒提斯的要求，匠神赫维斯特斯连夜为阿喀琉斯打造了一副最好的铠甲。阿喀琉斯重上战场，所向披靡，各有所支持的众神也相互厮杀，战争进入了白热化的阶段。特洛伊人纷纷退回城里，只有赫克托耳留在城外，等待着逼近的阿喀琉斯。年迈的双亲及妻子、奶娘苦苦哀求他到城里避敌，但赫克托耳不为所动，决心与阿喀琉斯一战。但他不是阿喀琉斯的对手，被一枪刺中咽喉倒下。临死前，赫克托耳哀求阿喀琉斯归还他的尸身，阿喀琉斯恶狠狠地拒绝了他，他剥下赫克托耳的铠甲，将他的尸首倒系在战车上拖回营地。

阿喀琉斯和希腊众将士为帕特洛克罗斯举行了隆重的葬礼。10 天后的晚上，特洛伊老国王普里阿摩斯独自来到阿喀琉斯的营地，哀求阿喀琉斯允许他赎回儿子的尸身。阿喀琉斯被白发苍苍的老人感动，交还了赫克托耳的尸身。双方约定休战 11 天，特洛伊人举行隆重的仪式，沉痛哀悼他们死去的英雄赫克托耳。

【作品赏析】

约在公元前 13 到前 12 世纪，即古希腊史上的“迈锡尼时代”（公元前 16 到前 12 世纪），希腊半岛部落的联军曾远征小亚细亚的特洛伊城，最后攻陷了这座城堡。这场战争规模宏大，历时达 10 年之久，震动了整个希腊地区，因此迈锡尼文明虽然已成为过去，但有关这次战争的故事却在人们的记忆中保存下来，并由民间行吟歌手代代传诵。在数百年漫长的集体创作和流传过程中，这一重大的历史事件也掺和进了许多神话传说和英雄故事的成分，形成一个内容丰富的体系。直至公元前 9 到前 8 世纪时，这些口头流传的短歌才由盲诗人荷马加工整理，初步定型成我们现在看到的长篇叙事诗。

《伊利亚特》的内容并不是对特洛伊 10 年战争的完整记述，而只是以阿喀琉斯的愤怒为主题，集中描写了战争最后一年的 51 天里发生的事情。像战争的起因、阿喀琉斯之死、希腊人以俄底修斯的木马计攻陷特洛伊城等其他重大事件，史诗或只是一笔带过，或是在人物对话中隐约预示，或是根本没有提起。史诗紧紧围绕着主题来展开情节和刻画人物，所有关键的情节都是环环相扣的。可以说，史诗的结构和布局具有一种高度严谨的统一性，避免了故事叙述冗长和芜杂的弊病，也在一定程度上达到了以一段短时期的事件来表现整个 10 年战争的目的。这样的处理手法已远远超出了那些简朴的民间口头创作，具有鲜明的个人书面创作的特色，没有一个作者的统一构思是很难达到的，因此说历史上确有一个伟大的诗人编订了史诗，这是有相当的可信度的。亚里士多德认为史诗的情节应围绕着一个整体的行动来展开，有头、有身、有尾，像个活的东西，才能给我们以特别的快感。《伊利亚特》无疑是这方面的典范。

《伊利亚特》向我们展示了古代希腊社会的政治、经济、军事、习俗等各种历史图景，堪称一部古代希腊人生活的百科全书，是研究远古氏族社会各方面情况的重要史料。19 世纪时，德国考古学家施里曼（1822—1890）曾根据史诗中的有关描写，找到了古代的特洛伊城，这一考古史上的著名事件有力证明了《伊利亚特》中的确包含着朴素的现实主义因素。史诗中，波澜壮阔的特洛伊战争的展开，既折射出古代人们生活的原则和各种伦理道德观念，也囊括了神话、历史、哲学、艺术、天文、地理等各方面的知识。战争无疑是其中最重要的一笔。我们看到，当时人们的作战方式、氏族部落中民主制的具体运作情况、战时部落军事指挥“巴西琉斯”的特权和富裕程度、部落联盟的军事会议、战争带给人们的灾难等等，史诗都一一详细描述。除了战争，史诗中比较有名的一段，是第 16 章写匠神赫维斯特斯带着劳动的喜悦为阿喀琉斯锻造甲胄的经过。诗人用了长达 150 行的诗句来描写阿喀琉斯盾牌上的图画，那上面反映了当时日常生产劳动的情景和各种细节，包括大自然的景色、农村和城市的风光、战争的情景、婚礼和宴会、竞技场上的表演等等。

《伊利亚特》也被称为“英雄史诗”，是一部宏伟的英雄主义赞歌。马克思认为，古代希腊是人类童年时代发展最完美的地方。处于人类童年时期的古希腊人，并不像后世的基督教文明那样特别关心自身死后的状况。他们热爱现实生活，崇尚自然，无论战争、比武、斗智，他们都抱着莫大的乐趣，并努力在现实世界追求荣誉、建立功勋。史诗中所颂扬的那些美德，如勇敢、自制、爱部落、智慧等等，几乎都是使一个人成为更优秀的勇士而不是凭此升上天堂乐土的东西。在对战争的描写中，史诗在歌颂英雄攻城夺垒的功勋和勇敢精神的同时，表现了一种动人心魄的阳刚之美；而史诗所表现出来的蓬勃的朝气和乐观健康的思想，则是处于童年时期的人类对于世界、对于自己都充满着信心的表现。

从当时的作战情况来看，战争的结局并不取决于普通战士的拼杀，而取决于武艺高强的英雄之间的决斗，因此，个别英雄人物的功绩在史诗中显得异常突出。伴随着英雄主义的主题，史诗塑造了一系列栩栩如生的古代英雄形象，如富有领袖气质而又贪婪自私的阿伽门农、暴烈任性的阿喀琉斯、勇敢公正的赫克托耳、机智善辩的涅斯特尔、聪明中又带有诡诈的俄底修斯等等，他们各自有着突出的个性，给人以深刻的印象。在当时的战争中，他们共同表现出那一时代部落将领应有的品质，其中最为突出的，一是对故土的热爱、对自己部族的责任感，二是作为一个勇士的崇高的荣誉感，为此他们都表现得刚毅顽强。史诗中，安德洛玛刻劝丈夫赫克托耳不要上战场，诗人这样写道：

赫克托耳回答说：保卫特洛伊是我的职责，
有关战争的一切，都是我分内的事。
如果我赫克托耳像懦夫一样逃离战场，
岂不要被特洛伊的英勇的儿子们
和穿着长袍的特洛伊妇女所耻笑。
我从少年时候起就练习做勇敢的人，
在特洛伊人之中总是战斗在最前列，
替我父亲和我自己赢得光荣。

史诗开头明确地说："阿喀琉斯的愤怒是我的主题。"阿喀琉斯这一人物具备了伟大的英雄所应有的全部素质：外貌英俊，孔武有力，英勇善战，有为朋友和部落忘我战斗的精神。在神话传说中，阿喀琉斯的命运注定了有两个结局：要么在家乡平安地老死，要么在赢得巨大的荣誉的同时，在战场上夭折。阿喀琉斯勇敢地选择了后者，既是因为他将勇士的荣誉置于生命之上，也是因为神的一个预言：如果阿喀琉斯不参战，希腊人就不能取得特洛伊战争的胜利。这表明他对自己的部族具有强烈的责任感。他愤而退出战场，并不尽然是意气用事，而是因为阿伽门农的霸道确实已经严重侮辱了他的个人荣誉。即便如此，阿喀琉斯还是听从雅典娜的劝阻，没有把阿伽门农置于死地，这说明他还是以大局为重。而他虽退出战场，但目睹了同胞失败的惨状，特别是好友的惨死，令他悔恨交加，最终将个人恩怨抛在一边，重上战场，以个人之勇力挽狂澜。

阿喀琉斯当然远非完美无缺。他为个人受到屈辱而祈求神惩罚整个联军，袖手看着同胞流血牺牲，还拒绝了阿伽门农的主动认错，间接地导致了好友的惨死。这些固然让我们看到阿喀琉斯暴烈任性的一面，不过对他的英雄形象并不构成损害，反之，他作为一个血气方刚的年轻人自然流露的那种愤怒的情绪，以及种种近于孩子气般的表现，使他显得有血有肉，更符合真实生活中的英雄形象。总的来说，这是个被刻画得极富人情味的人物，他为个人屈辱和好友之死而满腔仇恨，残忍地杀死被俘的特洛伊王子，为帕特洛克罗斯殉葬，但他也会为可怜的特洛伊老国王流下同情的泪水。对此，黑格尔在《美学》中评论道："关于阿喀琉斯，我们可以说：'这是一个人。'"

同样的评价也可适用于赫克托耳，他是特洛伊人的当之无愧的英雄。赫克托耳深知，战争的起因在于自己的兄弟帕里斯诱拐了别人的妻子，他也预感到了自己的厄运，而他本有足够的理由推卸责任，但他还是毅然代替年迈的父亲承担起保卫城邦的责任。当其他人都躲到城里的时候，赫克托耳不愿苟且偷生，而是独自面对强敌，战死疆场。崇高的勇士荣誉感、对城邦的热爱和忠诚，以及面对必死的命运所表现出来的大无畏的勇气，这些方面赫克托耳比之阿喀琉斯都毫不逊色，但正如亚里士多德所说的："他之所以陷入厄运，不是由于他为非作恶，而是由于他犯了错误。"① 他维护行为不轨的弟弟帕里斯，在道德伦理方面事实上已处于绝对的劣势，而且最终也不能免于一死，成了帕里斯的替罪羊，因此我们看到，这一人物身上的悲剧色彩比阿喀琉斯要浓厚得多。

除了对英雄人物的塑造外，史诗事实上贯穿着人和神的两条线索。神的意志似乎干预和决定了战争的进程与结局，众神本身更是一个个事件的直接参与者。然而，崇尚现实和自然的古希腊人心目中的神远远算不上遥不可及、

① ［古希腊］亚里士多德、贺拉斯著，罗念生、杨周翰译：《诗学 诗艺》，38页，北京，人民文学出版社，1982。

无所不能。宙斯本人并不能随意决定交战双方的命运，还得求助于天平。神除了能够长生不死之外，与人其实并没有多大的差别，他们不仅具有人的体魄，还具有人的弱点、欲望和需求。后世的柏拉图反对在自己的“理想国”中以荷马史诗来教育青年，其中的一个重要原因便是，史诗中对神的并不太尊重的描写，很容易令人们对神的敬畏心理有所消退。

《伊利亚特》具有很高的艺术价值，是马克思所说的世界文学史上的一种规范和高不可及的范本，至今仍然能给我们以艺术享受。史诗首先对古希腊悲剧有巨大的影响，而后世的不少著名诗人和作家，包括维吉尔、但丁、弥尔顿、歌德等等，都视其为创作上的典范。它的艺术特色，除了前面所提到的结构上严谨的统一性外，还保留了民间说唱文学创作特有的质朴有力的风格。史诗采用六音步诗行，这种诗行灵活多变，没有尾韵，但节奏感很强，便于吟诵。由于在史诗初步成型的年代，文字还没有流行开来，史诗一开始只能由行吟歌手为听众朗诵或歌唱。为了避免听众遗忘前面已经吟唱过的情节，史诗常常重复以惯用的词句描写类似的事物，有时甚至是一字不改地整段重复。如当表示新的一天开始的时候，诗中几乎总是说“当那初生的有红指甲的曙光刚刚呈现的时候”；又如在史诗第 9 卷，阿伽门农第一次试图与阿喀琉斯和解时所允诺的条件，就分别通过阿伽门农本人和他所派出的使节一字不改地重复了两次。重复出现的词句无疑使吟诵显得铿锵有力，符合史诗那种英雄主义的格调。

贴切生动的比喻也是史诗的一个鲜明的艺术特色，在这方面，出现了有名的“荷马式的比喻”：史诗中的比喻均选自为人们所熟知的日常生活和各种自然现象，不仅增强了描述的形象性，也有利于将抽象的事物具体化，如希腊人中的雄辩家涅斯特尔的谈吐被喻为“比蜂蜜还要甘甜”。而且很多比喻往往都比较长，扩展成了一幅幅相对完整的画面，如第 3 卷开头在描绘特洛伊人的阵势时写道：“恰似一群野生的鸿雁，疾飞的鹳鹤，发出冲天的喧喊，试图逃避冬日的阴寒和暴泻不止的骤雨。”诸如此类的比喻在史诗中比比皆是，为我们生动地展现了战争中沸腾的场面。

史诗还在神、英雄等人物或某一事物的名字前面反复地运用修饰性的词语，如“白臂女神”指的是赫拉，“眼睛闪着异彩”的女神用以指称雅典娜，另有“诡计多端”的俄底修斯，“头盔闪光的”、“光荣的”赫克托耳，“捷足的”阿喀琉斯，等等。这些反复出现的修饰性的词语，强化了人或事物的特征，很容易让人对史诗描写的对象留下深刻的印象。

此外，史诗对大型战争场面的把握、简洁而富有感染力的描写（如赫克托耳与妻儿的诀别、特洛伊老国王的哀诉等）等等，也为后世一再称道。

【拓展阅读】

一、中译本

1. 荷马．伊利亚特．曹鸿昭，译．长春：吉林出版集团有限责任公司，2010.

2. 荷马．荷马史诗·伊利亚特．罗念生，王焕生，译．北京：人民文学出版社，1994.

二、研究著作、论文

1. 陈中梅．荷马史诗研究．南京：译林出版社，2010.

2. 格雷戈里·纳吉．荷马诸问题．巴莫曲布嫫，译．桂林：广西师范大学出版社，2008.

3. 皮埃尔·维达尔-纳杰．荷马的世界．王莹，译．北京：中国人民大学出版社，2007.

4. 刘小枫，陈少明，主编．荷马笔下的伦理．北京：华夏出版社，2010.

5. 陈中梅．荷马的启示：从命运观到认识论．北京：北京大学出版社，2009.

6. 程志敏．荷马史诗导读．上海：华东师范大学出版社，2007.

7. 晏绍祥．荷马社会研究．上海：上海三联书店，2006.

8. 陈戎女．荷马的世界：现代阐释与比较．北京：中华书局，2009.

【思考题】

1. 你认为荷马史诗是集体创制的还是个人独立创制的？
2. 《伊利亚特》描写了特洛伊战争的前后始末吗？
3. 怎样理解阿喀琉斯和赫克托耳的形象？
4. “荷马式的比喻”有什么样的特点？

第二节 蚁垤的《罗摩衍那》赏析

【作家生平】

《罗摩衍那》是印度古代史诗，成书于公元前三四世纪至公元2世纪的几百年间。相传作者是Vālmīki（音译“瓦尔米基”或“跋弥”，意译“蚁垤”）。关于蚁垤的身份，印度有很多传说。有人说他是古代仙人，有人说他是金翅鸟的儿子，有人说他是语法学家。“蚁垤”这个名字的由来也有种种说法。其中一说认为他静坐修行，数年不动，身上结满了蚂蚁窝，遂以“蚁垤”为名。另一说认为蚁垤出身婆罗门家庭，遭父母遗弃，山中野人收养了他，他长大后成为拦路抢劫的强盗。一天他遇到一位仙人，仙人让他反反复复地念marā（“摩罗”）一字。marā是Rāma（“罗摩”）一字的颠倒的写法。他站着翻来覆去地念诵着“摩罗，摩罗”，一步也没有移动，以致身上堆满了蚁垤，因此而获“蚁垤”之名。蚁垤还在史诗中出现，并且提到史诗诗体的由来：蚁垤听了“仙人魁首”那罗陀讲述英雄罗摩的故事后，自愧缺乏诗才，不能将故事写下来传扬。后蚁垤在无边的树林里自由自在地走动，看到一对麻鹬安然地、静悄悄地正在交欢，但凶狠的猎人尼沙陀却将公麻鹬一箭射杀，母麻鹬伤心地在地上翻滚，凄惨悲鸣。蚁垤见此情景，心生悲悯，并谴责猎人：“你永远不会，尼沙陀！/享盛名获得善果，/一双麻鹬耽乐交欢，/你竟杀死其中一个！”（1·2·14）[①] 蚁垤发现他在悲愤中无意地创造了朗朗上口的“输洛迦”韵律。创造神梵天令蚁垤用“输洛迦”诗体记述罗摩的英雄事迹，从而有了印度“最初的诗”《罗摩衍那》。

这些都只是传说。事实上《罗摩衍那》是几百年里历代伶工、诗人口口相传，不断增删、充实而形成的。但据季羡林的研究，全书主体部分情节完

---

① ［印度］蚁垤著，季羡林译：《罗摩衍那》，南京，译林出版社，2002。括号中数字代表“篇·章·颂”，下同。

整、思想和文风比较统一，应该有人在口传诗歌的基础上做过整理、编纂的工作，相当于荷马对荷马史诗所做的工作。这个人大概就是传说中的蚁垤，他的工作为后来《罗摩衍那》的流传奠定了基础。

【作品内容】

《罗摩衍那》篇幅庞大，全诗 7 篇，2.4 万颂（精校本近 2 万颂，每颂 32 音节，分两行排列，季羡林的中译本每颂译成 4 行）。主体故事叙述罗摩与妻子悉多的悲欢离合和印度古代宫廷内部及列国之间的斗争，中间穿插了不少小故事。“罗摩衍那”意为“罗摩的漫游”或“罗摩传”。

阿逾陀城的十车王中年无子，请鹿角大仙主持求子大祭。天神前来分享祭品时谈到罗刹王罗波那经常欺辱众神，请求大神毗湿奴下凡除魔。毗湿奴在圣火中显现，并将神粥让十车王的三个王后分而食之，她们生下了毗湿奴托身的四个儿子：大王后乔萨丽雅生下罗摩、二王后吉迦伊生下婆罗多、三王后罗密多罗生下罗什曼那和设睹卢祇那。罗摩长大后，向众友仙人拜师学艺，助其降妖伏魔，随众友仙人到弥提罗国参加大祭。弥提罗国王遮那竭为女儿悉多举行征婿大典。遮那竭许诺：谁能拉开他家祖传的神弓，便能取悉多为妻。罗摩不仅拉开弓，而且将弓拉断，赢娶了悉多，回到阿逾陀城。

罗摩坚毅勇武、品德高尚，深受民众爱戴。十车王年迈体衰，决定立罗摩为太子，让其继承王位。二王后吉迦伊在一个驼背侍女的蛊惑下，利用国王曾答应赐给她两个恩惠的许诺，要挟国王，提出流放罗摩 14 年、立她的儿子婆罗多为太子的要求。十车王悲痛欲绝，但为了信守诺言，只得同意。罗摩为了使父亲不失信义，甘愿流放。悉多为了夫妻之情，罗什曼那为了兄弟之谊，也甘愿跟随罗摩流放。他们三人在臣民的忧伤中离开都城，前往山林。不久，十车王抑郁而死。客居舅舅家的婆罗多被召回举行父葬和继承王位。婆罗多明了事情的原委后，斥责母亲吉迦伊。举行完父亲的葬礼，他亲自去森林寻找罗摩，请求兄长回京继承王位。但罗摩坚决履行诺言，一定要等 14 年流放期满后再回去。婆罗多只好带回罗摩的一双鞋子，供奉在王位上，自己坐在一旁，代兄理政。

再说罗摩、悉多和罗什曼那在森林中漫游，度过了 10 年艰辛的流放生活。他们来到又一座森林，修建茅屋住下。罗刹王罗波那的妹妹向罗摩和罗什曼那求爱未果，想要一口吞吃悉多，被罗什曼那割掉鼻子和耳朵。为了报复，她在哥哥罗波那面前力陈悉多的美貌，怂恿其劫掠悉多。罗波那派遣一个罗刹化作金鹿，引诱罗摩追赶，他乘机劫走了悉多。罗摩兄弟四处寻找悉多，最后遇见一个无头怪，他劝罗摩去找猴王须羯哩婆联盟解救悉多。罗摩和罗什曼那历经艰难，终于找到流亡的猴王须羯哩婆，他们帮助猴王战胜其兄长波林，收复了失国。猴王召集全国的猴子帮助寻找悉多。群猴知道了悉多被劫往楞伽岛，但大海阻隔，无法渡过。

神猴哈奴曼神通广大，变幻无穷。他摇身变成巨猴，纵身一跳，越过波涛汹涌的大海。到了楞伽岛，他幻化成一只猫，钻进罗波那宫殿。在后宫无忧树园中，他亲眼目睹罗波那威逼利诱悉多，但悉多对罗摩忠贞不渝，宁死不从魔王。哈奴曼把罗摩的信物戒指交给悉多，悉多也将自己的信物宝石托哈奴曼带给罗摩。哈奴曼离开楞伽岛前大闹无忧树园，拖着着火的尾巴满城乱窜，引发全城大火，他趁乱泅海平安返回。

罗摩、罗什曼那和猴军架桥渡海，准备征伐楞伽岛。战前，罗波那的弟弟维毗沙那主张送还悉多，平息战事。罗波那怒斥羞辱维毗沙那，维毗沙那一气之下越海投奔罗摩，协助罗摩兄弟与罗波那展开一场大战。战斗激烈，双方各有伤亡。罗波那的儿子因陀罗耆善施幻术，隐身以乱箭重创罗摩和罗什曼那。哈奴曼托来北方神山，找到仙草，治愈罗摩和罗什曼那。最后，罗什曼那歼灭因陀罗耆，罗摩杀死罗波那，救出悉多。战争胜利，维毗沙那灌顶成为罗刹国王。罗摩夫妻团圆，但他怀疑悉多的贞操，悉多伤心落泪，愿投火自明。火神从熊熊烈火中托出悉多，证明了她的忠贞。是时，14 年流放期满，罗摩一行乘飞车回国。婆罗多欣然让位，罗摩登基。

阿逾陀在罗摩治理下，国泰民安，可谓太平盛世。但民间传说悉多曾在魔王宫中居住，已失贞节。为了不违民意，罗摩忍痛派罗什曼那把怀孕在身的悉多丢弃在恒河岸边。悉多得到蚁垤仙人的救护，住在净修林里，并生下了双胞胎俱舍和罗婆。蚁垤仙人创作了长诗《罗摩衍那》，并教会两个孩子吟诵。罗摩一次举行马祭，蚁垤仙人让两个孩子当场诵唱这部长诗。罗摩最后明白，这两个孩子就是自己的儿子。于是蚁垤仙人把悉多带来，为她的贞节辩护。但罗摩仍说无法取信于民。悉多便向大地母亲求证，说如果自己贞洁无瑕，请大地母亲收容她。顿时大地开裂，她纵身投进了大地母亲的怀抱。最后，罗摩兄弟都抛弃凡体，升入天国，复合为毗湿奴大神。俱舍和罗婆继承阿逾陀的王位。

【作品赏析】

《罗摩衍那》这样鸿篇巨制的古代史诗，经历几百年众多民间诗人的加工补充，时间跨度长，思想来源复杂，其意蕴也就非常丰富庞驳，从不同的角度可以读出不同的意义。

从哲学的层面看，史诗表现了印度古代传统的瑜伽哲学，即梵我一如的和谐统一思想。"表明了印度人关于宇宙统一性的观念。天上、人间和大地是相互沟通的，天神与任何其他动物是互相转化的，人间英雄与天神本质上是统一的，整个宇宙处于生死流转的循环状态。而人世间则是天神导演下的一个人生大舞台。"① 史诗中天神享受人间的祭品，仙人成为人间与天神的中介；毗湿奴大神化身罗摩兄弟来到凡间除魔，完成使命后又回到神界复合为大神；神、猴、人、魔、鸟以至自然存在的一切，彼此以各种方式深深地联系着。

从历史反映论层面看，史诗反映了印度由奴隶社会向封建社会过度的历史进程和印度古代文明由北向南发展的史实。"史诗中描写的罗摩与罗波那之间的斗争，也代表了新兴的封建主与落后的奴隶主之间的斗争。罗摩的阿逾陀城属于以农业经济为基础的城市文明，而罗波那的楞伽城带有浓厚的游牧部落文明色彩。罗摩是刹帝利，而罗波那是婆罗门血统。在印度列国纷争时代，婆罗门努力维护以奴隶制为基础的种姓制，以保持自己在吠陀后期形成的至高无上的特权地位，而刹帝利努力确立以自己为中心的封建王权。"② 西方有学者认为悉多原意是田地里的垄沟，垄沟象征着农业技术，史诗喻示的是农业技术从印度北方传到南方的过程，而且向南传播的不仅是农业，还包括整个雅利安文化，传播的范围一直扩展到斯里兰卡。

从政治学的层面看，史诗展示了古代印度围绕王位展开的宫廷斗争、不同种姓之间的阶级矛盾和土著与外来势力之间的民族冲突。诗作中的阿逾陀、猴国和罗刹国都有兄弟之间因王位问题演化的宫廷斗争。阿逾陀的罗摩和婆罗多都是深明大义之人，以守信、谦让而避免了兵戎相向；猴国波林和须羯哩婆兄弟、罗刹国的罗波那和维毗沙那兄弟都为王位而展开血腥战争。史诗中罗摩与罗刹王罗波那的矛盾，表面情节是为悉多而起，实际上是两大高级种姓——刹帝利和婆罗门之间的矛盾的曲折表现，印度古代社会中两大高级种姓之间错综复杂的关系，在更早的《梨俱吠陀》中就有体现。同时，从肤色和家谱等来看，罗摩是属本地的原始居民，而罗刹王罗波那实际上是外来的靠游牧和吃肉为生的雅利安人的代表。因此罗摩与罗波那的斗争实质上是本地土著与从事掠夺的外来势力的冲突。

---

① 王向远：《东方文学史通论》，47页，上海，上海文艺出版社，2005。
② 季羡林主编：《东方文学史》，88页，长春，吉林教育出版社，1995。

从宗教层面看，印度教徒把《罗摩衍那》看作圣书，罗摩是大神毗湿奴的化身，罗摩成了印度教崇拜的主要偶像之一。西方还有学者认为："罗摩与罗波那之战是印度婆罗门教与锡兰佛教冲突的诗歌表现形式。"[①]

这些对作品内涵的理解都有道理，但都只是对一个层面或是诗作的局部情节意义的揭示。真正贯彻整个史诗的基本思想还是从道德层面，弘扬当时印度社会的伦理意识——"达磨"。"达磨"是梵文 dharma 的音译，意译为"法"或"正法"，这是印度文化传统中一个蕴涵异常丰富的概念。印度学者帕格温·达斯解释："就极广的意义而言，正法即世界之秩序，它使世界依其自身发展之进程而发展，以不可中断的、约束一切的因果之链使其各部分结合为一整体，它就是自然之法（或一切法之总体），或自然之神……那种使所有的人结合在一起相互给予权利与承担责任，并使其因性格不同而在行为上产生因果关系，以维持社会存在的体系，或者法规，则为人类之法，或称为人之正法。此外，以《吠陀》（它所有的部分都是一门全面的关于自然规律的学问）为基础的一种生活规则，遵守这种规则就能获得今生及来世的幸福，这也是正法。简单地说，就科学角度而言，正法是一种独特的品性；就道德与法律之意义而言，它是一种责任；就心理与精神之意义而言，它是一种正义与法律。但是在此处责任尤其高于一切。"[②] 由此可见，"达磨"包含着极为复杂与丰富的层次，它包含着宗教的、哲学的、伦理道德的甚至科学的等等层次的含义。

而且从印度文化纵向演变看，"达磨"在不同时期，其含义有所变化。按季羡林的说法，《梨俱吠陀》中的"达磨"一词，包含有"支持"、"事物的固定秩序"、"神旨"、"法律"、"风习"等意思。其中的"事物秩序"是最早的含义。在阿育王石碑中，"达磨"几乎就是宗教伦理，很少涉及法律。佛教中所讲的达磨，则指"事物"（例如"万法皆空"），也指"宗教伦理"。到了《摩奴法论》时代（约公元前 2 世纪至公元 2 世纪），"达磨"的概念便逐渐由宗教伦理而转变为政治法律。但《摩奴法论》中的"达磨"还常与宗教伦理有关，尤其强调人们在种姓社会中的行为规范，"达磨"实际上是专指"善人的行为"。[③]《罗摩衍那》中的"达磨"突出强调的就是其伦理道德含义，不过

① 转引自季羡林主编：《印度古代文学史》，103 页，北京，北京大学出版社，1991。

② 转引自季羡林：《印度两大史诗评论汇编》，207～208 页，北京，中国社会科学出版社，1984。

③ 参见季羡林：《〈摩奴法论〉汉译本序》，见蒋忠新译：《摩奴法论》，北京，中国社会科学出版社，1986。

规范更具体、更细密、更严格，包含着仁义礼智信等丰富的内容，明确地提出忠、孝、悌、贞、信等五伦规范，要求人们严格遵守与本身地位相符的职责。

在《罗摩衍那》中，“达磨”是出现频率最高的词之一，而且从不同侧面强调其价值和意义。如推重达磨为“人世间最高”，“真理就包含在达磨里”（2·10·33）；认为“达磨产生出利益，达磨产生出幸福，用达磨可以获得一切，达磨是世界的基础”（3·8·26）；达磨是“天堂的根”（2·101·12）；“实行法，实行利，其结果就是解脱；不合乎法和利的，就得到相反的结果”（6·52·8）等。

不仅如此，史诗故事情节紧紧围绕着是否实行“达磨”这一中心问题展开。诗作里三个国家兄弟争夺王位的故事，出现的形式和解决的方式不一样，但缘起和结果都一样：都因是否实行达磨而产生冲突，都以遵行达磨的一方登基为王而结束。与之相应，史诗对人物的评价也以是否躬行达磨为依据。“达磨”就是一面镜子，既能映照出背德者的丑行恶德，也能反映出圣德者的崇高伟大。罗摩虽然神勇坚毅、武艺高强，但史诗突出的是他遵行达磨的品性，他诚实守信，克己、容忍，“达磨”是他最高的行动指南，他以高贵品质赢得朋友的敬重和折服，得到举国上下的拥护与爱戴。相反，罗刹王罗波那虽然有三界无敌的本领，但他骄横放纵、横行三界、作恶多端，成了狂热的征服者。贪欲是罗波那性格的核心，使他成为奸诈、专制和荒淫奢靡的暴君，荒淫好色是他贪欲的突出表现。罗波那就是非法的集中体现。

对人物善恶美丑的评价，使得“在审美创造中运用的达磨已不是单纯伦理学或宗教学意义上的达磨，它已经成了审美原则或标准”[①]。其实，这是史诗作者的自觉意识。在《罗摩衍那》开篇，蚁垤用“输洛迦”诗体创作罗摩“美且善的故事”（1·2·34）时，就声明：要“用达磨来检查全部故事”（1·3·2）。

《罗摩衍那》作为印度文学史上“最初的诗”，具有人类早期文学艺术上芜杂、稚嫩的一面，但它是同期文学创作中艺术上取得突出成就的史诗作品。首先，史诗以多种多样的艺术手法，刻画鲜明生动的人物形象。作者根据现实生活中各种尖锐、复杂的矛盾，成功地塑造了各类不同的人物形象，不仅主要人物，而且次要人物也都描绘得栩栩如生，活灵活现。且不说史诗着力刻画的理想英雄罗摩，他的妻子悉多作为一个贤淑、忠贞的妇女典型，在印度可谓家喻户晓。她深明大义，柔中有刚。在被囚禁魔宫的那些日子里，悉

① 卢铁澎：《印度两大史诗的“达磨”与审美意识》，载《国外文学》，1998（3）。

多不畏强暴，坚强勇敢，对罗摩一往情深，忠贞不渝。此外，罗什曼那、神猴哈奴曼、罗刹王罗波那也塑造得很成功。作家在描写人物时，采用人物对比法、性格烘托法、矛盾映现法等各种表现手段，突出人物的精神品貌。其次，写景抒情，情景交融。诗作往往笔墨酣畅地描绘种种自然风光，把景物描写与人物的心境、情感紧密结合起来。在《森林篇》以前，史诗对景物的描写是抒情的，充满诗情画意；悉多被劫后，景物描写是伤感的，充满离愁别恨。如罗摩和悉多住进森林时，他把一幅幅自然美景指给悉多看，充满着欢乐的气氛，展现在他们眼前的大森林景色如画，生机盎然，流水潺潺，花朵沐浴着朝阳，树林里笼罩着甜蜜的静穆。悉多被妖魔劫持到空中时，她看到的是幽深的山谷、陡峭的高峰。罗摩失去妻子后，与他思念妻子的情愫相应，诗篇着重写雨季的风光物事。所有这些，都是作者为了充分利用自然景物做出的安排。诗人不是为写景而写景，而是以自然景将人物情烘托得更加浓烈，使作品富有艺术情味和魅力。最后，语言铺排夸饰，比喻丰富多彩。《罗摩衍那》的文体风格总的来说明白晓畅，但已开始出现讲究藻饰和精心雕琢的倾向。诗作描绘事物、叙述过程，往往极力铺陈，使得作品气象万千、气势磅礴、绚烂满目。为强化表达效果，作品常用夸张来突出事物的特征或制造氛围声势。如强调罗刹十首魔王的凶恶，说他有十张脸、二十只手，胳臂像门闩一样。史诗中还有大量的数字夸张，如婆罗多派了“九千只大象”、“六万辆车子”、“十万匹骏马”到森林中去迎回罗摩。史诗比喻丰富新颖，如把雨季来临时阴沉的天空比作老天“害了相思病”；将闪电比作“金色的鞭子”，是它不断抽打天空，发出阵阵雷鸣；把悉多的美比作一轮明月，她站在海岸上同明月一起“把一切照得通明”；用“风暴里的大海”、“日食时的太阳”，形容阿逾陀十车王被王后要挟时复杂的心情和忧虑的神情。这些比喻想象丰富、瑰丽美妙。

《罗摩衍那》包括对政治斗争、爱恋情愁、战争场面、风光景物的叙述和描绘，而政治、爱情、战争、风景是古代印度长篇叙事诗必不可少的四种元素。《罗摩衍那》的故事情节比较集中紧凑，主要人物性格丰满，整个故事情节在矛盾斗争中展开，纵横交织，波澜迭起，为后世印度的长篇叙事诗开辟了道路。

【拓展阅读】

一、中译本

1. 蚁垤．罗摩衍那．季羡林，译．北京：人民文学出版社，1980.

2. 蚁垤．罗摩衍那的故事：全彩插图珍藏本．杜帕姐，编译．西安：陕西师范大学出版社，2007.

3. 蚁垤．腊玛延那 玛哈帕腊达．孙用，译．北京：人民文学出版社，1978.

二、研究著作、论文

1. 季羡林．罗摩衍那初探．北京：外国文学出版社，1979.

2. 季羡林．印度两大史诗评论汇编．北京：中国社会科学出版社，1984.

3. 刘安武．印度两大史诗研究．北京：北京大学出版社，2001.

4. 王燕．《罗摩衍那》探奥．南亚研究，1998（2）.

5. 孟昭毅．《罗摩衍那》人文精神的现代阐释．外国文学研究，1999（3）.

6. 卢铁澎．自然畅神与情景交融——论《罗摩衍那》的自然美意识．国外文学，1995（1）.

7. 张建华．论《罗摩衍那》表现的社会理想与伦理观念．南亚研究季刊，1995（2）.

8. 王崎军．论《罗摩衍那》演进过程的随意性及整一性．外国文学评论，1987（4）.

9. 卢铁澎．悲伤与诗——论《罗摩衍那》的艺术美意识．南亚研究，1993（1）.

10. 刘安武．印度史诗《罗摩衍那》中罗摩和悉多的爱情——一夫一妻的典范．国外文学，1999（3）.

【思考题】

1. 为什么可以从不同角度理解《罗摩衍那》的思想内涵？
2. 何谓“达磨”？
3. 为什么说弘扬“达磨”是贯穿《罗摩衍那》的基本思想？
4. 简析《罗摩衍那》的艺术成就。

第三节 但丁的《神曲》赏析

【作家生平】

但丁·阿里盖利（1265—1321），是意大利的民族诗人，中古到文艺复兴的过渡时期最有代表性的作家，恩格斯称他是中世纪的最后一位诗人，同时又是新时代的最初一位诗人。但丁出生于意大利的佛罗伦萨城，在《神曲》中自述是古罗马人的后裔，他出生时家道已经中落，幼年丧母，大约18岁时父亲去世。但他勤奋好学，曾拜当时著名学者拉丁尼为师，学习拉丁文、修辞学、古典文学和诗艺，悉心研究维吉尔、贺拉斯、奥维德等古典作家的作品，在哲学、历史、绘画、音乐等方面也颇有造诣。

但丁生平有两件事情对其创作影响很深：一是爱情。他从少年时代起就钟情于一个名叫贝亚特丽采的女子，她24岁就不幸夭亡，但丁在悲痛之余，转以诗歌形式来悼念她，创作出他的第一部文学作品爱情诗集《新生》（1292）。在诗集的结尾处，作者“决定不再讲这位享天国之福的人，直到自己更配讲她的时候”，那时对她要“讲人们关于任何女性都未讲过的话”，为《神曲》的创作埋下了伏笔。其二是佛罗伦萨的党争及放逐流浪生涯。在但丁所处的时代，意大利半岛尚未形成统一的民族国家，城邦林立，党争复杂激烈，教权和皇权互相牵制。但丁的故乡佛罗伦萨处在政治斗争的风口浪尖上，自1295年起，但丁全力投入政治活动，卷入佛罗伦萨残酷的党争之中。但丁属于代表新兴资产阶级利益的归尔弗党，归尔弗党击败了代表封建贵族利益的基伯林党之后，又产生内讧，分裂为黑白两党，但丁为白党成员。但丁在政治斗争中坚持政权独立、执法公正严明的立场，曾一度影响政局。1302年，教皇干涉佛罗伦萨政权，但丁等三人赴罗马与教皇谈判，谈判期间，黑党夺取了政权，镇压白党，以贪污公款、反对教皇和查理、扰乱共和国和平的罪名，判处但丁5 000罚金，流放边境2年，永不得担任公职。但丁拒不回乡认罚，后又改判永久流放。自此，但丁在外漂泊流浪达20年之久，客死拉维纳。

但丁的作品大多成书于放逐期间，除《神曲》外，另有三部重要著作：《飨宴》（1304—1307）是用意大利俗语写成的具有百科全书性质的著作，书中强调理性，指出人的高贵不在于门第显赫，而在于个人的美德；《论俗语》（1304—1308）和《帝制论》（1310—1312）都用拉丁文写成，前者论证了俗语的优越性和形成标准意大利语言的必要性，后者系统阐述了但丁的政治观点，其主旨是渴望意大利统一，并从理论上论证了政教分离的观点。但丁的这些作品可以说都是为了他最后的杰作——《神曲》做准备。《神曲》全面反映了作者的思想与艺术成就，既是中世纪文化的总结，又是近代文学的序曲。

【作品内容】

《神曲》（1307—1321）是一部用意大利语写成的长篇叙事诗。分为《地狱》、《炼狱》、《天堂》三部，共 14 233 行。但丁给作品定名为《喜剧》，因其创作宗旨为“祛除现世人类生活的悲惨状态，引导他们达到幸福光明的境界”，且作品叙述从地狱到天堂、从苦难到幸福的历程，结局圆满，符合中世纪关于喜剧的定义。《神曲》是但丁在流亡生涯中，历时 14 年的忧愤之作，后人对它推崇备至，薄伽丘以“神圣”加之，遂定名为“神圣的喜剧”，中文意译为《神曲》。

《神曲》采用中世纪梦幻文学的形式，描写但丁幻游冥世三界的见闻及心路历程。大致的情节结构如下：在人生的中途（1300 年但丁 35 岁），诗人迷失于一座昏暗的森林，路遇豹、狮、狼三只猛兽，进退维谷，惊悸之际，情人贝亚特丽采托古罗马诗人维吉尔前来援救，指点一条脱困路径，引导他游历地狱和炼狱。

地狱在北半球，耶路撒冷为其顶点，共分 9 层，形似圆锥的陷阱，直穿地心。第 1 层聚集的是降生于耶稣之前的古希腊罗马贤哲，他们并无过失，因未受洗礼，在此等候上帝裁判，维吉尔之灵魂即在此地。真正的地狱从第 2 层开始，第 2～5 层是上层地狱，依次分别囚禁着贪色、贪食、吝啬及浪费、愤怒者的灵魂。6 层以下是下层地狱，关押的是异教徒、犯有强暴和欺诈罪的灵魂：蛊惑人心的邪教徒在第 6 层受到烟熏火烤；暴君、暴徒、自杀者、亵渎神明者、高利贷者在第 7 层火雨烫沙中煎熬；第 8 层地狱有十条恶沟，犯有淫媒、诱奸、谄媚、伪善、偷盗、买卖圣职、挑拨离间、伪造钱币、占卜等罪者，皆在此受到不同的酷刑；撒旦、犹大、谋杀恺撒的布鲁托和卡西奥等卖主叛国者，冰冻在地狱最底层第 9 层的冰湖之中。但丁游历地狱后，通过地心，来到炼狱。

炼狱亦称净界，是一座平顶山，位于南半球的茫茫大海之中，共分 7 层，加上山门外的海滨和山顶的地上乐园，也是 9 层。进入炼狱的灵魂，生前所犯罪孽较地狱中的罪人为轻，分别在此洗净傲慢、嫉妒、愤怒、怠惰、贪财、贪食、贪色七种罪过，得到宽恕，便可升入天堂。

到达地上乐园后，维吉尔隐退，由天使贝亚特丽采引导但丁游历天堂。天堂分为 9 重，依据地球从近至远的顺序，依次为月球天、水星天、金星天、太阳天、火星天、木星天、土星天、恒星天和水晶天，这里圣洁、肃穆、明丽、群贤荟萃，是幸福精灵的归宿。天使簇拥在圣母玛利亚周围，贝亚特丽采归位于玫瑰花丛，但丁沐浴天恩，得窥“三位一体”的奥义，神游告终，全诗结束。

【作品赏析】

西方文学中有三大寓意作品：但丁《神曲》、斯宾塞《仙后》(1590)、班扬《天路历程》(1678)。《神曲》是世界文学史上著名的“迷宫式”作品。但丁的《致斯加拉亲王书》是解读作品的一把钥匙。在此书中，但丁提出“四义说”，即字面的、寓言的、哲理的和秘奥的。就字面意义而论，整部作品的主题是“亡灵的境遇”，但“若从讽喻方面来看，它的主题却是人”。贯穿全诗的主角是诗人但丁，他于宗教神学的框架和思想体系中，融入了自己的政治、哲学和爱情观，是中世纪宗教神学的终结者和新时代人文主义思想的开创者。

首先，《神曲》采用中古梦幻文学的形式，具有浓重的宗教神学色彩。

以《神曲》开篇为例：

> 就在我们人生旅途的中途，我在一片昏暗的森林之中醒悟过来，因为我在里面迷失了正确的道路。唉，要说出那是一片如何荒凉，如何崎岖，如何原始的森林地，是多难的一件事啊！我一想起它心中又会惊惧！我说不清我怎样走进了那座森林，因为在我离弃真理的道路时，我是那么睡意沉沉。

诗人以梦境开篇，描述了一个充满寓意的场景，引出梦游三界的故事。此段中生命的中途、昏暗的森林和沉沉的梦境都有着独特的寓意。依据《圣经》的说法，中世纪的人们认为生命的顶点为35岁，1300年的夏天但丁35岁时，被任命为政府最高行政机关的执行委员之一，持续了两个月就下台了，而两年后，他就被教皇势力驱逐出佛罗伦萨，然后终生在异乡漂泊。诗人把这段命运转折隐喻为“就在我们人生旅途的中途，我在一座昏暗的森林之中醒悟过来”。在他看来，从政治生涯的巅峰跌落，从党争的旋涡中脱身，无异于是从“昏暗”中“醒悟”过来。《神曲》开篇的叙述方式很有代表性，但丁把现实人生借宗教文学惯用的梦幻、象征、隐喻等手法表现出来，使作品蒙上了一层神秘的面纱，充满了神秘的寓意。

《神曲》描述的是灵魂的境遇，属于宗教神学的范畴。在作品中，但丁大量引用宗教典籍，广泛地讨论神学，以虔诚的态度视神学和信仰为人类达到至善至福境界的唯一途径。冥世三界的设置是以宗教神学为依据的，他幻想的地狱位于北半球的中心——圣城耶路撒冷的地下，是一个巨大无比的深渊，象征灵魂在罪恶中越陷越深，沦入万劫不复之地；而炼狱是一座雄伟无比的高山，象征灵魂悔过自新，努力向上，获得新生，最后升入天国。但丁想象的天国根据的是托勒密的天文体系，共分九重，是璀璨光明的星空，如群星般闪耀的天使和上帝不可逼视的强烈光环也是基督教中常见的幻象。

《神曲》诗句材料的构思以“3、9、10、33、100”为数字概念，共分3部，每部又分为33歌，加上序曲，共100歌，每歌又由3句1节的诗段组成。在空间设置上，地狱、炼狱各为9层，天国为9重，加上天府为10重。这些设置和构思，都与宗教神学有密切关系。“3”在中世纪象征“三位一体”，每部33歌象征了耶稣的寿命，“10”在中世纪代表完美、圆满，“100”则代表着最完美。

其次，《神曲》具有深刻的主题和丰富的思想内涵。

《神曲》的主题是在新旧交替和黑暗纷争的时代，个人和人类从迷惘和错误中经过苦难和考验，抵达真理与至善的境界。诗人借游历三界，通过与古今先哲贤人以及天使圣徒的探讨交流，涉及各种文化领域，以此来探索诗人自己、意大利民族和整个人类的前途与命运，认为人类的救赎之道在于道德自我完善，需以理性和知识辨明尘世的方向，以虔诚的信仰达到至善光明的境界。

《神曲》的思想内涵具有明显的二重性：一方面表现了鲜明的进步倾向，闪现着新时代人文主义思想的曙光；另一方面又表现出浓厚的宗教神学和禁欲主义的观念。这种矛盾性，既是但丁世界观矛盾的反映，也是新旧交替时代充满矛盾的时代精神的体现，是二希文化合流的明证。《神曲》中融合了

《圣经》和古希腊罗马神话传说中的诸多人物，把他们共同纳入宗教体系进行评价和审判。简而言之，《神曲》的思想内容体现了古希腊的理性精神与基督教的宗教信仰的冲突与融合。

《神曲》的主旨内涵的重要价值在于其时代进步性，下面我们来具体分析其进步性的突出表现。

（1）具有社会现实批判性。《神曲》是但丁政治生活和 20 载流亡生涯的感时忧愤之作，且以影响世人的实际行动为目的，具有强烈的政治倾向性。在《地狱》和《炼狱》篇中，诗人以象征和写实的笔触，广泛深刻地揭露了当时的政治和社会现实。他批判城邦林立、党派纷争的封建割据政权，哀叹“意大利各个城市都充满了暴君”，意大利人“无时无刻不处于战争状态，同一城墙、同一战壕的圈子里，人们都自相残杀”；同时揭露新兴市民阶级的贪图私利、追逐金钱，以及重利盘剥的资本主义罪恶，严厉谴责“暴发户和突然发的横财，在那里滋长了骄傲和放荡无度之风”，在那里“骄傲、嫉妒和贪婪是三颗星火，使人心燃烧起来”。此外，诗人对教会的揭露和批判尤其尖锐。诗人愤怒谴责教皇买卖圣职的罪行，“你们的贪婪使世界陷入悲惨的境地，把好人踩在脚下，把坏人提拔起来”，“你们把金银作为自己的上帝”；教士们也“从牧人变成了狼”，由于贪财好利，“把《福音书》和大教父们的著作抛开，只钻研《教皇法令汇编》”。诗中形象地用两个太阳来表达“政教分离”的思想，反对教皇掌握世俗权力。

（2）在欧洲文学史上最早放射出人文主义的曙光。《神曲》肯定现世生活的意义，认为它不仅是来世永生的准备，而且有其自身的价值。但丁借奥德修斯之口指出：“人生来不是为了像走兽一般活着，而是为了追求美德和知识。”诗人强调上帝造人的独特价值在于赋予人类以自由意志，人的行为决定其身后的评判，人有自由选择的权利，应该对自己的行为负道德责任。但丁赞美人的才能和智慧，对古典文化推崇备至，称荷马是“诗人之王”，“他的诗如同高飞的雄鹰，凌驾一切其他的诗”，称亚里士多德是“哲学家的大师”，称维吉尔是“智慧的海洋”，“其他诗人的荣誉和光明”。这些观点散布于《神曲》中，体现出反对蒙昧主义，提倡发展文化、追求知识和真理的新思想。

《神曲》中投射出的新思想中尤其值得称道的是，诗人突出对世俗爱情的肯定和赞美。但丁创作《神曲》的动机之一就是为青少年时代的恋人树立一座纪念碑，贝亚特丽采在作品中升华为一个完美的天使，但丁的天国之路就是受爱情的强烈感召而升华为虔诚的宗教信仰的。除此之外，在《地狱》篇中，但丁描述了一个凄美的爱情故事，即保罗和弗朗齐丝卡的爱情。这段诗篇中有一段脍炙人口的爱情描写：

> 爱，在温柔的心中一触即发的爱
> 以我现在被剥夺了的美好的躯体
> 迷惑了他，那样儿至今还使我痛苦。
>
> 爱，不许任何受到爱的人不爱
> 这样强烈地使我喜欢他，以致
> 像你看到的，就是现在他也不离开我。
>
> 爱，使我们同归于死：
> 该隐环里等着那谋害我们的凶手
> …………

传说保罗和弗朗齐丝卡是叔嫂关系，他们是封建包办婚姻的牺牲品。两人的相爱是在共同阅读骑士爱情故事中激发出来的，作者对他们的爱情故事产生共鸣，肯定了志趣相投、灵肉一体的爱情价值取向，是对宗教禁欲思想和精神之恋的一种突破。

最后，《神曲》具有鲜明的艺术特色。

《神曲》最为突出的艺术特点是严整的艺术结构。诗句篇章严格按照 3、33、100 等数字布局，犹如一座结构匀称、规模宏大的三棱体建筑。在三界的空间设置上，诗人亦是天才的造型师，把幽冥不可捉摸的境界幻化为可视可感的具体造型；以 9、10 为数字依据，并结合了天文学、地理学和几何学的知识，创造出独特的冥界图景；兼以梦幻为时序，形成了可视可感、虚实相生的幽冥境界。

《神曲》采用中世纪宗教文学常用的梦幻和象征的表现手法，勾勒出一个充满寓意的图景。从寓言来看，这个虚构的旅行乃是灵魂的进修历程，是一条伟大的精神朝圣的路途。此路途中的人物和场景都充满了象征意味。如维吉尔象征理性和哲学，贝亚特丽采象征信仰和神学；地狱阴暗凄惨，象征现实世界的苦难与绝望，炼狱柔和爽目，象征希望达到的境界，天堂祥光四溢，象征理想完美的境界。

《神曲》中塑造了许多性格鲜明、栩栩如生的人物形象，这在中古文学中是无与伦比的。但丁塑造人物大多采用白描手法，以简洁的语句描述人物的神态和语言，使人物的音容面貌如在眼前。《神曲》中人物性格的鲜明程度由于地狱、炼狱、天国三个境界性质的不同而依次递减。景物描写是《神曲》的又一大特点。在写景方面，诗人像画家一样，善于运用光影效果和色彩变化，如地狱阴森昏暗、炼狱色彩明丽、天堂祥光四溢；贝亚特丽采首次现身时，蒙着白面纱，头戴绿叶花冠，肩披绿纱巾，身着红裙，自花雨中降下等等。但丁还很善于选取现实生活中人们熟悉的事物为材料，打比喻，使作品产生真实感人的艺术效果。

从诗歌语言艺术来说，但丁是第一个成功地运用意大利民族语言进行创作的作家。《神曲》的语言丰富、准确、生动，富有民族色彩。《神曲》采用了意大利民歌中的一种格律为基础，构成 3 句 1 节的奇偶连锁韵，也称为“三联韵”。神曲共有 100 歌，分别为《地狱》34 歌（包括序曲)、《炼狱》33 歌、《天堂》33 歌，每首短歌有 140 句左右。诗歌的韵律是以每首短歌为单元的，每歌都是 3 句一节，但结尾处为 4 句，也就是说，每首诗歌都是 3、3、3……4 的结构模式，其韵律形式为 aba、bcb、cdc、ded、efe……xyx、yzyz。歌与歌之间不承上连续尾韵，但是神曲的三大部分皆以“群星”一词煞尾，即 34、67、100 歌的尾韵是相同的。这种押韵方式充分展示了意大利语言的魅力，也使《神曲》成为中外诗歌史上一个难以企及的范本。

但丁以其《神曲》的创作被誉为意大利语言之父，是中古文学的集大成者和欧洲文艺复兴运动的先驱之一。

【拓展阅读】

一、中译本

1. 但丁．神曲．田德望，译．北京：人民文学出版社，2002.

2. 但丁．神曲．黄文捷，译．南京：译林出版社，2011.

二、研究著作、论文

1. 吕同六．地中海的灵魂：意大利文学透视．北京：社会科学文献出版社，1993.

2. 肖天佑．意大利文学大花园．武汉：湖北教育出版社，2007.

3. 姜岳斌．伦理的诗学：但丁诗学思想研究．杭州：浙江大学出版社，2007.

4. 陈曦编．中世纪的一盏明灯：《神曲》导读．成都：四川教育出版社，1997.

5. 吴俐．《神曲》的个人拯救情结．外国文学研究，2001（3).

6. 蒋承勇．从神圣观照世俗——对但丁《神曲》“两重性”的另一种理解．四川外语学院学报，2002（2）.

7. 肖四新．基督教人文主义——从《神曲》看但丁的宗教哲学观．国外文学，2001（1）.

8. 曾宪文．《离骚》与《神曲》之比较．达县师范高等专科学校学报，2004（3）.

【思考题】

1. 简述《神曲》的成书过程。
2. 试论《神曲》的社会批判性。
3. 试论《神曲》的人文主义思想。
4. 《神曲》的艺术特色是什么？

第四节　歌德的《浮士德》赏析

【作家生平】

约翰·沃尔夫冈·歌德（1749—1832）出生在法兰克福一个中产阶级家庭。16 岁时遵父命去莱比锡大学学习法律，但他不喜欢法律，而热衷文学艺术。1770 年春天，歌德结识了日后成为“狂飙突进”运动的纲领制定者的赫尔德。毕业后歌德回到法兰克福，与一批富有叛逆精神的年轻作家交往，掀起了在德国文学史上产生重要影响的“狂飙突进”运动。1773 年，他的剧作《铁手骑士葛兹·冯·伯利欣根》发表，1774 年书信体小说《少年维特之烦恼》出版，引起巨大反响，歌德一跃成为德国最著名的作家。歌德“狂飙突进”的势头保持到 1775 年秋他进入魏玛宫廷服务为止。这是他创作的第一个时期。

书信体小说《少年维特之烦恼》代表了“狂飙突进”运动的最高成就。歌德通过维特这一有理想、有抱负、有正义感的青年的自杀，表达了对这个卑俗沉闷的社会的抗议。爱情显然无法占据他全部的精神空间，是社会将他广袤的心田局促到一隅。维特这一形象代表了当时德国社会觉醒了的年轻一代，他们发出了要求从封建桎梏下解放出来的呼声。

1775—1794 年是歌德创作的第二期，史称“魏玛十年”。这一时期又可分为两段，前半段，歌德脱离了狂飙突进运动，专心于政务，创作数量有所下降，但也有一些精美的诗歌如《猎人的晚歌》、《水上精灵之歌》、《神性》等。歌德此时的创作风格发生了很大变化，从狂躁、激情转向安详、宁静。1786 年秋天，被政务弄得烦恼至极的歌德不辞而别，离开魏玛前往意大利。意大利温暖的阳光、热情的民众、丰富的古代文化让歌德获得了新生，他完成了悲剧《埃格蒙特》（1775—1787）、《伊菲格涅娅在陶洛斯》（1775—1789），而早已经动笔的《浮士德》的写作也有进展。1788 年，在意大利徜徉了一年零九个月的歌德返回魏玛，他坚决辞去大部分官职，专心从事写作和科学研究，完成了戏剧《托夸多·塔索》(1789)等作品。

1794年，歌德与席勒相识，从此开始了互相合作的10年(1794—1805)，共同开创了德国文学史上的“古典文学”时代。他们合作写诗、办杂志，主持魏玛歌剧院，在创作上都主张以古希腊罗马文学艺术为楷模，张扬人道主义思想和自由精神。歌德此间完成了长篇小说《威廉·麦斯特的学习时代》(1796年)、叙事长诗《赫尔曼与窦绿苔》(1797年)，以及《浮士德》第一部(1806年)等作品。《威廉·麦斯特的学习时代》与《威廉·麦斯特的漫游时代》是两部曲，它们开了德国文学史上教育小说的先河。小说通过商人之子威廉·麦斯特的成长历程，揭示了新人的基本素质及其养成的方法和途径。

1805年，席勒去世，歌德痛切地说自己失去了“生命的一半”。但他的创作生命并未随着席勒的去世而结束，而是达到了新的高峰。自此到歌德1832年去世，是他创作的第四个时期。这期间，他先后完成了长篇小说《亲和力》(1809)、《威廉·麦斯特的漫游时代》(1829)，自传性作品《诗与真》(1811—1814)、《意大利游记》(1816—1817)，诗集《东西合集》(1819)，组诗《中德四季晨昏杂咏》(1827)，诗剧《浮士德》第二部(1832)等伟大作品。

歌德于1807年着手写《威廉·麦斯特的漫游时代》，直到1829年他临去世前才告完成。它与《威廉·麦斯特的学习时代》既是姊妹篇，还是不可分割的两个部分：在第一部小说中，威廉重在学识、见解和品格的养成；第二部小说中，他则是在社会交往和游历中锤炼自己。《亲和力》也是歌德这一时期创作的优秀作品。歌德借“亲和力”这一化学术语，把自然现象推演到人与人之间特别是两性关系上，探讨两性之间的感情和伦理问题，并将之升华到哲学的层面。

可以说，追求全面、整体的现实人生一直是歌德的目标所在，而这种可以上天入地、穷极碧落黄泉的追求最为突出地体现在被誉为“第一个还是最好的一个发展的悲剧”(马歇尔·伯曼语)的《浮士德》中。

【作品内容】

诗剧从“天上序幕”开始。上帝和魔鬼靡非斯特争论人的善恶和能否造就。魔鬼认为人是情欲的奴隶，只能沉沦终生；但上帝坚信人无论陷入怎样的迷误，最终总能走上正路。于是双方以下界正处于彷徨和绝望中的浮士德打赌。

魔鬼为和上帝抗辩，决心要把浮士德引入邪路。浮士德饱读经书，但他痛感到知识的无用，精神异常痛苦。这时魔鬼靡非斯特乘机而入，引诱浮士德与自己定约：在浮士德有生之年，魔鬼为浮士德服务，满足他提出的任何要求；浮士德一旦感到满足，生命便告结束，灵魂为靡非斯特所有。就这样浮士德在魔鬼的陪伴下，走出了书斋，去享受世俗人生。在地窖酒馆里，靡非斯特捉弄了一群酒徒醉鬼，随后带浮士德在魔女的厨房喝青春汤，使他返老还童，成为风度翩翩的美男子。浮士德在街上遇到少女玛甘泪，急不可待地想据为己有，他要求魔鬼为他准备好各样求爱行头。魔鬼先偷偷进入少女的闺房，把一个珠宝盒子放在姑娘的衣柜中，以引诱姑娘。玛甘泪见到珠宝后，欣喜之余，又感到担心，她向牧师求告，牧师却把珠宝据为教会所有，空给了她一些安慰。随后靡非斯特又送一份珠宝，玛甘泪不知所措，就来到邻居家讨计。靡非斯特借故与邻妇周旋，安排浮士德与玛甘泪在邻妇家会面。玛甘泪本来对浮士德留有好印象，认为他出身高贵，此刻更爱上了他。花园中，玛甘泪数花瓣占卜猜浮士德是否爱她，她的纯洁让浮士德感动，动了真情。他本想逃离爱情以避免玛甘泪的毁灭，但在魔鬼的煽动下，又去引诱她。玛甘泪的哥哥阻止妹妹与浮士德相爱，在与浮士德决斗中被杀死。对贞操极其重视的哥哥临死前诅咒妹妹。玛甘泪为与浮士德幽会，给母亲吃过量的安眠药，不慎将母亲毒死，后又失手溺死了与浮士德的孩子，成了情欲的牺牲品。玛甘泪被捕判处死刑，浮士德到监狱去救她。感到罪孽深重的玛甘泪向上帝吁求，拒绝和浮士德逃生。她的虔诚和纯洁获得了上帝的回应，有声音传来："她已获得拯救！"《浮士德》第一部在浮士德的悔恨中结束。

第二部开始时，精灵们为浮士德沐浴了忘川之水，恢复了他的活力。在开满鲜花的大自然中，浮士德又感受到来自生命的冲动："要向最高的存在不断进取。"他从阳光下的绝壁飞瀑中领悟出人生真谛："这景象反映人的努力进取……生之意义就在闪射出光彩。"

魔鬼带浮士德来到皇帝的宫廷。皇帝热衷于占星术和假面舞会，而国家却千疮百孔，百业凋零。宰相、国防大臣、财政大臣、宫内大臣纷纷陈情，皇帝问靡非斯特有何主意。靡非斯特谎称地下埋藏着许多无主的宝藏；然后以这些子虚乌有的宝藏为担保，大量发行纸币，造成国内虚假繁荣，暂时化解了危机。靡非斯特施展魔法，在假面游行时燃起大火。荒唐的皇帝看到魔法灵验，竟起意让浮士德招来古希腊美人海伦。在靡非斯特帮助下，海伦果然出现了。在幻影中，特洛伊王子帕里斯在胁迫海伦，嫉妒的浮士德用魔匙猛击帕里斯，结果幻影消逝，浮士德昏倒在地。

靡非斯特驮着浮士德回到他的书斋，浮士德的学生瓦格纳在实验室里造出人造人。浮士德一醒来就要寻找海伦。于是，人造人带着浮士德和靡非斯特溯时间长河而上，回到了古代希腊。浮士德徜徉其间，陶醉于古代的美妙之中，并参与了古代的战事，目睹了各色神灵英雄，表现了英雄气概。他找到了海伦，并与海伦相爱生子。他们的孩子欧福良热烈似火，渴望爱情和新奇体验，他不断高跃，最后坠地而死。悲伤的海伦黯然消逝，她的衣服化为白云驮着浮士德回到现实世界。

浮士德来到海边，面对咆哮的大海，他起意要征服改造自然。时值国内发生动乱，浮士德借助于魔鬼的魔法，帮助皇帝平定了叛乱，从皇帝那里得到一块海边封地。浮士德率领人民在这里围海造田。此时浮士德已经是百岁老人，双目失明。魔鬼见浮士德末日已到，派小鬼为他挖掘坟墓。双目失明的浮士德听到铁锹的撞击声，以为是他的人民正在进行改天换地的战斗，他陶醉于这想象中的壮丽场景，悟出了人生的最高真谛："为千百万人开拓疆土，使人民在新的土地上安居"，"每天争取自由和生存者，才配享受自由和生存"。于是他喊出了："你真美啊，请停一停！"浮士德得到了最高的满足，他的生命也到了终点。依照契约，浮士德的灵魂应为魔鬼所有，但这时天门大开，天使从魔鬼手中把浮士德的灵魂救出，由已经升入天堂的玛甘泪把浮士德引进天国。

【作品赏析】

《浮士德》是一部诗体悲剧，代表歌德的最高成就，也是启蒙文学奉献的最伟大作品。主人公浮士德是德国历史书和民间传说中的人物，通占卦、天象、巫术、炼金术。歌德在《浮士德》中，根据这个民间故事成功地塑造了浮士德和靡非斯特的形象，展现了一部资本主义上升时期资产阶级精神生活的发展史。

通过两个"赌咒"和五个"悲剧"，歌德的浮士德形象反映了歌德对人性、对人的精神内涵与境界的深刻洞察和把握。浮士德说："在我的心中啊，盘踞着两种精神，/这一个想和那一个离分！/一个沉溺在强烈的爱欲当中，/以固执的官能紧贴凡尘；/一个则强要脱离尘世，/飞向崇高的先人的灵境。"浮士德性格中的这种两重性使他处在上帝和魔鬼之间，兼有神性和魔性。他若不断地追求知识与真理，追求美善的事物，追求高远的理想，就会上升到灵的境界。如果他贪图享乐，胸无大志，庸碌无为，且执迷其中不能醒悟，就将坠入魔道，走向堕落。歌德认为，沉沦和进取的双重引力在浮士德身上并不对等，他的神性要强过魔性，他本质的、主导性的一面是自强不息、发奋进取、永不满足、积极向上，这就是所谓“浮士德精神”。浮士德还在中世纪的书斋里翻译《圣经》时，就将其中的“泰初有道”改为“泰初有为”，他精神抖擞，时刻准备“跳身进时代的奔波”，“跳身进事变的车轮”，这些都是“浮士德精神”的体现。但歌德并不因此看轻魔性在浮士德追求过程中的推动作用。歌德首先承认魔性只能被暂时克服，却不能被永久根除，因此它是可以容忍的，《浮士德》中上帝的话其实道出了歌德悟出的智慧箴言：“人要奋斗，失误免不了。”歌德同样看到，魔性与神性相对相生，因此是绝对必要的。浮士德的一生是神性和魔性矛盾斗争的过程。他奋发进取、永不满足的精神是他上升的内在动力，靡非斯特利用浮士德身上的魔性诱使他堕落，然而浮士德的神性使他能够吸取教训，不断克服魔障。正是在这种辩证发展之中，浮士德的精神内涵才日益深厚，境界日益提升。

《浮士德》的结尾是光明的。浮士德的确喊出了：“你真美啊，请停一停!”表面上看，他获得了满足，也准备享受这满足，靡非斯特因此要攫走他的灵魂。但上帝派天使把浮士德的灵魂带到了天堂，因为“凡是自强不息者，到头我辈终能救”，正可谓天道酬勤，上帝嘉许之。既然如此，为什么《浮士德》仍然被看成一部悲剧呢？这主要是因为，歌德相信人类追求至善是没有止境的，但个体的生命却是有限的。浮士德获得了两次生命，这生命仍然有限，所以不可能达到终极的目标。他探索的五个阶段，远没有穷尽人类的精神生活。

歌德通过浮士德的追求，深刻地回顾和总结了从文艺复兴至 19 世纪初 300 多年欧洲新兴资产阶级的精神发展历程。浮士德刚出场时，是一个满腹经纶的学究形象，他在知识的海洋中上下求索，却一无所获。浮士德在复活节的钟声中走出阴暗的书斋，象征文艺复兴时期人文主义思想家与中世纪基督教神学思想体系诀别。浮士德陶醉于盎然的春日美景，与民众狂欢，在酒馆纵乐，与玛甘泪爱恋，是早期资产阶级追求感官享乐、现世幸福的写照。这一阶段以悲剧告终，是歌德对文艺复兴时期新兴资产阶级人文主义爱情观和生活观的一个超越。浮士德为封建皇帝服务，隐喻了在资本主义发展过程中，资产阶级与封建王权之间的复杂关系。由于资产阶级的软弱，他们不得不依附封建王权，与封建王权妥协，寄希望于封建制度的点滴改良。欧洲十七八世纪的历史是这种状态的现实蓝本。虽然浮士德的政治悲剧否定了这条道路，但在 18 世纪后期和 19 世纪初，欧洲的资产阶级革命如火如荼，歌德作为经历者和见证人，却没有折射推翻封建王朝的政治斗争，这体现了歌德思想中保守的一面。对古典美的追求反映了欧洲资产阶级试图通过艺术塑造人生，改良社会的主张，它的悲剧表明歌德对其在现实生活中的效用产生怀疑。浮士德最后选择围海造田这一改造自然的事业，并从中得出“智慧的最后断案”，进而在此基础上表达了创建“人间乐土”的理想，还将其看成最美的瞬间。这种对劳动、生产、开拓的重视，是300多年来资本主义精神的高度概括，也是当时盛行的空想社会主义思想的反映。可以说，浮士德探索的每一阶段，都有现实的根据，都可以在资本主义发展历程中得到印证。值得注意的是，这五个阶段不是相互否定、相互替代的关系，浮士德不断在扬弃和超越，它反映了资本主义和资产阶级思想螺旋式上升的过程。在歌德所处的时代，资产阶级仍然是社会的进步力量，是先进生产力的代表，它的精神追求反映了时代的方向，它的反动性和贪婪性还没有完全暴露出来。歌德通过浮士德的探索，摄取了这个阶级几个最美的瞬间。

魔鬼靡非斯特的全名是靡非斯特斐勒斯（Mephistopheles），词源来自希伯来文，其形体、本事是北欧传说中的魔鬼和《圣经》中撒旦的混合物。歌德在《浮士德》中，对魔鬼形象进行了重新塑造，使其具有了丰富的哲理内涵和深刻意义。总体而言，靡非斯特代表否定的精神，是恶的化身。正如上帝所说，他是“否定的精灵”，魔鬼亦自称“惯于否定”，“被称为恶的一切，/正是我的本质特性”。从哲学意义上讲，否定和恶，是宇宙本体力量之一，是上帝所代表的肯定和善的对立面，二者共同构成宇宙本原的矛盾统一体。从人生观上讲，靡非斯特代表消极、悲观、堕落。魔鬼认为人的一切努力都是没有意义的，因为“生成的一切/总应当要归于毁灭；/所以最好，不如不生”。因此，人只配作可怜的奴隶，像蚱蜢一样在草丛和垃圾堆里讨生活，所谓人类独有的理性科学也不能让他们生活得好一些。魔鬼所表达的社会历史观是虚无主义的。在魔鬼完成引诱浮士德的任务后，他说“过去和全无是完全一样的同义词”，“被创造的又使它归复于无”，已经过去了的事物，“本来就不曾有过”，这是对时间延续性及人类进步观念的否定。靡非斯特还具有现实生活中恶人、歹徒的特征。他用纵酒、美色、权力、骄奢淫逸的宫廷生活一再引诱浮士德堕落，为达到目的不择手段。玛甘泪的悲惨境遇令浮士德肝肠寸断，靡非斯特却毫不动心。浮士德在建造自己的海边乐园时，叫魔鬼去请一对老夫妇迁走，靡非斯特摆出打家劫舍的架势，一把火把民宅化为灰烬。他的冷酷和狰狞都是超乎常人的。

对靡非斯特这个形象，应该辩证地加以理解，不能只从伦理道德的层面简单地斥之为“坏”。在《浮士德》中，他的功能和作用主要表现在两个方面。其一，对本身是反面的事物，他的否定具有深刻的批判性。他抨击中世纪各种烦琐、僵死的学问扼杀创造性，把“精神训练得/服服帖帖”。他嘲笑教会的贪得无厌：“我们的教会胃口很好，/它把各地吃得精光。”他讽刺专制王权：“强权在手，敌意自然消亡。”他利用金钱的威力，也批判金钱的罪恶等等。其二，靡非斯特和浮士德之间存在着更深广的联结。上帝对魔鬼的存在作了这样的解释：“人在努力时太容易松懈，/很快会爱上绝对的清闲；/因此我乐意造一个魔鬼，/让他刺激人，与人做伴。”人的精神容易懈怠，贪图安逸，因此上帝造出魔鬼，来催人惊醒、奋进。魔鬼对浮士德而言，就不只是一个引诱者，也发挥着督促和警策的作用。魔鬼说自己“老想作恶却总是把善促成，/我便是这种力量的一部分”，发挥的就是这一层意思。他主观上在引诱浮士德走向堕落，客观上却起到了推动浮士德前进的作用。也就是在这个意义上，一些研究者指出靡非斯特是浮士德身上另一个自我的外化形式，也有研究者认为靡非斯特和浮士德共同构成人类天性的双重性，乃至上帝的两面性。总之，二者相辅相成，相生相克，才使造化臻于完形。

《浮士德》在艺术上有非常鲜明的特色，这主要表现为高度抽象性、浪漫幻想性与具象描写的有机统一。《浮士德》中的人物、故事不是以现实生活的本来面貌为蓝本加以刻画的，如天上的赌局、靡非斯特的造型、浮士德的返老还童、与古希腊美人海伦的相爱和结婚等，不可能发生在现实场景中具体的人身上。从这个意义上讲，浮士德和靡非斯特是浪漫幻想的产物，不是客观现实的摹写。歌德追求的是精神、观念的真，是对事物最大限度的概括。因此，对浮士德的两面性、探索的五个阶段的设计等，都超脱了现实生活中可以经验、求证的物质形态，是对人类精神从低级到高级不断演进历程高度浓缩、提炼的结果。研究者所指《浮士德》的象征性、哲理性的特点都由此引申出来。同时，《浮士德》在具象描写方面达到了相当高的水平。其中的现实生活场景，如书斋中的苦闷、酒肆的狂欢、爱情的迷乱、在大自然中的陶醉等，都遵从现实生活的逻辑，是具体、生动、形象的，是常人能够经历的。

【拓展阅读】

一、中译本

1. 歌德．浮士德．郭沫若，译．北京：人民文学出版社，1978.
2. 歌德．浮士德．钱春绮，译．上海：上海译文出版社，1982.

二、研究著作、论文

1. 宗白华．歌德研究．北京：中华书局，1932.

2. 利希滕伯格．浮士德研究．李辰冬，译．台北：东大图书公司，1976.

3. 阿尼克斯特．歌德与《浮士德》从构思到完成．晨曦，译．北京：三联书店，1986.

4. 冯至．论歌德．上海：上海文艺出版社，1986.

5. 董问樵．《浮士德》研究．上海：复旦大学出版社，1987.

6. 杨武能．试析《浮士德》的哲学内涵（上）．外国文学评论，1999(2).

7. 杨武能．试析《浮士德》的哲学内涵（下）．外国文学评论，1999(4).

8. 吴建广．被解放者的人本悲剧——德意志精神框架中的《浮士德》．外国文学评论，2008 (3).

【思考题】

1. 歌德的创作可大致分为哪三个阶段？
2. 浮士德经历的五个阶段的悲剧各是怎样的？
3. 怎样理解靡非斯特的形象？
4. 你认为歌德是位浪漫主义作家吗？

第五节　济慈诗歌赏析

【作家生平】

约翰·济慈（1795—1821）是英国浪漫主义六大诗人中最后的、也是最年轻的诗人。他生于伦敦北部，父亲是马房的领班，后继承了雇主的家业。济慈8岁那年，父亲不幸坠马身亡，14岁时，母亲病故。虽然长辈给孩子们留有一份丰厚的遗产，但一直被监护人掌管，济慈在世时从未享受到这份财产。济慈从小经受生活的磨难，深深了解社会的现实和下层人民的疾苦，对生活有着痛彻的感悟，对人生有着深沉的忧患。

济慈7岁时被送到克拉克私立学校读书。学校充满自由开明的气息。他与校长儿子查尔斯·考登·克拉克成为终身挚友。克拉克引导济慈接触了大量古典文学和文艺复兴时期的文学作品，对济慈走上诗歌道路产生很大影响。15岁时，济慈离开了克拉克学校，由监护人送到外科医生哈蒙德处当学徒，4年之后他到伦敦盖伊氏医院学习做药剂师。此间，济慈开始诗歌创作。1816年5月，他在诗人、评论家李·亨特主办的杂志《观察家》上首次发表作品。当年他结识了亨特，并逐渐认识了不少文学和艺术界的朋友。他们中的一些人与济慈结下终生的友谊，给予了他真诚的帮助和支持。

由于对诗歌的执著和热情，济慈毅然放弃了从医的职业而专心于诗歌创作。1817年3月，济慈的《诗集》出版。这一年，济慈开始写作长诗《恩弟米安》(1818)。但诗作一经出版便遭到《爱丁堡布拉克伍德杂志》、《评论季刊》等保守刊物上恶评的攻击。济慈并没有被击倒，他冷静地反思了自己诗作中的不足，积极探索，思想更趋于深入，诗艺也更加成熟。1818年，济慈创作出多首十四行诗，完成了叙事诗《伊莎贝拉》，并与友人查尔斯·布朗赴湖区、苏格兰、爱尔兰旅行。这一时期，二弟托姆患肺病，济慈时常守候在他的病榻边，但托姆最终离他而去。济慈应布朗之邀住在伦敦西南部汉普斯特德镇他的家中。济慈认识了邻居芳妮·布劳恩小姐，并深深爱上了她。

1818 年年底，他开始长诗《海披里安》的创作，但次年他放弃了这部未完成的诗作。他越来越强烈地意识到要保持和发展自己在思想和诗艺上的独立性。

1819 年是诗人生命和创作中最重要的一年，被称作济慈的“奇迹时期”，他创作出一系列惊世杰作，包括 6 首传世颂诗，叙事诗《圣亚尼节前夕》、《拉米亚》，以及《冷酷的妖女》等其他著名诗作及多首十四行诗等。他的第二部诗集出版，在当时受到好评。他的思想和诗艺达至巅峰时期，然而，他的身体却每况愈下，自己也染上了肺病。他对芳妮的爱情与日俱增，年底他们订婚。但经济拮据，病魔缠身，他深感爱情无望，未竟的诗歌事业也无法继续，死亡正在逼近，他陷入巨大的痛苦之中。1820 年 9 月，济慈听从医生建议，由他的朋友、画家约瑟夫·塞汶陪伴前往意大利。不久，他的病情加重，于 1821 年 2 月逝世，安葬于罗马的新教徒公墓，墓上刻着济慈自定的铭文：“用水抒写其姓名的人在此长眠”。

【作品内容】

济慈 18 岁之前没有写过诗，25 岁时英年早逝，在短短的五六年时间中，他写出大量不朽的诗篇，其非凡的诗才和勇于探索的精神令人惊叹。他创作了包括十四行诗、颂诗、叙事诗、民谣、神话史诗、诗剧等各种体裁的诗作，思想复杂而深刻，想象丰富，意象优美动人，诗艺纯熟，达到了他那个时代的高峰。

济慈一生创作了 60 多首十四行诗，是浪漫派的十四行诗能手。早期的诗作表达出他对自由民主精神的想往，对人间亲情、友情的赞美。1816 年之后的作品，思想和艺术都达到了相当的深度，它们歌咏自然，赞美爱情，思考艺术与美好的生活，感叹人生之苦难。主要代表作有《初读恰普曼译荷马史诗》、《蝈蝈与蟋蟀》、《初见埃尔金石雕有感》、《我恐惧，我可能就要停止呼吸》、《亮星！但愿我像你一样坚持》等。

神话史诗是济慈诗歌创作中的重要组成部分。4 000 多行的长篇诗作《恩弟米安》以希腊神话故事中的俊美牧人恩弟米安与月神之间的爱情故事为主线，描写恩弟米安在梦中与月神相爱，体验到至高的快乐，醒来之后他竭尽全力追寻这梦幻之美。诗中有大量奇幻的场景、美的意象和极为丰富的想象。全诗以英雄双行体写成。《海披里安》是素体诗，讲述了古希腊传说中旧的泰坦族巨人被新的奥林波斯山巨人驱逐而引起的一场争战。它虽为未完成之作，但表现出雄健而磅礴的气势和思想深度，在瑰丽的意象和自然景色描写之外，更多了理性的思辨色彩。此后，济慈还创作了《海披里安的覆亡》，这是另一首同一题材的长诗，但也是一首未完成之作。从这两首未完成的诗作可以看出济慈不畏惧失败，坚持探索、求新的意志。

《伊莎贝拉》、《圣亚尼节前夕》、《拉米亚》3 首长篇叙事诗代表了济慈在该体裁方面的极高才华。《伊莎贝拉》取材薄伽丘《十日谈》中的故事，写两兄弟杀害了妹妹的恋人，致使妹妹心碎而死。诗作有哥特文学的风格，写得生动、沉郁，凄婉动人，其中对两兄弟残酷剥削压榨劳工的刻画令人触目惊心。《圣亚尼节前夕》色彩绚丽，内涵丰富，寓意深刻，富有浪漫的梦幻气息。民间传说在圣亚尼节前夜，少女在按仪式祷告之后便可梦见未来的丈夫。在这冰冻彻骨的寒冬夜晚，贵族少女梅德琳急切地渴望见到她热恋的心上人波菲罗，而小伙子深夜来访，经老保姆的安排已躲在她的闺房中，待她入睡之后为她弹奏古曲。梅德琳从梦中醒来，惊异地见到他，两人双双逃离，永远消失在暴风雪之中。全诗采用斯宾塞诗节写成。《拉米亚》则讲述了由蛇精所变的美丽姑娘拉米亚引诱青年里修斯娶她为妻，后被里修斯的老师识破，双双毙命的故事。全诗笼罩着浓郁的幻想色彩和象征性寓意，充满感觉和理性的张力。

六大颂诗是济慈的巅峰之作，它们包括《怠惰颂》、《赛吉颂》、《夜莺颂》、《希腊古瓮颂》、《忧郁颂》和《秋颂》。诗人以充满矛盾和痛苦的心境发出了对永恒美的渴望、对艺术的赞叹、对纯洁而崇高的爱情的向往、对自然的崇尚，饱含着多样、复杂而深刻的意蕴。

此外，济慈还作有其他形式的优秀诗篇，如早期的长诗《睡与诗》，抒情诗《咏美人鱼酒店》、《诗人颂》、《幻想》，以及民谣《冷酷的妖女》等。

济慈的书信是认识和了解诗人、他的诗歌和诗学主张的一个重要方面，它们充满了诗人对人生和文学等的独到见解，比他的诗毫不逊色，其中有关诗学的思想已成为西方文艺理论中的重要部分。

【作品赏析】

济慈年少时对古代的文学艺术有着浓厚的兴趣和极高的热情，他初入诗坛的诗表现出对古代和同代诗人的景仰，如《仿斯宾塞》、《致拜伦》等。他出身中下层平民之家，在精神上想往自由民主之风。这一追求在他早期诗作中有所表现，如《咏和平》（1814）、《写于李·亨特先生出狱之日》（1815）、《致柯斯丘什科》（1816）等。在《咏和平》中他呼喊道：“宣布欧洲的自由！/欧洲啊，不能让暴君重来!”“打断锁链！——/叫君主守法，给枭雄套上笼头!”他关心下层人民的疾苦，反对剥削和压迫。在《伊莎贝拉》(1818)中，他写到资本家对工人的残酷压榨，揭示出工厂里的工人，金矿工人，捕猎鲨鱼、海豹的工人等的悲惨命运，对他们充满同情。

逐渐地，济慈对民主自由的追寻转化为他对自由的诗风和美的精神的求索。他一生酷爱古希腊文化和艺术，其高尚而永恒的美深深地吸引着他。在十四行诗《初读恰普曼译荷马史诗》(1816)中，济慈表达了他初读文艺复兴时期的诗人、翻译家恰普曼翻译的荷马史诗时激动、欣喜的心情。他的欣喜来自两个方面，一个是古希腊荷马史诗的恢弘气势和清新自然之诗风，另一个是恰普曼洒脱、自由、充满浪漫之气的译笔。他把自己比喻为一位旅行者和探索者，游历过文学的黄金之邦、西方的诸岛，最后终于来到荷马主宰的广袤而神奇的诗的王国，他用“慷慨高蹈”来赞美它。这清新洒脱的诗句正是济慈的内心所求，他找到了诗艺中的自由灵魂。浪漫、自由、天然的艺术风格是济慈诗歌的重要精神潜质，贯穿在他一生的诗作以及他的生命之中。

对永恒之美的赞颂是济慈诗歌的一个重要主题，然而，这赞颂蕴涵着复杂而深刻的哲学意蕴。济慈短暂的一生充满了不幸与苦难，父母早亡、贫困、疾病、评论界的恶意中伤、无望的爱情等始终伴随着他，不幸的命运唤起了他对美好世界的无限想往。在长诗《恩弟米安》(1818)的一开始他这样写道：“美的事物是一种永恒的愉悦：/它的美与日俱增；它永不湮灭，/它永不消亡；为了我们，它永远/保留着一处幽境，让我们安眠，/充满了美梦，健康，宁静的呼吸。”在传统的济慈研究中，人们往往把他对美的歌咏理解为一种远离人世的、不关心现实生活的唯美主义。实际上，济慈心中渴望永恒的美，期待美能来到人间，然而，他并未逃离人世的苦难。他的诗往往表现出永恒的美和惨痛的现实生活之间的矛盾。在长诗《睡与诗》(1816)中他提到一方面要依恋美的愉悦，另一方面要超越单纯的美感而进入到人心的痛苦和冲突中去，他要“追寻/更崇高的生活，去发现人类心灵/深处的痛苦和撞击”。《海披里安的覆亡》(1819)中有这样的诗句：“谁也站不到这个顶峰/除了那些把世界的苦难/当作苦难，而且日夜不安的人。”诗人的诗作正是在领悟到人间的不幸时才具有深度和高度，才能够攀上艺术的顶峰。由此，济慈的诗充满了幻想、思考、矛盾、挣扎的混合，在幻想的美中可以发现阴暗，在幸福中隐含着痛苦，在欢乐中潜藏着忧伤，而在痛苦中又可以找到愉悦，在死亡中感悟无限的安宁。这在《夜莺颂》(1819)中得到完美体现。诗一开篇即写到“我的心疼痛”。这疼痛来自夜莺美妙的歌声，也来自人世的纷扰，更来自无法实现这幻美理想的痛苦。夜莺的歌声给他带来无尽的幸福和快乐，更使他意识到现实的黑暗、人生的艰辛。这歌声使他“过分地欣喜”，可这“欣喜”却如同“啜饮了毒汁”，“吞服了鸦片”。因此，夜莺快乐的歌引起的并非单纯的欢乐，而是欢乐与苦痛的混合。夜莺的歌声唤醒了诗人对花神、美酒、骄阳、情歌、舞蹈等的想象，让人心醉，吸引着他奔向无忧的乐土。但此时，一个濒死的世界出现了，“疲倦”、“热病”、“死亡”、“伤悲”、“绝望”，他在欢乐与痛苦中往复、挣扎。他渴望宁静与解脱，于是，夜色中的星月、幽晦朦胧中的芬芳、梦幻之境隐现，而这样的美却使他期盼着让“这口气化入空明”，他呼喊：“此刻啊，无上的幸福是停止呼吸，/——在你安慰的歌声中，我变成一堆土。”只有死亡才能达到那至美之境！这是永恒的美，也是人生的大悲剧。最终，夜莺的歌声渐远，美梦离去，诗人内心的绝望与对美的渴求交缠，追寻与失落并行。诗人不禁发问：“我醒着，还是在酣眠？”在《忧郁颂》（1819）中，诗人清醒地意识到美是短暂的存在，“‘喜悦’的手——总贴着嘴唇/说再见；令人痛苦的近邻‘欣慰’，/只要蜜蜂啜一口，就变成毒鸩”。忧郁与美共生，但美与欢乐终将消亡。美在这样的矛盾中有了哲学的深意。

济慈认为，诗人在创作过程中，要能感悟这种矛盾，经受这样的困顿，体验这种不安。他在1817年给弟弟的信中说：“有几件事情在我的头脑中拼合起来，使我一下子意识到是什么品质造就了一个有成就的人，特别是在文学方面。莎士比亚就拥有许多这样的品质。我是说‘客体感受力’，即人们有能力沉浸于各种不定、神秘和怀疑之中，而非急躁地依事实和理性做出解释。”诗歌不是空洞的幻想，不是超脱于现实之外的虚幻想象。诗歌经验必然来自切实的痛苦生活，诗人需要深入到这种痛苦之中去感受和体验它们。他认为诗人应努力促使生活中的现实与诗人的内心情感发生交流，产生撞击，使诗人获得一种直觉，一种潜存在意识与无意识的交流之中的灵性。

在济慈的诗中，美常和绝望、死亡一同出现，这样的美往往透着一种超然和虚空。在济慈看来，死表达了绝望，也是一种解脱，与死亡相伴而生的是绝望中的凄美，是死之宁静带来的幸福，是一种更高渺超然的存在。《夜莺颂》、《我恐惧，我可能就要停止呼吸》（1818）、《亮星！但愿我像你一样坚持》（1819）都透出生与死的矛盾，有一种超凡脱俗的气质。“我恐惧，我可能就要停止呼吸”，于是，“我一人独自/站立在广大世界的崖岸上，思考——/等爱情和名誉沉降为虚无缥缈”。在《亮星！但愿我像你一样坚持》

中，他渴望自己成为高挂夜空中的孤独亮星，如同坚韧不眠的隐士，守望海浪的冲刷，白雪初降，灵魂涤净，诗中意境高远浩淼，气接宇宙天地。浓情蜜意、无暇坦荡的爱情在此也得到了升华，他渴望“永远倾听她温柔地呼吸不止/就这样永远活下去——或昏醉而死”。爱情、死亡、永生交织于一体，所有的对抗和冲突最终在诗人心中融合为一，达到永恒。

济慈强调想象力、美、真之间的高度统一。在《希腊古瓮颂》中，济慈提出“美即是真，真即是美”这一命题。在他给朋友的书信中他说：“想象力捕捉到的美即真。”想象是济慈诗歌创作中的重要创造性因素。他在以希腊神话为元素的长诗中加入了大量新的情节和元素，充分展示了他的想象力。他短诗中的想象是跳跃的，灵动的，更展现他时时迸发出来的创造力。在《希腊古瓮颂》中，诗人歌咏沉睡了千年的古瓮以及古瓮上精美的画面。诗中的古瓮并非真实的古瓮，它融合了真实的古瓮和诗人对古瓮的想象；古瓮上的画面或许是真实的，但它们更是诗人心中的画面，是想象唤起的动人的真挚情感。这就是诗人所崇尚的永恒的真。真即美，这是自柏拉图以降西方美学中的模仿论所推崇的观念，济慈将其推进一步，在真即美的同时，他提出美即真，美超越了对客观真实或真理的绝对信任，使其达到想象力造就的艺术的真和美学的真的层面。

济慈的诗注重感觉所唤醒的美，这是他诗歌的重要艺术特色。人们读他的诗便能听到优美的韵律，看到鲜明的色彩和形象。他甚至把触觉、味觉、嗅觉等感官都调动起来加以组合，诗便成为具体的感觉经验。他对自然的描绘更突出地体现了这一特色。在《蝈蝈与蟋蟀》中，诗人着重描写了大自然中永不消歇的歌吟：炎炎夏日，“有个嗓音/越重重篱笆，沿新割的草场飞扬”；而在落寞的冬季，“严寒/把一切冻入静寂，忽然从炉边/扬起蟋蟀的高歌”，人们“迷离惝恍，/仿佛听到蝈蝈吟唱在草山”。这样的诗句能让人陶醉在大自然永久不衰的歌咏之中。《秋颂》的第一诗节中有不少带有触觉感的描绘，如圆熟的累累果实、被苹果压弯的果树、变大的葫芦、胀鼓鼓的榛子壳、黏稠的蜂蜜等等。丰富的视觉意象令人目不暇接，同时，它们更有一种沉甸甸的、浓密的质感，使人切身体验秋天的暖意和丰收的喜悦。拟人化的视觉意象在第二诗节中更为突出：秋是一个农人，他漫不经心地坐在粮仓的地板上，让长发在扬谷的风中轻飘，或者，在割过的麦田酣眠；有时，他头顶穗囊跨过溪水，有时他傍着榨汁机，看果浆流到最后一滴。第三诗节是秋的大合唱，充分展示了自然之声的生命力。在《夜莺颂》中，诗人在幽晦中闻到每一朵千娇百媚的奇葩——白色的山茶花、牧野的蔷薇、易凋的紫罗兰、麝香玫瑰——传来的暗香。这样的美能唤醒读者的感觉经验，使人如身临其境。

济慈的诗充满对自然的热爱，他眼中的花草树木、动物、山野是那样的清新、亲切、可爱，他爱得热烈而浪漫。但在他晚期的作品，尤其是《秋颂》中，他对自然的爱却趋于和缓与平实，如同他的人生，经历了大苦难，最终走向宁静与超然。他与外在的自然融为一体，甚或他的个体已消散在自然物之中，与自然、与外在客体拥抱，成为隐去诗人自我的永恒存在。

济慈是英国浪漫主义时期的大诗人，也是一位开启了现代意识的诗人，他属于19世纪，又与我们当下的时代紧密相连。

【拓展阅读】

一、中译本

1. 济慈．济慈诗选．查良铮，译．北京：人民文学出版社，1958.

2. 济慈．济慈诗选．屠岸，译．北京：人民文学出版社，1997.

3. 济慈．济慈书信集．傅修延，译．北京：东方出版社，2002.

二、研究著作、论文

1. 傅修延．济慈评传．北京：人民文学出版社，2008.

2. 刘树森．争议与共识：近两个世纪的济慈研究评析．外国文学，1995（5）.

3. 章燕．济慈的“客体感受力”说与现代诗歌美学的关系初探．北京师范大学学报（社会科学版），1998（4）.

4. 章燕．走向诗歌审美的人文主义——谈济慈诗歌中的社会政治意识与其诗歌美学的高度结合．外国文学评论，2002（4）.

5. 罗益民．心灵的朝圣者——约翰·济慈的宗教观．四川外语学院学报，2003（5）.

6. 张思齐．济慈诗学三议．外国文学评论，2005（2）.

7. 袁宪军．《希腊古瓮颂》中的“美”与“真”．外国文学评论，2006（1）.

8. 傅修延．济慈“三颂”新论．江西社会科学，2007（2）.

9. 刘新民．济慈书信的启示——谈济慈研究中的几个问题．四川外语学院学报，2008（4）.

【思考题】

1. 如何理解济慈诗歌中美的内涵？
2. 如何理解济慈诗歌中想象力、美、真之间的关系？
3. 如何理解济慈提出的“客体感受力”？
4. 如何理解济慈诗歌的艺术特点？

第六节　普希金的《叶甫盖尼·奥涅金》赏析

【作家生平】

亚历山大·谢尔盖耶维奇·普希金（1799—1837）出生于莫斯科一个古老但已没落的贵族地主家庭。父亲做过近卫军军官，母亲出身名门，有非洲血统，普希金一头浓密的卷发正是来自母亲的遗传。普希金的伯父是一名诗人，家中经常有诗人们的聚会，童年的普希金在浓郁的诗歌氛围中接受了最初的熏陶。另外，普希金的外婆和奶妈有着说不完的俄罗斯童话和民间故事，为普希金日后的创作提供了丰富的精神养料。

1811 年，12 岁的普希金进入皇村学校读书，这是一所贵族子弟学校，培养了普希金崇尚自由、尊重个性的精神，以及他和校友们的深厚友谊。在皇村学校期间，普希金创作了 100 多首诗歌，1814 年，诗作《致诗友》在《欧洲通报》公开发表，标志着普希金的创作从学校走向了诗坛。皇村学校时代的诗作是普希金创作的起步，虽然写作手法还不够娴熟，但他的诗歌才华已经惊动了俄罗斯的文坛。

1817 年，普希金从皇村学校毕业后进入外交部任十等文官，因工作清闲，他有大量的时间投身诗歌创作。同时，普希金也参加了一些进步的文学社团，追求自由和民主。这段时期他的政治抒情诗和讽刺诗，如《自由颂》（1817）、《致恰达耶夫》（1818），充满了抨击专制暴政、歌颂自由的豪迈力量，但也惹怒了沙皇亚历山大一世。沙皇将普希金调离彼得堡，派遣（流放）到了南方。

1820 年，普希金来到南方，先后游历了高加索、克里木等地，这里的茫茫草原、崇山峻岭、瑰丽的风光和盎然的生气震撼着诗人，为他带来澎湃的诗情。他尽情地抒发着浪漫的情怀，写下了《高加索的俘虏》（1821）、《强盗兄弟》（1822）等长篇叙事诗，同时也创作了 100 多首短诗。这些诗作抒发了诗人渴望自由、积极乐观的不屈精神。

1824 年，沙皇免去了普希金的公职，将其遣送到父母的领地米哈伊洛夫斯克村继续接受监督。村庄的隐居生活安定从容、简单充实，普希金仔细观察农民的生活，聆听他们的活泼语言，将其融入到自己的创作中。两年的时间里，普希金创作了几十首抒情诗，完成了历史剧《鲍利斯·戈都诺夫》(1825)。1825 年，沙皇亚历山大一世驾崩，十二月党人趁机发动了反专制的武装起义，起义很快被新沙皇尼古拉一世镇压下去，革命党人纷纷被捕、流放。这让普希金陷入痛苦、悲愤中，自己也是前途未卜，无所适从。

1826 年，尼古拉一世为了显示自己的仁慈和宽容，恢复了普希金的自由，但还是监视他的行动和创作。对普希金的回归，人们雀跃欢呼。1828 年，普希金在一次舞会上认识了美丽的少女、16 岁的娜塔丽亚·冈察洛娃，第二年向其求婚，遭到谢绝。1830 年，普希金再次求婚，得到了应允。为了准备婚礼的巨大花费，普希金耗神费力。8 月份，普希金离开莫斯科，前往父亲的领地波尔金诺处理庄园事物，因为霍乱，诗人被困在了庄园，但也迎来了创作上的“波尔金诺之秋”。短短的三个月里，普希金完成了包括《射击》、《暴风雪》、《棺材匠》、《驿站长》和《村姑小姐》五篇散文体短篇的《别尔金小说集》，四部诗体悲剧，三十多首抒情诗，这是普希金创作生涯中成就辉煌的一段历史。其中，《驿站长》开创了俄罗斯文学描写“小人物”的先河。后来，作家果戈理、陀思妥耶夫斯基、契诃夫继承并发展了这一传统，关注下层弱势劳动群体，塑造了许多小人物形象。

1831 年，普希金和冈察洛娃结婚，定居彼得堡，并重返外交部任职。婚后的普希金生活并非一帆风顺，沙皇继续监视审查他的创作，甚至包括私人书信；妻子冈察洛娃频繁出入社交舞会，家庭花费巨大，普希金不得不为钱四处奔波，为俗务伤透了脑筋。这些困扰不仅使普希金失去了宝贵的创作时间，也打扰了他心境的宁静平和。尽管如此，普希金还是完成了一些重要作品，如长篇小说《杜勃罗夫斯基》(1833)、《上尉的女儿》(1836)，还有我们耳熟能详的童话诗《渔夫和金鱼的故事》(1833)，另外还有长诗《青铜骑士》(1833)、中篇小说《黑桃皇后》(1834)。1836 年，普希金创办了《现代人》杂志，杂志发表了很多当时的优秀小说、诗歌，是俄罗斯文学的一个时代里程碑。

1837 年 1 月 27 日，为了维护自己的声誉，普希金和公开追求自己妻子的军官丹特士决斗，受重伤，两天后去世，满腹诗情的一代诗才就此长眠。

对于普希金，人们充满了崇拜之情和赞美之意，他是俄罗斯民族文学的奠基者，是现代俄罗斯语言的创始人，也是俄罗斯民族文化的象征、民族精神的体现。因为有了普希金，俄罗斯文学的面貌焕然一新，开始在世界文学之林中散发出熠熠光辉。文学史家认为，普希金对于俄罗斯文学的意义，正如同英国的莎士比亚、德国的歌德、法国的雨果、西班牙的塞万提斯，他是名副其实的“俄国文学的始祖”。

【作品内容】

诗体长篇小说《叶甫盖尼·奥涅金》是普希金的代表作，写于1823—1831年。小说共分为八章，其写作贯穿了普希金生命中的多个阶段，凝聚了他很多的心血和情感。1823年，普希金流放南方期间，就开始构思创作这部经典长篇，完成了第一、二章；在米哈伊洛夫斯克村隐居期间，完成了第三、四、五、六章；被沙皇赦免回到莫斯科以后，完成了第七章；1830年“波尔金诺之秋”时完成最后的第八、九两章，后来诗人删掉了第八章（奥涅金的旅行），以第九章取代。小说每一章的出版也都是在不同时期，1833年，《叶甫盖尼·奥涅金》全本第一版问世。

小说的男主人公是贵族青年叶甫盖尼·奥涅金，这位上流社会的宠儿，从小接受的是传统的贵族教育，长大后无所事事，饮宴玩乐成为他生活的全部内容，活脱脱一个纨绔少年。有时他一天要赴三个宴会，时间便在梳妆打扮、饮酒作乐、卖弄口才、喧哗捣乱、谈情说爱中飞逝而过。但是，终日花天酒地的喧嚣生活也终于让奥涅金厌倦起来，像拜伦的长诗《恰尔德·哈洛尔德游记》的主人公那样，奥涅金也变得阴郁苦恼，对一切都失去了兴趣。想要写作，但又讨厌这艰苦的劳动；要读书，又都是陈词滥调；就连父亲的遗产他也懒得和债主们争吵，任凭他们拿去。老伯父去世后，奥涅金继承了他的庄园，正合他意地过起了乡村生活。

头两天，荒僻的旷野、流淌的小溪、幽静的树林让奥涅金感到新奇、惬意，但到第三天，腻味郁闷重袭而来。为了打发空闲的时光，奥涅金搞起了农事改革，以较轻的地租取代长久以来的沉重劳役，农奴们雀跃欢呼，其他地主们则怒目而视，大为不满。最后，奥涅金的改革不了了之。

这时，另一位年轻的地主弗拉基米尔·连斯基从德国回到了乡下，和奥涅金交上了朋友。连斯基真诚、坦率，相信爱情，相信友谊，对生活充满热情。两个人一个生气勃勃，一个老气沉沉，在谈天论地、争吵交往中建立起了友谊。连斯基爱上了邻村地主拉林家的二女儿奥丽加，一个头脑简单、外向可爱的姑娘。在连斯基的引见下，奥涅金认识了这家的大女儿达吉雅娜，她内向、沉静、脱俗又有些忧郁。在深深地爱上了奥涅金之后，达吉雅娜鼓起万般勇气向对方发出了一封情书，奥涅金虽然有些许触动，但爱情对他来说早已不再新鲜，拨动不了他那心灰意冷的心弦。达吉雅娜遭到拒绝后日渐憔悴、疲惫，奥涅金却每日看书、散步，离群索居，过得安静舒心。连斯基忙于和奥丽加恋爱，两人亲密得如胶似漆，尽享爱情的甜蜜。

进入冬季后的一天，奥涅金接到了连斯基转达的邀请——参加达吉雅娜的命名日宴会。宴会上，宾客满座，众声喧哗，达吉雅娜尽力克制着自己的激动和羞怯。再次置身盛大宴会中的奥涅金充满了厌烦，达吉雅娜的伤情更让他怒火冲冲，心中便盘算着将满腔的恼恨发泄到连斯基身上。舞会开始后，奥涅金拉住奥丽加跳了一曲又一曲，两人低语交谈，宛若情侣，彻底激怒了连斯基。舞会结束后，奥涅金对自己的小小报复颇为得意，但很快就收到了连斯基发出的决斗信。奥涅金回想自己的所作所为，暗自责备自己玩笑开过了头，心有和解之意。但是，因担心自己受到他人的嘲笑，奥涅金在虚荣心的驱使下违心地接受了决斗并在决斗中打死了连斯基。

奥涅金怀着深深的内疚和悔恨离开了庄园，到南方旅行，游荡漂泊。达吉雅娜陷入更深的忧伤中，为连斯基的早逝，也为自己对奥涅金的那份无望的深情。她独自徘徊在旷野中，在奥涅金住过的房子里让思念涌动，倒是妹妹奥丽加很快就擦干了怀念连斯基的眼泪，陷入和枪骑兵的爱恋中，结婚离家。不久，达吉雅娜遵从母亲的意愿，来到莫斯科，嫁给了一名年老的将军，成为傲视群芳的公爵夫人。

厌倦了漂泊的奥涅金回到莫斯科，在一次舞会上见到了典雅华贵的达吉雅娜，知道她已为将军夫人后，先是感到失落，继而转化成了疯狂的爱情。他激动而又惴惴不安地等待着参加达吉雅娜家的招待聚会，每天去她家看她，围着她转，爱得如痴如醉。达吉雅娜不为所动，奥涅金相思成病，日渐憔悴，命在旦夕。他将自己相思的痛苦和忧伤化成一封封情书，表白着自己的炽烈痴情。面对着奥涅金的书信，达吉雅娜泪流满面，回想起那擦肩而过的幸福。虽然内心深处还埋藏着对奥涅金的感情，但达吉雅娜最终决定忠实于自己的丈夫，忠实于命运的安排。

【作品赏析】

《叶甫盖尼·奥涅金》是诗体长篇小说，作品全部用十四行诗体完成，完美体现了诗歌的韵律、节奏和抒情性。同时，作者又称它为“小说”，因为它具有长篇小说的规模和故事框架，真实具体地反映了 19 世纪 20 年代俄罗斯社会、历史、生活的方方面面。这其中，有上流社会的浮华场景，也有乡村生活的淳朴画面；有对往来历史的评说，也有对文学创作的独到见解。正是在这个意义上，别林斯基称赞它是“俄罗斯生活的百科全书”。《叶甫盖尼·奥涅金》的出现，带动了俄国文学向现实主义发展的方向，成为俄罗斯现实主义文学的奠基之作。

普希金创作《叶甫盖尼·奥涅金》的时期，正是俄国贵族革命酝酿、兴起的时期。19 世纪的俄国，处在封建专制制度和农奴制度解体的前夕，社会内部矛盾逐渐尖锐起来。在法国和欧洲资产阶级革命的影响下，人们的民主主义思想有了一定的发展。1812 年卫国战争的胜利鼓舞了俄国人民民族意识的觉醒，一些进步的贵族青年为改变俄国社会的现状，组织起秘密的革命团体“十二月党人”，并在 1825 年沙皇亚历山大驾崩之机发动了武装起义。因为力量薄弱、分散，起义很快被镇压下去，刚刚萌芽的希望很快夭折，加上沙皇对十二月党人的处决、流放，致使整个社会弥漫着压抑、窒息的气氛。贵族青年中的一部分人受到欧洲资产阶级革命思想的影响，对社会现状和庸俗的上流生活感到厌倦和不满，为革命的失败而意志消沉，同时又局限于自己的阶级地位，无法摆脱贵族的生活方式和偏见，成为既不愿和贵族官僚同流合污，又不能彻底脱离本阶级的“多余人”。最终，他们在忧郁、孤独、颓丧和碌碌无为中消磨时光，一无所成。

《叶甫盖尼·奥涅金》的主人公奥涅金，就是这样背景下的一个贵族青年。普希金作为这一时代的见证者、感受者，将他的所思所察注入到了代表人物奥涅金身上，奥涅金成了俄国文学中第一个“多余人”的形象。

奥涅金从小接受传统的贵族教育，长大后穿着时髦的衣着、操着一口流利的法语终日混迹于上流社会，过着花天酒地、黑白颠倒的纨绔子弟生活。客观地说，奥涅金是高于同时代的那些始终沉湎于纸醉金迷的贵族生活中的普通青年的，他接受过欧洲启蒙思想的教育，阅读过资本主义经济著作，崇尚拜伦的奋斗和自由精神。因此，当他抛弃喧闹空虚的无聊生活方式“觉醒”后，患上了“时代忧郁症”——对现状不满意，但又无力也不愿出力改变。在乡下庄园，奥涅金进行农事改革本身是一件很有意义的事情，但不能坚持到底，半途而废；对待达吉雅娜的爱情，他麻木地一概而论，轻率地做了拒绝处理，并未深思其中的真诚；对连斯基的友谊，他虽看重但缺乏慎重，只为个人一时的不快置朋友于尴尬境地，后又妥协于上流社会的陈规陋习，置朋友于死地。奥涅金厌倦贵族的生活方式，但不能彻底摆脱贵族阶级，找不到新的出路和自己的位置。奥涅金的一生，没有明确的理想、追求，也没有坚决的意志、行动，最终一事无成。俄国作家赫尔岑说过："奥涅金是个无所事事的人，因为他从来什么事都不做，他在他所处的那个环境是个多余的人，而又没有足够的性格力量从那个环境中挣脱出来。"这样，奥涅金就成了俄国文学"多余人"的始祖。后来，莱蒙托夫、赫尔岑、屠格涅夫、冈察洛夫都在自己的作品中塑造过"多余人"的形象，形成了俄国文学中"多余人"的人物画廊。

如果说奥涅金是普希金思索批判的对象，那么女主人公达吉雅娜则是他精心塑造的理想女性形象。别林斯基曾这样评价到："普希金的伟大功绩，是他在这篇长篇小说里诗意地再现了当时的俄国社会，并且以奥涅金和连斯基为代表，显示了它主要的一面，也就是男性的一面，可这恐怕是我们诗人更大的功绩：他首先第一个以达吉雅娜为代表，诗意地再现了俄国的妇女。"达吉雅娜是一位生于乡村、长于乡村的姑娘。古老的俄罗斯民间传统和幽静秀美的大自然培育了她真诚、善良的情感，纯朴、安静的性格；美丽动人的民间故事和充满自由思想的外国小说丰富了她的精神世界。达吉雅娜热爱大自然，爱那里的一山、一水、一草、一木。她在俄罗斯下层人民中间生活，和他们有着相通的情感。在莫斯科的上流社会，达吉雅娜不为名利所染，清新脱俗。在对奥涅金的爱情上，达吉雅娜是真诚、勇敢的；同时，她又是理智、坚强的，在情感与责任冲突的关键时刻能够坚守自己的道德。普希金对达吉雅娜的喜爱溢于言表，称她是"俄罗斯的灵魂"，她的身上集中显现了俄罗斯女性的精神美。

拜伦的长诗《恰尔德·哈洛尔德游记》中有一位抒情主人公，普希金的《叶甫盖尼·奥涅金》中也有一位。作者以诗人"我"的身份不时地出现，插入一些抒情片段，表达自己对人物的情感、对事件的态度，营造出一个充满感染力的文学世界，让读者和作者的情感交流呼应，一起随着故事的发展波动起伏。借助于这位抒情主人公，《叶甫盖尼·奥涅金》形成了它最大的艺术特点——反讽性。这种反讽性，建立在对浪漫主义精神的反思和怀疑基础之上。普希金将人物描写成浪漫主义者，然后通过抒情主人公"我"与其建立起反讽关系。诗人说："我总是乐于指出我们——/奥涅金和我之间的不同。"奥涅金厌倦宁静的田园生活，而诗人却说："我生来是为了过宁静的生活……于幽静处我的竖琴更嘹亮。"这使普希金能够俯瞰自己的主人公，对他们的行为保持清醒的认识。在这种反讽关系中，我们看到，奥涅金本人所中的浪漫主义之毒害，已病人膏肓，他的忧郁、颓废、冷漠受到有力的质疑。连斯基有"十足的格廷根的灵魂"，"是康德的信徒"，"怀着热爱自由的幻想"，"歌唱生离死别和伤悲，歌唱虚无缥缈和迷茫的远方，也歌唱浪漫主义的玫瑰”。他热情似火，很像歌德《浮士德》中那个高跳不止，要飞到天上去，最后坠地而死的浪漫主义者欧福良。普希金将连斯基写成浪漫主义精神的化身，他对爱情的盲目和早逝，显示了浪漫主义的弱点。达吉雅娜也是饱受浪漫主义浸润。小说中写道：“沉思是她的忠实的伴侣。”她喜欢“用幻想装点生活”，特别爱理查逊和卢梭设计的种种幻想。从达吉雅娜身上，我们看到了普希金对浪漫主义精神的态度的另一面：他的反思是以钟爱为前提的。普希金对浪漫主义精神，只是从现实的角度指出其虚幻性、无效性，但并未从本质上否定它。浪漫主义精神极大地丰富了人的心灵世界，使人能从现实的污浊中超越出来。它使人对生活保持高昂的热情，亲近美的事物、亲近民间和自然。这是非常可贵的。普希金通过达吉雅娜的形象揭示了浪漫主义精神的美好的一面。我们也可以把普希金的态度从俄国民族性的角度分析一下。在英国、法国，浪漫主义作为一种人类的精神，从没有受到如此深的质疑。俄国几代作家都曾被放在与现实的关系上，从对革命起不起作用上考问。这是很突出的。普希金对浪漫主义的反思有深刻的意义，它不仅直接启迪了现实主义文学，更重要的是，由于浪漫主义精神和俄国贵族知识分子思想之间具有同构性，这种反讽关系也是对贵族知识分子的反思。

作为诗体小说，《叶甫盖尼·奥涅金》使用了最早形成于意大利的十四行诗体，这种诗体后来根据不同作家使用的需要，韵律节奏稍有不同。在普希金这里，每节十四行诗分为三组四行诗和一组两行诗，押韵的方式是 abab，ccdd，effe，gg。对于这部自己最满意的作品，普希金倾注的心血毋庸置疑，我们从这韵味独特的结构和押韵方面就可见一斑。普希金作品中的这种诗节，人们称它为“奥涅金诗节”。

【拓展阅读】

一、中译本

1. 普希金．叶甫盖尼·奥涅金．智量，译．武汉：长江文艺出版社，2009.

2. 普希金．叶甫盖尼·奥涅金．丁鲁，译．南京：译林出版社，1996.

二、研究著作、论文

1. 张铁夫．普希金：经典的传播与阐释．湘潭：湘潭大学出版社，2009.

2. 列·格罗斯曼．普希金传．王士燮，译．哈尔滨：黑龙江人民出版社，

1983.

3. 赵红．文本的多维视角分析与文学翻译：《叶甫盖尼·奥涅金》的汉译研究．上海：复旦大学出版社，2007.

4. 张铁夫，主编．普希金与中国．长沙：岳麓书社，2000.

5. 张铁夫．俄国象征派的普希金研究．外国文学评论，2010 (1).

6. 宋德发，张铁夫．论普希金的历史文学创作．外国文学研究，2011 (3).

7. 池大红，宫小兵．本土视角观照下的叶甫盖尼·奥涅金．外国文学研究，2005 (6).

8. 彭甄．《叶甫盖尼·奥涅金》：叙事者形象分析．国外文学，2000 (2).

【思考题】

1. 普希金为何被称为“俄国文学的始祖”?
2. 为何称《叶甫盖尼·奥涅金》是俄罗斯现实主义文学的奠基之作?
3. 结合叶甫盖尼·奥涅金的形象谈谈“多余人”的特点。
4. 如何看待达吉雅娜这个俄罗斯女性文学形象?

第七节　波德莱尔的《恶之花》赏析

【作家生平】

夏尔·波德莱尔（1821—1867）1821 年 4 月 9 日出生于巴黎，他的父亲在贵族复辟后获得了一个高级职务，去世时波德莱尔年仅 6 岁，但父亲的启蒙思想、贵族习气以及对绘画艺术的热爱给幼年的波德莱尔带来了深刻的影响。后来母亲与一名具有正统思想的军人再婚，并到里昂生活。1836 年，波德莱尔进入巴黎的路易大帝中学读书，1839 年因不守校规被开除。1841 年 6 月，家庭决定让他进行一次为期 18 个月的放逐式旅行，希望帮助他改变放浪形骸的生活方式。但是仅仅过了 10 个月，波德莱尔就从途中的毛里求斯回到了巴黎。此后波德莱尔正式脱离家庭，带着父亲留给自己的遗产过上了"波希米亚式的浪荡生活"。为控制他无度的挥霍，家庭为他指定了财产监管人，这种经济控制让诗人郁闷终生。直到去世前，他一生的大部分时间都在贫困潦倒中度过，甚至还专门写过一篇文章《如何偿还债务》。1867 年 8 月 31 日，波德莱尔在巴黎去世。

但是生活上的困窘似乎并未影响到波德莱尔的文学激情。1845 年 5 月，他发表了画评《1845 年的沙龙》，提出了"现代生活的美"等许多重大的美学命题。1847 年，他开始翻译美国作家爱伦·坡的小说，并一直持续了 17 年。在相继发表了一些诗歌和评论之后，波德莱尔于 1857 年 6 月出版了《恶之花》的第一版，诗集很快遭到了正统主义者的抨击乃至起诉，罪名是"亵渎宗教"和"伤风败俗"。同年 8 月，波德莱尔被法庭判决罚款 300 法郎，并被勒令删除六首诗。1861 年 2 月，《恶之花》第二版面世并广受好评，使波德莱尔成为新一代文人心目中的领袖。这一成功极大地鼓舞了诗人，他向法兰西学士院提出了候选人申请，但后来在选举前退出。波德莱尔去世后，1949 年 5 月，法国最高法院撤销原判，准许《恶之花》在法国境内全文出版，为波德莱尔恢复了名誉。

从读者的角度来看，波德莱尔几乎符合人们对于诗人的全部想象。在他身上，才华与放荡、叛逆与野心、孤傲与经营、淫靡与痴情、细腻与粗鲁、穷困与奢侈这些相互矛盾的特征以一种极端的方式结合在一起，产生了《恶之花》这样惊世骇俗同时又流芳百世的完美之作。波德莱尔在写给母亲的信中曾说过："后世是跟我有关系的"，而且"我会留下很大的名声，我知道"。历史的确证明了他的预言，时至今日，作为现代派诗歌的奠基人，波德莱尔已经成为法国文学史上最伟大的诗人之一。波德莱尔在批评方面的智慧与他在诗歌上的才华同样出众。他不仅写下了诗集《恶之花》和散文诗集《巴黎的忧郁》(1869)，还著有大量文学和美学论文集。他是一个在叛逆中反思的诗人，不仅在写诗，也在时刻思考自己为何而写。他的诗因此具有了双重的意义，使欧洲人的经验方式和写作方式都发生了重大变革，推动了诗歌现代性的发展。萨特以冷静的存在主义视角揭示了波德莱尔与其作品的真相："波德莱尔有着非常敏感的灵魂，非常细腻，充满了独创性，十分温柔。但这一灵魂是女性化的、脆弱的，一旦遇上了生活的撞击，就出现了裂缝。"诗集《恶之花》就是这样一道瑰丽的裂缝。

【作品内容】

1857年6月，《恶之花》第一版面世。在1861年的第二版中，诗人进行了增补和重新安排，全书分为"忧郁和理想"、"巴黎风貌"、"酒"、"恶之花"、"反抗"、"死亡"六个部分。其中《忧郁和理想》的篇幅占全书的三分之二。这六个部分的排列顺序更加清晰地勾勒出了诗人心中的忧郁和理想相对抗的过程。

诗集卷首的《致读者》首先描述了诗人眼中现实世界的真实面目。在这个"污秽不堪的罪孽兽圈"，横行其中的就是各种丑恶的怪物。面对这样的现实，诗集的第一部分"忧郁和理想"以大量篇幅展现了诗人的理想与现实之间的巨大落差。诗人以冷漠的语调，描述了自己遭遇的不理解甚至诅咒，志在高远的人就像跌落甲板的信天翁受到水手戏弄一样受到命运的无情嘲弄。《从前的生活》和《献给美的颂歌》描绘了诗人内心的理想，表达了对美的多样性、复杂性的深刻体验。美才是诗人真正敬畏的神，诗人匍匐在美的脚下，听凭美对命运的安排，希望美为他打开"爱而不识的无限之门"。诗集的第二部分"巴黎风貌"描绘了一幅充满敌意的资本主义大都会的丑陋画卷、一段独特的空间与时间、一个真实的让人绝望的巴黎：这里有妓女、骗子、小偷、乞丐、穷人、盲人、独行的老妇、成群的老头，也有诗人自己内心的忧郁、彷徨与孤独、愤懑。当然还有巴黎独特的《风景》：既有《薄暮冥冥》、《巴黎的梦》、《晨光熹微》，也不乏大都市中人与人之间偶遇时的片刻温情，如《给一位过路的女子》。第三部分“酒”共四首诗：《酒魂》、《醉酒的拾破烂者》、《醉酒的孤独者》、《醉酒的情侣》。诗人把酒视为催生诗歌的“琼浆”，逃避忧郁、追求理想的方式。无论是拾破烂的人、形影相吊的人，还是浪漫的情侣，都可以在酒的世界中找到希望，或者与情人共赴梦中天堂。但是一旦没有了酒所制造的虚幻之境，世界的真实面目就赤裸裸地呈现在读者面前，醉酒时的世界有多么梦幻，现实的世界就有多么残酷和丑恶——这就是第四部分“恶之花”的主题，即世界的美好就是丑恶之上发出的花朵，就是流淌的《血泉》、温室中陈列的《被杀的女人》，就是“放荡和死亡”这《两个好姐妹》，以及《库忒拉岛之行》所见的正被野兽吞食的腐尸之林。有人说：“波德莱尔爱革命，就像他爱一切暴力的、不正常的东西一样。”其实波德莱尔爱的不是暴力和不正常本身，而是反抗本身，因为这个世界上无论什么制度他都不能容忍。面对腐朽尘世中生长出的恶之花，波德莱尔同样选择了反抗，这就是诗集的第五部分“反抗”。诗人反抗的是一切的不平等，甚至在《献给撒旦的祷文》中发出了这样的革命性的呐喊：“该隐之子，升上天宇，/把上帝扔到地上来!”然而无论如何反抗，死亡都是所有人的最后一站。在诗集的第六部分“死亡”中，死亡成为包括穷人、艺术家、诗人在内的所有人最好的结局。面对恶之花，忧郁与理想在经历过巴黎风景和酒的迷醉之后，终于在死神的怀抱中找到了停泊的港湾，也找到了远行的新起点。

【作品赏析】

波德莱尔是一位用审美现代性来对抗传统、对抗资产阶级文明的现代艺术家。他鄙视资产阶级的世俗价值观，自愿选择了纨绔主义（dandysme，也译“丹第主义”）作为自己的桂冠。对此他是这样解释的：“丹第主义……的唯一义务，是以他们自身培养美的观念，满足他们的激情、感觉和思考。”“丹第主义是引起他人惊奇时的快感，是只惊奇于自己时的满足。”这种定义蕴涵着“为艺术而艺术”的思想追求，从而铸就了《恶之花》以恶为美的诗意内容与艺术品位，孕育了象征主义的萌芽，并以其超时代的现代性对后世诗人产生了深远的影响。

波德莱尔对“恶”的爱好有其历史传承和时代因素，但更多的是个人的审美倾向所致。在基督教文化之下的欧洲历史上，“美丽地呈现丑”的艺术早已孕育了“审恶”的观念，尤其是在绘画领域。早在中世纪，人们已经提出了魔鬼之美丽再现的问题，这一主题在浪漫主义时代又得到了强烈的重现，人们反对古典主义理想化的美，主张美应该令人感兴趣、有特色，并提出了“丑的美学”。在波德莱尔的时代，绘画与诗歌几乎同时进入了一个偏好恶的时代，爱伦·坡认为美无从固定，戈蒂耶则认为美本来就是无可界定的“迷人的怪物”。在历史、时代、个人偏好的共同作用下，对恐怖意象、异相之美以及对一切形式的逾度的偏好形成了波德莱尔独特的恶的美学。人的精神上和物质上的罪恶、丑陋以及病态，在他魔力语言的呈现之下，都以诗歌之美的形式呈现在读者面前。波德莱尔相信“丑恶经过艺术的表现化而为美，带有韵律和节奏的痛苦使精神充满了一种平静的快乐，这是艺术的奇妙特权之一”；而且“美永远是诡异的……它永远会有一丝诡异，使之成为殊相之美”。因此所谓恶之花、恶的美学，或许可以理解为诗人感受存在的新方式、想象空间的新拓展。恶不过是一种新奇情感的载体，美才是他最终的目的。正如王尔德对波德莱尔的评论：“有些时刻，他将恶单纯地视为一种模式，他可以通过这一模式实现他的美的观念。”

面对尘世的丑恶，诗人的忧郁与理想在经历过巴黎风景和酒的迷醉之后，在死神的怀抱中找到了停泊的港湾，也找到了新的起点。在忧郁、理想及死亡之间，“恶”成为诗人关注的重点、美感的源泉，巴黎这片恶之花的土壤第一次成为抒情的题材。这里有“红发女乞丐”：“红发白肤的姑娘，/衣衫上百孔千疮，/露出了你的贫贱，/你的美艳”；也有生活在“古老首都曲曲弯弯的褶皱里”的那些“衰老却惹人爱怜”的“小老太婆”。诗人以惊世骇俗的语言来这样总结这些“心中流血的母亲、妓女或圣女”，这些“往日都曾是远近闻名的女人”：“活着都感到惭愧，干瘪的影子，/你们害怕，总是弯腰溜着墙根；/奇特的命运，无人向你们致意！/熟透了的人渣，等着进入永恒！”在城市更加阴暗的角落，甚至还躺着“被杀的女人”：在一间有着“香水瓶”、“金丝的绸缎”、“给人以快感的家什”、“薰了香的衣衫”的“如温室般暖和的房间”里，这“一具无头的尸体”，却依然“流露出阴暗的爱情”、“亢奋的灵魂”、“百无聊赖”的感觉。整首诗具有极强的画面感。在《晨光熹微》中，有军号、晨风、将息的街灯、做噩梦的少年、冒出炊烟的房屋；“眼皮青紫，寻欢作乐的荡妇们”仍然“张着大嘴睡得又死又蠢”，穷女人在吹火，产妇们遭受着更加剧烈的痛苦的折磨，无家可归的人在收容所中“打着呃，吐出了最后的一口气”，“冶游的浪子”也筋疲力尽地回了家。这就是巴黎的早晨：

"黎明披上红绿衣衫，瑟瑟发抖，/在寂寞的塞纳河上慢慢地走，/暗淡的巴黎，揉着惺忪的睡眼，/抓起了工具，像个辛勤的老汉。"《薄暮冥冥》则描绘了夜幕之下灯红酒绿的大都市的另一副面孔：当"天空像间大卧房慢慢地关上，烦躁不安的人变得野兽一样"。疲惫不堪的劳动者、学者、工人、魔鬼、开始活跃的卖淫者"在污泥浊水的城市里蠕动"，骗子、蠢蠢欲动的小偷、奄奄一息的病人，所有这些人"还不曾体味过/家庭的甜蜜，也从未有过生活"。

在巴黎这片丑陋、残酷而又残留有些微温情的土壤之上，人人内心都开放了一朵"恶之花"，隐藏着一个深刻的伤痕："有时我觉得我的血奔流如注，/像一口泉以哭泣的节奏喷出。/我清楚地听见它哗哗地流淌，/却总摸不到伤口在什么地方。"这首诗就像一把尖刀，直刺丑恶的世界里人们隐秘却伤痛不止的伤口、营营碌碌的世人假装看不见却始终无法遮掩的心灵之伤。在《库忒拉岛之行》中，即便在这座传说中爱神所居的小岛，"歌谣里的胜地"，"美丽的岛，盛开鲜花，遍生香桃"的地方，诗人也只看见一片"最贫瘠的土地"、一片"荒沙乱石"，而且还有"三柱绞刑架"，上面悬挂着已经被食腐猛禽撕扯得肠穿肚烂的腐尸，野兽们还在下面等待着它们的饕餮盛宴。面对如此恐怖、恶心的场景，诗人却体会到了这具尸体的所有感受，对它的所有痛苦感同身受："面对你，怀着珍贵回忆的苦人，/我感觉到了所有丑鸦的长喙，/我感觉到了所有黑豹的大嘴，/曾是那样喜欢咀嚼我的肉身。"面对这样的描写，兰波进行了深刻的评论："诗人以漫长，无边，按部就班的工夫将所有感官解放，以此把自己变成灵视者。一切形式的爱、痛苦、疯狂；他搜寻自己内在，他穷搜自己内里所有的毒，保存它们的精华。"

在这种"恶之美"的视域中，象征主义的萌芽已经开始孕育，波德莱尔的应和理论构成了象征主义的宣言，而且其象征意象也已具有了明显的现代性特征。如《应和》（彭淮栋译本）："余响悠长的回声从远处，/汇合成深远幽奥的和谐，/广浩如黑夜，光明如白日，/香味、色彩与声音彼此应和。"在这首诗中，波德莱尔奇妙的想象力得到了典型的体现，他以打破传统感觉界限的通感使整首诗达到了"隐秘且深邃的和谐"，色彩与声音、意象与事物彼此参化，流露出神秘的关联与呼应。诗人的诗为事物赋予了前所未有的价值，这正是象征主义最重要的追求。波德莱尔本人曾说："在某些近乎超自然的心理状态里，生命的深远整个在我们眼前的景象中袒露，虽然这景象可能很常见。这景象就成为生命的象征。"因此他才会在《邀游》一诗中反复吟唱到："那里，是整齐和美，/豪华，宁静和沉醉。"将秩序、"美"、"豪华"、"宁静"和"沉醉"这些分别属于不同价值体系的观念的统一和谐视为远游的最高理想。应和，即通感，成为诗人揭示生命在内心感受的直觉投射的重要发现。波德莱尔之后的诗人都受到了他的深远影响。魏尔伦、马拉美和瓦莱里关于象征的理论阐述和诗作将波德莱尔的应和论提高到了理论和再度生发的高度，从而使象征主义成为一种重要的艺术潮流。

从意象上看，诗人经常使用的意象具有极强的象征性，而且体现出强烈的现代性特征。在《天鹅》这充满象征的三节诗中，波德莱尔把人的处境和命运浓缩在生动而鲜明的形象之中："一只天鹅逃出它的囚笼，/脚蹼摩擦着干燥的街石，/崎岖的地上拖着白色的羽毛，/嘴巴伸向一条没有了水的小溪。""天鹅"象征着人类，"囚笼"象征着人的困境。天鹅虽然逃出了一个困境，但是前路却依然艰辛。它面对的依然是"干燥的街石"、"崎岖的地"、"没有了水的小溪"，那美好的"故乡"、美丽的"湖"只能在心中思念，而掌管一切的上帝却不过是一片"嘲弄的、残酷的蓝天"，无法为这只干涸的小溪旁饥渴的天鹅提供任何帮助。这就是人这种"不幸的生物""奇异而又注定的传说"的命运。这首诗的每一节都是典雅的亚历山大体，即十二音节体，原文中每节两个韵，即"a/b/a/b，c/d/c/d，e/f/e/f"结构，音韵柔美，以辅音韵脚为主，只有在最后一节才出现了元音韵脚。第二行和第四行的元音，使得整首诗在愤懑之后展现了忧郁、柔性的结尾，结构上更加和谐。"船"是诗人常用的意象之一，也是后世诗人反复发展的意象。如《七个老头子》："我的理智徒劳地想抓住栏杆；/风暴肆虐，它的努力迷失方向，/我的灵魂跳呀，跳呀，这艘破船，/没有桅杆，在无涯怒海上飘荡！"《音乐》（卞之琳译本）同样以"船"为意象，抒发诗人内心的忧郁："惊涛骇浪中一叶扁舟的苦痛/全涌上来把我搅着，/无边的洪流上，好风和骚动的暴风/又把我抚着，摇着。/有时候，万顷的平波，像个大明镜/照着我绝望的魂灵！"在这两首诗中，波德莱尔采用了"飘荡之船"的意象寓指自己疲惫的灵魂。诗人兰波在17岁时的名作《醉船》中也采用了同样的意象，并将其发展成为一首优美的长诗。除了同样以船寓己、抒发自己的忧郁之外，他在笔触的细腻、风格的凛冽以及对恶之美的表现方面与波德莱尔也有很多相似之处，如："从此，我就沉浸于大海的诗——/海呀，泡满了星星，犹如乳汁；/我饱餐青光翠色，其中有时漂过/一具惨白的、沉思而沉醉的浮尸。"

作为一名伟大的诗人，波德莱尔对诗歌的影响超越了语言的障碍，同样反映在中国诗人的作品中，尤其是戴望舒和徐志摩。波德莱尔在《给一位过路的女子》中这样写道："轻盈而高贵，一双腿宛若雕刻。/我紧张如迷途的人，在她眼中，/那暗淡的、孕育着风暴的天空/啜饮迷人的温情，销魂的快乐。”“远远地走了！晚了！也许是永诀！/我不知你何往，你不知我何去，/啊我可能爱上你，啊你该知悉!”这样的“偶遇”让我们很容易想到徐志摩写于1926年的《偶然》：“我是天空里的一片云/偶尔投影在你的波心/你不必讶异/更无须欢喜/在转瞬间消灭了踪影/你我相逢在黑夜的海上/你有你的/我有我的，方向/你记得也好/最好你忘掉/在这交会时互放的光亮。”戴望舒写于20世纪30年代的《雨巷》则更加缠绵悱恻：“在雨的哀曲里，/消了她的颜色，/散了她的芬芳，/消散了，甚至她的/太息般的眼光/丁香般的惆怅。/撑着油纸伞，独自/彷徨在悠长、悠长/又寂寥的雨巷，/我希望飘过/一个丁香一样地/结着愁怨的姑娘。”通过三位中外诗人对偶遇主题的不同表现，读者能更清楚地体会到他们独有以及共有的风格。

波德莱尔（Baudelaire）的姓氏历史上也曾写作“Beaudelaire”，根据词源学的考证，这个词也有“大头军刀”的意义。无论是从诗人的行为还是作品来看，这个词与诗人的本性无疑十分相符。波德莱尔这个资产阶级与没落贵族的坏孩子不愿走安稳的寻常路，而是甘愿做一把“大头军刀”，闪着冷冷的刀锋，直刺人心的幽暗之处，《恶之花》更是以其优美的形式、崭新的审美意境、超前的创新意识无可抵御地刺中了读者内心最柔软的一隅。正如雨果所言，深谙炼狱的但丁都不如波德莱尔阴冷，“因为但丁只是去过地狱，而波德莱尔是从地狱中来的”。而T. S. 艾略特认为“波德莱尔是现代所有国家中诗人的最高楷模”，天才诗人兰波则直接将波德莱尔视为“真正的上帝”。从青少年时代开始，波德莱尔所有离经叛道的行为似乎都在有意无意地希望重新获得再嫁母亲的关注。然而在母亲那里，他的愿望至死也没有实现，因为他的诗歌从未得到她的欣赏，但却吸引了全世界读者的目光。

【拓展阅读】

一、中译本

1. 波德莱尔．恶之花．郭宏安，译．桂林：广西师范大学出版社，2002.

2. 波德莱尔．巴黎的忧郁．亚丁，译．北京：三联书店，2004.

二、研究著作、论文

1. 让-保罗·萨特．波德莱尔．施康强，译．北京：北京燕山出版社，2006.

2. 戈蒂耶．回忆波德莱尔．陈圣生，译．沈阳：辽宁人民出版社，1988.

3. 克洛德·皮舒瓦，让·齐格勒．波德莱尔传．董强，译．上海：上海人民出版社，2007.

4. 瓦尔特·本雅明．发达资本主义时代的抒情诗人．王才勇，译．南京：江苏人民出版社，2005.

5. 郭宏安．波德莱尔诗论及其他．上海：同济大学出版社，2006.

6. 刘波．普鲁斯特论波德莱尔．外国文学评论，2002 (3).

7. 刘波．波德莱尔与法国浪漫主义思潮．四川外语学院学报，2003 (5).

8. 刘波．“应和”与“应和论”——波德莱尔美学思想的基础．外国文学评论，2004 (3).

9. 翁贝托·艾柯．美的历史．彭淮栋，译．北京：中央编译出版社，2007.

【思考题】

1. 应该如何理解《恶之花》中的“恶”与“美”？

2. 《恶之花》中的“船”的形象与法国诗人兰波的诗作之间有什么联系？

3. 同样表现“偶遇”这一主题，波德莱尔与中国的戴望舒、徐志摩的作品有什么不同？

4. 《恶之花》对后世诗人有什么影响？

第八节　叶芝的抒情诗赏析

【作家生平】

W. B. 叶芝（1865—1939），现代爱尔兰著名诗人、剧作家，1865 年 6 月 13 日生于都柏林一个具有艺术气息的家庭，父亲为画家。叶芝 3 岁时全家迁往伦敦，1880 年搬回爱尔兰。1881 年叶芝在都柏林上中学，1884 年至 1886 年在都柏林大都会美术学院学习绘画，其间开始发表诗作，并对神秘主义产生浓厚兴趣。1885 年，他参与“都柏林秘术兄弟会”活动，同时，爱尔兰民间传说和神话故事也成为他创作的灵感来源，1889 年出版的给他带来声誉的诗集《乌辛之浪迹及其他诗作》中，许多诗作就取材于他所说的爱尔兰神话传说的“大记忆库”。他从他家女仆那里所熟知的各类乡野传奇和神秘故事，则收录在他后来出版的散文集《凯尔特曙光》里。

1889 年，叶芝结识了女演员茅德·冈。茅德·冈对叶芝的一生都具有重要的意义。叶芝曾多次向茅德·冈求婚，均遭到拒绝，尽管如此，他们仍保持着密切联系。叶芝为茅德·冈写下了众多传世的诗篇，并以她为原型创作了诗剧《凯丝琳女伯爵》。

1896 年，叶芝结识了剧作家奥古斯塔·格雷戈里夫人，并和格雷戈里夫人及其他作家、艺术家共同发起了“爱尔兰文艺复兴运动”（或称“凯尔特文艺复兴运动”）。叶芝在这一时期创作、出版的诗集《苇丛中的风》（1899）、《在那七片树林里》（1904）、《绿盔及其他》（1910），显示了他向青春写作告别的趋向。在一首《随时间而来的真理》中，他宣称“虽然枝条很多，根却只有一条；/穿过我青春的所有说谎的日子/我在阳光下抖掉我的枝叶和花朵；/现在我可以枯萎而进入真理”（沈睿译）。

1913 年，叶芝在伦敦结识了尚未成名的美国年轻诗人埃兹拉·庞德，并在这位“文学助手”的促动下，在创作上转向一种更坚实、敏锐的现代主义。1916 年，叶芝重访格雷戈里夫人的私人庄园柯尔庄园，并写下《柯尔庄园的野天鹅》等诗，这些诗作成为其诗风转变的标志性作品。

在20世纪20年代前后，叶芝无可避免地受到他的国家以及整个世界动荡局势的影响。“一切都四散了，再也保不住中心”，这句广被引用的诗，体现了他对一个混乱的、充满了各种冲突的时代的敏感和痛楚。1916年复活节爱尔兰民族起义失败后，他写下了他的史诗般的作品《一九一六年复活节》。1921年，爱尔兰获得自治。1922年，叶芝被选入爱尔兰参议院。1923年，因为“以其高度艺术化且洋溢着灵感的诗作表达了整个民族的灵魂”（诺贝尔文学奖授奖词），叶芝荣获该年度诺贝尔文学奖，由瑞典国王亲自颁奖。

1925年，叶芝出版了《灵视》，在该书中，他构造了一套超验的象征主义体系，因为他相信他自己和他的民族保有一份“灵视的天赋”。后期的叶芝，不仅葆有一种罕见的创造激情（叶芝曾说过在他年轻时他的缪斯是老的，而当他变老时他的缪斯却变年轻了），还越来越趋向一个伟大诗人的境界。他以一种他所说的“精神英才的伟大劳役”，对心灵与诗歌进行重新整合，以把破碎的人生和艺术经验熔铸为一个整体。叶芝在后期出版的诗集有《麦克尔·罗巴蒂斯与舞蹈者》（1921）、《塔堡》（1928）、《旋梯及其他》（1933）、《新诗》（1938）。

1938年，叶芝最后一次来到艾比剧院，观赏他的剧作《炼狱》的首映式。同年，他出版了《威廉·巴特勒·叶芝的自传》。

晚年的叶芝身体衰弱，1938年在腺瘤手术后到法国休养，然而最终还是于1939年1月28日在法国曼顿逝世。他的最后一首诗作是以亚瑟王传说为主题的《黑塔》，充满了一种海风狂吹、令“老骨头”不停战栗的力量。1948年9月，依照诗人的遗愿，诗人的遗体被移葬在他的故乡斯莱果郡。他的墓志铭是诗人晚年作品《本布尔本山下》的最后一句：“投出冷眼/看生，看死/骑士，策马向前！”

【作品内容】

一般来说，人们把叶芝一生的诗歌创作分为早期、中期和后期三个阶段，其早期诗作带着19世纪末朦胧唯美的浪漫情调，中、后期的创作经由象征主义发展到现代主义，而又超越了现代主义，成为现代英语诗歌“无可置疑的大师”（T. S. 艾略特语）。

叶芝生来具有一种耽于理想的气质，他声称“我们必须在生命之树上为凤凰找寻栖所”，而诗歌，成为他这种灵魂寻求的形式。他幻想“每个人生命中的一道风景、一次历险、一幅图画，都是他私密人生中的意象……这个意象，如他能终生反复沉思，有一天会把他的灵魂带到遥远的家园，远离无意义的处境与人生起落。在那里，不死的神在等着这些灵魂，让他们简单如火焰、素净如一盏玛瑙灯”。他的早期代表作《茵纳斯弗利岛》(1890，袁可嘉译)，就虚构了“茵纳斯弗利岛”这样一个“遥远的家园”：

我就要动身走了，去茵纳斯弗利岛，
搭起一个小屋子，筑起泥巴房；
支起九行芸豆架，一排蜜蜂巢，
独个儿住着，荫阴下听蜂群歌唱。

我就会得到安宁，它徐徐下降，
从朝露落到蟋蟀歌唱的地方；
午夜是一片闪亮，正午是一片紫光，
傍晚到处飞舞着红雀的翅膀。

我就要动身走了，因为我听到
那水声日日夜夜轻拍着湖滨；
不管我站在车行道或灰暗的人行道，
都在我心灵的深处听见这声音。

叶芝的中期创作，激情勃发，佳作连篇。在一个混乱的时代，他一方面坚持对一个永恒世界的塑造，另一方面又始终以现实和心灵的苦汁为营养。《寒冷的苍穹》一诗的著名开头是：“突然间我看见寒冷的、为乌鸦愉悦的天穹/那似乎是冰在焚烧，而又生出更多的冰。”此诗据说是叶芝闻讯茅德·冈与他人成婚、在精神上经受重创后所作，但无论创作背景如何，正如爱尔兰诗人谢默斯·希尼所说，它“是对意识的震颤，对华莱士·史蒂文斯所称的我们‘精神的高度和深度’的全部尺度敞开的一瞬间的生动记录”（《欢乐或黑夜：W. B. 叶芝与菲利蒲·拉金诗歌的最终之物》）。同时，他也越来越多地涉及人生的难题和悖论，他所用的一些诗的意象和象征，往往显示了人生的种种“对立项”(如理智与情感，肉体与灵魂等等)。他一方面仍是一个充满激情的抒情诗人，另一方面又是一个自我分析家、一个不断进行自我争辩甚至自我嘲讽的反讽性角色。他诗歌中的力量，往往就来自这种人生的撕裂和相互撞击。《马戏团动物的逃亡》一诗著名的结尾是：“既然我的梯子移开了/我必须躺在所有梯子开始的地方，在内心那破烂的杂货店里。”

叶芝仍是叶芝，在他创作的后期，他仍保持着如他自己所说的对“困难事物的迷恋”。他从他的全部人生体验及对文明和历史的洞察中形成了一些新的具有启示性意义的意象和象征，并试图对心灵与诗歌进行重新整合，以把激情与反讽、信仰与智慧熔铸为一个整体，“采集进永恒的艺术安排”（《驶向拜占庭》）。《雕塑》（王家新译）是叶芝最后写下的几首诗之一。诗人首先从那些受惠于毕达哥拉斯黄金分割律的大理石或青铜雕塑开始，进而反思整个人类文明的历史，最后又回到了给诗人以终生影响的1916年爱尔兰复活节起义。如同诗中所写，这是一个任何智力、计算和测量都无法解答的精神事件。这里，与其说由个人上升到群体，不如说诗人开始处在一种被提升的精神存在中开口说话。而“黑暗”因为“攀登”一词的运用也陡然成为一种“高度”：只有置于这种神恩笼罩的尺度下，一个诗人才有可能“追溯一张用测锤量过的脸廓”，亦即显现出为伟大文明和信仰所造就的生命。

叶芝最终达到了这样的肯定，这使他的诗超越现代的混乱和无意义而向“更高的领域”敞开。因此艾略特会这样感叹：“叶芝在已经是第一类（指‘非个人化’）中的伟大匠人之后，又成为第二类中的伟大诗人。”《叶芝：诗与诗剧》

这就是叶芝的后期，他不仅把随时间而来的智慧与反讽的艺术结合在一起，也与一种悲剧的力量结合在一起。在他后期的一首名诗《在学童中间》（卞之琳译）的结尾，他以“随音乐摇曳的身体啊，灼亮的眼神！/我们怎能区分舞蹈与跳舞人”这样的诗句来表达他对生命和艺术至高境界的向往。而叶芝自己的一生，就是诗与诗人、舞蹈与舞者融为一体的光辉见证。

【作品赏析】

《当你老了》（袁可嘉译）为叶芝早期代表作之一。该诗的写作对象是茅德·冈。在写这首诗时，年轻的诗人似乎已看到了这场恋爱的尽头，看到了某种悲剧性的宿命，这是该诗笼罩着一种忧伤调子的根本原因。但该诗的重心却是中间两句：“只有一个人爱你那朝圣者的灵魂/爱你衰老了的脸上痛苦的皱纹。”它使每一个读到它的人受到震动，并由此被提升到一个更高的生命境界。

这首诗之所以深刻感人，首先在于它具有一种深刻的生命对话性质。虽然这首诗的写作对象是茅德·冈，但实际上出现在这些诗中的，已是“另一个人”，是一个超越一切现实人际关系的“唯一者”，我们无须了解诗的背景也可以理解。诗人是痛苦的，因为他不可能在实际生活中拥有他的恋人；但他又是有幸的，因为他找到了这样一位终极意义上的对话者，作为对他灵魂的拯救（茅德·冈在晚年给叶芝的信中也说，世界会因她没有嫁给他而感谢她的）。

与这种“想象中的对话”相关，这首诗通过想象来展开全篇。“当你老了”，显然不是写实，而是一种想象和假定，诗人要由此确定一个“老了”的视角，并从这个视角回头反观一生。他写这首诗的目的是要对整个人生进行沉思，而“老年”才是一个对人生进行反思的可靠的视角。

正因为想象出一个“老了、头白了”的视角，那经历的漫长一生才呈现在面前，并令我们感叹。诗一开始所描述的孤独而凄凉的晚年，不仅指向眼神有着“浓重阴影”的青春往昔，更指向了人生中某种致命的“缺席”。这种“缺席”，正是人生忧伤的最根本原因。

但诗人并没有因此减弱或放弃他对灵魂的追求：“多少人爱你青春欢畅的时辰……”这指的是因为写作对象年轻时代的美丽，在她身边总是围绕着一些追求者，但“只有一个人”才能抛开人生的浮华，和她一起朝向那更高的精神事物。在这里，诗人没有说“只有我”，而是说“只有一个人”，所强调的正是一种真正的爱的绝对性和不可替代性。

正如上文已提及的，接下来的“只有一个人爱你那朝圣者的灵魂/爱你衰老了的脸上痛苦的皱纹”，成为全诗的重心所在。读到这里时，仿佛在这样的诗句中有某种东西出现了，而它的出现提升、照亮了全诗。这也就是为什么这样的诗会超越一般的爱情诗，因为诗人把对爱的追求与人生信仰的建立联系了起来，并把真正的、不无痛苦的爱作为对灵魂的拯救。正是这两句使全诗熠熠生辉，使这首诗有了一种不同寻常的“精神性”。这种精神的提升和闪耀，赋予了叶芝的诗以某种痛苦而高贵的特质。

《当你老了》的结尾也十分耐人寻味：消失（或者说错过）的爱并没有真正远离，而是“缓缓踱着步子/在一群星星中间隐藏着脸庞”。这样的结尾真是“意犹未尽”，似乎消逝的爱一边远去，一边还回首对人们抱着期望——就看人们是怎样对待自己的人生了！的确，这和常见的爱情诗不大一样。它和爱情有关，但又远远超越了一般的爱情诗，具有更深刻、崇高的精神内涵。它在我们这里引起的，是对整个人生的沉思。

《一九一六年复活节》为叶芝的纪念碑式的作品。该诗写于1916年复活节爱尔兰民族起义失败半年、起义领袖被处决之后。叶芝本来对过激政治和暴力抗争持保留态度，对他所了解的一些起义人物也不以为然，然而，复活节起义及起义者的悲壮殉难仍极大地震撼了他："一切变了，彻底变了：一种可怕的美已经诞生"（引诗取自查良铮译本，下同）。于是在这首诗里，诗人的身份变了，由一位局外人（复活节起义时他并不在爱尔兰，而是在英格兰）变为见证人（请注意该诗的起句"我在日暮时遇见过他们"），变为铭记者（"我用诗把它写出来……"），甚至，变为一位悲痛而神圣的招魂人：

太长久的牺牲
能把心变为一块岩石
呵，什么时候才算个够？
那是天的事，我们的事
是喃喃念着一串名字，
好像母亲念叨她的孩子
当睡眠终于笼罩着
野跑了一天的四肢……

诗写到这里达到一个高潮。诗人的情感在一种巨大的悲悯中升华，他甚至在为自己、也为整个民族要求一种悲痛母亲的地位。至此，历史中的人物成为神话中的祭品，民族苦难被提升到悲剧的高度，盲目的死亡冲动和政治牺牲通过一种艺术仪式获得了让人永久铭记的精神含义……

这的确是一首伟大的诗篇，它将诗歌提升到了崇高的地位。不过，在这首史诗般的书写民族悲壮起义的诗篇中，还有着这样一节副歌：

许多心只有一个宗旨，
经过夏天，经过冬天，
好像中了魔变为岩石，
要把生命的流泉搅乱。
从大路上走来的马，
骑马的人，和从云端
飞向翻腾的云端的鸟，
一分钟又一分钟地改变；
飘落在溪水上流云的影
一分钟又一分钟地变化；
一只马蹄在水边滑跌，
一匹马在水里拍打；

长腿的母松鸡俯冲下去，
对着公松鸡咯咯地叫唤；
它们一分钟又一分钟地活着：
石头是在这一切中间。

这一副歌可谓“出位之思”，它出人意表，也使一般读者困惑，甚至感到“多余”。然而，这正是叶芝作为一位伟大诗人的地方。这个副歌与正文形成了一种强烈的反差，但它恰好在持久的自然世界与短暂的历史动荡之间、在强烈的悲剧情感与非个人的超然和宁静之间、在生生不息的原始自然力与人世间的生死是非之间形成了一种对照。由此，社会、历史被纳入一种艺术秩序中来观照，诗人内在的矛盾构成了一种诗的张力。

《驶向拜占庭》，这首后期诗作不仅体现了叶芝对古老而神秘的东方文明的向往，还体现了诗人对灵魂如何超脱生死得以不朽这个人生最根本问题的深切关注。

拜占庭，即现在的土耳其首府伊斯坦布尔的前身，本来为小亚细亚古城，公元6世纪曾为东罗马帝国和东正教的中心。正是这一金色时期的拜占庭，被叶芝视为圣城，象征着艺术、永恒、文明、灵与肉的统一，是一个超越了人间变化无常的所在。它寄托了诗人对永生的渴望。

诗的第一节称“那不是老年人的国度”，因为那是一个“青年人/在互相拥抱”，鱼、兽或鸟，现世中的一切耽于“感官的音乐”的世界，“个个都疏忽/万古长青的理性的纪念物”。这是一个已听到永生召唤的“老年人”要从中永远走出的世界。而一个“老年人”又如何呢？接下来是诗的第二节：

一个衰颓的老人只是个废物，
是件破外衣支在一根木棍上，
除非灵魂拍手作歌，为了它的
皮囊的每个裂绽唱得更响亮；
…………

王佐良在谈这节诗的前两句时，曾这样感叹：“两者结合在一起就产生了神奇的效果：前者变成警句，后者变成确切的比喻。”但更为“神奇”、也更耐人寻味的是“除非灵魂拍手作歌，为了它的/皮囊的每个裂绽唱得更响亮”这一句——如果在这衰颓的肉体里没有一个不屈服的灵魂，如果它不“拍手作歌”，那么一个老人就只是个垂死的废物。而当灵魂拍手作歌，皮囊的每个裂绽唱得更响亮，那就是它超脱生死和肉身限制的超越性时刻。在叶芝那里，似乎他的一生都在为这一时刻做准备。而这个灵魂要以“拍手作歌”来挣脱肉体的隐喻，据G. 凯因斯提示，来自诗人布莱克的启示：布莱克在弟弟去世时，竟然看到“解脱了的灵魂向天空升去，欢快地拍着它的双手……”

而在叶芝这首诗中，解脱了的灵魂没有向天空升去，而是远渡重洋来到拜占庭神圣的城堡里，在这里，“智者们”从嵌金的壁画中、从“上帝的神火中”走出，“旋转当空……为我的灵魂作歌唱的教师”。而诗人愿“把我的心烧尽，它被绑在一个/垂死的肉身上，为欲望所腐蚀”。诗人甚至愿抛开那大自然赋予的皮囊，让古老、神奇的金匠重新锤打自身，“请尽快 /把我采集进永恒的艺术安排”。这种诗思，和叶芝本人所说的“所有个人的东西顷刻间就会腐朽”、而“古代的盐是最上等的保鲜材料”完全一致。

叶芝在晚年写出这样的诗篇，乃出自一种必然。在他的早年，他曾幻想了“茵纳斯弗利岛”那样一个“遥远的家园”，而在晚年的想象里，他就置身于拜占庭城堡的神火和金色文明的锤打之中。在语言形式上，该诗显示了叶芝晚年炉火纯青的高超诗艺和罕见的功力，体现了他对自己矛盾复杂的一生进行“锤炼统一”的不懈努力。它成为叶芝一生的艺术总结。

【拓展阅读】

一、中译本

1. 叶芝．丽达与天鹅．裘小龙，译．桂林：漓江出版社，1987.

2. 叶芝．叶芝抒情诗全集．傅浩，译．北京：中国工人出版社，1994.

3. 王家新，编选．叶芝文集（三卷本）．北京：东方出版社，1996.

二、研究著作、论文

1. T. S. 艾略特．叶芝：诗与诗剧．王恩衷，译//王家新，编选．叶芝文集（卷一）附录．北京：东方出版社，1996.

2. 傅浩．叶芝评传．杭州：浙江文艺出版社，1999.

3. 傅浩．叶芝的神秘哲学及其对文学创作的影响．外国文学评论，2000(2).

4. 埃德蒙·威尔逊．叶芝//埃德蒙·威尔逊．阿克瑟尔的城堡：1870至1930年的想象文学研究．黄念欣，译．南京：江苏教育出版社，2006.

5. 蒲度戎．叶芝的象征主义与文学传统．外语与外语教学，2007 (7).

6. 李静．叶芝诗歌：灵魂之舞．上海：东方出版中心，2010.

7. 连摩尔，伯蓝．叶芝：二十世纪最伟大的爱尔兰神秘主义诗人．刘蕴芳，译．上海：百家出版社，2004.

8. 王佐良．读诗随笔：叶芝//王佐良．心智文采．北京：北京大学出版社，2007.

【思考题】

1. 叶芝所说的“随时间而来的智慧”体现在他诗中的哪些方面？

2. 叶芝的诗歌创作可分为怎样的三个阶段？

3.《当你老了》这首诗，袁可嘉在翻译时有所变动，请对照原文进行比较，并谈谈你是否认同这种创造性的翻译。

4. 叶芝在《一九一六年复活节》这首诗中加入了一节副歌，这有怎样的作用？

第九节 泰戈尔的《吉檀迦利》赏析

【作家生平】

罗宾德拉纳特·泰戈尔（1861—1941）是印度近代文学史上最负盛名、最重要的诗人，同时，他也是印度近现代史上著名的小说家、剧作家、音乐家、思想家、教育家和爱国者。他于1913年获得诺贝尔文学奖，是第一位获此荣誉的亚洲人。

1861年5月7日，泰戈尔出生在印度加尔各答市的一个婆罗门望族之中。泰戈尔的家庭是当时加尔各答的知识界的中心，那里既有印度传统文化的氛围，又有西方文化的气息，泰戈尔自己曾说过，他成长于宗教改革运动、文学改革运动和民族运动“三种运动汇合的氛围之中”。这种氛围，促使泰戈尔形成了既重视传统文化，又善于吸收西方文化，同时勇于创新改革的品质。泰戈尔享有“诗圣”之名，他自幼喜爱文学，热爱心灵的自由，且富有诗才。但因为厌恶学校里刻板的教条和老师的教鞭，泰戈尔主要通过自学和家庭教师的教导获得了丰富多样的知识。

1878年，泰戈尔登上了赴英国求学的轮船，但在英国他并没有遵照父亲和哥哥的意愿去学习法律，而是自作主张进入了伦敦大学学习英国文学和西方音乐。一年半后，并未完成全部学业的泰戈尔回到印度。1890年，他奉父亲之命前往谢利达经营祖传的田产，并在此生活了近10年。这期间泰戈尔与孟加拉的民间艺人“巴乌尔”有了直接接触，在思想和诗歌创作艺术方面都受到了“巴乌尔”神秘主义颂神诗的影响。1901年，泰戈尔来到圣地尼克坦，创办了一所独特的学校（后发展成著名的国际大学）。

从1900年到1905年，泰戈尔经受了多重打击。他的妻子、父亲、二女儿、朋友相继去世，他在参与民族运动过程中也遭受了多方误解。1905年，印度总督寇松颁布分割孟加拉的法令，引发了孟加拉地区以及印度大规模的民族运动。泰戈尔在一开始积极投入到了运动中，但随着运动的发展，诗人既反对焚烧外国货物和激进派的暴力恐怖行动，也反对右派的妥协投降路线，因此遭到了来自民族运动各派以及群众的误解。心灰意冷的泰戈尔在 1907 年退出运动，回到圣地尼克坦潜心创作，《吉檀迦利》正是这一时期的结晶。

1913 年，泰戈尔以诗集《吉檀迦利》荣获诺贝尔文学奖。之后他到世界各地旅行演讲，传播东方文化，同时致力于国际大学的建设和发展。

泰戈尔的母语是孟加拉语，他的诗歌创作持续了 72 年之久，共创作了 50 多部诗集，其中既有孟加拉语诗集，也有英语诗集。孟加拉语的代表性诗集主要有《刚与柔集》（1886）、《金帆船集》（1894）、《故事诗》（1900）、《祭品集》（1901）、《渡口集》（1906）、《献歌集》（即孟加拉语《吉檀迦利》，1910）、《歌之花环》（1914）、《再次集》（1932）等，英语诗集的主要作品有《吉檀迦利》（1912）、《园丁集》（1913）、《新月集》（1913）、《飞鸟集》（1916）。

泰戈尔是孟加拉语现代诗歌的奠基人，他对传统孟加拉语诗歌的主题、韵律和语言都进行了改革，在诗歌创作中更倚重生活语言，关注个体的感受和心灵而非传统的神话和英雄。《吉檀迦利》是泰戈尔出版的第一部英语诗集，也是他所以获得诺贝尔文学奖的主要作品。泰戈尔的英语诗歌是 20 世纪初向西方展示印度文明、东方文明的一个重要窗口，它们在近现代东西方文化交流史上起到了重要的桥梁作用。对于印度现当代文学而言，它们的意义在于为当时的诗人和作家昭示了一种文学发展的新的可能，印度现当代文学和作家从泰戈尔的成功中获得了极大的鼓励和信心。《吉檀迦利》是近现代世界文学交流史上的一个坐标。

【作品内容】

英文版《吉檀迦利》是泰戈尔最有代表性、影响最大的诗集。诗集共收入 103 首诗歌，这些诗分别选自《渡口集》、《献歌集》、《歌之花环》等孟加拉语作品。诗集名称取自孟加拉语，“吉檀”是“歌”的音译，“迦利”是“献”的音译，“吉檀迦利”合起来就是“献歌”的意思，表明这些诗歌都是献给神的。

1912 年三四月间，泰戈尔由于身体不适，被迫推迟了欧洲之行的计划，来到帕德玛河畔的谢利达庄园调养将息。在这里，他开始将孟加拉语《献歌集》中的一些诗歌翻译成英语。当年 5 月，他启程前往欧洲，并最终在去往伦敦的海轮上完成了整部诗集的翻译工作。实际上，泰戈尔的大部分英文诗歌都译自他的孟加拉语诗歌，不过他的翻译几乎都是一种创作性的改写。1912 年 11 月，伦敦的印度协会首次出版了《吉檀迦利》，印数只有 750 册。随后，威廉·罗森斯坦写信给麦克米伦公司，促请他们出版这部诗集。1913 年 3 月，由麦克米伦公司出版的、附有 W. B. 叶芝（1865—1939）所作序言的《吉檀迦利》获得了巨大的成功。在随后的 20 年内，这部诗集重印了 20 次，并被译为多种语言出版。

《吉檀迦利》是献给神的诗歌，是一部颂神诗。诗集中用了多种不同的称谓来称呼神，比如“你”、“他”、“我的主”、“我的国王”、“万王之王”、“诗人”、“我的朋友”、“情人”等；其中体现出来的与神的关系也丰富多样，既有信徒与神之间的崇信，又有朋友般的平等，还有情人之间的亲密。诗集中的神并不是一个具体的神，也并不高高在上，神存在于万物之中，存在于普通人民之间，是一位人格神，因此诗集中的诗篇在内容上涉及了自然、爱情、爱国、儿童、苦难、死亡等多个方面，与一般的宗教诗歌有很大区别。《吉檀迦利》展现了一种与神的直接的、快乐的、完全无惧的关系，表达了与神融为一体的愿望，表现了对神的追求以及在这一过程中所经历和体验的喜悦与痛苦。《吉檀迦利》中的思想融合了印度传统的吠檀多哲学“梵我一如”观、印度教传统的毗湿奴信仰以及在孟加拉地区盛行的民间“巴乌尔”信仰，并与西方近现代的人道主义思想相结合。泰戈尔在《生命的亲证》中写道，永恒的宇宙精神“创造了大地、天空和星辰，同时也以意识之光照亮了我们的心灵”。他认为，梵是一种无限的存在，而现象世界和人是有限的存在。人的灵魂与宇宙精神具有实质的同一性。有限和无限的关系，即物质与精神的关系，是泰戈尔哲学探索的核心问题。他认为它们之间的关系是一种辩证关系：“只有有限，犹如没有光的灯，没有音乐的琴；只有无限，也只是一片空寂。”这就是说，无限是一种抽象，是宇宙的本源，但却寓于有限之中，因而只有与有限联系起来才能被理解。达到“梵我一如”是泰戈尔追求的最高精神境界，在“有限”中证悟“无限”的欢乐，是泰戈尔文学创作的主题：“我这一生永远以诗歌来寻求你。它们领我从这门走到那门，我和它们一同摸索，寻求着，接触着我的世界。”（《吉檀迦利》第 101 首）由于诗集中神的多意性，《吉檀迦利》也被认为具有浓厚的神秘主义色彩。叶芝在为《吉檀迦利》所作的序言中将泰戈尔描绘成了一个具有僧侣般神秘、安详气质的东方哲人，认为《吉檀迦利》“丰富”而“朴素”，“展现了一个我一生梦寐以求的世界”。而印度现代哲学家、政治家 S. 拉达克里希南则认为《吉檀迦利》“描绘了生命中的混乱和分裂，指出神秘主义应该在美与爱的世界中得到表达，人类职责就是要通过爱与奉献，发挥人的潜能，在地上实现如同在天国般的融合”。

【作品赏析】

在《吉檀迦利》中，诗歌的内容是丰富多样的，除了一些直接歌颂神的诗歌之外，还包括了儿童诗、爱情诗、爱国诗等。泰戈尔重视和赞美儿童的童真、自由，认为儿童是与“神”最为接近的，他说：“在我的童年，神也变成小孩和我一同游戏”，“儿童的喜悦是纯真的喜悦”。他又说：“他们（儿童）具有使鸡毛蒜皮的事变成他们全神贯注的趣味世界的力量”，“而且用他们的想象把最丑的玩具变得漂亮，变成生活的伙伴”。

> 孩子们在无边的世界的海滨聚会。头上是静止的无垠的天空，不宁的海波奔腾喧闹。在无边的世界的海滨，孩子们欢呼跳跃地聚会着。
>
> 他们用沙子盖起房屋，用空贝壳来游戏。他们把枯叶编成小船，微笑着把它们漂浮在深远的海上。孩子在世界的海滨做着游戏。
>
> 他们不会凫水，他们也不会撒网。采珠的人潜水寻珠，商人们奔波航行，孩子们收集了石子却又把它们丢弃了。他们不搜求宝藏，他们也不会撒网。
>
> 大海涌起了喧嚣，海岸闪烁着苍白的微笑。致人死命的波涛，像一个母亲在摇着婴儿的摇篮一样，对孩子们唱着无意义的谣歌。大海在同孩子们游戏，海岸闪烁着苍白的微笑。
>
> 孩子们在无边的世界的海滨聚会。风暴在无路的天空中飘游，船舶在无轨的海上破碎，死亡在猖狂，孩子们却在游戏。在无边的世界的海滨，孩子们盛大地聚会着。（第60首）

在这首诗中，孩子们的所作所为没有功利性，也没有目的性，他们玩乐，唱着“无意义的谣歌”。在孩子这种纯粹的游戏面前，风暴、船舶、死亡都失去了意义。诗歌中“无边的世界”喻指无限，在追求无限的过程中，成人的带有目的性的行为都是无法实现与无限的结合的。这首诗在结构上也具有极强的对称性，以第三段为支撑点，整个诗篇在段落、句子上都形成了对称，诗篇结构显得十分稳定。而这种结构的对称稳定又与诗篇所讨论的内容的不平衡，即儿童与成人之间的差异、儿童的纯真对有限世界的消解形成一种张力，使得诗歌具有更强的感染力。

《吉檀迦利》中还有很大一部分是爱情诗，诗人用男女双方的结合来比喻神与人的融合。在这些诗歌中，诗人往往以女性的身份出现，等待着恋人的来临。有时恋人久候不来，有时恋人在睡梦中与“我”相会。这种以男女恋情和结合来表现神人结合，以及将诗人自我比喻为女性的创作手法，与印度教传统的毗湿奴诗歌和孟加拉民间的“巴乌尔”诗歌紧密相关。在梦中与神相会是在《吉檀迦利》中多次出现的场景，如第 20 首“我从梦中惊起，觉得南风里有一阵奇香的芳踪”，第 26 首“他在静夜中来到；手里拿着琴，我的梦魂和他的音乐起了共鸣”，第 48 首“我从沉睡中睁开眼，我看见你站在我身旁，我的睡眠沐浴在你的微笑之中”，第 65 首“你把自己在梦中交给了我，又通过我来感觉你自己的完满的甜柔”等等。在印度教的传统思想中，人在实现与梵合一的过程中，必须摆脱物质世界的束缚；并认为人在清醒的状态下，精神受制于外界事物，处于一种主客观互相对立分离的不和谐状态。而在睡梦中的人类似于一种“假死”状态，因此人在梦中比在清醒时更容易实现与神的结合。在追寻与神合一、摆脱有限世界的过程中，死亡是比睡眠更彻底的境界。

《吉檀迦利》中最著名的爱国诗歌当属第 35 首：

在那里，心是无畏的，头也抬得高昂；
在那里，知识是自由的；
在那里，世界还没有被狭小的家国的墙隔成片段；
在那里，话是从真理的深处说出；
在那里，不懈的努力向着“完美”伸臂；
在那里，理智的清泉没有沉没在积习的荒漠之中；
在那里，心灵是受你的指引，走向那不断放宽的思想与行为——进入那自由的天国，我的父呵，让我的国家觉醒起来罢。

实际上，这并不是一首简单的爱国诗篇。这首诗既可以看作泰戈尔对当时的印度摆脱英国殖民统治的深切希望，也可以看作泰戈尔对人类理想状态的表达。同为西孟加拉人、于 1998 年获得诺贝尔奖的阿玛蒂亚·森（1933—　）认为，对泰戈尔而言，人们能够自由自在地生活和说理是至关重要的，他对政治和文化、民族主义和国际主义、传统和现代性的态度，都可以从这一信念的角度予以观察。泰戈尔对民族主义运动的有所保留的支持，以及他对在外国人统治之下没有自由的反对，都源于这一信仰。他对于爱国主义的保留态度，亦源于这一信仰。他认为，爱国主义既限制了从“国家狭隘的围墙”之外吸收理念的自由，又限制了支持其他国家人民的事业和自由。泰戈尔对自由的热情，构成其坚定不移的反对不合理的传统主义的基础。传统主义使人成为“过去”的囚徒（如他所说，迷失在“积习的荒漠”之中）。

作为一部宗教诗集，《吉檀迦利》中所反映的是泰戈尔“诗人的宗教”。它在继承印度教传统思想的基础上，又吸收了孟加拉民间信仰、佛教、琐罗亚斯德教、西方近现代人文主义思想的因素。它以人为核心，以对精神的追求、实现无限与有限的融合为旨归。蕴涵在《吉檀迦利》诗歌中的那种对人性的关怀和博爱的精神，是这部诗集流传至今仍具有巨大魅力的根本原因。

《吉檀迦利》在艺术上也独具特色。诗集虽然是颂神诗，但同时具有高度的哲理性和抒情性，情感饱满、真挚，意象丰富、多变。此外，《吉檀迦利》也是一部具有优美韵律的散文诗集，庞德在读完这部诗集之后曾写道：“请留意它的形式如十四行诗那么：幽美，富有纤细而又强烈的音乐感。请注意诗的韵脚，重音在第一个词，随后在第三、第四个词上，韵律胜过扬抑格。”

《吉檀迦利》整部诗集在结构上经过了精心的编排，遵循着“写作缘起：颂神—追求神时的思念—与神会面的欢乐—再次分离的痛苦—再次相会，对死亡的超越”这样一条内在逻辑线，103 首诗首尾相衔，一唱三叹，具有韵律之美，有力地烘托着人渴望与神结合的主题。第 1 首至第 7 首是序曲，唱出了诗人作歌的缘由，即听从神的命令，以“永新的旋律”、“优美的和声”唱出生命的献歌，从而实现与神合一的愿望。第 8 首至第 36 首是第一乐章，主题是对神的思念。诗人先写神就在普通劳动者中间，继而写自己对神的渴慕与求索，表白自己愿意抛弃一切世俗欲念，把爱无私地献给神，最后归结到让神唤醒自己的祖国，让她“进入那自由的天国”。第 37 首至第 56 首为第二乐章，主题是与神的会见。神接受了诗人的祈求，赐予他新的力量，于是“新的旋律从心底涌出”（第 37 首）。诗人以更加炽烈的感情呼唤着神的降临，想象着神到来时的情景。结果，神来到诗人心中，来到诗人茅舍门前。神的爱与诗人的爱融会在一起，人与神圆满地合为一体。第 57 首至第 85 首是第三乐章，主题是欢乐颂。诗人先纵情歌唱神带给世界无限的欢乐和光明，接着凄然低吟人与神分离的痛苦。神创造人之后，两者自然分离。然而，正是神的这种“自我分离”才显出神存在的意义，并让人看到神的面貌。只有在人留下生命的果实返回神的殿堂之后，这种分离的痛苦才会结束。第 86 首至第 100 首是第四乐章，主题是死亡颂。诗人操着“生命之琴”，弹着“永恒的音符”，渴望着“死于不死之中”，亦即获得新的、永恒的生命，真正达到与神合一的境界。最后 3 首是尾声，概括了诗集的内容和意义，诗人表明自己一直在用歌寻找神。

【拓展阅读】

一、中译本

1. 泰戈尔．吉檀迦利：诗集．谢冰心，译．北京：人民文学出版社，1955.

2. 泰戈尔．吉檀迦利：泰戈尔抒情诗赏析：英汉对照本．白开元，译．北京：中国广播电视出版社，2006.

二、研究著作、论文

1. 克里希那·克里巴拉尼．泰戈尔传．倪培耕，译．桂林：漓江出版社，1984.

2. 宫静．泰戈尔．台北：东大图书公司，1992.

3. 张光璘编．中国名家论泰戈尔．北京：中国华侨出版公司，1994.

4. 唐仁虎，等．泰戈尔文学作品研究．北京：昆仑出版社，2003.

5. 刘建．论《吉檀迦利》．南亚研究，1987（3）.

6. 梁潮．泰戈尔《吉檀迦利》国内评论要端蠡测．广西社会科学，1996（4）.

7. 刘建．泰戈尔的宗教思想．南亚研究，2001（1）.

8. 张朝柯．诗人的宗教不是宗教——试谈《吉檀迦利》中的宗教、神和泛神论//姜景奎，选编．印度文学研究集刊．第六辑．上海：上海译文出版社，2003.

9. 金克木．泰戈尔的《什么是艺术》和《吉檀迦利》试解．南亚研究，1981（Z1）.

10. 叶舒宪．《吉檀迦利》：对自由和美的信仰与追求．外国文学评论，1989（3）.

【思考题】

1. 简述泰戈尔在印度近现代文学史上的意义。
2. 如何理解《吉檀迦利》中的“神”？
3. 《吉檀迦利》的主题思想与结构有什么特点？
4. 《吉檀迦利》的艺术特色有哪些？

第十节　史蒂文斯的抒情诗赏析

【作家生平】

华莱士·史蒂文斯（1879—1955）是如今公认的美国现代诗歌大师，甚至被不少评论家认为是 20 世纪最伟大的美国诗人。人们总是怀着好奇的态度探究他的私人生活，而他也似乎过着分裂成职员/诗人、现实/想象的两重生活。史蒂文斯是荷兰人的后裔，他在宾夕法尼亚州的雷丁市完成了中学教育以后，于 1897 年进入哈佛大学学习。在哈佛，史蒂文斯修了英文作文、法语等课程，并显露出他最初的文学才能。1898 年，史蒂文斯在《哈佛向导者》上发表了他的第一首诗歌，虽然这首诗歌尚不能看成是典型的史蒂文斯式的。1900 年，专科毕业的史蒂文斯来到纽约，成了一名报纸记者。1901 年，他进入纽约法学院学习，并在 1904 年取得了法学学位。从 1904 年到 1909 年，史蒂文斯在纽约从事律师工作。《哥伦比亚美国文学史》列举了他这一时期的一段日记，并认为由此已可以揭示史蒂文斯在具体现象中发掘诗意的预兆：

> 一个阳光特别明媚的日子。一个处处都呈现出绚丽夺目的紫兰色和朱红色、黄色和白色的日子。我自己并未辜负这美好的春天时光……无数的蓝色翅膀在空中掠过，我看见一只欢快的知更鸟儿飞过去了，还有许多我叫不出名字的鸟儿。我还听见了大青蛙的第一声鸣叫，那声音就像花神爷那辆大马车的车轮碾轧在路面上发出的吱嘎声，显得怪沉闷的。

1916 年，史蒂文斯和妻子埃尔西·卡赫尔离开纽约，来到康涅狄格州的哈特沃德市，并一直在此居住到逝世。在哈特沃德，史蒂文斯的固定工作是保险公司的高级职员。过着普通职员生活的史蒂文斯常年步行上班，人们相信那段路上的时间恰恰是他为写作打腹稿的时间。史蒂文斯其实并不拒绝与文学圈子发生联系，他长期和诗人威廉·卡洛斯·威廉斯保持友谊，还结交了其他的文学伙伴。寄托了史蒂文斯的想象、沉思和探索的文学创作为他赢得了生前和身后的不少声誉：1950 年，他荣获了波林根诗歌奖；1955 年又获得了普利策诗歌奖。

人们深化对他诗歌价值的认识和他的声誉日隆是一个渐进的过程。在他 1955 年去世时，美国评论界比较一致地认为他 1923 年出版的第一部诗集《风琴》是他最好的作品，而他在其后几十年间一直到生命结束前几个月都保持了高度创造力的其余所有作品，则被认为是相对“乏味的和自我放纵的”。现在的一致看法则是《风琴》之后，史蒂文斯在不断发展，直至 20 世纪 40 年代激发出了他创造的全部能量。哈罗德·布鲁姆甚至认为 1950 年到 1955 年的史蒂文斯是最卓越的。

【作品赏析】

史蒂文斯的诗歌写作始于他在哈佛大学念书期间（1897—1900），而在 1907 年为后来成为他妻子的埃尔西·卡赫尔作诗又使他重新开始了诗歌写作，尽管这些创作都是严肃的，但第一版《风琴》① 中所收录的 74 首诗却都写于 1914、1915 年之后。这意味着我们所能看到的史蒂文斯诗作一般是他 35 岁之后的作品，因而呈现在世人面前的是一个完全成熟的诗人的非模仿性的诗歌成果。史蒂文斯曾在《格言集》中写道：“随着年龄的增长，从自身的经历中采撷诗歌与纯粹的诗歌写作是两码事。”他后来明确地将这种“纯粹的诗歌写作”命名为“虚构”。理解“虚构”，即现实与想象力的关系这一史蒂文斯一生创作的“真正主题”，是本书此节的核心任务。

在讨论史蒂文斯的诗歌主题之前，让我们先来概略地了解一下史蒂文斯抒情诗的面貌与成就。能够阅读原文的话，一个读者会发现史蒂文斯的抒情诗艺术具有无可比拟的丰富性，哪怕在一本诗集中都可以读到显著不同的风格：从狂喜的到世俗的，从哲学的到现实的，从粗鲁的到天真烂漫的。在他那里，新奇经常表现得如此幽默，他用喜剧性来避免抒情诗的多愁善感。他的诗歌声调音域如此之宽，发话声音迥异。例如《风琴》中一些有着疯子般愤怒夸张语调的幻想调性的诗篇，就使得他和他同时代的其他伟大诗人们判然有别。而作为与狂诗相反的另一极，《风琴》中也绝不乏格言式的冷静内敛声调。史蒂文斯一生诗歌的风格走向是日益理论化、抽象化的，因而也有趋于晦涩费解之势。而在他生命最后五年里的诗作，又开始了一种新鲜的删削

① 1931 年再版的《风琴》又新增了 14 首诗。

风格，《岩石》(1954) 中的25首诗及其余晚期诗作大多出人意料地平易，没有前此诗集中想象的繁茂、频繁和才华横溢的隐喻及认识论上的窘境，在史蒂文斯的诗歌中反而是读者最易于接近的。史蒂文斯在诗歌文体上诸项兼擅，无论是格言、轶事、谜语等短制，还是冥想诗、地形学的诗和教导诗等长制。他一生在诗艺上完美运用一种和美国英语说话节奏天才共鸣的无韵诗行，韵脚往往藏在连续的诗行内部，密集地嵌在平行句法构成的诗段中。他独出心裁地对英语的五步格诗行进行再创造，其五音步诗行常常是扬抑格而非抑扬格的。他终其一生都在进行对欧洲和英语十四行诗的变革。他擅用狂诗修辞；不懈地寻求各种拉丁语词源，法语词汇、句法，使之与英语语词、句法自觉共居。他相信“诗是语言的逸乐”(《格言集》)。其诗中诸多的语言实验传递着极其原创性的诗歌声音，有些实验是惊人的，比如他将英语中老掉牙的熟语“阿拉伯的月亮”变成了《最高虚构笔记》中的诗句：“一个阿拉伯人在我的房间里/用他那该死的呼不啦呼不啦呼不啦呼，/记下一门原始的天文学。”

我们先来通过《风琴》集中的一首短诗《松林中的矮脚鸡》来熟悉一下史蒂文斯的典型诗艺：

> 穿着红指甲花颈毛褐衫的
> 阿兹坎的伊夫坎酋长，立定！
>
> 该死的宇宙公鸡，别装得跟太阳
> 是戴着你着火尾巴的黑摩尔金鱼似的。
>
> 肥！肥！肥！肥！我就是那个体。
> 你的世界是你，我是我的世界。
>
> 你个十英尺诗人在寸把长们中间。肥！
> 滚！一只寸把长在松林中怒发冲冠。
>
> 怒发冲冠，直指它们的阿帕拉契亚山气味，
> 全然不畏肥胖的阿兹坎人和他的唬唬。

典型的史蒂文斯诗歌总是将它的开头直接抛进一个已是象征或寓言的模式里，而不是进入通常抒情诗用第一人称模仿人类行为的故事模式中，如：“我独自游荡像一朵云……/直到我突然看到熙熙攘攘的/群聚的金色水仙。”

（华兹华斯《水仙》）这首诗里的寓言故事的主角是一只“寸把长”的矮脚松鸡，在它的路上将要遇到“十英尺诗人”大松鸡。弱小的矮脚松鸡，是史蒂文斯显示抒情诗人自我非难特性的自画像，它面对史诗诗人，发出荒唐的狂怒言词，以此显示出自己立于抒情性、个体性、琐碎性基础上的雄性气概。这首诗中显示的史蒂文斯的创作惯例是：将第一反应式的个体性的情感转化到进行了艺术重新安排的象征性的图景中，这样的图景创造也就是“虚构”。然后诗人再赋予这个象征性图景一个符号化、概括性的标题，常常是一瞥之下抓住全诗整体内容的一个说明，如“松林中的矮脚鸡”；有的则是有划归文类意味的“轶事”、“传说”、“独白”等。熟悉第一反应式抒情诗的读者初读史蒂文斯的诗歌往往会迷失其间，史蒂文斯诗歌写作的第一原则就是“诗必须近乎成功地/反对智识”（《背东西的人》）。诗歌通过设置语言障碍来使读者将注意力集中于语言表面，而不是诉诸智识去寻找意义。语言通过障碍摩擦产生出灿烂的光辉，从而将语言从日常性的、消息性的使用中赎回。诗歌与现实的关系也不是模仿性的，绝非对现实事件的转录，或对事实的新闻逼真呈现，而是对现实基本形态的象征性类推，如史蒂文斯在演讲《三个学术片段》（1947）中所言，诗歌通过结构的相似而奏效，“精确文学的精确性是关于现实结构的一种精确”。

《风琴》集中最著名的诗是《星期天早晨》（1915），这是一个大师级诗人第一次完全显现出他的全部力量的诗作。诗中的主人公是一位女士，她在一个晚起的星期天早晨没有去教堂，而是穿着睡衣坐在椅子上晒太阳，吃早餐——咖啡、橘子，同时考虑着宗教和世界的变化之美。在多数是由叙述者自由报告着她沉思或白日梦内容的精致、微妙的内心活动中，呈现了多种对照的感知与反思：当下的愉悦对古代的牺牲，生命对死亡，变化对停滞，真实世界对想象世界……女士在诗章二中发问：为什么她要把她美好的东西交给死者？如果仅是虚构，那么神是什么？她在这个世上会找不到像“天堂的概念”这样值得她关心和注意的事物吗？修辞性的问题实际上在要求一个基督教的替代物，她想要一个基于她对自然界的经验基础上的信仰体系，即大地的而非超验的宗教和“安住她体内的”而不是外在的神性。《星期天早晨》是对大地之美的一首赞歌，其中没有关于存在的痛苦，而充满对它的不断变化、有限性、短暂性的欢庆，自然的不确定性实际上变成了价值所在。史蒂文斯虽然意识到欲望和现实的不可通约，但他在此没有像在后期大部分诗作中那样，强调现实和想象的分离。

史蒂文斯在哈佛大学学习期间遇到了西班牙裔美国诗人、哲学家乔治·

桑塔亚纳，这无疑是他人生最重要的际遇之一，后者对史蒂文斯的主要诗歌观念发生了具有构型作用的决定性影响。《星期天早晨》中所寻求的基督教之替代物，在《高调的基督徒老妇》(1922) 一诗中具体呈现为了与老妇人宗教信条中的“虚构事物”相反对的另一种虚构——“诗”。该诗被认为是对桑塔亚纳《诗与宗教的阐释》(1900) 一书之核心洞见的戏剧化改写。桑塔亚纳认为，诗和宗教都是人类造物，两种构想表达的都是满足人类对“理想”的渴望，它们的区别仅仅在于和实际事务有不同的关系。宗教是我们“信仰”的诗，但我们通常并不明了它是诗，因而它影响我们的行为。最高的诗与宗教是同一的，经由允许我们对“理想”惊鸿一瞥，它同样给予我们的生命以方向和意义。由于许多传统宗教的教义都已令人厌恶，不再能满足想象力的要求，因此诗必须挺身而出，提供给我们一种新的神话。这种思想就是史蒂文斯最核心的诗歌观念“诗是至高的虚构”(《高调的基督徒老妇》的首句) 之来源。在史蒂文斯创作生涯的中间阶段，他以长诗《最高虚构笔记》(1942) 对这一观念进行了完整清晰的设计传达，同时他也视“最高虚构”为他一生诗歌的中心主题，统摄着其他诸主题。

《最高虚构笔记》试图对作为更美好信仰的“诗性虚构”作尝试性定义——它有三方面内容：“它必须是抽象的”，“它必须改变”，“它必须给予快乐”。三个标题之下的每一部分由 10 首（每首 7 节共 21 行）短诗组成，并前有一段开场白，后有一首尾声。31 篇诗章的声调和修辞形式极富变化，诗章在狂喜的和讽刺的、沉思的和困惑茫然的、充满激情的和疏离的调性之间不断转换。有时是对一个富有想象力的学生，有时是对一个爱人或一个士兵发话。有时是在讲故事，有时是上演小型戏剧，有时在展开辩论。诗中提出了这样的大问题：诗歌的终极目标是什么？它如何帮助我们度过生命？具桑塔亚纳思想的史蒂文斯认定，宗教的上帝是诗性想象力的产物。在这样一个信仰的特殊物失去了魅力之后，信仰的意愿会坚持要求想象力必须发明出一个可信的替代物。理论上，我们有可能会将信仰从信仰物上转移到源泉上，相信“纯诗概念”或“必要想象力”。但对绝大多数人来说，信仰被想象力创造出来的某物要比信仰想象力本身容易得多。在诗中，史蒂文斯考虑了数种似乎合理的信仰物。在“它必须是抽象的”部分的诗章八至十中，诗人设计了一个宏大但可信的人类形象——“主要的人”，将意义带给普通人的生命。在“它必须改变”部分的诗章九中，诗人设计的信仰物是一首“从不抵达词语”的诗。在“它必须给予快乐”部分的诗章七中，信仰物则是关于一个绝对现实之虚构。在接下来的诗章八，即长诗的最高潮部分，史蒂文斯赋予这个绝对虚构以“天使”之名展开它的全部崇高，接着他问道：“我是否不太满足于想象这个天使？/翅膀是否是他的，青金石萦绕的空气是否是他的？/是他还是我在经历这些？”显然，是诗人在体验这个天使，因为是他发明了它。因此，他可以满意于想象的天使，也可以满意于没有它，因为天使的崇高实际上是他自己的崇高的投射。这个自我反射的程序，史蒂文斯在1951年的一个演讲中称之为“非创造”。他宣称：“现代现实，是一种非创造的现实，我们的启示不是信仰的启示，而是我们自己力量的可贵征兆。我们可能希望发现的最伟大的事实，无论我们在哪一个领域中发现它，都是人的真理是万事万物的最终解决。”而在同一诗章中对耶和华的“我是我所是”（《出埃及记》）做出回响的诗句“我无有除了我是和当我是，我才是”中，史蒂文斯暗示人的真理等同于上帝的真理。在这些词句中，浪漫主义的将诗性创造类比于神性创造的嗜好达到了它的顶点。通观整个长诗，“抽象”、“改变”、“快乐”之间的逻辑关系也许可以这样推演：观念的抽象和感知的易变性有助于产生变化，如果这是纯正的，就会引出快乐。而像“它必须改变”的诗章一中的假变化则会生出嫌恶而非快乐，因为它仅仅是重复。当然，史蒂文斯并未对此形成绝对化认识，在最后部分的诗章九中，他承认重复也可以成为一种享乐的来源；在诗章十中，他甚至提到“主要的人”可能也仅仅是重复的大师。但总之，快乐是某种完满的另一名字，那种完满是历史上我们在宗教中体验过并希望在向最高虚构交出自己时再次体验的。许多读者认为长诗最后对一个士兵发话的收场白诗章并不必要，显然是受到历史环境的激发而非逻辑或叙述的需要。一定程度上，史蒂文斯的“主要的人”诗章和其他19世纪40年代早期诗歌中的英雄观念都派生于战争时代的历史对战士的需要。

尽管在从1923年的《风琴》到1942年的《最高虚构笔记》中，史蒂文斯明确赋予了人类想象力以高于外在现实的特权，但他在想象力和现实的两极间多少是摇摆不定的。在后期的诗歌《秋天的极光》（1950）及其前兆《夏天的凭据》（1947）中，史蒂文斯就描绘了一个超越于头脑、分析的现实，一个无须人类想象的完美自在的世界。而我们虚构的源泉，“本质的想象力”也许就存在于任何个体意识之外的宇宙想象力中。对这一非人类的宇宙想象力的沉思之虚构出现于《夏天的凭据》结尾，也居于《秋天的极光》之核心，“夏”中与现实相一致的静态的完美时刻逐渐为“秋”中现实的另一面——无情的变化、不歇的流动所取代。《秋天的极光》描绘了北方天空下展现的壮美瑰丽、惊怖骇人的北极光，暗指所有形式、所有想要使现实有序的尝试的崩溃。诗章二、三、四都以“向一个观念告别”开篇，这个“观念”呼应的是

《秩序的观念》(1936) 中的同一个，也是《最高虚构笔记》中的“第一观念”，意即对于诗人来说，现实永远是一个观念，即使它是“第一的”或新鲜的观念。但在《秋天的极光》里，所有的观念、容器、秩序的各个要点——诗章二中的老房子，诗章三中的母亲和家，诗章四中作为创造原则的父亲——统统被流动的宇宙打碎。到诗章六，所有这些秩序的观念都被摧毁了。这些观念的源泉，人类的想象力，那“孤单的蜡烛”，在毁灭性的燃烧宇宙(北极光) 面前绝望无助。北极光这一自然现象激发出了诗章七中的一系列问题：“是否有一种想象力登基而坐?” “当叶子凋零/它是否在北方代它之位……?”“是否这些天堂装饰/宣告它……?”疑问的情绪使史蒂文斯提出了一个大胆的、准宗教的主张，即由一个超验的“君权和神秘主义的喀巴拉”来对宇宙中的秩序和季节转换负责。这一非人类的宇宙想象力“沉思”着无辜的、绝非蓄意地出入于存在的现实；它仅仅只是想要经历万物，包括所有的快乐和痛苦；经历一首诗，这首诗始于以北极光作为悲剧和废墟的象征，终于证明作为“无辜地球”一部分的变化和死亡之合理。在与《秋天的极光》集配套的耶鲁演讲《类比的效果》(1948) 一文中，史蒂文斯终于提出他的想象“也许只是一个更大、更有力的想象力的一部分”。诗人作为更大的也许是最高想象力的组成部分，一首单独的诗是一首更大的诗的一部分的理论在诗歌《天体般的原诗》(1948) 中得到进一步发展。它想象了一个巨大的抽象，假定存在着一首“核心的诗”，这首诗不能够在自己中被知晓，但是能够在“较小的诗中被看见和知晓”，这首诗中之诗乃“原诗”或原型、“天体”或“行星”，或“本质的诗”，一个“巨大、高度的和声”。《内在情人的最后独白》(1951) 也许可以作为史蒂文斯思考最高虚构本质的结句，并最终给予了诗人某种完满。

史蒂文斯因对上帝替代物——“最高虚构”的近乎终生寻求而被许多读者视为宗教诗人，这样的看法显然是不全面的。史蒂文斯也有社会性影响显著的对现实发言的诗歌，尽管并不是庞德和奥登那样的直接写政治性主题的诗篇。如关于第一次世界大战的《一个士兵的信》，关于经济大萧条的《莫扎特，1935》，关于意大利入侵埃塞俄比亚和极权主义美学的《猫头鹰的三叶草》，关于第二次世界大战的《战时英雄调查》，关于美国种族隔离的《病弱的人》，关于美国本土宗教继承的《老路德教徒家中鸣钟》，关于两性差异的《圣徒阿司匹林和他的姐姐》(早期有大量诗作写到两性间的困难关系)，关于文化废弃的《无处描述》，关于文化价值之相对主义的《垃圾堆上的男人》等等。二三十年代美国盛行的媒体和学术风气都要求诗人们在诗中公开地评论政治和社会问题，史蒂文斯则与之进行了直接的、长期的斗争。史蒂文斯的诗作虽日益抽象、非实事化，但他从未放弃关注当下现实加于诗性想象力上的压力及想象力对此产生的反作用力。

【拓展阅读】

一、中译本

1. 史蒂文斯．史蒂文斯诗集．西蒙，水琴，译．北京：国际文化出版公司，1989.

2. 史蒂文斯．最高虚构笔记：史蒂文斯诗文集．陈东飚，张枣，译．上海：华东师范大学出版社，2009.

二、研究著作、论文

1. 埃默里·埃利奥特．哥伦比亚美国文学史．朱通伯，等，译．成都：四川辞书出版社，1994.

2. 罗伯特·雷德尔．史蒂文斯和《风琴》//约翰·N·塞里奥，编．剑桥华莱士·史蒂文斯文学手册，剑桥大学出版社，2007.

3. 弥尔顿·J·贝茨．史蒂文斯和最高虚构//约翰·N·塞里奥，编．剑桥华莱士·史蒂文斯文学手册，剑桥大学出版社，2007.

4. B.J. 莱格特．史蒂文斯的晚期诗歌//约翰·N·塞里奥，编．剑桥华莱士·史蒂文斯文学手册，剑桥大学出版社，2007.

5. 陈书平．华莱士·史蒂文斯诗歌美学．武汉：华中师范大学出版社，2010.

【思考题】

1. 史蒂文斯所说的“第一观念”指的是诗性的观念还是理性的观念?

2. 现实与想象的关系在史蒂文斯那里是怎样被理解的?

第十一节　艾略特的《荒原》赏析

【作家生平】

T. S. 艾略特（1888—1965）出生在美国密苏里州圣路易斯。祖父是牧师，曾创立华盛顿大学；父亲经商；母亲是诗人，写过宗教诗歌。艾略特自始至终感觉到自己和新英格兰文化有着千丝万缕、割舍不断的联系，在他的人生轨迹中总是能看到争取回归盎格鲁—撒克逊文化的痕迹：先是进入哈佛，后来又于 1914 年移民英国，1927 年加入英国籍，此后一直在那里生活到生命的最后一刻。艾略特认为自己在政治上是保皇党，宗教上是英国天主教徒，文学上是古典主义者。

艾略特家境殷实，从小接受了良好的古典文学教育，对诗歌颇感兴趣。1906 年，他进入哈佛大学学习哲学和比较文学，接触过梵文和东方文化，对黑格尔派的哲学家颇感兴趣。研读哲学之余，他大量阅读诗歌，特别是但丁、拉法格等人的作品。

1914 年，艾略特到欧洲接触到法国象征主义诗人的诗歌并深受影响。也是在这一年，艾略特结识了美国诗人庞德。庞德在现代诗歌界影响深远。T. S. 艾略特的著名长诗《荒原》的副题就是："献给埃兹拉·庞德，最卓越的匠人"。该诗在写作过程中得到了庞德大量的指导。

艾略特的诗歌生涯可以分为三个时期。1922 年前的早期作品情调低沉，常用联想、隐喻和暗示，表现现代人的苦闷，逐渐形成"荒原"意识。他的成名作是《普鲁弗洛克的情歌》（1915），在这首诗中他用内心独白表现主人公渴望爱情又害怕爱情的矛盾心态，表现了现代人的空虚和怯懦。此诗后来收入他的第一部诗集《普鲁弗洛克及其他所见》（1917）。这一时期他出版的另一部作品《诗集》（1919）也反映了第一次世界大战后西方知识分子的悲观和失望，受到英美文坛的好评，其中的《小老头》被认为是《荒原》的前奏曲。

1922 年至 1929 年是艾略特创作的重要时期，他的诗歌技巧和内容趋向复杂化。代表作《荒原》（1922）和《空心人》（1925）集中表现了西方人所面对的现代文明濒临崩溃、希望颇为渺茫的困境，以及精神极为空虚的生存状态。《空心人》中绝望的情绪十分明显，空心人是失去灵魂的现代人的象征。这一时期他的荒原意识已经形成。

1930 年以后是艾略特创作的第三个时期。艾略特继续进行诗歌艺术的探索，同时思想开始出现变化。他的长诗《圣灰星期三》（1930）宗教色彩浓厚，作者试图在宗教中寻求解脱。这一时期的作品，虽然仍有现代文明的苦闷，但是对于出路已经充满信心。《四个四重奏》（1943）是他后期创作的重要作品。这是一组用四个地点为标题的哲学宗教冥想诗歌。“燃烧的诺顿”指一座英国乡间住宅遗址，“东库克”是艾略特的祖先在英国居住的村庄，“干赛尔维其斯”是美国马萨诸塞州海边的一处礁石，“小吉丁”是 17 世纪英国内战时国教徒的小教堂。这些地方都是诗人认为值得纪念的地方。每一首诗都模仿贝多芬的四重奏，有五个乐章。诗歌抒发人生的幻灭感，宣扬基督教的谦卑和灵魂自救。这是艾略特的登峰造极之作。1948 年艾略特因《四个四重奏》获得诺贝尔文学奖，评奖委员会高度评价他作出了“对于现代诗之先锋性的卓越贡献”。

【作品内容】

《荒原》不仅是艾略特最伟大的作品，是艾略特的成名作和影响最深远的作品，也是现代文学最伟大的作品之一，是现代英美诗歌的里程碑，是象征主义文学中最有代表性的作品。在作品中，艾略特以其敏锐的观察力、犀利的语言，一针见血地揭露了西方社会的乱世状态，反映了西方文化的衰败空洞以及人们孤独空虚的内心世界，把第一次世界大战后的西方世界真实生动地展现在读者面前，使我们对西方社会以及人民有了更加全面深刻的了解。

全诗共 433 行，分为五章。第一章从开始到第 76 行，题为“死者的葬仪”，表现了西方社会似荒原一样万物萧瑟，了无生机。春天本该是万物复苏、生意盎然的季节，而在诗人的笔下，伦敦作为现代文明的象征却是一片枯萎的荒原。现代西方人虽生犹死，心中只有幻灭和绝望。在这令人窒息的现实中充斥着庸俗卑下的人欲，死亡的阴云浓浓地罩在了西方世界的上空，人们在浑浑噩噩之中走向死亡。诗人把现实社会比作地狱，把现代人看作没有灵魂的幽灵。这一章表现现代人的生活无异于出殡，而葬礼的意义又在于使死者的灵魂得救。

第二章从第 77 行到第 172 行，题为“对弈”。这一章通过引用莎士比亚、维吉尔、弥尔顿和奥维德的作品，将人类昔日的昌盛和今日的颓败加以对照，突出了现代人纵情声色、形同僵尸的可悲处境。“对弈”象征现代人的钩心斗角，诗人用古代的暴行和现代的罪恶相比较。艾略特认为，现代人重复着古代人的罪恶，世界放纵兽欲，人们成了丧失人性的行尸走肉。

第三章从第 173 行到第 311 行，题为“火诫”，表现的是伦敦这现代荒原上庸俗、肮脏、罪恶的生活：圣洁的教堂赞歌中，世界重复着滑铁卢的兽行；明亮的月光下，母女俩干着卖淫的勾当；昏黄的浓雾中，商人为金钱而奔走；精神空虚的青年男女在荷合中打发光阴；人们寻欢作乐后留下的浊物漂浮在昔日诗意盎然的泰晤士河上。面对现代人的这种精神荒原，诗人指出：只有通过宗教，才能点化荒原人执迷不悟的人生；只有弃绝一切尘世的欲念，才能过一种有意义的圣洁的生活。标题“火诫”原是佛劝门徒禁欲，达到涅槃境界的意思。人类要拯救精神荒原，必须借助于佛陀的净火的冶炼。

第四章从第 312 行到第 321 行，题为“水里的死亡”。这一部分总共只有 10 行，行行都是含义深刻的象征，有人说它象征的内容抵得过但丁的一部《炼狱》。人在欲海中死去，死后忘掉生前的一切，静静地在死亡的欲海中反思。艾略特笔下的海既是情欲的象征，它夺去了人的生命；又是炼狱，它让人认清自己生前的罪恶。实际上艾略特是要现代人正视自己的罪恶，洗刷自己的灵魂。

第五章从第 322 行到第 433 行，题为“雷霆的话”。这部分用耶稣被钉死在十字架上来象征信仰、理想、崇高的精神追求在欧洲大地上的消失，诗人认为，从此欧洲便成了一片可怖的荒原。人们渴望着活命的水，盼望着救世主的出现，盼望着世界的复苏、灵魂的再造。诗人用《圣经》的典故写了耶稣复活后的身影。诗人借雷霆的话告诫人们：要施舍、同情、克制、皈依宗教，这样大地才会复苏，人们才会摆脱不死不活的处境，获得永久的宁静。

【作品赏析】

《荒原》创作于 1922 年，当时欧洲刚经历了第一次世界大战，整个西方文明乃至现代文明正陷入空前的精神危机：社会世俗化带来了物欲横流，信仰沦丧，价值观瓦解，生活失去意义，人的精神空虚和扭曲，当代历史呈现出空前的无意义。这正是艾略特所要描写的“荒原”：文明崩溃了，上帝死了，世界一片荒芜。这里剩下的只有苟活者和“空心人”，在对死亡的畏惧中，他们的灵魂早已死亡。长诗的题目“荒原”作为全诗的主要意象，带有强烈的象征韵味。

《荒原》的题目借鉴了魏士登女士（1850—1928）1920年关于圣杯传说的著作《从祭仪到神话》和弗雷泽（1854—1941）的《金枝》，《荒原》中的许多象征和意象也来源于此。渔王和圣杯传说构成了全诗的总体意象。渔王掌管着国家、生命，但是由于渔王年老力衰，身患重病，失去生命活力和繁殖能力，于是大地开始干裂荒芜，本来肥沃的国土变成一片“荒原”。而唯一的解决办法就是找到圣杯，治好渔王的病，挽救国家。艾略特把渔王视为人类的象征，渔王在现代西方世界被剥夺了繁殖能力，表现了现代城市生活的徒劳无益。圣杯通常指耶稣受难前与12个门徒共进晚餐时所用的杯子，有史以来有许多关于骑士为寻找圣杯而历险的传说。后来圣杯逐渐演变为生命力的象征，具有起死回生的神力。于是年轻的英雄骑士身佩利剑，出发去寻找圣杯，途中历尽千难万险，最后终于找到了圣杯，治好了渔王。此后果然天降大雨，万物复苏，“荒原”得以拯救。

长诗中有很多与死亡有关的意象，诗人之所以大肆描写死亡，是为了对现实世界进行尖锐的揭露和再现。全诗深刻地表现了人欲横流、精神堕落、道德沦丧、生活卑劣猥琐、丑恶黑暗的西方社会的本来面貌，传达出第一次世界大战后西方人对世界、对现实的厌恶以及普遍的失望情绪和幻灭感，表现了一代人的精神病态和精神危机。但《荒原》中的死亡并不是一般意义上的死亡，不是终极死亡，而是有着生的意义的死亡，是再生的前提。枯萎的荒原——庸俗丑恶、虽生犹死的人们——复活的希望，作为一条主线贯穿了全诗阴冷朦胧的画面。

《荒原》开头的题词使全诗悲观绝望的情绪初露端倪。T. S. 艾略特转引古罗马讽刺家佩特罗尼斯所作的《风流韵事记》里的一句话，用拉丁文和希腊文写道：“是的，我自己亲眼看见古米的西比尔吊在一个瓶子里。孩子们问她，‘西比尔，你要什么’的时候，她总是回答说：‘我要死。’”按照希腊神话，“西比尔”是宣布圣谕的圣洞的护神，又是冥府的守卫。曾经爱她的太阳神阿波罗赋予她预言的能力，但没给她永恒的青春和健康，她能永远活下去，然而只能忍受衰老的痛苦，却求死不得。她关在瓶中枯而不死的形象，是荒原人虽生犹死的最好写照。艾略特在全诗开始之前引用这一神话故事，无疑是大有深意的，表达了绝望和死的愿望。死的愿望固然可以表示自我毁灭和对生活的否定，然而逃脱荒原的欲望又体现了对生活的肯定态度。身处荒原的诗人，感官虽然已经干枯麻木，但依然对肥沃美丽有所反应。荒原虽然满目凄凉，但人并没有冷漠和绝望到自我毁灭的地步。“死亡—复活”是全诗的主题，诗人在描写死亡的同时也在不断寻找复活——拯救西方世界的道路和希望。

在“我要死”这个可怕的现代谶语的巨大回响中，诗的第一章“死者的葬仪”从题目上就确定了一种死亡的气氛。开头几句首先让人体会到的是诗人深深的痛苦和无尽的失望与悲哀。从第一句“四月是最残忍的一个月”开始，我们就感受到了死亡的气息：“四月是最残忍的一个月，荒地上/长着丁香，把回忆和欲望/参合在一起，又让春雨/催促那些迟钝的根芽。/冬天使我们温暖，大地/给助人遗忘的雪覆盖着，又叫/枯干的球根提供少许生命。”

四月是春天的开端，又是耶稣复活的时节，通常被诗人用作青春、希望、复苏的象征。然而在这里，在艾略特笔下却成为“最残忍的一个月”；而冬季原本是冰天雪地、死气沉沉的季节，却被艾略特说成是提供温暖的季节。诗人首先用对比的手法写荒原上人们对春冬两季的反常心理，揭示了现实世界已经被空虚、衰败笼罩，正一步步走向死亡。这一章表现现代人的生活无异于出殡，而葬礼的意义又在于使死者的灵魂得救。四月之所以残忍，是因它把人们从冬天的沉睡中唤醒，激起他们对过去的回忆和对未来的生存欲望，而世界正成为荒原，并没有生存的条件。在全诗开头，这出人意料的反常观点从侧面反映了现代社会的畸形状态，为整篇诗歌定下了基调，埋下了伏笔。

在第二诗节，诗人又借用《圣经》的典故，写出了荒原的一片死亡景象，呼应了“死者的葬仪”：“人子啊，/你说不出，也猜不到，因为你只知道/一堆破烂的偶像，承受着太阳的鞭打 /枯死的树没有遮荫。”下面诗人更明确地告诉我们：“我说不出话，眼睛看不见，我既不是/活的，也未曾死，我什么都不知道，/望着光亮的中心看时，是一片寂静。/荒凉而空虚是那大海。”接着艾略特描写伦敦城的衰败，这座象征西方文明的城市展现的是整个西方世界的荒原全貌：“飘渺的城，/在冬天早晨的棕色雾下/一群人流过伦敦桥，这么多人，/我没想到死亡毁了这么多人。/叹息，又短又稀，吐出了口，/每一个人的目光都盯在自己足前。”在冬日清晨棕色雾霭笼罩下的伦敦城，象征着幽暗和毁灭的地狱。人们就是地道的行尸走肉，他们的生活单调乏味，我们仿佛看到了一幅“活死人”机械运动的图画，没有思想，没有生机，周围一片死亡般的孤寂。

这部分的标题是《祈祷书》内悼念死者仪式的标题。在这个仪式里，圣保罗宣布，死者将复活，不会腐败。因此仪式的基调是再生。“去年你种在你花园里的尸体/抽芽了吗？今年它会开花吗？”这里的“种”、“抽芽”、“开花”等字眼意味着生命的诞生，表达了再生的美好愿望。

“死亡—复活”的主题不仅在第一节中出现，而且贯穿《荒原》的始终。诗中还有很多意象诸如“水”与“火”也象征再生。“水”在《荒原》中具有双重象征意蕴。一方面，“水”是万物之源，象征着生命，有了水万物就能生长；另一方面，“水”也能带来死亡，当象征着情欲的水泛滥时，将淹没人类的理性和智慧，使人们变得愚蠢。在第四章“水里的死亡”中，诗人将淹死的水手与基督教用水给死者洗礼的仪式相连，象征着死亡是一次超度，是再生的前提。“火”也具有同样的意义，“火”代表人们的欲望，当欲望之火无法控制时就会引起罪恶；但“火”又能净化人类的心灵和思想，除去一切杂念，燃尽一切罪恶，把人们从堕落的边缘拯救回来，通过火的历练得到再生。

《荒原》中所描写的宗教仪式，如“水里的死亡”、“火的布道”等就是在为死者超度灵魂，使其死而复生。诗人描写丧失信仰、衰败堕落的世界，是企图将世界重新拯救过来。他认为第一次世界大战后的欧洲急需寻找圣杯，从而拯救“荒原”、拯救社会、拯救人类。圣杯象征着拯救荒原的希望，但如何寻找圣杯呢？在艾略特看来，这圣杯就是宗教，寻找圣杯就是信仰上帝、皈依宗教。他强烈反对社会革命，主张以宗教政治来消除社会弊端，解决现实问题，借用宗教来复兴西方堕落的传统文明。艾略特从东方文化的精髓《奥义书》中找到的解决西方问题的最好药方是：“舍予、同情、克制”。

《荒原》的五章相对独立又内涵相关，各章之间的转折经常很突兀。每章由不同诗节组成，各诗节之间的过渡通常也很突然。整首诗在句法上多用并列结构，句子和句子、诗行和诗行之间联系不紧密，给人以脱节之感。这些手法很好地阐释了主题：现代生活凌乱而杂碎。相互不关联的内容也反映了现代西方人的思维特点：缺乏信仰，对生活失去整体感，世界一片混乱、脱节、支离破碎。上帝似乎已经抛弃了他创造的万物，宇宙失去了中心，生活没有了意义，人们失去了安全感，绝望情绪弥漫整个世界。《荒原》是20世纪初西方精神世界的真实写照。

《荒原》是艾略特最重要的诗作之一，也是20世纪西方文学中具有划时代意义的作品，被誉为现代文学的里程碑。《荒原》在艺术上的成就超过现代派的其他诗作，是一首具有借鉴价值、值得认真研究的杰作。这首抒情长诗风格多样，表现手法不拘一格，糅合了象征主义、意象主义和玄学派的一些特点。诗中陈述与咏叹、抒情与讽刺、描绘与警句、庄严典雅的诗句与滑稽可笑的市井俗语，交织穿插为五彩缤纷的景象。大量的典故（诗人引用了35

个作家、56部作品和6种外文）、比喻、暗示、联想、对应等象征主义手法及意象叠加、时空交错等现代诗歌表现手段，诗人用来得心应手。他甚至大胆采用了象征里套象征、神话里套神话、神话和现实交错、古与今杂糅、虚与实融会的手法，使诗歌高度的抽象化、哲理化，极大地丰富了诗歌的表现手段，拓展了诗歌的思想内容。

【拓展阅读】

一、中译本

1. 艾略特．荒原．赵萝蕤，张子清，译．北京：北京燕山出版社，2006.

2. 艾略特．艾略特诗选．赵萝蕤，等，译．济南：山东大学出版社，1999.

3. 艾略特．T.S. 艾略特诗选．查良铮，等，译．成都：四川文艺出版社，1992.

二、研究著作、论文

1. 艾略特．艾略特诗学文集．王恩衷，译．北京：国际文化出版公司，1989.

2. 董洪川．“荒原”之风：T.S. 艾略特在中国．北京：北京大学出版社，2004.

3. 艾略特．艾略特文学论文集．李赋宁，译．南昌：百花洲文艺出版社，2010.

4. 林玉蓉，刘立辉．艾略特《荒原》的时空主题研究．外语教学，2008（2）.

5. 陈玉清．从水意象看《荒原》的“死亡—复活”主题．现代语文（文学研究版），2008（12）.

6. 刘立辉．变形的鱼王：艾略特《荒原》的身体叙述．外国文学研究，2009（1）.

7. 朱婷婷．历史性的“荒原”意识及其艺术表现——从《荒原》看艾略特文学理论与实践的统一．外国文学研究，1997（2）.

8. 董洪川．赵萝蕤与《荒原》在中国的译介与研究．中国比较文学，2006（4）.

9. 尹朝．神话原型批评与《荒原》中的神话人物解读．时代文学，2009（4）.

10. 王誉公，张华英．《荒原》的理解与翻译．外国文学研究，1996（2）.

【思考题】

1. 艾略特的荒原意识是如何形成的?
2. 《荒原》的结构主要有何特点?
3. 《荒原》一诗的题目及象征意义的主要来源是什么?
4. 《荒原》的艺术特色是什么?

第十二节　策兰的《死亡赋格》赏析

【作家生平】

保罗·策兰（1920—1970），是 20 世纪下半叶以来在世界范围内产生最重要、持久影响的德语犹太诗人。

策兰原名安切尔，1920 年 11 月生于泽诺维茨（原属奥匈帝国，帝国瓦解后归属罗马尼亚，今属乌克兰）一个讲德语的犹太血统家庭。策兰 6 岁时即会背诵席勒的诗，青年时期开始用德语写诗、译诗，推崇里尔克。1938 年 11 月，策兰遵父母之命前往法国读医学预科，次年回乡探亲期间，因战争全面爆发而中断学业。1942 年，其父母被驱逐到纳粹集中营并相继死在那里，策兰在朋友帮助下幸免于难，后被劳动营强征为苦力。父母的惨死，给策兰造成了永久的创伤。

战后，策兰离开故乡前往布加勒斯特，从事翻译和写作，并以“策兰”作为他本人的名字。1947 年年底，罗马尼亚新政权成立，幸存的犹太人和政治异己受到迫害，策兰冒险偷渡到维也纳，从此走上了一条流亡诗人的不归路。

在维也纳期间，策兰凭着他的德语和优异的诗歌才能，不多久就认识了一些诗人、艺术家，并发表了组诗《骨灰瓮之沙》。对他来说更重要的是，他认识了当时正在维也纳大学攻读哲学博士的、敏感而富有文学天赋的英格褒·巴赫曼（1926—1973），他们成为恋人，在创作上互相激发。但是，作为来自罗马尼亚的难民，策兰不能留在奥地利，他决定走得更远。1948 年 7 月 5 日，策兰登上了开往法国的列车。

在巴黎度过最初艰难的几年后，1951 年 11 月，策兰认识了后来的妻子、法国女画家吉瑟勒，一年后他们成婚。1952 年 5 月，他在巴赫曼的推荐下和巴赫曼一起参加了原西德四七社文学年会。同年，他的诗集《罂粟与回忆》在斯图加特出版，其诗歌天赋很快引起注意，尤其是《死亡赋格》（1945）一诗，在德语世界产生了广泛影响，成为具有纪念碑性质的时代之诗。正是这首在原西德几乎家喻户晓的诗，奠定了策兰在战后德语诗坛的重要位置。

在这之后，策兰又出版了诗集《门槛之间》（1955）、《言语栅栏》（1959），获得了包括毕希纳奖在内的多种最重要的德语文学奖，人们也越来越习惯于把他和里尔克、特拉克尔等最重要的现代德语诗人相提并论。在1960年的一封信中，著名德语犹太女诗人内莉·萨克斯就称策兰为“我们时代的荷尔德林”了。

但是，针对策兰的攻击也在升级，1960年前后，诗人伊凡·哥尔的遗孀克莱尔对策兰的“剽窃”指控达到一个高潮，纵然巴赫曼、恩岑斯贝尔格等著名诗人和批评家曾为他做了有力的辩护，原西德语言和文学学院、奥地利笔会也都一致反驳这种指控，但是伤害已造成。它极大地加重了策兰作为一个幸存者的精神创伤。

好在策兰是一个一直顶着死亡写作的诗人。自《死亡赋格》之后，他的创作也发生了深刻变化。他后来甚至拒绝人们再把《死亡赋格》收入各种诗选。他要求一种“更冷峻的、更事实的、更‘灰色’的语言”，“不美化也不促成‘诗意’”。他没有以对苦难的渲染来吸引人们的同情，而是以对语言内核的抵达，以对个人内在声音的深入挖掘，开始了更艰巨、也更不易被人理解的艺术历程。在20世纪60年代，策兰除了翻译曼德尔斯塔姆等人的诗外，还出版了《无人玫瑰》（1963）、《换气》（1967）、《线太阳群》（1968）等多部重要诗集，此外还有三部编定的诗集《逼迫之光》（1970）、《雪部》（1971）、《时间农庄》（1976）在他死后出版。在这些“谜”一样的晚期诗歌里，策兰以其罕见的艺术勇气和独创性，把他的创作推向了一个令人惊异的境地。意大利著名诗人安德烈·赞佐托曾这样说，对任何人而言，阅读策兰都是一种“震慑的经历”：“他把那些似乎不可能的事物描绘得如此真切，不仅是在奥斯维辛之后继续写诗，而且是在它的灰烬中写作，屈从于那绝对的湮灭以抵达到另一种诗歌。策兰以他的力量穿过这些葬身之地，其柔软和坚硬无人可以比拟。在他穿过这些不可能的障碍的途中，他所引起的炫目的发现对于20世纪后半期以来的诗歌是决定性的。”

1969年9月30日至10月17日，策兰第一次也是最后一次访问了以色列。对策兰来说，耶路撒冷之行是朝圣之旅，它带有精神回归的性质。在以色列，策兰与早年泽诺维奇时代的女友伊拉娜·施穆黎意外重逢，并再次焕发出创作激情。然而，回到巴黎后不久，他的精神病再次加重，被迫在诊所进行精神治疗。1970年4月20日夜，策兰因无法克服的精神创伤在巴黎投塞纳河自尽，没有任何遗书。只是在他死后，人们在他书桌上发现一本打开的荷尔德林的传记，在打开的那一页上有其中一句被画了线：“有时这个天才变得很晦暗，沉浸在他心的苦井中。”但这一句接下的部分未被画线：“但更多的时候，他的启示之星奇异地发光。”

而在策兰跳塞纳河自尽后不久，巴赫曼在她的长篇小说《玛丽娜》的手稿中添加道：“我的生命已经到了尽头，因为他已经在强迫运送的途中淹死，他是我的生命。我爱他胜过爱我自己的生命。”这里的“强迫运送”，指的是对犹太人的“最后解决”。在巴赫曼看来，策兰的自杀是纳粹对犹太人大屠杀的继续。

在策兰死后，他的诗歌及其悲剧性命运引起了更广泛的关注。在欧洲，策兰的诗不仅在一般读者和诗人中产生影响，也受到了包括海德格尔、伽达默尔、阿多诺、列维纳斯、德里达、布朗肖、拉巴尔特、阿甘本等在内的著名哲学家的特殊关注。在美国，评论家乔治·斯坦纳称策兰的诗为“德国诗歌（也许是现代欧洲）的最高峰”，哈罗德·布鲁姆感叹策兰“令人惊异”，哈佛大学教授、诗评家文德勒称策兰为“自叶芝以来最伟大的诗人”。现在，在世界范围内，他已被公认为继里尔克之后最伟大的德语诗人。

【作品内容】

《死亡赋格》为策兰的成名作。无论谈论策兰本人还是谈论战后欧洲诗歌，这都是不可绕过的一首诗。在内容上，它艺术地再现了纳粹集中营里犹太人的悲惨命运，诗中不仅有着对纳粹邪恶本质的强力控诉和批判（例如“死亡是一位从德国来的大师”），而且其独特的悖论式修辞手法（例如“清晨的黑色牛奶我们在傍晚喝”）和高度的赋格式音乐组织技巧也不同凡响。它那经历了至深苦难的人才有的在神面前的悲苦无告，它那强烈、悲怆而持久的艺术力量，至今也仍在感动着无数读者。正如美国著名翻译家和诗人哈斯所说，它是“20 世纪最不可磨灭的一首诗”。

《死亡赋格》问世后之所以产生如此广泛的影响，除了诗本身的思想艺术力量外，显然还在于诗背后的重大历史背景：在这首诗背后，有一个由千万亡灵组成的悲剧合唱队。

另外，《死亡赋格》之所以成为一首“时代之诗”，和第二次世界大战后西方的思想处境、西方知识分子所关注的问题也密不可分。1949 年，德国犹太裔哲学家阿多诺提出“奥斯维辛后仍然写诗是野蛮的，也是不可能的”。无论这个断言在后来怎样引起争议，它都提出了一个重要问题，不仅提出了战后西方艺术的可能性问题，更重要的是第一次把“奥斯维辛”作为一个无法逾越的重大“障碍”提了出来。从此，“奥斯维辛”成为一个具有划时代象征意义的事件。经由人们从哲学、神学、历史、政治、伦理、艺术和美学等方面所做出的重新审视和追问，它不仅成为大屠杀和种族灭绝的象征，还伴随着人们对一切集权主义、专制程序、现代社会的异化形式、工业文明和种族、信仰问题的思索和批判。可以说，正是伴随着这种追问，“奥斯维辛”照亮了人们长久以来所盲目忍受的一切。

这就是策兰的这首诗在世界上引起广泛关注的重要原因。它不仅是对阿多诺的某种回应，也不仅在战后德语文学和诗歌的发展中具有标志性的意义，而且多年来一直伴随着人们对历史的哀悼和反思。

策兰是 20 世纪人类黑暗时代造就的诗人。他的诗，见证了犹太民族的苦难历史，深刻体现了时代的冲突和“内在的绞痛”。但策兰的诗不仅是对“奥斯维辛”的一种反响。他忠实于他的时代而又超越了时代。他的诗，尤其是他那些深邃而又难解的晚期诗歌，至今仍难以为人们所穷尽。在诗人 1955 年出版的诗集《门槛之间》中有这样一首《带上一把可变的钥匙》，它不仅给人以更内在的撼动，而且标示了诗人自《死亡赋格》之后在创作上所展开的新的努力：

带上一把可变的钥匙
你打开房子，在那里面
缄默的雪花飞舞。
你总是在挑选着钥匙
靠着血，那涌出你的眼
嘴或耳朵的血。

你变换着钥匙，变换着词，
它可以随着雪片飞舞。
而怎样结成词团，
靠这漠然拒绝你的风。

（王家新译）

“词”的艰难形成与冰雪的暴力，顶风而行的诗人与语言的结晶——可以说，这同样是“最不可磨灭的一首诗”。从诗学的意义上看，这甚至是一个更为深刻和艰巨的起点。自此以后，策兰的诗，越来越成为“策兰式的”了。

对于策兰的诗歌，阿多诺在其《美学理论》中指出："他的诗歌作品渗透着一种愧疚感，这种愧疚感源于艺术既不能经历也无法升华苦难这一实情。策兰的诗以沉默的方式表达了不可言说的恐惧，从而将其真理性内容转化为一种否定。它仿效一种潜藏在人类的无能为力的废话中的语言——它甚至潜藏在有机生命层次之下。这是一种死物质的语言，一种石头和星球的语言。在抛开有机生命的最后残余之际，策兰在完成波德莱尔的任务，按照本雅明的说法，那就是写诗无须一种韵味。策兰采取了极端的方式，为之不断地努力，这便是他成为一位伟大诗人的原因所在。在一个死亡失去所有意义的世界上，非生物的语言是唯一的慰藉形式。这种向无机物的过渡，不仅体现在策兰的诗歌主题里，而且也体现在这些诗歌的密封结构中，从中可以重构出从恐怖到沉默的轨道。"

【作品赏析】

据传记材料，策兰这首诗写于1945年前后，最初在布加勒斯特一家刊物发表时题为《死亡探戈》，后被定为《死亡赋格》。而这一改动意义重大。它不仅把纳粹集中营里的屠杀与赋格音乐联系起来，而且把它与赋格艺术的大师、德国文化的象征巴赫联系了起来（"死亡是一位从德国来的大师"），因而对读者首先就产生了一种惊骇作用。

"死亡赋格"（Todesfuge）为策兰自造的复合词，即把"死亡"（todes）和"赋格"（fuge）拼在一起，其间不加任何语法关系，从而使这两个词相互对抗，又相互属于，再也不可分割。和这种词语的并置相关，《死亡赋格》整首诗在语言形式上也比较特别，即不"断句"，虽然这给阅读带来了难度，但却有一种音乐般的层层递进的冲击力。

诗的第一句就震动人心："清晨的黑色牛奶我们在傍晚喝。"这一句在后面反复出现，有规则地变化，成为诗中的叠句。令人惊异的是"黑色牛奶"这个隐喻。说别的事物是黑色的人们不会吃惊（策兰早期就写有《黑色雪片》一诗），但说奶是黑色的，这就成大问题了。这不仅因为奶是洁白的，更重要的是：奶是生命之源的象征。但在暗无天日的集中营里，它却变成了死亡的黑色的毒汁！这真是令人惊骇。它所引起的，不仅是对纳粹的控诉，而且具有更深广的隐喻意味。从策兰的一生来看，他都生活在"黑色牛奶"的诅咒之下。

回到"清晨的黑色牛奶我们在傍晚喝"这句诗上，它不仅是一个悖论，而且在后面反复出现时奇特的时间顺序也值得留意："清晨的黑色牛奶我们傍晚喝/我们在正午喝早上喝我们在夜里喝。”这里不仅有时间的颠倒，按照有的研究者的提示，这里面还有着对《旧约·创世记》的反响：“神称光为昼，称暗为夜。有晚上，有早晨，这是头一日。”而策兰对它的模仿可谓意味深长。这种模仿使“奥斯维辛”与一个神示的世界相对照，从而产生了更强烈的震撼力。这“清晨的黑色牛奶”我们在傍晚喝，在正午喝，在夜里喝，“我们喝呀我们喝”！这就是神的惩罚吗？

我们再来看诗中对赋格艺术手段的运用。赋格音乐一般由数个音组成的小动机胚胎成主题，朝各个方向发展、转化，直到内容充足为止。在这个过程中它运用对位技法，使各部分并列呈示、相应发展。巴赫的赋格音乐具有卓越非凡的结构技巧，它构成了欧洲古典音乐的一个高峰。而策兰的《死亡赋格》第一、二、四、六段都以“清晨的黑色牛奶……”开头，不断重新展开母题，并进行变奏，形成了富有冲击力的音乐节奏。此外，诗中还运用了“地上”与“空中”、“金色头发”与“灰色头发”的多种对位。到后来“死亡是一位从德国来的大师”也一再地插入进来，一并形成了一个艺术整体，层层递进而又充满极大的张力和冲击力。读《死亡赋格》，真感到像叶芝所说的“一种可怕的美已经诞生”！

说《死亡赋格》有一种“可怕的美”，一是指死亡集中营里那超乎一切语言表达的痛苦和恐怖居然被转化成了音乐和诗！二是指它在文明批判上的“杀伤力”：它以这种“以毒攻毒”的方式对已被纳粹毒化了的德国文化进行了有力的批判和质询。

至于“他命令我们开始表演跳舞”、“他叫道把死亡演奏得更甜蜜些”等等，不仅出自当年在集中营里发生的实情，也暗含了一种“对位”。《旧约》中就有这样的记载：当犹太人被掳到巴比伦的时候，他们被迫在河边唱起《锡安之歌》给征服者作乐。因此，对熟悉《旧约》和犹太人苦难历史的读者来说，他们在读《死亡赋格》时，“巴比伦之辱”就在起一种“同声作用”！

而在《死亡赋格》中，最重要的对位即“你的金色头发玛格丽特”与“你的灰色头发苏拉米斯”。玛格丽特，这不是一般的名字，是在德国家喻户晓的歌德《浮士德》中的浪漫主义悲剧女主人公的名字。苏拉米斯，在《圣经》和希伯来歌曲中多次出现，她成为犹太民族的某种象征。需要一提的是，在原诗中，策兰不是用“grau”（灰色）来形容苏拉米斯的头发，而是用的“aschen”（灰，灰烬，遗骸）。这一下子使人们想到纳粹集中营里那冒着滚滚浓烟的焚尸炉！此外，“aschen”也使人想到格林童话中那位被继母驱使，终日与煤灰为伴的“aschens”，即“灰姑娘”！

“aschen”这个词的运用，本身就含着极大的悲痛。全诗的重点也在于玛格丽特与苏拉米斯的“头发”，策兰要强调、要呈现的，正是这两种头发的对位。诗人着意要把两种头发作为两个种族、两种命运的象征。与此相对应，诗中的“他”和“我们”也都是在对这种头发进行“抒情”和感叹。“他写到当黄昏降临到德国你的金色头发呀玛格丽特”，这里的“抒情主体”是集中营里的纳粹看管，“他”拥有绝对的权力，拥有一双可怕的蓝色眼睛和一个种族迫害狂的全部邪恶本性（“他打着呼哨唤出他的犹太人”、“他用子弹射你他射得很准”……），但这并不妨碍“他”像一个诗人那样“抒情”，他抒的是什么情呢——“你的金色头发呀玛格丽特”。这里不仅有令人肉麻的罗曼蒂克，在对“金色头发”的咏叹里，还有着一种纳粹式的种族自我膜拜——他们所干的一切，就是要建立这个神话！

正因为如此，两种头发的“对位”有了不同寻常的意义。“你的灰色头发呀苏拉米斯我们在风中掘个坟墓躺在那里不拥挤”，这里的“抒情主体”变成了“我们”——被迫喝着致命的黑色牛奶，被迫自己为自己掘墓，承受着暴虐和戏耍而为自身命运心酸、悲痛的“我们”！从这里开始的“对位”一下子拓展了诗的空间，呈现了诗的主题，使两种头发即两种命运相互映衬，读来令人心碎。策兰就这样通过赋格音乐的对位手法，不仅艺术地再现了集中营里犹太人的悲惨命运，也不仅对纳粹的邪恶本质进行了控诉和暴露，而且将上帝也无法回答的种族问题提到了上帝面前，因而具有了更深刻悲怆的震撼力。诗的最后，又回到了赋格艺术的对位性呈示：

> 你的金色头发玛格丽特
> 你的灰色头发苏拉米斯

在诗中交替贯穿出现的，到最后并行呈现了。这种并列句法，这种金色头发与灰色头发的相互映照，使人似乎感到了某种“共存”甚或“重归言好”的可能，但也将这两者的界线和对峙更尖锐地呈现了出来。这种并置，正如策兰诗歌的研究者费尔斯蒂纳用一种悖论的方式所表述的，是“一个不调和的和弦”。它的艺术表现到了它的极限。

但全诗最后的重心却落在了“你的灰色头发苏拉米斯”这一句上，诗人以此意犹未尽地结束了全诗。苏拉米斯，带着一头灰烬色头发的苏拉米斯，象征着德国的死亡大师不可抹掉的一切，在沉默中永远地显现在人们面前。

策兰在其与阿多诺进行想象性对话的散文《山中话语》中有这样的句子：“拐杖沉默，石头沉默，然而，那沉默不是沉默。”的确，那沉默不是沉默。

策兰这首诗的最后，或者说他一生的写作，就处在这种如他自己所说的“回答的沉默”里。

【拓展阅读】

一、中译本

1. 德国抒情诗选．钱春绮，顾正祥，译．西安：陕西人民出版社，1988.

2. 保罗·策兰．保罗·策兰诗文选．王家新，芮虎，译．石家庄：河北教育出版社，2002.

3. 保罗·策兰．保罗·策兰作品选．王家新，芮虎，译．世界文学，2009（5）.

4. 保罗·策兰．保罗·策兰后期诗选．王家新，译．延河，2010（7）.

二、研究著作、论文

1. 王家新．保罗·策兰：从黑暗中递过来的灯．当代外国文学，1999（4）.

2. 迦达默尔．“隙缝之玫瑰”：迦达默尔论策兰．王家新，等，译//谢冕，孙玉石，洪子诚，主编．新诗评论．2009年第2辑．北京：北京大学出版社，2009.

3. 北岛．策兰：是石头要开花的时候了．收获，2004（4）.

4. 王家新．隐藏或保密了什么：与北岛商榷．红岩，2004（6）.

5. 吴建广．以优美的形式描述丑恶的事实：保尔·策兰《死亡赋格》分析//吴建广．德意志思想评论．第三卷．上海：同济大学出版社，2007.

6. 王家新．雪的款待：策兰诗歌解读．十月，2009（4）.

7. 约翰·费尔斯坦纳．保罗·策兰传：一个背负奥斯维辛寻找耶路撒冷的诗人．李尼，译．南京：江苏人民出版社，2009.

8. 詹姆斯·K·林恩．策兰与海德格尔：一场悬而未决的对话．李春，译．北京：北京大学出版社，2010.

【思考题】

1. 为什么说策兰的《死亡赋格》是对阿多诺的某种回应？

2. 《死亡赋格》最主要的“对位”是什么？

3. “黑色牛奶”是《死亡赋格》中最为核心的意象之一，诗人采用了什么特殊的修辞手法？诗人为什么这样写？

第二编

小说（一）

第一节　紫式部的《源氏物语》赏析

【作家生平】

紫式部是日本平安时代（794—1192）中期最著名的女作家，她所创作的长篇小说《源氏物语》（1001—1014）与同一时期的女作家清少纳言的随笔集《枕草子》（约 1001），并称为平安时期文学的双璧。

关于紫式部的生卒年，有多种说法，至今仍未有明确定论。一般认为，她大约出生于公元 970 年（天禄元年），卒于 1014 年（长和三年）。平安时代的女子没有自己的名字，多在姓氏后加上父兄或丈夫的官职作为自己的称呼。关于“紫式部”这一名称，历来有多种说法，一般认为她的父亲藤原为时曾经担任式部丞和式部大丞，所以取名式部；另外，可能由于她在《源氏物语》中成功塑造了紫姬这一理想女性形象，所以就被称为紫式部。

紫式部的父母都出自藤原家族，虽然算是出身名门，但其历代祖上的官位并不高，到她父亲这一代更是家道中落。花山天皇（968—1008）在位期间，藤原为时曾一度受到重用，官至式部大丞，但花山天皇退位后，藤原为时就不再担任官职。后来，在藤原道长的干预下，藤原为时才又出任越前守、越后守等地方官职。比之于政治上的没落，紫式部的家族在当时颇富文名，她的曾祖父、祖父、父亲、叔父和弟弟等人，都是敕撰和歌集的歌人。藤原为时不仅是著名的歌人，同时也是杰出的汉学家和汉诗人，他的文学造诣给予了紫式部很深的影响。

紫式部自小聪慧，曾经遍读父亲的藏书。根据她的日记记载，弟弟藤原惟规小时候习读汉文，时常觉得费解，紫式部只在一旁聆听，却早得其味而谙熟于心，因此父亲经常惋惜她不是个男儿。紫式部在侍奉中宫彰子期间，曾经为彰子分段讲解《白氏文集》。

紫式部的婚姻生活是不幸的。她在 20 岁左右嫁给了地方官藤原宣孝。藤原宣孝比她年长 20 岁左右，而且已有三房妻室，所幸他也很赏识紫式部的才华，所以紫式部的婚后生活比较安稳，第二年生下了女儿贤子。三年后，藤原宣孝染病死去，婚姻的短暂与人世的无常让紫式部深受打击。寡居期间，紫式部开始写作《源氏物语》，可能由于其中的一些篇章流传出去，为她赢得了才名，藤原道长让她入宫侍奉彰子。紫式部入宫的时间大约始自 1005 年（宽弘二年），至 1013 年（长和二年）结束，这期间她还在持续写作《源氏物语》。

紫式部流传于世的作品除《源氏物语》外，还有《紫式部日记》与和歌集《紫式部集》。紫式部也是中古三十六歌仙之一，《紫式部集》共收入她从少女时代至晚年的 128 首和歌，其中大多为与友人们的赠答歌。《紫式部日记》记录了从 1008 年（宽弘五年）至 1010 年（宽弘七年）期间，发生在藤原道长的官邸和朝廷后宫中的各种情形。日记前半部分以彰子的生产为中心，细致描述了皇子敦成亲王诞生前后的种种盛事。后半部分主要反映朝廷后宫的生活，除了记述围绕着中宫和皇子举行的各种宫廷活动外，还生动描述了宫女生活和性情各异的宫女形象，同时也抒发了繁华宫廷生活里处世的艰难。日记里还记录了紫式部对自己人生的反省，以及对同时期其他女作家如和泉式部、清少纳言等人的批评。

《紫式部日记》在日本文学史上有其独特的意义。首先，它提供了宝贵的有关《源氏物语》的作者的资料和信息。其次，日记详尽记录了平安时代的宫廷、贵族社会生活，包括各种岁时习俗、仪式、服饰、器皿等，是了解当时社会风俗的第一手资料。最后，《紫式部日记》开创了一种客观自省的写作风格。日记以翔实客观的记录为主，处处体现出女性细腻的观察眼光，在感叹自身生存不易的同时，也反映了宫女阶层的生活状况。平安时代女性日记文学繁盛，大体以记录自身的人生体验为中心，其中多见对个人情感挫折与命运遭际无常的描述与感叹。而在客观叙述中折射人生世态、审视眼光理性、对个人情感的表达节制有度，则是《紫式部日记》的突出写作特点。显然，《紫式部日记》也是一把深入理解和研究《源氏物语》的钥匙。

【作品内容】

《源氏物语》全书共 54 卷，日语称“卷”为“贴”，丰子恺根据中国章回小说的习惯，将它译为“回”。《源氏物语》既是日本最早也是世界上最早的长篇小说，它的具体写作时间至今仍无法详考，大致写于 1001 年至 1014 年之间。

从内容上看，《源氏物语》可分为三部分。第一部分，从第 1 卷《桐壶卷》至第 33 卷《藤花末叶》，主要讲述光源氏与众多女性的情爱故事及其政治沉浮。第二部分，从第 34 卷《新叶（上）》至第 41 卷《云隐》，讲述光源氏自 40 岁起至他死去这段时间的经历，以及光源氏的长子夕雾的成长与婚恋纠葛。第三部分，从第 42 卷《匂皇子》至第 54 卷《梦浮桥》，主要讲述熏君、匂皇子与宇治八亲王的三个女儿的情爱纠葛。小说篇幅很长，近百万字，故事涉及三朝（桐壶帝、朱雀帝与冷泉帝）四代（桐壶、光源氏、夕雾、匂皇子），出场人物多达 400 多人，是一幅卷帙浩繁的反映平安王朝宫廷贵族生活的画卷。

以下是小说的大体情节梗概：

桐壶帝很宠爱一个出身并不怎么高贵的更衣，更衣因此备受非议与排挤，生下小皇子后不久就郁郁死去。小皇子聪明颖悟、容华如玉，桐壶帝对他百般疼爱，但考虑到他母亲的出身，为了让他日后不致遭受各种疑忌，就将他降为臣籍，赐姓源氏。因为光彩照人，源氏也被称为光源氏。成年后，源氏被左大臣招为女婿，妻子葵姬品貌端庄、气质高贵，但难以亲近，源氏对她总是敬而远之，葵姬产下儿子夕雾后死去。

风采翩翩的源氏是贵族女子们的倾慕对象，源氏也乐于拈花惹草。纪伊守之妻空蝉和女儿轩端荻、六条妃子、夕颜、末摘花，甚至老宫女源典侍等众多女性都是他的猎取对象。源氏年轻的后母藤壶酷似母亲更衣，品貌趣味皆无可挑剔，源氏对她情有独钟。藤壶回娘家休养期间，源氏伺机入室，两人结下不伦之情，藤壶在懊悔和自责中产下皇子冷泉。后来，冷泉即位，藤壶为赎罪而落发为尼。一次外出期间，源氏看到 10 岁的紫儿酷似藤壶，就将她带回宅邸亲自抚养，紫儿成年后成为源氏最器重的爱妻。

随着桐壶帝去世、左大臣失势和朱雀帝即位，政治前景黯淡的源氏自行流放须磨，以避政敌攻击。流放期间，源氏娶了明石道人的女儿明石姬，明石姬产下的女儿后来由紫姬抚养，成年后入宫为明石皇后。朱雀帝让位给冷泉帝之前，召回了源氏，源氏重新成为朝廷重臣。冷泉帝得知自己的身世后，以太上皇的规格礼遇源氏，源氏的权势抵达顶峰。他大兴土木建造六条院，让自己的妻妾、由他照顾的女子们各居其室。朱雀帝临死之前，将年仅十三四岁的三公主托付给年近四十的源氏，紫姬郁郁寡欢但大体仍宽容以对。三公主年轻貌美但尚欠稳重，与卫门督柏木结下私情，产一子熏君。源氏得知真相，痛感因果报应但并不声张，视熏君如己出。紫姬去世，源氏悲痛不已，不久也辞世。

与父亲源氏不同，夕雾老成持重、坚忍有度。为了娶到自己心仪的云居雁，他忍辱负重，直至云居雁的父亲左大臣尽释前嫌主动招他为婿。夕雾偶尔也不脱贵族男子的风流习气，但他钟情的女子为数并不多，共有云居雁、藤典侍和落叶公主三人，云居雁与藤典侍为他生下了众多儿女，可谓门第兴旺、尽享荣华富贵。

熏君性情温存、风度娴雅，但少年老成。他不像一般贵族公子那样热衷于猎艳，而是心喜佛学，得知自己的身世后更深感人世愁苦。桐壶帝的第八皇子因政治失意隐居于远离京城的宇治，一心向佛。熏君结识了这位八亲王，两人趣味相投。八亲王膝下有二女，熏君倾心于大女公子，但大女公子悟透情爱不思嫁娶，想撮合熏君与妹妹结合。明石皇后之子匂亲王好色风流，他在熏君的撮合下娶了二女公子。大女公子死去，熏君伤心欲绝，得知八亲王还有一女浮舟尚存，就找到她以寄情思。匂亲王也找到浮舟，两人发生私情。浮舟无奈地夹在两个男人之间，想投河自尽却被老尼僧所救。熏君再去寻访浮舟，但浮舟避而不见。

【作品赏析】

小说《源氏物语》的主题是什么？日本学界有多种观点，有的认为它是模拟《春秋》，以达劝善惩恶的目的；有的认为它是学习司马迁的“史记笔法”，以不虚美、不隐恶的精神来评判社会历史；有的认为它是一部情爱小说；有的认为它是“从人的精神史的角度来描写贵族社会的矛盾及其没落”（西乡信纲等著《日本文学史》）；有的则认为它是要传达“知物哀”的精神。尽管众说纷纭，每一种观点都有其相对的合理性，但如果从小说的内容与作者来看，那么对小说主题的理解也许会更为贴切。

小说以源氏、夕雾和熏君这三位贵族男性作为贯串情节的主线，多数篇幅都围绕着他们的情爱纠葛而展开。在这一基础上，小说刻画了众多鲜明的、形象各异的女性形象，细致描绘了宫廷贵族社会的各种岁时习俗，揭示了朝政变迁与随之而来的世态冷暖，是一幅绚丽多姿、纷繁复杂的平安王朝时期社会生活的总画卷。

紫式部出身于中等贵族阶层，自幼浸染书香之气，饱读诗书且才华出众，这使她具备了创作长篇巨著的基本能力。她既曾跟随任地方官的父亲到都城之外的越前国，有机会了解京城以外的风土人情；也曾作为女官入宫侍奉中宫彰子长达大约八年之久，熟悉宫廷生活，深谙政局变迁的威力；还曾身为地方官之妾，体验过婚姻生活的安稳，遭遇过丧夫之痛。种种悲欢离合的人生体验使她相较于同时期的其他女性作家而言，有着更广阔的视野和更深刻的人生体悟，而这也直接制约了《源氏物语》的取材与写作角度，即小说以贵族生活为舞台上演贵族男女的情爱悲喜剧，但它描写的绝不仅仅是单纯的爱情，而且是作者对人生的深切洞察。

平安王朝时期是日本女性文学创作的第一个繁荣期与高峰期。假名的出现为女性文学创作提供了一个有别于男性汉文创作的独特空间。平安时期的政局以摄关制度为主，外戚专权的现象突出。大臣们把女儿送入宫中博取天皇的宠爱，是一条政治捷径。一般贵族女子进入宫中充任女官，也被视为一种理想的去处。后宫佳丽为争取天皇的青睐，经常在和歌、书法、绘画、琴艺等方面互相较劲，她们的娘家则提供各种有力的后援。藤原道隆让清少纳言侍奉中宫定子，藤原道长让紫式部侍奉中宫彰子，都是为了让自己的女儿在后宫的竞争中更胜一筹。后宫的吟诗弄琴、风花雪月中实际上隐藏着残酷的刀光剑影。因此，一方面，《源氏物语》虽然是以贵族男女情爱为主线，小说里也两次强调“作者乃一女流之辈，不宜高谈国事”，但客观如实地记载世事的创作观念，使得小说仍然敏锐地折射出了政局的变迁与世态的冷暖；另一方面，后宫也成为女性文学创作的最佳温床，这一时期女性文学的繁荣与成就就得益于这种特殊的时代氛围。

源氏是小说着力塑造的男主人公。小说几乎集中了所有誉美之辞来赞美他，以至于这种赞美往往有过谀之嫌。源氏品貌盖世的风采令其他贵族男子望尘莫及，即使是无情的草木，看到源氏的风姿也没有不倾倒的；僧侣们拜见了源氏之后觉得世虑皆可忘，可祛病延年，其效果简直如同神丹妙药。源氏还精通和歌、书法、舞蹈以及各种乐器，虽然这些技艺是平安时代贵族必须掌握的基本技能，否则便不能登大雅之堂，也无法在恋爱与猎艳时体现出自己的风雅，但源氏总是技高一筹。更可贵的是，源氏在中年之后照拂了众多女性的生活，挽回了年轻时的轻薄行为造成的诸多过失。与此同时，小说也不时流露出对源氏的不满，这主要集中在他的好色上，小说称之为“恶癖”。源氏在猎艳上简直到了无孔不入的程度，下至下层贵族妇女，上至天皇嫔妃，甚至连宫廷的老侍女他也有所染指。他和头中将在老侍女源典侍的住处上演的那幕丑剧，正是当时贵族男性滥情生活的一种写照。

紫式部对源氏的态度是矛盾的。一方面，她高度赞美源氏，仰慕之情溢于言表；另一方面，她又忍不住要批评他的好色与滥情。这是因为紫式部无法超越她的时代与身份，她既通过塑造如源氏般的高等贵族男性来传达对一种理想男性的向往，又较为冷静客观地看到了他们的丑陋之处，这种爱恨交织的心理使得源氏的形象必然会呈现出一定的复杂性。夕雾、熏君与匂亲王的形象是对源氏形象的一种补充，也体现了紫式部对平安贵族男性的一种反思。匂亲王是源氏的外孙，好色一如源氏，但比源氏更显轻薄，显然不足为取。夕雾算是较为持节稳重的类型，但小说又感叹他过于谨严而情趣不足。当他疲于周旋在云居雁和落叶公主之间时，他想到“世间怎么竟有人把恋爱当作风流韵事呢？便觉得此事深可惩戒”。这是对源氏滥情的一种矫正，也是对普遍的滥情的一种批评。所以，熏君最终表现出了远远高于源氏和夕雾的克制，他在情爱上的失败和曲终人散时的无所着落，也意味了这一场平安贵族的悲喜剧即将没落。小说仿佛一首驳杂繁复但基调鲜明的乐曲，由高昂渐至低沉，由繁华渐至寥落，一如人生迟暮，一个时代即将成为过去。

小说同时也塑造了一系列女性群像。善良愁苦的更衣、端庄谨严的葵姬、柔弱暴毙的夕颜、嫉妒成性的六条妃子、高贵娴雅的藤壶妃子、苦尽甘来的明石姬、敦厚质朴的花散里、智慧坚强的玉鬘、冷静明悟的大女公子、命运如同浮萍的浮舟……小说中的众多女性形象大抵是在与男性的情爱纠葛中呈现的，她们或者为男性所珍爱的女子，或者沦为男性的玩物，或者是政治联姻中的筹码，命运各自不同，但没有任何一个人可以真正主宰自己的命运。紫式部对她们寄予了深深的同情，这之中既包含了她对自身命运的感慨，也全景式地反映了那一时代女性的生存处境与生活状态。在这一意义上，可以说《源氏物语》是一部由女性自身来抒写、反观女性的小说，是任何一种男性作家创作所无法取代的杰作。

美丽高雅、善良温厚的紫姬被小说视为最完美的理想女性。她自小由源氏依照自己的意愿抚养长大，源氏遭遇政治磨难，她痴情等待；源氏的妾室产下的女儿，她精心抚养；源氏纳三公主为妻，她只能忍气吞声，甚至还要替源氏尽职尽责。这样的女性被那个时代追奉为最完美的理想女性，也从一个角度折射了那一时代女性的悲剧命运。不过，比之于紫姬，诸如空蝉、末摘花这样的下层贵族女子的形象更让人难忘。相貌丑陋的末摘花孤苦无依，源氏一边出于猎奇心理染指于她，一边又总拿她取乐。虽然后来她也蒙受了源氏的照拂，但这也无法掩盖这类女性在现实生活中的悲惨遭际。地方官之妻空蝉在毫无防备下成为源氏的猎物，对自己的身份有明确认识的空蝉为避免沦为一时爱欲的对象，苦苦抵抗并坚决拒绝。丈夫长陆介去世后，为逃避继子的不良色心，她最终选择了削发为尼，这也是那一时代的中下层贵族女性命运的一种写照。

对于物语（即故事）的创作，紫式部有自己的理解，她认为小说具备“知世相”的功能。空蝉面对自身命运，感叹“知人情冷暖，乃世间必然之事”。源氏自行流放须磨，临行前门庭冷落车马稀，与往前的熙熙攘攘截然不同，源氏此时方悟世态之炎凉与人情之浇薄。小说还借朱雀院之口说道：“在古代，人心正直，世风敦厚……但今世人心不古，纵情好色，悖乱之事，时有所闻。”可以说，小说客观上是起到了劝诫与批判作用的。

18 世纪日本学者本居宣长认为《源氏物语》的主旨是“知物哀”。什么是“知物哀”？他在专论《源氏物语》的《紫文要领》中指出，“知物哀”就是“世上万事万物，形形色色，不论是目之所及，抑或耳之所闻，抑或身之所触，都收纳于心，加以体味，加以理解，这就是感知‘事之心’、感知‘物之心’，也就是知‘物哀’”。本居宣长的这一“物哀论”准确地概括了以《源氏物语》为代表的日本古典文学的突出美学特征，即对万事万物的细腻纤细的感悟兴叹，尤其在对情色的理解与表现上有其区别于道德价值评判的标准。“知物哀”是平安时代贵族追求风雅情趣的一种体现，在《源氏物语》中的表现比比皆是。不过，本居宣长的“物哀论”的提出，同时也与 17 世纪后日本国学者力图通过建构自身的学术体系，以摆脱自奈良朝以来中国汉学对日本从文化到思想的全面影响息息相关。

【拓展阅读】

一、中译本

1. 紫式部．源氏物语．丰子恺，译．北京：人民文学出版社，1980—1983.

2. 紫式部．源氏物语．林文月，译．南京：译林出版社，2011.

二、研究著作、论文

1. 陶力．紫式部和她的《源氏物语》. 沈阳：辽宁大学出版社，2001.

2. 北京日本学研究中心文学研究室．世界语境中的《源氏物语》. 北京：人民文学出版社，2004.

3. 姚继中．《源氏物语》与中国传统文化．北京：中央编译出版社，2004.

4. 丸山清子．源氏物语与白氏文集．申非，译．北京：国际文化出版公司，1985.

5. 中西进．《源氏物语》与白乐天．马兴国，孙浩，译．北京：中央编译出版社，2001.

6. 山口仲美．男人和女人的故事——日本古典文学鉴赏．张龙妹，译．北京：商务印书馆，2004.

7. 张哲俊．《源氏物语》与中日好色观的价值转换．北京师范大学学报（社会科学版），2007（6）.

8. 张龙妹．《源氏物语》〈桐壶〉卷与《长恨歌传》的影响关系．日语学习与研究，2007（4）.

【思考题】

1.《紫式部日记》在日本文学史上具有什么意义？

2.《源氏物语》包含几部分内容？

3. 怎样理解源氏的形象？

4. 怎样理解“知物哀”？

第二节 《一千零一夜》赏析

【成书经过】

《一千零一夜》是一部规模宏大的民间故事集，它最初来源于人民群众的口头创作，后经阿拉伯历代市井说书艺人反复加工创作而成。在8个世纪漫长的成书过程中，《一千零一夜》全书260多篇故事，没有一篇留下作者的名字，虽然我们不否认有的故事在某个时期必然有一个主创者，他们或者是故事的编撰者，或者就是说书人自己，但可以肯定的是，这些故事的编撰者和创作者，并不是文人作家。不高的文化修养使这些来自民间的故事编撰者或创作者只能主要以口头形式来表现故事，阿拉伯民间说书艺术使这些艺人搜集、编撰或创作的故事得以问世和流传，并在流传中不断补充、完善，直至最后定型被记录下来。

一般认为，《一千零一夜》的故事有3个来源：一是波斯故事集《赫扎尔-艾福萨那》，二是阿拉伯巴格达时期故事，三是阿拉伯埃及时期故事。波斯故事集《赫扎尔-艾福萨那》是《一千零一夜》的早期形式，《赫扎尔-艾福萨那》最初可能来自印度，先是由梵文译成波斯文，在八九世纪之交又由波斯文译成阿拉伯文，意思是一千个故事。这部书同其他早期散文故事文学一样，篇幅简短，而且大多不够完整成熟，后世说书人以其为蓝本，对故事不断进行增删、加工和润饰，并在不同时代不断吸收融会新故事。公元10世纪中叶，伊拉克人哲赫舍雅里选了一千个阿拉伯、波斯、罗马故事，并召集说书人，从他们那里选取好的故事，还从神话、寓言书中选取故事，他所选择的故事中也包含了《赫扎尔-艾福萨那》的主要故事。哲赫舍雅里计划编撰一部包括一千个故事的书，该书以夜为单位，每夜有一个完整的故事，但他只编写到第480夜就去世了，通常认为，这是《一千零一夜》的原型。在以后的6个世纪里，巴格达市井说书艺人以此为蓝本，讲述《一千零一夜》前身的故事，并在讲述过程中，对故事不断地进行增添、删减……这样一直传到马木鲁克王朝统治下的埃及，同样的过程被重复着，直至 16 世纪形成抄本，定型成书。

因而，《一千零一夜》的成书过程是将波斯、印度、希腊、罗马等外来民族的神话、传说、寓言和故事进行吸收、融会和“本土化”的过程，同时也是在阿拉伯现实生活的基础上不断再创作、产生新故事的过程。它既是阿拉伯广大人民群众集体智慧的结晶，也是多民族文化交融和汇合的产物。

《一千零一夜》有多个版本，较权威的是“官方订正本布拉克本”。该版本以夜为单位讲述了 160 多个故事，诗歌总计 1 400 余首，是涵盖量最丰富的阿拉伯文本。18 世纪初迦兰的法译本问世后，各种不同版本的欧洲译本层出不穷，后来更是传遍全世界，成为最受读者欢迎的作品之一。其中巴登英译本是故事量最丰富的一个译本，它将《一千零一夜》中的故事增补到 264 个，大大超过了阿拉伯原本的范围。值得一提的是，在已定型成书的阿拉伯版本《一千零一夜》中并不包括著名的《阿里巴巴与四十大盗》、《阿拉丁与神灯》两篇故事，这两篇故事在《一千零一夜》成书前或成书后的一段时间里流传在民间，它们被收进迦兰的译本中，在欧洲广为流传，被认为是《一千零一夜》故事的组成部分，由于欧洲对《一千零一夜》的重视又反过来影响了阿拉伯世界，因此人们都认为这两篇故事属于《一千零一夜》。

【作品内容】

相传古时候，在中国和印度一带的群岛上，有一个古国，国王的两个儿子分别治理两个王国。一日弟弟萨曼国王去看望哥哥山鲁亚尔国王，途中因遗落重要物品，在夜间折返回宫，发现王后与黑奴厮混，于是斩杀二人。与哥哥见面后，弟弟萨曼因想起王后与黑奴通奸的情景而抑郁于心，但羞于向哥哥吐露内情。一日山鲁亚尔国王外出打猎，萨曼无意间发现御花园中哥哥的王后、宫女与黑奴们鬼混，遂觉“与此相比，我的灾难轻微多了”！于是心境豁然开朗。打猎归来的山鲁亚尔见弟弟与前判若两人，便一再追问原因。萨曼将自己抑郁的原因和所见情景一并告诉哥哥。山鲁亚尔佯装外出打猎，藏身弟弟所住房间，亲眼看到王后和宫仆们在御花园男欢女爱……兄弟二人由此心灰意冷，舍弃王位，结伴流浪。一日二人正在一片草地上休息，偷窥到一个形容丑陋的妖魔枕在一个窈窕女子的腿上睡去。那女子无意中发现兄弟两人，就逼迫兄弟二人与自己交欢，否则就要把妖魔叫醒。兄弟二人无奈，只得从命。事毕，女子从衣袋里掏出一串戒指，共有 570 枚，并告诉兄弟二人，这些戒指的主人，都像他俩一样与她交欢过，并咏诗证明女人的不可靠和淫荡。二人听到这些话和诗句，惊异万分，相互叹道："一个妖魔，力大无边，尚且管不住自己的女人，竟然比我们遭受的磨难还要深重，更何况我们是普通人呢!"于是二人返回，将淫乱的王后和女婢男奴斩杀一尽。此后，山鲁亚尔国王每夜娶一处女，天亮即将其处死。不到三年时间，京城民女纷纷逃离，民心惶惶，然而国王仍命宰相为其四处寻找美女。宰相长女山鲁佐德博览群书，为了解救其他少女，说服父亲，自愿入宫嫁给国王。她设下计谋，在国王要杀她时，请小妹到宫中告别，在小妹的要求下，开始给国王和小妹讲故事。在一千零一夜的第一个夜晚，山鲁佐德开始讲《商人与魔鬼》的故事。山鲁佐德每夜都在故事最精彩有悬念处戛然而止，并请求国王允许她来夜继续讲述故事……

在山鲁佐德与国王共同度过的一千零一个夜晚里，她给国王讲了 160 多个大小故事，这些故事的内容主要有以下几种类型：

第一，爱情、婚姻故事。《一千零一夜》中有人与人的爱情、神魔介入的人与人的爱情、人与神的爱情三种类型。《阿里·沙琳和祖曼绿蒂》写女奴祖曼绿蒂不愿被卖给有钱的老商人，倒贴钱让身无分文的阿里·沙琳将自己买走，后夫妻历经磨难终于重新团聚。《阿拉丁和神灯》讲述了一个有神魔介入的爱情故事，出身贫苦的阿拉丁借助神灯与公主结为夫妻，并战胜了嫉恨的宰相和魔法师，与公主幸福地生活在一起。《巴士拉银匠哈桑》则是一篇典型的人神婚恋的故事，哈桑偷了羽衣姑娘（七仙女）的羽衣，和她成亲，后仙女因思念故土亲人，带上两个孩子飞走，哈桑不畏艰难险阻，终于找到七仙女。七仙女不改初衷，后与哈桑团聚并回到故乡。

第二，神奇冒险故事。《一千零一夜》中有很多关于航海旅行、获取宝藏、实现爱情、寻找亲人的冒险故事，其中，航海旅行尤为引人入胜。《辛巴达航海旅行记》是一篇最有代表性的故事，辛巴达前后七次出海经商，每次都九死一生，经历了种种难以想象的灾难和奇遇。

第三，伦理教诲故事。《一千零一夜》中的大小故事都含有教诲意义，惩恶扬善、因果报应是作品重要的思想内容。例如《商人与魔鬼》的故事中，三位老人讲述了恶人害人不成反害己的故事。《阿里巴巴与四十大盗》则讲述了善良的阿里巴巴在智慧忠诚的使女马尔基娜的帮助下，如何战胜强盗、并获得钱财的故事。

第四，伊斯兰开拓故事。反映早期伊斯兰开拓和伊斯兰世界与欧洲诸国关系的故事在《一千零一夜》中差不多占了六分之一的篇幅。《叔尔康、臧吾·马康昆仲和鲁谟宗、孔马康》的故事是作品中最长的一篇故事，表现了阿拉伯伊斯兰国家与欧洲诸国之间历经几代的海陆较量和争夺。

除此之外，《一千零一夜》中还有以鸟兽为主人公的寓言故事、公然向社会挑战的骗子故事等等，这些故事环环相扣，大故事套小故事，纵横天地历史，几乎无所不包。在讲故事过程中，山鲁佐德为山鲁亚尔生下三个王子，国王听完这一个个关于前人告诫世人的故事，由衷感到忏悔，不再诛杀国中少女，山鲁亚尔和山鲁佐德及其子孙从此以后过着幸福、安详、快乐的日子，直至天年竭尽。

【作品赏析】

《一千零一夜》以看似“现实”的背景为依托，营造的却是人们理想中的“乌托邦”。作品开篇的“引子”首先交代了一个对中世纪阿拉伯人来说遥远得近乎虚拟的时空——“相传，古时候，在中国和印度一带的群岛上，有一个古国”，这暗示了作品的全部故事是建立在时空虚拟性基础上的，同时也暗示了《一千零一夜》强烈的“乌托邦”色彩。

“乌托邦”的想象常常基于对现实的不满。《一千零一夜》产生自一个失落了信仰和英雄的年代。它流传、成书于公元八九世纪至16世纪，在这一时期，阿巴斯王朝经历了八九世纪之交哈伦·拉希德哈里发和麦蒙哈里发时代文学、科学与哲学的鼎盛期，开始一步步走向衰败。至13世纪中叶，曾一度辉煌的阿拉伯哈里发国家，早已成为消逝在埃及马木鲁克王国角落里的一个幻影。与此同时，商品经济的发展和城市的繁荣使以商人为主体的中产阶级和各行各业的市民阶层兴起，进而促进了市井文化的繁荣。音乐、歌唱、舞蹈和说书艺术的兴盛，标志着商业社会骄奢淫逸的散漫和享乐之风，阿拉伯民族特有的男子汉气概、节俭之风、慷慨大度的品性和坚强的品质，早已不复存在。只有在民间说书艺人的叙说中，阿拉伯人才能追忆着那个虔诚、正义、热情的英雄时代。因而，《一千零一夜》以鲜明的二重性彰显着理想与现实的差距：善与恶、美与丑、贤明与暴虐、爱情与淫欲……而作品的“导言”也清晰地点明了这部宏大故事集的立意和初衷，这些“前人的故事、传记”是为了“成为后人的训诫和殷鉴，以供人们吸取先人的经验，并以此为鉴”，而“了解先前诸民族史实及经历”，可“借以检点、规范自己的行为”。与此立意相对应，灵魂的堕落与拯救事实上构成了《一千零一夜》全部故事的缘起和旨归。

故事缘起于国王山鲁亚尔对爱情神圣性的彻底推翻：女人是淫荡和不忠的代名词，这世界上根本不存在纯洁忠贞的爱情。因而他每夜娶一处女，天亮即将其处死。当爱情的心灵愉悦被性交和杀戮取代，虔诚、忠贞、纯洁、善良、智慧——这些所谓“美好”的一切，都变成了编织的谎言，灵魂的堕落——世俗、淫乱、肮脏、丑恶、愚蠢成为琐屑生命的本来面目。然而，《一千零一夜》借助山鲁佐德之口，却向我们讲述了一个个关于信仰、虔诚、忠贞、纯洁、善良、智慧的故事，这些故事不仅拯救了山鲁佐德，也使国王山鲁亚尔重新相信爱情，相信生命的善。

灵魂的拯救得益于“故事”的讲述。在《一千零一夜》中，故事的价值等同于生命的价值，“讲故事”生死攸关。山鲁佐德向国王讲的第一个故事《商人与魔鬼》，便是三位老人凭借向魔鬼讲述自己的离奇经历，为商人赎命的故事。“故事”在《一千零一夜》中几乎无处不在：萍水相逢，陌生人以故事讲述自己的经历；紧张时刻，朋友以故事舒缓内心；休憩之时，众人以故事消遣时日……山鲁佐德的故事中人人都似乎是讲故事的高手，大故事和小故事交错讲述，若干故事又引出众多次要故事，故事套故事，所套故事又套故事，环环相扣，精彩连连……在不同讲述者的叙述中，故事得到不断延展和丰富。

于是，“讲故事”构成了《一千零一夜》鲜明的艺术特色。阿拉伯人从印度借鉴、发展和创新了故事套故事的艺术形式，一方面，这种艺术形式直接影响了《一千零一夜》的扩展成书，它兼容并蓄，将数世纪以来流传于民间的、在当时人们看来是优秀的故事融汇在作品中；另一方面，这种框架结构使《一千零一夜》中的故事跌宕起伏，波澜横生，对故事内容的层层展开、矛盾冲突的发展和解决，起了很好的铺垫和烘托作用，使人读来兴趣盎然。

《一千零一夜》中故事的讲述是以“夜”为单位的，这一叙述方式是阿拉伯说书艺人的独创，山鲁佐德往往在故事精彩有悬念处突然停住，请求国王将她留到来夜，到了第二天夜里继续对国王讲未完的故事。以“夜”为单位的故事叙述艺术是说书艺术独特的艺术形式，它与中国话本和章回小说中回与回之间“且听下回分解”的停顿和接续有异曲同工之妙，并与故事套故事的框架结构形式互相结合，相映成趣。

故事“诗文杂陈”的讲述方式，也体现了典型的阿拉伯民族特色。阿拉伯民族是个诗歌民族，他们有用诗歌来表达内心的风俗，1 400余首诗歌成为《一千零一夜》一道亮丽的风景，以至有学者言：“没有诗的《一千零一夜》，就等于没有太阳的白天！”作品中的诗歌随处可见，常用来描绘男女之品貌、表现人物才华、称颂人之功德、抒发人物感情、烘托情节气氛、言明事情道理，甚至在人命攸关的关键时刻，弱者为了表明自己的冤屈和心迹，往往赋诗一首打动强者，而失散多年的亲人或恋人，也常因吟诗彼此相认。因而，《一千零一夜》中的诗歌不仅对故事的叙事、言理、抒情起到补充衬托作用，而且直接推动了故事情节的发展。

《一千零一夜》被高尔基赞誉为民间文学史上“最壮丽的一座丰碑”，具有典型的民间文学特征，这种民间文学特征主要表现在作品对中世纪阿拉伯社会民间百态的展现，作品中的民间故事母题和语言的通俗化、口语化。

《一千零一夜》故事发展、充实和完善的过程，正值阿拉伯城市商品经济不断繁荣的时期，以商人为主体的中产阶级和各行各业的广大市民阶层兴起。因而，《一千零一夜》中很少有描写农村场景的故事，也没有对阿拉伯人的祖居地沙漠和其民族本源游牧阿拉伯人的正面描写。它实际上展现的是阿拉伯城市社会习俗，反映的是城市商人和市民阶层的要求和情趣。

在描写对象上，《一千零一夜》中的故事几乎包括了社会上各个不同的阶层：达官贵人、富商巨贾、普通商人、城市贫民、奴仆婢女、脚夫、走卒、裁缝、鞋匠、珠宝师、理发师、渔夫……这些取材于现实生活的故事，满足了新兴商人和市民阶层闲暇之余的精神需求。在故事内容上，《一千零一夜》表达了新兴中产阶级和市民阶层的民俗和生活情趣。譬如故事中对两性外表之美的刻画，女性多为细腰肥臀丰乳，男性则常“面如满月”、“脸上嵌一颗美人痣”，显示了当时市民阶层的审美观。作品中对女奴的描写也体现了当时阿拉伯的社会状况。女奴是穆斯林在战争中获得的异教徒俘虏，自阿巴斯王朝起，阿拉伯社会流行着豢养和训练女奴的社会习俗，女奴在主人的训练下，大多能歌善舞，通晓文学和艺术，往往成为文学家和诗人创作的源泉。另外，性爱描写也是《一千零一夜》的突出特点，爱情的性、欢乐的性、淫荡的性、通奸的性、激情的性、幻想的性、同性恋、娈童之风甚至人兽相交，都在作品中有细致描摹，淋漓尽致地体现了城市商品经济下的阿拉伯社会风气和市民趣味。

在创作母题上，《一千零一夜》表现了典型的民间文学特征，其中的“因果报应”、“变形故事”、“冒险取宝”、“瓶中精魔”、“羽衣姑娘”、“救蛇得报”、“与巨人搏斗”、“妖魔与女郎”、“探索未知世界”等都是世界民间故事的典型母题。在创作语言上，《一千零一夜》表现出口语化和通俗化的鲜明特点，作品诗文杂陈，充斥了大量流传于民间的谚语、格言和俗语，叙述语言大众化，不仅叙事状物朴直流畅，而且诗歌也通俗易懂，表现出朴实、粗犷的民间文学语言特征。

在阿拉伯文学史上，《一千零一夜》一改中世纪诗歌作为宫廷及上层统治者的附庸的地位，反映了新兴商人和市民阶层等普通民众的精神需求。但也正是它所表现出的市民趣味和大众化语言，使《一千零一夜》在近代以前只能在民间流传，长期以来被排斥在阿拉伯正典文学之外。相反，这部作品却在西方流传和受到重视，这才促使阿拉伯文学界对《一千零一夜》的忽视有所改善。现代以来，很多阿拉伯作家从《一千零一夜》中汲取资源，创造出富有时代内涵和现代意义的作品。例如，诺贝尔文学奖得主马哈福兹的小说《续天方夜谭》，塔哈·侯赛因的小说《山德佐鲁之梦》，陶·哈基姆的戏剧《山鲁佐德》、《阿里巴巴》等等。

在世界文学史上，《一千零一夜》已成为阿拉伯文学的标志性作品，它早已被看作世界文化的一部分而非阿拉伯所独有。一些世界文学史家认为，早在 11 至 13 世纪的十字军东征时期，《一千零一夜》的故事就已通过民间传到欧洲，文艺复兴时期，不少作家已深受影响。我们能从《巨人传》、《哈姆莱特》和《十日谈》等文艺复兴时期的作品中看到《一千零一夜》的痕迹。自 18 世纪初《一千零一夜》的各种欧洲文学译本陆续问世，作品中充满异域风情和神秘魔幻色彩的故事，不仅强烈地吸引了西方读者，而且在很大程度上影响了西方人的“东方想象”。自此以后，大量阿拉伯、波斯及远东的其他文学文化作品通过翻译流传到西方。在启蒙运动时期，西方文学作品就表现出“东方风”倾向，孟德斯鸠的《波斯人信札》、伏尔泰的剧本《采儿》都采用了波斯和伊斯兰题材进行创作。孟德斯鸠曾说，他是在读了十四遍《一千零一夜》后才开始写小说的。《鲁滨孙漂流记》、《格列佛游记》这些闻名于世的作品显然受了《一千零一夜》中航海故事的启发，我们能够从鲁滨孙这一欧洲经典人物形象身上寻觅到《一千零一夜》中辛巴达的影子。

【拓展阅读】

一、中译本

1. 一千零一夜：分夜全译本．李唯中，译．海口：南海出版公司，2006.

2. 一千零一夜．郅溥浩，等，译．北京：华文出版社，2010.

二、研究著作、论文

1. 郅溥浩．神话与现实：《一千零一夜》论．北京：社会科学文献出版社，1997.

2. 郅溥浩，丁淑红．阿拉伯民间文学．银川：宁夏人民出版社，2010.

3. 陆培勇．从一千零一夜看中世纪阿拉伯社会主流价值观．阿拉伯世界研究，2009 (3).

4. 赵建国．阿拉伯的“白天”和“黑夜”——《一千零一夜》和《一千零一日》比较研究．外国文学研究，2007 (2).

5. 马建龙．伊斯兰美学视阈中的《一千零一夜》. 阿拉伯世界研究，2007 (5).

6. 林丰民．《一千零一夜》中的东方形象与对他者的想象．外国文学研究，2004 (2).

7. 程鹏，俞泉．从《一千零一夜》中商人形象看阿拉伯文化重商情结．丝绸之路，2010 (8).

8. 陆培勇．论《一千零一夜》的权力观．阿拉伯世界研究，2009 (2).

【思考题】

1. 简述《一千零一夜》的成书过程。

2. 简述《一千零一夜》的内容梗概。

3. 如何理解“讲故事”在《一千零一夜》中的地位、意义和艺术表现手法？

4.《一千零一夜》的民间文学特征有哪些具体表现？

第三节　塞万提斯的《堂吉诃德》赏析

【作家生平】

米盖尔·德·塞万提斯·萨阿维德拉（1547—1616）是西班牙最伟大的小说家，也是西班牙作家中国际声望最高、影响最大的作家。他出生在马德里附近的阿尔卡拉·德·埃纳雷斯一个败落的小贵族家庭。父亲是游方郎中，居无定所，还因负债进过监狱。由于生活颠沛流离，塞万提斯无缘接受系统的教育，只在一所文法学校短暂地读过书。1568 年，为悼念去世的西班牙王后，塞万提斯写了几首哀歌，收入一本献给国王的诗集中。1569 年，可能因为打架斗殴遭到警方的通缉，他跑到罗马，在红衣主教朱利奥·阿夸维瓦手下当侍从，跟随他走遍意大利的各个名城，广泛接触了意大利文艺复兴时期的文学和艺术。1570 年，塞万提斯加入西班牙驻扎在意大利那不勒斯的部队。1571 年，塞万提斯随部队参加了西班牙与威尼斯联军对土耳其的勒班多海战。他作战英勇，受伤多处，左手因此残疾。1575 年，他带着舰队统帅堂胡安和西西里总督塞萨侯爵的两封推荐信回国，希望谋一个军官的职位。但在途中，船只遭土耳其海盗袭击，他被劫到阿尔及尔。他身上因为有大人物的信件，海盗以为奇货可居，扣他为人质，要换取大笔赎金。他在被囚禁的 5 年中，不屈不挠，组织过 4 次越狱行动，都没有成功。1580 年年底，在家人凑钱支付了高额赎金后，他获得释放。

历经艰险回到祖国后，塞万提斯的境况一直没有好起来。他多次求官求职，收效甚微，于是决定从事写作。1585 年，他的牧歌体小说《伽拉泰亚》出版。同年，他来到马德里，靠给剧院写剧本维生，并发表了诗体悲剧《努曼西亚》。1587 年，塞万提斯另谋生路，作了西班牙无敌舰队的军需员，负责为舰队征收粮食和油料。1594 年，他又担任收税员。其间，他因钱款账目问题一再惹出官司，多次被捕入狱。1602 年，55 岁的塞万提斯开始创作《堂吉诃德》。1605 年，小说上卷出版，大获成功，一年里就再版 7 次。1613 年，他创作出版了《训诫小说集》。1614 年，因为《堂吉诃德》上卷大受欢迎，就有人冒名出版了《堂吉诃德》的续作，这促使他加快速度，于 1615 年出版了下卷。1616 年，积劳成疾的塞万提斯病逝，享年 69 岁。

塞万提斯除了《堂吉诃德》外，还创作过其他一些重要作品。诗体悲剧《努曼西亚》描写古代西班牙努曼西亚城人民英勇抵抗罗马侵略者的故事。整出悲剧格调激昂悲壮，表现了高亢的爱国主义精神，具有震撼人心的力量。

《训诫小说集》是塞万提斯除《堂吉诃德》之外最优秀的作品，它包括 12 篇短篇小说，题材丰富多样。爱情与冒险小说占了其中多数篇幅。《训诫小说集》具有独特的写实性，广泛反映和揭露了 16 世纪末 17 世纪初西班牙黑暗的社会现实，同时还表现了塞万提斯向往自由幸福生活、追求真挚爱情、歌颂美德的人文主义理想。塞万提斯把这些作品总称为“训诫小说”，还体现了教谕读者的用意。

【作品内容】

堂吉诃德是西班牙一个叫拉·曼却的地方的穷乡绅，他土地上的出产只够他吃饭穿衣，另雇一个女管家和请一个伙计干粗活，其余就剩不下什么了。他没有其他嗜好，就是酷爱读骑士小说。他读骑士小说入了迷，满脑子魔术、比武、打仗、挑战、恋爱、痛苦等，弄得自己也想当骑士了。他从祖传的遗物中找到一副盔甲、一面盾牌和一杆长枪，为自己的那匹瘦马起了一个“驽骍难得”的美名。他还模仿骑士的做法，给自己物色了一个邻村女郎当意中人，为她起了个贵族名字叫杜尔西内娅，全不管她可能只是个养猪的，且粗野泼辣。万事俱备，他于是像真正的骑士那样，出门去历险行侠。

堂吉诃德的历险行侠一共有三次。第一次他独自出门，把旅店当城堡，把妓女当贵妇人，把旅店老板当城堡主人。旅店老板看出他疯疯癫癫，有意拿他当笑料。堂吉诃德认为当骑士先要有“授封”的仪式，否则不算名正言顺。他请旅店老板给他授封，并为头盔守夜。两个骡夫不知死活，前来移动头盔。堂吉诃德以为这是骑士必须经受的考验，于是勇敢地挺枪把骡夫刺倒在地。老板担心惹事，不敢再要笑他，匆匆为他授封，把他打发了事。

离开旅店，堂吉诃德遇到一个地主毒打佣人，就冲上去打抱不平。地主假意允诺把欠的工钱都还给佣人，等堂吉诃德得意洋洋地一走，就把佣人捆起来打得更厉害。接下来，堂吉诃德又遇到一队商人，他拦住人家去路，硬要让他们承认普天之下的美女都比不上他的杜尔西内娅漂亮，否则不让通过。

商人看出他的疯癫，就说想先看看杜尔西内娅的模样再承认也不妨。堂吉诃德认为这是对心上人的不敬，于是挺枪杀了过去，结果马不争气，一跤绊倒；他又挨了商人跟班的一顿老拳，趴在地上半天起不来。直到有个老乡见到他，把他救起送回了家。

对行侠依旧兴趣盎然的堂吉诃德酝酿第二次冒险。骑士都有侍从，他找到农夫桑丘·潘沙，许诺他将来作海岛总督。桑丘被堂吉诃德天花乱坠的许诺打动，答应跟随他一起出行。这一次，堂吉诃德看到几十架风车，认为那是凶恶的巨人。一番冲杀，他被风车巨大的叶片横扫倒地，弄得人伤枪折。夜里，他们在牧羊人的帐篷过夜，听牧羊人唱歌、讲故事，堂吉诃德还抒发了他关于黄金时代以及骑士道的理想。第二天，主仆二人来到一家旅店。堂吉诃德硬说旅店是中了魔法的城堡，里边的女仆是一位垂爱自己的公主。这位女仆半夜与她的情人幽会，堂吉诃德以为她是来找自己，一把揽入怀里。骡夫吃醋，把堂吉诃德狠揍一顿。大道上遇到一队苦役犯，堂吉诃德问明情由，认为他们都受到了不公正对待，就打倒押送兵，释放了犯人。堂吉诃德要求这些获释的犯人去面见他的心上人杜尔西内娅，向她报告自己的伟业；囚犯不愿从命，堂吉诃德准备动粗，结果招来了囚犯们的一顿暴打。堂吉诃德还把理发师的铜盆当成骑士的头盔，把装红酒的皮囊当成巨人的脑袋。看到一群人抬着偶像去求雨，他以为是强盗抢走了贵族家女子，就冲上去解救；还在黑山为了爱情苦修。堂吉诃德就是这样，一路上处处鲁莽冲撞，还不知悔悟，结果又闹了许多笑话，被打得几乎丢掉性命，最后被人护送回家。

堂吉诃德在家休养了一个月后，又和桑丘约好，准备去参加在萨拉果萨城举行的比武。临行前，他去向心上人杜尔西内娅辞别，见到的却是一个丑陋粗蠢的村姑。他以为心上人着了魔法师的道，失去了本相。苦恼的堂吉诃德经桑丘多方宽慰，才逐渐释然。堂吉诃德一路前行，打败了“镜子骑士”，向狮子挑战，侥幸都能得胜。

一天，堂吉诃德与桑丘漫游到一片树林边，遇到打猎的公爵夫妇。他们闲得无聊，以前听说过堂吉诃德和桑丘的故事，如今见到本人，便成心把他俩接进城堡去取乐。他们让堂吉诃德主仆蒙起眼睛，骑上木马，说是腾云驾雾去远方，要与魔术家决斗。在城堡里，公爵夫妇安排了一个女子接近堂吉诃德，想看他如何抵制诱惑，只不过这把戏因猫抓伤了堂吉诃德，才没有再演下去。桑丘出游的最大愿望就是当总督，公爵夫妇就派他去某“海岛”“上任”，在那里布置了几桩官司刁难他，但都被桑丘一一机智了断。随后桑丘带“随从”去“视察”自己的辖区，果断地处理了几桩民事案件，智慧和美德得到充分展示。公爵夫妇随后布置了敌人进攻的假戏，这次桑丘可倒了霉，被折腾得死去活来。堂吉诃德和桑丘在城堡中受到了种种戏弄，才离开城堡。

堂吉诃德的邻居参孙为了医治好堂吉诃德的疯病，自己假扮成骑士，准备打败他，让他发誓永不出游。不料二人交手，参孙却败在了堂吉诃德的手下。三个月后，参孙又找到已经饱经沧桑的堂吉诃德，再次与他决斗，终于把堂吉诃德打败。根据二人商定的条件，堂吉诃德一年里不许摸剑，不许外出。堂吉诃德回家后就一病不起。他在弥留之际才明白骑士小说害人不浅。他痛斥了骑士小说对人的危害，并留下遗嘱：唯一的亲人外甥女不许嫁给骑士，否则不得继承自己的遗产。

【作品赏析】

堂吉诃德首先是一个脱离实际、不合时宜的人物。他爱读骑士小说，羡慕骑士做派，于是在装备、服饰、举止、行动上处处模仿，亦步亦趋，完全沉浸在骑士小说的幻想世界之中。问题是，他的周围是一个被日常生活逻辑支配的现实世界。当堂吉诃德按照幻想世界的逻辑在现实生活中行动时，他在世人眼里就显出了疯相和病态。堂吉诃德扮骑士仗义行侠，宣称要恢复骑士道，不仅脱离现实，而且落后于时代。在十六七世纪的西班牙，枪炮已经被广泛应用于军事，骑士逐渐失去了作用，骑士精神已经式微，堂吉诃德还想提着一杆锈烂的铁枪去征战立功，必然碰得头破血流。就此而言，堂吉诃德作为骑士的形象，既是对骑士小说的讽刺，也是对西班牙现实政治的讽刺。骑士小说是盛行于欧洲中世纪的一种文学类型，到 16 世纪时，在其他国家已经没落，唯独继续繁荣于西班牙。这主要是因为 16 世纪上半叶西班牙通过连续的战争和殖民征服，建立起地跨欧、非、美三大洲的强大帝国。帝国的繁盛，激发了国民强烈的荣誉感和自豪感，以及冒险扩张、建功立业的冲动；而封建专制政权也乐于以理想主义和英雄主义迷惑人民，借此巩固自身的统治。而描写骑士游侠冒险、包打天下的小说正好迎合了民众这样的心理。1588 年无敌舰队征伐英国失败后，西班牙急剧走向衰落。虽然现实发生了巨大的变化，但国家和人民仍然沉醉在盲目乐观自大的幻觉之中，无视日益临近的危机。在塞万提斯看来，不能正视现实、思想跟不上时代发展的西班牙人，包括他自己在内，就像受同样脱离实际的骑士小说毒害的人一样可笑可悲。塞万提斯通过堂吉诃德可笑可怜的遭遇，给游侠骑士画了一幅讽刺的漫画像，借此对西班牙人给予警策和棒喝，让他们从不切实际的幻想中清醒过来。

堂吉诃德形象当然不只具有负面的教育意义。他的骑士理想和行为虽有荒唐的一面，但也有许多合理的、正确的成分。他心目中理想的骑士是一个通晓天文、地理、法学、神学、医学、数学的全才。他认为骑士应该除恶扬善、扶弱济贫、爱国爱民、维护正义。他向往一个人人真诚相待，财富不分你我，公正、和平、友爱的“黄金时代”。他认为自由是人的天然权利，主张人类要以理性为尊，以美德为贵，而不应该以出身分贵贱。这些思想信念，打的虽然是骑士的旗号，其精神实质却是人文主义。

堂吉诃德不仅信仰坚定高洁，而且勇于行动，敢于以生命捍卫真理，是一个勇敢的战士形象。堂吉诃德幻想中的江湖世界，妖魔鬼怪充斥，时刻都会遇到艰难困苦的考验，但他总是百折不挠、勇往直前。在和他臆想中的巨人、军队、神怪的战斗中，他从来不惧对手的强大，总是毫不犹豫杀入敌阵，虽伤痕累累而不悔。他对意中人忠心耿耿，拒绝各种诱惑，也不容他人对自己的意中人有任何质疑、嘲笑和亵渎。在行侠过程中，堂吉诃德并非毫无现实感。他遇到一队苦役犯，一一问明他们招祸的缘由，当即断定：“都是法官裁判不当，断送了你们，没让你们得到公正的处置。”他毫不犹豫挺枪打跑差役，释放了苦役犯。除此之外，堂吉诃德还是一个充满童心、智慧，颇有趣味的人。在行侠途中，他和桑丘经常一问一答。对话层次上的堂吉诃德，不仅表现得头脑灵活清楚，而且充满智慧。听堂吉诃德滔滔不绝地纵论人生、社会等，是一种绝妙的享受。

堂吉诃德性格的两重性还触及人类面临的最深刻的矛盾，即理想与现实的矛盾。他有崇高的理想、纯真的动机、严肃的态度，但是面对丑恶而平庸的现实，只能遭遇灾祸与不幸，成为悲剧性人物。堂吉诃德的可贵之处在于，他始终对理想保持着纯真的信仰，他在道义上是强大的，他的生命力是旺盛的，他的精神为人类在面临理想与现实这一永恒的冲突时如何处置自己、如何保持生命的尊严和勇气，提供了一个光辉的楷模。

堂吉诃德“行侠仗义”的过程，事实上也是一个在西班牙大地上到处流浪、奔波的过程。随着二人的足迹所到，小说描写了旅店、集镇、乡村、城堡、荒野等场景，刻画了贵族、市民、乡绅、农民、教士、差役、商人、旅店老板、士兵、理发师、牧羊人、妓女、囚犯、强盗等各个阶层的700多个人物。众多的场景和人物，代表了塞万提斯反映生活面的广度。同时，塞万提斯通过对场景的精心选择，保证了反映现实的深度。小说比较集中地描写的是旅店和城堡，这是作者精心选择的结果。旅店接待南来北往的旅客，是社会交往的交叉点，可以出现各种人物，引出各种事件，特别有利于描写社会下层生活场景。城堡则集中反映了上层贵族生活的情况。塞万提斯就这样广泛而深刻地反映了西班牙16世纪末17世纪初的社会现实，揭示了西班牙这个外强中干的帝国内部社会矛盾激化、危机重重、日趋没落的实质，批判了封建制度的罪恶。

塞万提斯在小说中所运用的讽刺艺术是高超绝妙的。他将真实与想象结合，成功运用了戏拟、夸张、对比、幽默等手法，寓深刻哲理于怪诞的形象之中，使得小说在亦庄亦谐的情境中收到强烈的讽刺效果。例如《堂吉诃德》通篇是对骑士小说的戏拟。在从骑士的命名、意中人的指定、举行授封仪式到向贵夫人献殷勤等最为典型的骑士小说情节中，作家都极尽揶揄之能事，借以凸显主人公的主观幻想与客观现实之间的巨大反差，使这位骑士同骑士小说中那些"光辉的"骑士形象不符，从而产生喜剧效果，以达到讽刺的目的。再如堂吉诃德与桑丘·潘沙两个人物形象的对比：一个瘦一个胖，一个高一个矮，一个重理想，一个讲实际，一个英勇无畏，一个胆小怕事，两相对照，相互映衬，更突出了小说的滑稽意味，也更增添了小说的哲理性和情趣。

《堂吉诃德》采取的是第一人称叙事。"我"不是小说中的一个人物，只以口气和声音的方式存在，基本上可以看成作者自己。但"我"并非全知全能，也没有直接讲述堂吉诃德的故事。堂吉诃德故事的主要记录者是阿拉伯历史学家熙德·阿梅德·贝南赫利，他的《堂吉诃德·台·拉·曼却传》被"我"从市场上偶然购得，请一位摩尔人将它从阿拉伯文译成了西班牙文。这位摩尔人在翻译过程中，不时对原作评头论足，还怀疑下卷的第5章是假造的。除此之外，"我"还从一位老医生手中获得了一份羊皮纸手稿，上面记载着拉·曼却地方上流传的堂吉诃德、桑丘·潘沙、杜尔西内娅等人的许多故事。由此看来，叙述人"我"颇像一位博古家或考据家，他以阿拉伯历史学家写的《堂吉诃德·台·拉·曼却传》为主要依据，参考拉·曼却的地方传说和译者的评论，加上自己的推测、分析和判断，从而汇总、整理出堂吉诃德的故事。塞万提斯有意把叙述的层次复杂化，在《堂吉诃德》中营构了一个由不同叙述人相互补充、印证、反诘所形成的叙述场，使各个叙述层次之间充满歧义和张力，打破了单一叙事的稳定性和权威性。

20世纪后现代主义文学兴起之后，研究者又注意到这部作品的"元小说"性质。所谓的"元小说"，简单地说，就是"关于小说的小说"，其中的一个含义，便是将先前的小说当作戏仿的对象，通过反讽、戏拟，颠覆过去的作品。《堂吉诃德》正是通过对骑士小说的戏仿，给了骑士文学以致命的打击。此外，《堂吉诃德》的“元小说”特征还表现为它存在着明显的自我指涉性和对小说虚构艺术自身的思考。绝大多数的传统小说总是力图将小说虚构的过程掩盖起来，以期读者相信自己所描写的东西的真实性，但塞万提斯却总是在有意无意间“暴露”小说的虚构性。例如关于堂吉诃德的真实姓名，始终没有定案；上卷第21章中主仆二人对迎面走来的人头上戴的是头盔还是脸盆的议论，没有给出明确的意见；堂吉诃德在行侠过程中所受的外伤的程度、他的意中人杜尔西内娅到底是什么身份、此人是否存在等，也都是相互矛盾、似是而非的说法。此外，作者让小说中的人物谈论《堂吉诃德》一书的出版和影响情况，拿小说中的主仆二人与现实相对照，桑丘还痛斥冒牌作品对他的诬蔑。《堂吉诃德》在某些章节中读起来似乎是一部关于小说如何构成的小说，塞万提斯有些时候将自己变成小说中的一个人物，他在讲述一个游侠冒险故事的同时，也探讨了小说如何被创作、被阅读的问题，向读者揭示着自己所写的这部作品的虚构性质。

《堂吉诃德》被公认为现代小说艺术的开端，对后来的长篇小说产生了深远的影响。法国作家勒内·基拉尔指出，“西方小说没有一个概念不曾在塞万提斯的作品里初露端倪”，“所有的小说都是《堂吉诃德》主题的变奏”。当代著名小说家米兰·昆德拉呼吁欧洲小说家应该把《堂吉诃德》当作宝贵的遗产来加以继承，这毫无疑问是正确的态度。在诞生已近400年之后，这部经典之作的光辉有增无减，它仿佛一个无尽的宝藏，至今仍然有许多值得探讨的地方。

【拓展阅读】

一、中译本

1. 塞万提斯．堂吉诃德．杨绛，译．北京：人民文学出版，1978.

2. 塞万提斯．堂吉诃德．屠孟超，译．南京：译林出版社，1995.

二、研究著作、论文

1. 黄道立．著名西班牙人文评论作家塞万提斯．北京：商务印书馆，1987.

2. 纳博科夫．《堂吉诃德》讲稿．金绍禹，译．上海：上海三联书店，2007.

3. 罗文敏．我是小丑：塞万提斯《堂吉诃德》研究．兰州：甘肃人民美术出版社，2007.

4. 杨绛．堂吉诃德和《堂吉诃德》．文学评论，1964（3）.

5. 陈众议．永远的堂吉诃德．中国图书评论，2005（4）.

6. 李德恩．论堂吉诃德之死．外国文学，2010（6）.

7. 蒋承勇．《堂吉诃德》的多重讽刺视角与人文意蕴重构．外国文学评论，2001（4）.

8. 李德恩．堂吉诃德：伟大与渺小——兼论《堂吉诃德》中后现代小说特征．外国文学，2009（2）.

【思考题】

1. 塞万提斯与其笔下的形象堂吉诃德有怎样的精神联系？
2. 简述《堂吉诃德》的情节梗概。
3. 怎样认识堂吉诃德这一著名文学形象？
4. 《堂吉诃德》在叙事上有哪些特点？

第四节　奥斯丁的《傲慢与偏见》赏析

【作家生平】

简·奥斯丁（1775—1817）出生于英格兰汉普郡斯蒂温顿村一个比较宽裕的基督教牧师家庭。她的父亲乔治·奥斯丁是汉普郡斯蒂温顿教区的教区长，兼管临近的一个教区，靠着两个教区的收入，加上招收学生，养活九口之家，维持着农村中等阶层的生活水平和社会地位。她生平简单，没有什么趣闻轶事，社会生活交往主要限于乡村的中上等阶层和教会内部亲戚朋友之间，生活圈子相对狭小。奥斯丁自幼没有受过多少正规教育，只同姐姐一起两度住过寄宿学校，时间都不长。她所受的教育主要是在家里自由地阅读父亲的古典文学藏书和流行小说。

据说，奥斯丁相貌平常，但性格开朗，脸上总是洋溢着灿烂笑容。从小的大量阅读积累，使得她的修养颇好，气质不凡，才华横溢。可惜的是，她活的时间并不长，42 岁就因病去世。然而，她在不长的一生中，写成了 6 部长篇小说，确实是一件挺不容易的事情。要知道，她的作品大部分是在操持家务之余偷偷完成的，而且还都是在她家人及外人也会经常进去的房间里写成的。看来，奥斯丁也是一个如英国女性主义批评家弗吉尼亚·伍尔夫所说的没有“一间自己的房间”的女人；而且，当时的英国文坛出书很难，风气也比较褊狭，一般有教养的人都认为写诗才是正道，写小说上不了台面。显然，奥斯丁或多或少地受到了这种风气的影响，这可以从其小说署名上看出：在她生前所出版的 4 部小说中，署名全部是匿名。不过，奥斯丁对小说创作一直孜孜以求。

饶有趣味的是，奥斯丁创作的小说大多数描写的是婚姻爱情，但她却一辈子独身，婚姻生活一片空白。可是，作者笔下的婚姻、爱情生活又是那样的逼真、美好，令人享受和向往。或许，我们可以从她的小说中寻觅到她曾经有过的甜蜜而苦涩的感情经历。尽管我并不赞同，也不认可什么“自传说”、索隐派，不过，从时间上看，这一过程与《傲慢与偏见》的关系颇为紧密。我想，读者们偶尔发挥一下想象力，把奥斯丁的经历和她的《傲慢与偏见》互文参照分析一下，兴许也是一件有意味的事情。1796 年，奥斯丁写成了第一部长篇小说《最初的印象》，不过，当时并未发表。那年她才 21 岁，与她所偏爱的主人公伊丽莎白一样大。同年，她与一位爱尔兰青年相爱，但不久这位青年人离开了英格兰，在爱尔兰娶了个有钱的太太。1801 年她 26 岁时，在巴斯与一位帅气聪慧的青年坠入爱河，情恋依依，可惜青年人猝然患病死亡。1802 年，27 岁的奥斯丁遇到一位富裕的庄园继承人向她求婚，在经过一夜的深思之后，第二天清早她婉言拒绝了他。1808 年她 33 岁时，几乎答应嫁给一个牧师，但最终没有结果。1810 年至 1812 年，她重写了《最初的印象》，并于 1813 年以《傲慢与偏见》为题发表。从 21 岁爱情萌芽、真心相爱到 33 岁时青春流逝，这是一个女人一生中最花样的岁月，可是作者并没有找到幸福的归宿。从这段感情历程来看作品，其中是否有作者的影子呢？

奥斯丁共写了 6 部小说，生前出版了其中 4 部，全部匿名发表，分别是《理智与情感》(1811)、《傲慢与偏见》(1813)、《曼斯菲尔德庄园》(1814)、《爱玛》(1815)。后 2 部《诺桑觉寺》(1818) 和《劝导》(1818) 则是在她死后的第二年即 1818 年出版的，并第一次署上简·奥斯丁的真名。这些作品几乎部部都是杰作，而其中最受到普通读者欢迎的是《傲慢与偏见》，将它读了十几遍的读者不在少数，英国的大政治家迪斯累利说他把它读了 17 遍。据说，欧美的奥斯丁“粉丝”非常多，就像中国的“红学家”之于《红楼梦》，他们说起奥斯丁笔下的人物、台词，如数家珍，甚至于有的“奥迷”煞有其事去考证作品中某个人物的眼珠是什么颜色、头发是什么发型等。在 2007 年的英国“世界书日”上，《傲慢与偏见》被读者评选为英国“十大不可或缺的书”之首。而且，奥斯丁的小说还经常成为其他艺术体裁的二次创作素材，如每隔几年就会有根据小说新拍的一部电影或者电视剧诞生；又如美国作家凯伦·乔伊·富勒由此写出了畅销小说《简·奥斯丁书友会》，描写五男一女，六个当代读者组成了书友会，每月讨论一部奥斯丁小说，结合自己的经历来感受奥斯丁。奥斯丁的小说在英国乃至世界的影响和地位由此可见一斑。

奥斯丁的作品大都写一些自己身边琐碎的事情和淡淡的感受，反映的是十八九世纪交替时期的人情世态。她以女性的细腻视角观察着、酝酿着、描述着，你或许认为她的生活面不广、题材不重大，但是，每个读完作品的人都不能否认她独特的、敏锐的观察力和语言的幽默风趣感、讽刺力。她以淡淡的笔调和口吻娓娓道来，使看似平常的婚姻爱情和芝麻小事，不经意间形成了一个精致的艺术世界，并提升到世界的水准。而在故事中出现的一个个人物，更被塑造为一般世人的形象，那么亲切、感人，令人回味不已。

【作品内容】

《傲慢与偏见》是英国女作家简·奥斯丁的代表作，它以人们日常所习见的爱情、婚姻为素材，围绕着班纳特太太如何把五个女儿嫁出去的主题展开故事，创造了一个别有风味的小说世界。整部作品的语言风趣、幽默，带着微讽，形象地反映了 18 世纪末 19 世纪初英国南部乡村有闲阶层的生活风尚和世态人情，为读者展现了一幅幅逼真、有趣的社会风俗画卷。

乡间有闲阶层班纳特太太家有五个女儿，都到了谈婚论嫁的年龄。大女儿吉英漂亮、温柔、敦厚、善良，她暗暗地爱上了从伦敦来的富裕青年彬格莱。然而她是一个传统女性，抱有女性的矜持和害羞，难以启齿，只有默默地等待着男方的求婚。二女儿伊丽莎白是小说的女主人公，她是一个个性活泼调皮、落落大方、爱打趣、直率、有胆识、亦不乏主见的人。在一次舞会中，伊丽莎白认识了富家子弟——风度潇洒的男主人公达西。可是达西自视出身名门、家财雄厚，舞会上待人不无冷淡、“傲慢”——“人家要介绍他跟别的小姐跳舞，他怎么也不肯”；对待伊丽莎白也是爱理不理，认为她不够漂亮，“缺少上流社会的翩翩风采”。所以，当他的朋友彬格莱想介绍他与伊丽莎白跳舞时，他冷冷地说：“她还可以，但还没有漂亮到能够打动我的心，眼前我可没有兴趣去抬举那些受别人冷眼看待的小姐。”达西的骄傲语言和无礼举止，使大家对他感到厌恶，甚至是气愤，加上一个青年军官韦翰对达西的百般谗言中伤，更是使伊丽莎白对达西的误会日渐加深，不知不觉产生了“偏见”，断定达西是一个自高自大、吹毛求疵、到处不讨人喜欢的男人。后来，“傲慢”的达西发现伊丽莎白的面貌并非一无所取，实际上他还发觉“她那双乌黑的眼睛魅力非凡，使她的整个脸蛋儿显得极其聪慧”。而且，她谈吐风趣，“体态轻盈，惹人喜爱”。达西被伊丽莎白迷住了，他向她求婚。不过，这次轮到达西难堪，他遭到了伊丽莎白的抢白和拒绝。

恰如这部小说的题目所标示，奥斯丁写了一个男人的“傲慢”与一个女子的“偏见”。最后，几经波折，真相大白：韦翰原来是一个骗子，他一边接受达西的好处，一边企图拐骗达西的妹妹。班纳特太太一家不知道韦翰的为人，她的小女儿丽迪雅还爱上了这个浪荡骗子，并与他私奔。这时，达西千方百计搭救丽迪雅，替韦翰还清债务，并迫使他与丽迪雅正式结婚。当伊丽莎白亲眼看到达西的所作所为，了解到他的真实品德时，她消除了“偏见”，并油然而生崇敬与爱慕之情，而达西也放下了“傲慢”的架子，这对青年男女最终喜结良缘。

在《傲慢与偏见》中，作为陪衬，奥斯丁还描述了伊丽莎白的两个姐妹和一个女友的爱情和婚事，用来和主人公美好理想的婚姻相对照，从而使故事更加丰厚充实。如夏绿蒂和柯林斯婚后尽管过着舒适的生活，但他们之间没有真正的爱情，这种没有真正爱情的婚姻实际上并不幸福；丽迪雅和韦翰婚后不久即“情淡爱驰”，男的喜新厌旧，常去城里寻花问柳，女的则跑到姐姐家寻求安慰，这种盲目和勉强结合的婚姻一开始就注定了并不牢靠，到最后是名存实亡；只有吉英和彬格莱的婚姻还算平稳、幸福。奥斯丁正是通过对这四起婚姻不动声色的描绘，反映出了她的婚姻观：金钱和地位在婚姻中起的影响固然不可或缺，但爱情才是缔造美好婚姻的基石。作者在书中借助伊丽莎白之口说：“没有爱情千万不要结婚。”

【作品赏析】

《傲慢与偏见》以爱情婚姻为中心主题，主要讲述了几对有闲阶层青年男女的恋爱故事。可以说，它是一个极为普通却又永恒的话题，试想，世间有几个人不喜欢浪漫的爱情生活呢？可是，对于那些习惯于“重大主题”，追求“宏大叙事”与“高度”思想的作家、评论家来说，这样的题材又太过于普通、平淡、琐碎了。也许正因为如此，奥斯丁和她的《傲慢与偏见》在评论界一直处于饱受争议的位置，得不到应有的分析、尊重及研究，尤其在中国，对它抱有“怠慢与偏见”的学者不少。

然而，另外一方面，无论是在国外还是在国内，广大普通的读者都非常喜欢这部作品。如前所述，在国外有众多奥斯丁迷、奥斯丁书友会，不少读者谈起《傲慢与偏见》，津津有味、眉飞色舞；在国内也是一样，尽管它很长一段时间被排除在世界文学“名著”之外，但知道和喜欢读它的人很多，没有读过原文也读过译本，或者至少看过由小说改编而成的电影、电视剧。再比如，新华社 1980 年曾经报道说，该书与罗曼·罗兰的《约翰·克利斯朵夫》、勃朗特的《简·爱》一起，是中国书店出售的外国文学作品中销量最高的作品。评论界的冷落和普通读者的热捧形成了不小的反差，这着实是一件令人惊奇、耐人寻味的事情。为什么会这样呢？这是一个非常吊诡的疑问。不过，近些年来，《傲慢与偏见》越来越受到评论界的重视，已经进入了文学经典的行列。但它到底有什么好呢？它的价值体现在哪里呢？对于这些问题，似乎大家思考得还不多、不够。

显然，《傲慢与偏见》受到普通读者的青睐，说明了小说成就的高低并非由题材所决定。或许我们还可以不无偏激地说，“题材与小说成就无关”，该是走出“题材决定论”创作思维误区的时候了。

尽管作品的题材平淡无奇，但是它的内容却平实近人，亲切耐读，似乎就发生在我们的身边。加上多姿的叙述语调、严密精致的布局、妙趣横生的对话、轻松俏皮的反讽、人物性格的多样及形象的典型塑造等，足以使《傲慢与偏见》走进读者的心灵深处，令人回味不已；也足以建立起作者的声望。

在作品中，作者丝毫没有表现得故弄玄虚，而是以她冷静、理智的观察力，对自己感兴趣的乡村有闲阶层日常生活中的种种琐碎的人、事、物进行细致的叙述。同时，或许是因为家境安稳舒适的原因，奥斯丁经常故意刨去喜剧中所包含的悲剧成分。她为愉悦读者而生，并不希望震撼到读者的灵魂，恰如她在《爱玛》一书中通过爱玛之口所说：“左右日常私生活中幸福的琐事。”原来，奥斯丁有其自知之明，知道自己所擅长的并非崇高的理想、强烈的野心与悲剧性的绝望，而是婚姻、爱情、金钱问题以及描述她所接触的乡村有闲阶层无忧无虑的普通生活。这正是奥斯丁及其小说独具的特点，也是她的作品成功的原因所在，而这些却刚好是许多近代小说家所缺少的才分。

《傲慢与偏见》之所以日渐流行、百读不厌，首先在于作者用看似平常的爱情婚姻、家庭风波材料，创造了一个精致的喜剧艺术世界，连作者都情不自禁地称它为自己的“宝贝儿”。在书中，作者通过变幻多姿而又恰如其分的语言叙述，刻画出了一幕又一幕的喜剧场景，使全书从头至尾都充满着轻快、明亮、光彩夺目的喜剧气氛。

事实上，作品第一章的头两句话就定下了喜剧的基调：“凡是有钱的单身汉总想娶位太太，这已经成了一条举世公认的真理。这样的单身汉，每逢新搬到一个地方，四邻八舍虽然完全不了解他的性情如何，见解如何，可是，既然这样的一条真理早已在人们心目中根深蒂固，因此人们总是把他看作自己某一个女儿理所应得的一笔财产。”每当我读到这两句话时，心里总忍不住想笑。

奥斯丁冷眼看世情，一下子就把读者带入了一个轻松可笑的艺术世界，接着就出现了一群可笑的人物、一连串可笑的事情。所以，有评论家把奥斯丁的小说称之为描绘世态人情的“喜剧性小说”。谈及喜剧，我们自然会想起一些哲人的议论。亚里士多德说，喜剧仅供娱乐；柏拉图却认为喜剧有教育意义。撇开这些争论不谈，那么，《傲慢与偏见》中是否有教育的意图呢？我看未必。正如杨绛先生所分析，作者的笑“不是针砭，不是鞭挞，也不是含泪同情，而是乖觉的领悟，有时竟是和读者相识莫逆，会心微笑”。就像作者笔下的女主人公伊丽莎白那样，“个性活泼调皮，遇到任何可笑的事情都会感兴趣”，奥斯丁也处处喜欢看世人世事的愚蠢好笑事情，从中发掘出无穷的兴味。然而，被取笑的对象不光是一些笨人，如班纳特太太、柯林斯牧师等，其实也包括那些聪明人，如伊丽莎白、达西，他们也没有逃过作者的讥笑。

比如柯林斯求婚一段，十分地滑稽好笑。柯林斯“本是个蠢材”，可是他又骄傲自大、自视甚高，像施舍好处的恩人似的宣布自己准备娶班纳特家的一个女儿。他首先选定大女儿吉英，当班纳特太太向他暗示吉英已经有意中人时，他“撇开吉英不谈，改选伊丽莎白，一下子就选定了——就在班纳特太太拨火的那一刹那之间选定的”。他一本正经地对伊丽莎白说：“我差不多一进这屋子，就挑中了你做我的终身伴侣。不过关于这个问题，也许最好趁我现在还控制得住我自己感情的时候，先谈谈我要结婚的理由。”随后，还没有容得伊丽莎白插口，他就一口气向伊丽莎白说出了要结婚的三个理由，洋洋洒洒一大段话，直到伊丽莎白不得不打断他的话：“‘你太心急了吧，先生。’伊丽莎白嚷道，‘可惜我除了谢绝之外，别无办法。’”最好笑的是，尽管伊丽莎白一再拒绝，可是在柯林斯看来，“年轻的姑娘们遇到人家第一次求婚，即使心里愿意答应，口头上也总是拒绝，有时候甚至会拒绝两次三次”；“我相信你拒绝我的求婚，不过是照例说说罢了”；“你这一次并不是一本正经地拒绝我，而是仿效一般高贵女性的通例，欲擒故纵，想要更加博得我的喜爱”。柯林斯再三地自欺欺人、自我臆想的回答，读起来是多么让人发笑！也许，人生就是这样，有时候笑笑别人，有时候被别人笑笑，如此而已。

其次，整部作品的布局自然、严密，构思精巧，达到了很高的艺术深度，使得它具有一种不露痕迹的古典和谐之美。中心故事与枝蔓情节的衔接组合非常合理，没有斜枝旁出、逞才使气的笔触；没有不必要的人物、拖沓的情节；事情衔接自然，发展顺畅，都有前因后果。读《傲慢与偏见》，我们不仅急着要知道后事究竟怎么样，还时不时联想起前事，探究源头，从而推测后事。不少批评家注意到了奥斯丁的戏剧化手法，正如19世纪著名的批评家路易斯所说：“她掌握了戏剧手法这门难得的、困难的艺术；她不是告诉我们人物如何如何，而是把人物摆在我们面前，让他（她）们自己表演。”比如作品开头第一章，班纳特夫妇之间对话的一幕就是非常精彩的一种戏剧手法。通过他们自己的口头“表演”，这对夫妇的性格、为人、形象以及故事的中心与主要矛盾都若隐若现。读者并不觉得有什么预定的结局，只是看到人物在小说中自然而然地行动。其实，作者当然插手安排了定局，只不过安排得合情合理，“羚羊挂角，无迹可求”罢了。比如伊丽莎白的舅母，她是作品布局中的一个关键人物，她还没有出嫁时曾居住在达西家庄园附近的一个小镇上，这就为后来她重游旧地、带着伊丽莎白参观达西家的庄园风光埋下了伏笔。

最后，《傲慢与偏见》的出色之处还在于塑造了几个栩栩如生的典型人物形象，主要是男女主人公达西和伊丽莎白。而塑造这些人物形象的基本手段和材料都是通过对话的表达方式来完成的。作者在描述人物对话时，一方面注意运用对话来刻画人物形象；另一方面又善于利用说话人、听话人、读者在动机和理解上的差异，制造多层次的语调，使得他们的对话具有鲜明生动、富有个性，又含意丰富、耐人寻味的特色。例如第一卷第十章，达西趁彬格莱小姐弹起一支苏格兰小曲的当儿，邀请伊丽莎白跳舞：“班纳特小姐，你是不是很想抓住这个机会跳一曲里尔舞?”达西这话说得当然有些傲慢（“很想抓住”四个字足以表明这一点），但是他主观上还是想讨好伊丽莎白。可是伊丽莎白听起来却不以为然。她认为里尔舞是一种乡土舞，达西请她跳这种舞，就是想蔑视她的“低级趣味”，于是，她正言厉色地回答：“我压根儿不想跳里尔舞——现在，你是好样的就蔑视我吧。”达西回答了一声：“实在不敢。”这句话可以做出多层解释：伊丽莎白仅仅看作对方是在献殷勤，彬格莱小姐可能理解成想结“良缘”的表示，而读者只要多读几段便会发现，达西心里不过在想：“这位迷人的小姐着实厉害，我这次只得认输，以后可得谨慎从事。”

类似这种巧妙的对话，在小说里还有很多，充分表现了作者在运用对话刻画人物性格上的天分。对此，据说连当时颇负盛名的传奇小说家司各特都自愧不如，叹赏不已。不妨再举一个例子，伊丽莎白的母亲起初听到小女儿与人私奔的消息，饮食不思，躺倒在床；后来听到在亲朋好友的干预下，双方终于要正式结婚，立刻翻身下床，要去订嫁妆，大女儿见她得意忘形，便提醒她这多亏了舅舅。于是，便有了下面这段精彩的描写：“‘哎哟，’母亲叫道，‘这真是好极了。要不是亲舅父，谁肯帮这种忙？你要知道，他要不是有了那么一家人，他所有的钱都是我和我的孩子们的了；他以前只送些礼物给我们，这一次我们才算真正得到了他的好处。哎哟！我太高兴啦。过不了多久，我就有一个女儿出嫁了……’”寥寥数语，便活画出了一个愚鲁浮躁、不谙事理的“浑人”形象。

当然，伊丽莎白是小说中最具光彩的人物，她不仅为人幽默、聪明伶俐，而且识见不凡、意志坚定。在爱情婚姻问题上，她主张“爱情”是男女结合的唯一理由。当她看到好朋友夏绿蒂为了温饱而结婚时，感到又惋惜又厌恶；同样，她也反对像她的妹妹那样任凭情欲摆布、轻易委身于人的做法。她认为真正的爱情应该建立在互相理解和尊重的基础之上。小说最具光彩的段落之一，就是描写伊丽莎白在代表陈旧观念的伽苔琳夫人（达西的姨妈）的威胁面前，如何敢怒敢言、据理力驳，维护了人格的尊严和恋爱的自由。

毋庸置疑，《傲慢与偏见》是一部优秀的小说。时至今日，它已经成为世界文学经典之作，给广大读者以独特的精神享受，而且，对后来的读者也有无穷的、持续不衰的艺术魅力。

【拓展阅读】

一、中译本

1. 简·奥斯丁．傲慢与偏见．王科一，译．上海：上海译文出版社，2006.

2. 简·奥斯丁．傲慢与偏见．孙致礼，译．南京：译林出版社，2009.

二、研究著作、论文

1. 朱虹，编选．奥斯丁研究．北京：中国文联出版公司，1985.

2. 杨绛．有什么好？——读奥斯丁的《傲慢与偏见》//杨绛．关于小说．北京：三联书店，1986.

3. 朱虹．对奥斯丁的怠慢与偏见//朱虹．英美文学散论．北京：三联书店，1984.

4. 朱虹．奥斯丁和她的代表作《傲慢与偏见》//中国社会科学院外国文学研究所，编．外国文学研究集刊．第5辑．北京：中国社会科学出版社，1982.

5. 常风．彷徨中的冷静．天津：天津人民出版社，1998.

6. 李雅新．《傲慢与偏见》中的人物对话风格分析——语用学应用探讨一例．解放军外语学院学报，1997（4）.

7. 朱琳．奥斯丁小说主题意义初探．外国文学研究，1987（3）.

8. 刘雯．论《傲慢与偏见》的喜剧精神．外国文学研究，1997（2）.

【思考题】

1.《傲慢与偏见》的主题是什么，有什么思想意义？
2. 如何理解《傲慢与偏见》中的人物对话艺术？试举例说明。
3. 试举例说明《傲慢与偏见》的喜剧精神。
4.《傲慢与偏见》的艺术特色有哪些？

第五节　司汤达的《红与黑》赏析

【作家生平】

司汤达（1783—1842），本名叫玛利·亨利·贝尔，1783 年 1 月 23 日出生于法国外省的一个律师家庭。他在法国大革命的疾风暴雨中度过了自己的童年时光，后于 1796 年至 1799 年，在故乡格勒诺布尔的中心学校求学，毕业后加入拿破仑领导的军队，转战欧洲大陆。1814 年拿破仑下台，波旁王朝复辟，资产阶级革命派遭受镇压，封建的王公贵族则弹冠相庆。在这种形势下，司汤达觉得“除了遭受屈辱，再也不能得到什么”，便离开祖国，旅居意大利。在这里，他对意大利的爱国主义人士抱以极大的同情，与争取民族解放的烧炭党人来往密切。1821 年意大利革命失败，许多爱国者身陷囹圄，他也被警察当局作为烧炭党人的同情者而驱逐出境。直到 1834 年，他被派任为法国驻教皇管辖下的奇维塔韦基亚城的领事，才再度回到意大利。

司汤达从 1817 年开始发表作品，处女作是在意大利完成的《意大利绘画史》(1817)。不久，他首次用司汤达这个笔名，发表了游记《罗马、那不勒斯和佛罗伦萨》(1817)。从 1823 年到 1825 年，他陆续发表了后来收在文论集《拉辛与莎士比亚》中的文章。1827 年，司汤达发表了其长篇小说《阿尔芒斯》。小说通过一对贵族青年的爱情悲剧，表现了落败贵族阶级残余势力在复辟时期的生活和精神状态。由于真实反映了复辟时期贵族阶级的生活面貌和精神状态，《阿尔芒斯》被称为《红与黑》(1830) 的“前奏曲”。

司汤达 1827 年动笔创作《红与黑》，1830 年该书出版。《红与黑》对复辟时期法国社会生活所做出的客观全面的描绘，使其成为 19 世纪欧洲批判现实主义的奠基之作，但该书在刊行时却并不见好评。在写作《红与黑》期间，司汤达另有若干短篇小说发表，其中最重要的几篇后来结集为《意大利遗事》(1837—1839)。

1832 年到 1842 年间，司汤达又先后写作了两部长篇小说《巴马修道院》

(1839）和《吕西安·娄凡》（又译《红与白》）。因作者脑中风突然发作倒毙在巴黎的街头，后者没能最终完成。

《巴马修道院》以意大利各家族之间的争斗为故事背景。主人公法布利斯和作者一样崇拜拿破仑，可惜生不逢时，正赶上复辟时期。后来他投身教会，在谈情说爱和游戏人生中消磨时间，最后隐退到巴马修道院悒郁而死。该书所写故事的时代背景及主要人物与《红与黑》有许多相似之处，但情节发展更为紧张，更富传奇性。这是作者生前唯一获得成功的作品。

对人物情绪和精神上的变化，司汤达具有文学史上其他作家难以企及的深刻理解力。他热衷于观察人之心灵世界的奥秘，曾自称为“人类心灵的观察者”。与此相适应，对笔下人物得心应手、细致入微的心理描写，也就构成了司汤达小说创作最鲜明的艺术特色。丹麦文学史家勃兰兑斯曾将他与巴尔扎克对比说：“司汤达和巴尔扎克的关系，是深沉的心灵与观察的心灵的关系，是艺术中的思想家和静观者的关系。”

在《红与黑》中，司汤达就善于把笔锋切入到主人公的灵魂深处，通过于连的感受和思考来表现其跌宕起伏的一生，并由此勾勒出复辟时期法国社会的整体风貌。

【作品内容】

在法国与瑞士接壤的维立叶尔小城，红瓦屋顶的白色房屋疏密有致地排列在倾斜的山坡上，美丽的杜伯河绕城而过，河岸上矗立着许多锯木厂。小锯木厂厂主索黑尔的儿子于连，外表文弱清秀，一双又黑又大的眼睛里闪耀着富于热情的光芒。由于他不喜欢体力劳动，整日抱着书本不放，因而经常招来父亲和两个哥哥的打骂。于连从小深受一位曾追随拿破仑的老军医的影响，热切而疯狂地崇拜拿破仑，渴望身佩长剑、青云直上、叱咤风云。他常幻想自己能成为身穿红色军服的军人，但可惜时过境迁，王政复辟时期只有穿上黑衣作神父才是飞黄腾达的捷径。于是，于连将心中的英雄拿破仑深埋心底，投身西朗神父门下，钻研神学。他仗着惊人的记忆力把整本拉丁文《圣经》背得滚瓜烂熟，并轰动了全城。

维立叶尔城的市长德·瑞那先生出身贵族，品性庸俗，才智不足，政治上是个极端的保王党人。他尤其忌讳贫民收容所所长瓦列诺以更体面和骄傲的地位胜过自己。为了高人一等的虚荣，市长将熟悉拉丁文的于连请到家中，教授孩子们拉丁文。

市长妻子德·瑞那夫人有着天然的风致和美貌，品行纯洁，自结婚以来，一直安于平淡似水、缺少激情的生活。于连的到来，使她觉得“只有在这个少年教士的心里，才有慷慨、高尚和仁爱”。与此同时，德·瑞那夫人的女仆爱丽沙得到了一笔遗产，托西朗神父转达她对于连的爱慕，于连拒绝了她。德·瑞那夫人得知此事心里异常高兴，一股幸福的流泉泻落在心海，她发觉自己对于连产生了一种从未有过的甜蜜感情。

夏天，市长一家移居乡间，夜晚全家聚在一株菩提树下乘凉，于连无意间触到了德·瑞那夫人的手，她立刻缩了回去。于连以为她看不起自己，便决心握住这只手。第二天晚上他果然做到了，德·瑞那夫人则被爱情与道德折腾得一夜未眠。为了完成征服女人的“责任”，于连的行为一次比一次更为大胆，忧惧而又单纯的德·瑞那夫人最终被于连所征服，委身于他。在德·瑞那夫人备感甜蜜和幸福的时候，于连却只体会着实现野心和达到目的的胜利感。

不久，国王驾临维立叶尔，在德·瑞那夫人的安排下，于连当上了仪仗队队员。迎驾期间，他作为陪祭教士参加了瞻拜圣骸典礼。他羡慕安培主教年纪轻轻就有显赫的地位，而且备受女人青睐，便暗下决心“宁愿受宗教的制裁，也要达到令美人羡慕的境界”。

德·瑞那夫人心爱的儿子病危，她认为这是上帝对自己不道德行为的一种惩罚。这时，爱丽沙把夫人的事暗中告诉了早先曾贪恋德·瑞那夫人的美色无果的瓦列诺，后者趁机给市长写了一封告密信。德·瑞那夫人急中生智，避过一劫。后来，爱丽沙又对西朗神父说出了这个秘密。关心于连的神父要他离开市长一家，到省城贝尚松神学院进修。

神学院院长彼拉神父是西朗神父的老相识，因此对于连特别关照。神学院里伪善而多妒的气氛使于连常常坠入忧郁之中。彼拉院长受到排挤辞职时，为了保护于连，便介绍他成为了巴黎权臣德·穆尔侯爵的私人秘书。

侯爵是个极端保王党人。由于于连出色的工作，侯爵将他视为心腹并多次派他处理重要事务，后又授予他一枚十字勋章。侯爵有位爱女名叫玛特儿，高傲秀丽，眼睛里总是“透露出一种内心可怕的冷酷”。她读过许多浪漫主义爱情小说，并为300年前的一段家史所激动：她的祖先穆尔是王后玛嘉瑞特的情夫，被国王处死后，王后向刽子手买下了他的人头，深夜亲自把它埋葬在蒙马特山脚下。玛特儿内心一直希望能像王后一样成为一个敢为爱情而冒天下之大不韪的女子。

玛特儿对巴黎上流社会平庸而无聊的生活厌倦透顶，却迷恋于连身上那种奇崛的冒险精神和坚强的内在力量。怀着一种难以自制的“我敢于恋爱一个社会地位离我那样遥远的人，已算是伟大和勇敢了”的浪漫主义激情，玛特儿主动给于连写信表白。为了考验他的胆量，她要于连在深夜一点在明亮的月光下用梯子爬入她的房间。于连怀着极度的忧虑不安和绝不懦弱的信念照样做了，玛特儿当晚便委身于他。于连感受到了野心得到满足后强烈的幸福感。但玛特儿很快便表现出了反复无常的性格，她一会儿狂热地拜倒在于连脚下，请求做他的奴隶，一会儿又为自己的臣服而百般后悔，转而对于连十分冷淡，毫不掩饰地侮辱他。这令于连深受其苦，十分忧伤。

因为于连的记忆力过人，穆尔侯爵让他列席一次保王党人的秘密会议，并将默记的会议记录带到国外。于连冒着生命危险完成了这一使命。在这次旅行中，他结识了俄国王子柯哈莎夫。这个情场老手建议于连假装去追求另一个女性，以达到降伏玛特儿的目的。回到巴黎后，于连遵照柯哈莎夫王子的建议对一位元帅遗孀大献殷勤，玛特儿果然醋意大发，跪倒在于连的脚下，求他爱她。不久，玛特儿怀孕了。凭借着对父亲的软硬兼施，她使侯爵不得不答应他们的婚事。侯爵想办法为平民于连弄来了贵族称号，并上下其手使其获得骠骑兵中尉的任命。

于连陶醉在个人野心获得满足的快乐中。远在维立叶尔的德·瑞那夫人出于自责，向新来的教士忏悔时讲出了自己同于连的关系，教士则起草了一封告发信，强迫德·瑞那夫人抄好后寄给穆尔侯爵。获悉告密信但却又不明就里的于连恼羞成怒，立即跳上前往维立叶尔的马车。正在教堂里祷告的德·瑞那夫人被突然射来的两发子弹惊呆了，于连因枪击事件被捕。

入狱后，冷静下来的于连对自己的行为感到悔恨和耻辱。德·瑞那夫人受到枪击并没有死。枪伤稍愈后，她便立即写信给陪审员请求赦免于连；玛特儿也从巴黎赶来，为营救于连四处奔走。情形发展对于连获救大有希望，但厌倦世态、极度自尊的于连却一心求死。公审时，他以反抗者的口吻当众宣称不祈求任何人的恩赐，并义正词严地说：“即使我的罪没有这么重大，我看见也有许多人，不会因我的年少而怜惜我，他们愿意惩罚我，借我来惩戒一般少年——出身微贱，为贫困所困扼，可是碰上运气，稍受教育，而敢混迹于富贵人所谓的高等社会里的少年。”这番话气得检察官坐立不安，宣布于连犯了蓄谋杀人罪，判处死刑。

德·瑞那夫人前往监狱探望于连，两人互诉衷肠。于连要她发誓在自己死后绝不自杀，德·瑞那夫人答应了。于连无所畏惧地走上了断头台。玛特儿买下了他的头颅，按照她所敬仰的玛嘉瑞特王后的方式，亲自埋葬了自己的情人。而德·瑞那夫人虽忠于诺言没有自杀，但在于连死后第三天，却抱吻着儿子死于心碎。

【作品赏析】

《红与黑》的巨大成功，首先在于作者为我们塑造了于连这样一个复杂而又鲜活的个人奋斗者形象。

于连的悲剧既是社会的悲剧，更是个人的悲剧。一方面，复辟时期，卷土重来的大贵族、大资产阶级以及封建教会沆瀣一气，决不允许一个“微贱”的知识分子刻意保持着光彩夺目的人格和傲气。另一方面，于连精神个性中的矛盾和冲突，也为其一生的悲剧结局埋下了种子。

在于连身上，高傲和自卑、正直与虚伪、反抗与妥协、热情与自私、勇敢与怯懦……的矛盾纠结，使其时刻蒙受着痛苦。而这其中，极端的个人野心和高度的个人自尊心的冲突，无疑是其内心冲突的主线。毋庸置疑，野心在于连心里占据着极其重要的地位，在很多时候，他甚至会宣称“不成功才是我唯一的耻辱”。正因为“野心燃烧着他的心，那便是他的全部热情”，这才有在生活的无数选择中，“他选择的不是善和恶，而是平凡庸俗的舒适生活与他年轻时代的英雄梦”。但同时，于连又有着一份常人难以企及的、无论如何也要捍卫自己人格尊严的“自尊心”：“我出身低贱，但我绝不卑鄙”；“我有的只是内心的高贵”；“我的名誉便是我的财产，我仅仅为了它而生活”。于是，他从来不屑像瓦列诺和福利列那样靠卑贱地出卖自己的人格去达到个人目的，以至于连骄横无比的玛特儿小姐也不得不由衷感叹：“他没有一分钟是去求别人的支持和帮助”，“这个人生来就不是下跪的”。

于连精神内部极端的个人野心和高度的个人自尊心，既相互联系，又相互斗争。在很大程度上，自尊心刺激了个人野心，野心又助长了其自尊心。而当野心与自尊心相背离的时候，自尊心便去抑制这种个人欲望的无原则膨胀。野心与自尊心在于连的精神内部交织在一起，既相互契合，又彼此冲突，由此演绎出他那富有戏剧性经历的一生。野心使其有妥协依附的一面，自尊心使其有反叛和抗争的一面。妥协和反叛的冲突，决定了其所有追逐个人野心的行为仅仅在统治者承认他的才智、不损伤其人格尊严的前提下才有可能。换言之，在其精神内部占据主导地位的自尊心，规定着于连在追求个人野心的时候不会“不择手段”。他既不愿意默默无闻地度过一生，要飞黄腾达，但又过于自尊，行为不够卑贱，良心未泯，手段不够卑劣。最终，野心勃勃的于连，不愿向上流社会乞讨施舍和饶恕，死便理所当然地成了使其野心和自尊心最终能够得到统一的唯一途径。于连正是用自己主动选择的死亡，保持了其一生的尊严，并由此成为个人奋斗者中最富有反叛精神的悲剧英雄。正是通过于连的被毁灭，司汤达表达了对庸俗黑暗现实的痛恨，寄托了对火热的革命岁月的怀念之情。

在司汤达笔下，复辟时期的法国社会是一片黑暗、腐朽和动荡的局面。贵族出身的德·瑞那因支持王权而捞到市长职位，这一职位却成了他假公济私、巧取豪夺的工具。他为了使自己的花园更加排场体面，硬是把公共河流改道，并且从市政工程中为自己大肆捞取好处。教会的特务活动是复辟时期法国社会生活的一大毒瘤。贝尚松的代理主教、特务组织耶稣会的头子福利列的特务网四通八达、无孔不入，它钳制进步舆论，监视有自由思想的人，在外省实行白色恐怖统治。于连在神学院里的往来信件都受到检查，他的一举一动都受到监视。他还被引诱提到古罗马诗人的名字，结果这也被视为思想不轨而受到惩罚。连于连被德·瑞那夫人写信“揭露”，也是教会阴谋的一部分。流亡到国外的大贵族德·穆尔侯爵在复辟后当上“法兰西大臣”，位高权重，富可敌国。他可以轻易把省长、主教的职位赏赐给跟从他的人。他的地产遍及多个省份，每年有10万埃居的进款，他赠送给于连和玛特儿的土地上的收益，每年就有20 600法郎。他的府邸日日宴饮，夜夜笙歌，过着骄奢淫逸的生活。贵族保王党复辟势力不满足于已经恢复的权力，还阴谋进一步扩大权力，以确立他们的绝对统治地位。小说中的一个重要情节是穆尔侯爵召集的一次秘密会议，与会的内阁大臣、主教、显赫的大贵族们策划邀神圣同盟再一次占领法国，为复辟政权提供军事支持；同时改组内阁，取消宪章，扩大王权，全部归还革命时期剥夺的教会林地；还要组织一支敢死队，作为王权的可靠保障。

值得注意的是，司汤达在小说中虽然坚守资产阶级自由平等的理想，怀念拿破仑的文治武功，但他并没有美化复辟时期的资产阶级力量，更没有粉饰资本主义的社会现实。如上所述，波旁王朝在国家政权层面上恢复了封建统治，但整个社会、经济的基础已经资本主义化。这意味着等价交换原则在现实生活中已经占主导地位，金钱取代门第、特权而成为社会生活的杠杆。于连的父亲把于连视为可以交换的商品任意买卖，暴发户瓦列诺依靠金钱开道，当上了贫民收容所的所长，进而又爬到省长的位置，还被封为男爵。教会的职位同样可以用金钱买卖，职位的高低取决于所付金钱的多少。像德·瑞那、德·穆尔侯爵这些贵族要么开办工厂，要么在证券、金融市场上投机倒把。从小说的具体描写可以看出，司汤达是何等蔑视这些粗俗、卑鄙、贪婪、专横之辈，他对现实社会的资本主义化更是保持着清醒的批判态度。

作为法国现实主义文学的开山之作，《红与黑》取得了突出的艺术成就。首先，它深入广泛地反映了复辟时期法国社会的现实生活，塑造了典型环境中的典型人物。《红与黑》的副标题是“1830年纪事”，对此司汤达的解释是，他“所要描写的，是路易十八和理查十世的政府带给法国的社会风气”，也就是说，作者具有反映一个时代社会风貌的强烈意识，但作品描写的范围，却不限于1830年，它实际上反映了1814年至1830年波旁王朝复辟时期的法国社会现实。小说的正标题中，“红”象征法国大革命的热血和丰功伟绩，尤其是象征拿破仑的文治武功；“黑”代表教会势力猖獗的波旁王朝复辟时期。司汤达不仅在标题上，而且在小说的细节描写中，自觉地用“红”来对照“黑”，加强了对复辟时期黑暗现实的揭露和批判，同时也揭示了这一时期阶级斗争的实质和特性。小说故事的发生地从维立叶尔到贝尚松神学院再到巴黎，就典型性格的塑造而言，司汤达善于把人物放到上述典型环境中，通过环境制约下人物必然采取的行动，动态地展示人物的性格及其发展。于连刚到市长家时，内心是胆怯的，对贵族家庭充满戒备和敌意。到了贝尚松，他形成了表里不一的双重人格，学会了投机钻营。到了巴黎的穆尔侯爵府，他已经在上层社会如鱼得水，左右逢源。当身陷囹圄时，他与统治集团的对立情绪重新在他身上占据了主导地位。此外，作者在塑造典型人物时，还格外注重他们的阶级身份，像于连、德·穆尔侯爵、德·瑞那市长、彼拉神父、瓦列诺等，首先是自己所属阶级的代表，同时，这些人物也有鲜明的个性。同为贵族，德·瑞那的愚顽和虚荣不同于德·穆尔侯爵的狡黠和霸道；同为小资产阶级，于连的高傲、敏感、热情不同于他父亲的精明、现实、粗暴。

其次，《红与黑》对主要人物的性格刻画，几乎都是通过心理描写实现的。心理描写方面的划时代贡献，奠定了《红与黑》在文学史上的不朽地位。

在表现于连复杂的个性特征和行为动因时，司汤达运用了大段大段的内心独白。例如，当玛特儿要求于连深夜一点爬窗进入自己房间时，司汤达刻画了于连激动不安的内心斗争。于连最初反应是：“很显然的，他们想陷害我。”一会儿又想到：“如果碰巧玛特儿是诚意的！那么我在她的眼里，便成了一个十足的懦弱者。”他做了长时间的考虑，甚至盘算着“把玛特儿写来的信件抄写一份副本，放置到可靠的地方，一旦自己受辱，也可拿出来证明先是玛特儿追求自己的”。后来打定主意：“随身携带一把手枪，一旦受到攻击就开枪搏斗。”这一大段细致入微、千回百转的心理描写，淋漓尽致地刻画了于连多疑设防、极度自尊、不甘卑贱的个性。于连临死前“勇敢”和“平静”的思想活动和内心独白也十分动人：“我没有留下任何没有完成的责任，我也不亏欠任何人。我的死没有什么可羞耻的地方！”到此，于连的反抗性达到最高点。

司汤达全神贯注于心理学现象，把其他一切置之度外。《红与黑》中鲜有自然景色和外部环境的描写，故事情节的推动基本上依赖于人物的心理活动和语言对白。司汤达在创作中之所以能够对复杂的人物心理把握得精准透辟，除了其对生活的缜密观察外，更重要的则是得力于其深厚的心理学素养。作为一个心理分析的大师，司汤达笔下哪怕是最琐碎的心理细节也无不遵从合乎逻辑的心理学法则。由是，人们当可理解左拉的论断：“司汤达首先是一个心理学家。”

【拓展阅读】

一、中译本

1. 司汤达．红与黑：一八三〇年纪事．罗玉君，译．上海：上海译文出版社，1979.

2. 斯丹达尔．红与黑．郭宏安，译．南京：译林出版社，1993.

二、研究著作、论文

1. 司汤达．拉辛与莎士比亚．王道乾，译．上海：上海人民出版社，2006.

2. 司汤达．司汤达文学书简．许光华，译．合肥：安徽文艺出版社，1993.

3. 马修·约瑟夫森．司汤达传．包承吉，译．南昌：江西人民出版社，1989.

4. 许光华．司汤达比较研究．上海：华东师范大学出版社，1991.

5. 郭珊宝．心理小说中的“力学”研究——司汤达的《红与黑》小析．外国文学研究，1986（4）.

6. 曾繁亭．“一个人有两个我”——于连形象新论．山东师范大学学报（社会科学版），1996（5）.

7. 张德明．《红与黑》：欲望主体与叙事结构．国外文学，2002（1）.

8. 张伟航，孟昕．借来的欲望——《红与黑》再解读．兰州学刊，2006（8）.

【思考题】

1. 司汤达的作品有哪些?
2. 如何看待于连的两次爱情?
3. 造成于连人生悲剧的原因何在?
4. 为什么说“司汤达首先是一个心理学家”?

第六节 雨果的《巴黎圣母院》赏析

【作家生平】

维克多·雨果（1802—1885），法国浪漫派运动的旗手，享誉世界的诗人、小说家、戏剧家，在散文、政论文和文艺理论等领域也取得了一定成就。他的创作生涯长达 60 年，著作等身，其创作反映了 19 世纪法国的重大历史进程和文学进程。

雨果出生于法国贝尚松。父亲是拿破仑手下一位战功显赫的将军。母亲是一位虔诚的天主教徒，思想守旧，拥护波旁王朝，顽固地反对拿破仑。雨果童年在父母极端对立的政治态度中度过。16 岁时，父母离异，他随母亲在巴黎生活。由于在戏剧、绘画等方面显露出天才，小小雨果有“神童”之称。他尤其爱好文学，每晚睡觉前，都要背诵 25 至 30 行古罗马诗人维吉尔或贺拉斯的诗歌，次日早上醒来时就把它们译成法文。上中学时，他开始写诗。受母亲的熏陶，他同情保王党，这些诗歌大都是歌颂国王的。1819 年，雨果与两个哥哥创办刊物，命名为《文学保守者》，具有浓厚的保王色彩，他承担了刊物的主要写作任务。1822 年，雨果出版第一部诗集《颂诗集》，狂热歌颂波旁王朝和天主教，获国王赏赐。除了写诗，雨果也开始创作小说和戏剧。

1821 年，母亲去世，雨果与父亲的关系日益密切，在父亲的影响下，他对拿破仑的态度开始转变。在复辟的波旁王朝的反动统治下，自由主义思潮也随之高涨。雨果逐渐从保守立场转向资产阶级自由主义。1826 年，他发起成立了浪漫派的第二文社，明确反对古典主义。1827 年，他又发表了《〈克伦威尔〉序》。这篇序言是雨果最著名的文艺著作，集中抨击了古典主义束缚文学创作的清规戒律，提出了美丑对照等浪漫主义艺术原则，成为法国浪漫主义文学流派的宣言，雨果也被公认为这一运动的领袖。此后，他在大量的文学创作中实践了自己的浪漫主义主张。1830 年 2 月，他写了浪漫主义剧作《欧那尼》。他在剧本的序言中再次强调了自己的观点：“浪漫主义，其真正的意义不过是文学上的自由主义而已。”剧本由于具有强烈的反封建倾向，并且打破了古典主义在悲喜剧之间设立的严格界限，采用了奇情剧的手法，全面体现了雨果提倡的浪漫主义创作原则，因而在上演前就遭到了保守势力的诋毁攻击。剧本在七月革命前夕初次上演时，浪漫派和保守派在剧场进行了针锋相对的斗争，最后，演出获得成功，标志着浪漫主义对古典主义的胜利，成为法国文学史上的重要事件。

1830年七月革命的爆发，更加激发了雨果的反封建精神。他在这一时期的创作，也都充满了强烈的反封建、反教会的精神。代表作有颂诗《致年轻的法兰西》（1830）、长篇小说《巴黎圣母院》（1831）等。

随着七月王朝金融资产阶级统治的建立与巩固，雨果采取了与现实相妥协的态度，与王室的关系越来越近。1841年，他当选为法兰西学士院院士，在就职演讲中，流露出对政治的兴趣，表示拥护君主立宪制，反对共和政体。1845年，路易·菲力普授予他“法兰西贵族世卿”的称号，并且任命他为贵族院议员。这一时期，他活跃于政治舞台，将近10年没有发表作品。

1848年，巴黎人民爆发了“二月革命”，推翻了七月王朝，成立了法兰西第二共和国。雨果坚定地站在共和立场上。在巴黎无产阶级的六月起义中，他呼吁减轻对被镇压的起义者的惩罚。1851年，共和国总统路易·拿破仑·波拿巴发动反革命政变，宣布恢复帝制，建立法兰西第二帝国，自封拿破仑三世。雨果领导了反对政变的斗争，但遭到残酷镇压。他被迫流亡国外，长达19年。

流亡期间，雨果始终与拿破仑三世进行斗争。1852年，他出版小册子《小拿破仑》，猛烈抨击路易·拿破仑·波拿巴。1853年，他又发表了气势磅礴的政治讽刺诗集《惩罚集》。1859年，他拒不接受拿破仑三世发布的大赦令，在《最后的话》里表示要流亡到底，直至恢复共和国。在流亡的艰难环境中，他还支持其他国家人民的正义斗争，为当时正饱受帝国主义侵略的中国人民仗义执言。其间，他还通过小说创作来宣扬人道主义的政治理想，发表了长篇小说《悲惨世界》（1862）、《海上劳工》（1866）和《笑面人》（1869）。在创作风格上，他增加了现实主义笔力，但往往以丰富的想象来构筑情节、塑造人物，仍具有一定的浪漫主义色彩。至此，雨果既是一位了不起的民主斗士，也是一位伟大的人道主义作家。

《悲惨世界》是雨果人道主义理想的集中体现。故事发生在1815年至1832年间的巴黎，以主人公冉阿让的活动为主线。冉阿让原是一个农业工人，因为偷了一片面包而被捕入狱，度过了19年牢狱生活。他出狱后又有过偷盗行为，但受仁慈主教米里哀的感化，转变为一个舍己为人的人。冉阿让化名为马德兰，当过企业家，并被推为市长。他乐善好施，深受人们爱戴，但不久又因暴露了过去的身份而被捕入狱。逃出后，他从无赖德纳第的手中救出了已故女工芳汀之女珂赛特，隐居巴黎后又不断遭到警察的通缉。1832 年，他在共和党人的起义战斗中救出起义战士马吕斯，并且以自我牺牲精神成全了珂赛特和马吕斯的婚姻。临终时他的经历和人品为马吕斯所理解和敬重，最后，他在他们的怀抱中死去。小说如实地描写了下层穷人的苦难，控诉了社会的黑暗和司法的腐败，宣扬了仁慈博爱可以拯救灵魂的人道主义思想。在这部作品中，现实主义占据很大比例。正如雨果在序言中所指出的，法律和习俗所造成的社会压迫，把人间变成了地狱，“贫穷使男子潦倒，饥饿使妇女堕落，黑暗使儿童羸弱”。同时，作品也运用了夸张、巧合等浪漫主义手法，将现实主义和浪漫主义相结合，从而产生了一种震撼人心的艺术力量。

1870 年，第二帝国垮台。雨果回到巴黎，受到英雄般的热烈欢迎。普法战争中，当普鲁士军队入侵法国、围攻巴黎时，他报名参加国民自卫军。巴黎公社时期，他开放住宅让被反革命迫害的公社社员避难，并尽力替他们辩护。1872 年，他发表诗集《凶年集》，揭露普鲁士军队的暴行，歌颂爱国将士。1874 年，他发表最后一部长篇小说《九三年》，肯定法国大革命的历史进步意义，揭露大革命时期反动贵族与外国势力相勾结的丑行，歌颂了共和国军队的英雄主义。但小说也宣扬了“在绝对正确的革命之上，还有一个绝对正确的人道主义”、“在人世的一切问题之上，还有人心的无限仁慈”的观点。显然，雨果把革命与人道相对立，认为人道高于一切，革命应让位于人道，这与他对革命斗争的形象刻画形成明显的矛盾。他没有认识到，在特定的历史条件下，革命并不违背人道。这正是雨果人道主义思想局限性之所在。

1885 年 5 月 22 日，雨果逝世。法国政府和人民为他举行了隆重的国葬，来自法国和世界各地的 200 万人为他送行，其遗体被安放在先贤祠内。

纵观雨果的一生，他正好经历了法国从 19 世纪前期自由资本主义发展到晚期垄断资本主义的历史进程。在激烈的阶级斗争中，雨果的政治信仰由保王主义发展到坚定的民主共和主义，虽然一度在君主立宪制与共和政体之间摇摆不定，但其总的倾向是进步的。他的创作在反映法国动荡的社会生活的基础上，也体现出他本人思想发展的曲折轨迹。他曾为反动势力大唱颂歌，但随时代前行的思想使他的作品充满了对阶级压迫的憎恶、对劳动人民的同情，洋溢着深厚的人道主义激情，从而成为西方文学史上人道主义作家的著名代表。在创作方法上，雨果是自己浪漫主义文学主张的优秀践行者，他的早期创作充满了浓烈的浪漫主义色彩；随着对于现实生活认识的加深，他加重了创作中的现实主义因素，使晚期创作达到了浪漫主义与现实主义的完美结合。

【作品内容】

小说以 1482 年巴黎愚人节的狂欢开场。几个主要人物都在愚人节的狂欢中出现。在格雷弗广场边的司法宫大厅里，观众闹嚷嚷地等候着宗教剧的开演。今天上演的宗教剧的作者是诗人甘果瓦，他正在现场卖力地张罗着。因为主教大人迟迟不来，戏演不了，观众十分愤怒。幸好大厅一角开始表演怪笑，然后选出最丑者为愚人王，这活动将大家的注意力暂时吸引过去了。巴黎圣母院的敲钟人伽西莫多以第一丑人当选为愚人王。伽西莫多奇丑无比，鼻子是方的，门牙像大象，头发像野猪……总而言之，那简直不是一副人脸。甘果瓦的演出正要进行，人群又被引向广场，那里，美丽的吉卜赛女子爱斯梅拉达在带着她的小羊卖艺，她的美貌和婀娜的舞姿受到观众的热烈赞赏。在夜晚，这位吉卜赛女子又在篝火旁跳舞，她不知道，在热烈的观众中间，有一张阴沉的目光正在注视着她，此人是巴黎圣母院的副主教克洛德·孚罗洛。

克洛德·孚罗洛被爱斯梅拉达的美貌倾倒，心生邪念。当天晚上，克洛德指使伽西莫多将她掳走，她幸被正在巡逻的国王弓箭队队长弗比斯搭救。爱斯梅拉达受到感动，爱上了弗比斯这位年轻英俊的军官。诗人甘果瓦一直在尾随爱斯梅拉达。伽西莫多抢爱斯梅拉达时，以为甘果瓦想救人，随手把他扔了出去。跌得昏头昏脑的甘果瓦误闯进圣迹区乞丐王国，按“王国”的规矩要被绞死，除非他们当中有女人愿意嫁给他。爱斯梅拉达出于怜悯，救了甘果瓦；但晚上甘果瓦起意想讨些便宜时，却发现那是根本不可能的事情。

伽西莫多因抢人而受到法庭的审判。预审官是个聋子，伽西莫多也是聋子，在牛头不对马嘴的问答中，伽西莫多被定了罪。第二天，伽西莫多在广场上示众，接受鞭刑。他口渴难耐，叫着要水喝。围观的人群不断哄笑叫骂，只有爱斯梅拉达走上刑台，把水罐递到了他的嘴边。敲钟人有生以来第一次流下了热泪。

爱斯梅拉达狂热的爱情表现被弓箭队队长弗比斯察觉，他趁机要求与爱斯梅拉达幽会。克洛德·孚罗洛对爱斯梅拉达穷追不舍，当他得知吉卜赛女子要到一家旅馆与弗比斯幽会时，非常嫉妒，藏在隔壁的暗室中，用匕首刺伤弗比斯，爱斯梅拉达也被吓昏过去。爱斯梅拉达被随后赶来的士兵逮捕，法庭审讯这位吉卜赛女子，逼迫她承认是女巫，结果被判绞刑。当夜，副主教前来以活命为条件，劝诱爱斯梅拉达接受自己的爱，结果被逐出门去。

绞刑在第二天执行。爱斯梅拉达早把生死置之度外，她唯一担心的是弗比斯。克洛德在行刑前，再一次逼迫爱斯梅拉达，受到她的唾弃。爱斯梅拉达偶尔抬头张望，看到弗比斯正在阳台上与情人一起观看绞刑，这一发现使她兴奋异常，嘴里喊着弗比斯的名字。但弗比斯察觉后躲开了。将要行刑时，伽西莫多从巴黎圣母院大门拱顶上攀绳而下，劫了法场，将爱斯梅拉达抱进不受法律管辖的巴黎圣母院。

昏热、痛苦、疯狂中的克洛德·孚罗洛在巴黎漫无目的地游走。伽西莫多将爱斯梅拉达安置在钟楼上的一个小房间里，拿水和食物给她。爱斯梅拉达思念弗比斯，叫伽西莫多去找。伽西莫多奉命找到弗比斯，但被弗比斯拒绝。克洛德得知爱斯梅拉达在圣母院里，就来找爱斯梅拉达，被伽西莫多赶走。

不久，巴黎的乞丐王国闻知法庭不顾教堂的避难权，要闯入巴黎圣母院捉拿爱斯梅拉达，就去围攻教堂，要将她救出来。不明真相的伽西莫多拼死抵抗，而弗比斯奉国王之命前来镇压，结果，巴黎圣母院前血流成河。混乱中，克洛德带着不明真相的甘果瓦将爱斯梅拉达劫走。贼心不死的克洛德指着远处的绞架胁迫爱斯梅拉达就范，但依然爱着弗比斯的少女宁死不从。克洛德将爱斯梅拉达暂时交给一个老妇人看管，自己去叫人。而这位老妇人正是爱斯梅拉达失散的生母，母女重逢的激动转瞬间成了永诀的哀鸣，爱斯梅拉达被官兵带走，送上了绞架。副主教在教堂的顶楼上发出狰狞的狂笑，伽西莫多悲愤至极，把克洛德·孚罗洛从教堂顶上扔了下去。第二天，伽西莫多也失踪了。两年以后，人们在一个盛放尸体的墓地里发现了两具连在一起的尸骨，当人们想把他们分开时，尸骨化成了泥土。

【作品赏析】

《巴黎圣母院》虽然写中世纪的事情，反映的却是现实问题。作品在七月革命推翻封建的复辟王朝、资产阶级确立自己的政治统治的历史背景下写作，因而弥漫着强烈的时代气息。它围绕爱斯梅拉达的遭遇来表现反封建的主题，具有浓郁的人道主义色彩。

首先，小说自觉而明确地把批判的矛头指向封建教会，揭露了教会的丑恶与伪善。克洛德副主教是教会的化身。他道貌岸然，表面上严肃刻板、禁欲苦修，标榜高尚的德行。实际上，他内心狠毒，像一个幽灵，躲在阴暗的“魔窟”里监视人民、控制司法、抢劫民女、实行凶杀，以至制造假案、处死无辜，可谓极恶的典型。他向往世俗享乐，心底激荡着情欲，这种被长期压抑的欲望一旦被唤醒，就如脱缰的野马，使他从教会人员变成魔鬼，成为情欲的奴隶，以罪恶的形式表现出来。他对爱斯梅拉达的邪念、追逐和陷害便说明了这一点。这一形象不仅突出了教会势力的邪恶，而且揭露了其扭曲人性和人的灵魂的本质，也宣告了禁欲主义的破产。

其次，小说也揭露了封建专制的黑暗与残暴，通过伽西莫多的受审以及对爱斯梅拉达的被审判、追捕、送上绞刑架等描写，控诉了残害人民的封建法庭、法官和官兵。法庭审判伽西莫多的场面非常滑稽，伽西莫多是聋子，法官也是聋子，聋子审聋子，辛辣地讽刺了封建司法制度的昏庸、腐朽。而对爱斯梅拉达的审判，法庭仅仅根据她的小羊能排字，就认定她是女巫、利用巫术杀人，并对她施以酷刑逼供，宣判为死刑。同时，对爱斯梅拉达被捕过程的描写也增强了小说的批判力量，官兵们那种追捕的狂热表现了封建统治对无辜者的迫害狂。小说还揭露了路易十一王朝的罪恶，并把矛头直指国王本人。正是路易十一发出的“把平民斩尽杀绝，把女巫绞死”的命令，造成小说中血染巴黎的大屠杀。对于封建制度最高统治者的直接揭露，表明了作品反封建主题的彻底性。

再次，作品还如实地记录了下层人民的苦难，对他们的悲惨命运寄予了深切的同情，对他们的美好人性及反专制的斗争精神进行了热情歌颂。爱斯梅拉达是作者尽力塑造的理想美的化身。她外表美，有漂亮的容貌、甜美的歌声、优美的舞姿，使人“不能一下子肯定地看清楚这个女郎究竟是人，是仙，还是天使”。她的心灵更美，善良、纯洁、宽容，富有同情心和牺牲精神。穷人甘果瓦误闯乞丐王国，危险时刻，她挺身而出，和他结为“瓦罐夫妻”，尽管与他素昧平生；伽西莫多在烈日曝晒下接受鞭挞，口渴难忍，她不计前嫌，给他送水；她天真热情，对爱情守贞如一，在邪恶与淫威面前宁死不屈，自始至终深爱着弗比斯，至死也不怀疑这个花花公子在欺骗和背叛自己。

伽西莫多是一个被遗弃的畸形儿，被克洛德收为养子，成为巴黎圣母院的敲钟人。他外表冷漠可怕，唯有对克洛德充满感激，是克洛德的活工具。但他身上也潜藏着下层人民的美好感情。爱斯梅拉达对他的同情之举，即人道主义的甘露滋润了他干涸的心田，激发了他的全部美德，使他成为她的保护神。在完全明白事情的真相后，他毅然将迫害少女至死的养父推下钟楼粉身碎骨，成为惩治邪恶的勇士。这一场景象征着封建专制和教会势力必为平民推翻的历史趋势。

此外，小说还深情地刻画了巴黎下层社会的群像。乞丐王国的流浪汉们外表褴褛粗野，但内心洋溢着阶级互助、舍己为人的牺牲精神和富于正义感的斗争精神。他们为了营救爱斯梅拉达，聚众攻打巴黎圣母院，他们的暴烈行动显示了蕴藏在人民中的强大的反封建力量。

《巴黎圣母院》不仅有着巨大的思想力量，而且有着经久不衰的艺术魅力。作者通过运用丰富的浪漫主义手法，艺术地再现出 15 世纪巴黎五光十色的社会，创造了一个多姿多彩、富于感染力的艺术世界，使其成为浪漫主义小说的杰作。其浪漫主义艺术主要表现为：

第一，鲜明、广泛的对照。

《巴黎圣母院》实践了雨果在《〈克伦威尔〉序》中提出的美学对照原则。首先，表现在人物塑造上。这部小说以爱斯梅拉达为中心，将其他主要人物与她的情感联系构成一个关系网。在这种情感联系中，人物之间形成鲜明对照，显示着各自的外貌、性格特征和精神世界。如爱斯梅拉达分别与克洛德、弗比斯、甘果瓦、伽西莫多形成善与恶、忠贞不渝与轻浮放荡、高尚与卑贱、奇美与奇丑的对照，克洛德与伽西莫多对待爱情的虚伪与真诚形成对照，伽西莫多与弗比斯的外丑内美与外美内丑形成对照。此外，还存在着人物自身的对照。如爱斯梅拉达完美的天性与悲惨的命运，伽西莫多自身的外形丑与心灵美，弗比斯外表的俊美与内心的卑劣，克洛德外在的庄严肃穆与内心的阴险狠毒及其早期的勤奋好学、乐于奉献与后期的自私卑鄙、灵魂变态等形成鲜明的对照。其次，小说存在着社会背景和场面的对照。在两个国王和两个王朝中，一个是历史上实有的法兰西国王路易十一的封建王朝，一个是作者虚构的乞丐国王的“奇迹王朝”。“奇迹王朝”的国王总是与他的“众百姓”同甘共苦，关心爱护自己的伙伴，把吉卜赛女郎当成掌上明珠、流浪人的骄傲，为搭救她而组织全体百姓进攻巴黎圣母院。而躲在巴士底狱中的路易十一国王，阴狠、毒辣，作者揭露了他一切为个人的罪行。在两种法律和两个法庭中，“奇迹王朝”的法律和法庭十分奇特，看起来吓人，实际上很民主，它尊重人权、一视同仁、决不随意残害生命，是一个被理想化了的法庭。而路易十一王朝的法庭与此相反，草菅人命、镇压人民、腐朽反动。在这里，被告没有任何申辩的机会，只有百姓受刑的“权利”和被绞死的判决。“奇迹王朝”与封建王朝的对照，明确地表达出作者的爱憎观念。

种种对照描写，强化了小说反封建的思想主题，对塑造人物、揭示人物本质起到了极好的作用，增强了作品的艺术感染力，使其成为真善美与假恶丑对照的艺术标本。

第二，丰富、奇特的想象。

小说想象丰富、奇特，在构筑情节、刻画人物、安排场景等方面，充满了现实世界中不可能存在的超常巧合和神奇夸张，体现出作者非凡的想象能力。

小说情节超乎常情常态，富有传奇意味。如描写乞丐王国攻打巴黎圣母院时，遭到敲钟人伽西莫多的奋力抵抗，造成起义者的伤亡——一个人竟能抵抗千万人，而双方都是爱护爱斯梅拉达的人；又如伽西莫多和爱斯梅拉达的尸骨一被分开就化为灰尘等。作者还通过想象制造出巧合事件，如爱斯梅拉达被警察搜寻，副主教克洛德把她交给老鼠洞里的女修士看管，女修士恰好是爱斯梅拉达的生母，母女相认。有些巧合甚至巧得令人难以置信，具有很大的夸张性，如爱斯梅拉达和伽西莫多是两个被人互换的孤儿，长大后，他们又在巴黎圣母院相遇。这些情节使得作品充满了离奇、夸张和神秘色彩。

作品对人物的夸张描写也达到了极致。爱斯梅拉达是美的典型，具有非凡的外貌美和人格美。而伽西莫多相貌丑陋，集中了所有人的肢体残缺，驼背、鸡胸、独眼、耳聋、嘴哑、跛脚。他还具有过人的体力，对爱斯梅拉达的爱情也充满了无限的自我牺牲精神。对人物的夸张描写成为雨果小说塑造人物形象的惯常重要手法。

作品中的这些浪漫主义情节和人物，是作者大脑主观想象的产物，但又饱含着他对现实生活的理解、提炼和概括，渗入了作者反对封建制度、同情下层人民的人道主义激情，同样增强了小说的艺术感染力。

第三，生动、细致的拟人化描写。

作品还有不少篇幅描述了建筑术的奇迹——巴黎圣母院。它始建于 1163 年，完成于 1345 年，是一座典型的哥特式教堂，全部由石头砌成。雨果选择它作为小说所有情节的交会点。在他笔下，它不仅巍峨壮观，是中世纪文明的象征，而且富于人性，好像是一个有生命力的整体，在伽西莫多的触摸之下和跳跃之间，不时发出吼声。这个庄严肃穆而又神秘的庞然大物与它的主人——伽西莫多合而为一。它俯视着眼前发生的事情，成为这场悲剧的见证者。这种拟人化描写也增添了小说的浪漫主义情调。

【拓展阅读】

一、中译本

1. 雨果．巴黎圣母院．陈敬容，译．北京：人民文学出版社，1982.

2. 雨果．巴黎圣母院．施康强，张新木，译．南京：译林出版社，1995.

二、研究著作、论文

1. 安德烈·莫洛亚．雨果传．周国珍，等，译．杭州：浙江文艺出版社，1998.

2. 程曾厚，编选．雨果评论汇编．合肥：安徽文艺出版社，1994.

3. 程曾厚．雨果和圆明园．北京：中华书局，2010.

4. 程曾厚．程曾厚讲雨果．北京：北京大学出版社，2008.

5. 李广博．促进人性的复归 鞭笞人性的异化——雨果小说中的人道主义问题．外国文学研究，1982（1）.

6. 罗国祥．理性的反动——雨果小说美学的现代性．外国文学评论，2004（2）.

7. 张世君．巴黎圣母院人物形象的圆心结构和描写的多层次对照．外国文学研究，1981（4）.

8. 张世君．论叙事文本的空间结构——以《红楼梦》和《巴黎圣母院》为例．国外文学，1999（4）.

【思考题】

1. 雨果的政治生活与文学创作有着怎样的关联？

2. 分析雨果人道主义思想在《巴黎圣母院》中的体现。

3. 分析克洛德形象。

4. 为什么说《巴黎圣母院》是浪漫主义小说的杰作？

第七节　巴尔扎克的《驴皮记》赏析

【作家生平】

奥诺雷·德·巴尔扎克（1799—1850），19世纪法国最伟大的小说家，塑造典型的巨匠，举世公认的批判现实主义大师。巴尔扎克1799年5月20日出生于法国图尔市一个资产阶级家庭。其父是个文官，头脑精明，为人善变，靠法国大革命发家；母亲则浅薄、专断而冷酷。巴尔扎克自幼缺乏家庭温情，出生后不久，便被父母寄养在乡下的奶娘家，直到4岁才被接回。他8岁时就读于旺多姆“兄弟祈祷会”学校，14岁离开。该校管理异常严格，巴尔扎克称之为“文化监狱”。孩子们在这里被迫忘掉家庭的温暖而习惯近乎监禁的生活，且经常受到体罚，甚至禁闭。巴尔扎克因为“功课和作业都不行，对交代的工作也很厌恶”，所以其遭遇可想而知。但万幸的是，在这里他遇见了勒菲弗神甫，受其熏陶与鼓励，他涉猎了大量书籍，发掘到了生活的乐趣，并产生了一种愿望，要与那些他所尊敬的作家并驾齐驱。一方面他记忆惊人，过目不忘，知识包罗万象，以致勒菲弗神甫认为他迟早会绽放异彩；另一方面校方“由于他令人受不了的迟钝和带有挑衅性地不守纪律”，将其开除了。小巴尔扎克惶恐不安，如浩劫归来，但父母只在意自己在社会上的地位与声誉，并不关心他的精神状态。这些人生经历与感知成为他日后生活与创作的基点，并坚定了他在文学的世界里找寻温情、乐趣以及成功的决心——“拿破仑用剑所做不到的事情，我将以笔来完成”。我们在其小说《路易·朗贝尔》（1832）、《驴皮记》（1831）等作品中都可以明显地看到这种印迹。

在巴尔扎克15岁时，全家迁往巴黎，他就读利辟特先生的寄宿学校。17岁时，他结束中学学业，进入大学学习法律，因酷爱文学创作，又去巴黎大学文科旁听。期间他先后在诉讼代理人和公证人办事处当见习生，见习生活让他受益匪浅，并使他对法国社会的司法制度有了深刻而透彻的了解。20岁时他拒绝家人的安排，宣布自己要当作家、做诗人，自此踏上了艰难而曲折的文学之路。其初写过诗剧，与别人合写或独立撰写过一些小说，但均未获得成功。

1825 年至 1829 年，巴尔扎克涉猎商业，先后成立班・卡耐尔出版公司、开办了印刷厂以及活字铸造厂，之后的 1835 年、1837 年他又投机土地，建筑“雅尔地”，到萨丁岛开采银矿，最后均告破产，债台高筑，一生都陷入债务的枷锁里。就像《人间喜剧》的中文译者所言，可以说在他的同时代里，“在生活的积累上，谁也不像他那样富有；没有人对金钱的迫害、物质的统治有过他那样直接、深切的感受”。然而也正因为如此，他才能妙笔生花。法国作家亨利・特罗亚也在其传记中这样评论道：“可能，他永远在生活的基点和其他琐事方面摇晃不定，那些生活琐事使他可以深入到各种人物的深层”；“他在世俗社会越投入，回到家后就越能集中精力在白纸上写黑字”。

1828 年，巴尔扎克痛定思痛后决定重回文学事业。1829 年，他发表了第一部以真名署名的小说《舒昂党人》。1831 年，他又发表了《驴皮记》，为其赢来了声誉。1829 年至 1848 年是巴尔扎克文学事业的全盛时期。他文思泉涌，丰产如流且产生了一个伟大的设想，要完成“一套关于 19 世纪法国的著作”，“其中每一章都是一篇小说，每篇小说都标志着一个时代”。他把自己的作品分为“风俗研究”、“哲学研究”、“分析研究”三个部分，合称《人间喜剧》，同时把已写好的小说纳入各个部分，缺少的地方再有意识地补写。经过接下来的十几年时间的努力奋斗，他基本完成了这一宏伟的设想。纵观他这一时期的创作，大致可分为三个阶段：

（1）早期（1829—1835）：现实主义时期。《欧也妮・葛朗台》（1833）和《高老头》（1834—1835）是这一时期的代表作。前者通过刻画一个贪婪、吝啬的暴发户，揭露了资本主义社会人与人之间的金钱关系；后者则深刻反映了复辟王朝的社会状况，以高老头的父爱反衬出金钱的罪恶，并刻画了资产阶级个人野心家的典型。

（2）中期（1835—1842）：批判现实主义时期。这一时期，巴尔扎克一共写了 30 多部作品，其中最重要的是《幻灭》（1837—1843），深刻反映了复辟王朝时期尖锐的阶级对立和党派斗争，还描写了经济领域的自由竞争吞并现象。

（3）晚期（1842—1848）：探索期。七月王朝统治下的社会历史现实成为这一时期的主题。代表作《农民》（1844—1853）是一部直接描写农村阶级斗争的长篇小说。另一部代表作《贝姨》（1846）通过对社会现象的广阔细致描绘、对好色的于洛男爵和暴发户克勒凡的刻画，抨击了七月王朝腐朽的本质。

巴尔扎克是个兼具历史眼光与哲学头脑的作家，其作品超越个人生活感受及其情感的抒发，融入对社会的总体分析，从而把其小说提高到历史哲学的高度，呈现出强烈的时代气息与非凡的艺术魅力。此外，其小说构思巧妙、结构多样独特，不少作品带有浓厚的浪漫色彩，极大丰富并发展了现实主义创作方法，对后世的法国文学乃至世界文学都产生了深远的影响，在其身后仍光照世界。

巴尔扎克曾在《驴皮记》中说："优秀人物的错误就在于他们浪费自己的青春年华以博得世人的赞誉。"这其实恰是他自身的写照。他一生都在追求光荣及其带来的财富和名门贵妇，但直到生命之旅的终点才终于达成。1850 年 3 月 14 日，他迎娶了追求 17 年之久的俄罗斯波兰裔贵族韩斯卡夫人，5 月偕夫人回巴黎，8 月 18 日晚上 10 点 30 分在病痛中与世长辞。斯人已逝，但光辉永存。

客观地说，人们对于巴尔扎克生前的评价是毁誉参半的。他的挥霍无度，他的债务困扰，他狂热的情欲，他为还债一挥而就的匆忙之作，都在他混乱而矛盾的人生轨迹上昭示出其人性与心智的不完善；但他对文学创作的执著追求，对写作的不遗余力，为探索人类心灵的隐蔽所做出的努力又使他异于常人。因此当我们挖掘他荣誉光环下的生命沉积时，感受到的是真正的生命中炽热血液的流淌，听到的是灵与肉断裂的声音，看到的是低处的肉身与高处的精神、生活的晦暗与理想的光辉、深渊的体验与至高荣誉的对立。而这一切都同《人间喜剧》一起留给了读者。《人间喜剧》一共包括了 91 部长篇、中篇、短篇小说，出现了 2 400 多个人物，触及社会各阶层，无论在规模上，还是在思想和艺术上，都堪称一曲现代都市的宏伟史诗，难怪人们称之为"社会百科全书"。弗雷德里希·恩格斯（1820—1895）也认为《人间喜剧》是一部伟大的作品，称赞作者"提供了一部法国'社会'特别是巴黎'上流社会'的卓越的现实主义历史"。维克多·雨果（1802—1885）则断言"他为我们留下的作品，是一座高大而坚固、建立在花岗岩基石之上的丰碑。"

【作品内容】

《驴皮记》是巴尔扎克哲理研究类小说的代表作。它以现实主义和魔幻怪诞相结合的手法描写了一位法国青年的戏剧性遭遇，从中引出了关于人生和欲望两难抉择的深刻思考；同时通过主人公拉斐尔在法国上流社会的荣华和困顿、失意和幸运，为读者展现了一幅 19 世纪 30 年代七月王朝期间法国的社会风俗和世态人情画卷。

小说的主人公是年轻的法国没落贵族拉斐尔，他自幼丧母，与父亲相依为命。其祖上原是南方源远流长的旧贵族，到父亲一代衰落。因此拉斐尔从小受到父亲严格的教育，以承担起家族振兴的重担。他被要求每天早 5 点起床，晚 9 点睡觉，除上学认真地学习法律外，还要到一个诉讼代理人那里学习。此外他走路和学习的时间都有严格的规定，而且晚餐时还要将学习情况向父亲做出精确的汇报……这种严苛封闭的生活造就了他自小胆怯内敛的性格，但同时亦使之博学多识、精通法律且纯真朴实。成年后他谨承父亲教导，始终把恢复家庭荣誉放在首位，千方百计运用自己的才能帮助父亲处理复杂的家庭财产纠纷。但不幸依旧降临，他们最终接到了破产通知，而父亲则在郁郁寡欢中死去，所有的权贵亲朋们也都避之不及。

无助中拉斐尔只好拿着财产拍卖所得的 1 100 多法郎，独自进入人生的角斗场。他在巴黎最荒凉的克吕尼街区找了一间破旧的圣康坦公寓，并由此认识了善良的女房东和她的女儿波琳娜，与他们建立了良好的友情。拉斐尔空闲时会教波琳娜练琴，而波琳娜母女则尽己所能地给予他生活上的帮助与精神上的慰藉，特别是天真美丽的波琳娜把心中的千种柔情蜜意向他播撒过来。

然而家族荣誉振兴的念想遏制了拉斐尔情感的冲动，同时对自我才识的自信也始终激发拉斐尔凭借个人奋斗获得声誉和财富。他立志高远，决定用 3 年时间写出一本令公众轰动的作品。为此，他自甘清苦 3 年，潜心著作，生活极为清贫，每天费用开销不超过 20 苏（法国辅币名，相当于二十分之一法郎，即五生丁），连买水的钱都舍不得花，情愿到广场喷泉去打水。最后他终于完成了一部巨著《意志论》和一个喜剧。

但生活往往事与愿违，在知识和艺术成为金钱奴婢的社会中尤其如此。拉斐尔又一次彷徨无助，此际巧遇已跻身上流社会的老友拉斯蒂涅，遭到其无情的耻笑与嘲讽。拉斯蒂涅力劝并告诫其跻身上流的捷径——追求一位有资产、有地位的女人，借助婚姻关系求得发迹，并以自身作为榜样例证，同时介绍他认识了富有的待嫁女子福多拉伯爵夫人。从此拉斐尔走出书斋，曲线图存。为了亲近福多拉，他花光了所有的积蓄，倾注了所有的热情，却备受伤害而不可得，终于贫困潦倒，决定以自杀终场。在消遣自己“最后的一段时间”里，他却意外地从老古董商那儿得到一张魔力十足的驴皮。它以欲望与生命做等价交换：“如果你得到了我，你就得到了一切。但是你的生命将属于我。这是神的意愿。许愿吧，你想什么就得到什么。可是你的生命就在我身上，用愿望来衡量生命吧，多一个愿望，我就缩小一点。你愿意吗？神会使你一切如愿!”

于是靠着这张灵符的神奇力量，他获得了巨额遗产，赢得了上流青年生死决斗的胜利，满足了他的老师对他的请求，得到了波琳娜姑娘的真挚情感。但随着每次欲望的实现，驴皮也相应缩小，拉斐尔陷入了有所欲而不敢欲、能无所不为而丝毫不敢为的境地。为此他清心寡欲，闭门锁户，千方百计延长寿辰，但终于无法阻止符咒的命运，在情欲的萌动中离开了人世。

【作品赏析】

如果说生命里有两种悲剧，一是什么也得不到的悲剧，一是得到一切后的悲剧，那么《驴皮记》所呈现的恰是后者。在这部小说中，巴尔扎克采用现实主义和魔幻怪诞相结合的手法，塑造了主人公拉斐尔·瓦朗坦的悲剧人生。

拉斐尔是一个没落的贵族青年，起初他充满理想、智慧和实干精神，崇尚通过个人奋斗来达成生命的欲求。他认为："工作的时间还嫌不够的人，哪有时间花在贬低自己，庸俗地装扮自己上?"因此他甚至"准备一下子送掉自己的生命，也不愿意把生命贬价零售"。为着自己的雄心壮志——一本巨著，他自甘清苦3年，潜心著作。他说："我非常自豪地忍受我的清贫。一个预感到有美好前程的人，在艰苦的生活中前进着的时候，就像一个无罪的囚犯走向刑场一样，是不会感到羞耻的。"

但现实把他的愿望击得粉碎。他意识到在这个社会里"有谁如果身心有病，手中缺少金钱和权力，他就是一个不可接触的贱民"。而这个社会对待不幸人的办法就是"把他杀掉或者加以驱逐，鄙视他或者把他阉割"，也正因为如此，"上流社会生活的各种刺激能将一个美好的灵魂变成渺小，使它堕落到卑贱的境地"，因为这种"贫富的明显对比是很坏的劝告，罪恶就是从这里产生的"。

意识的绝望、现实的无助使得拉斐尔开始放纵自己。他说："我发觉用娱乐来消耗生命是最好的自杀办法。"尽管如此，他依旧有着清醒的睿智与淳朴的心灵。他说："我挖掘生活已经挖到烂泥深处，可是我始终觉得只有两人分享的爱情才是最甜蜜的，因此在狂欢滥饮中，我通过挥霍浪费中的偶然机会追寻这种爱情的幽灵。不幸的是，我的美好信仰落空了。我做的好事受到忘恩负义的惩罚，我犯的错误却得到千种乐趣作为报酬，这是一种阴森可怖的哲学，可是对于放荡的人来说却是真理!"不是吗？在那个物欲情欲横流的时代，“放荡生活不就是天才向罪恶缴纳的一种捐税吗”？

因此，当魔力的灵符——驴皮出现时，尽管代价相当昂贵，但对拉斐尔而言，又怎么能够拒绝呢？他是个一无所有、走投无路而又尘念未绝的青年，既然已不畏死，又怎会害怕以生命来换取欲望的满足呢？所以像溺水者抓住稻草一样，他把驴皮攫取到手，对告诫他的老古董商说道：“您的话一点不错，我就想毫无节制地活着！”这正如当初拉斯蒂涅介绍他认识年金八万法郎的福多拉伯爵夫人时，拉斐尔的念叨：“这个名字，这个女人，难道不就是我的一切欲望的象征和我的生活目标吗？”

高贵的价值理念一旦丧失殆尽，对财富和情欲的觊觎就会如洪水般泛滥。为了满足贪欲，拉斐尔无限制地使用驴皮，但是疯狂惬意的梦想实现后，他看见了自己生命的尽头：驴皮变得又小又碎，像片叶子。恐怖之余他竭力舍弃一切愿望，只觉得“人生的种种乐趣纷纷在我的死床周围嬉戏，要是我召唤他们，我就会死去”。所以为生存，他闭门锁户、清心寡欲，但已无济于事。其实当他的第一个愿望实现后，拉斐尔便被剥夺了人生的意趣，这是欲望的代价，也是人生的悖论，更是社会的产物。所以说他其实就是七月王朝专制社会顺流而下的牺牲品，同时也是人类生命与欲望悖论存在的典型。

巴尔扎克通过这一形象向读者揭示了一个普遍的哲理问题，即欲望与生命的二元对立，进而引发了另一个更为深刻的问题——“人应怎样活着”？

这里首先我们要弄清一个问题，那就是驴皮到底代表着什么？巴尔扎克借古董商之口说得很明白：“这件东西便是欲和能的结合，这里面包含着你们的社会观念，你们过分的欲望，你们的放纵行为，你们置人于死命的欢乐，你们使生活幸福的痛苦。”其实他是说作用于人的生命的，有“欲”和“能”两种本能行为。人因“能”生“欲”，因“能”遂“欲”，但“欲”又耗“能”，“欲”实现了，“能”也就消耗干净了。二者结合起来，汲干了生命之源，使人类自行萎衰。所以说“意愿，焚烧我们，能力，摧毁我们”。由此可见任何过分的贪欲都是更近坟墓一步，要想长命百岁，就要放弃欲望。所以人类应该燃烧人生、尽情享受人世的欢乐，还是清心寡欲、以求知足长寿，是一个我们必须思考的问题。

因此拉斐尔的形象不仅是现实的，也是典型的。他所经历的人生旅程，正是人类的写照。他反映了作者对人生意义的理解：人究竟为了什么活着？人应该怎样生活？人如何面对死亡？同时，巴尔扎克还通过这一形象，表达了他对生死的看法，他认为人对事物的见识是随着环境的改变而改变的。在作品的扉页上，作家画了一条曲折的横线，作为一种独特的图形题词。它可以说是人生的道路，也可说是人的思想变化，还是社会前进的进程。不是吗？当拉斐尔的欲望得以实现时，他又畏惧死亡——生存、活下去成为新的欲求，而欲求不又正是社会前进的轨迹吗？

同时，小说还成功塑造了另一个贵妇形象——福多拉伯爵夫人，并通过这一人物揭露了法国上流社会的罪恶。福多拉不断地靠自私、靠压抑自我放弃真爱来占有上流社会的虚荣。她相信金钱的魅力，并以此作为人生信条。她说“婚姻是一笔交易，我生来就不是做这种事的”，“我将始终有钱，只要有金子，我们总可以在周围创造出为我们幸福所必需的感情来”。是的，当拉斐尔成为拥有六百万法郎的富翁时，“他是国王，可以为所欲为，他凌驾一切，像所有的富翁那样，从今以后‘法国人在法律面前人人平等’，不过是载在大宪章前面的一句谎言。他不会服从法律，法律倒要服从他。没有为百万富翁而设的断头台，也没有对他们行刑的刽子手”。

所以作为贵妇出现的福多拉不仅是金钱的化身，还是金融资产阶级和开明贵族联合执政的专制统治下的法国社会缩影。她冷酷、虚伪、自私、装腔作势、唯金钱至上，具备着这个社会的一切特征。所以，拉斐尔认为“不妨这么说，她是社会”。但这里我们需要深入思考的是：她为什么会成为社会的代言人？她自身不也正是社会的牺牲品？

总之，《驴皮记》不仅是一幅 19 世纪 30 年代法国社会历史风俗的画卷，更是一部集人生、道德、哲学于一体的辞典。它以“最小的面积惊人地集中了最大量的思想”。

在艺术上，《驴皮记》主要有两大特色：写实手法与对比手法的运用。

在反映现实方面，《驴皮记》的角度是较为特殊的，它通过主人公拉斐尔被灵符左右的短促一生，透视了现代资本主义社会环境下人生极为根本的矛盾困境，寓哲理于荒诞，融荒诞于现实；其中对于人生、社会多重指涉的开放式叙述自有其独到的优长，体现出作者深刻的洞察力和忠于生活的表现力。

当然，巴尔扎克充当的“历史书记员”的角色，绝非止于简单地实录，他更侧重分析人的精神现象，不拘泥于摹写现实，其艺术手法超越了一般的现实主义或浪漫主义。荒诞、魔幻等超现实主义成分的导入，把人的欲望与生命间的有机联系用非常具态化的手法表现出来。可以说，驴皮就是人的生命的物质表现，作者通过拉斐尔对驴皮趋之若鹜而又莫可奈何的矛盾态度写出了人的肉身在沼泽里行走、灵魂在天空中飞翔的悲哀。

此外，小说善于运用对比的手法来达到强烈的艺术效果。小说向我们展示了一系列的二元对立体系：得与失、神秘主义与唯科学论、个人与社会、善与恶（主要体现在波琳娜和福多拉两人身上）以及空间的对立（首先是赌场和古玩店的对立，其次是拉斐尔居住的圣康坦公寓的小阁楼和福多拉伯爵夫人的公馆）。这些矛盾体交相呼应，衬托出梦想与现实的对立、欲望与生命的悖论。

【拓展阅读】

一、中译本

1. 巴尔扎克．驴皮记．郑永慧，译．南京：译林出版社，1996.

2. 巴尔扎克．驴皮记．梁均，译．北京：人民文学出版社，1989.

二、研究著作、论文

1. 斯蒂芬·茨威格．巴尔扎克传：伟大的平凡．攸然，译．北京：团结出版社，2004.

2. 亨利·特罗亚．巴尔扎克传．胡尧步，译．北京：商务印书馆，2002.

3. 胡山林．你的心愿需用你的生命来偿——巴尔扎克《驴皮记》//胡山林．文学艺术与终极关怀：人生视角读名著．北京：中国社会科学出版社，2005.

4. 艾珉．一部貌似荒诞的现实主义小说——略谈巴尔扎克的《驴皮记》．读书，1982（3）.

5. 田庆生．梦与真——《驴皮记》中的二元对立体系．外国文学评论，2000（1）.

6. 张弘．巴尔扎克《驴皮记》——欲望人间的喜剧//张弘．西方文学精粹．北京：高等教育出版社，2006.

7. 由庆华．《驴皮记》和巴尔扎克的命运．世界文化，2008（11）.

8. 郑克鲁．双峰并峙 继往开来——普鲁斯特与巴尔扎克．外国文学研究，2006（6）.

【思考题】

1. 请简述《人间喜剧》的分类及其代表作品。

2. 《驴皮记》的主题内容是什么？

3. 试析《驴皮记》主人公拉斐尔的形象。

4. 请简述《驴皮记》的艺术特色。

第八节　福楼拜的《包法利夫人》赏析

【作家生平】

居斯塔夫·福楼拜（1821—1880），法国19世纪最重要的现实主义作家。《欧洲小说五十讲》的作者马丁·赛莫尔-司密斯曾这样评价福楼拜在文学中的地位与意义："以下说法无可非议：福楼拜是'当代小说的真正发明者，是19世纪中期以来最重要的技巧进步的源泉'。"福楼拜出生于法国西北部诺曼底地区的鲁昂，父亲是当地市立医院的院长，不但医术高超，而且深受当地民众的爱戴。福楼拜的出身背景使他拥有了一个与众不同的童年，并加深了他与生俱来的敏感、忧郁。他在书信中对童年有过这样的回忆："还是小孩子，我就在解剖室里玩耍。这也许就是为什么，我的样子是又忧苦又狂妄，我一点不爱生命，我也一点不怕死亡。绝对的虚无的假说也丝毫引不起我的恐惧。任何时候，我可以安然投入漆黑的巨壑。"这"漆黑的巨壑"于伤感平庸的诗人只能是徒然的嗟叹，于流俗猥琐的小说家则是充满玄虚的猎奇，而于福楼拜，则一直是他"不偏不倚"的"纯粹理智"的写作确立的意义表达。

福楼拜在11岁那年进入鲁昂中学。在作品及书信中，福楼拜不止一次地透露在15岁那年他与一位年轻的少妇即后来的施莱森夫人的邂逅。在福楼拜年满20岁奔赴巴黎求学之后，两人再次相遇。这段深埋心底的感情后来成了福楼拜长篇小说《情感教育》的素材。在巴黎，攻读法律专业的福楼拜其实一直醉心于文学，并结识了当时的文豪维克多·雨果（1802—1885）。1844年，福楼拜因患神经系统疾病（有评论家认为是癫痫病）而辍学。此后，福楼拜在疾病乖戾而又奇异的"庇佑"下，开始了专心致志的文学创作（何其相似的还有患了哮喘病的普鲁斯特）。而在1846年父亲死后，福楼拜又得到了50万法郎的遗产，这为他提供了优裕生活的物质保障。福楼拜也借此离群索居般地定居鲁昂近郊塞纳河旁一座僻静的庭院里，潜心创作终其一生。

才华横溢的福楼拜虽被冠以"现实主义作家"之名，但其作品并不以宏大广阔的社会生活画面见长，而是更多地被人们誉为精准的、诗一般精致的“典范散文”。除《包法利夫人》（1856）以外，早期的作品还有《佛罗伦萨的鼠疫》（1836）、《激情与贞操》（1837）、《狂人之忆》（1838）和《十一月》（1842）等。在第一部长篇小说《包法利夫人》引起轩然大波并被加诸“有伤风化”的罪名之后，福楼拜开始转向古代题材，《萨朗波》（1862）浓墨重彩地描述了公元前 3 世纪的迦太基。而 1869 年发表的《情感教育》和随后的《圣安东尼的诱惑》（1874）与以上两部长篇组成了奇异的对照，就像亨利·詹姆斯在《居斯塔夫·福楼拜》中所说：“从才智方面来看，他是由两个完全不同的部分组成的，即对现象的感觉和对浪漫的事物的感觉。而他的作品，根据我们现在的认识来看，就是如此干净利落、生动鲜明地划分成为这样两个部分的。……这二元性以它明确的作用把《包法利夫人》和《情感教育》放在这一边，而把《萨朗波》和《圣安东尼的诱惑》放在另一边。”除了这些，福楼拜生前还有一部可誉为“关于无知与愚蠢的百科全书”的未竟之作——《布瓦尔和佩居谢》（1881）。

100 多年来，福楼拜的重要性一直在增加。他身上被贴了很多极为重要的标签，它们包括：最后一个浪漫主义者，浪漫主义向现实主义过渡的最重要作家，第一个现实主义作家，第一个现代派作家，自然主义作家的启蒙者。此外，作为作家中的作家，他的写作也深刻地影响了大量中国现当代小说家。

【作品内容】

按福楼拜自己的说法，这是一个粗鄙得令人作呕的故事。木讷的乡村医生查理·包法利在第一任妻子死后，由母亲做主娶了一位名叫爱玛的乡下女子。爱玛虽出身农家，却像许多贵族女孩子那样在修道院接受了教育。遗传了农人的“原始的气力”的爱玛一直憧憬着传奇故事中浪漫的爱情，这样的女子在度过新婚的新鲜后，自然对平庸甚至灰色的生活心生怨恨。在药剂师、教士等人组成的密不透风的“外省生活”中，爱玛首先遇到了年轻的练习生赖昂。可害羞的赖昂此时尚不具备拯救爱玛那沦陷的爱情的勇气，因此在全书的中间进程处，赖昂暂时却又必须奔赴“花花世界”巴黎。百无聊赖的爱玛被情场老手、地主罗道耳弗一眼认出，爱玛终于如愿以偿地有了一个情人。可当爱玛以“爱情”的名义要求罗道耳弗变成浪迹天涯的中世纪骑士时，罗道耳弗悄然作别了这个乖戾的亡命之徒。爱玛大病了一场。病后的爱玛决计要回归家庭主妇的生活。可就在鲁昂的剧场，与赖昂的相遇证明了她决心的脆弱。爱玛为维持爱情的快乐，从掮客勒乐那里赊购了大量物品，甚至不惜典当了房产。当法院的一纸传票不期而至的时候，困窘的爱玛只好四处借债。在赖昂的逃逸、罗道耳弗的推诿以及公证人的乘人之危面前，爱玛彻悟到自己才是那个看不清人世的“瞎子”。与这种彻悟相伴而来的还有爱玛的“厌倦”——她厌倦了再次回到包法利先生身边的那种所谓“真实”生活。死是自尊、是解脱——于是爱玛在药房伙计虞斯旦那曾经满是渴慕的目光中吞下了砒霜。

1856 年，《包法利夫人》在《巴黎杂志》上开始连载，但随即被指控为淫秽之作。不过诗人拉马丁对福楼拜说：在法国没有一个法庭能定你的罪。果然后来，法院宣判福楼拜无罪。《包法利夫人》也声名大噪。

据杜刚的《回忆录》，《包法利夫人》的本事是当时的一则新闻。德拉马尔，是从福楼拜父亲的医院出来的一个学生，其后在瑞镇当医生。他的续弦夫人姓古杜瑞耶，嗜好小说，生活浮华，看不起丈夫。她先结识了一个情夫，情夫却去了美国，随后又结识了一个律师的书记，而且暗地举债，供自己靡费。结果债高如山，书记又和她断了关系，逼她不得不服毒自杀。她身后留下一个小女儿，但是过了不久，德拉马尔也自杀了。这是 1848 年的事情，见于当时鲁昂的报纸。福楼拜的小说年表基本和本事年表一致，小说情节也大体相似。

所以，关于《包法利夫人》，内容不是最重要的议题，重要的是体现在小说写作中的福楼拜文体、小说理念和主张。而且，作家本人也更关注文字的简约和节奏、小说的形式和风格。福楼拜的名言是，写到爱玛的死，他要能尝到爱玛嘴里砒霜的味道；而与此同时，他又强烈主张，必须对笔下人物的命运“漠然处之”。所以，萨特表示，福楼拜既是虐待狂又是被虐待狂，他总是同时让我们看到他的人物既很不幸又招人反感。这样，福楼拜在写作中，一边是全知的上帝，一边又像他的学生莫泊桑所说的那样，总是“深深地隐藏自己，像木偶戏演员那样小心翼翼地遮掩着自己手中的提线，尽可能不让观众觉察出他的声音”。而读者则能够从后来的罗兰巴特、德里达等人的叙事理论中清晰地听到福楼拜的声音。

《包法利夫人》写作历时 4 年零 4 个月，福楼拜每天工作 12 个小时，正反两面的草稿写了 1 800 页，但定稿不到 500 页。要说爱玛的故事，100 字可以概括；说包法利的故事，100 字亦可结束。故事虽然简单，但值得注意的是这个小说的副标题：“外省风俗”。而正是在这个标题下，小说中的其他人物——包法利的前妻、爱玛的父亲、药剂师、女店家、税务员、教士、学徒、马夫，包括爱玛的两个“情人”练习生赖昂和地主罗道耳弗——才显示出不被“小说内容”所涵括的重大意义，而在“农业展览会”这样以外省风俗为基本框架的小说章节里，福楼拜作为一个伟大作家的卓绝才能和示范价值才最大程度地彰显出来。

【作品赏析】

关于包法利夫人，著名作家王安忆认为：爱玛能嫁给包法利简直是一种“福分”，这是一个老实、呆笨、心底淳厚、少见识但尽职守责的孩子，有多少乡村医生是用这样的坯子做成的……像爱玛这样一个乡下地主的女儿，与好名声的包法利医生结婚，已是她的福分；再不会有更加出奇制胜的机遇了，除非出现神话，比如辛德瑞拉的故事。

不过，《包法利夫人》的中文译者李健吾则认为：爱玛嫁给包法利如同鲜花插在牛粪上，这场婚姻对爱玛来说就是悲剧，换句话说，倘若爱玛所嫁的男人不是这个乡村郎中而是其他什么人，爱玛的人生结局就不会“悲惨到了不可救药的地步”。我们平常有一句俗语，叫做“彩凤随鸦”，正好应了包法利夫妇。他们的婚配，从头到尾是错误。各人走各人的路，幸福我们不敢说，至少结局不会悲惨到了不可救药的地步。

那么，到底应该如何理解爱玛的命运？

13 岁的时候，爱玛被父亲送去修道院读书。在修道院，爱玛并没有如通常那样感到受压抑，相反，宗教、教义、宗教仪式，还有修女，为她组织了一个不真实的梦幻世界。而且，修女们待爱玛很友爱，忏悔时，神父缠绵的絮语，讲道中引用的情人、婚姻的比喻，同学们偷偷传看的精美画册，还有那个每月来修道院一星期做针线的老姑娘——她唱的那些古老情歌，讲的那些传奇故事，都使修道院充满了世俗温情，滋养了爱玛性格中的感伤情调。而她对生活的想象，类似“欢愉”、“激情”、“陶醉”这些概念，也在此完成。在这些概念化的想象之下，蕴涵较深又细水长流的日常生活，就显得太平淡了，平淡到她认为是个错误。所以，嫁给老实巴交的乡村医生后，一旦遇到侯爵啊子爵啊，她就马上要在心里呐喊：“我的上帝！我为什么结婚？”

不可能进入上流社会，遇到有点浪漫情调的年轻练习生赖昂，爱玛的“包法利主义”就有了土壤。这是爱玛和赖昂的对话——

> “喔！很少，”他回答说，“有个地方，我们都管它叫牧场，在森林边缘的山坡顶上。有时候我星期天上那儿去，手里拿着本书，眺望远处的

落日。"

"我觉得再没有比落日更美的景色了，"她接口说，"不过最好要在海边看。"

"哦！我爱大海。"赖昂先生说。

"而且，"包法利夫人继续往下说，"在无边无垠的大海上方，思想会更自由自在地翱翔，凝望浩淼的大海，会让您的灵魂得到升华，会让您领悟到什么叫天地无涯和理想境界，您难道不觉得是这样吗？"

这段对话，当然是很典型的浪漫主义格式，不仅"灵魂茂盛"，而且"语言茂盛"。不过，值得细察的是，福楼拜对爱玛的态度很复杂。

"你曾经如何使用你的青春？"福楼拜在1858年问一位朋友，"我的方式是非常美好而内在的。我曾经拥有的狂热现在再也找不回来了；曾经的朋友们，唉，去世或者改变了。一种伟大的自信，灵魂上辉煌的飞跃，我的完整的人格中不朽的东西。我梦想过爱情，荣誉，美。我的心胸和世界一样宽广，我呼吸着天国所有的风。然后，渐渐的，我磨出了老茧，失去了光泽。我不责怪任何人，除了我自己。我把自己托付给荒谬的情感体操。我从反抗自己的理性，折磨自己的心灵中获得乐趣。我抵制赐予我的人类的陶醉。对自己发怒，我用双手将自身之中的这个人连根拔起，双手中充满自豪和力量。我希望将一棵长着翠绿叶子的树制成一根光秃秃的柱子，为了在它的顶端放置，我知道并不神圣的火焰……"

这样，福楼拜一方面以反浪漫的方式开始写作：他排除主观的细节来尽力达成真相，这些细节不是指离奇的细节，而仅仅是个人的也许不那么普遍的感知。比如在描写雨中的鲁昂和周围群山的各种场景里，福楼拜挤掉了每一种图像，取消了每一个无声的词语，剪短了每个"独创的"念头，直到所剩下的是任何人都可能的对于这个场景的体会。而与此同时，福楼拜又以最浪漫的姿态站在法国文学史里，他宣称自己跟波德莱尔一样，是"浪漫主义的化石"。这种看上去矛盾的姿态，可以说，很集中地体现在爱玛这个人物的塑造上。

前面，爱玛和赖昂的对话，福楼拜似乎是用了讽刺的调调来刻画这对年轻男女，可是，在爱玛的命运急转直下、债台高筑、求助无门的时刻，作家格非观察到：当公证人将与爱玛发生肉体关系作为给予她生路的交换条件时，作者先是描述爱玛"立刻就红了脸"，然后写她因吃惊而怪叫，似乎完全不相信世上竟会有这样"无耻"、"下流"、"混账"、"丧尽天良"的事情发生。最后，爱玛感觉到了骄傲，"她从来没有这样高看自己，也从来没有这样小看过别人"。格非由此提出，福楼拜在这里仿佛极其郑重地提醒我们：应该重新认识爱玛与罗道耳弗、赖昂的关系。而福楼拜也正是通过爱玛的“堕落”写出了她的“纯洁”。

从爱玛最后的“纯洁”反观她当初的“浪漫”，我们看到，福楼拜对爱玛，包括对她的罗曼蒂克念头和行径的详细描绘，正体现了他本人吊诡的浪漫主义态度：一方面，“必须告别浪漫主义”；另一方面，“出于对现实主义的憎恶我开始写《包法利夫人》”。法国批评家兰森说，福楼拜是一个“对资产阶级怀有浪漫式憎恨，但生活却极为资产阶级化的作家”。兰森也认为这是福楼拜创作内容极具暧昧性的关键所在。或者，也正是在这个意义上，我们得以理解为什么福楼拜会说：“包法利夫人，就是我！”

而福楼拜的这种浪漫主义态度，还可以用来理解小说的结构。毛姆曾说：“这部小说的结构也非常出色。小说的主人公是爱玛·包法利，但小说一开始却是写她丈夫包法利医生的早年生活和第一次结婚，最后又以他的精神崩溃和死亡作为结尾。有些批评家认为这是缺点，我却认为这是福楼拜有意设计的，也就是把爱玛的故事镶嵌在她丈夫的故事里，就像把一幅画镶嵌在画框里一样。”

为了这个镶嵌在现实主义故事结构中的浪漫主义主人公，福楼拜用“我们”这个主词展开叙述：“我们正在上自习，校长进来了，后面跟着一个没有穿制服的新生和一个端着一张大书桌的校工。正在睡觉的学生惊醒，个个起立，像是用功被打断了的样子。”“我们”是谁？这个兼具第一人称和第三人称叙事功能的叙事主题，就像文本中大量的“自由间接引语”一样，既是福楼拜的声音，又是小说人物的声音。比如：“她不弹钢琴了。弹它做什么？有谁听啊？”这些话语形式模糊了叙述语言与人物语言的差别，混淆了全聚焦叙述人的声音和内聚焦人物的声音。从格式塔的构成上看，这种糅合，就像包法利和包法利夫人的糅合，就像他们故事的互相镶嵌、就像人物内心世界和客观世界的互相镶嵌、经验主体和叙述主题的互相镶嵌，直到最终，小说中没有一个人物成为值得肯定的正面形象，没有一个人物能够担负起架构小说伦理中心的责任。

也是在这个层面上，布迪厄判断：在福楼拜的作品中看到的是对任何终极道德意义的拒绝，他拒绝建造金字塔，拒绝那种向某一个思想信念和结论的攀升集中。

所以回到开头的话题，爱玛嫁给包法利，好或者不好，在福楼拜这里，是不可能有伦理答案的。而在欧洲文学史上，福楼拜也是最早要求作者退出小说的人，而且他成功地在小说叙事层面实践了这个信条，尽管他的客观化叙事并没有完全放弃引导读者的权利，从《包法利夫人》这个作品来看，作者本人的倾向、立场和意图仍然可以在阅读中被我们感觉到。而从小说学的意义上看，小说开头出现的叙事主体“我们”后来在小说中的涣散，正说明了从19世纪开始，整体认同感出现了危机，而《包法利夫人》的写作，恰恰落在那个时间点上，这部小说也由此成为文学史上链接三大传统——浪漫主义、现实主义、现代主义——的最重要文本。

【拓展阅读】

一、中译本

1. 福楼拜．包法利夫人．李健吾，译．北京：人民文学出版社，1979.

2. 福楼拜．包法利夫人．许渊冲，译．南京：译林出版社，1992.

二、研究著作、论文

1. 李健吾．福楼拜评传．桂林：广西师范大学出版社，2007.

2. 特罗亚．不朽作家福楼拜．罗新璋，译．北京：世界知识出版社，2001.

3. 毛姆．居斯塔夫·福楼拜和《包法利夫人》．王晓明，译．上海：华东师范大学出版社，1987.

4. 让-保罗·萨特．关于《家庭的白痴》//让-保罗·萨特．萨特文学论文集．施康强，等，译．合肥：安徽文艺出版社，1998.

5. 彼得·盖伊．患有恐惧症的解剖师：福楼拜的《包法利夫人》//彼得·盖伊．历史学家的三堂小说课．刘森尧，译．北京：北京大学出版社，2006.

6. 王钦峰．论“福楼拜问题”．外国文学评论，1994（4）.

【思考题】

1. 为什么小说题目不叫“爱玛”，要叫“包法利夫人”？

2. 福楼拜说：“包法利夫人，就是我！”关于这句著名的自白，可以有几种解释？

3. 福楼拜要求叙事排除一切的主观抒情，在《包法利夫人》中，有哪些章节特别体现福楼拜的这个主张？

4. “包法利夫人”作为文学史上的典型形象，你能在中国现当代小说中找到类似的人物吗？

第九节　陀思妥耶夫斯基的《罪与罚》赏析

【作家生平】

陀思妥耶夫斯基（1821—1881），俄国19世纪文坛上享有世界声誉的一位小说家，他的创作具有极其复杂、矛盾的性质。

1821年，陀思妥耶夫斯基出生在一个医生家庭，在七个孩子中排名老二。他的父亲是一名退休军医和彻彻底底的酒鬼，工作于莫斯科的穷人医院。父亲工作的医院地处莫斯科的荒郊野岭，犯人公墓、精神病院和孤儿院便是仅有的地标式建筑。这些景象给年纪尚小的陀思妥耶夫斯基留下了深刻的印象，对穷困者的怜悯深深刺痛着他的心灵。虽然父母不允许，但年轻的陀思妥耶夫斯基还是喜欢去医院花园走走，看看那些晒太阳的病人，听他们讲故事。他的童年是在父亲的庄园里度过的，因而接触到了农奴的实际生活。

1834年，陀思妥耶夫斯基进入莫斯科契尔马克寄宿中学。1837年他母亲死于肺结核，他和弟弟被送入彼得堡军事工程学校，在彼得堡工程兵团工程局绘图处工作。一年后，他自动离职，专门从事文学创作。与此同时，他还涉猎了莎士比亚、帕斯卡尔、维克多·雨果的文学作品。在数学上涉猎颇广的他考试成绩优秀，于1841年接受委任。那年，他已完成了两部浪漫主义剧作《玛丽·斯图亚特》、《鲍里斯·戈东诺夫》，深受德国浪漫主义诗人席勒的影响，但均失散。

1839年在莫斯科当医生的父亲去世，死因不明。或许这个专制的父亲给了陀思妥耶夫斯基很大的影响，以至于他把父亲的形象搬到了《卡拉马佐夫兄弟》中的老卡拉马佐夫这个“邪恶而感情脆弱的小丑”父亲身上。

陀思妥耶夫斯基患有癫痫病，9岁首次发病，之后间或发作并伴其一生。《白痴》中，梅什金公爵也患有癫痫病，我们不得不认为这是陀思妥耶夫斯基有意为之。

1842年，陀思妥耶夫斯基受命成为中尉，并在一年后从军事工程学校毕业。1843年，他将巴尔扎克的小说《欧也妮·葛朗台》译成俄文，可惜并没有人因此而关注他。于是在1844年退伍后，陀思妥耶夫斯基开始了自己的写作生涯，并在一年后完成了自己的第一部作品——书信体短篇小说《穷人》。《穷人》广获好评，它继承并发展了普希金《驿站长》和果戈理《外套》写“小人物”的传统，对他们在物质、精神上备受欺凌、含垢忍辱的悲惨遭遇表示深切同情，唤醒他们抗议这个不合理的社会制度。小说一出版，即轰动文坛，受到读者的普遍赞扬。文学批评家别林斯基称之为“社会小说的第一次尝试”。他拥抱陀思妥耶夫斯基，称其为“俄罗斯文学的天才”。在法国资产阶级革命思潮影响下，陀思妥耶夫斯基醉心于空想社会主义，参加了彼特堡进步知识分子组织的彼特拉舍夫斯基小组的革命活动，与涅克拉索夫、别林斯基过往甚密。

之后，他又先后写出了《双重人格》(1846)、《女房东》(1847)、《白夜》(1848) 和《脆弱的心》(1848) 等几部中篇小说。然而，几部中篇小说使陀思妥耶夫斯基与别林斯基分歧日益加剧，乃至关系破裂。后者认为上述小说流露出神秘色彩、病态心理以及为疯狂而写疯狂的倾向，“幻想情调”使小说脱离了当时的进步文学。

1847年，果戈理发表《与友人书信选》，别林斯基撰写《致果戈理》对其观点给予驳斥。陀思妥耶夫斯基非常喜欢别林斯基这篇文章，并寻找到手抄本在小组上朗读。1849年4月23日，他因牵涉反对沙皇的革命活动而被捕，并于11月16日执行死刑。在行刑之前的一刻才改判成了流放西伯利亚。在西伯利亚他的思想发生了巨变，同时癫痫症发作得也愈发频繁。1854年他被释放，但是按照要求必须在西伯利亚服役。1858年他升为少尉，从此可以有自己的时间来思考与写作。从假处决事件到西伯利亚服刑，这十年时间是他人生主要的转折，他开始反省自己，笃信宗教。也正是在西伯利亚，他遇到了今后的妻子——玛丽亚·伊萨耶娃。

十年苦役、长期脱离进步的社会力量，使他思想中沮丧和悲观成分增多。他从早年的空想社会主义滑到“性恶论”，形成了一套以唯心主义和宗教反对唯物主义和无神论、以温顺妥协反对向专制制度进行革命斗争的矛盾世界观。

他流放回来后，创作重点逐渐转向心理悲剧。长篇小说《被侮辱与被损害的》(1861) 继承了“小人物”的主题。《穷人》里偶尔还能发出抗议的善良的人，已成了听任命运摆布的驯良的人；人道主义为宗教的感伤主义所代替。《死屋手记》(1861—1862) 记载了作者对苦役生活的切身感受，小说描写了苦役犯的优秀道德品质，控诉了苦役制对犯人肉体的、精神的惨无人道的摧残，无情揭露了沙皇俄国的黑暗统治。《罪与罚》(1866）是一部使作者获得世界声誉的重要作品。《群魔》(1871—1872）中已没有被侮辱与损害者的形象，而只有对革命者的攻击了。最后一部作品《卡拉马佐夫兄弟》(1879—1880）是作者哲学思考的总结。作者以巨大的艺术力量描写了无耻、卑鄙的卡拉马佐夫家族的堕落崩溃，对颠沛流离、生活在水深火热之中的人们表示深厚同情；但也流露出消极的一面，例如认为只有皈依宗教才能保全道德的价值，只有宽恕和仁慈才能拯救人类社会等说教。

1864 年，他的妻子和兄长相继逝世，他还需要照顾兄长的家人，这使得他濒临破产。他希望通过赌博来还清债务，却欠下更多债，整个人陷入消沉之中。

为了躲避债主，他被迫到欧洲避债。在朋友介绍下，他认识了速记学校的高材生安娜，两人高效率地工作，一个月内完成了《赌徒》，于 1867 年出版。同年两人结婚，在安娜的鼓励与帮助下，他的生活才开始安定下来。1868 年他完成了《白痴》，1872 年完成了《群魔》，1873 年开始创办“作家日记”期刊，很受欢迎。1880 年，他发表了《卡拉马佐夫兄弟》这部他后期最重要的作品。1881 年陀思妥耶夫斯基准备写作《卡拉马佐夫兄弟》第二部，却于 2 月 9 日去世，葬于圣彼得堡。

陀思妥耶夫斯基擅长心理剖析，尤其是揭示内心分裂。他对人类肉体与精神痛苦的震撼人心的描写是其他作家难以企及的。他的小说戏剧性强，情节发展快，接踵而至的灾难性事件往往伴随着复杂激烈的心理斗争和痛苦的精神危机，以此揭露资产阶级关系的纷繁复杂、矛盾重重和深刻的悲剧性。陀思妥耶夫斯基的善恶矛盾性格组合、深层心理活动描写都对后世作家产生深刻影响。

【作品内容】

在彼得堡贫民区一家公寓的五层楼斗室里，住着一个穷大学生拉斯柯尔尼科夫。他正在经历着一场痛苦而激烈的思想斗争——他要确定自己是属于可以为所欲为的不平凡的人，还是只配做不平凡的人的工具的普通人。

主人公拉斯柯尔尼科夫本是一个学法律的大学生，为人仗义疏财，见义勇为。他父亲已去世，妈妈和妹妹住在外省一个县城里。妈妈从微薄的养老金里省出钱来供他上大学。妹妹当家庭教师挣钱资助他。故事开始时，他已因贫困与绝望辍学，并且已经很久没有交房租了。近来，房东太太不仅停止供给他伙食，而且催租甚紧。每次他从房东门前经过，总是提心吊胆，生怕与她不期而遇。为了还账，拉斯柯尔尼科夫只有当掉父亲留给他的遗物——那块旧怀表。他来到放高利贷的老太婆阿廖娜·伊凡诺夫娜家。这是一个目光凶狠、瘦小干瘪的老太婆。拉斯柯尔尼科夫想把表以四卢布的价格当掉，但女高利贷者只愿出一个半卢布。拉斯柯尔尼科夫恨透了她的苛刻残忍。他来到一家小酒馆，听到邻座大学生和军官的谈话，他们关于杀死坏人有利于社会的论调使得拉斯柯尔尼科夫心惊肉跳。这时他遇见了小公务员马尔美拉多夫。马尔美拉多夫因失业而陷入绝境，全家仅靠前妻的女儿索尼娅当街头妓女挣钱勉强度日。拉斯柯尔尼科夫不愿像马尔美拉多夫那样任人宰割，他打算用“实验”来证明自己是一个“不平凡的人”。

一天晚上，拉斯柯尔尼科夫趁放高利贷的老太婆一人在家，闯入室内，把她杀死。此时老太婆的异母妹妹外出返回，拉斯柯尔尼科夫在慌乱中又杀死了她。次日清晨，他收到警察局的传票，惊恐万分，后知是为追缴欠款时才松了口气。他在离开时无意中听到警官谈论昨晚的凶杀案，紧张得昏厥过去，引起一警官注意。他清醒后回到家里就卧床不起，几天不省人事，后来病情有所好转，但内心却处于更痛苦的矛盾冲突中。

几天后，拉斯柯尔尼科夫偶然见到因车祸而生命垂危的马尔美拉多夫。他要求警察将伤者送回家中，但马尔美拉多夫到家后就死去了。拉斯柯尔尼科夫同情孤儿寡母的不幸，拿出母亲刚寄来的25卢布接济她们。律师卢仁想用欺骗手段娶拉斯柯尔尼科夫的妹妹杜尼娅，由于遭到拉斯柯尔尼科夫的极力反对而告吹。卢仁怀恨在心，企图以诬陷索尼娅偷他的钱来证明拉斯柯尔尼科夫行为不端——将母亲的血汗钱送给坏女人。拉斯柯尔尼科夫当众揭穿了卢仁的无耻行为，索尼娅十分感激他。

拉斯柯尔尼科夫杀人后，尽管没露痕迹，但是却无法摆脱内心的恐惧，他感到自己原先的一切美好的感情都随之泯灭了，这是比法律惩罚更严厉的良心惩罚。他意识到自己的“实验”失败了。他怀着痛苦的心情来到索尼娅处，受到索尼娅宗教思想的感召，向她说出了犯罪的真相与动机。在索尼娅的劝说下，他向警方投案自首。

拉斯柯尔尼科夫被判处8年苦役，来到了西伯利亚。不久，索尼娅也来到了那里。一天清晨，两人在河边相遇。他们决心虔信上帝，以忏悔的心情承受一切苦难，获取精神上的新生。

【作品赏析】

《罪与罚》是一部卓越的社会心理小说，它的发表标志着陀思妥耶夫斯基艺术风格的成熟。《罪与罚》是世界公认的陀思妥耶夫斯基最出色的心理小说之一。陀思妥耶夫斯基作为19世纪俄罗斯最负盛誉的作家，擅长人物的心理剖析，善于在戏剧性的情节中展示人物复杂的心理活动和精神危机。

小说以主人公拉斯柯尔尼科夫犯罪及犯罪后受到良心和道德惩罚为主线，广泛地描写了俄国城市贫民走投无路的悲惨境遇和日趋尖锐的社会矛盾。作者笔下的京城彼得堡是一派暗无天日的景象：草市场上聚集着眼睛被打得发青的妓女，污浊的河水中挣扎着投河自尽的女工，穷困潦倒的小公务员被马车撞倒在街头，发疯的女人带着孩子沿街乞讨……与此同时，高利贷老太婆瞪大着凶狠的眼睛，要榨干穷人的最后一滴血汗；满身铜臭的市侩不惜用诱骗、诬陷的手段残害“小人物”，以达到利己的目的；而荒淫无度的贵族地主为满足自己的兽欲，不断干出令人发指的勾当……作者怀着真切的同情和满腔的激愤，将19世纪60年代沙俄京城的黑暗、赤贫、绝望和污浊一起无情地展现在读者面前。也因此苏联评论家格罗斯曼认为《罪与罚》完全有理由改名为《1865》。其实，除了浓重的社会现实，陀思妥耶夫斯基更致力于表现对人的心灵的考问。就像他晚年时的自述：“人们称我为心理学家，这并不正确，我只是最高意义上的现实主义者，也就是说，我描绘的是人的内心的全部深度。”早在于鄂木斯克服苦役的时候，陀思妥耶夫斯基便对那些被社会抛弃的犯人们奇特的心理和性格产生了浓厚的兴趣。面对那些杀人犯完整的内心世界，他感到的是不安与战栗。他举过一个叫做奥尔洛夫的苦役犯的例子：“他可以随心所欲，为所欲为，他藐视一切苦难和惩罚，世界上没有任何东西使他感到畏惧。在他身上，我们看到的只是无穷无尽的力量。”而据说普希金的《茨冈》也给了陀思妥耶夫斯基很大的启示。在普希金这部酷爱自由的长诗中，反抗城市文明、追求自由意志的主人公阿乐哥义无反顾地顺从天性的要求，混迹于被当代文明社会所摒弃的茨冈人中。然而超越限度的自由追求，却使得阿乐哥认为自己理应对他人进行仲裁，因而成了不折不扣的杀人犯。阿乐哥杀人后精神彻底崩溃的结局宣告了阿乐哥在建造天堂的过程中堕入了自己的地狱，离弃了上帝的人类必然与魔鬼为伍。另外还曾有资料证明法国的一个名叫拉塞内尔的杀人犯也给了陀思妥耶夫斯基进一步将这种“心灵拷问”转化为艺术形象的灵感。面对拉塞内尔这一深谙各种抽象理论的杀人犯，苏格拉底式的古典训诫“知识即美德”已骤然失效。陀思妥耶夫斯基写道：“在这一诉讼案中，讲的是一个罕见的、神秘的、令人可怕却又饶有兴味的个性。卑劣的天性和对贫困的畏惧，使他变成一个罪犯，而他本人也胆敢充当自己时代的牺牲品，这一切都是极度的虚荣心造成的……”

拉斯柯尔尼科夫是小说中的中心人物，这是一个典型的具有双重人格的形象：他是一个心地善良、乐于助人的穷大学生，一个有天赋、有正义感的青年；但同时他的性格阴郁、孤僻，“有时甚至冷漠无情、麻木不仁到了毫无人性的地步”，为了证明自己是个“不平凡的人”，竟然去行凶杀人，“在他身上似乎有两种截然不同的性格在交替变化”。正是这双重人格之间的激烈冲突，使主人公不断地动摇在对自己的“理论”（即关于“平凡的人”与“不平凡的人”的观点）的肯定与否定之间。对拉斯柯尔尼科夫来说，如果甘愿做逆来顺受的“平凡的人”，那么等待他的是马尔美拉多夫的悲惨结局；如果去做一个不顾一切道德准则的“人类主宰者”，那就会与为非作歹的卑鄙之徒卢仁和斯维德里加伊洛夫同流合污。他的人格中的主导面终于在白热化的搏斗中占了优势，并推动他最后否定自己的“理论”，向索尼娅靠拢。小说通过这一形象，深刻地揭露了资产阶级的“弱肉强食”原则对小资产阶级知识分子的毒害，有力地批判了这一原则的反人道主义的实质，并且从客观上否定了建立在“超人”哲学基础上的无政府主义式的反抗，因为这种反抗绝不可能给被压迫者带来新生活的转机。

然而，作者做出的上述揭露和批判仅仅是从伦理道德观念和宗教思想出发的。作者认为一切以暴力抗恶的做法都不足取，因为人无法逃避内心的惩罚，在毁灭他人的同时也毁灭了自身。作者还力图把拉斯柯尔尼科夫的犯罪行为归结为抛弃了对上帝的信仰。用索尼娅的话来说，是因为“您离开了上帝，上帝惩罚了您，把您交给了魔鬼”！作者为拉斯柯尔尼科夫安排的一条“新生”之路，实际上就是一条与黑暗现实妥协的道路，也就是所谓“索尼娅的道路”。作者把索尼娅看作人类苦难的象征，并在她身上体现了虔信上帝、承受不幸、通过痛苦净化灵魂的思想。作为一个黑暗社会的牺牲品、一个受压迫最深的女性，索尼娅的形象有着不可低估的典型意义；但是作为一个理想人物，这一形象却显得十分苍白。显然，陀思妥耶夫斯基在小说中宣扬的这些宗教思想，与整部作品所显示的强大批判力量是不相协调的：这里充分表现出作者世界观的尖锐矛盾。

陀思妥耶夫斯基是一位毕生致力于以小说来理解俄罗斯人民的作家。他说：“人是一个秘密。应当猜透它，即使你穷毕生之力去猜解它，也不要虚度了光阴；我正在研究这个秘密，因为我想做一个人。”那么，人是什么？在传统的东正教文化已经渗透到人民日常生活的方方面面的俄罗斯社会，作为精神文化体现的人也就是东正教的产物，所以“谁不懂得东正教，谁就无论何时、无论如何也无法懂得人民”（陀思妥耶夫斯基语）。这一点，对于理解笃信基督的陀思妥耶夫斯基本人来说也毫不例外。只有真正地理解了他身上的东正教存在或宗教性存在，才能真正理解他本人思想和精神价值取向及形式表现的实质和真谛。

《罪与罚》具有很高的艺术成就。小说比较全面地显示了陀思妥耶夫斯基关于“刻画人的心灵深处的奥秘”的特点。作者始终让人物处在无法解脱的矛盾之中，通过人物悲剧性的内心冲突揭示人物性格。同时，作者对幻觉、梦魇和变态心理的刻画也极为出色。小说中，由于作者着力拓宽人物的心理结构，情节结构相对地处于从属地位。尽管作品中马尔美拉多夫一家的遭遇令人同情，凶杀事件扣人心弦，但它们都只是“一份犯罪的心理报告”的组成部分。正因为这样，主人公的内心世界才以前所未有的幅度和深度展现在读者面前。此外，这部小说场面转换快，场景推移迅速，主要情节过程只用了几天时间，在浓缩的时空中容纳了丰富的思想内容，小说的时代色彩和政论色彩十分鲜明。

叙事语言也是这部小说令人拍案叫绝之处。我们读这部小说，不仅像身临其境一样，而且比身临其境看得还真切。我们不仅能看到人物的举止言谈，而且能洞察他心里的细微活动。这当然跟作者高超的语言艺术分不开。提到作者的语言时，论者都爱引用高尔基对他的评价：在艺术的描写力方面，只有莎士比亚可以跟他相媲美。研究者普遍认为陀思妥耶夫斯基创造了一种极有特色的新型小说。陀思妥耶夫斯基在写作技法创新方面最突出的表现，就是他的小说跟一般小说比起来，叙述和描写甚少，而对话（内心独白）则特多。这种对话不仅承担着刻画性格、开展情节的任务，也是人物发表自己政治、经济、哲学等见解的场所。这些声音有时各不相扰，类似音乐里的复调。俄国学者巴赫金把这些创新特色概括为“复调小说”。

【拓展阅读】

一、中译本

1. 陀思妥耶夫斯基．罪与罚．岳麟，译．上海：上海译文出版社，1979.
2. 陀思妥耶夫斯基．罪与罚．非琴，译．上海：上海文艺出版社，2007.

二、研究著作、论文

1. 米哈伊尔・巴赫金．陀思妥耶夫斯基诗学问题．刘虎，译．北京：中央编译出版社，2010.

2. 尼・别尔嘉耶夫．陀思妥耶夫斯基的世界观．耿海英，译．桂林：广西师范大学出版社，2008.

3. 赫尔曼・海塞．陀思妥耶夫斯基的上帝．斯人，等，译．北京：社会科学文献出版社，1999.

4. 何云波．陀思妥耶夫斯基与俄罗斯文化精神．长沙：湖南教育出版社，1997.

5. 彭克巽．陀思妥耶夫斯基小说艺术研究．北京：北京大学出版社，2006.

6. 田全金．言与思的越界：陀思妥耶夫斯基比较研究．上海：复旦大学出版社，2010.

7. 王志耕．走入宗教文化语境：陀思妥耶夫斯基研究模式构想．俄罗斯文艺，2000 (3).

8. 周启超．论陀思妥耶夫斯基小说的复调性——巴赫金访谈录．俄罗斯文艺，2003 (2).

【思考题】

1. 以作家生平为例，比较陀思妥耶夫斯基与别林斯基为何对待“现实”具有差异性？

2. 从精神分析的视角解读《罪与罚》主人公拉斯柯尔尼科夫的多重性格。

3. 试分析《罪与罚》与《水浒传》中不同的“杀人”心态。

4. 作者在信里说，这是“一份犯罪的心理报告”。这虽是一本心理小说，然而却并不让人感到沉闷枯燥，作者何以能取得这样的效果呢？它与意识流的心理描写有何不同？

第十节　托尔斯泰的《安娜·卡列尼娜》赏析

【作家生平】

列夫·尼古拉耶维奇·托尔斯泰（1828—1910）出生在俄国图拉省的一座贵族庄园，1844年进入喀山大学学习，受法国启蒙思想影响。1851年，托尔斯泰赴高加索，后入伍从军，期间开始文学创作。处女作《童年》（1851—1852）通过对主人公尼古林卡富有诗意的内心世界的描摹，表现了一个聪颖、敏感的儿童的精神成长过程，它与作家后来写就的《少年》（1852—1854）和《青年》（1855—1857）构成了自传三部曲。他还写有《袭击》（1853）等反映战地生活的小说，平民化思想也在高加索时期萌发。克里米亚战争爆发后，托尔斯泰前往参战，在前线塞瓦斯托波尔坚守一年。他的特写集《塞瓦斯托波尔故事》（1855—1856）以严酷的真实抨击了畏敌如虎的贵族军官，赞美了普通士兵的爱国主义精神。退役回到家乡和旅欧期间，托尔斯泰创作了《一个地主的早晨》（1856）、《卢塞恩》（1857）、《三死》（1858）和《家庭幸福》（1859）等小说。1859年至1863年，他曾为农民子弟办学，后因沙皇政府干预，学校夭折。

19世纪60年代初期，托尔斯泰的创作进入高潮。除中篇小说《波里库士卡》（1861—1863）和《哥萨克》（1863）问世外，他完成了长篇巨著《战争与和平》（1863—1869）。《战争与和平》虽是一部历史题材的小说，但是它所反映的却是农奴制改革后俄国前途和人民作用的问题。小说的主要情节围绕着包尔康斯基、别祖霍夫、罗斯托夫、库拉金四个贵族家庭的生活展开。托尔斯泰谴责接近宫廷的上层贵族，用诗意的笔触描写了保留着淳厚古风的庄园贵族。安德烈和彼埃尔都是探索型的青年贵族知识分子，他们在人民力量感召下，精神上得到成长。娜塔莎形象体现了作家的生活理想。作者的艺术笔触伸向了19世纪俄国广阔的生活领域，大如历史进程、民族存亡、战争风云、制度变革，小至家族盛衰、乡村习俗、节庆喜宴、个人悲欢，都纳入了小说的艺术结构之中。这部作品和19世纪70年代问世的长篇小说《安娜·卡列尼娜》（1873—1877）为托尔斯泰赢得了世界一流作家的声誉。

19世纪70年代末至80年代初，托尔斯泰的世界观发生激变，他否定了贵族阶级的生活，站到了宗法农民的一边，生活方式和作品形式也都发生了很大变化。他写了不少民间故事和“人民戏剧”，也写出了一些优秀的小说，其中著名的有长篇小说《复活》（1889—1899），剧本《黑暗的势力》（1886）、《教育的果实》（1890）和《活尸》（1911），中篇小说《霍尔斯托麦尔》（1885）、《伊凡·伊里奇之死》（1886）和《克莱采奏鸣曲》（1887—1889）等。《复活》中的聂赫留朵夫是一个忏悔贵族形象，他决心用自己的行动来为自己和本阶级赎罪。他的忏悔，以及在忏悔过程中的矛盾和彷徨，反映了一部分进步贵族知识分子的精神状态。卡秋莎·玛丝洛娃是一个从受欺凌的地位中逐步觉醒并走向新生的下层妇女形象。作品已经超越用同情笔调描写不幸的格局，深刻地表现了下层人民的坚强意志。小说对沙俄的法律、法庭、监狱，以及整个国家机器和官方教会，给予了无情的抨击。晚年的托尔斯泰遭到当局和教会的迫害，书籍被禁，还被革除教籍，但作家仍保持着旺盛的创作精力，完成了《哈吉·穆拉特》（1896—1904）和《舞会之后》（1903）等优秀作品。1910年深秋，托尔斯泰为过上真正的平民生活，离家出走，途中因病去世。

托尔斯泰是19世纪俄罗斯文学最杰出的代表。俄罗斯文学到了托尔斯泰笔下，开始出现一种大海般恢弘开阔的美。高尔基认为：托尔斯泰“告诉我们的俄罗斯生活，几乎不下于全部俄国文学”。他是一个在时代生活的激波巨浪中紧张探索，并把自己的精神血肉深深地融入作品的艺术家。尽管他对人生真谛的追求中带有那个时代的烙印，但是在以往的文学家中恐怕很少有人能与托尔斯泰追求的真诚和执著并提。艺术创作是他人生追求的一部分。离开这一点，就很难理解托尔斯泰作品中强烈地表现出来的那种披肝沥胆的人生追求与呕心沥血的艺术探索相交融的倾向。

【作品内容】

贵族奥布朗斯基和法语教师的暧昧关系被妻子杜丽发现，造成了家庭的混乱。他的妹妹安娜·卡列尼娜嫁给比她大20岁的大官僚卡列宁，生活并不幸福。这时她从彼得堡乘火车赶到莫斯科，前来调解哥哥的家庭纠纷。在车站，她与近卫军军官、贵族渥伦斯基相遇。本来渥伦斯基正在追求奥布朗斯基妻子的妹妹吉提，但自从见到安娜后，就抛开吉提，转而追求安娜。在舞会上，渥伦斯基对吉提态度冷淡，却和安娜翩翩起舞、谈笑风生。安娜明显感到渥伦斯基的男性魅力，也陶醉于自己对渥伦斯基的吸引力。吉提目睹此情此景，深感痛苦。渥伦斯基随安娜一起回到彼得堡。当安娜在车站看到来接她的丈夫卡列宁那一对大招风耳时，心头产生了一种不愉快的感觉。晚上，卡列宁走进房间提醒她就寝的时间，安娜感到重新回到了旧有的生活轨道，她在莫斯科时闪烁在眼睛和微笑里的那股生气不见了。

奥布朗斯基的朋友、贵族地主列文从乡下来探望他，他的真正意图是向吉提求婚，但遭到拒绝。到此小说中的主要人物一一亮相。在随后的章节里，故事集中在安娜和列文身上，两条线索并行展开，交错发展。

彼得堡上流社会由三个不同的集团组成，一个属于政府官吏集团，一个是由年老色衰、慈善虔敬的妇人和聪明博学、抱负不凡的男子所组成的集团，再一个是社交界集团。安娜以前与前两个集团多有交往，现在却更多地出入社交场所，因为在这些地方能遇到渥伦斯基。由于和渥伦斯基交往频繁，安娜引起社交界的议论和卡列宁的不满。卡列宁无论是开诚布公地劝说、委婉地提醒，还是直接地警告，都改变不了安娜坚定的态度。

吉提因失恋而生病，为恢复其健康，父母带吉提出国旅行。列文带着失望回到自己乡间的庄园。春天欣欣向荣的自然美景冲淡了他的失望，他在森林中打猎，又投身到农事生产中。

安娜胸中的爱火在熊熊燃烧。在一次赛马中，渥伦斯基不慎坠马。在看台上的安娜无法掩饰内心的不安，神态失常。卡列宁看到安娜不顾起码的社交礼仪，就强令安娜回家。在路上，安娜向卡列宁坦言了自己和渥伦斯基的情人关系。卡列宁想到用决斗解脱困境，但他怕死，就放弃了。他又想到离婚，但因担心离婚影响声誉和仕途，也放弃了。他决定维持他和安娜表面的夫妻关系。安娜在丈夫不同意离婚的情况下，毅然和渥伦斯基同居，随后一起出国旅行去了。

列文亲自管理庄园，和农人一起劳动，热心探索新的农业经营模式，试图抵御日益逼近的资本主义生产方式对农村的入侵。但作为地主，他的利益和农民的利益并不一致，他的改革无法得到农民的支持，最后以失败告终。吉提从国外疗养归来，恢复了健康。他和吉提又见面了，他再次向吉提表达爱情，得到应允。他们不久结婚，一起回到了列文的乡间庄园。

在国外旅行期间，安娜全身心沉浸在幸福之中。渥伦斯基虽然也从爱情中感到幸福，但爱情却不能占据他生活的全部内容，他开始艺术收藏，以发泄过剩的精力。他们在外国旅行结束，回到彼得堡。安娜回国的目的之一是看望儿子，她的要求没有得到卡列宁的答复。在儿子生日这天，她偷偷赶到卡列宁家，紧紧地拥抱着儿子，热泪盈眶。不久，卡列宁走进来，安娜随即拉下面纱匆匆离去。彼得堡社交界对安娜关闭了，她出席一场音乐会时，受到一个贵妇人的轻辱。安娜只好和渥伦斯基动身前往渥伦斯基的乡间庄园。在乡间庄园，他们的生活寂寞而无聊。安娜除了渥伦斯基的爱情，一无所有。她越是重视这爱情，就越怀疑渥伦斯基对自己的感情。她变得专断，疑神疑鬼。渥伦斯基希望保持自己的社交生活，他对安娜的烦躁也难以忍受。他们终于发生了争吵，渥伦斯基说了许多绝情的话，然后摔门而去。安娜觉得爱情已经破灭，她彻底绝望了。她乘车来到车站，希望能够追回渥伦斯基。在车站，安娜忽然回忆起初次和渥伦斯基相遇时，一辆火车轧死人的情形。于是安娜向驶过来的火车扑去，结束了生命。

列文从家庭生活中获得了幸福，但他的精神却处于紧张的探索当中。他思考俄国的出路，思考人生的意义。最后他在和农人的交往中，在大自然中，获得了对上帝的坚实的信仰，内心终于平静下来。

【作品赏析】

“现在在我们这里，一切都翻了一个身，一切都刚刚开始安排。”列文的这句话十分准确地说出了19世纪60年代到70年代俄国社会的阶段性特征，这个历史阶段在小说中得到了极为鲜明的反映。

小说展现了贵族妇女安娜的悲剧命运，作家在广阔的社会背景和激烈动荡的时代氛围中揭示了造成安娜悲剧的原因及其所显示的意义。安娜的封建婚姻中已埋下安娜悲剧命运的种子。卡列宁被贵族上流社会视作“有事业心”的、出类拔萃的人物，实际上却是沙俄时代一架典型的官僚机器。他摧残了安娜的青春，还自鸣得意。安娜看清了卡列宁的真实面目，认识到自己可悲的地位，试图追求自己的幸福。然而，上流社会却因此对安娜作出了严厉的惩罚。由三个集团构成的京城上流社会，伪善、荒淫、无耻，可是却不容许安娜触犯他们设定的道德规范。安娜始终处在可怕的侮辱和精神折磨的阴影之下。与此同时，她所爱的渥伦斯基也日益暴露了贵族社会纨绔子弟的平庸面目。尽管安娜的爱情在精神上提高了渥伦斯基，使他稍许改变了生活的轨迹，但是他并不可能真正了解安娜的内心世界。安娜在临终前终于意识到她所处的贵族社会中的一切“全是虚伪、全是谎言、全是欺骗、全是罪恶”！作为上流社会虚伪道德的大胆反抗者和个性解放的热烈追求者，安娜的性格无疑是出众的。她天赋卓越，真诚坦率，充满着生命的活力。她具有强烈的情感，这种情感有时表现为纯真的母爱，有时又表现为炽热的情爱，有时还表现为火一样的愤怒、深深的绝望和难忍的屈辱等。在这些感情中，表现最强烈并且贯穿始终的是安娜对生活的热爱和对真正爱情的向往。安娜性格的艺术魅力恐怕主要就在这里。小说出色地显示了安娜性格的丰厚性及其内在的矛盾。安娜在热烈追求时又常常自我谴责，在大胆反抗时又时时妥协，个性坚强但又恐惧多疑。贵族社会毕竟在她身上打上了烙印，她的思想和行为不时受到封建道德和宗教感情的内在制约，使她无法真正脱离她所出身的贵族社会。如小说中安娜观看音乐会这一节，它既表明了安娜性格中大胆坚毅的一面——公然勇敢地向整个社交界挑战；但同时也表明了她性格中软弱的一面——在上流社会压力、沉重的精神枷锁和与渥伦斯基的爱情出现裂痕的威胁下，安娜感到无能为力，感到恐惧和绝望。安娜的矛盾和局限使她找不到真正的出路，也使她的抗争从一开始就带上了悲剧色彩。

在安娜生命的最后一刻，"生命带着它种种灿烂欢乐的往事刹那间又呈现在她面前"。如此富有生命力，如此热爱生活的人却在这畸形的社会中自投于车轮之下，其悲剧效果是极为强烈的。安娜的悲剧无疑是对虚伪的社会体制的有力揭露。这个社会可以放任夫妻之间的相互欺骗，却不允许任何对自由爱情的追求。为了维护所谓传统的规范和道德，它无情地迫害敢于越雷池一步者。安娜追求的只是个性的解放，可是她却为之付出了昂贵的，乃至生命的代价。同时，安娜的悲剧也表明，尽管她的追求符合时代的要求和历史发展的趋势，但是她孤独的反抗方式决定了她不可能获得幸福的结局。安娜的悲剧正是在这些方面显示了其深刻的意义。托尔斯泰在妇女观上的矛盾，以及他试图从宗教和道德的立场解释安娜命运的做法，在小说中也有所反映。小说卷首题词"伸冤在我，我必报应"取自《圣经》，它是针对着安娜的。在托尔斯泰看来，安娜在放弃做妻子和母亲的责任这点上是有罪的，因此她无法逃脱上帝的无情法则。但是，托尔斯泰尊重生活的真实，热爱蓬勃的生命力，厌恶虚伪的扼杀生命力的现象，在这点上安娜形象又符合他的审美理想。因此，在安娜形象周围才会不时出现或洋溢着浓烈诗情的气氛、或饱蘸真切同情的笔触，不时出现母子重逢、安娜卧轨那样的使读者为之流泪、为之扼腕的动人场面。也正因为这样，安娜才会成为代表俄罗斯文学最高成就的不朽的艺术形象。

小说中另一主线的中心人物是列文。与作家最初的构思相比，这条线索被大大强化了，这使小说反映生活的面进一步拓宽，并且具有了更大的思想容量。列文形象的自传性显而易见。这种自传性不在于生活经历的类同，而在于作家与人物在思想探索和伦理探索上的相似性。列文是一个生活在社会发生巨变、资本主义开始在俄国迅猛发展时期的紧张探索人生道路的贵族地主。他的身上充满了矛盾：对农奴制度的不满与对贵族古风的留恋，高度的文化修养与对资本主义文明的恐惧，有着平民化的思想基础与维护地主利益的本能等等。这些矛盾富有鲜明的时代色彩。当然，孜孜不倦地探索社会的和人生的理想，是列文身上最主要的特征。面对农奴制改革后贵族阶级逐渐没落和旧的生活基础遭到破坏的状况，列文感到忧虑和恐惧，他企图通过农事改革找到一条地主和农民共同富足的道路，从而保留住宗法制的庄园制度。尽管这一想法中有人道主义的成分，但归根结底只是一种逆社会潮流的空想，因而注定要在现实生活中碰壁，无法过“问心无愧”的生活。列文又苦苦地探索人生的意义和生与死的问题。小说中，尼古拉哥哥的死使列文“对死的无法理解”更加强烈，而同时“号召人们去爱和生活的谜，又出现了”，那就是生，一种新生命的孕育。这种生与死的强烈对照正反映了列文在人生意义问题上的精神苦闷和矛盾心理。列文从老农弗卡内奇那里获得启示，明白了人生的意义就在于“照上帝的指示”生活，即从道德上完善自我。托尔斯泰最终把尖锐的社会问题变成了抽象的道德问题。不过，尽管列文的社会的和人生的探索充满矛盾，但是这一探索过程本身仍包含着丰富的民主主义的思想内容，并能给人以多方面的启示。

这部小说具有史诗式的生活涵盖面和大容量地反映社会问题的特点。作家不仅探索了家庭婚姻、伦理道德、农村经济关系与阶级关系这样一些重要问题，还广泛涉及了社会制度、政治思潮，以及哲学、宗教、艺术、教育等一系列问题。对于新的历史条件下许多新跃出的问号，托尔斯泰尽可能地加以捕捉，并予以生动地表现。因此，这部小说成了反映那一时代俄国生活的百科全书式的巨著。

《安娜·卡列尼娜》的艺术成就是多方面的。仅就长篇的结构而言，它的成就就不同凡响。这部小说刚发表时，有人曾对小说的结构提出过异议，认为小说中的两条主线之间缺乏联系，“没有建筑学”。托尔斯泰回答说：“相反，我以它的建筑而自豪——拱顶镶合得那么好，简直看不出嵌接的地方在哪里。而这正是我所致力以求的东西。”确实，在作者的精心构思下，这部作品形成了严整的结构，两条情节线索平行发展，并由两个对映人物构成结构中心。这种对映体结构正是托尔斯泰“致力以求”并感到“自豪”的结构独到之处。小说中，男女主角之间存在着独特的对应关系，如在寻求自己的理想生活时，安娜重感情，而列文重理智；在追求中，安娜表现为“灵”与“肉”的尖锐冲突，而列文则主要是精神上的和家庭生活中的深刻矛盾；在家庭生活方面，安娜在资本主义文明的渊薮里沉沦，并以悲剧告终，列文则在宗法制农村庄园中寻找出路，得到家庭幸福。作者正是以此为对应基础，展开了人物的两条逆向的生活道路，并使之在“家庭思想”的凝聚下共同构成布局的主体。从外部形态看，这部作品如同一座双体大厦，其中任何一体都无法独立存在，但同时它们各自又有自己的一些互不重叠的侧面，因此结构的开阔感、层次感和整体感都很强烈。

奥布朗斯基在结构中起了联系两条并行线索的纽带作用。他作为一个“生于烜赫的官宦世家”的贵族，与上流社会关系密切；作为一个破产的作风浪荡的“自由派”贵族，他又与知识界人士、商人、金融家，乃至社会上的三教九流有着广泛的接触。同时，他与小说中所有主要人物均有关系：安娜是他的妹妹，卡列宁是他的妹夫，列文是他的挚友，吉提是他的妻妹，等等。因此，由他充当人物命运发展和情节推移的纽带是极为合适的。小说一开始就由奥布朗斯基引出“一片混乱”的时代基调，接着又通过安娜的电报和列文的来访引出两条主线。安娜为调解兄嫂关系而来，却为自己带回了家庭破裂和悲剧命运的潜伏危机；列文向吉提求婚失败，回庄园开始新的生活。对映双方以各自内在的力量开始了不同的生活道路，众多的人物和广阔的生活现象分别在两条主线中得到展现。同时，奥布朗斯基在结构中穿梭往来，时隐时现。他时而出现在安娜线中，成为安娜、渥伦斯基和卡列宁之间微妙的中间人；时而又在列文线中露面，为列文和吉提关系的发展推波助澜；他常常活跃在都市的上流社会，又不时来到外省的农村庄园；他促成了安娜与列文唯一的一次会面，也是他的电报触发了安娜临死前与渥伦斯基最激烈的一次争吵。奥布朗斯基的活动不仅使两条线索之间的结构密度明显增大，而且还提供了一个充分显示对映效果的观察点——安娜充满感情色彩地追求真正的爱情生活与列文认真和理智地探索生活的真理，安娜线所显示的都市上流社会的病态生活与列文线所表现的乡村庄园的健康生活，安娜命运中逐步加深又险象迭起的危机与列文生活道路上虽有波折但日益明朗的家庭幸福……这些不同层次的对应内容通过奥布朗斯基的连缀而不断显现出来，使读者获得了一个完整而又强烈的印象，整个多层次的布局也随之出现了清晰的脉络。

【拓展阅读】

一、中译本

1. 托尔斯泰．安娜·卡列尼娜．草婴，译．上海：上海译文出版社，1990.

2. 托尔斯泰．安娜·卡列尼娜：全译本．智量，译．南京：译林出版社，1996.

二、研究著作、论文

1. 端木蕻良．安娜·卡列尼娜．文艺春秋，1947（2）.

2. 王西彦．论安娜·卡列尼娜．文艺月报，1959（6）.

3. 陆人豪．托尔斯泰惩罚安娜了吗？——对一个传统观点的质疑．苏州大学学报，1982（2）.

4. 方平．三个从家庭出走的妇女形象．读书，1982（10）.

5. 倪蕊琴，编选．俄国作家批评家论列夫·托尔斯泰．北京：中国社会科学出版社，1982.

6. 陈燊，编选．欧美作家论列夫·托尔斯泰．北京：中国社会科学出版社，1983.

7. 陈建华．长篇结构模式的突破．华东师范大学学报，1986（3）.

8. 米·赫拉普钦科．艺术家托尔斯泰．刘逢祺，张捷，译．上海：上海译文出版社，1987.

9. 刘佳林．缺席与出席：安娜·卡列尼娜解读史之复制与研究．中国比较文学，1997（3）.

10. 陈建华．人生真谛的不倦探索者：列夫·托尔斯泰传．重庆：重庆出版社，2007.

【思考题】

1. 从托尔斯泰的创作道路分析其作为“思想的艺术家”的特征。
2. 简述安娜·卡列尼娜在卧轨自杀前的心理活动。
3. 谈谈安娜·卡列尼娜形象和列文形象的塑造。
4. 试析《安娜·卡列尼娜》的结构特色。

第十一节　哈代的《德伯家的苔丝》赏析

【作家生平】

托马斯·哈代（1840—1928）是英国维多利亚时期最后一位杰出的小说家，同时又是20世纪里英国第一位最重要的诗人。他出生于西南部多塞特郡多切斯特县的上博克汉普顿村庄。父亲继承祖业，是一名出色的石匠，也是教堂唱诗班很有才气的小提琴手。母亲受过良好教育，爱读书，喜好民歌和音乐，对当地风俗和文化传统也颇感兴趣。在家庭的熏陶下，哈代从小爱好音乐，笃信宗教，并将音乐和宗教的元素渗透于他日后的文学创作中。

哈代没有接受过多少正规教育，只是在当地的一所小学学习过算术和地理等课程，在多切斯特语法学校学过拉丁语。但他智力早熟，在几乎还没有学会走路的时候就学会了读书。在母亲的引导下，他早早读完了古罗马诗人维吉尔、英国作家班扬等人的作品。1856年，16岁的哈代离开学校，成为一名建筑师的学徒。1862年，哈代去了伦敦，在名建筑师手下当绘图员，5年后才返回多切斯特。在这些日子里，他不辞辛苦，在完成本职工作的同时，阅读了大量文学和哲学书籍。达尔文的进化论、赫胥黎的不可知论、叔本华的“唯意志论”以及穆勒的诗歌《论自由》等，深深影响了哈代，促使他放弃了此前的基督教观念，转向自由主义思想。此外，他广泛接触社会，深刻体会到城市与乡村的巨大差异，更见证了资本主义的迅速发展给农村带来的负面影响。这些，都为他此后的文学创作打下了坚实的基础。

1867年回乡后，哈代一边继续从事建筑工作，一边开始写作；几年后，完全致力于文学创作，成为一名职业作家，直至1928年去世。哈代的创作体裁多样，包括诗歌、散文、小说、剧本等，其中以小说和诗歌成就最大。

哈代以诗歌创作踏入文坛。19世纪60年代，他写下了《灰色调》等抒情诗。但当时，他在文坛上还没能确立自己的地位，所写诗稿常常不得发表，于是转向小说创作。在接下来的30年时间里，他发表了14部长篇小说，完成了 4 部中短篇小说集。在小说领域，他获得了巨大的成功。但哈代更看重自己的诗人地位，在小说《无名的裘德》(1895) 遭到宗教界和舆论界的非议后，他又全力转向了诗歌创作。在此后的 30 多年中，他发表了《威塞克斯诗集》(1898)、《幻象的瞬间》(1917)、《人生小景》(1925)、《冬日的话》(1928) 等 8 部抒情诗集，还创作了 3 部诗剧，其中的《列王》(1904—1908) 以史诗剧的形式对自己的创作思想和艺术成就做出了总结，成为英国历史上唯一的一部史诗剧，在英语文学乃至世界文学发展史上占有重要地位。

无论在小说还是诗歌创作方面，哈代都取得了令人瞩目的成绩。在 20 世纪的文学评论界，对于哈代主要是小说家还是诗人这一问题，存在颇多争议。尽管他曾把自己定位为一个写过几部小说的抒情诗人，但可以肯定的是，使他名扬天下的主要是他的小说。

哈代的小说大都以威塞克斯郡（他自己的家乡多塞特郡的假称）为背景，描写这里的自然环境和风土人情。

他的早期小说包括《计出无奈》(1871)、《绿荫下》(1872)、《一双蓝眼睛》(1873)、《贝坦的婚姻》(1876)。主要描述威塞克斯农村的自然之美，歌颂生活于其中的劳动人民的勤劳、质朴的品质，充满了温馨浪漫的情调，宛如一幅幅优美的田园风情画。它们是抒发田园理想的颂歌，体现出作者对田园生活的热爱及其生气勃勃、乐观向上的精神面貌。

哈代的晚期小说，相比于早期创作，无论在创作内容还是艺术风格方面，都有了明显的转变。他采用现实主义的笔触，写资本主义冲击下的种种社会悲剧，尤其是资本主义给英国农村的政治、经济、道德、风俗带来的巨大影响，展现出新旧交替时期农村劳动人民的悲惨命运和心灵创伤。这一时期的小说主题，主要是通过对爱情、婚姻的描写，表现人与社会、性格与环境的悲剧性冲突。在描写人物悲剧时，哈代常常把人物的性格弱点同遗传因素、神秘因素、命运观念等结合起来，因而使得其这一时期的作品充满了浓厚的宿命论色彩和悲观情绪。代表作有《还乡》(1878)、《卡斯特桥市长》(1886)、《德伯家的苔丝》(1891)、《无名的裘德》(1895) 等。

《还乡》是哈代转向悲剧小说创作的标志，写厌倦了城市生活的珠宝商克林从巴黎回到家乡爱敦荒原，与一心想逃离荒原的女子游苔莎结为夫妻。由于两人意愿不符，隔阂日深。游苔莎与往日情人私奔，溺水死亡。克林想要在农村开展启蒙教育的计划得不到乡民的理解和支持，最后皈依宗教。游苔莎的悲剧具有典型意义，代表了那些力图摆脱压抑、束缚人的环境以实现自己意志的人们的悲剧。克林的悲剧则是由于资本主义因素侵入荒原而造成的。

爱敦荒原是大自然冷酷无情的象征，它荒芜、阴沉，似乎蕴藏着一种神秘莫测、凌驾宇宙的不可抗拒的巨大力量。整部作品弥漫着浓重的宿命色彩和悲观主义气氛。游苔莎在绝望中哭喊："老天啊，我对你一丁点儿坏事都没有做过呀，那你想出这么残酷的刑罚来叫我受，你有多残忍哪!"克林也无可奈何地感叹："我们不能打算怎样在人生里光荣前进，而只能打算怎样不丢脸地退出人生。"

《卡斯特桥市长》写主人公亨察尔酗酒后卖掉了妻女，酒醒后后悔不已，从此不再喝酒，并且努力赎罪，但最终也没能逃脱命定的厄运。亨察尔的悲剧在一定程度上是由他的性格弱点造成的，但又有着更为深刻的社会原因。卡斯特桥偏僻落后，保留着宗法制社会的种种特征。亨察尔是旧式农民的代表，他根据传统习俗和古老方式做粮秣生意，发家致富，成为市长。但在与伐尔伏雷的经济较量中，却走向破产，且被置于死地。伐尔伏雷是新兴资本主义势力的代表，他采用的是新的经营思想和经营方式。伐尔伏雷与亨察尔的斗争，是新与旧、先进与落后之间的斗争。伐尔伏雷对亨察尔的胜利，象征着资本主义工业文明对宗法制农村传统的胜利。此外，小说中也弥漫着浓重的宿命论色彩，种种巧合让人感到命运之不可抗拒，但造成人物悲惨结局的社会因素是主要的。

《无名的裘德》是哈代最后的小说。主人公裘德出身贫困但聪明好学，向往能到位于基督寺（即牛津）的著名学府求学。在放荡女子艾拉白拉的引诱下，他中断自学，也放弃了与表妹淑的恋情。艾拉白拉婚后出走，裘德与已是有夫之妇的淑同居，为社会所不容。后来，他和淑所生的孩子死去，淑认为这是上帝的惩罚，离开了裘德，怀着赎罪的心理回到了前夫身边。裘德失去了一切，绝望潦倒，酗酒而死。小说通过裘德和淑的命运悲剧，全方位地批判了当时英国社会的法律制度、教育制度、婚姻制度、宗教制度。尤其是对于维多利亚时代虚伪的伦理道德的批判，使小说招致了异常猛烈的抨击，被贬为"离经叛道和粗鄙下流"、"伤风败俗"的"淫荡小说"。小说也体现出强烈的命运观念，似乎在裘德人生中的每一个阶段，总是有一个不可见的命运之神在阻拦他，从而招致失败的结局。此外，作者在表现人物的内在心理活动时，采用了心理分析和心理描写的手法，再加上超前的性描写和性观念，使得小说具有现代主义的某些元素，超越了作者所处的时代局限。

从哈代的小说创作中，我们可以看到，作为跨世纪的文学巨匠，哈代一方面继承、发扬了19世纪现实主义的传统，如实地展现了维多利亚时代的社会风貌，成为19世纪晚期英国批判现实主义文学的杰出代表；另一方面，他又突破传统，力求创新，其小说在思想内容、写作技巧等方面昭示出现代主义的特征，从而成为英国小说中现代主义的先驱。

【作品内容】

小贩杰克·德北在回家的路上遇到迎面过来的崇干牧师。牧师告诉他，经自己钻研地方文献，发现德北是古老的贵族世家德伯氏的嫡系子孙，是真正的“约翰爵士”。德北现在家道中落，穷得厉害，又是个好吃懒做、不擅长生产和生活的人，这消息激起了他的虚荣心，觉得可以借此大大炫耀一番，于是雇了一辆马车回到村里。此时，他的女儿苔丝正在和村里的其他姑娘一起在五朔节舞会上跳舞。一个外乡的陌生人经过这里，受舞会热烈的气氛感染，跳了几轮舞，又和同伴赶路走了。这个年轻人叫安玑·克莱，他没有跟苔丝跳，苔丝心中颇有些幽怨。克莱走得很远了，回头望时，看到苔丝还在向自己的方向注视着。他对这个年轻的姑娘模模糊糊留下了一点印象。

第二天，德北本来要去市场上出售蜂箱，但由于庆祝重新发现自己的贵族身份，多喝了一点酒，醉了，只好由苔丝带着弟弟一起去。途中，她驾的马车被迎头驶来的邮车撞翻，家里主要的谋生手段——老马被撞死。苔丝认为责任在自己，一心想弥补这个损失，就勉强同意父亲的建议，去附近的所谓德伯家认亲戚。父亲认为这个德伯氏是自己的本家，他希望这个德伯会帮助他，或许还会收留苔丝，使她成为贵妇人。而事实上，这个德伯与真正的德伯家族毫无关系，只是他经商发了财，想变成贵族，就在当地的历史文献中找到了这个姓氏，冒名顶替而已。

苔丝去时，那个假冒的德伯已死，妻子瞎了眼。他们的儿子亚雷接待了苔丝。亚雷是个花花公子，住在乡间，无所事事。他垂涎苔丝的美色，安排她在自己家的养鸡场养鸡，千方百计地加以引诱，但都遭到苔丝拒绝。一次，苔丝与女伴们一起去附近镇上赶集，因斗嘴负气，苔丝只好一人独自返回。天色已晚，半路上亚雷请她上马，她不得已接受了。结果，亚雷却把苔丝带进一片古老的树林，在那里诱奸了她。苔丝明白了自己的处境，发现到所谓德伯家是一个天大的错误，就毅然离开了。

苔丝怀了孕，孩子出生不久便夭折了。两三年之后，苔丝逐渐摆脱痛苦，在塔布篱农场找到一份挤牛奶的工作。在那里，她遇到了安玑·克莱。克莱出生在一个牧师家庭，家境较为富裕，属当地的上等阶层。他父亲想让他继承自己衣钵当牧师，可克莱却一心想务农，将来到南美去经营农场。此时他正在塔布篱农场学习挤奶技术。他们相爱了。克莱多次要求苔丝嫁给他，苔丝虽然深爱克莱，但她认为自己失了身，配不上克莱，所以多次拒绝。两个人的爱情越来越强烈，最终还是结婚了。围绕着结婚的整个气氛是不祥的。新婚之夜，克莱向苔丝坦白自己在伦敦曾跟一个女人放荡生活过两天，苔丝立刻原谅了他。但苔丝把自己失身的往事告诉克莱时，却得不到他的原谅。苔丝苦苦哀求，克莱无动于衷；他痛苦地离开苔丝，只身一人去了南美。

被遗弃的苔丝回到家中。她的父母是那样的不中用，苔丝不得不又一次离家，到一个叫棱窟槐的农场工作。这个农场的主人十分凶恶，条件艰苦，工资微薄。苔丝在这里几乎累断筋骨，精神也几乎垮掉。在不得已的情况下，苔丝决定向克莱的父母求助。但她走近克莱父母家时，无意中听到克莱的两个哥哥正在谈论弟弟"不幸"的婚姻。苔丝的自尊心很强，她改变主意，又返回棱窟槐。在路上，她碰到一个教士正在口若悬河地讲道，说自己原先如何作恶，后来在克莱牧师的劝导下改邪归正。此人正是亚雷。亚雷见到苔丝，如同飞蛾见到火一样，扑了过来。他的改邪归正并不假，但却不彻底。他天天纠缠苔丝，要求赎罪，要求苔丝嫁给他，要求帮助苔丝一家。亚雷的忏悔中有着浓重的情欲的影子，而且越来越强烈，以至最后他完全抛开宗教，重新被情欲俘虏。

苔丝的父亲去世后，她的家境每况愈下。他们家的房子原先是租住的，父亲一死，他们失去了租房的权力。村里人对德北一家并没有好印象，也就没有人帮他们。苔丝只好和母亲及众多的弟弟妹妹前往一个叫王陴的地方，德伯氏的祖先就埋葬在那里。他们赶到王陴以后才知道，事先租好的房子已经让别人住了。没有办法，一家人不得不在祖先的墓地过夜。亚雷尾随而来，他要苔丝相信，她的丈夫已经抛弃了她，自己可以充当他们一家的保护人。这个时候的苔丝真是走投无路了，她给克莱写信求救，却没有任何回音。为了家庭的活路，她不得已当了亚雷的情妇。

克莱到巴西以后，事情并不像他想象的那么顺利。他生了一场大病，身体虚弱，骨瘦如柴。这时的克莱已经后悔对苔丝所做的一切，准备回英国和苔丝重修旧好。克莱回到家，读了苔丝的信，连夜出发去寻找苔丝。他来到苔丝与亚雷同居的地方，发现了可怕的事实。克莱离开后，苔丝悲痛欲绝。亚雷毫无同情之心，反而讽刺克莱。苔丝悔恨自己因亚雷第二次铸成大错，她趁亚雷熟睡，在狂怒中杀死了他，匆匆去找克莱。他们两个人一起在逃亡中度过了几天幸福的生活。苔丝预料到自己的命运，要求克莱在自己死后，娶自己的妹妹为妻，因为妹妹一切都像她。黎明时分，苔丝在荒原的祭坛上被捕，不久被判处绞刑。克莱和苔丝的妹妹为苔丝祈祷，然后手拉手向前走去。

【作品赏析】

小说以主人公苔丝的经历为主线，展示了 19 世纪末资本主义因素侵入英国农村后小农经济的解体以及个体农民走向贫困、破产的历史进程。小说通过描写苔丝在肉体上和精神上遭受的双重迫害，通过揭示苔丝丰富深刻的精神世界，生动反映出个人与黑暗现实的冲突，无情地控诉和揭露了资产阶级法律反人民的本质和资产阶级伦理道德、宗教的虚伪，充分体现了哈代“反映人生，暴露人生，批判人生”的现实主义文学主张。

小说中的苔丝是一个美丽、善良、坚强、自尊、宽容而勇于反抗的女性形象。为了减轻家庭负担，应付虚荣的父母，她承担起养家糊口的家庭责任。由于天真无邪，她不幸遭遇富家子弟的侮辱。然而，她没有自暴自弃、怨天尤人，而是承受起所有的挫折。邂逅爱情，她炽热如火，心地坦白，自尊而又执著。当再度遭受人身侮辱时，她鼓起勇气惩罚了邪恶势力，并且坦然接受法律的惩罚。

固然，苔丝也不乏意志不够坚定等性格缺陷，但哈代清醒地认识到，让苔丝这样心地善良的无辜者承担悲剧责任，是很不公平的。苔丝的悲剧是时代造成的。在资本主义势力的冲击下，威塞克斯这个古老的宗法制社会中的农民阶级已失去土地，沦落为雇佣劳动者，在求生存的道路上步履维艰。苔丝是这个不幸群体中的一员。她为自己和家人寻求衣食生路，为此吃苦耐劳，付出了巨大的努力，但始终没能摆脱贫穷的境地。更重要的是，以亚雷为代表的资本主义势力的伤害，直接导致了她的悲剧。亚雷是苔丝悲剧的肇始者。他的父亲是资产阶级暴发户，用金钱买下了贵族德伯的姓氏。他凭借父亲的权势横行霸道，一见到苔丝，就垂涎欲滴，设计奸污了她。再次遇见苔丝，他淫念再生，遭到拒绝后，利用金钱和权力使苔丝一家无处可归，从而控制了她，实现了重新占有她的目的。实际上，苔丝的一生都在遭受亚雷所代表的资产阶级恶势力的迫害。然而，更为可悲的是，苔丝作为受害者，本应受到法律的庇护，却以杀人犯的名义被判处死刑，资产阶级国家机器保护的反而是亚雷这样的害人者。

苔丝的悲剧与传统道德文化也有重要的关系。基督教的贞操观念压迫着一切女性——不管她是受害者还是施害者，并且渗入到女性的自我意识深处，影响着她们的思想和行为。苔丝敢于反抗社会的不公，失身后，却受迫于宗教道德、世俗偏见而痛苦自责。她明明知道自己是受害者，在遭到村里人的白眼和非议后，却也认为自己是“有罪”的。她“根据陈腐的习俗，布置了不同情自己的形体和声音”，用“一堆使自己无故害怕的道德精灵”来恐吓自己，“老是把自己看作一个罪恶的化身，侵犯了清白的领地”。当草木在春天滋生时，她逐渐复苏的心灵不由得发问：“一切有机体都有逐渐恢复本原的能力，为什么单单处女的贞节，就该不许有这种能力呢?”她无法卸掉自己身上这一沉重的包袱，哪怕在被克莱抛弃后，也认为是自己的罪过，默默承受着一切不公。当克莱用这一传统道德标准来衡量苔丝时，更是给她带来了毁灭性的打击。克莱原本思想开明，虽是牧师的儿子，却并不信奉宗教，不愿选择牧师职业“为上帝服务”，而喜欢清新的大自然生活，选择了务农。得知苔丝的失贞后，他却成为了习俗的奴隶，将她抛弃。克莱身上残留的传统道德观念使得他与以亚雷为代表的社会邪恶势力，一起将苔丝推上了悲剧的道路。作者将小说的副标题命为“一个纯洁的女人”，为一个婚前失贞而婚后又杀人的不幸姑娘辩白，这是对维多利亚时代虚伪的道德观念和习俗偏见的大胆挑战。

苔丝悲剧还与神秘莫测的超自然因素有关。哈代在小说序言中引用了莎士比亚《李尔王》中的一句话：“神们看待我们，就好比顽童看待苍蝇，他们杀害我们，为他们自己开心。”他认为，在强大无比的宇宙力量面前，个体的人是非常渺小的，人受命运的支配，与自然、与环境的种种抗争都是徒劳的。正是这样一种宿命论观念奠定了小说的悲观主义基调。小说充斥着许多偶然和巧合事件。首先是苔丝家身世被莫名其妙地发现，得知这个消息后，父亲酗酒过度，第二天早上不能送蜂箱，她只好代父赶车，家中仅有的生存工具老马偏偏被邮车撞死。出于内疚，她只得接受父母的建议去富有的德伯家认亲，招致侮辱，这是悲剧的开始。结婚前夕，苔丝在写给克莱的信中，坦白了自己的失身，信却被塞进地毯下面，没能被克莱发现，导致新婚之夜的不快。克莱走后，苔丝前往他家寻求帮助，刚好在路上听到他的两个哥哥在议论她，于是打消了原来的念头。在回来的路上，她恰恰又遇上了亚雷，绝望之下，委身于他，克莱却突然归来。在苔丝人生的每一个时期，冥冥中，仿佛总有某种神秘力量在左右着她，操纵、主宰着她的命运。此外，作品还大量运用了预兆的手法。不祥的马车传说、婚礼后的鸡叫、令人恐惧的十字手路标，似乎都在暗示着苔丝的悲剧是命中注定、无法解脱的。苔丝被处死时，作品写道：“典刑明证了，埃斯库罗斯所说的那个众神的主宰对于苔丝的戏弄也完结了。”

小说结构清晰、严谨，以苔丝的悲剧命运为中心，把她的一生分为七个阶段：“处女”、“不再是处女”、“重整旗鼓”、“后果”、“吃亏的是女人”、“回头人”和“结局”。这种安排井然有序，既紧扣中心，又便于展示宽广的社会生活内容，还有合情合理的波澜起伏，使得情节曲折，引人入胜。此外，小说前呼后应，整体框架显得十分匀称。例如，在开头和结尾都出现了克莱从高处回头观望苔丝的场景，还有开头部分“王陴”和结尾部分“王陴”的重复。

小说中的景物描写也极为出色。在哈代笔下，这些自然景色被描绘得栩栩如生，宛如一幅幅自然风景的写生画，还与人物的命运紧密结合，富有人的灵性和情感；而且，这些景色随着作品情节的发展而变化，呈现出不同的基调。作品开头，春光明媚，草地上开满了五颜六色的花朵，少女们穿着白色长裙翩翩起舞，群山环抱、幽静偏僻的山谷一派生机，衬托出苔丝姑娘的美丽、清纯和欢快。在苔丝失身的那天夜晚，亚雷把她骗到幽暗阴森、浓雾重重的大森林，大自然的黑暗孕育着邪恶势力，将苔丝推到苦难的深渊。苔丝返回故乡后，冬夜里冷风嗖嗖，似乎在替她的不幸遭遇鸣不平，春光灿烂、万物复苏的景象则昭示着她精神的痊愈和尚未耗尽的青春的苏醒。塔布篱农场辽阔的草原、潺潺的溪水、成群的牛羊也烘托出苔丝对克莱的缠绵爱情，以及他们田园牧歌式的恬静生活。自然景色与人物情感的高度融合，增添了作品的诗情画意。这也正是哈代在后期诗歌创作中所发展完善的艺术手法之一，即将自然界的一个景色和人物的一种感情关系结合起来描写。

哈代特别注重对人物进行心理分析，其作品中的心理描写别具特色。第一，他十分擅长在矛盾冲突中展现人物纷繁复杂的精神世界，从而塑造出真实可信、立体多姿的主人公形象。例如，苔丝在牛奶场与克莱的相恋，既让她感到兴奋、激动和幸福，又使她常常为自己的过去而悔恨、内疚和惶恐不安。第二，哈代常常通过潜意识描写，来挖掘人物的内在心态。如对克莱在“蜜月”期间的梦游症情形的描绘，透彻地展现了他潜意识深处矛盾着的双重情感，即强烈的爱恋和憎恨。作品写道，当他走进苔丝的房间时，一边俯下身子，一边喃喃地说：“死了，死了，死了！”然后无限悲哀地把她抱在怀里，拿起床单，把她裹了起来。接着，他像对待死者那样，把她从床上举起来，穿过房间，不停地嘟囔：“我可怜的，可怜的苔丝——我最亲爱的心肝宝贝！苔丝，你多么甜美，多么善良，多么真诚啊！”

此外，小说广泛地运用了寓意性象征的艺术手法，具体体现在场景描述、性格刻画、人名和地名的选择等方面。如作品开头叙述了古老世家的发现，这一古老世家正是苔丝悲剧命运的象征，因为正是这一发现，拉开了苔丝悲惨人生的序幕。作品中的人名、地名也常常构成象征。苔丝的出生地为马洛特，其英文原名是“Marlott”，由“mar”（毁坏）和“lot”（命运）构成，这一名称象征性地说明了苔丝命运的可悲性，暗示出其悲剧命运是与生俱来、无法摆脱的。苔丝的祖先是佩根·德伯维尔，“佩根”的英文原名是“pagan”，意为异教徒，它象征性地表明了苔丝秉性中的叛逆因子。最后，苔丝在膜拜异教的圆形石柱旁被捕，也暗示着她生命的回归，渲染了一种崇高的悲剧气氛。

【拓展阅读】

一、中译本

1. 哈仪．德伯家的苔丝：一个纯洁的女人．张谷若，译．北京：人民文学出版社，1980.

2. 哈仪．苔丝．吴笛，译．北京：中国书籍出版社，2005.

二、研究著作、论文

1. 聂珍钊．悲戚而刚毅的艺术家：托马斯·哈代小说研究．武汉：华中师范大学出版社，1992.

2. 吴笛．哈代新论．杭州：浙江大学出版社，2009.

3. 朱炯强．哈代：跨世纪的文学巨人．杭州：杭州大学出版社，1994.

4. 张中载．托马斯·哈代：思想和创作．北京：外语教学与研究出版社，1987.

5. 吴笛．哈代研究．杭州：浙江文艺出版社，1994.

6. 郑冬临．苔丝：维多利亚时代的新女性形象——哈代《德伯家的苔丝》解读．广西民族学院学报（哲学社会科学版），2004（S2）.

7. 张中载．被误读的苔丝．外国文学评论，2011（1）.

8. 聂珍钊．哈代的小说创作与达尔文主义．外国文学评论，2002（2）.

【思考题】

1. 为什么说哈代是英国小说中现代主义的先驱？
2. 《德伯家的苔丝》的主题思想是什么？
3. 结合苔丝的悲剧，谈谈你对女性贞操观的看法。
4. 分析《德伯家的苔丝》的艺术特色。

第三编

小说（二）

第一节　普鲁斯特的《追忆逝水年华》赏析

【作家生平】

在具有实验精神的法国文坛，最伟大的意识流小说的先驱是创作了鸿篇巨制《追忆似水年华》的马赛尔·普鲁斯特（1871—1922）。尽管有一类观点认为普鲁斯特尚不是真正的意识流小说家，但是不容否认的是，普鲁斯特比有史以来的任何一个作家都更广泛也更深入地探索了人类的心理和意识领域。在这个意义上，普鲁斯特堪称意识流小说的伟大先驱。

马赛尔·普鲁斯特，1871 年 7 月 10 日生于巴黎一个资产阶级的富裕家庭，父亲是学者，母亲是富有的犹太经纪人的女儿。少年时代的普鲁斯特就频频出入于上流社会的沙龙、舞厅，成为社交场上的一员。然而他身患严重的哮喘病和花粉过敏症，轻微的植物性香气即会使他窒息。他的房间要衬上软木，隔开外面的声音；窗子总得关上，防的是窗外的栗树的气味和烟味。因此，深居简出、读书写作就成为他后半生的生活常态。1896 年，普鲁斯特发表了处女作《悠游卒岁录》（也翻译成《欢乐与时光》）。在序言中，普鲁斯特写道："在我孩提时代，我以为《圣经》里没有一个人物的命运像诺亚那样悲惨，因为洪水使他被囚禁于方舟达 40 天之久。后来，我经常患病，在漫长的时间里，我不得不待在'方舟'上。于是，我懂得了诺亚曾经只能从方舟上才如此清楚地观察世界，尽管方舟是封闭的，大地一片漆黑。"这种"方舟"式的囚禁生活构成了普鲁斯特此后生涯中一种恒常的生活形态。从世纪之交直到去世，普鲁斯特在与病痛抗争的状态下从事艰苦的写作。1908 年，他开始写《驳圣·勃夫》，通过对文学评论家圣·勃夫的批评表达自己的文艺思想，被文学史家看成《追忆似水年华》的序曲。1909 年到 1912 年，普鲁斯特完成了《追忆似水年华》的前两部，但没有出版社肯接受。1913 年，小说第一部《在斯万家那边》自费出版。第二部的出版则由于第一次世界大战的爆发延误。直到 1919 年，小说第二部《在少女们身旁》才由伽里玛出版社出版，并获当年的龚古尔文学奖。1920 年至 1921 年小说第三部《在盖尔芒家那边》和第四部《索多姆和戈摩尔》陆续发表。1922 年 11 月 18 日，普鲁斯特病逝于巴黎，在去世前夜以继日地写作，终于将小说全部完成。小说的后三部是普鲁斯特逝世后出版的，分别为：第五部《女囚》（1923）、第六部《女逃亡者》（1925）和第七部《重现的时光》（1927）。

【作品内容】

法国作家莫洛亚在为《追忆似水年华》1954 年巴黎版作的序中指出，“对于 1900 年到 1950 年这一历史时期，没有比《追忆》更值得纪念的长篇小说杰作了”，因为《追忆》发现了新的“矿藏”。如果说巴尔扎克的《人间喜剧》把外部世界作为自己的领地，旨在描绘一个社会的全方位图景，创造了资本主义的百科全书，那么，普鲁斯特的小说则以对人的精神世界的“矿藏”的重新发掘，使人的精神被重新置于宇宙天地的中心。

《追忆似水年华》以叙事者“我”在自己一生中较晚时期的一段时间开始回忆逝去的青春往事为主要线索，描绘了 19 世纪与 20 世纪之交法国上流社会的社交场面、男女爱情、生活图景和心理世界。首先，小说堪称一部法国贵族阶层的社交生活史。第一部所描绘的一个叫贡布雷的外省小镇是“我”童年过暑假的世外桃源般的地方。有两条大路由贡布雷开始向相反的两个方向延伸。一条路通向富有的犹太证券经纪人斯万家，所以小说第一部也叫《在斯万家那边》；另一条路通向法国最高贵显赫的盖尔芒家的别墅，小说第三部就叫《在盖尔芒家那边》。由盖尔芒家继续走，就通往巴黎，通向上流社会的交际场和沙龙。贡布雷小镇连同两条路联结的两个“那边”，就构成了“我”生活的外部空间，进而联通法国上流社会和个人情感的复杂领域。对小说的全面概括也由此呈现为两个方面：一方面小说是一个社会时代外在的编年史，另一方面同时也是一部内心意识的记录，是一部关于回忆的小说。这就是《追忆似水年华》的双重性。英国学者马尔克姆·布雷德伯里在《论普鲁斯特》一文中说，应从内外两个方面理解《追忆似水年华》，向内，是深层的心理叙述和对无意识的寻求；向外，则是贡布雷两条路展开的社会生活和个人情感的领域。内与外构成了小说的双重性。

【作品赏析】

康诺利在《现代主义代表作 100 种提要》中评价说，《追忆似水年华》

（直译为“寻找失去的时间”）“像《恶之花》或《战争与和平》一样，是一百年间只出现一次的作品”。在这部伟大的作品中，普鲁斯特探讨了人类所固有的“回忆”这一心理和意识机制，并力图通过回忆去“追寻失去的时间”，这就构成了该小说的宏大题旨。

《追忆似水年华》最受文学史家关注之处是小说前所未有地探讨了人类所固有的“回忆”这一心理机制。“回忆”构成了“寻找失去的时间”的真正题旨。“回忆”在《追忆似水年华》中体现为几个层面：首先，回忆是一种心理机制和意识行为，小说中表现为“我”在回忆，整部小说都是回忆的产物；其次，在小说中，回忆同时又是结构情节的方式，是叙事形式，也是一种主题模式，也就是说，作者是靠回忆来结构小说的，同时回忆也成为一种艺术主题；最后，回忆也是一种诗学方式，它使《追忆似水年华》超越了具体的小说本身，而升华出关于“回忆”的一些普适的诗学范畴和诗学元素，上升为对人类“回忆”机制的全方位的探索领域。

《追忆似水年华》第一部《在斯万家那边》的第一句话是：“在很长一段时间里，我都是早早就躺下了。”从手稿中发现，普鲁斯特在前后 5 年中，曾尝试了 16 种写法，才确定了这第一句。首先，它描述了小说的叙述者“我”一段时间里恒常的生活情形：早早躺下，又无法成眠，在床上辗转反侧，进入一种沉思冥想状态。从而描述了作家一种惯常的生命形式。其次，小说的第一句话也为《追忆似水年华》确立了一个叙述起点。热奈特在《叙事话语》中认为，第一句奠定了整个小说的第一个时间段，有一种中继站的功能，作者选择了过去的一段失眠夜作为叙述的时间起点，符合西方文学最古老的叙述传统，即“从中间开始”，然后再向前回溯的叙述传统。最后，小说的第一句奠定了“回忆”的核心主题。回忆既是“我”的一种生活形态，同时又是小说的结构方式。在这个意义上，“回忆”既构成了生命的主题，又构成了艺术的主题。

如果把《追忆似水年华》比作一座由回忆建构的大厦，那么它的最重要的一块基石是普鲁斯特所发现的一种记忆的形式：“无意的记忆”。小说中，当“我”喝了泡着“小玛德莱娜”点心的茶，顿觉“浑身一震，我注意到我身上发生了非同小可的变化。一种舒坦的快感传遍全身，我感到超尘脱俗，却不知出自何因。我只觉得人生一世，荣辱得失都清淡如水，背时遭劫亦无甚大碍，所谓人生短促，不过是一时幻觉；那情形好比恋爱发生的作用，它以一种可贵的精神充实了我”。一块点心之所以会产生如此震撼，是因为“我”认为，人们关于往事的记忆藏在脑海之外，是理智和智力不可企及的，记忆只能在无意中被现实的感受和事物偶然唤醒，“小玛德莱娜”正是唤醒了“我”当年吃这种点心的记忆，往昔的记忆就伴随着这块点心得以复活，而失去的时间便借助这种“无意的记忆”的方式获得重现。因此，尽管“我”距离当年的经历已经很久了，“但是气味和滋味却会在形销之后长期存在，即使人亡物毁，久远的往事了无陈迹，唯独气味和滋味虽说更脆弱却更有生命力；虽说更虚幻却更经久不散，更忠贞不矢，它们仍然对依稀往事寄托着回忆、期待和希望，它们以几乎无从辨认的蛛丝马迹，坚强不屈地支撑起整座回忆的巨厦”。

莫洛亚指出：“随着普鲁斯特作品的诞生，就有了通过‘无意的记忆’来回忆过去的方法。”他把“无意的记忆”上升为回忆的方法论，“无意的记忆”因此揭示了人类回忆的固有的形态和特征，即回忆的非逻辑性、无序性、弥漫性与偶发性等等。以“无意的记忆”作为回忆巨厦之基石的《追忆似水年华》，其叙事形态在总体上正表现为故事时间顺序的打乱。构成小说细部的是无意识的联想，是沉思录，是议论，是解释，是说明，它们共同编织成一个回忆之网，或者说编织成网状的回忆。小说在回忆中建构的不是一个有顺序、有因果的故事时间，而是一种心理时间。这种内在时间观显然受到了柏格森时间哲学的影响。柏格森的时间是一种人类内在体验的时间，是一种不依赖钟表计时的心理时间，是被直觉洞察的时间。这就去掉了时间线性流逝的因果链，使时间成为直觉性的内在的“绵延”，在绵延中使过去与现在互相交织渗透，记忆的内容与回忆的行为互相混合，从而使时间在人的心理存在和体验方式中获得了内在的统一性。在这一点上，《追忆似水年华》是柏格森时间观的诗学论证。这正是小说名字（直译即“寻找失去的时间”）的真正含义。小说的主题句可以概括为“‘我’以无意的记忆的方式寻找失去的时间”。失去的时间和过去的记忆只能以非逻辑性的、无意的记忆方式才得以获得。这就是记忆的非逻辑性和无序性。

这也决定了《追忆似水年华》所内含的一种内在的悖谬性、复杂性。一方面，以回忆作为结构方式，普鲁斯特的《追忆似水年华》呈现出断片的美学特征。如记忆的无序性、联想的弥漫性、细节的杂陈性，都有断片特征，在根本上是由普鲁斯特选择的“无意的记忆”的方式决定的。“无意的记忆”是什么？只能是断片化的细节和场景。《追忆似水年华》中有相当分量的细节正是断片化的细节。在这里，小说细节的意义和价值与巴尔扎克时代比较起来就有了深刻变化。巴尔扎克是利用细部和细节复制现实生活场景，服务于真实再现社会生活的全景式景观的构想。而普鲁斯特的细节则是一种向回忆沉溺的方式。回忆中的主体往往正是细部记忆，而且大多是与其他细部连续不上的断片式的细部。普鲁斯特小说中的细节相当大的部分是这种断片式的。但《追忆似水年华》不仅仅只有这种“无意的记忆”的断片细节，《追忆似水年华》的复杂性在于它还同时在讲故事。它不仅有“无意的记忆”，也有“有意的记忆”。这就是《追忆似水年华》记忆的双重性、复杂性和悖谬性。

这种双重性决定了回忆的诗学也必须涵容两种记忆方式，即“无意的记忆”和“有意的记忆”。“有意的记忆”就是作者对故事框架的建构，对人物形象的着意塑造，对情节的有意识的逻辑安排。这种情节性，故事性显然必须依赖于自觉的回忆，依赖“有意的记忆”，它是“无意的记忆”无法企及的。因此，《追忆似水年华》中不可能仅仅有断片式的细节、场景，也有小说家在精心回忆中营构的细节，这些细节之间有某种内在逻辑性，所以在总体上我们可以把握到某种连续性的故事情节的存在。因此《追忆似水年华》的悖论性在于：它建立了两套逻辑系统，一种是“无意的记忆”的无序性，另一种则是故事讲述的有逻辑性。前者表现为断片的美学、细节呈现的共时性、记忆的弥漫性，后者则表现为情节摹写的因果性、历时性。正是这种矛盾性的存在，才能真正展现“回忆”作为一种诗学的复杂性和丰富性，才能说明为什么人类永远摆脱不了“回溯”的诱惑，才能说明为什么回溯性的叙事是人类讲故事的永远的方式。因为回溯正是人的生存方式本身，回溯在追寻到了过去的时间的同时，也就确证了自我的此在，即当下的现存在。它是联结过去与当下的最重要的方式。因此，普鲁斯特最终通过叙述者“我”把人类的回忆的形象浓缩于一身——小说中“我”的形象，也可以说是普鲁斯特本人的形象，最终留给我们的正是回忆的形象，这个形象本身比回忆中的故事更生动鲜明。这是一个静夜失眠者的形象，小说叙事者站在生命和记忆的终端首先想起的正是自己的这个失眠者形象。一次伟大的回忆便由此展开。法国哲学家巴什拉在《烛之火》一书中把这个形象称作“伟大的孤独熬夜人”，他靠沉思和遐想保持着自己的内在统一性。这种统一性只有在回忆中才能真正获得。

“回忆”在普鲁斯特这里最终升华为把握过去的方式、建构此在的方式，也就成为确证自我的方式，或者说是主体获得拯救的方式。在这个意义上，《追忆似水年华》最终探讨的是人的主体存在的内在性和整一性能否存在或如何存在的问题。普鲁斯特给出的答案是确定的。他认为，人们的真正生活，唯一被体验的生活，一种具有内在性和整一性的生活，是过去时间中的生活，而回忆作为心理机制和艺术方式的结合，是能够复现这种生活的。普鲁斯特确信，他在“无意的记忆”中寻找回了某一段过去的时间，这寻找到的过去的时间就是普鲁斯特理想中的幸福的乐园。因此，普鲁斯特是在过去这面重现的镜子中获得了自我确证的镜像，他是生活在过去时中的人。在时间的三个向度中，普鲁斯特迷恋的是过去的维度，这和卡夫卡小说中潜在的时间意识形成了对比。有学者称卡夫卡的时针是静止不动的，卡夫卡笔下的人物没有过去，只生活在烦躁不安的现时的时间中；而普鲁斯特的时针则是倒退着，回到过去，在过去的时间中寻找到了幸福，并确证了自我。

但是，靠“无意的记忆”真能寻找到失去的时间吗？真的能够确证自我的存在吗？显然这只是在想象方式中找回了过去的时间，而对自我的确证也只是一种想象式的确证。任何人在回忆中捕捉到的过去都只是心理的幻象，而小说家将之写在小说中，则成为文学的幻象。这说明建构了一座回忆的大厦的《追忆似水年华》在本质上是一个幻象文本。过去的时间实际上是无法找回的，正像博尔赫斯所说的那样：“时间问题就是连续不断地失去时间，从不停止。”但是，人的无奈之处在于，作为个体的人，其“存在”的本性是飘移的、难以界定的。人的此在其实一无所有，只能凭借过去的经验、阅历、回忆这些既往的东西来确定，此在的我拥有的现在时间只能是永远在流逝的瞬间，因此，只有过去的、失去的时间才成为我们唯一感到切实的东西。但失去的时间却是虚幻的最大的根源：我们用来支撑自己的东西原来是已经失去了的、永不复返的东西。《追忆似水年华》对自我追寻的悖论和困境正在于此。普鲁斯特以为自己捕捉住了记忆，把握住了已逝的时间，其实不过是自我欺瞒的心理幻象。

普鲁斯特禀赋的现代主义精神在于，他其实很清楚自己所追寻的东西的幻象性以及记忆的大厦的乌托邦属性。同时他也很清楚时间是一个古希腊的双面神，即时间既可以留下记忆，又可以无情地剥蚀记忆，甚至摧毁记忆。因此，《追忆似水年华》也同时暗含了与记忆同等重要的另一个主题：遗忘。莫洛亚在《追忆似水年华》序中说：“我们周围的一切都处于永恒的流逝、销蚀过程之中，普鲁斯特正是无日不为这个想法困扰。这种流逝与销蚀的一面就是时间的另外一个面孔而且是更有力量的一面，正像人的死亡是不可抗拒的力量一样。遗忘的范畴也就是死亡的范畴。”莫洛亚说出了普鲁斯特试图表达的更潜在的含义，即寻找失去的时间其实是与时间本身以及与遗忘相抗衡的方式。

【拓展阅读】

一、中译本

普鲁斯特．追忆似水年华（1至7部）．李恒基，徐继曾，等，译．南京：译林出版社，1989.

二、研究著作、论文

1. 让·伊夫·塔迪埃．普鲁斯特和小说：论《追忆似水年华》中的小说形式与技巧．桂裕芳，译．上海：上海译文出版社，1992.

2. 贝克特．论普鲁斯特//中国社会科学院外国文学研究所《世界文论》编辑委员会，编．文艺学和新历史主义．北京：社会科学文献出版社，1993.

3. 安德烈·莫洛亚．从普鲁斯特到萨特．袁树仁，译．桂林：漓江出版社，1987.

4. 马尔克姆·布雷德伯里．论普鲁斯特//中国社会科学院外国文学研究所《世界文论》编辑委员会，编．文艺学和新历史主义．北京：社会科学文献出版社，1993.

5. 纳博科夫．文学讲稿．申慧辉，译．北京：三联书店，1991.

6. 克洛德·莫里亚克．普鲁斯特．孟湄，译．北京：三联书店，1991.

7. 安德烈·艾西蒙，编．我们都爱普鲁斯特：28位英美作家解读《追寻逝去的时光》．河西，译．上海：上海三联书店，2010.

8. 热拉尔·热奈特．叙事话语 新叙事话语．王文融，译．北京：中国社会科学出版社，1990.

【思考题】

1. 普鲁斯特的写作生涯带给文学史以怎样特殊的启示性？

2. 试论“无意的记忆”在《追忆似水年华》中的结构性意义。

3. 谈谈《追忆似水年华》关于外部空间和社会历史方面的叙述在小说中的重要性。

4. 如何理解《追忆似水年华》中“回忆”的主题？

第二节　卡夫卡的《城堡》赏析

【作家生平】

弗兰茨·卡夫卡（1883—1924）出生在捷克布拉格，父亲赫尔曼·卡夫卡和母亲尤莉·卡夫卡都是犹太商人。卡夫卡的父亲外表强壮、性格强悍，这使得卡夫卡从小就生活在父亲权威的阴影里，交织着恐惧、依恋与怨恨的复杂情感，以至于这纠缠了一生的“父亲情结”影响了他以后的大多数创作。母亲性格温和，对丈夫极度钦慕与忍让，但她忙于丈夫商店里的生意，无暇照顾卡夫卡。加之常年与年老的保姆、尖刻的女教师、沉郁的家庭教师和人情淡漠的学校教育打交道，卡夫卡养成了孤独、忧郁的性格。幼时的卡夫卡就酷爱阅读文学作品，尼采、克尔凯郭尔、达尔文，甚至中国的老庄哲学，都构成他精神世界中的支柱。1887年弟弟格奥尔格、1888年妹妹海因里希相继夭折，而1885年至1896年间，卡夫卡一家共搬迁5次，这种动荡为卡夫卡的童年造成了极其不安定的因素，使他在幼时就善于敏锐地洞察外部环境。1897年12月布拉格发生了排犹恐怖谋杀事件，1899年犹太社会党人破坏了犹太复国主义者，作为犹太人的卡夫卡始终无法摆脱流淌在血液里的“宗教情结”，犹太式的心理文化结构搭建起卡夫卡思维和情感上的“苦难”、“救赎”与“原罪”。1893年夏，卡夫卡通过了旧城国立德语文科中学的入学考试，随后转入文科学习。1901年，卡夫卡进入布拉格大学德语部学习文学，两星期后改学法律。1902年，卡夫卡在主修法律的同时，还选修了一个学期的德语文学和艺术史。可见，法律专业并不是他的兴趣所在，文学创作成为他走出压抑内心的一条重要途径。1904年，他开始创作《一场斗争的描述》，几篇短篇小说、速写和散文诗。1906年，卡夫卡被授予法学博士学位后开始自谋生路，曾做过见习律师、普通保险公司职员，收入极其微薄。在这两个岗位上，卡夫卡都受到上司的青睐，但是尽管他作了许多尝试来分配时间，以便不受阻碍地从事自己酷爱的写作，然而并没有成功，因此在职业与创作之间，卡夫卡始终难以平衡。他于1912年开始写作长篇小说《失踪者》（《美国》）；同年8月14日将《观察》手稿寄给罗沃尔特出版社，写出《判决》和《变形记》；1913年1月《观察》出版，5月发表《司炉》；1914年写下《城堡》的试笔，并着手《诉讼》写作；1919年《乡村医生》出版。这期间，1914年4月他在布拉格和柏林的报纸上宣布与菲莉丝·鲍威尔订婚，1917年7月第二次订婚，但同年12月最终解除了婚约；1919年夏，卡夫卡不顾父亲的反对与尤丽叶·沃里泽克订婚，但因为得不到住房，随后又解除了婚约。卡夫卡一生当中，三次订婚，又三次解除婚约。他在1924年结识的女友朵拉·狄亚曼特陪伴了他半年之后，就在贫穷与肺结核疾病的纠缠之中与世长辞了。

可以说，与他的整个人生经历相贯穿，以一种敏感的触觉去洞察世界，并赋予这个世界荒诞或者象征性的外形，成为卡夫卡现代主义小说创作的主要特征。卡夫卡生前曾立下遗嘱，恳请其密友勃罗德在他去世后焚毁其全部遗稿，已发表的作品也不得再版。如果不是马克斯·勃罗德背叛卡夫卡的遗愿（“凡属日记本、手稿、来往信件、各种草稿等等，请勿阅读，并一点不剩地全部予以焚毁”），坚持将他的作品整理出版，恐怕今天我们最多也只能读到《判决》、《司炉》、《变形记》、《在流刑营》、《乡村医生》、《饥饿艺术家》这几部短篇小说了。

【作品内容】

卡夫卡的《城堡》创作于1922年1月至9月间，与另外两部长篇小说《美国》、《诉讼》并称为“卡夫卡三部曲”。小说围绕土地测量员K.的行踪展开，卡夫卡以冷静的叙述笔调，呈现了一场无限接近，却又无限远离的追逐过程，在权力机制的层层包裹中，整部小说显得荒诞而真实。可以看出，这部创作于卡夫卡去世前两年的著作，标志着卡夫卡整体创作风格的成熟和定型。

土地测量员K.在一个冬夜抵达了城堡附近的一座村庄，而此时的城堡在迷蒙中虚幻得无法辨识，K.只得在酒馆装稻草的口袋上勉强过夜。然而，在睡梦中，K.被几个年轻人吵醒，并被告知在村子里居住或者过夜，必须获得伯爵大人的许可。于是，K.在争吵中不得不通过电话确认身份。第二天清晨，城堡的轮廓被清晰地勾勒出来，K.继续向城堡进发，可是在不知不觉中天色便暗淡下来，城堡似乎又越来越远了。此时，K.在无奈之下，只得在一家酒店里入住，进入酒店后，K. 意外地遇到两个自称是他助手的人，于是，他们一起打电话给主事申请进入城堡的许可，但却遭到拒绝。这时来了一个叫巴纳巴斯的人，他作为信使送来了来自城堡的一封信，但 K. 依然想更清楚地得到一点城堡里更准确的消息，于是他跟着巴纳巴斯，渴望更快地接近城堡，但没有到达城堡，反而来到了巴纳巴斯的家。

夜晚，K. 按捺不住想赶往城堡的心情，在巴纳巴斯妹妹奥尔珈的陪同下，来到了一家“贵宾楼”酒店，据说这家酒店是专为城堡的老爷先生们开设的，而城堡的头面克拉姆也住在这里，于是 K. 想尽一切办法留在这里，希望能够见到克拉姆。在酒吧，K. 结识了克拉姆的情妇弗丽达，他竭尽全力想亲近弗丽达，希望通过她可以获得与克拉姆对话的机会。尽管 K. 与弗丽达结婚，但弗丽达却坦白自己不能帮 K. 接触到克拉姆，因为她早已失宠，不过是克拉姆身边的一个小人物而已。K. 只得去见村长，但更令人绝望的是，村长竟然告诉他“我们并不需要土地测量员”，只是在几年前收到过一封聘任土地测量员的公文，但也早已不见踪迹。K. 又试图用克拉姆的委任信件来说服村长，可村长只认为那不过是一封无关紧要的私人信件而已。即使这样，K. 依旧希望为自己的身份讨回公道，并最终获得与未婚妻的居住权。带着无助的情感，K. 返回了酒店，但等待他的却是轰他走的老板。在与老板娘的交谈中，他得知了老板娘与克拉姆的旧日恋情，这让 K. 顿感不适，似乎从中看到了自己未来的命运。村里的教师奉村长之命，允许 K. 带家属在学校住宿并担任守门人，K. 在弗丽达的劝说下，答应暂时接受这种安排。

之后，K. 排除一切障碍，加快步伐向城堡走去，但这时的城堡却更加模糊而坚定地挺立在远方，无法触及。当 K. 在旅馆一边喝着白兰地，一边伺机等待着克拉姆的出现时，又一次被告知“不管你跟我走或留在这里，你都不会见到他”。无聊与失望中，巴纳巴斯又捎来了克拉姆的信件，声称 K. 和两个助手的测量工作非常令他满意。事实上，K. 心知肚明，自己什么也没有做过。也因此，他开始怀疑信使是否可靠，但在毫无办法之下，也只得继续托付巴纳巴斯，以表达想与克拉姆见面的心情。当 K. 再次返回学校时，两个助手的淘气使得教室一片狼藉，这就导致了学校教师对 K. 毫不客气地责骂，由此他便想辞退两位助手，因得到弗丽达的求情，事情才没能如愿。就是在这样的环境下，K. 发现他已远离初衷，真正恋上了弗丽达，而此时，巴纳巴斯的姐妹奥尔珈和阿玛丽亚也不断地向他表示思慕之情。而在这个过程中，不同的传闻也向 K. 席卷而来。他听说，城堡里的官员如同暴君，可以任意与村里的姑娘写下流的信；他还听说阿玛丽亚因为拒绝一位官员而受到刑罚，但他并不在乎这些，只想走进城堡。可事实却是，所有的事情早已渐渐远离了他的目标，而向另一个相反的方向走去，他甚至开始怀疑克拉姆的真实性。后来他得知自己的助手单独与弗丽达在家。经过阻挠和劝解后，弗丽达最终还是背叛了他。故事也就在这个时候停止叙述。但不得不说明的是，《城堡》又是部未竟的作品，据勃罗德说，卡夫卡计划的结局是：K. 在弥留之际，终于接到来自城堡的通知——可以住在村里，但不许进城堡。

【作品赏析】

《城堡》中，“城堡”像一个巨大的隐喻空间。它作为一种权力象征，又不仅仅指向权力本身，而是辐射到各个领域、各个层面，以至于不同的评论者会赋予它不同的意义，宗教、理想、事业、爱情、真理、艺术等等都成为“城堡”所指涉的象征义。

作品几次描述城堡的外形，一步步将城堡的轮廓勾勒了出来，这种环境上的营造正与 K. 的追逐过程相契合，每一次相遇都穿越了一次现实，暗示了一种心境。K. 第一次凝视城堡，其专注的目光看到的却尽是迷蒙与黑暗，“城堡所在的那个山冈笼罩在雾霭和夜色里看不见了，连一星儿显示出有一座城堡屹立在那儿的亮光也看不见”。这个陌生的空间体对于 K. 而言可谓一无所知，在夜色的笼罩下，城堡则更显得遥远而凄迷。第二次与城堡相遇是在清晨：“现在，他看得见那座城堡了。在光明闪耀的天空，它显得轮廓分明，再给一层薄薄的积雪一盖，就显得更加清晰了。”K. 无限地神化城堡，试图将这个想象中的符号纳入自我所神往的视域中，似乎山顶上的轻盈就在目前飘逸，而 K. 究竟向往的是怎样的城堡呢？“它既不是一个古老的要塞，也不是一座新颖的大厦，而是一堆杂乱无章的建筑群，由无数紧紧挤在一起的小型建筑物组成，其中有一层的，也有两层的。”“杂乱无章”彰显的是一种无秩序，这种无秩序本身却凸现的是一种精神上的清晰与明朗。但遗憾的是，当他走近时，却发现“原来它（城堡）不过是一座形状寒怆的市镇而已，一堆乱七八糟的村舍，如果说有什么值得称道的地方，那么，唯一的优点就是它们都是石头建筑，可是泥灰早已剥落殆尽，石头也似乎正在风化消蚀”。由“形状寒怆”、“乱七八糟”的实体化特征，可见在规整的过程中事物丧失了原初的面貌，一切都在制度化的过程中被打磨干净，没有了丝毫的棱角。K. 第三次看到城堡的时候，又是一个夜晚，“城堡的轮廓已经开始渐渐隐去，但是仍然静悄悄地耸立在那儿；K. 看不到那儿有一丝生命的迹象——或许从那么远的地方根本不可能看出什么东西来，可是眼睛总想看到一些什么，实在受不住它那样的沉寂”。此时的城堡成为一种挥之不去的阴影，“在今天这样暮霭未浓的天色下，更加强了这种感觉；你看得越久，就越看不清楚，在暮色苍茫中一切也就隐藏得越深”。K. 永远也捕捉不到真正的城堡。三次描述，体现了一种从无到有再到无的轮回，同时，也层层深入地暗合了个体在追求过程中的一种生命历程。

值得一提的是，城堡与家乡的影像在作品中重叠出现，田园牧歌式的故乡风貌与当下一片错乱的城堡形成鲜明的比照，于参差有致的抒情与叙事间，呈现了作为异乡人的 K. 所面临的身份认同危机。一方面来自记忆中的故乡在召唤，另一方面 K. 不得不面对眼前的生存境况。列斐伏尔曾将空间区分为第一空间、第二空间和第三空间，K. 在代表自然的第一空间与代表社会的第三空间的撕扯下，迷失了象征精神的第二空间，正如村长所云：“你不是城堡里的人，又不是本村的人，你什么都不是。然而不幸得很，你却是一个不同寻常的人，是一个外乡人，一个谁都不需要而又碍手碍脚的人，一个总是给人制造麻烦的人，一个占用女仆的下房的人，一个不知道在打什么主意的人，一个毁了我们亲爱的小弗丽达、现在不幸我们不得不把他当作她的丈夫的人。”对于故乡的怀念同时也透露出了 K. 内心的一抹温情，这份温情也使得 K. 在农屋中看到洗澡的男人、抱着孩子的女人时，盯着这美丽而凄凉的画面看了许久。

作为城堡头面人物的克拉姆，他的形象与城堡之间也构成了相互映衬的权制效果。与城堡相似，K. 从电话里聆听到的声音、洞孔中窥视到的背影、道听途说的外形碎片，到发生在克拉姆身上的一件件事情，逐渐去打开克拉姆的世界，但也只能止于此，K. 始终无法触及真实的克拉姆。于是，叙事不断拉近 K. 与克拉姆，但同时又不断地疏远二者之间的距离。当 K. 疲于奔波地去寻找克拉姆，并渴望与他对话时，他却像无形的幽灵，无处不在。似乎 K. 所有的行为都在克拉姆的视线内，但毫无线索可以捕捉到一丁点儿克拉姆存在的影子。也因此，在情节的推演过程中，克拉姆在 K. 眼中不再神性化了，K. 甚至开始质疑他是否真实。克拉姆的一切都像是一个封闭的空间，而正是因为这种封闭性，使得他变得神秘，但当这种神秘已经辐射到整个城堡并且所有的人已经习惯于此的时候，那么，对于 K. 而言，他也就会最终失去揭开神秘面纱的冲动，而更愿意将这种虚幻延存下去，并且接受这种陌生的习惯。可见，在庞大的权力机制面前，个体被虚幻于迷蒙的困扰中，一种想要得到，但却终难接近的悖谬式生存方式始终挥之不去。

除此之外，乡村、教堂、学校与教室、酒吧作为《城堡》中的几个重要的空间场所，在全文中也同样起着关键性的作用，正是诸多空间场域才构筑起对“城堡”极富张力的生命追求。然而，我们可以看到空间的每个缝隙中都渗透着权力话语的存在，吞噬着主人公 K. 言说的心理空间。

当 K. 在一片迷蒙中，拖着疲惫的身体，怀揣着一种陌生感误入乡村时，他努力为自己寻找一种安全感，以确保自己得以在乡村中居住一晚。在乡村中，K. 打交道最多的便是庄稼汉、村长，同时还有他在乡村结识的两位助手，以及客栈老板、老板娘。K. 见到的“这位村长是一个样子和善、身材肥胖、胡子剃得很光的人，他正患着严重的痛风；他在床上接见了 K”。在与这位外表孱弱而憨厚的村长交谈时，他得到的是失望，甚至是绝望。村长否认了城堡现在聘任土地测量员的事实，只承认很多年前有公文聘任土地测量员，但公文也消失了，因此没有证据来证实 K. 的身份。K. 因此变得更加彷徨与无助，在不断地向前奔跑，试图无限地接近目标时，却发现根基已经动摇，如今也只能掉转头重新开始。另外，庄稼汉们随波逐流，在 K. 没有确定身份之前，庄稼汉们竟然可以对 K. 大吼大叫，阻止他睡眠。但颇具反讽意味的是，当克拉姆在电话中证实 K. 已被聘为城堡的土地测量员后，被最高权力指认过后的身份才真正具有法律效力，村里人对 K. 的态度立刻发生了变化，个个都变得毕恭毕敬起来了。而两个助手出现时，K. 毫无准备，不知道他们出现的原因，也不清楚他们的目的何在，在这样的情况下，他的生活状态显得更加混乱，以至于这两个助手最终与弗丽达一起背叛了他。另外，在酒吧中与 K. 对话最多的便是老板与老板娘了。老板对待 K. 的态度、老板娘透露给 K. 的情事，都从不同侧面呈现了克拉姆对 K. 的态度。

对于教堂，文中提到“教堂实际上不过是一所礼拜堂和一些为了供教区居民住用而扩建的像谷仓一样的附加建筑罢了”。就宗教而言，卡夫卡从小就不愿意参加宗教活动，而对于宗教当中繁琐的规矩更是非常厌恶。在这样的生命痕迹中，教堂也很自然地成为一种附加物，原先精神救赎的空间场地，在卡夫卡，抑或 K. 眼中早已失去了神性，变成一种循规蹈矩的无意义符号。宗教强加给人的权力，犹如政权一般如影随形，米兰·昆德拉曾在《笑忘书》中提到：“人与政权的斗争，就是记忆与遗忘的斗争。”卡夫卡努力想驱逐自己身上的宗教性，但这种宗教记忆却已经根深蒂固地深埋在他的心中了。

在学校与教室中，首先，“那学校是一所又长又矮的房子，一副老态龙钟的神气，跟土里土气的模样触目地混合在一起。它坐落在如今已经变成一片雪地的一座围着篱笆的花园后面”。K. 眼中的学校是“老态龙钟”与“土里土气”，可见学校成为毫无生气的空间。封闭式的外部环境预示着压抑的教育方式。教师变成施加权力的主体，但不同的是教师总是在闪烁其词中维护自己的身份。他一方面管理纯洁的孩子们和作为守门人的K.，一方面又要在整个生存环境中保持某种平衡，在学校中的行为也很快变成了整个乡村和整个城堡的缩影。

酒吧的存在，打破了公共空间与私人空间的界限，成为释放生命冲动的重要场所。而女人、酒精在这个场域中旋转出现，女人让K. 感觉到安全，而酒精则让K. 沉醉在朦胧的情境中，获得与现实处境之间的短暂性疏离。“打啤酒的是一个叫弗丽达的年轻姑娘。那是一个谦和可亲的姑娘，头发很好看，一双含着哀愁的眼睛，凹陷的脸颊，流露出一种自以为出人头地的神气。”相貌上，“谦和”、“哀愁”与“出人头地的神气”构成了姑娘的面容所暗示的个性；而“弗丽达一面说，一面把她的小脚搁在K. 的胸脯上”，则从行为方式上更直接地指向了姑娘“某种欢乐和爽朗的性格”。姑娘的性情与K. 相仿，这又更像是卡夫卡将自我的性格内化于弗丽达的面庞和行为中，正是因为这种相似，使得二人在酒吧这样暧昧的场域中调情变成了可能。但我们很快发现，在如此的空间里，调情却最终沦为追求权力欲望的一种目的。

权力话语的多面性特征在城堡、乡村、教堂、学校与教室、酒吧等空间中被彰显得淋漓尽致，可见，不同的空间赋予K. 不同的生命体验，然而，这些体验又无法逃脱权力机制的阴霾。在这样的语境下，追逐最终也只能成为徒劳，正如卡夫卡所言，目的是有，道路全无。整部作品给予空间以隐喻意义，隐喻本身又颇有反讽、悖谬与荒诞的艺术风格，拓展了对《城堡》的阅读空间，最终将文本推向开放性的阐释话语中。

【拓展阅读】

一、中译本

1. 弗朗茨·卡夫卡. 城堡. 汤永宽，译. 上海：上海译文出版社，1997.

2. 弗朗茨·卡夫卡. 城堡. 叶廷芳，译. 石家庄：河北教育出版社，2005.

二、研究著作、论文

1. 里奇·罗伯逊. 卡夫卡是谁. 胡宝平，译. 南京：译林出版社，2008.

2. 叶廷芳，编. 论卡夫卡. 北京：中国社会科学院出版社，1988.

3. 扎东斯基. 卡夫卡和现代主义. 洪天富，译. 北京：外国文学出版社，

1991.

4. 马克斯·勃罗德．卡夫卡传．汤永宽，译．桂林：漓江出版社，1999.

5. 平野嘉彦．卡夫卡——身体的位相．刘文柱，译．石家庄：河北教育出版社，2002.

6. 残雪．灵魂的城堡：理解卡夫卡．上海：上海文艺出版社，1999.

7. 曾艳兵．卡夫卡与中国文化．北京：首都师范大学出版社，2006.

8. 胡志明．卡夫卡现象学．北京：文化艺术出版社，2007.

【思考题】

1.《城堡》中体现了主人公 K. 的何种精神状态？

2.《城堡》中 K. 与弗丽达之间的关系如何？

3.《城堡》中 K. 与城堡之间的关系如何？

4. 为什么说《城堡》是一部多重意蕴的作品？

第三节　乔伊斯的《尤利西斯》赏析

【作家生平】

詹姆斯·乔伊斯（1882—1941）是20世纪西方最重要、最有影响，也是引发争论最多的小说家之一。近一个世纪以来，围绕他的争论始终没有停息过。推崇他的人把他与莎士比亚、巴尔扎克等最伟大作家相提并论；有所保留的人认为他的作品艰深、晦涩，一味玩弄文字游戏，可读性差，不能代表现代文学的方向。然而尽管在认识与评价上存在分歧，研究他的队伍与规模却越来越壮大，研究的内容也越来越深入，而且，越来越多的人认识到他对西方现代文学的巨大影响，承认了他在西方现代文学中不可替代的地位。他被看作意识流小说和一种崭新文体的开创者。1982年，在纪念他诞辰100周年的纪念活动中，1月31日的《纽约时报书评》发表署名文章，盛赞他对西方现代文学的贡献，将他在西方现代文学中的贡献与爱因斯坦在现代物理学中的贡献相比拟，认为“现代文学如果没有他”将像现代物理学没有爱因斯坦一样“不可思议”。

乔伊斯出生于爱尔兰一个望族，祖上数代人都热衷于政治活动，具有强烈的民族意识。父亲约翰·乔伊斯是一个税务官，曾参与都柏林市的大选，支持查尔斯·帕内尔领导的爱尔兰民族自治运动。他喜欢体育，具有演唱才能。他对艺术的兴趣和对民族命运的关注对幼年的乔伊斯产生过积极的影响。

乔伊斯曾就读于克朗根斯的中学和贝尔韦德尔学院，16岁入都柏林大学学习，1902年获学士学位。他机敏聪慧、博闻强记。他的阅读涉及文学、历史、哲学、神学、心理学、自然科学等广阔领域。他热爱艺术，精通多种欧洲语言，这些为他的文学创作奠定了坚实的基础。他在大学期间曾发表讨论易卜生的长篇论文，大学毕业后去巴黎攻读医学未果，转而从事文学创作，先后出版诗集《室内乐》（1907），短篇小说集《都柏林人》（1914），戏剧《流亡者》（1918），长篇小说《艺术家青年时期的画像》（1916）、《尤利西斯》

(1922)、《芬尼根守灵夜》(1939) 等作品。

乔伊斯的创作经历了一个从现实主义到现代主义再到后现代主义的发展演变过程。《都柏林人》大体上是现实主义的，《艺术家青年时期的画像》是现实主义与现代主义的结合，《尤利西斯》基本上是现代主义的，《芬尼根守灵夜》则主要是后现代主义的。

《都柏林人》这部作品以都柏林为背景，描绘爱尔兰中下阶层的生活，力图反映现代社会道德与精神上的瘫痪。《艺术家青年时期的画像》是一本自传性很强的作品。从小说的叙事结构看，《画像》具有那种“教育小说”（或称“启悟小说”）的模式。乔伊斯力图表现具有诗人气质的艺术家从婴幼时期直到成年的精神成长过程。《芬尼根守灵夜》的创作构思于 20 年代，历十余载而成书。这部作品在晦涩和神秘方面大大超过了已经相当难读的《尤利西斯》。乔伊斯把意识流技巧和操纵语言的实验推到了极端，使这部描写一家人一夜之间的梦呓的作品至今仍是研究家们众说纷纭、难于索解的“天书”。

乔伊斯最具影响力的作品还是那部《尤利西斯》。2000 年，美国《时代周刊》等媒体在评选 20 世纪“最伟大的 100 本小说”时，他的《尤利西斯》高居榜首，和艾略特的《荒原》一起被公认为西方现代主义文学里程碑式之作。他的不少作品被改编成影视作品和音乐剧，学术界有专门研究他的杂志，还经常有以他和他的创作为题的各种学术研讨会。6 月 16 日，即《尤利西斯》中所写的那一天，被命名为“勃鲁姆日”，每年这一天，世界许多地方都要举行各种纪念性的学术活动。

【作品内容】

《尤利西斯》是乔伊斯的代表作，也是经典的现代主义作品。全书一共 3 个主要人物。斯蒂芬·德达路斯是一个富于理想、思想敏锐的青年知识分子。他阅读广泛，具有艺术气质，对于人生、世界、自然、宇宙总在作思考，但却找不到出路；他渴望摆脱生活和环境的束缚，始终在寻求精神的归宿。利奥波尔德·勃鲁姆是一个广告推销员，具有生意人的精明与机巧，像常人一样充满了对物欲的追求；但另一方面，他知书识礼，温文尔雅，富有悲天悯人的情怀和高尚的道德意识。11 年前幼子的夭折和妻子对他的不忠使他深感痛苦。作为犹太人的后裔，他始终有一种流落异乡、落落寡合的孤独感和失落感。因此，他也始终在追寻安慰和解脱之道。从任何意义上说，他都是一个完全的人（complete man），也是每一个普通人（everybody），也就是大写的人的代表。他的妻子莫莉·勃鲁姆是一个耽于肉欲、追求享乐的女子。由于丈夫性无能，她公开与情人来往，表现了现代小市民女性的猥琐和庸俗。

小说在写法和结构上模仿荷马史诗《奥德修纪》，写 3 位主人公在 1904 年 6 月 16 日从早 8 时到次日凌晨 2 时许 18 个多小时在都柏林的活动和精神历程。

荷马的《奥德修纪》共 3 部分 24 章。第一部分写忒勒马科斯出发寻父的过程；第二部分写特洛伊战争之后，奥德修斯回归的冒险历程；第三部分写奥德修斯回到伊塔刻岛，与儿子一道除掉骚扰妻子的求婚者，与忠实的妻子团圆的故事。

《尤利西斯》以 3 部分 18 章与之对应。第一部分 3 章主要写斯蒂芬从清晨到 11 时左右的活动，与《奥德修纪》第一部分对应，暗含着寻找精神之父的线索；第二部分 12 章写勃鲁姆一整天在都柏林四处的游荡，与《奥德修纪》第二部分奥德修斯的漂流大体对应；第三部分 3 章写勃鲁姆领着斯蒂芬回到家中的情形，与《奥德修纪》第三部分奥德修斯回到伊塔刻的情形大致相仿佛。

第 1 章写斯蒂芬、莫利根、海因斯 3 人清晨 8 时在都柏林海湾边斯蒂芬租住的一个废弃塔楼中的生活情景。莫利根与他的朋友海因斯反客为主，颐指气使，而斯蒂芬却备感屈辱。第 2 章写斯蒂芬在上午 10 时到一所私立学校讲授历史课，与校长迪西谈论历史、民族政治等问题。第 3 章写斯蒂芬课后在海滩漫步时的所见所想，是大段的内心独白，展示了他的意识流。第 4 章话分两头，暂时丢开了斯蒂芬的线索，开始写勃鲁姆的活动。时间仍是当日早 8 时。内容主要是勃鲁姆起床后上街去买自己喜欢吃的猪腰子前后的活动和思绪。第 5 章写当日早 10 时勃鲁姆在他家附近的街道溜达时的所见所想。主要情节是在邮局取信、与人攀谈、进教堂、到药店替太太买化妆水、进澡堂洗澡等。第 6 章集中写勃鲁姆和一干人到前景公墓参加狄格南葬礼的情景。第 7 章写中午 12 时勃鲁姆为登广告的事到报馆，参与一些人的闲谈，这时斯蒂芬也来到报馆，转交迪西先生关于口蹄疫问题的信，但刚巧错过了与勃鲁姆见面的机会。第 8 章的时间是下午 1 时，写勃鲁姆在都柏林市中心游荡，寻找吃中饭的地方。他边走边想，在一个饭店稍微垫补之后，来到国立图书馆门前。第 9 章写下午 2 时斯蒂芬与图书馆馆长及一些人谈论莎士比亚，勃鲁姆进来寻找一则老广告，仍没有能与斯蒂芬接触。第 10 章的时间是下午 3 时，写都柏林市区同一时刻不同地点的人和事。第 11 章写下午 4 时，勃鲁姆进奥蒙德饭店吃饭，碰到一些熟人在谈论和演唱。他妻子的情人也在此短暂停留，随即匆匆赶去与她幽会。这件事是勃鲁姆心中的隐痛，曾多次触动他的神经，这时再次爆发。第12章的时间是当日下午5时，勃鲁姆的一些熟人在巴尼·基尔南酒吧聚饮谈天，一位诨名“公民”的无赖大肆攻击犹太人，引起勃鲁姆反击，“公民”对勃鲁姆大打出手，勃鲁姆赶紧逃走。第13章写勃鲁姆来到斯蒂芬早上漫步的海滩看到一个少女时，引发的联想和冲动。第14章写勃鲁姆的一个朋友在产院生产，勃鲁姆前来探望，斯蒂芬等一帮喝得烂醉的医科学生在那里高谈阔论。第15章写子夜时分，勃鲁姆尾随醉醺醺的斯蒂芬来到妓院，帮助他摆脱老鸨的敲诈以及两个大兵的纠缠和殴打的情景。第16章的时间是次日凌晨1时，地点是一个马车夫的棚屋。这一章主要写勃鲁姆劝斯蒂芬稍事休息、喝咖啡以及棚屋内各色人等谈饮的情形。第17章写勃鲁姆于凌晨2时携斯蒂芬回到家，请他喝热可可，并同他聊天的情景。第18章写勃鲁姆的妻子莫莉在睡意蒙眬中的自由联想。

【作品赏析】

在这部自称“其中设置了如此多的迷阵”的小说中，乔伊斯对古希腊史诗的框架的嵌构是一目了然的（事实上乔伊斯自己也曾将各章建构于与史诗的关联性中，而各章的标题就分明直接取自《奥德修纪》，直至1923年正式出版时他才又小心翼翼地把各章的标题删除；值得注意的是，在西方“乔学”中另有观点认为乔伊斯的作品与《奥德修纪》的对应其实“很模糊”——深谙“图书股票交易”机巧的乔伊斯，将错就错地夸大宣传了与《奥德修纪》的对应关系）。在黑格尔的论述中，产生《伊利亚特》和《奥德修纪》的古希腊处在整体/个体、总体价值/个人理念并行不悖、“铁板一块”的“史诗时代”，希腊英雄阿喀琉斯、奥德修斯展开其个人行为的世界其实也是授自神意的希腊民族理想的生活世界。身处20世纪的乔伊斯当然明白，为企图达臻现代的史诗“意义的圆满”，他只能对英雄史诗进行自觉、戏谑式“仿写”。在这一企图背后，寄托的是乔伊斯对自己生身之地——爱尔兰——何其复杂的爱恋与哀愁。在一次讲座中，乔伊斯有过这样的阐述：“占主导地位的经济与智力环境……不允许个性的发展。多少个世纪以来的无谓斗争和未被遵守的条约使国家的灵魂虚弱了，教会的影响与指责麻痹了个人的创造性，而警察、税务局和驻军则束缚了它的身躯。没有一个有自尊心的人留在爱尔兰，他们都远走高飞了，就像从一个受到愤怒的天神惩罚的国家逃走一样。”毫无疑问，殖民统治与宗教偏见下麻木庸碌甚至自甘堕落的爱尔兰是乔伊斯自愿逃逸的地方，但同时又是其流亡途中永恒的回望和命定的思想策源地。乔伊斯还有过这样的表达："那些国际大作家之所以取得国际声誉，全在于他们民族主义的浓度……就我自己来说，我永远写都柏林"；以及"我死后，你会发现都柏林镌刻在我心上"。

在《尤利西斯》中，乔伊斯并未过多从地理空间方面展开对都柏林的描述，纷至沓来的18个小时中主要是以斯蒂芬和勃鲁姆这一对象征意义上的爱尔兰"公民"父子的"寻找——相认"来表达对民族去向的思考。阮炜先生曾引述过马修·阿诺德的观点认为："如许多评论家所注意到的那样，勃鲁姆体现了希伯来精神，而斯蒂芬则代表了希腊精神。前者蕴涵着至关重要的道德关怀，后者则关注于对自然的认识，亦即对知识的追求。在马修·阿诺德看来，希腊精神的主导观念是自发的意识，而希伯来精神的主导观念是严守良心。希腊人的人性观是'不健全'的，因为它不能向人类提供精神依托，而希伯来精神则提供了不可残缺的'行为基础和自我控制基础'。"从乔伊斯年轻时代的作品《艺术家青年时期的画像》中走出来的斯蒂芬在重返都柏林之后，马上遭遇到了"哈姆莱特"式的困境——如何才能找寻到自己的精神之父？如果说在《艺术家青年时期的画像》里的斯蒂芬经历了与宗教、家庭及社会的脐带断裂的话，那么结尾斯蒂芬的那句"在我的心灵的作坊里铸造我的民族还没有创造出来的良心"便切实坐落在了这部《尤利西斯》中。道德范畴中的"良心"并不属于希腊精神的范畴：俊美的阿喀琉斯可以瞬间变成嗜血的恶魔，一任特洛伊父老泣告不已；贤明的俄狄浦斯绝望地剜去双目，只因逃不脱那恶意的诅咒和"不洁"的耻辱。创造了静穆、高贵的"美之神"的希腊民族在19世纪评论家沃尔特·佩特那里是"孩童般"地"没有羞耻心"；在尼采那里，则"为了达到如此壮美的程度"，"付出了多少代价"。同样地，一心想要凭借对艺术的膜拜以飞升获救的斯蒂芬在评论家们看来，却由于"生命力"的缺乏而在道德层面显得自负又可疑。

理查德·埃尔曼曾在《乔伊斯传》中透露说，乔伊斯对勃鲁姆的期许是"完整全面的人"，而在乔伊斯的理解中，只有作为"拉厄耳忒斯的儿子，但他同时也是忒勒马科斯的父亲，珀涅罗珀的丈夫，卡吕普索的情人，围攻特洛伊城的希腊战士们的战友，伊塔刻的国王"的奥德修斯才是一个普通而非不可企及的人物。与奥德修斯相比，无论是那位没有子嗣的年轻王子哈姆莱特，还是单身一人与魔鬼结伴的浮士德，都显得苍白而羸弱。作为奥德修斯传人的勃鲁姆的现实境遇是：作为漂泊异乡的犹太人，他要将周遭的敌意自我消解掉；作为不贞的妻子所背叛的丈夫，他唯有靠精神胜利法才能维持家庭的表面；作为历经丧子之痛的父亲，他始终对那个夭折的生命念念不已……当然除却这些卑微、可怜的经历，他还有钟爱动物下水、藏匿色情照片等庸俗、龌龊的片段。勃鲁姆无论如何都进入不了古典英雄的属类，可也正是这个在阿喀琉斯面前相形见绌、甚至丧失了话语权的“小人物”有过这样的布道：“暴力、仇恨、历史，所有这一切，对男人和女人来说，侮辱和仇恨并不是生命，每一个人都晓得真正的生命同那是恰恰相反的。”没错，勃鲁姆与那个摒弃妇女、奴隶和异乡人的希腊世界截然不同的还有——对产妇给予同情、对残障者进行帮助以及拯救异族的迷途青年等，而最终也正是这种道德良心使得勃鲁姆自己也获得了子嗣传承、家庭团圆的功德圆满的英雄结局，而那个“阿喀琉斯之踵”的希腊式警告则在俚语、绰号、二流歌曲、警句、流行笑话等交织成一片的福乐声中成了永不重演的一声叹息。

就如同英国学者格罗斯所述，勃鲁姆这一“分崩离析的城市里的一个分裂头脑，这也许是一个世界都市的正常头脑”。《尤利西斯》以戏谑却不乏郑重的口吻宣告了一个平庸但却亲切的“世俗化”时代的到来，而“非英雄”甚至“反英雄”的勃鲁姆则是乐观的乔伊斯打造的绝对的“时代主角”。

《尤利西斯》对传统的小说形式进行了最彻底的变革与创新。它摈弃了以人物、情节和故事为主要因素的传统结构，开创了一种以内心独白为基本框架的新形式。这种被称作意识流的新小说不刻意塑造人物、编织故事，而是着力于挖掘人物的深层意识乃至潜意识活动。它往往采用复杂的象征结构，对人物的内心活动作自然主义的描述。展现在读者眼前的是一幅人物的意识屏幕，外在世界反映在这块屏幕上，引起人物的感受、反应和联想。这些联想忽远忽近，忽前忽后，有时清晰完整，有时支离破碎，甚至朦胧模糊。例如，第 3 章整个是斯蒂芬在海滩上漫步时的意识流，斯蒂芬的思绪随意地在哲学、历史、宗教、神话、艺术、美学等不同范畴中流来流去，其中夹杂着法、德、拉丁、意、西等种种外来语。第 5、6 两章主要是勃鲁姆在浴室和墓地时的意识流。最后一章则主要是莫莉的意识流，她的思绪在昏昏欲睡的朦胧状态中流淌，全章以四五十页几乎没有标点的文字来表述这种即将进入睡乡时似睡非睡、似醒非醒的意识流。此外，作品中还有无数的隐喻、象征、典故、双关语、俏皮话、方言、俚语以及外国语。这部作品还模拟各种文体和其他艺术的风格，第 7 章主要采用新闻广告体语言，调用了各种修辞格。第 8 章采用了大量的烹调和饮食语汇。第 9 章主要采用了学术研讨的文体和旁征博引的手法。第 10 章主要采用电影蒙太奇手法。第 11 章主要采用赋格的音乐结构。第 13 章采用了通俗文学中色情故事的庸俗笔调。第 14 章不仅采用了大量的医学术语，还模拟了从古英语到现代英语发展演变过程中的不同文体。第 15 章主要写幻觉和梦境，同时借鉴了戏剧结构。第 17 章则采用了一种枯燥乏味的仿科学文体。

《尤利西斯》一方面采用了现代主义的多种风格和技巧以及游戏的笔墨和文字，这使它成了一部十分艰深、费解的作品；另一方面，它并没有完全摒弃对人物与主题的开掘。作品中的 3 个主要人物作为现代男人、女人和青年人的代表，或者说作为现代人的代表，通过丰富、复杂的内心世界的展示，更完满、更细致地呈现了人性的各个层面，并涉及了国家、家庭、民族、宗教、历史、哲学、道德、伦理等诸多领域，从而在形式与内容两方面达到了令人难以想象的深度和广度，为现代小说开辟了崭新途径，为后世树立了典范。

【拓展阅读】

一、中译本

1. 乔伊斯．尤利西斯．金隄，译．北京：人民文学出版社，1997.

2. 乔伊斯．尤利西斯．萧乾，文洁若，译．南京：译林出版社，2005.

二、研究著作、论文

1. 理查德·艾尔曼．乔伊斯传．金隄，李汉林，王振平，译．北京：北京十月文艺出版社，2006.

2. 约翰·格罗斯．乔伊斯．袁鹤年，译．北京：三联书店，1986.

3. 阮炜．从“艺术家”到广告兜揽商——评《艺术家青年时期的肖像》及《尤利西斯》//阮炜．二十世纪英国小说评论．北京：中国社会科学出版社，2001.

4. 阮炜．现代“英雄”抑或“反英雄”？——评《尤利西斯》II//阮炜．二十世纪英国小说评论．北京：中国社会科学出版社，2001.

5. 阮炜．从“大团圆”看现代人性——评《尤利西斯》III//阮炜．二十世纪英国小说评论．北京：中国社会科学出版社，2001.

6. 郭军．乔伊斯：叙述他的民族：从《都柏林人》到《尤利西斯》．北京：外语教学与研究出版社，2010.

7. 刘象愚．乔伊斯批评概观．北京师范大学学报（社会科学版），2006(5).

8. 刘守平．民族灵魂的重铸——试论《尤利西斯》的现代主题．安徽师范大学学报（人文社会科学版），1997.

【思考题】

1. 从创作手法来说，乔伊斯的创作历程可分为哪 3 个阶段？
2. 《尤利西斯》中 3 位主要人物之间的关系是怎样的？
3. 怎样理解《尤利西斯》中勃鲁姆的“反英雄”或“非英雄”形象？
4. 举例说明《尤利西斯》是怎样运用意识流手法的。

第四节　福克纳的《喧哗与骚动》赏析

【作家生平】

威廉·福克纳（1897—1962）出生于美国密西西比州一个没落的南方大家族。家族中对福克纳影响最大的是在当地声名远播的曾祖父威廉·克拉克·福克纳，福克纳从他那里感受到了家族的荣耀，同时也继承了对文学的爱好，从小立志要像曾祖父那样当一名作家。

1924 年，福克纳出版了诗集《大理石牧神》，但后来他认为在诗歌方面的尝试是失败的，说自己是一个“失败的诗人”。在舍伍德·安德森的启发下，他开始进行小说创作。1929 年，福克纳第一部成熟的作品《喧哗与骚动》发表，对题材的选择、叙事结构的安排、意识流的运用，都表现出高超的艺术水平。此后，福克纳进入写作的全盛时期，于 20 世纪 30 年代陆续发表了《我弥留之际》（1930）、《八月之光》（1932）、《押沙龙，押沙龙!》（1936）等作品。这几部作品的主题均与南方有关，娴熟地使用了意识流手法，也是他成熟的代表作。四五十年代，福克纳发表了《去吧，摩西》（1942）以及“斯诺普斯三部曲”——即《村子》（1940）、《小镇》（1957）、《大宅》（1959）——等作品。

三四十年代，福克纳已经写出大部分重要作品，但他在小说方面的才华还没有得到评论界的充分肯定。由于婚后生活挥霍，福克纳经济上一度陷入困窘，为谋求生计曾在好莱坞写作剧本。1946 年，著名评论家马尔科姆·考利编选的《袖珍本福克纳选集》出版，他对福克纳评价很高，这套书一时间大受欢迎。几年后，福克纳获 1949 年度的诺贝尔文学奖，并在 1950 年和本年度的获奖者罗素一同接受颁奖。从此他的文学地位进一步稳固下来。

由于受到家族背景和地域环境的影响，福克纳的写作始终与南方有着难以割舍的渊源。由《沙多里斯》（1929）开始，福克纳发现小说创作的素材金矿就埋藏在家乡的土地下，意识到家庭、社会、历史三者之间的关系对于他写作的影响，家乡这块邮票大小的土地成为他文学王国的拱顶石。福克纳创作的 19 部长篇小说和近百篇短篇小说中，就有 15 部长篇与绝大多数短篇的故事都发生在约克纳帕塔法县，这个小说世界因而被马尔科姆·考利称为“约克纳帕塔法世系”。福克纳曾经画过一幅地图，在上面标明小说故事发生的位置，并注明：“约克纳帕塔法县——威廉·福克纳为其唯一的拥有者和业主”。

福克纳在美国南方文学这一领域的探索，在对人类精神世界的开掘和艺术手段的不断创新各个方面，都使他在美国文学乃至当代西方文学史上成为一个里程碑式的人物。

60 年代，福克纳由于酗酒，身体健康状况急剧恶化。1962 年 7 月，福克纳因心脏病发作去世。

【作品内容】

《喧哗与骚动》是福克纳最负盛名的作品，标题源于莎士比亚《麦克白》中的经典台词：“人生如痴人说梦，充满着喧哗和骚动，却没有任何意义。”小说描绘的是美国南方的一个家族悲剧。康普生家族曾显赫一时，但昔日的辉煌已经日渐湮灭，整个家庭充满了颓败的气氛。

第一部分的标题为“1928 年 4 月 7 日”，写的是家里的小儿子班吉的意识流动。班吉是个白痴，虽然已经 33 岁了，但智力只达到几岁儿童的水平。在这个家里除了女佣迪尔西之外，班吉最亲密的人就是姐姐凯蒂，他从姐姐那里得到了另一种母爱，姐姐“像树一样香”的味道给他带来无比的安慰。由于智力有限且记忆模糊，这一部分呈现出来的是班吉经历中的一些片段，在杂乱无序中隐隐浮现出康普生家族几个孩子的童年时光。这部分的内容与标题所暗含的“愚人所讲的故事”相呼应。

第二部分的标题为“1910 年 6 月 2 日”。这一部分写的是昆丁自杀的这一天的经历和意识流。昆丁是家里的长子，哈佛大学的学生，他难以承受家族的败落和家庭中的纷扰，对妹妹凯蒂莫名的感情也强烈地困扰着他。凯蒂的失贞对于他而言无异于家族的极大耻辱，在痛苦中他决定自杀。他砸碎了父亲给他的手表，收拾好物品，写好了遗书后投河自尽。

第三部分的标题为“1928 年 4 月 6 日”。这部分描写杰生的心理活动。杰生是家中的次子，不同于昆丁的多愁善感和班吉的智力低下，他善于算计而且自私自利，总是觉得自己是家里最吃亏的人。他憎恶妹妹凯蒂，也怨恨外甥女凯蒂的女儿小昆丁。凯蒂一直在给女儿寄钱，但都被他私自截留下来。他对班吉毫无疼爱怜悯之情，恨不得将他送进疯人院。他暴躁易怒，把一切不如意的事都推托到别人身上，自己则扮演受害者的角色。在杰生身上，充分体现了这个家庭中冷酷的一面，终结了南方古老、无私、优雅的传统。

第四部分标题为“1928 年 4 月 8 日”，叙述人为家里的女佣人迪尔西。相比前面三部分因人物性格和身份而导致的混乱和零散，这个部分采用了客观的第三人称叙事，将前面没有交代清楚的一些情节也做了补充。4 月 8 日这天是复活节，家里却被一件事情搅乱了：凯蒂的女儿小昆丁偷了杰生私藏的七千块钱和人私奔了，杰生暴跳如雷却遍寻不得。迪尔西带着家人和班吉去教堂做礼拜，然后赶着马车回家。迪尔西虽然不是家族成员，但她长期在康普生家生活，见证了康普生家族的历史变迁。

【作品赏析】

福克纳曾经强调：“一个作家必须以他的背景从事创作。……我的生活，我的童年是在密西西比一个小镇上度过的，那就是我背景的一部分，我在其中长大，在不知不觉中将其消化吸收，它就在我身上。”福克纳的南方背景为《喧哗与骚动》的写作提供了坚实的基础。这部作品他写得很顺利，只用了几个月就完成了。融合在作家血液中的南方经历，对新艺术技巧的孜孜以求，再加上渴望在文学方面有所成就的动力，同时催生了这部极富创新意识和文化内涵的作品。

《喧哗与骚动》被福克纳概括为“一个美丽而悲惨的女孩的故事”，这个女孩就是小说中的凯蒂。凯蒂没有作为一个直接叙述者出现，但她在作品中的重要地位是毫无疑问的。从不同的视角来讲述她的故事，来折射这个家族的兴衰，正是福克纳的用意所在。

第一部分，班吉散乱的回忆中出现了一个片段：祖母去世时，家里的孩子们都被叫出去玩，他们非常好奇，想知道家里究竟发生了什么事。当时只有 7 岁的凯蒂特别大胆顽皮，一个人爬到树上去偷看，树下的兄弟们也好奇地抬头张望，看到了她因为在河边玩耍被泥巴弄脏的内裤。这一场景在小说中具有重要的象征意义，弄脏的内裤象征着凯蒂将来的失贞，作为南方大家族的淑女，凯蒂的失贞代表着整个家族荣誉的蒙羞、家族的彻底没落、南方传统的消逝。

萨特曾经很有见地地指出，《喧哗与骚动》本质上是一本关于时间的书，他说福克纳小说中的人仿佛总是坐在一辆疾驰的敞篷车内往后看，表面上人是在前进的，但他们看到的永远只是过去的一切，而这一切也永远地留在了身后。这个诗意而精辟的比喻十分传神地概括出了小说中的南方时间观念：始终向后看，沉浸在过去的辉煌里不能自拔，无力面对新的时代。福克纳对时间的处理方式体现了南方文化这种向后看即回忆的特质，对现实的失望以及从昔日旧梦中觅得安慰的期望交织在一起。小说中的康普生夫妇就是这样的典型，康普生先生庸碌无为，喝醉之后就发些愤世嫉俗的牢骚，悲观失望地等待下一次喝醉；而康普生太太每天只知道申诉自己的病痛，抱怨生活，强调自己大家闺秀的身份，却不愿为家庭作任何贡献。家里几个孩子在成长的过程中，几乎从没有得到过父母的关爱与温情。

在第二部分，昆丁的这个部分更是明显地体现了南方的时间观念。自杀之前，他砸碎了父亲留下的表，它是时间的象征。昆丁想起父亲对他说的话："我把表给你，不是要让你记住时间，而是让你可以偶尔忘掉时间，不把心力全部用在征服时间上面。因为时间反正是征服不了的，他说。甚至根本没人跟时间较量过。这个战场不过向人显示了他自己的愚蠢与失望，而胜利，也仅仅是哲人和傻子的一种幻想而已。"时间是征服不了的，康普生先生告诉儿子，但他的一生何尝不是在和时间进行消极的斗争，落得一生庸碌无为。

昆丁也是如此，作为家里的长子，继承家族传统的重任落在了他的身上。他希望自己像一个浪漫传奇中的英雄那样承担起重任，但实际上他和父亲一样也是一个虚无主义者，是一个有心无力、敏感软弱的人，只能在与时间搏斗的过程中败下阵来，在与历史进程抗衡的过程中败下阵来，甚至在维护妹妹贞操的决斗中也败下阵来。旧传统的辉煌只属于过去，却向康普生家族投下了浓重的阴影，形成了这个家庭中令人窒息的氛围。昆丁无力捍卫南方的旧传统，也无力面对新的时代，像父亲那样陷入了彻底的虚无。直接导致昆丁自杀的重要原因是凯蒂的失贞。由于在家庭中缺乏温情，昆丁对妹妹的感情越来越有乱伦的倾向，那股"忍冬花的香味"暗示着昆丁拼命隐藏却难以控制的情欲。凯蒂轻易地向别人献出了贞操，从情感上是对昆丁的致命打击，同时她的失贞也是家族荣誉的最大耻辱。在强烈的虚无感和精神刺激下，昆丁选择了在哈佛大学投河自尽。在这个美国文化的中心，这个学术自由的圣地，他自己和他的精神依托只能像一根水草一样被洪流冲走，这是他不可逃脱的宿命。昆丁的死是家族的悲剧，也是文化的悲剧，是南方文化的一曲挽歌。时代滚滚向前，旧南方的时间观念在传统与变革的碰撞中只能化为烟尘。

在表现南方旧传统的没落、南方大家族的悲剧这一主题时，福克纳没有采用传统的平铺直叙的叙事，而是运用了多角度叙事。福克纳说，为了讲好这个故事，他把这个故事写了好几遍，每写一遍便构成小说的一个部分，四个部分合在一起形成了这部多角度叙事的小说。

小说正文分别以班吉、昆丁、杰生和迪尔西的视角从四个方位展开叙述，除了第四部分运用第三人称全知视角外，其他三部分皆采用第一人称“我”的叙事方法。在所叙述的事件时间先后上，采用的是CABD的顺序，读者需要在阅读的过程中积极参与，将这几个部分一一拼接、合拢，才能逐渐找到故事内容发展的内在关联和秩序，重建时间顺序。并且我们能发现凯蒂是小说中四个部分相互重叠的因素，也是联结这四个部分的纽带。班吉依恋、热爱姐姐，在他的回忆中总是出现凯蒂“树一样的香味”，听到别人叫“球童”这个和姐姐的名字发音类似的词，他就会哼叫，思念姐姐。昆丁同样对妹妹有着深厚的感情，而且受到乱伦的诱惑而内心满含负疚感，他自杀前的回忆有很大一部分与凯蒂相关，充满了各种微妙隐秘的细节。杰生对凯蒂则是憎恶多于亲情，他恨凯蒂使他失掉了银行的职位，认为凯蒂毁掉了全家人的生活，尤其是她留下的私生女小昆丁更是个累赘。小昆丁的私自出走令他勃然大怒，他不是为外甥女的安危担心，而是因为小昆丁拿走了他私藏的钱。纵观全书，我们可以发现，确实如福克纳所言，凯蒂是核心人物，是不在场的人物。凯蒂大胆活泼、敢于反抗，她是这个没落家族中的一缕阳光，但她的失贞、堕落也象征着她身上所体现的爱心、善良、同情这些优秀品质已在康普生家族中成为过去，带来的是家人的惆怅、痛苦和愤恨。围绕着这一核心人物，多角度的叙事可以全面地展示出整个家庭的全景，各个部分彼此独立又相互依托，在结构上复杂而有层次。

除了多角度叙事，福克纳还运用了意识流写作，两者可谓相得益彰。福克纳使用意识流手法受到了前人的影响，但同时也显露出创新和匠心独运的一面。康普生家三个儿子智力水平、行为品性各不相同，所以三个人的意识流也各有特色，体现出善良的白痴、精神崩溃的虚无主义者、满腹仇恨的偏执狂不同的心理状态和语言特色。以班吉为例，他没有时间观念，过去发生的事在他的头脑中交错地出现。班吉部分中由现在返回过去的时空切换大约有100多次。他的思绪和回忆都是些零散的片段，彼此之间很少有前后一致的情节线索和逻辑关系，只是与某种视觉印象或嗅觉记忆有所关联。福克纳有时会采用变换字体的方式来提醒读者，有时则连字体也不变，直接让这一股思绪连接着那一股思绪，相互交缠。于是我们看到过去和现在往复变动，人物的童年时期与青年时期同时存在，现实与回忆同时涌动在画面之中。例如班吉记忆里祖母去世的那天，凯蒂爬上树偷看的事件就被他的思绪冲成了几个片段，并不是连续、完整地呈现出来的。再比如昆丁，他的回忆虽然比起班吉来要更有逻辑性，但他自杀之前精神濒于崩溃，因此他的回忆也是飘忽不定、被情绪所牵引的；想到凯蒂失贞那晚的情形时，一幕一幕重新印上心头，因为记忆深刻，一句一段，写得非常详细。为了突出人物思绪如潮水般不断奔涌，福克纳放弃了标点，但在字里行间仍令人感受到昆丁在回忆得知凯蒂失身时内心的痛苦和绝望时，愤怒、无奈、伤心、嫉妒种种感情交织在一起。

在《喧哗与骚动》中，福克纳对于神话模式的运用也值得注意。福克纳从小受清教文化传统影响，因此小说中也体现出明显的基督教影响。《喧哗与骚动》四个部分的标题是四个日期，第一、三、四个日期分别对应的是基督受难日、复活节前和复活节；第二个日期是基督圣体节的第八天。

这样的安排有着深刻的意义：（1）基督受难日。班吉虽然是一个白痴，智力低下，但他却具有一般人不具备的敏锐的感知能力，他能闻到凯蒂身上“树一样的香味”，凯蒂失身之后，这股香味就消失了。在他身上有着基督耶稣的影子。同时，班吉叙述的这个日子是他的33岁生日，据说耶稣也是在33岁时受难的。（2）基督圣体节，这是供奉耶稣圣体的节日。昆丁想要拯救家族、拯救妹妹，但最终却自杀了，他奉献出了自己的肉体，却无法挽救传统的没落。（3）复活节前。复活节前夕是人类即将得到拯救的日子，也是最黑暗的日子。杰生这个丧失了道德观念、自私自利的人多年来一直在疯狂地报复家人，没有奉献，没有爱，只有憎恨和愤怒。（4）复活节。这一天迪尔西带着班吉和家人去黑人教堂做弥撒。“金色的号角吹响了天国至福的音调，那些铭记羔羊鲜血的事迹的死者纷纷复活”，迪尔西被牧师的布道感动得流下了眼泪。在布道声中，班吉“心醉神迷地瞪大着他那双温柔的蓝眼睛”，教堂中的虔诚、神圣让他无比宁静。同时，迪尔西也是复活的象征。福克纳说：“迪尔西是我自己最喜爱的人物之一，因为她勇敢、大胆、豪爽、温存、诚实。”这个品格高尚的人物身上，寄托了福克纳人性复活的理想。标题的四个日期和人物分别与《圣经》中基督耶稣的事迹有对应之处，有时是呼应，有时是反讽。在这些对应关系中，《喧哗与骚动》获得了一种更具文化内涵的艺术价值，寄托着作家对人类精神生活的理想信念。

在美国文学史上，构造了“约克纳帕塔法世系”的福克纳“把南方从多愁善感的女人的眼泪中解放了出来”（美国作家辛克莱·刘易斯语）。在对南方故乡社会生活的审视中，福克纳找到了文学创作的金矿，在他笔下，美国南方传统、南方文化的困局得以完美展现。同时福克纳也强调他小说的主题是人类内心的冲突，这是一个永恒的话题。因此，福克纳在南方文学领域竖起了一座丰碑，同时他的作品也具有超乎地域和时代的意义。

【拓展阅读】

一、中译本

1. 威廉·福克纳．喧哗与骚动．李文俊，译．上海：上海译文出版社，2004.

2. 威廉·福克纳．声音与愤怒．黎登鑫，译．台北：远景出版事业公司，1987.

二、研究著作、论文

1. 李文俊．福克纳评论集．北京：中国社会科学出版社，1980.
2. 肖明翰．威廉·福克纳研究．北京：外语教学与研究出版社，1997.
3. 李文俊．福克纳评传．杭州：浙江文艺出版社，1999.
4. 李文俊．福克纳的神话．上海：上海译文出版社，2008.
5. 刘晨锋．《喧哗与骚动》中变异时空的美学价值．外国文学评论，1991 (1).
6. 陶洁．《喧哗与骚动》新探．外国文学评论，1992 (4).
7. 肖明翰. 福克纳主要写作手法的探讨. 四川师范大学学报，1995 (1).
8. 杨彩霞．《喧哗与骚动》与圣经文学传统的相关性研究．外国文学，2009 (3).

【思考题】

1. 为什么说福克纳是美国南方文学的代表人物？
2. 为什么《喧哗与骚动》被认为是意识流小说？
3. 《喧哗与骚动》在叙事结构上的特点是什么？
4. 《喧哗与骚动》中的“神话模式”体现在什么地方？

第五节　川端康成的《雪国》赏析

【作家生平】

川端康成（1899—1972）出生于大阪，其家族原本是“贵族之家”，但到祖父那一代家道已败落。川端康成在两三岁时相继失去父母，只与祖父母相依为命，姐姐芳子寄养在姨母家。他 7 岁时祖母病逝，10 岁时姐姐离开人世，16 岁时祖父去世，彻底成了孤儿的他上学时在校住宿，假期就辗转寄居亲戚家。由于他屡屡参加亲人朋友的葬礼，他甚至有了一个“参加葬礼的名人”的称号。这种境遇的不幸、内心世界的孤独寂寥、直面生死的深刻体会，对川端康成的文学创作有着深远的影响。1972 年 4 月 16 日深夜，川端康成在他的工作室口含煤气管自杀。

川端康成的创作成果丰硕，包括大量的小说、散文、随笔、评论和杂感等，每种体裁都有佳作问世，小说创作尤为卓著。从时间上看，他的创作大体可分为三个时期。第一，战前时期（1921—1932），主要作品有《招魂节一景》（1920）、《浅草红团》（1929）等，《伊豆的舞女》（1926）是这一时期的代表作。第二，战争时期（1933—1945），主要作品有《花的圆舞曲》（1936）、《母亲的初恋》（1940）等，《雪国》（1935—1947）是这一时期的代表作。第三，战后时期（1945—1972），主要作品有《千鹤》（1949—1951）、《山音》（1954）、《名人》（1951—1954）、《古都》（1961—1962）与《睡美人》（1962）等。

从内容上看，他的作品大致可归结为三类。第一，描写自己的孤儿生活与失意初恋。《十六岁的日记》（1925）、《参加葬礼的名人》（1923）、《致父母的信》（1932）等，记录了他早年坎坷的孤儿生活经历与体验。与 16 岁女孩伊藤初代的短暂初恋，被他自己形容为“仿佛以遥远天空的闪电为对象的初恋”，失恋的心灵伤痕历经数年都未曾愈合。这类作品有着很强的自传性与主观色彩。第二，主要刻画了社会底层人物，尤其是以艺妓、舞女、女侍者等为主的底层女性的情爱伤痛与悲惨命运。《伊豆的舞女》、《雪国》与《古都》是这类作品的代表作。《伊豆的舞女》讲述了青年学生“我”到伊豆半岛旅行，与14岁的清纯舞女薰子邂逅并产生朦胧爱情的故事。小说既展示了底层人物的艰辛生活，也描绘了人与人之间的美好温情，整部小说弥散着一种淡淡的忧伤。《古都》讲述了一对孪生姐妹千重子与苗子的悲欢离合。千重子细腻优美，苗子挺拔秀美。小说既揭示了由贫富悬殊造成的人情冷暖与炎凉世态，也展示了古都的自然美与传统美，是一部别具韵味的“古都风物志”。这类作品反映的生活面较广，逐步显示了川端康成在思想与艺术上的成熟。第三，反映超越道德与伦理的扭曲人性与变态性爱。《千鹤》讲述的是菊治与太田夫人、太田夫人的女儿文子之间的超乎伦理的情恋关系。《睡美人》写丧失了性机能的江口老人，通过抚摸熟睡的裸体女子来满足对性的渴望。《一只胳膊》（1964）写一个男子对一只女子胳膊的玩味。这类作品集中在他的后期创作中，颓废虚无色彩浓厚，凸显了病态美与官能刺激。

在艺术上，川端康成积极致力于探索与革新。大学毕业后，他与横光利一（1898—1947）共同发起“新感觉派”文学运动，旨在通过借鉴西方现代派文学思潮与创作手法来革新日本文坛。后来，他又大胆地引进詹姆斯·乔伊斯的意识流和弗洛伊德的精神分析学，在立足本国文学传统的基础上，主动汲取西方文学的有益养分，在东西方文化的交融中创造出独具自身特色的文学风貌。

始终不懈地追求对美的表现，是川端康成在艺术上的另一突出创作特征。这种美是以“物哀”、“风雅”、“幽玄”等日本古典审美传统为基础的，具有较强的唯美主义倾向，抒情色彩浓郁。他善于把握女性的内心世界。他笔下的四季更迭蕴涵着自然的灵气，人物与自然、风土细腻交织，古典情韵与现代精神达到了高度融合，而佛教禅宗的“幽玄”理念又使他的作品往往渗透着虚无色彩。在创作手法上，他擅长运用意识流手法来展示人物的心理流动与情绪的波动，用象征手法来拓宽作品的思想内涵与意味，在虚实相生的审美意境中营造浓郁的抒情氛围，在汲取西方艺术手法的同时，也彰显了日本的审美传统与文学精华。

1968年，川端康成获得了诺贝尔文学奖，瑞典科学院在授奖辞里高度评价了《雪国》、《千鹤》与《古都》，称赞川端康成“以敏锐的感受，高超的叙事技巧，表现了日本人内心的精髓”。川端康成在获得世界性声誉的同时，也引发了西方世界对东方文化的关注。

【作品内容】

《雪国》主要讲述了舞蹈艺术批评家岛村在不到三年的时间里，三次到雪国旅行，并与乡村艺妓驹子交往的故事。岛村、驹子和叶子是小说里的三个主要人物。

小说采用倒叙的手法，开篇就描写冬夜里一片白茫茫的雪国，这是岛村第二次到温泉村。坐在岛村对面的是叶子，她细心地照料着同行的男病患——行男。叶子的声音有着异乎寻常的美，这引起了岛村对她的关注。岛村与她并不相识，他通过列车的玻璃窗观察着叶子的一举一动。窗玻璃上，流动着的黄昏景色、朦胧逝去的日暮野景，与车中人物的幻影融合在一起，构成一幅不似人间的象征世界，这一幕令岛村的内心为之震颤。半小时后，岛村和他们在同一车站下了车。

岛村第一次到温泉村是夏季。他是一位所谓的舞蹈艺术批评家，但实际上写的无非是些不痛不痒的东西罢了。仰承先人的遗产，无所事事的他时常独自到山里度假。他认识了驹子，这时驹子还不算是艺妓，很少单独到旅馆陪客人，不过偶尔也会显出略解风情的姿态。由于她给人出奇洁净的印象，岛村对她颇有好感。她坦率地说起了自己的身世：出生在雪国，在东京当过陪酒侍女，被人赎身后，本打算当个舞蹈老师，但一年半后，那个赎她的男人死了，于是她就住到了舞蹈老师家。岛村的一番舞蹈理论使得驹子与他亲近了起来。一天夜里，喝得醉醺醺的驹子来到岛村的房间，呼唤着他的名字，倒在他的怀中。清醒后的驹子羞涩地在天亮之前匆忙离开，岛村则在当天回到了东京。

岛村在温泉旅馆又见到了驹子，她已成了一名艺妓。驹子告诉岛村，自己经常记日记、看小说、写笔记。岛村问起她师傅的儿子行男的病情和叶子的情况，驹子说行男到东京读夜校，积劳成疾才回到村里，对叶子的情况则只字不提。岛村得知驹子已和行男订婚，她是为了给行男治病才当上艺妓的。但驹子否认了订婚之事，说那只是师傅心里的想法，她当艺妓也只是因为非做不可。驹子的琴艺超乎岛村的想象，琴声涤荡着岛村的灵魂，岛村从琴音里听出了驹子对自己的迷恋。岛村回东京时，驹子到车站送别，叶子跑来告知行男病情危急。驹子听后脸色刷白，却不顾叶子的乞求、岛村的劝说，坚持在车站送走了岛村。

岛村第三次到温泉村，秋阳满山坡，岛村觉得这是一片伤心色。岛村又见到了驹子。他觉得每次到温泉村，驹子的境遇都有变化。驹子的未婚夫和师傅都去世了，她转而受雇于一家杂货店，期限是四年。岛村第一次知道驹子有个男人，但关系并不融洽。他们外出散步碰见正在扫墓的叶子，驹子还特别声明不是来给行男扫墓的。

驹子陪客的一天里，两次偷空到岛村的房间来，这让岛村觉得非同小可。赏枫的客人多了起来，叶子也到厨房来帮忙。岛村为叶子所吸引，觉得因为她的存在，再叫驹子不免有所顾忌。驹子对他表示爱恋，岛村自己却感到空虚，认为那只不过是一场美丽的春梦而已。他既哀怜驹子，也哀怜自己。他觉得叶子仿佛有一双慧眼，无意之间能洞察这一切似的。

岛村与叶子闲聊时，叶子说自己想到东京去，岛村问她：带你一起回东京好吗？叶子答应了。叶子一会儿让岛村好好对待驹子，一会儿又说驹子可恨。岛村感到叶子的身上有一种奇特的魅力，但这又使得他对驹子的恋情更加炽烈起来。岛村送醉醺醺的驹子回到杂货铺，驹子又把他送回旅馆。驹子问岛村是否喜欢叶子，又说叶子是自己的累赘，问岛村是否愿意替她背这个包袱，岛村都不置可否。

岛村独自到邻近的村镇里闲逛，回来的路上碰到了驹子，驹子不顾一切地扑到车上，询问岛村去了哪里。村里的茧仓失火，岛村和驹子奔向茧仓，夜空如银河，光流泻到两人的身上，岛村觉得仿佛置身于地角天涯一般。奔走中，驹子对岛村说：你走了，我要正正经经地过日子。

火场人声鼎沸，岛村悄悄退到一边，不知什么时候，驹子靠了过来，握住了他的手，岛村突然感到别离已经迫在眼前。突然，人群发出了惊叫，叶子从茧仓二楼掉下来。着地的叶子不省人事，紧接着掉下的木头在她的脸上燃烧了起来。叶子双眼紧闭，岛村蓦地想起火车上看到的叶子的脸在玻璃窗上映着寒山灯火的情景，一刹那间，这情景似乎照彻了他与驹子共同度过的岁月。驹子疯狂地冲出人群，抱起叶子，岛村想走近她，但被人群挤得东倒西歪。当他挺身站住时，抬眼一望，银河仿佛哗的一声，向他的心头倾泻下来。

【作品赏析】

《雪国》是川端康成的代表作，从 1935 年至 1937 年间断断续续写成，小说在结集为单行本之前，各章曾陆续在各种文学刊物上发表。川端康成说“这是一部随处可以中断的作品”，所以“显得有点不统一、不协调”。的确，从整体上看，小说的情节结构显得有些松散，一些篇章读起来似乎更像是散文诗。不过，小说的整体基调还是很和谐的，优美的诗意中流露着淡淡的哀伤，这也弥补了小说情节结构松散的不足。

小说以岛村的三次到温泉村作为结构情节的线索，主要贯串了岛村与驹子的交往，岛村对叶子的关注，驹子、叶子和行男三人之间的关系这三种内容。其中，岛村与驹子的交往是主线，小说着墨最多，写得较为翔实。岛村对叶子的关注是第一辅线，小说着墨不多，且多由文笔空灵的片段组成。驹子、叶子和行男三人之间的关系是第二辅线，小说对此并未做正面描述，读者只能从一些情节断片中去揣摩三人之间的关系。至于叶子与驹子的关系，小说更显得扑朔迷离。

对于这样的写法，川端康成曾说道："我觉得与其认为作品是以岛村为中心，而把驹子和叶子搁置在两边，不如说以驹子为中心，在她的两边安置了岛村和叶子更好些。所谓两边的岛村和叶子，是采用不同的写法，哪方都没有明确写出来。本想在创元社的旧版之后，把若明若暗的叶子再添几笔，也让她探寻同驹子的来龙去脉，但最终还是省略了。在火场上，叶子神志昏迷，驹子说了声'这孩子疯了'就结束了。所以，对我来说，这部作品完结之后，岛村不再来了，而驹子抱着失常的叶子而活着的形象，便朦朦胧胧地浮现出来了。"从这段话中，可以看出川端康成构思小说的过程，从这样的构思过程来理解小说，无疑也是一个不错的视角。驹子是小说真正的主人公，岛村和叶子是映衬她的两面镜子。通过爱情主题，川端康成要传达的是对生命的热爱与对美好爱情的向往。

驹子是个出身山野、命运坎坷但仍充满生的意志与活力的底层社会女子，她的形象在小说的叙事流程中是以动态的形式逐步走向丰满的。她在小说中的第一次出场很特别。岛村在行进的列车上发现了叶子，这位女子的美吸引了他的注意。而就在这时候，驹子带着生命的体温出现在岛村的食指的知觉上："在依稀的记忆中，只有这个指头还残留一丝湿润的感觉，把自己的思绪引向那个遥远的女人的身边。"小说多处着力描写驹子的健康与活力，鲜活的肉体气息使她身上的野性带着妖艳。虽然这是一个沦落风尘的女子，但她给人的印象却又出奇的洁净，"使人觉得恐怕连脚丫缝儿都那么干净"。看上去这似乎是矛盾的，但这恰恰体现了生命的力量与她的本真性情。她不顾一切地爱上了岛村，这无望的爱情里寄托了她对美好的爱情与生活的向往，她的真情甚至打动了对万事皆抱徒劳思想的岛村。川端康成曾说过："在感情方面，特别是驹子的感情，主要就是我的悲伤情绪，或许有些情绪要在这里向人们倾诉的吧。”小说流露了对驹子的命运遭际的同情，与此同时，这一女性形象的身上应该也寄寓了川端康成的诸多生命体验：因为体弱多病，故而对饱满的生命力有一种情不自禁的向往；因为内心孤独寂寥，故而憧憬热烈的爱的撞击与交织；因为认识到了人生的种种不完美，故而对飞蛾扑火似的人生姿态情有独钟。

叶子以惊世骇俗的美出场，以宁静的死谢幕。她与驹子相映相生，是灵与肉的双重协奏。她是驹子形象不可或缺的另一面，但也因作者的语焉不详而带有观念化的色彩。与驹子形象的勃勃生机相比，小说着力突出的是叶子的空灵美。叶子的体貌形象是模糊的。小说写她声音的美，美得不胜悲凉，仿佛在雪地里也会有回声似的。小说写她眼睛的美，星眸格外清亮，仿佛可以洞彻人生。叶子的形象寄寓了作者对另一种美的追求，它是心灵世界里瞬间释放的一道光芒，却可以抚慰现实的不足，是黑暗中的一种指引。在川端康成看来，也许文学和人生意在捕捉和追求的就是这种美，没有了这种美，也就没有了精神世界的升华。叶子的形象还具备结构上的意义。小说以叶子始，也以叶子终，她是进入雪国的开始，也是走出雪国的终结，她与雪国这一空间紧密结合，象征了一个超越世俗的独特世界。在熊熊燃烧的烈火中，叶子的死意味着恋情的结束与雪国的寂灭。美以死亡的方式得到升华，而驹子和岛村都将重返俗世。

岛村这一形象在小说中也具有双重意义。一方面，他是陪衬驹子与叶子的一面镜子，在驹子生的活力与爱的热烈面前，他的虚无主义更显苍白，他不知不觉地为驹子所吸引的过程，也是他重新认识生命意义的过程。在叶子摄人心魄的美的洞见下，他隐约看到了自己的猥琐与空虚。在小说结尾的那一场烈火中，他经受了史无前例的精神洗礼，叶子的死激发了他对驹子的爱的真实感受，它超越了虚无与徒劳，也意味了一种人生热情的回归。另一方面，岛村也是小说的叙事者，他有一双发现美的眼睛。驹子的生命历程是通过岛村的视野徐徐展开的，叶子的美是通过他的视觉与听觉呈现的，他的感受、情绪与心理的流动，也为小说的叙事提供了一个独具艺术张力的空间。

《雪国》是一部充满诗意的抒情小说。在雪国这一独特的空间里，它描述了人与自然的和谐交融：冬天白雪皑皑，夏天满山滴翠，人与自然灵犀相通，叶子的美形如白雪的精魂，驹子的美乃是山川秀气所钟。陪伴驹子练琴的是挺拔的山川，因此她自然而然地练就了一手铿锵有力的拨弦，滋生出的是一股野性的力量。唯有人与自然相依相生，才能孕育出真正的美，这也是日本文学对美的追求的一种表现。

《雪国》充分借鉴了西方现代派的创作方法，意识流手法运用流畅，人物的感觉与自由联想自然地糅合在一起，场景描写具有高度的象征性，为日本的小说创作注入了新的艺术因素。《雪国》的开头一句是日本文学中的经典名句："穿过县境上长长的隧道，便是雪国。夜空下，大地一片白茫茫。火车在信号所前停了下来。"黑白两色迅速完成强烈的视觉转换，动静分明，空间感突出，"雪国"作为一个独特的时空，瞬间就凸显了出来。

小说描写火车行进时，叶子的脸映射在玻璃窗上的片段最为典型。窗玻璃上流动着窗外的黄昏景色，在朦胧逝去的日暮野景中，重叠着人物透明的幻影，如同电影镜头的叠影一般，呈现出一个不似人间的象征世界。尤其是叶子的脸与寒山灯火叠现时，瞬间的美难以形容。小说通过画面的不断变换与流动营造出了类似电影蒙太奇的效果，这里有岛村意识的流动，也有他刹那间的感觉，以主观统摄客观，画面唯美。这一切恰好与雪国的超然独处于喧嚣现实之外、叶子的空灵美、岛村的虚幻人生感巧妙地交织在一起。小说的叙事语言与节奏、小说的格调与氛围，从这样的描写中可见一斑。茧仓失火时，岛村与驹子在夜色中奔走的片段，也具有类似的艺术魅力。

【拓展阅读】

一、中译本

1. 川端康成．雪国・千鹤・古都．高慧勤，译．桂林：漓江出版社，1985.

2. 川端康成．雪国：日语注释读物．尚永清，译．北京：商务印书馆，1997.

二、研究著作、论文

1. 叶渭渠．东方美的现代探索者——川端康成评传．北京：中国社会科学出版社，1989.

2. 长谷川泉．长谷川泉日本文学论著选：川端康成论．孟庆枢，译．长春：时代文艺出版社，1993.

3. 张石．川端康成与东方古典．上海：上海古籍出版社，2003.

4. 周阅．川端康成文学的文化学研究：以东方文化为中心．北京：北京大学出版社，2008.

5. 何乃英．川端康成小说艺术论．北京：北京师范大学出版社，2010.

6. 张晓宁，王贺英．中国的《雪国》研究．日本研究，2005 (2).

7. 社本武．论《雪国》中女性的哀切观照．日本研究，2008（3）.
8. 陈希我．川端康成的“佛界”与“魔界”．名作欣赏，2009（13）.

【思考题】

1. 川端康成的作品主要反映了哪三类内容？
2. 岛村三次到雪国，驹子的形象有怎样的不同？
3. 如何理解驹子、叶子和岛村这三个人物形象的关系？
4. 《雪国》的创作方法有什么突出的特点？

第六节　博尔赫斯的短篇小说赏析

【作家生平】

豪尔赫·路易斯·博尔赫斯（1899—1986），是20世纪名震世界文坛的一代大师，被誉为20世纪最伟大的作家之一。他以深刻的作品内涵、新颖的写作技巧和独特的创作风格，深深影响了无数作家，包括中国的一批先锋作家，当之无愧地成为“作家们的作家”。

1899年8月，博尔赫斯出生于阿根廷布宜诺斯艾利斯一个有英国血统的律师家庭，从小即接受了正统的英文教育，涉猎了大量欧美文学名著，很早就学会了英文写作，对英国文学尤为偏爱，这种偏爱甚至影响了他后来的文学创作。1914年，博尔赫斯随父母去欧洲，在瑞士完成了中学学业。战后，他就读于剑桥大学，期间接触了休谟、叔本华和尼采等人的哲学以及卡莱尔、王尔德等人的文学作品，受其影响，认为人生在世犹如堕入迷宫，既看不清方向，也找不到出路。1920年前后，博尔赫斯遍游欧洲各国，在西班牙参加了以《极端》杂志为中心的先锋派文学运动，并于1921年将这种现代主义诗歌精神带回了阿根廷，发表了《极端主义宣言》，推动了阿根廷的现代主义运动。1923年，他在访欧期间发表了第一部诗集《布宜诺斯艾利斯的激情》，不久又发表了《面前的月亮》（1925）、《圣马丁札记》（1929）两部诗集。这些诗集带有明显的先锋派的影响，其中描写的事物和景色都带有浓厚的神秘色彩，镜子、迷宫、月光等意象和时间、怀疑、孤独等主题不断出现与重复。1935年他的第一部小说集《世界性丑事》问世，其独特的构思和风格一下子就引起了评论界的注意。博尔赫斯也一发而不可收，发表了大量新颖奇特的作品，尤其是他的代表作《小径分岔的花园》发表后，在阿根廷和欧美国家赢得很高声誉。这些小说先后结集为《小径分岔的花园》（1941）、《杜撰集》（1944）、《阿莱夫》（1949）、《死亡和罗盘》（1951）、《布罗迪报告》（1970）、《沙之书》（1975）等。此外还有诗歌散文合集《造物主》（1960），散文集

《永恒的历史》(1936)、《我的希望之域》(1926) 等。

20 世纪 50 年代以后，博尔赫斯担任过阿根廷作家协会主席、国立图书馆馆长、布宜诺斯艾利斯大学文学系教授。他新颖独特的作品所表现出的世界性，受到欧美文坛的高度重视，获得了世界性的声誉。各种荣誉也接踵而至，他被英、美、法、德等国的许多大学授予名誉教授、名誉博士称号，并相继获得了各种文学奖项：1956 年获阿根廷国家文学奖，1961 年获国际出版家协会颁发的福门托奖，1979 年获塞万提斯文学奖，1981 年获拉美最高文学奖奥林·约利兹蒂奖，1983 年获西班牙智者阿丰索十世大十字勋章。1967 年之后他更是连年被提名为诺贝尔文学奖候选人。他的小说《玫瑰角的汉子》、《埃玛·宗兹》还被搬上了银幕，他本人的生活及创作，也被拍成了影片《博尔赫斯和他的初稿》、《博尔赫斯漫步世界》。美国著名理论家保罗·德·曼干脆将他称为“现代的导师”。

1986 年 6 月，博尔赫斯在他的第二故乡日内瓦逝世，在全世界引起巨大反响。秘鲁著名作家略萨有一段话比较准确地概括了博尔赫斯之死对世界文坛的影响：“博尔赫斯之死不仅是阿根廷、拉丁美洲，而且也是全世界文学界的巨大损失，因为先生不仅是当今世界最伟大的文学巨匠，而且还是一位无与伦比的创造大师。正是因为博尔赫斯，我们拉丁美洲文学才赢得了国际声誉，掌握了简练优美的文体。他打破了传统的束缚，把散文推向了一个极为崇高的境界。”

【作品内容】

博尔赫斯早年以诗歌写作为主。20 世纪 30 年代初期，他决定放弃诗歌，转写短篇小说，从此一发而不可收。1935 年，他出版了第一部小说集《世界性丑事》。这是他 1933 年和 1934 年间为《批评专栏》所写的一系列素描式的作品。严格说来，这只是博尔赫斯习作性的作品，没有多少独创性可言，也没有产生多少反响。此后，他躲在图书馆里一边翻译卡夫卡，一边继续创作幻想小说，名声日隆。1941 年，短篇小说集《小径分岔的花园》出版，包括了《圆形废墟》、《巴比伦彩票》、《赫伯特·奎因作品分析》、《巴别图书馆》、《特隆·乌克巴尔、奥比斯·特蒂乌斯》、《〈吉诃德〉的作者皮埃尔·梅纳尔》等名篇名作，形成了博尔赫斯鲜明的小说风格，引起了广泛关注。

1944 年，博尔赫斯出版《杜撰集》，收录了一批相当有代表性的梦幻小说，其中最有名的是《死亡与指南针》、《秘密奇迹》等短篇。《死亡与指南针》是一篇充满幻想的侦探小说，四起凶杀案依次发生，真正的凶杀目标都指向了侦探本人。故事错综复杂，推理的唯一线索只是一句话。每次凶杀现场都会留下一句话："名字的第 x 个字母已经说出。"《杜撰集》中其他几篇，如《刀疤》、《结局》、《叛徒和英雄的故事》等都写得比较简单，远不如《死亡与指南针》等小说来得丰富复杂。1949 年，博尔赫斯又一个短篇集《阿莱夫》出版，收录了 13 篇小说，包括《永生》、《神学家》、《武士和女俘的故事》、《另一次死亡》、《神的文字》、《阿威罗伊的探求》、《阿莱夫》、《埃玛·宗兹》等。这两个集子除了梦幻小说外，内容与风格相当混杂。

1970 年，时隔多年之后，博尔赫斯再次出版新的短篇小说集《布罗迪报告》，共收入 11 篇作品，包括了《第三者》、《小人》、《罗森多·华雷斯的故事》、《胡安·穆拉尼亚》、《决斗》等，篇幅都相当的短小精悍，题材上也大多属于刀客和仇杀的故事。他自己在序言中也说，这些简明扼要的小说不能说是简单的，"因为世上的文字没有一字一句不是宇宙的反映，而纷杂是最显著的宇宙属性"。他希望这些故事就像《一千零一夜》，能够使人感动，给人消遣，而并不想醒世说教。这样的立场同样也体现于他 1975 年出版的另一部短篇集《沙之书》，它和《布罗迪报告》是博尔赫斯晚年最后两部比较完整的短篇小说集。《沙之书》收录了 13 篇作品，包括了《另一个》、《乌尔里卡》、《代表大会》、《三十教派》、《镜子与面具》、《沙之书》等小说。值得注意的是，《沙之书》中的一些作品，与博尔赫斯此前的一些作品颇多重复之处，或者说是对旧作的重写，比如《乌尔里卡》与《阿莱夫》、《镜子与面具》与《死亡与指南针》、《沙之书》与《巴别图书馆》等，都有着密切的关系。《沙之书》就像对《巴别图书馆》的重写，写一部没有空尽的"沙书"，无限的书、无限的时间、无限的空间，都在其中无限蔓延。这恰恰体现出了博尔赫斯小说一以贯之的独特魅力。

【作品赏析】

博尔赫斯的世界性来自其作品独具的深邃魅力。陈凯先在《杰出的文学大师博尔赫斯》中这样评价："博尔赫斯是书，是文学，博尔赫斯也是时间，空间，博尔赫斯更是知识，是智慧，是无止境的智力活动。"渊博的知识、丰富的想象和清晰的思辨融为一体，形成了具有强烈个性的博尔赫斯风格，而构成这种风格的关键词则是"时间"、"循环"、"梦幻"。循环往复的时间，不断轮回的历史，如梦似幻的存在，永恒的四维空间，成为我们解读博尔赫斯作品的关键词。

首先是“时间”。在众多的概念中，博尔赫斯对时间的思索最为集中，也最耐人寻味。他认为“时间对于我们来说是一个颤抖的、严峻的问题，也许也是抽象论中至关重要的问题”。“假若我们知道什么是时间的话，那么，我相信，我们就会知道我们自己，因为我们是由时间做成的。造成我们的物质就是时间。”在博尔赫斯的作品中，时间有时是无限的、永久的，有时又是周而复始、循环不已的，有时又似乎根本不存在。没有过去、没有将来，只有短暂的现在。这似乎透露出他面对时间无法控制的悲观情绪，借用陈凯先在《作家们的作家》中的观点即是：“否认时间的继续，否认‘我’、否认宇宙，这都是表面上绝望的表现和神秘的安慰。我们的命运并不因为它不是真实的而令人毛骨悚然，我们的命运之所以可怕正因为它是实实在在的现实。时间是造成我的物质。时间是吞噬我的河流，而我正是这河流；时间是摧毁我的老虎，而我正是这老虎；时间是焚烧我的火焰，而我正是这火焰。世界的可悲在于它是真实的；我之所以可悲正因为我是博尔赫斯。”几乎在每篇小说中，博尔赫斯都要提到时间问题。《小径分岔的花园》较为典型地体现了他的时间观：时间是一张“正在变化着的分散、集中、平行的时间的网”，“这张时间的网，它的网线互相接近，交叉，隔断，或者几个世纪各不相干，包含了一切的可能性”。每一个人、每一件事，其实只是时间之网中的一点，在某一时间中，点与点之间会产生交叉或冲突，由此我们可以理解博氏小说中的类似的句子：“一个人可能成为别人的敌人，到了某一个时候，我又成为另一些人的敌人。”他就这样创造了各种未来、各种时间，它们各自分开，又互相交叉。博尔赫斯的时间观很大程度上来源于柏拉图和叔本华，既包含了柏拉图哲学的时空观念，又融合了叔本华的意志表象论，认为意志是宇宙的本质，人是宇宙的一个因子，所谓的时间只是一种主观时间，完全受制于上帝。《秘密奇迹》中的作家拉迪克被盖世太保判决于10天后即3月29日上午9时执行枪决，可他的一部剧作《敌人们》还没写完，于是他在黑暗中祈求上帝：“如果我是以某种方式存在着的，如果我不是你的一个多余或者错误，那么就作为《敌人们》的作者而存在吧。他既可以是我的证明，也可以是你的证明。可是，为了完成这个剧本，我还需要一年时间。你就是世纪，你就是时间，赐给我这些日子吧。”果然，上帝给了他一个秘密奇迹：让德国人按时的枪弹从发布命令到执行命令，在他的思想里延续了整整一年。等他写完剧本的最后一个字，行刑队的枪声也响了——“哈罗米尔·拉迪克死于3月29日九点零二分”。在这里，客观时间并没有丝毫改变，改变的只是拉迪克心中受制于上帝的主观时间。这种时间观，博尔赫斯曾经引用《古兰经》中一段文字加以说明："故真主使他在死亡的状况下逗留了一百年，然后使他复活。他说：'你逗留了多久？'他说：'我逗留了一日，或不到一日。'"

其次是与这种时间观念相关的"循环"。博尔赫斯在《巴别图书馆》中把图书馆描绘成一个球体，里面有盘旋的梯子，有圆形的房间，还有圆形的循环的书。这其实代表了他对知识、对世界、对人生的一种认识，即世界万物都是循环往复的迷宫，不仅时间如此，人生也是如此。似乎是为了印证这一点，他的小说总是有意识地不断重复某些情节、手法、词句以至人物形象。陈光孚先生曾详细分析过《神学家》、《皇宫的寓言》等作品所体现出来的循环。《神学家》描写了两个对立的学派，一派叫"千篇一律派"，主张历史是一个圆圈，循环往复；另一派叫"圆环派"，主张轮子说。实际上这两派自身也都是重复循环。作者引用了奥古斯都的一段话：耶稣就是一条笔直的路，可以把我们从不信上帝的人所走的圆圈、迷宫里挽救出来，以此论证人世间的一切皆在循环。《〈吉诃德〉的作者皮埃尔·梅纳尔》中那个想重写《堂吉诃德》的梅纳尔，殚思竭虑，挖空心思，最终写出的小说却与原著一字不差。这两部作品典型地表述了博尔赫斯的观点，即大千世界是不断重复的，时代不同、人物不同，可重复却不可避免，有时甚至是完全相同的重复。这种循环，并不存在明显的过去、现在、未来的区别，它只是一条链环，循环往复，周而复始，存在于其中的任何人、任何事都是没有意义的。时代的更换是时间的循环；人的生死是生命的轮回、灵魂的转世，死亡只不过是循环的一个阶段，死亡与生命相伴随。它就像博尔赫斯诗集《他人与自己》第三章《循环的夜》所说："不知道我们是否在轮回着，确像循环小数在不断重复。"博尔赫斯曾经说过"文学即游戏"，这种文学游戏，很大程度上其实就是时空、世界的轮回循环游戏。

最后是"梦幻"。阅读博尔赫斯的作品常常给人一种似梦似幻的感觉。这固然是由于作者所追求的迷宫效果使然，但更重要的在于作品中现实与虚构的双向互动。在完全虚构的作品情节中，博尔赫斯充分调动他超人的知识储备，嵌入大量真实的要素，从中国的长城、《红楼梦》，到阿拉伯的《一千零一夜》，从但丁的《神曲》到塞万提斯的《堂吉诃德》，从基督教到佛教，作者将自己阅读到的知识话语延伸到了他的小说创作之中，使得小说产生了一种亦真亦幻的审美效果。它也同时带来了作家所追求的创作与阅读的开放性，博尔赫斯最早在《〈吉诃德〉的作者皮埃尔·梅纳尔》中提出了阅读是创作的延伸的观点，认为文学的魅力在于游弋于现实与虚构之间。到了《布罗迪报告》、《特隆·乌克巴尔，奥比斯·特蒂乌斯》、《赫伯特·奎因作品分析》等作品中，他更是将虚构作者与作品的文学游戏加以发挥，一步步地把读者带入他设置的文学陷阱之中，或者以评论取代叙述，或者将虚构变成真实，或者让读者成为作者，在虚构与真实之间往来穿梭，亦真亦幻，开创了文学创作中现实与虚构、创作与阅读之间的全新关系。有论者认为，博尔赫斯借这篇小说提出了现代小说的全新概念，为现代小说的创作展示了广阔的前景。这是继塞万提斯、莎士比亚在文学领域的“现代化”之后具有深远意义的观念的更新。

这种亦真亦幻的效果不仅是叙述技巧，而且是一种人生态度。在博尔赫斯看来，人生如梦，你的梦中有我，我的梦中有你，人人都是梦中人，甚至宇宙人生也是一场大梦。《另一个我》、《圆形废墟》、《等待》等小说都是写的梦想。对于博尔赫斯来说，梦幻与虚构并不仅仅是小说的表现手法，而且是小说本身，梦幻不是某种外在形式，而是存在的本质。《圆形废墟》中的魔法师来到一个焚毁庙宇的圆形废墟，在梦中重造了一个亚当似的小伙子，向他传授宇宙的奥秘和对火的崇拜。可魔法师想到构成这个世界的全部生命中，只有火知道他的孩子是个幻影，他很害怕小伙子会悟到这一点，为此他十分不安。然而，一场突如其来的大火结束了一切，一切都被火焚毁。魔法师本想逃到水里，但他意识到死亡是来解脱他的，于是他一步步走向火焰。“火焰并没有吞食他的皮肉，而是抚爱地围住了他，既不灼，也不热。他宽慰，他屈辱，他惶恐，他明白，他自己也是一个幻影，一个别人梦中的产物。”小说其实说明了一个观点，即我们彼此都是梦中人，谁也逃脱不了梦幻与虚构的命运。这种梦幻感与博尔赫斯二元论的哲学观念颇有关系，《博尔赫斯与我》可以说比较典型地表述了他的二元论。博尔赫斯是博尔赫斯，同时又不是博尔赫斯。博尔赫斯是作者的身外之物，只有在某一瞬间才能代表自己。在一定的时间和一定的条件下，你自己才真正是你自己。《小径分岔的花园》中主人公误入一座中国式的花园，他与园主的谈话似乎对此有所点化：“在这些时间里，您存在，而我不存在；在那些时间里，我存在，而您不存在；在另一些时间里，您和我都存在。在这个时候，我得到了一个好机缘，所以您来到了我这所房子；在那个时候，您走过花园，会发现我死了；在另一个时候，我说了同样的话，然而我却是个错误，是个幽灵。”

“时间”、“循环”、“梦幻”，共同构成了博尔赫斯所创造的迷宫式的世界。它可以说是一种智力游戏，也可以说是一种思辨游戏。在叙述故事的时候，博尔赫斯似乎有意要使读者迷失方向，乐此不疲地制造迷宫。当我们耐心细致地阅读他的故事并终于读到了期待已久的肯定时，接踵而来的却是否定，于是又得重新开始。迷宫世界的意象与感受已经深深打动了我们，我们却依然无法接近。博尔赫斯创造的这个迷宫式的世界，其实就是《巴别图书馆》中的“图书馆”，它是世界和宇宙的缩影。传说图书馆中有一本神书，即真理的象征，读者都来寻找这本书，但始终找不到，于是有人提出退一步的方法：“为了找到甲书，先查阅指明甲书所在地的乙书。为了找到乙书，先查阅丙书，就这样查下去直至无限。”人们深陷其中，却难寻出路；感受着真实，却把握着虚无。时间与空间、真实与虚幻、瞬间与永恒，让人穷究一生，也难以参悟这人生的迷宫、世界的迷宫、宇宙的迷宫。这正是20世纪西方现代社会特质的象征，也为博尔赫斯的作品带来了世界性。可以说，博尔赫斯是一个被放逐的欧洲作家，只不过由于历史原因，他可能会用西班牙语、葡萄牙语等拉丁语种写作。从精神特质上来说，他属于欧洲文学的血脉。

【拓展阅读】

一、中译本

1. 博尔赫斯．博尔赫斯文集．王永年，陈众议，等，译．海口：海南国际新闻出版中心，1996.

2. 博尔赫斯．作家们的作家：豪·路·博尔赫斯谈创作．倪华迪，译．昆明：云南人民出版社，1995.

二、研究著作、论文

1. 陈众议．博尔赫斯．北京：华夏出版社，2001.

2. 詹姆斯·伍德尔．博尔赫斯：书镜中人．王纯，译．北京：中央编译出版社，1999.

3. 陈凯先．现代文学大师博尔赫斯．译林，1996（3）.

4. 陈凯先．杰出的文学大师博尔赫斯——纪念博尔赫斯百年诞辰．当代外国文学，1999（1）.

5. 陈众议．童心剖诗——论博尔赫斯的老虎、镜子与迷宫．文艺研究，2002（4）.

6. 唐蓉. 从圆到圆：论博尔赫斯的时空观念. 外国文学评论，2004（1）.

7. 王钦峰．释博尔赫斯“无穷的后退”．外国文学评论，2002（1）.

8. 李倩．博尔赫斯的玄想和小说文本关系求证．当代外国文学，2004（1）.

【思考题】

1. 为什么博尔赫斯被称为“作家们的作家”?
2. 博尔赫斯重要的短篇小说集有哪些?
3. 如何理解博尔赫斯小说的时间观念与循环观念?
4. 为什么说博尔赫斯的小说是一种梦幻(幻想)小说?

第七节　罗伯-格里耶的《嫉妒》赏析

【作家生平】

罗伯-格里耶是新小说派中最具有代表性的一个。法国著名后现代主义理论家罗兰·巴尔特称他是小说界的哥白尼，认为罗伯-格里耶的每部小说，都具有一种小说革命的意义。罗伯-格里耶也可以说是20世纪在小说实验和小说创新的道路上走得最远的人物之一。

罗伯-格里耶（1922—2008）生于法国布勒斯特的一个小商人家庭，青少年时期在巴黎接受了系统教育；第二次世界大战期间曾在德国坦克厂做镟工；1945年毕业于法国国立农艺学院，获得农艺工程师证书，并先后在国家统计院和“殖民地水果和柑橘类研究所”供职，到过摩洛哥、几内亚、瓜特德鲁普和马提尼克等国；1949年进入生物学研究机构工作；1950年，由于健康原因被迫从安的列斯群岛返回法国，在回国的船上开始构思、创作《橡皮》（1953），并于三年后发表了这部成名作，这也是他发表的第一部新小说作品。罗伯-格里耶由此走上了专业作家的道路。《橡皮》出版之初并不被关注，但出乎意料的是这部侦探题材的小说在20世纪60年代却大为风行，发行量超过100万册。《橡皮》之后，罗伯-格里耶进入了创作高峰期。他于1955年发表《窥视者》，获当年法国评论家奖，被称为“新小说”的代表作。之后，他在巴黎午夜出版社担任文学顾问，同时从事写作及摄制电影。他的主要作品除《橡皮》、《窥视者》以外，还有《嫉妒》（1957）、《在迷宫里》（1959）、《快照》（1962）、《幽会的房子》（1965）、《纽约革命计划》（1970）、《漂亮的女俘虏》（1977），另外还有传奇故事《重现的镜子》（1984）、《反复》（2001）等。从1970年起，罗伯-格里耶在纽约大学任教20余年。2003年，81岁高龄的罗伯-格里耶还入选了法兰西学士院院士，成为40位终身院士中的一员（居第32号位），跻身法兰西学士院“不朽者”行列。2008年2月18日，法兰西学士院宣布，罗布-格里耶于当地时间18日凌晨因心脏病在法国卡尔瓦多斯省西部城市卡昂逝世，享年 85 岁。

罗伯-格里耶也是新小说派的理论家，论文《未来小说的一条道路》和《自然本性、人本主义、悲剧》被视为新小说派的理论宣言。另外他还著有论文集《为了一种新小说》（1963）等。罗伯-格里耶旗帜鲜明地拒斥巴尔扎克所代表的文学时代，谓之“真实”的冰冻期，而新的小说正是要防止人对物过度地染指，而着重对物质世界的还原与理解。罗伯-格里耶在文学上的成就使他饮誉“新小说派领袖”、“新小说教皇”、“午夜魔王”等诸多称号。罗伯-格里耶还以从事电影创作而知名，电影小说《去年在马里安巴》（1961）由“新浪潮”导演阿伦·雷乃拍摄成电影后，曾经获得威尼斯电影节大奖。他还曾自编自导自演影片《欧洲特快列车》。

作为世界上最重要的先锋作家之一，罗伯-格里耶的小说也是被谈论得最多而阅读得最少的作品，就像他自己所说的那样：“文学界都知道我的名字，但却都不读我写的书。”其中名气最大、最具有创新精神的小说是《嫉妒》。

【作品内容】

《嫉妒》是罗伯-格里耶最具实验性的作品，评论者称它是罗伯-格里耶作品中“最出色的一部”，但也是令大多数读者望而却步的一部。它的革命性首先体现在对传统的小说准则的彻底背离。巴尔扎克时代的关于典型环境、人物塑造、情节描写、心理分析之类的约定俗成的准则，在《嫉妒》中受到了前所未有的反叛。

从书名即可看出，《嫉妒》是一部以“嫉妒”为主题的小说，写的是一个丈夫对自己的妻子阿×和一个男邻居弗兰克观察和猜忌的过程。但整部小说并没有什么故事，甚至没有多少情节，贯穿小说始终的是一些一再重复的场景。同时，《嫉妒》的叙事者其实是没有出现的。小说貌似有一个第一人称叙事者在叙述，但从未有“我”的字样出现，读者只能听到他的声音，却不知他是谁。进入视野和场景的总是女主人阿×的活动，以及阿×和邻居弗兰克在露台聊天、在餐厅吃饭的场景。但是读者却时刻感到场景和空间中不止有阿×和弗兰克，当小说写到露台或餐厅的场景时，总是要交代有第三把椅子、第三个杯子、第三副餐具，暗示还有第三个人的存在。这第三个人就是小说中的嫉妒的丈夫，一个不动声色的观察者，时刻在监视和猜忌让他嫉妒的妻子。

秘鲁小说家略萨认为《嫉妒》是一部故事中的最根本的成分——也就是

中心人物、作为叙事者的“我”——流亡于叙述之外的长篇小说。也可以说小说的中心人物是被隐藏的。同时，在核心人物之外，小说也隐藏了核心的细节：阿×搭邻居弗兰克的车进城，当晚却没有赶回来，理由是车在路上抛了锚。于是妻子是怎样在外面过夜的就成为叙事者不断猜疑的重要细节。但这一细节的真相——汽车究竟有没有抛锚——在小说中也是被隐藏的，是无法证实的，既是叙事者无法确知的，也是读者无法确知的。

《嫉妒》的这种“隐藏”的艺术似乎想告诉读者这样一个理念：所谓真实是不存在的，或者说，并不存在巴尔扎克式的传统小说意义上的真实。一切都取决于人的观察角度和位置。小说中的叙事者所能叙述出来的，只是他所能看到的和感知到的。因此，叙事者的观察就构成了小说中最核心的要素。正是在这个意义上，小说的名字所隐含的双关含义（在法语中，“嫉妒”一词的另一个意思是“百叶窗”）把作为主观心理活动的“嫉妒”主题与作为客观存在的百叶窗所表现的“观察”的主题结合了起来。小说中的叙事者正是常常透过百叶窗观察着妻子以及邻居的一举一动。他的视野也由此取决于百叶窗的物质形式，他所能看到的场景也被他的观察的形式——百叶窗所限定。而小说也因此表达了新小说派的一个重要的小说观念：人的主观心理和情绪与客观存在的“物”是密不可分的。这就是《嫉妒》所蕴涵的“物化”的重要主题。

【作品赏析】

《嫉妒》被有的研究者称为“视觉小说”。

雅克·里纳尔在《小说的政治阅读》一书中认为，“视觉”是《嫉妒》中的丈夫把握现实的唯一方法和决定方式，他唯一的权力就是“看”。丈夫的存在就是目光。在小说中他的监视的目光一直跟踪着阿×，而且在很多场景中他的监视是透过百叶窗进行的。如前所述，“嫉妒”一词在法语中的另一个意思就是“百叶窗”。因此，小说题目是有着双关意思的：一是“嫉妒”，一是“百叶窗”。而题目作为“百叶窗”则呈示着小说的另一个主题，那就是“窥视”。窥视者所能看到的景象其实是被他的观察方式——百叶窗限定的。因此《小说的政治阅读》指出：这部小说写的是“以某种方式观察事物”。或许可以说，《嫉妒》这部小说先有了“百叶窗”，然后才有了“嫉妒”。

作为“视觉小说”也决定了《嫉妒》的“现在性”和“空间性”。观察总是正在进行的，这就是所谓的“现在性”。《嫉妒》的中文译本是以“现在”

二字开头的。小说共有九个大的段落，其中五个段落都以“现在”二字开头，原小说中运用的也是现在时态。“现在”时态造成的效果是叙述过程与被叙述的对象、事件同步发生的假象。被叙述的事件是正在发生的，从而也使小说成为一门永远处在现在时的艺术，读者的阅读似乎也与小说的写作相同步，小说家展示的正是他完成小说的过程。因此，米歇尔·莱蒙在《法国现代小说史》中称：“小说完全处于不可能完成之中。”正像新小说派的另一名家米歇尔·布托尔在1956年说的那样：“小说是一种探索。”

新小说派是一个努力探索新的语言方式和艺术手段的流派，在新小说派所偏爱的各种艺术倾向中，一个重要的主题“就是叙述一个故事的不可能性”。就是说，新小说派小说家尽可能地在小说中摒弃故事，即使有故事情节的某种形态，也表现为一种未完成状态。小说的讲述方式通常表现为“现在进行时”，小说成为叙事者的正在进行的叙述行为，所以，“未完成性”构成了新小说的一个重要的特征。这使绝大多数的新小说作品成为一种未完成的探索。米歇尔·布托尔所说的“小说是一种探索”，也可以被理解为“小说乃是对小说本身的探索”。新小说派小说家都致力于探索小说的新的可能性，探索还没有被别的小说家实践过的小说形式和主题，而对传统小说形式则一概否定。因此，有文学史家称新小说派是“否定派”：“不要人物，也不要故事情节，总之，不要从古至今构成小说的东西。这正是发掘更适合我们时代感性的新形式的愿望。大部分新小说宣言中的实质就是文学必须更新，必须重新提出来讨论，应当探索一些新路子，至少应当在乔伊斯、陀思妥耶夫斯基、卡夫卡已经开辟的道路上走下去。新小说就是通过这一方式，作为未来小说的试验室，作为具有否定和探索特色的小说新风格出现的。”

新小说派堪称二战后最具探索性的文学流派。这种革命性首先表现在对巴尔扎克以来的现实主义小说传统的质疑和反叛。新小说派首先质疑的是传统小说关于“真实性”的观念，认为以巴尔扎克为代表的传统小说对环境的注重、对人物的刻画所反映的只是一种肤浅的真实，不仅无法揭示一个客观世界，而且以真实性的假象欺瞒读者。同时，传统现实主义小说的艺术手法已经不再适应现代人的生存方式和心理习惯。用萨洛特的话来说：“小说被贬为次要的艺术只因它固守过时的技巧。”当然，新小说派的艺术革新也招致了可以想见的批评，就像罗伯-格里耶曾描述过的那样：“有人对我们说：你们不在作品中刻画人物，你们连故事都不讲，你们不去研究某一个人物的性格、也不去写某种环境，不去分析人的七情六欲，所以你们写的并不是真正的小说。”但是，新小说派这些被批评界诟病的地方，却恰恰是他们坚持的地方，也恰恰是他们的创作对传统小说构成了反叛的地方。在艺术观念上，新小说派作家极力主张文学应该客观摹写世界，主张在作品中抛弃作家任何主观的思想、见解和议论，作家所做的只是精细、如实地反映外部世界，尤其是刻画外在的物质世界。因此，对“物”的重要性的强调在新小说派这里走向了一个极端，罗伯-格里耶就宣称：“我们必须制造出一个更实体、更直观的世界，以代替现有的这种充满心理的、社会的和功能意义的世界。让物件和姿态首先以它们的存在去发生作用，让它们的存在继续为人们感觉到，而不顾任何企图把它们归入什么体系的说明性理论。”“在小说的这个未来世界里，姿态和物件将在那里，而后才能成为‘某某东西’。此后它们还是在那里，坚硬、不变、永远存在，嘲笑自己的意义。”

罗伯-格里耶认为：“世界既不是有意义的，也不是荒谬的，它存在着，如此而已。”因此，新小说派也追求对意义的彻底放逐。小说不再以叙述一个有声有色、有头有尾的故事为目的，也不再具有主导的心理学动机，更不用说探索什么存在的意义了。那么，新小说派作家是如何在小说中放逐意义维度的呢？罗兰·巴尔特总结说，罗伯-格里耶采取的策略有二：一是消解深度，二是瓦解叙事。

首先罗伯-格里耶认为，传统小说的意义是建立在“深度”这个神话的基础上的，小说家总认为他的小说试图表达一个深刻的主题，小说总是隐含有一种深度，而这深度就是小说的意义。但是罗伯-格里耶却不相信世界有一种深度存在，所谓的深度是人类人为赋予的。他的小说就是一种排斥了所谓深度的“表面小说”，在技巧上则表现为大量运用视觉性极强的词汇，惯于不厌其烦地描写事物的形状、数目，方位、性质、质地等等物质表层的特征。如《嫉妒》中这样写香蕉树：

> 从这丛香蕉树往下，这片蕉林的边线沿着山坡稍稍岔开着垂下来（向左偏斜）。到这片地的下端为止，每排植有三十二株香蕉树。
>
> 如果不计较这些树实际上的有无和顺序，那么第六排树在一个矩形、一个规则的梯形和一个边缘凹陷的梯形中所拥有的植株数应当分别是二十二、二十一和二十。而如果减去已经砍掉的树，则是十九。
>
> 再往下的每一排树木所包含的株数依次为：二十三、二十一、二十一、二十一、二十二、二十一、二十、二十、二十三、二十一、二十、十九……

这就是新小说中常常出现的极端精细的物质主义式描写，小说家试图完全写出香蕉林的原貌，它的分布、形状、数目，给人一种极端的机械感。罗伯-格里耶刻意追求的就是为读者呈现视觉层面的香蕉林，而不关注什么深度和意义。

其次是瓦解叙事。罗兰·巴尔特称罗伯-格里耶小说写作的最突出的特点是“断绝了叙事性吸引力”，即打断叙事的连续性，大量运用场景、细节、断片，读者很难再读到一个完整的、有连贯情节线索的故事。这就是罗伯-格里耶对小说的叙事性秩序的瓦解。体现在《嫉妒》中，是小说缺少连贯的情节，甚至很少情节，读者也很难整理出一个有头有尾的故事，从而表现出生活的无序化的基本特征。

法国学者戈尔德曼在他的《论小说的社会学》一书中指出，《嫉妒》这部小说的名字所隐含的双关含义表明“在这个世界上不可能把情感和物分开”。小说表现了“物”的自主性，并进而表现了一个“物化”的现实。正像《嫉妒》中的叙事者所昭示的那样，他只能透过百叶窗偷偷地窥视，是一个被动的存在，而无法成为一个行动者，这就是“物化”的现象，即人向物转化。由此，戈尔德曼认为“物”成为一种具有自主性的现实，而人不但不能控制“物”，反而被“物”同化，被“物”宰制。最终我们所处的世界的结构也变成了一种“物化”的结构。《嫉妒》所表现的更深刻的主题正是这种世界以及人的“物化”的主题。“物化”也构成了新小说派对 20 世纪人类生存状况的一种深刻的体认。

马克思主义者认为，资本主义把一切社会关系都变成了物。马克思正是从商品拜物教中发现了物化现象，即资产阶级把每一件事物都理解成可计算的东西，从而形成了资本主义的拜物教化的特征。这是一般意义上的马克思主义者的观点，从这种观点理解罗伯-格里耶的《嫉妒》，评论者们认为小说一方面写出了一个客观存在的物化世界，另一方面则可以说表现了对物化世界的抗争。但是罗伯-格里耶对“物化”还有着自己的理解。他说：“我是一个现实主义的、客观的作家，我创造一个我不加判断的想象的世界，既不赞同，也不谴责，但是我记录下了作为基本现实的存在。”在他的论文《未来小说的道路》中，他称他制造的只是一个更实体、更直观的世界，让物件首先以它们的存在去发挥作用。“物”在罗伯-格里耶的理解中首先是一种客观存在，它是自足的，拒绝人类赋予它以各种各样的说法和意义。《嫉妒》表现的就是一个没有意义的世界。它的风格是彻底的表面化，甚至排除了文学上的修辞手段，尤其排斥了比喻。

罗伯-格里耶反思了传统诗学中占有重要地位的“比喻”。他认为，“比喻导致了人类中心论”：

> 事实上，比喻从来不是什么单纯的修辞问题。说时间“反复无常”，说山岭“威严”，说森林有“心脏”，说烈日是“无情的”，说村庄“卧在”山间等，在某种程度上都是提供关于物本身的知识，关于它们的形状、度量、位置等方面的知识。然而所选用的比喻性的词汇，不论它是多么单纯，总比仅仅提供纯粹物理条件方面的知识有更多的意义，而附加的一切又不能仅仅归在美文学的帐下。不管作者有意还是无意，山的高度便获得了一种道德价值，而太阳的酷热也成为了一种意志的结果。这些人化了的比喻在整个当代文学中反复出现得太多太普遍了，不能不说表现了整个一种形而上学的体系。

罗伯-格里耶认为，对比喻的运用远不仅仅是修辞问题，而是反映了人把自己的本性的观念推广到“物”上面，从而反映了一种人对“物”的世界的主宰，是以人为中心的。所以罗伯-格里耶主张文学作品尽量不用比喻，而是还原“物”的本来的世界。只有这样，才能如实地反映世界作为物的存在的事实，也才能反映人所处的是一个物化的世界的事实。

但是，复杂之处在于，《嫉妒》同时又是自身内部具有某种悖论性的小说，它是个自我矛盾的统一体。当评论家们察觉到叙事者在不动声色地呈现着“物”的时候，罗伯-格里耶却指出这个叙事者并不是一个所谓冷静客观的人，恰恰相反，他是“所有的人当中最不中立、最不不偏不倚的人；不仅如此，他还永远是一个卷入无休止的热烈探索中的人，他的视象甚至常常变形，他的想象甚至进入接近疯狂的境地”；“是这个人在看、在感觉、在想象，而且是一个置身于一定的空间和时间之中的人，他受这感情欲望支配，一个和你们、和我一样的人”。简单地说，《嫉妒》的叙事者是个被“嫉妒”的心理疯狂折磨的、有强烈主观情感的人。

因此，罗伯-格里耶指出：“尽管人们在小说中看到许多‘物’，描写得又很细，但首先总是有人的眼光在看，有思想在审视，有情欲在改变着它。我们小说中的‘物’从未脱出人的感知之外显现出来，不论这种‘物’是真实的，还是想象的”。正是从这个意义上，罗兰·巴尔特说有两个罗伯-格里耶，一个是客观主义者，另一个是人本主义者，或主观主义者。读者也可以用两种方式去读罗伯-格里耶，即一方面是把他看作描绘“物”的世界的小说家，另一方面又可以把他看作是创作主观性文学的小说家。而罗伯-格里耶的作品中出现的物常常作为一项心理内容的素材。从这个意义上说，两个罗伯-格里耶是统一的，

《嫉妒/百叶窗》的书名本身就意味着主观世界和客观世界的不可分割。

【拓展阅读】

一、中译本

1. 罗伯-葛利叶．嫉妒．李清安，沈志明，译．桂林：漓江出版社，1987.

2. 罗伯-格里耶．吉娜·嫉妒．南山，译．上海：上海译文出版社，1997.

二、研究著作、论文

1. 罗伯-格里耶．自然、人道主义、悲剧//伍蠡甫，主编．现代西方文论选．朱光潜，译．上海：上海译文出版社，1983.

2. 罗伯-格里耶．未来小说的道路//伍蠡甫，主编．现代西方文论选．朱光潜，译．上海：上海译文出版社，1983.

3. 罗伯-格里耶．新的文学断然只是向少数人开放的//陈侗，杨小彦，选编．与实验艺术家的谈话．杜莉，等，译．长沙：湖南美术出版社，1993.

4. 柳鸣九，主编．新小说派研究．北京：中国社会科学出版社，1986.

5. 吕西安·戈尔德曼．论小说的社会学．吴岳添，译．北京：中国社会科学出版社，1988.

6. 雅克·里纳尔．小说的政治阅读：阿兰·罗伯-格里耶的《嫉妒》. 杨令飞，吴延晖，译．长沙：湖南文艺出版社，2000.

7. 柳鸣九．没有嫉妒的《嫉妒》.《嫉妒》译本序．桂林：漓江出版社，1987.

8. 米歇尔·莱蒙．法国现代小说史．徐知免，杨剑，译．上海：上海译文出版社，1995.

【思考题】

1. 新小说派的革命性表现在哪些方面？

2.《嫉妒》是如何消解“深度”模式的？

3. 怎样理解罗伯-格里耶对“物”的思考？

4. 为什么说有两个罗伯-格里耶，一个是客观主义者，另一个是主观主义者？

第八节　帕斯捷尔纳克的《日瓦戈医生》赏析

【作家生平】

鲍里斯·列昂尼多维奇·帕斯捷尔纳克（1890—1960）是20世纪苏联著名作家和最为杰出的抒情诗人之一。他于1890年2月10日诞生于莫斯科一个犹太教家庭中。他的父母亲都是极为优秀的艺术家。父亲列昂尼德·帕斯捷尔纳克是一个画家，任教于莫斯科绘画雕塑建筑学院，曾为列夫·托尔斯泰的《复活》创作插图。母亲罗扎利娅·考夫曼师从著名的钢琴家鲁宾斯坦，天资聪慧，技艺不凡，很小年纪就在演奏界崭露头角并小有名气。帕斯捷尔纳克的父母分别是美术界与音乐界的巨星，家中"谈笑有鸿儒，往来无白丁"，帕斯捷尔纳克从小耳濡目染，逐渐形成了对美的艺术、文学等的强烈向往和追求。作为艺术家的双亲不仅给予了帕斯捷尔纳克优良的天赋和对艺术与生俱来的热爱，还使他得以生长在艺术氛围浓郁的环境里，并且有与那些伟大人物们结识的可能。

第一个给予帕斯捷尔纳克以深刻影响的巨人是俄国文坛泰斗列夫·托尔斯泰。帕斯捷尔纳克在他的自传里记录了童年时代一个他永远难忘的夜晚。那天，66岁的托尔斯泰在女儿们的陪伴下专门来到帕斯捷尔纳克家听罗扎利娅的演奏，从梦中惊醒的小鲍里斯被妈妈抱进客厅，年仅4岁的他还记得那位不平凡的老人的雪白的头发。这一印象如此深刻，似乎他那时就知道自己将要循着大师的脚印，把同样深沉的对俄罗斯的挚爱写进不朽的文字。成年以后，在生活中帕斯捷尔纳克也像托尔斯泰一样，亲近自然，有劳动的习惯，并一生保持纯真的心地。两人的相似与其说是出于后者的模仿，毋宁说同是淳朴而又伟大的品格使然。

少年时代的帕斯捷尔纳克因为一次偶然的机会对音乐产生了更大的热情。有一天，在奥博连斯克别墅附近树林中玩耍的小鲍里斯忽然听到毗邻别墅里传来的钢琴声。音乐美得近乎天籁，他简直像中了魔咒一样不能迈步，并由此开始了他的音乐家之梦。引领他走上这段梦之途的人就是著名的作曲家斯克里亚宾。此后的6年中，音乐几乎占据了鲍里斯的全部生活时间，他努力学习各种音乐理论和作曲，然而最终却因没有“绝对听力”而痛苦地放弃了音乐。

第三个深刻影响了帕斯捷尔纳克的是奥地利诗人里尔克。像托尔斯泰一样，帕斯捷尔纳克与里尔克也有过一面之缘。那是他10岁的时候，他们一家与前来俄罗斯访问的里尔克在一个小小的驿站上挥手道别。尽管直到里尔克逝世他们都没能再次见面，然而命运之神却将他们更具有鼓舞力、也更有意义的相逢安排在书信中。成年后的帕斯捷尔纳克给他所崇拜的诗人里尔克写信，后经他牵线，另一位俄罗斯女诗人茨维塔耶娃也加入进来。三个诗人之间飞鸿往来，激情无限，他们的书简成为文学史上的一段动人佳话。

帕斯捷尔纳克从少年时代起，就对哲学产生了兴趣。帕斯捷尔纳克还有一段时间专心攻读哲学，并在德国马尔堡大学师从著名的哲学家科恩教授。但是他最终也像告别音乐那样，告别了哲学，一心一意地走上了文学创作的道路。然而音乐、哲学以及绘画对帕斯捷尔纳克已形成了一生的滋养，因此，他的所有创作都回荡着诗情的旋律、对生活全身心的热爱，并总伴随着浓厚的思辨色彩。

帕斯捷尔纳克的文学创作之路是从诗歌开始的，1914年他的第一本诗集《云雾中的双子星座》出版。帕斯捷尔纳克参加了一个叫做“离心机”的未来主义温和派小组。他还与著名诗人马雅可夫斯基有着密切的关系。1917年，他出版诗集《超越障碍》。1922年，帕斯捷尔纳克完成了第三本诗集《生活呵，我的姐妹》。帕斯捷尔纳克每本诗集的出版，都标志着他的创作道路开始了新阶段。其后他的作品集还有《主题与变奏》（1923）、《第二次诞生》（1934）、《在早班列车上》（1943）等，另有1926年写成的长诗《施密特中尉》和1927年写成的《1905年》。1956年至1959年，他编成诗集《雨霁》。在20世纪30年代与40年代初的艰难时期，他的诗歌创作被迫停止，帕斯捷尔纳克转而翻译了很多作品。他的译作如莎士比亚的戏剧和歌德的《浮士德》，以及裴多菲、魏尔伦等的诗作，都成为俄语的经典译本。

帕斯捷尔纳克在从事诗歌创作的同时，从未忽略散文的写作。他的中篇小说《柳威尔斯的童年》，早在1922年就已发表。1931年，他发表了自传体中篇《安全保护证》，1956年写作第二本自传《人与事》，以后又写了一些小说、散文等。到1957年，他历时10年写就了长篇小说《日瓦戈医生》。帕斯捷尔纳克晚年的时候曾倾力创作戏剧三部曲《盲美人》，可惜到作家去世的时候都未能最后完成。

【作品内容】

小说从一个寒冷冬天的葬礼写起。那是日瓦戈11岁时，他的母亲病故。父亲虽然是个拥有万贯家财的大企业家，但很早就遗弃了日瓦戈母子，后来由于挥霍和律师的诡计，在回国途中跳火车自杀了。日瓦戈由他的舅舅尼古拉·尼古拉耶维奇·韦杰尼亚平收养。舅舅对历史的定义、对宗教与人生的诸多观点都深刻地影响了日瓦戈的世界观和人生观。并且他也像舅舅一样，是个善思的人。

成了孤儿的日瓦戈后来被寄养在舅舅的朋友、化学教授格罗梅科的家中，并与他的性格娴静的女儿冬妮娅一起长大。日瓦戈中学毕业后，考入医科大学，而冬妮娅则进了法律学校。大学毕业那年，冬妮娅的母亲病重，在她临终前，日瓦戈与冬妮娅这对青梅竹马的恋人订了婚。日瓦戈在知识分子的环境中长大，受到良好的教育，并选择医生作为自己的职业。他在上大学时读过很多哲学、历史和文学著作，并始终保持对诗歌创作的热爱。一方面，外科医生的职业要求使他养成了注意精确、严谨、冷静客观的处世态度；另一方面，对人文科学的热爱以及宗教的影响又使他对所目睹的世界及其动荡怀有宽博的人道主义精神，并对生活本身抱有深挚的情感。

日瓦戈毕业后在医院找到工作，和冬妮娅结了婚，并有了儿子萨申卡，生活美满安逸。然而不知什么时候起，一个“来自另一个圈子的姑娘”走进了日瓦戈的视野。

一个比利时工程师的遗孀、寡妇吉莎尔带着一儿一女从乌拉尔来到莫斯科。她开了一家成衣店，但是由于生活艰难，只得委身于自己丈夫的朋友、律师科马罗夫斯基，以得到他的帮助和保护。女儿拉拉是个有着灰色眼睛和亚麻色头发的姑娘，她容貌俊俏、动作轻快和谐，她的心灵无比之美。但是她在17岁那年也被科马罗夫斯基占有了。这未成年时的惨痛遭遇是她一生中最大的创痛，并一次次地改变了她本应幸福的人生方向。

拉拉在失身后痛苦万分，但她仍然理智而坚决地要摆脱科马罗夫斯基的纠缠。她先是毅然离家去做家庭教师，几年后，弟弟债务的事情重新激起她对科马罗夫斯基的愤怒。在一个圣诞节的晚上，拉拉踉踉跄跄地来到一个晚会上，用手笼里的枪向科马罗夫斯基射击。枪打偏了，枪声使圣诞晚会一片混乱。科马罗夫斯基虽然受伤，却对拉拉念念不忘。在风波平息后，他帮助拉拉与她选择的爱人帕沙·安季波夫举行婚礼。婚后，拉拉如愿地离开莫斯科，到了乌拉尔的一所中学，与丈夫一起教书，祈盼开始一种新的生活。然而自从新婚之夜拉拉向帕沙倾吐了自己的不幸之后，他们之间却产生了隔阂和误解。帕沙觉得自己并没有真正得到拉拉的爱，为了求得解脱，他投考军校走了。拉拉为了寻找丈夫也到前线当护士。这时，日瓦戈也在第一次世界大战爆发后应征入伍。两人在一个名叫梅留泽耶三天的小镇相遇、共事，并彼此产生了好感。

其实在此之前，他们已经有过两次相遇。一次是在“黑山”旅馆，一次是在斯文季茨基家的圣诞晚会上，拉拉身上那与众不同的气质乃至苦难的痕迹都给日瓦戈留下了深刻的印象。这次在小镇上的相遇更使日瓦戈对拉拉有了很多的了解。但是他们终于克制住自己的情感，战争结束后他们分别了。

日瓦戈回到莫斯科。这时莫斯科由于物资匮乏，人们都生活在窘困之中。日瓦戈回到先前工作过的医院，勉强维持一家的温饱。这时十月革命爆发了，日瓦戈以一个知识分子的卓识感受到这一历史事件的巨大意义，他不由赞叹道：“多么出色的手术啊！拿过来就巧妙地一下子把发臭的多年的溃疡切掉了！”他还称“这是历史的奇迹”。在别的医生纷纷辞职时，他仍欣然留在医院。后来日瓦戈患了伤寒症，病后为了摆脱生活的窘境，他们决定全家去冬妮娅外祖父的家乡——远在乌拉尔地区的瓦雷金诺。

长途跋涉中，列车穿过俄罗斯的长长的腹地。日瓦戈目睹这美好的土地在战争的炮火中变得一片疮痍，这更加深了他在一战随军时得出的结论：无论何种战争都是残酷和扼杀人性的。他依据宗教人本主义的伦理观、价值观对十月革命进行了重新思考。当日瓦戈以自己的伦理道德眼光看他所经历的这段历史时，革命变成了个人、家庭和社会生活的一场灾难。他崇尚的实际上是一种追求人类真诚相爱，超越社会、阶级的人类理想中的永恒道德。于是当他看到革命还伴随着战争、流血、恐怖、暴力和死亡，“革命本身就是一架失控的机车”时，日瓦戈失望并开始逃避。这时的瓦雷金诺对他而言正是一个理想的世外桃源，他自己从事农业劳动，自给自足，并且在闲下来的时候动笔写作。在瓦雷金诺的屏障里，他超然于一切事态之外，只是用他那双充满了悲悯的眼睛默默地注视周围所发生的一切。

这时，命运安排了日瓦戈与拉拉的重逢。他在尤里亚金的图书馆遇到了拉拉，并且无法抵挡又无比热烈地相爱了。这是两颗同样有着美的追求的心灵极其自然的接近，“他们彼此相爱是因为周围的一切都渴望他们相爱：脚下的大地，头上的青天、云彩和树木。他们的爱情比起他们本身来也许更让周围的一切中意：街上的陌生人，休憩地上的旷野，他们居住并相会的房屋”。与拉拉的相爱，使日瓦戈在自己隐士一样的生活以及那仿佛秩序紊乱的时代中头一次感到了巨大的幸福，他想道：“噢，生存多么甜蜜！活在世上并热爱生活多么甜蜜！噢，多么想对生活本身，对生存本身说声‘谢谢’呀！对着它们的脸说出这句话！”

然而与拉拉的爱情也使日瓦戈处于永无休止的良心的自责之中，他想向冬妮娅忏悔，又割舍不下拉拉。一天，日瓦戈从拉拉那里骑马回家时，被游击队截住。游击队非常需要医生，日瓦戈就被强迫留在游击队。在那一年多的时间里，他看到的依然是战争的残酷和人性的极度扭曲。这使他感到万分失望，精神受到很大刺激。他无时无刻不在牵挂自己的亲人，思念拉拉。日瓦戈历尽千辛万苦才脱离了游击队，回到尤里亚金。然而这时冬妮娅已和她的父亲及孩子们回莫斯科去了。日瓦戈又染伤寒，在他病倒之际，拉拉精心地照料他，两人一起度过了一段难忘的日子。

他们还来到了日瓦戈曾生活过的瓦雷金诺。当拉拉和女儿卡佳熟睡之后，日瓦戈坐在宽大的书桌前，燃灯写作。他的心中异常平静而灵感如潮。然而这静谧的寒夜不久就被几声狼嗥打破了。瓦雷金诺也来了不速之客：科马罗夫斯基。他此时当上了“远东共和国”的司法部长，他以保护拉拉及其女儿的名义骗走了她。永别的时刻终于到来了，日瓦戈极力忍住内心的痛楚，他对自己说：“我永生永世忘不了的迷人的人儿。只要我的肘弯还记着你，只要你还在我怀中和我的唇上，我就同你在一起。我将在值得流传的诗篇中哭尽思念你的眼泪。我要在温柔的、令人隐隐发疼的悲伤的描绘中记下对你的回忆，我留在这儿直到写完它们为止。”

日瓦戈写作的时候，帕沙也来到了瓦雷金诺。这时他已由一个叱咤风云、威震一方的革命领导者变为被追捕的对象。日瓦戈与帕沙，这两个拉拉生命中最重要的男子第一次坐在一起促膝而谈。然而第二天一早，帕沙还是开枪自杀了。

1922 年，日瓦戈又一次经过长途跋涉回到莫斯科。冬妮娅和孩子们已流亡国外，和他失去了联系。日瓦戈失去了谋生手段，他自己也拒绝当时盛行的道德观念和价值观念。他孑然一身，同房东的女儿马琳娜结了婚，生了一儿一女，日子过得很凄苦。似乎与拉拉分别后，日瓦戈从精神到肉体都同时枯竭了。这样过了 8 年，一次日瓦戈上街，在公共汽车上心脏病猝发而死去，当时还不到 40 岁。拉拉回到莫斯科，在日瓦戈的葬礼上，她悲痛万分。但由于她的特殊身份，她在一次离家后就再也没有回来。

【作品赏析】

《日瓦戈医生》所写的是俄国知识分子的心灵史和命运史，文中几乎涵盖了 1903 年夏到上世纪 40 年代末近半个世纪俄国历史上的一系列政治事件。

今天，我们似乎不必再去纠缠这部小说是不是否定了十月革命。“多么出色的手术啊！拿过来就巧妙地一下子把发臭的多年的溃疡切掉了！既简单又开门见山，对习惯于让人们顶礼膜拜的几百年来的非正义做出了判决。”出自小说主人公日瓦戈之口的这句名言不知多少次被人们引用。这句名言同主人公后来对十月革命的种种看法使我们心中颇存不安的反思在实质上是相通的，即都体现了小说主人公日瓦戈作为一个典型的知识分子所理应具有的精神独立的气质和批判意识。帕斯捷尔纳克赋予小说主人公乃至整部作品的这种对现实与历史的批判和超越意识，使这部作品具有成为经典的可能。

《日瓦戈医生》在艺术上的最大特点在于它是“诗性叙事”的杰出范本。它是一部诗人的小说，而非小说家的小说。《日瓦戈医生》是更纯粹的“诗人的小说”，这不仅是因为文本内与文本外都有一个诗人在守望，更在于小说在艺术成就方面显示出与手法娴熟的小说家们迥异的诗的品格。首先，我们来看叙事人与作品中主人公的关系。早有人注意到《日瓦戈医生》的自传性，帕斯捷尔纳克以诗名著称，拉拉也在行医之余写作诗篇。这种相像使两个诗人在这同一文本中相互融合，使其成为一部“诗人的小说”；同时使文本外的诗人对诗人医生倾其所爱，充分理解并展示了他心灵的每一片角落，留笔于他的眼睛所捕捉到的每一幅图景和诗意的瞬间。其次，我们再来看叙事人称。从整体来看，叙述者同主人公的距离由远而近，第三人称的叙述在上卷中占主体，而在下卷中，第一人称组成的札记、对话、议论明显增多。作者与读者都越来越走近主人公的心灵，领略他的诗意，哀叹他的悲伤。

再看它的诗意的主人公：日瓦戈和拉拉。当“说假话的风气降临到俄国大地上，人们认为现在应该随大流，人云亦云，依照别人的观念生活”的时候，日瓦戈却始终执著于自己的信仰，成为新时代精神的代表。作品就是通过日瓦戈这个形象来反思时代精神的，一方面把他塑造成一个忍受苦难的使徒形象，另一方面又把他塑造成一个“世人皆醉我独醒”的先知形象。日瓦戈的故事实际上也是一个痛苦的心灵渐渐远离时代的悲剧。日瓦戈随着小说叙事的深入而越来越像一个隐士。最后的一次长途跋涉，使他彻底成了一个沉默寡言的人，同一切人都无法交流也不必交流。他背离喧嚷不休的时代，而靠近另一种永恒，也许马克·斯洛宁正是由此称帕氏是“另一个俄罗斯的代言人”。拉拉是俄罗斯文学中又一优美动人的形象，关于她的描写构成了一曲令人难忘的拉拉之歌。她是走过弯路的女人，但她的苦难丝毫不能折损她的美。“时代的所有主题，它的全部眼泪和怨恨，它的任何觉醒和它所积蓄的全部仇恨和骄傲，都刻在她的脸和她的姿态上……”

在浓郁的抒情性之外，《日瓦戈医生》还有强烈的思辨色彩。就其抽象的哲理思考而言，小说更接近于探索宇宙人生奥秘的《浮士德》，而不是忠实描绘历史巨像的《战争与和平》。《日瓦戈医生》表现的是个性淹没于历史潮流的悲剧，是日瓦戈与拉拉的爱情悲剧，也是人类灵魂“永恒王国”的命运悲剧。

总之，《日瓦戈医生》在小说艺术史上的独特贡献是把俄罗斯写实性的叙事传统与抒情性的诗意品质完美地结合起来，成就了一部史诗性的巨著，因而也被称为“诗化小说”。小说充满着一种诗的情调。“瓦雷金诺”一章中日瓦戈的札记，里面有叙述、议论、杂感、抒情、梦境，甚至诗歌片段，总体上则体现出一种抒情的意绪。

《日瓦戈医生》的诗意并不搁浅于一景或一己，相反它能使人的思绪向更远处开拓并有极强的感染力，这也许是因为它源自那些深沉的爱：爱俄罗斯、爱生活、爱生命和大自然。无论世事怎样飘摇，这些信念都给孤独的人以温暖，给迷茫的人以生存的勇气，给抗争的人以合理的依据。这是《日瓦戈医生》中某种代表了“永恒”的意蕴。小说记录了人们对生活、对世界的诗意的理解和感受，讲述了人们对美好生活的向往，对美的事物将遭毁灭的痛惜。它给读者带来一种极美的内在意蕴：“踏着荆棘，不觉得痛苦；有泪可落，但不是悲凉。”

【拓展阅读】

一、中译本

1. 帕斯捷尔纳克．日瓦戈医生．蓝英年，张秉衡，译．北京：人民文学出版社，2006.

2. 帕斯捷尔纳克．日瓦戈医生．力冈，冀刚，译．桂林：漓江出版社，1986.

二、研究著作、论文

1. 帕斯捷尔纳克．人与事．乌兰汗，桴鸣，译．北京：三联书店，1991.

2. 帕斯捷尔纳克．追寻：帕斯捷尔纳克回忆录．安然，高韧，译．广州：花城出版社，1998.

3. 马克·斯洛宁．苏维埃俄罗斯文学．浦立民，刘峰，译．上海：上海译文出版社，1983.

4. 薛君智．欧美学者论苏俄文学．北京：社会科学文献出版社，1996.

5. 张晓东．生命是一次偶然的旅行：日瓦戈医生的偶然性与诗学问题．哈尔滨：黑龙江人民出版社，2006.

6. 张捷．苏联文学的最后七年．北京：社会科学文献出版社，1994.

7. 包国红．风风雨雨“日瓦戈”——日瓦戈医生．昆明：云南人民出版社，2001.

8. 夏忠宪．《日瓦戈医生》研究史略——兼论方法论的启示．俄罗斯文艺，2010 (2).

【思考题】

1. 从鲍里斯·帕斯捷尔纳克的《日瓦戈医生》的风波透视的俄罗斯知识分子的性格特征是什么?

2. 试对日瓦戈医生的悲剧人生进行探微。

3. 试论《 日瓦戈医生》附诗与全书内容的关系。

4. 从文化阐释的角度来分析日瓦戈形象的原型。

第九节　马尔克斯的《百年孤独》赏析

【作家生平】

加夫列尔·加西亚·马尔克斯（1928—　）是哥伦比亚作家、记者和社会活动家，拉丁美洲魔幻现实主义文学的代表人物。马尔克斯出生于哥伦比亚一个叫阿拉卡塔卡的小镇，父亲是个报务员兼顺势疗法医生。马尔克斯 8 岁以前生活在外祖父家，外祖父曾是上校军官，性格善良、倔强，思想激进，也是一位精于制作小金鱼的金银匠。外祖母是家庭主妇，善讲神话传说及鬼怪故事，这使他的童年生活充满幻想和传奇的色彩，为他后来的文学创作提供了丰富的素材。

马尔克斯自幼酷爱文学，在读小学和中学期间，便广泛涉猎欧美文学作品。1947 年，他进入波哥大大学攻读法律，开始文学创作，并在《观察家》杂志上发表处女作——短篇小说《第三次辞世》；1948 年因哥伦比亚内战中途辍学，不久转入卡塔纳大学读新闻；1954 年，任《观察家报》正式记者，并出版第一部短篇小说集《周末后的第一天》。这部小说中出现了作者在以后多部小说中描写的马孔多镇，表现出魔幻现实主义的基本风格。1955 年，因连载文章揭露被政府美化了的海难而被迫离开哥伦比亚，以《观察家报》记者的身份到过巴黎、波恩、罗马等地，也访问过苏联、波兰、捷克斯洛伐克等国。期间，他的第一部长篇小说《枯枝败叶》（1955）问世，小说采用意识流手法，描写现代文明冲击下乡村小镇马孔多人孤独、迷惘和矛盾的心境。

1959 年马尔克斯回国，任拉丁美洲社记者。1961 年至 1967 年，他移居墨西哥，从事文学、新闻和电影工作，相继出版了中篇小说《没有人给他写信的上校》（1961）、长篇小说《恶时辰》（1961）和短篇小说集《格兰德大妈的葬礼》（1962）等作品。《格兰德大妈的葬礼》描写马孔多镇的统治者、女庄园主格兰德大妈的去世，象征独裁专制统治的盛极而衰。1967 年，马尔克斯耗时 18 年写成的长篇力作《百年孤独》分别在拉美和欧洲的多家报纸杂志上连载，赢得了世界性的声誉。1975 年，他又创作了反专制的杰作《家长的没落》。作品中的“家长”尼卡诺靠军事政变爬上了总统的宝座，穷奢极欲，荒淫无道。作者指出《家长的没落》是“描写权力的孤独的一首诗”。尼卡诺的孤独，是人格被权力异化的结果，体现了独裁者的本质特征。小说的情节荒诞离奇，夸张的成分颇多，虚幻与真实融为一体。

《家长的没落》出版后，马尔克斯为抗议智利政变举行文学罢工，搁笔 5 年。1981 年，他创作了《一件事先张扬的凶杀案》，小说以采访记录的文体多角度地讲述了 30 年前的一场凶杀案，新闻报道式的真实和对凶手杀人前后的心理刻画逼真而深刻。1982 年，他的文学谈话录《番石榴飘香》出版。同年，因“把幻想和现实融为一体，勾画出一个丰富多彩的想象中的世界，反映了拉丁美洲的生活和斗争”，他获得诺贝尔文学奖。之后他发表的《霍乱时期的爱情》(1985)、《迷宫中的将军》(1989) 等小说，连获好评。《霍乱时期的爱情》反映了 19 世纪末 20 世纪初哥伦比亚沿岸地区人们的生活、风俗习惯和社会变动。小说借用了 19 世纪法国言情小说的结构方式，在风格上与作者以前的魔幻现实主义小说大相径庭。1999 年，他患淋巴癌，此后文学产量遽减，2006 年 1 月宣布封笔。

马尔克斯的名字是与魔幻现实主义联系在一起的。《百年孤独》是展现其魔幻现实主义手法的代表之作。小说描述了布恩迪亚家族在虚构的马孔多镇百年七代的兴衰、荣辱、爱恨、福祸，揭示了文化与人性中根深蒂固的孤独。全书近 30 万字，其内容涉及社会和家庭生活的方方面面，可以说是拉丁美洲历史文化的浓缩投影，被誉为再现拉丁美洲历史社会图景的鸿篇巨制。

【作品内容】

何塞·阿卡迪奥·布恩迪亚是西班牙人的后裔，住在远离海滨的一个印第安人的村庄。他与乌苏拉新婚时，乌苏拉由于害怕像姨母与叔父结婚后那样生出长尾巴的孩子，每夜都穿上特制的紧身衣，拒绝与丈夫同房。此事遭到邻居阿吉尔拉的耻笑，何塞杀死了阿吉尔拉；死者的鬼魂经常出现在他眼前，使何塞日夜不得安宁。无奈，他们只好外出寻找安身之所。在梦的启示下定居于一片滩地上，后来建立起了马孔多镇。

何塞是个极富创造性的人。从吉卜赛人那里看到磁铁，他便想用它来开采金子；从吉卜赛人那里得到航海用的观像仪和六分仪，他就通过实验认识到“地球是圆的”。不满于自己生活的贫穷落后，何塞决心要开辟出一条道路，把马孔多与外界的伟大发明连接起来。他带一帮人披荆斩棘干了两个多星期，却以失败告终。后来他又沉迷于炼金术，整天把自己关在实验室里。

布恩迪亚家族的第二代有两男一女。老大何塞·阿卡迪奥像父亲一样固执，但没有父亲那样的想象力。成年后，他和一个叫庇拉的女人私通，有了孩子，但在一次吉普赛人来马孔多表演时又与一名吉卜赛女郎相爱。在出走而空手重返马孔多后，他性情依旧琢磨不定，终因不顾家人反对与雷蓓卡结婚，被赶出家门。

生于马孔多的老二奥雷良诺，在娘肚里就会哭，睁着眼睛出世，先天就有预见的本领。幼时，他像父亲一样沉默寡言，整天埋头在父亲的实验室里做首饰，长大后爱上镇长千金雷梅苔丝。在此之前，他曾与哥哥的情人生有一子，名奥雷良诺·何塞。在美丽的妻子被妹妹阿玛兰塔意外毒死后，他奔赴内战战场，并当上上校。他一生遭遇过 14 次暗杀、73 次埋伏和 1 次枪决，均幸免于难；曾开枪自杀，但却奇迹般地活了下来。在南征北战的戎马生涯中，他先后与 17 个外地女子姘居，并生下 17 个男孩。这些男孩后来不约而同地回马孔多寻根，但却纷纷遭遇追杀，一星期后只有老大活了下来。奥雷良诺晚年解甲归田后，终日待在家中反复地炼制小金鱼。

老三阿玛兰塔成人后爱上了意大利技师，因爱情不如意，她故意烧伤一只手，终生用黑色绷带缠起来，决心永不嫁人。但她内心异常孤独、苦闷，甚至和刚刚成年的侄儿厮混，想用此作为“治疗病的临时药剂”。

第三代人只有何塞·阿卡迪奥的儿子阿卡迪奥和奥雷良诺的儿子奥雷良诺·何塞。前者狂热地爱上自己的生母，几乎酿成大错，后来成为马孔多从未有过的暴君，最终被保守派军队枪毙。后者过早成熟，热恋着自己的姑母阿玛兰塔，因无法得到满足而陷入孤独之中。

第四代即阿卡迪奥与人私通生下的一女两男。女儿雷梅苔丝楚楚动人，浑身散发着媚人的气息，这种气息甚至曾令若干男人意乱情迷、死于非命。她喜欢用一个布袋裹着自己的身体，只是不想把时间浪费在穿衣服上。这个独特的姑娘世事洞明却又超然物外，最后竟神奇地抓着一个雪白的床单乘风而去，永远消失在空中。

阿卡迪奥第二和奥雷良诺第二是孪生子。阿卡迪奥第二在美国人开办的香蕉公司里当监工，因鼓动工人罢工而成为劳工领袖。他带领工人罢工，遭到军警的镇压——3 000 多人只他一人幸免。工人们的尸体被运往海边丢到大海，阿卡迪奥第二四处诉说他亲历的这场大屠杀的真相，反被认为神志不清。

在失望和恐惧中，他把自己关在房子里潜心研究吉卜赛人留下的羊皮手稿，一直到死。

奥雷良诺第二没有正当的职业，终日纵情酒色，弃妻子于不顾，在情妇家中厮混。每当他与情妇同居时，他家的牲畜便迅速地繁殖，给他带来财富；一旦回到妻子身边，便家业破败。他与妻子生有两女一男，最后在病痛中与阿卡迪奥一同死去。从生到死，人们一直没有认清他们兄弟俩谁是谁。

奥雷良诺第二的两女一男是布恩迪亚家族的第五代。长子何赛·阿卡迪奥儿时便被母亲送往罗马神学院学习，但他对此毫无兴趣，只是为了那假想中的遗产，才欺骗母亲说他在神学院学习。母亲死后，他回家靠变卖家业为生。后发现乌苏拉藏在地窖里的 7 000 多个金币，从此过上了更加放荡的生活，不料却被抢劫金币的歹徒杀死。

大女儿梅·雷梅苔丝爱上了香蕉公司汽车库的机修工毛里西奥·巴比洛尼亚。母亲禁止他们来往，并请了保镖守在家里。毛里西奥·巴比洛尼亚爬上梅家的屋顶，结果被保镖打中背部，后来死掉了。梅的母亲为家丑不外扬，将怀着身孕的她送往修道院。

小女儿阿玛兰塔·乌苏拉早年在布鲁塞尔上学，在那里与飞行员加斯东结婚。婚后二人回到马孔多，见到一片凋敝，决心重整家园。她朝气蓬勃、充满活力，仅用了 3 个月就使家园焕然一新。她决定定居下来，拯救这个灾难深重的村镇。

布恩迪亚家的第六代是梅送回的私生子奥雷良诺·布恩迪亚。他终生孤独，唯一的嗜好是躲在吉卜赛梅尔加德斯的房间里研究各种神秘的书籍和手稿。他对周围的世界漠不关心，但对中世纪的学问却了如指掌。他和布恩迪亚拒绝收留奥雷良诺 17 个儿子中唯一幸存的老大，导致其被追杀的人用枪打死。后来，他不知不觉地爱上了姑母阿玛兰塔·乌苏拉，发生了乱伦关系并认为自己是人世间最幸福的人。后来阿玛兰塔·乌苏拉生下了一个男孩，“他是百年里诞生的布恩迪亚当中唯一由于爱情而受胎的婴儿”，然而身上竟长着一条猪尾巴。阿玛兰塔·乌苏拉因产后大出血而死。

长猪尾巴的第七代继承人，刚出生就被一群蚂蚁吃掉。当看到被蚂蚁吃得只剩下一小块皮肤的儿子时，奥雷良诺·布恩迪亚才破译了梅尔加德斯的手稿。手稿卷首的题词是：“家族中的第一个人将被绑在树上，家族中的最后一个人将被蚂蚁吃掉。”在他译完手稿最后一章的瞬间，一场突如其来的飓风把整个马孔多镇从地球上刮走，从此这个村镇就永远地消失了。

【作品赏析】

《百年孤独》所展示的，是一个建立在过去、现在和将来重复循环的象征框架中的现代神话。本书不仅表现了古老的拉美千百年生存斗争中积淀而成的深层情感、经验和原始意象，描述了 1830 年至 19 世纪末的 70 年间哥伦比亚爆发的几十次内战，而且也展现出现代人对人类前途与命运的焦虑和困惑。小说在时间的轮回重复中构成一个魔幻的世界，包含着深刻意蕴。

布恩迪亚家族中的男性，始终是阿卡迪奥与奥雷良诺的重复或相加，秉性也依次延续。小说中活得最长久的乌苏拉，阅尽了布恩迪亚家族的盛衰演变，在她眼里一切也都无非是过去的循环往复。荒谬的时间循环观念，正是拉美民族精神的体现：逃避现实，眷恋过去，抱残守缺，民族压迫越重，恋旧情绪越浓。这种民族精神直接导致了拉美文明程度低下、政治麻木不仁、经济贫困落后的现实。

马尔克斯是一位具有强烈现代意识的作家，他站在现代人的高度去审视拉美的现实与历史，探索着现代人共同追求的生存奥秘。他在魔幻的、非理性的“怪圈”中对人类生存现象进行理性的、合逻辑的思考。所以，《百年孤独》直接表现的虽是拉美民族精神，但内里却凝结着整个人类的心理情感。

《百年孤独》作为魔幻现实主义这一文学流派最重要的代表作，充分表现了“魔幻性”特征。

第一，小说通过运用神话、传说显示魔幻性特征。印第安传说、东方神话以及《圣经》典故的运用，加强了本书的神秘气氛。如写阿吉尔拉的鬼魂日夜纠缠布恩迪亚一家，便取材于印第安传说中冤鬼自己不得安宁也不让仇人安宁的说法；有关飞毯以及俏姑娘雷梅苔丝抓住床单升天的描写，是阿拉伯神话《天方夜谭》的引申；而马孔多一连下了 4 年 11 个月又 2 天的大雨，则是《圣经·创世记》中有关洪水浩劫及诺亚方舟等故事的移植。

第二，小说混淆真假，通过对生活中似是而非的神奇事物的描写，表现魔幻性特征。马尔克斯遵循“变现实为幻想而又不失其真”的魔幻现实主义创作原则，经过巧妙的构思和想象，把触目惊心的现实和源于神话、传说的幻想结合起来，使读者在“似是而非，似非而是”的形象中，获得一种似曾相识而又觉陌生的感受，从而激起寻根溯源去追索作家创作真谛的愿望。如大屠杀后会下 4 年 11 个月又 2 天的雨；再如写政府把大批罢工者杀害后，将尸体装上火车运到海里扔掉，那辆火车竟有 200 节车厢，前、中、后共有 3

个车头牵引。这种虚实交错的描写意味深长，极富艺术冲击力。

第三，小说泯灭生死界线，通过描写人鬼混杂的奇异世界来表现魔幻性特征。如留下记载马孔多历史羊皮书的梅尔加德斯，他早就死在亚洲的一片海滩上，但是他又复活于马孔多。在马孔多他再次死去后，他那不甘寂寞的灵魂却依然还会在这里出现，为布恩迪亚的子孙指点迷津。这体现着拉美印第安人对生死的看法：生死相通，死亡并非生命的终极，人们以死来满足生的无限欲望。

第四，小说运用了大量的象征主义手法，展现魔幻性特征。如关于不眠症的描写：得了这种病，人们会失去记忆。马孔多全体居民在建村后不久都传染上了这种不眠症。为了生活，他们不得不在物品上贴上标签。他们在牛身上贴标签道："这是牛，每天要挤它的奶。要把奶煮开加上咖啡才能做成牛奶咖啡。"这种莫名其妙的不眠症所派生出来的健忘症，事实上正是作者对民众遗忘历史的象征性表达。

第五，小说采用了一些很有特色的艺术手法，加重了小说的魔幻色彩。比如循环往复式的叙事方法和结构。小说一开头，作家就这样写道："许多年之后，面对行刑队，奥雷良诺·布恩迪亚上校将会回想起，他父亲带他去见识冰块的那个遥远的下午。"短短的一句话，实际上容纳了未来、过去和现在三个时间层面。紧接着，作家笔锋一转，把读者引回到马孔多的初创时期。这样的时间结构，在小说中一再重复出现，一环接一环，环环相扣，不断地给读者造成新的悬念。

第六，小说随处可见游荡于阴阳间的鬼魂，充分展现魔幻性特征。例如：在斗鸡风波中被阿卡迪奥·布恩迪亚用标枪扎破喉咙而死的阿吉尔拉死不瞑目，他的鬼魂常常游荡在布恩迪亚家中，或是面如死灰、神情哀戚地站在水缸旁边，试图用一块麻屑堵住喉咙上正在流血的伤口；或是万分痛苦地站在浴室里洗脖子上的血痂；抑或可怜兮兮地打开灶上的锅盖寻找着水。除了阿吉尔拉的鬼魂以外，吉普赛人梅尔加德斯的鬼魂也游荡在布恩迪亚家中。这种情节并不是作者的捕风捉影、无中生有，而是对拉美民众特别是印第安人生死观的一种真实反映。阿兹台克人作为印第安民族的一支，认为人生短暂，是人永生前的第一个瞬间，死亡则是另一种生命的开始。

第七，小说以对生命的态度尤其是死亡的原因，体现着魔幻性特征。死亡本来是很自然的现象，但《百年孤独》中却有很多死亡的奇怪现象：第一代阿卡迪奥死后下的黄花雨，第二代何塞·阿卡迪奥死后驱之不尽的火药味、奇怪的血流，第四代俏姑娘雷梅苔丝的飞天，第五代毛里西奥身边的黄蝴蝶，第六代奥雷连诺·布恩迪亚被风卷走，最后一代被蚂蚁吃掉，还有一个神秘的梅尔加德斯的几度死亡。作者描写这些芜杂的死亡，给人造成神秘但又无法细致去较真的似是而非的感觉。从这些死亡可以看出造成马孔多消亡的因素。

马尔克斯借助象征、映射、夸张、意象、神话典故等“魔幻”的方式展现现实生活。其细腻不失狂放、戏谑不失锋利、飘逸不失厚重的笔触，不唯描绘出哥伦比亚和拉美国家在独裁统治下的愚昧、落后和贫困，表现了拉美人民不屈不挠的生命意志与愿望，也表达了作者对人类现实处境与未来命运的理性思考。所以，马尔克斯的小说不管怎样充满魔幻神秘的色彩，都是对本身充满神奇的现实生活的真实再现。

【拓展阅读】

一、中译本

1. 加西亚·马尔克斯．百年孤独．高长荣，译．北京：中国文联出版公司，1994.

2. 加西亚·马尔克斯．家长的没落．伊信，译．济南：山东文艺出版社，1985.

二、研究著作、论文

1. 加西亚·马尔克斯．两百年的孤独：加西亚·马尔克斯谈创作．朱景冬，译．昆明：云南人民出版社，1997.

2. 加西亚·马尔克斯，门多萨．番石榴飘香．林一安，译．北京：三联书店，1987.

3. 张国培，编．加西亚·马尔克斯研究资料．天津：南开大学出版社，1984.

4. 林一安，主编．加西亚·马尔克斯研究．昆明：云南人民出版社，1993.

5. 柳鸣九，主编．未来主义 超现实主义 魔幻现实主义．北京：中国社会科学出版社，1987.

6. 段若川．安第斯山上的神鹰：诺贝尔奖与魔幻现实主义．武汉：武汉出版社，2000.

7. 刘雪芹．论《百年孤独》中叙述的真实与本质的真实．外国文学研究，2010（4）.

8. 于立蕾．论《百年孤独》的时间处理艺术．天津外国语学院学报，1999 (1).

【思考题】

1. 马尔克斯的主要小说有哪些？
2. 《百年孤独》在时间处理上有哪些特点？
3. 《百年孤独》中的“魔幻性”是怎样体现的？
4. 为什么将《百年孤独》视为魔幻现实主义最具代表性的作品？

第十节　福尔斯的《法国中尉的女人》赏析

【作家生平】

约翰·福尔斯（1926—2005）是英国当代著名的小说家，出生于伦敦附近的小城昂西，后来为了躲避战乱举家迁往德文郡的小村庄。少年时期的乡村生活令他一生尊崇自由，热爱大自然，喜欢离群索居。第二次世界大战时期，福尔斯在英国皇家海军陆战队服役 2 年，其间曾前往爱丁堡大学进修。战后，福尔斯进入牛津大学学习，大学毕业后先是前往法国，然后又赴希腊教授英文。在希腊他遇到了后来的妻子伊丽莎白·惠顿，1954 年结婚。在希腊生活的这个时期，对他后来的生活和创作都着重要意义，小说中一些题材直接来源于此。

1963 年，福尔斯的第一部小说《收藏家》发表后立即引起轰动。小说的主人公是一个专门收藏蝴蝶标本的抑郁症患者，他绑架了女大学生米兰达。小说细致地刻画了主人公狂热的收藏心理，认为对自由的损害同时也就是对美的损害。福尔斯创作中一直出现的自由主题在这部小说中有着鲜明的显露。1965 年，《贵族们》发表。同年，福尔斯放弃大学职务，开始专职写作，在文学创作的道路上不断探索，越走越远。第二年即 1966 年，他发表了《大法师》，小说充满了神秘气氛，描写希腊小岛上一位叫尼古拉·德夫的英国教师的恐怖经历，吸引了不少读者。1969 年发表的《法国中尉的女人》堪称当代英语小说中的经典作品，情节、人物的神秘色彩和写作手法上的创新引起了读者和批评家们极大的兴趣。此后福尔斯还陆续发表了《埃伯尼塔楼》（1974）、《丹尼尔·马丁》（1977）、《曼蒂莎》（1982）等作品。在当代英国文学中，福尔斯被认为是一位富有创新精神的作家，他的小说题材丰富，每一部新的作品均体现出强烈的自我风格和探索精神。

除小说外，福尔斯还涉足其他文学领域，如诗歌、剧本等。他对哲学也充满兴趣，曾发表哲学作品。长期沉浸于书斋，在大自然中悠游，福尔斯学识十分广博，也是有名的博物学家。他晚年深居简出，很少参加社会活动，大多数时间都待在自家的花园里写作。2005 年 11 月，福尔斯在英国西南部多塞特郡家中病逝。

【作品内容】

福尔斯谈到过这部作品的写作缘由：1966 年秋，他曾看见一个女人独自站在码头，静静地眺望着大海。这个神秘而浪漫的维多利亚式的形象给他留下了深刻的印象，挥之不去，福尔斯开始围绕着它构思小说，这便是《法国中尉的女人》。

小说一开头便写到了这个背影。1867 年 3 月的一个早晨，英国小镇莱姆，查尔斯和未婚妻欧内斯蒂娜正在海边散步，远远看见防波堤的尽头立着一个黑色的人影，走近了，看出那是一个穿着黑色衣服的女人。任凭海风咆哮，她却久久地站着，眺望着大海。就在她回头的一瞬间，查尔斯看清了她的脸，那是一张表情悲凉、令人印象深刻的脸，不美却动人心魄，深邃的眼神具有穿透一切的力量。未婚妻告诉查尔斯，镇上人都叫这个黑衣女子“法国中尉的女人”。

这个女子叫莎拉，据说出身没落贵族。曾经有一艘法国轮船在当地沉没，船上一名法国中尉受了伤。因为莎拉懂法语，便被叫去当翻译。法国中尉在莎拉的细心照顾下得以康复，两人也很快陷入情网。上尉临走时答应尽快从法国回来接她，共度余生。莎拉站在海边，就是为了等待情人回来，但日复一日，她等待的人始终没有出现。据说她已经失身于法国中尉，因此成为镇上人们私下议论唾弃的话题，但莎拉始终我行我素。

莎拉被介绍到波尔蒂尼夫人家担任伴随，夫人是一个非常保守的人，要求莎拉彻底忘掉那个法国中尉，不准再到海边去。备受压抑的莎拉难以忘情，仍然偷偷独自在海滨漫步、眺望、等待。在海边，查尔斯一次又一次看到她的身影，感觉这个女人身上总是笼罩着一层神秘的色彩，就像是深不可测的大海，令人捉摸不透又充满魅力。他想帮助莎拉，建议她离开这个伤心地到伦敦去，但莎拉拒绝了。

查尔斯的未婚妻欧内斯蒂娜是富商的女儿，年轻、漂亮、文雅，与查尔斯算是门当户对的情侣。查尔斯却在对莎拉的好奇和同情中越陷越深，对她产生了难以言说的感情。莎拉也在查尔斯身上体会到了久违的温情，但面对查尔斯的求婚，她却拒绝了。

莎拉失踪了。查尔斯感到了深深的失落和痛苦。当他收到莎拉的纸条时，便不顾一切地去找她。两人再次相见，感情的潮水漫出了理智的堤坝，一起度过了缠绵的一夜。查尔斯猛然发现莎拉居然还是处女之身，过去人们的传言无疑是空穴来风，可莎拉为什么一直要任由这些流言困扰自己的生活而不去澄清？那个法国中尉到底存不存在？关于莎拉的过去，有多少说法还存在隐情？查尔斯觉得在心灵上与莎拉很接近，同时又发现她似乎仍隐藏在一层迷雾之下……

同样在生活中深深地体会到孤独的查尔斯和莎拉，最终的结局会怎样？《法国中尉的女人》不同于一般的小说，作者提供了三个不同的结尾，如同一条路的尽头出现了三个分岔，让读者去自由选择，去慢慢体会。

【作品赏析】

《法国中尉的女人》是一部以维多利亚中期为背景的小说，福尔斯的灵感来自他在现实生活中看到的一个具有维多利亚风格的女子身影。小说的情节比较简单，以贵族青年查尔斯、他的未婚妻欧内斯蒂娜和神秘的家庭女教师莎拉三个人之间的关系为主线，所涉及的婚姻关系、门第观念、家族影响等都是维多利亚时代的小说中常见的题材。在文体上，小说也极力向英国 19 世纪维多利亚小说靠拢，无论是人物的语言、对话还是衣着环境的细节描写，作者都花费苦功来精细描摹，惟妙惟肖地再现了维多利亚时代的神韵。

同时，小说中所渲染的神秘色彩也是维多利亚小说的重要特征，在莎拉这一人物身上体现得尤为明显。小说中莎拉第一次出现时，便有一种动人心魄的力量和吸引力：一个独自伫立在海边的黑色身影，一张不那么柔美的脸庞，一双深邃如大海的眼睛，这样的一个形象伴着呼啸的海风和波涛涌动的大海，显得那么神秘，似乎包含着说不尽的秘密。莎拉的容貌是神秘的，她的身世也是神秘的，据说她出生于贵族之家，但为何沦落为当家庭教师却无人知晓。镇上人私下议论莎拉与那个法国中尉的情史，似乎言之凿凿；莎拉自己也从不加以否认或者辩解，她常常在海边驻足等待的举动更是让人对这一切深信不疑。她在大海边的孤单身影和脸上流露的悲凉神情是边缘人的痛苦写照，日复一日的执著等待又是她在耻辱生活中的自我慰藉。与法国中尉的关系成为莎拉生活中一道深深的烙印。但随着查尔斯与她越走越近，关系越来越亲密，最终发现莎拉仍然是一个贞洁处女，人们口中的“法国中尉的荡妇”这个说法于是瞬间被粉碎了。

莎拉到底是一个什么样的女人？她隐藏着什么秘密？她是一个默默隐忍耻辱的受害者，也是一个坚韧执著的反抗者；她背负着女性名誉上最沉重的负担，但耻辱的印记似乎又是她自己烙上的；她向往真挚热烈的爱情，却又戴上了冷若冰霜的面具；她是一个处处受到限制的家庭教师，又是一个追求自由的精神贵族。小说对莎拉的着笔不可谓不多，作者每增添一笔，人物的形象本该更为清晰明确；但随着细节的叠加和情节的变化，莎拉身上的那层迷雾不但没有消失，反而更加浓重了。直到小说末尾，查尔斯还在追问："我到底能不能弄清您的谜呢？"不断增加的细节和故事折射出方向各异的光线，干扰了我们的视线，而整个故事好像是不断被微风吹拂的湖面，令人始终无法看清那倒映在湖中的面容。

在题材、文体和人物塑造上，《法国中尉的女人》复制了维多利亚小说的风格，大部分内容读起来宛如出自维多利亚时期作家的手笔。但模仿并不是这部杰作的全部，《法国中尉的女人》是对维多利亚时代小说的仿写，同时更是对它的解构和超越。

首先，从小说使用的对比手法来看，小说花了大量笔墨来刻画维多利亚时代的种种社会风俗、生活细节，"假装回到了一八六七年"，但小说并没有抹去这种"假装"的痕迹。作者在第 13 章中说："假如说到现在为止，我一直装作了解我笔下人物的思想和内心世界，那只是因为我所采用的是我所写故事的那个时代被广泛采用的传统方法。"而且，在涉及道德观念、审美趣味、服装建筑、女性地位等等话题时，小说不仅让我们看到"维多利亚式"的观点，同时也提供现代的观念加以对比，发表议论。传统小说对于"真实"的处理往往是完全复原"一八六七年"的场景，但显然《法国中尉的女人》跳出了这样的艺术模式，大胆地将过去的社会生活与现在的社会加以对比，凸显差异性。过去与现在、人物与作者在这些话题中被维系在一起，一个囊括了过去与现在、历史与当下的多元时空就此形成。读者在其中穿行，仿佛同时经历了两个不同的时代，以现代的视角审视维多利亚时代的社会风貌。

其次，小说对人物的处理也别具一格，强调"必须给人物以自由"。在传统小说中，作者"仅次于上帝"，对人物的心理和环境无所不知。而福尔斯认为"世界是个有机体，而不是一部机器。我们还知道，一个塑造出的真实世界必须独立于其塑造者。一个计划的世界是一个僵死的世界。我们笔下的人物和事件只有不受我们约束时，才开始变得活生生的"。在这样的理念下，我们可以看到小说中的人物是如何摆脱了作者的束缚，按照自己的意志行动。查尔斯可以不听从作者的命令，选择另一条道路，而作者也以平静的口吻坦白：

“我想让你知道，我无法完全驾驭我脑海中的人物。其实你也一样，不管你怎样想方设法，也不管你日后可能要变成波尔蒂尼夫人那样的人物，你也不能完全驾驭你的子女、同事、朋友，乃至你自己。”如果说传统的小说是经过精心策划导演的，那么《法国中尉的女人》让我们看到了人物对作者的反叛，看到了人物不受作者安排的可能性，看到了幕布后面角色和导演的真实互动。

另外，《法国中尉的女人》最引人注目的一点是故事的结尾，展现在读者眼前的是开放式的结尾。小说结尾的安排，与上文中所说的给人物自由的观念也密切相关——是按照作者的预设来指挥人物，还是让人物自由地推动情节？在接近末尾的第55章，对故事的结局如何处理引发了作者的思考：

> 于是，我继续注视着查尔斯，觉得这一次完全没有必要安排他即将投入的冲突了。这样我就有了两种可供选择的办法。我可以让冲突自行发展，自己只是起一个记录员的作用；或者，我可以根据自己的立场对冲突的发展和记录都进行干预。我注视着那张似乎软弱无能但也并非毫无作为的面孔。我们快要到达伦敦时，我觉得自己找到了一个解决办法，那就是说，原来我认为难以处理的那个问题是并不困难的。在这场冲突中我采取的唯一办法就是提供两种可能性，两种描述。采取这一办法，对我来说只剩下一个问题：我不可能同时提供两种描述，总要有先有后。不论第二种描述是怎么样的，因为它是最后一章，是“真正”的描述，其效果是非常强烈的。

为了打破传统小说的结构，为了赋予笔下人物更多的自由，小说的结尾有了三种不同的构思：第一种，查尔斯最终找到了莎拉，与她走到了一起，两人融化在爱情的暖意里；第二种，作为一个被卷入故事本身的角色，作者也出现在小说里，他观望着查尔斯和莎拉重逢的房子，然后离开了那里，至于男女主人公会有什么样的选择，我们无从知晓；第三种，查尔斯最终找到了莎拉，却黯然离开了她，莎拉的身影定格在两人相聚的画室里，查尔斯茫然地走在河堤上。

在一部小说的末尾出现三个不同的结局并不多见。福尔斯提供的这三个结尾成为读者和评论家讨论的话题：它们是不是冒犯了传统？是为了炫耀技巧还是要呈现生活的本来面貌？虽然看法不一，但福尔斯的尝试得到了大部分人的肯定。

三个结尾显然冒犯了传统，但传统不可能一成不变。实际上，这种开放式的结尾更能贴近生活的真实。每一个结尾是一种可能，正如生活本身的丰富性和不可预知性。第一种，查尔斯与莎拉两个人最终走到一起，这样的幸福结局能满足不少读者的心理需求，是生活的一种可能性。第三种，查尔斯虽然与莎拉短暂相聚，但经过痛苦的抉择之后，带着不舍、愤怒和感伤离开了莎拉。莎拉还在画室里，窗户的窗帘已经拉上了，永远隔开了他们两人。这样的结局令人遗憾，但作者特别强调读者千万不要怀疑这个结尾的真实性。莎拉是谜一样的人，故事中她身上的迷雾从未退去，查尔斯在找到她的同时也感到了陌生和恐惧，过去那种两人仿佛是同一块石头雕成的感觉发生了微妙的变化，似乎再次面对的是一个陌生人。莎拉虽然流露出挽留的意思，但没有坚持下去，因此两个人最终放弃了对方。从表现小说人物性格层次和自我探索过程这一方面来说，这样的处理或许更能体现生活的复杂性，读者在喟叹、遗憾之余，从小说中能得到更多的人生启示。而穿插在以上两者之间的第二种结尾，作者说这似乎"破坏了小说创作的规律"，因为很少有作家成为最后一个进入小说的角色，虽然他"本来就在里面"。为了"给人物以自由"，作者在这里确实成为一个真正的旁观者，对人物的选择和人生走向不加干预。这个不算结尾的结尾，实则最能体现出福尔斯在创作上的创新意图——完全颠覆了传统，体现出作者深入到文本内部、对作者与人物之间的关系所进行的思考。这个结尾，看似与整部小说维多利亚式的风格颇有些格格不入，但也正好体现出它对前者的超越。

从整体上看，三种结尾同时在小说里并置出现，相互映衬，具有了一种对话性。每一种结尾都各具特色，没有孰优孰劣之差。这样的安排，将生活的无限可能与小说的结构创新紧密地联系在一起，在小说内容和表现形式之间找到了一个平衡，扩展了小说的意蕴。小说最后几行写到：生活的洪流滚滚向前，还在奔向那深不可测的大海。小说所表现的，也正是一种对生活与艺术的深刻体悟。

《法国中尉的女人》出版之后引起轰动并不是偶然的，它是福尔斯艺术风格、创作理念最典型的表现，显示出在新的视角下革新、超越传统小说的可能性。如果只停留在对传统的模仿，那么这部作品的艺术价值是十分有限的；它的生命力来自对传统的突破和创新。福尔斯用他高超的艺术手法和全新的艺术眼光，为我们创造了一个范本，不断吸引着新一辈的评论者。

【拓展阅读】

一、中译本

1. 福尔斯．法国中尉的女人．刘宪之，蔺延梓，译．天津：百花文艺出版社，1986.

2. 福尔斯．法国中尉的女人．陈安全，译．上海：上海译文出版社，2003.

二、研究著作、论文

1. 张和龙．后现代语境中的自我：约翰·福尔斯小说研究．上海：上海外语教育出版社，2007.

2. 王卫新．福尔斯的小说艺术自由主题．上海：复旦大学出版社，2009.

3. 李丹．从“历史编撰元小说”的角度看《法国中尉的女人》．外国文学研究，2010（2）.

4. 王珏．从《法国中尉的女人》看约翰·福尔斯的后现代历史观．外国语（上海外国语大学学报），2008（2）.

5. 邓帮华．《法国中尉的女人》的叙事策略再研究．四川外国语学院学报，2006（6）.

6. 陈静．《法国中尉的女人》的存在主义解读．外国文学研究，2007（5）.

7. 陈广兴．对话与自由——《法国中尉的女人》的对话艺术手法分析．当代外国文学，2005（2）.

8. 张敏．论《法国中尉的女人》的现代叙事艺术．外国文学研究，1999（4）.

【思考题】

1. 为什么说《法国中尉的女人》仿写了维多利亚时代的小说？
2. 《法国中尉的女人》对传统的解构体现在哪里？
3. 为什么说福尔斯是一个具有典型创新意义的小说家？
4. 你如何看待《法国中尉的女人》的开放式结尾？

第十一节　米兰·昆德拉的《生命中不能承受之轻》赏析

【作家生平】

米兰·昆德拉（1929—　）出生于捷克斯洛伐克第二大城市布尔诺，父亲是一位著名的钢琴家、音乐教授。由于父亲的关系，昆德拉从小受到了良好的音乐教育，后来也创作过一些乐曲。可以说，音乐是昆德拉的第一个艺术尝试。在其小说中，昆德拉也会运用音乐阐释一些主题。昆德拉从少年时代起广泛阅读世界文学名著，长期的文学积淀为他以后的创作奠定了坚实的基础。1948 年，昆德拉高中毕业，进入布拉格查理大学哲学系学习，加入捷克斯洛伐克共产党。两个学期后，他放弃哲学，转入布拉格艺术学院电影系学习电影编剧和导演。大学期间的昆德拉，被当局认为是“标新立异、突出自我的诗人，不守本分的党员”，1950 年被开除出党，同时离开布拉格艺术学院。之后他做过工人、爵士乐手，进行过诗歌、电影创作。他于 1956 年恢复捷共党籍，1958 年开始在布拉格艺术学院担任教职，直到 1968 年因“布拉格之春”被取消职位。这期间，昆德拉成为捷克新浪潮电影的倡导者、创作者。

昆德拉最初在文学创作方面的成绩主要是诗歌，他的诗作体现了一个先锋青年的敏锐思想和澎湃激情，锋芒犀利，受到了读者的欢迎和支持。1953 年，昆德拉出版了第一部诗集《人，一座广阔的花园》。1955 年和 1957 年，他又分别出版了诗集《最后的五月》和《独白》。之后，昆德拉停止了诗歌创作。

除了音乐、电影和诗歌外，昆德拉也进行过戏剧创作。1962 年的剧作《钥匙的主人》在布拉格国家剧院上演后，受到了观众的肯定。昆德拉的代表剧作是《雅克和他的主人》，该剧曾在欧美等地公演，并于 1981 年在法国巴黎出版。

米拉·昆德拉是以小说闻名于世界文坛的。1958 年，昆德拉写下了第一篇短篇小说《我，一个悲哀的上帝》，从此开始了小说家的一生。1967 年，第一部长篇小说《玩笑》发表，引起了巨大的影响，西方各国也竞相翻译出版此书。超现实主义作家路易·阿拉贡称赞它是“本世纪最杰出的小说之一”。1968 年，昆德拉获得捷克斯洛伐克作家协会奖。

伟大的作家总有伟大作家的不平凡经历，米兰·昆德拉也是如此，1968 年的“布拉格之春”成为改变他命运的转折点。在 1967 年的捷克第四次作家代表大会上，昆德拉和作家们发出了呼唤文化民主、自由的改革之声。1968 年年初，弥漫于思想领域的改革运动波及政治领域，“布拉格之春”改革运动正式开始。8 月 21 日，苏联出兵占领布拉格，“布拉格之春”改革运动宣告失败，改革措施被取消，清算随之开始。昆德拉被开除党籍，取消教职，作品被禁，不时受到当局的传讯、审查。

1970 年，昆德拉在之前的 10 篇短篇小说中选择了 7 篇，以《好笑的爱》为名发表。1973 年，长篇小说《生活在别处》以法文首版，并获得法国的梅迪西斯奖。1975 年，46 岁的米兰·昆德拉离开了捷克，流亡法国，1978 年开始定居巴黎。1979 年，长篇小说《笑忘录》在法国出版，这是昆德拉的另一重要作品。在这部小说里，初离故国的昆德拉以祖国的经历为小说情境，思索了人的存在，尤其是流亡境遇下人的存在。1984 年，昆德拉的小说代表作《生命中不能承受之轻》问世，引起了全世界的关注和轰动。凭借此作，昆德拉获得了诺贝尔文学奖的提名。

迄今为止，米兰·昆德拉共创作了 15 部作品，包括 1 部短篇小说集、9 部长篇小说、4 部随笔集和 1 部剧作。除了上面提到的作品外，长篇小说《告别圆舞曲》（1976）、《不朽》（1990）均以捷克文创作。另外，长篇小说《缓慢》（1995）、《身份》（1997）、《无知》（2000），随笔集《小说的艺术》（1986）、《被背叛的遗嘱》（1993）、《帷幕》（2005）、《相遇》（2009）均以法文创作。

米兰·昆德拉是一个创作独特的作家，他将小说艺术与哲学思索结合起来，探索了人的存在。昆德拉的作品充满了智慧和幽默，结构精致，语言精练深邃。美国的理查德·洛克称其为“欧美最杰出的和始终最为有趣的小说家之一”。

【作品内容】

昆德拉的经典之作《生命中不能承受之轻》完成于 1982 年 12 月。如同之前的作品一样，小说的背景依然是作家的祖国捷克，不过这也是昆德拉最后一部捷克题材的作品。从结构上来说，本书如同之前的几部作品一样，分为 7 个部分。小说的每一部分都有很大的独立性，各有小标题，显示了该部分所要探询的主题。第 1、5 部分为“轻与重”，讲述了男主人公托马斯的故事；第 2、4 部分为“灵与肉”，讲述了女主人公特丽莎的故事；第 3 部分“不解之词”和第 6 部分“伟大的进军”，讲述了小说另外两个人物萨宾娜和弗兰茨的故事；第 7 部分“卡列宁的微笑”，描述了托马斯和特丽莎的乡村生活。从整体上来说，小说思索的是人的存在。

托马斯是布拉格一家医院的外科医生，前景光明，生活简单自由。他和第一个妻子生活不到两年就离了婚，每次去看望儿子时，孩子的母亲总要以奢华的礼品为代价才让他见儿子。这种付钱给母亲才能得到儿子爱的方式让托马斯感到劳累和没有必要，他决定这辈子都不再见他。从妻子、儿子、父亲和母亲处脱身之后，托马斯留下的唯一东西就是对女人的恐惧。他有很多情人，并小心翼翼地维持着所谓的“性友谊”原则，与爱情绝缘，而不和情人一起过夜就是其中的一个重要原则。

特丽莎是一个小镇酒吧的招待，15 岁辍学后开始端盘子，操持家务，照顾弟妹，生活似乎永无出头之日。一个偶然的机会，托马斯来到了小镇上，出现在酒吧，他的微笑和独特气质唤起了特丽莎难以忘怀的爱情。在小公园的第二次偶然相遇后，托马斯给了特丽莎一张名片，这张名片给了她离家出走、改变自己命运的勇气。十来天后，特丽莎来到了布拉格，因为发烧，托马斯不得不打破了自己一贯坚持的原则，留她在家里过夜。第二次来的时候，特丽莎提来了她所有的东西，她下决心再也不回那个小镇了。

对于这个偶然来到他床榻之岸的女孩，托马斯带着极大的同情和责任爱上了她，早上在她身边醒来的情景虽然让托马斯难以置信，却也使他有莫名的幸福。特丽莎在睡着时，总是紧紧抓住托马斯的手，这让他更加怜惜她，也为给她带来的痛苦而痛苦。托马斯难以抵抗艳遇，在他看来，艳遇和爱情毫不相关。特丽莎发现托马斯的不忠后，陷入了痛苦的梦魇中，白天压制的嫉妒在晚上的噩梦里汹涌而出，每次都哭喊着被托马斯叫醒。托马斯也是痛苦的，不见情人不行，见了又担心特丽萨。为了减轻特丽莎的痛苦，托马斯娶了她，还给她弄了只小狗，取名卡列宁。

1968 年，俄国人占领了捷克。托马斯和特丽莎移居到了瑞士的苏黎世。因为托马斯继续自己的艳遇，特丽莎也就继续做那些不变的噩梦。六七个月后，特丽莎不告而别，独自返回了布拉格。和特丽莎的爱情美好而累人，托马斯有点庆幸自己重获单身和自由。三天后，失去生命重量的他感到失落，五天后，他回到了布拉格。

如今的布拉格在俄国人的控制下，没有言论自由，托马斯因为拒绝当局要求他收回以前的一篇文章的命令，丢掉了工作，成了玻璃擦洗工。新生活给了他巨大的自由空间，而自由空间就意味着艳遇。特丽莎每天凌晨一点半从酒吧下班回到家后，闻着托马斯头发里散发出的女人的气味，继续着噩梦。托马斯认为爱与性完全是两回事，特丽莎也知道自己让托马斯很累，决定尝试一下灵与肉的分离，和在酒吧认识的一个工程师实验了一次肉体之爱，一个月后特丽莎才知道所谓的工程师是一个秘密警察，

为了逃避让人疲惫不堪的现实，托马斯和特丽莎离开布拉格到了乡下，远离了城市，远离了陌生的女人，与过去一刀两断，过上安静的生活。托马斯当卡车司机，特丽莎放牛。几年后，卡车在山间小路行驶时坠入深谷，托马斯和特丽莎一起离开了人世。

萨宾娜是捷克的一个画家，托马斯的情人中，只有她最理解他的“性友谊”原则。萨宾娜憎恶任何媚俗的、极端主义的东西，她的一生是背叛的一生。她 14 岁时爱上一个同龄的男孩，让父亲惊恐不已；父亲嘲笑毕加索的画，她偏选择了立体派艺术；后来，她嫁给一个平庸的布拉格演员，只因他有离经叛道的坏名声；父母去世后，她和丈夫离了婚。在背叛的路上，女艺术家走得越来越远。俄国入侵后，她离开布拉格去了日内瓦。

在日内瓦，萨宾娜认识了瑞士人弗兰茨，一个英俊、善良、天资聪颖的大学教授。萨宾娜与大众活动格格不入，弗兰茨却抱着一腔理想主义的热情，积极参加游行、示威、请愿。他迷恋、崇拜萨宾娜，羡慕她拥有苦难的祖国。从根本上来说，他们两个人来自不同的世界。所以，当弗兰茨决定从 23 年的婚姻中解脱出来，与萨宾娜一起生活时，萨宾娜再次走上了背叛之路，从日内瓦悄然消失。萨宾娜的反媚俗让她拒绝公之于众的爱情，拒绝爱的重负，她的背叛精神让她永不知停息，越走越远。

弗兰茨不久便和爱上他的一个女大学生快乐地生活在了一起。越南占领柬埔寨并拒绝国际医生的救援时，弗兰茨和许多西方知识分子组织了一次进军柬埔寨的游行抗议活动，活动最终滑稽收场。回到泰国曼谷后，弗兰茨在街上遭到抢劫，他反抗、受伤，最终死在了医院里。

【作品赏析】

米兰·昆德拉是位独特的作家，他把小说定位在对人类存在的关怀上，

他的小说没有曲折的情节，没有复杂的结构，而是以高度精练概括的语言准确地表达出了作家的思索。小说中的场景、人物是生发作家睿智思索的实验地，至于是否与现实情景一致则无关紧要。正因为这种独特的写作方式，昆德拉的小说充满着哲学性。其语言的表达方式是哲学式的，思索更是站在了哲学沉思的层面上。他的小说人物往往都秉持着某种信念，当这种信念遭到外界的碰撞时，便引发出深沉的思索。在小说《生命中不能承受之轻》中，昆德拉主要思索了以下几个方面的问题。

一是“轻”与“重”。“轻”与“重”的状态是人类生命存在中的常态，“重”将人压到地面，感受生命，贴近真实，但也会不堪忍受；“轻”则如鸿毛，飘浮于天空，拥有自由却感受不到意义。在“轻”与“重”的两难选择中，托马斯度过了自己的一生。在小说里出现时，托马斯已经和第一个妻子离婚10年了，他是带着愉快的心情离婚的，因为只有单身才能让他感受到真正的自由自在。他不仅摆脱了妻子、儿子，也摆脱了父母，可以说是无牵无挂。托马斯有自己独特的生活方式，拥有众多的情人但不涉及爱情，从不让情人在他家里过夜。大家互不干涉对方的生活和自由，也没有什么责任。此时的托马斯，快乐地享受着无负无重的自由，直到特丽莎的出现。

对于特丽莎这个偶然遇见的姑娘，托马斯产生了没有理由、也不容拒绝的爱。“对他而言，她就像是个被人放在涂了树脂的篮子里的姑娘，顺着河水漂来，好让他在床榻之岸收留她。”托马斯希望特丽莎来到他身边，但又害怕这份责任，害怕“重”的承担；想放弃，又怕失去这份“非如此不可”的爱情会让他的生命“轻”得难以忍受。对于托马斯来说，选择是困难的，好在特丽莎代替他做了选择，带着将自己的一生奉献给他的准备来到了布拉格。

虽然是特丽莎在关键时刻的主动选择改变了托马斯自由、轻松的生活方式，但托马斯也找到了“轻”与“重”的平衡方法。一方面，照顾、保护特丽莎，享受着爱情的重量带来的快乐；另一方面，艳遇照旧，因为他断绝不了艳遇。在他的观念里，跟多个女人风流与对特丽莎的爱情毫不矛盾。如果事情如托马斯的意愿那样发展的话，生活是幸福的，这是“轻”与“重”的双重幸福。但当特丽莎发现他隐秘的艳史后，每晚在噩梦中哭喊时，托马斯怜惜她、心痛她，为她那伤心、恐怖的噩梦而绝望；同时，情人萨宾娜因为托马斯幽会时的心不在焉，藏起他的袜子以示惩罚。托马斯的生活失去了平衡，在情人眼里，他带着对特丽莎之爱的罪恶烙印；在特丽莎眼里，他烙着和情人幽会放浪的罪恶痕迹。托马斯在“轻”与“重”的双重困境中痛苦、无奈，但最终还是一步步随着特丽莎走下去，承担着爱的“重负”。“布拉格之春”后，托马斯生命中充满了一个个沉重的选择。拒绝当局的威逼利诱，拒绝秘密警察的拉拢，拒绝媚俗的请愿签名，他承受着选择之“重”，一步步远离社会的中心，淡出人们的视线。米兰·昆德拉以托马斯这个人物的一生选择思索了人类存在中的“轻”与“重”，无论是选择“轻”还是选择“重”，都不带有道德上的评判。托马斯是不媚俗的，他坚持自己的理念，不放弃自我，这也是人类存在的一种可能的境况。

二是“灵”与“肉”。特丽莎是一个“灵”、“肉”合一论者，这种信念从她小时候起便根深蒂固。母亲的世界是粗俗的、丢弃了灵魂的肉体世界，特丽莎则渴望看到自己肉体之下闪光的灵魂。当听到托马斯的那声呼唤时，特丽莎的灵魂仿佛从每个细胞里升腾起来。

来到托马斯的世界，特丽莎坚信自己找到了理想主义的爱情，这是消除肉体和灵魂两重性的世界。但是，托马斯是“灵”、“肉”二元论者，他的艳遇让特丽莎很快就陷入了“灵”、“肉”分合的痛苦挣扎中。在她的噩梦里，她和一群抛弃了灵魂、身体赤裸的女人被托马斯驱赶着，这正是她逃离的母亲的世界。她本要表明自己的肉体是独一无二、不可替代的，但托马斯把她扔进了裸体女人的队列里，同等对待。而且，这个裸体队列总在呼唤她放弃灵魂。在百思不得其解的徘徊中，特丽莎密会工程师，尝试了“灵”与“肉”分离的感觉，显然她不是托马斯，无法找到不把肉体之爱当回事的乐趣。终其一生，特丽莎都坚守自己的“灵”、“肉”统一论，承受着沉重的爱情，在迷茫中探寻，直到最后几年他们移居到乡下后，托马斯完全断绝了与外界的联系，她才获得了平静，享受着安宁的幸福。但她也知道，是她的软弱、她的爱把托马斯拖到了沉重的生命里。

三是“媚俗”。在昆德拉的小说中，媚俗是人类存在境况的一个组成部分，确切地说它是人类普遍存在的一种劣根性。在人类历史上，媚俗的内容各种各样，表现形式也不一。总的来说，媚俗指的是不惜一切代价想讨好，而且要讨大多数人好的一种行为或态度。媚俗是矫情的，做作的，循规蹈矩、重复他人的，也是自欺欺人的。但是，无论愿不愿意承认，我们每个人都不可能完全摆脱媚俗，因为“媚俗的根源就是对生命的绝对认同”。在《生命中不能承受之轻》中，画家萨宾娜从小就拒绝一切既定的秩序，痛恨各种面目的媚俗，为此，她走上一条“背叛”人类社会的道路，追求着精神上毫无重负的绝对自由。也正因为如此，她是最能理解托马斯的“性友谊”原则的人，因为托马斯也是反媚俗的，所以萨宾娜说：“我很喜欢你，因为你是媚俗的对立面。在媚俗之王国，你会是个恶魔。”萨宾娜的反媚俗让她摆脱了现实生活的沉重，成为一个轻松的局外人，但在背叛的道路上越走越走，最后一切都无可背叛之后，她陷入了生命虚空的轻，这是不能承受的生命之轻。

弗兰茨和萨宾娜虽是情人，但在诸多方面都存在理解上的鸿沟。弗兰茨坚信忠诚是第一美德，萨宾娜对背叛一往情深；弗兰茨喜欢喧嚣的音乐，萨宾娜喜欢巴赫；萨宾娜讨厌游行，弗兰茨渴望走上大街；萨宾娜享受墓地的安宁，弗兰茨认为那只是个倾倒尸骸和乱石的垃圾场。对弗兰茨来说，参与到大众活动中，才是真实的生活，而在萨宾娜的眼里，这是极端的"媚俗"。弗兰茨的诸种行为将媚俗演绎得淋漓尽致。从思索人类存在的可能性角度来说，无论是托马斯、特丽莎，还是萨宾娜、弗兰茨，他们都选择了自己的生活方式，追寻着自己的生命价值和意义。

米兰·昆德拉对人类存在的思索是多方面的，在《生命中不能承受之轻》中，除了前面提到的主题外，还涉及了晕眩、软弱、田园牧歌、幸福、偶然等很多方面。小说在充满诗意的语言下，在简洁多样的叙述中，徐徐流淌着充满了智慧的思索，引导着读者的思考。

【拓展阅读】

一、中译本

1. 米兰·昆德拉. 不能承受的生命之轻. 许钧，译. 上海：上海译文出版社，2003.

2. 米兰·昆德拉. 生命中不能承受之轻. 韩少功，韩刚，译. 北京：作家出版社，1987.

二、研究著作、论文

1. 李凤亮. 诗·思·史：冲突与融合：米兰·昆德拉小说诗学引论. 北京：商务印书馆，2006.

2. 艾晓明，编译. 小说的智慧：认识米兰·昆德拉. 长春：时代文艺出版社，1992.

3. 李凤亮，李艳，编. 对话的灵光：米兰·昆德拉研究资料辑要：1986—1996. 北京：中国友谊出版公司，1999.

4. 仵从巨，编. 叩问存在：米兰·昆德拉的世界. 北京：华夏出版社，2005.

5. 谭玮. 生命与历史的迷思——《生命中不能承受之轻》中"轻与重"的思考. 武汉大学学报（人文科学版），2008（6）.

6. 涂险峰．从昆德拉的“第二滴眼泪”到现代人的信仰姿态．外国文学评论，2004（4）.

7. 赵稀方．米兰·昆德拉在中国．外国文学研究，2002（3）.

8. 金丹元，张大森．“颠覆”后的另一种解读——从《生命中不能承受之轻》到《布拉格之恋》的思考．中国比较文学，2003（4）.

【思考题】

1. 米兰·昆德拉走过了怎样的艺术之路？

2.《生命中不能承受之轻》的结构有何特点？

3. 结合《生命中不能承受之轻》的人物形象，谈谈生命存在的“轻”与“重”。

4. 如何看待人类存在中的媚俗？

第四编

戏　剧

第一节　索福克勒斯的《俄狄浦斯王》赏析

【作家生平】

索福克勒斯（前 496？—前 406）出生在雅典一个富商家庭，幼年受到良好的教育，擅长音乐和体育。公元前 480 年，为庆祝希腊人在萨拉米战役中战胜波斯人，16 岁的索福克勒斯在合唱队领唱过凯旋歌。成年后，他积极参加雅典城邦的政治活动，与雅典领袖伯里克利过从甚密。公元前 443 年，他担任“德利亚联盟”的财政总管。公元前 440 年，他被选为十将军之一，与伯里克利一同出征讨伐萨摩斯。公元前 413 年，他当选“十人委员”之一，负责审理提交公民大会的提案。索福克勒斯 27 岁时第一次参加悲剧竞赛，即一举战胜著名的埃斯库罗斯，拔得头筹。他一生写过大约 120 多部剧本，共得过 24 次奖赏，留传至今的有 7 部完整的悲剧，即《埃阿斯》（前 442）、《安提戈涅》（前 441）、《俄狄浦斯王》（前 431）、《厄勒克特拉》（前 418—414）、《特拉基斯少女》（前 413 年）、《菲罗克忒忒斯》（前 409 年）、《俄狄浦斯在科罗诺斯》（前 401 年）等。

索福克勒斯的悲剧创作反映了雅典民主制全盛时期的思想意识。他拥护民主制，痛恨暴君和僭主的专制统治，肯定人的创造能力和独立自主精神。他在悲剧《安提戈涅》第一合唱歌中的一句唱词“奇异的事物虽然多，却没有一件比人更奇异”，成了古希腊赞颂人的聪明才智的一句名言。在对待命运的态度上，索福克勒斯不强调人要服从命运，而强调人的自主精神和对命运的反抗。命运在他的心目中，也已经由具体的神退化为一种超乎人类之外的抽象观念。索福克勒斯继埃斯库罗斯之后，把古希腊悲剧艺术推进到一个新的阶段。他不写神而写英雄，使人物的行为、谈吐、感情更接近现实生活。他减少了合唱队的作用，首次在演出中采用第三个演员，加强了角色对白和戏剧成分。他放弃了三联剧的形式，使剧情更趋复杂，更强调情节的内在逻辑性，结构严密、完整。

【作品内容】

故事发生在古希腊的忒拜城。据神话传说，忒拜城的创建者卡德摩斯的第四代子孙拉伊奥斯犯有罪孽，触犯神怒，神咒他将注定被自己的儿子杀死。忒拜王拉伊奥斯和王后伊奥卡斯特生有一子，为躲避神咒，孩子一出生，国王就命人将其遗弃到荒山中。但执行任务的牧人心生怜悯，将婴儿交给科任托斯国的牧人。科任托斯国国王无子，便收养了这个孩子，取名俄狄浦斯。俄狄浦斯长大后，在一次宴会上，一个醉酒者骂他不是科任托斯国王的儿子。俄狄浦斯于是去祈求神示，神却只说他将杀父娶母。他惧怕神示，急忙逃离了科任托斯。在一个三岔路口，他与正从此经过的忒拜王拉伊奥斯发生顶撞，失手将拉伊奥斯及众随从打死，只有当年奉命弃婴的那个牧人逃回了忒拜。俄狄浦斯不知道拉伊奥斯正是他的亲生父亲。

拉伊奥斯死后，狮身人面怪兽斯芬克斯在忒拜城外为害。凡从此经过之人都要回答斯芬克斯的一个谜语："什么动物在早晨四条腿，中午两条腿，晚上三条腿；腿最多时最软弱。"回答不出谜语的人就要被它吃掉。俄狄浦斯路过这里，揭穿了谜底：人。婴儿在地上爬是四条腿，老人拄杖是三条腿，常人走路是两条腿。怪兽羞愧之下，跳崖而死。俄狄浦斯除了一害，被感恩的忒拜人拥为国王。按照习俗，俄狄浦斯娶了老王的寡妻伊奥卡斯特，他们生了两男两女四个孩子。他不知道伊奥卡斯特正是他的亲生母亲。此后大约过了十六七年，忒拜城开始闹瘟疫。这是悲剧《俄狄浦斯王》开场前的背景。

戏开场时，忒拜城正在遭受瘟疫，田亩荒芜、牛羊病死、妇人流产。祭司率众人向俄狄浦斯求告，请他根除瘟疫，以维护自己的好名声。俄狄浦斯说已经派内兄克瑞翁去到阿波罗庙求神示，以找到灾难的原因。这时，克瑞翁求神示返回，说只有抓住杀死前国王拉伊奥斯的凶手，灾难才会消除。俄狄浦斯追问老王因何而死，克瑞翁说只有一个随行的牧人逃回，据他说是被一伙强盗杀死的。俄狄浦斯发誓一定追查到凶手，将其严惩。

特瑞西阿斯是忒拜城的先知，俄狄浦斯向他询问杀死老王的凶手，先知却吞吞吐吐，不肯明言。俄狄浦斯急躁之下责怪先知，还指责他和克瑞翁勾结，以谋权篡位。气恼的先知说俄狄浦斯就是杀死老王的凶手，并发出了更可怕的预言：这凶手还将成为自己儿女的父兄，生母的儿子和丈夫。

俄狄浦斯当面斥责克瑞翁，克瑞翁试图打消俄狄浦斯的怀疑，但没有成功。二人正在争执，王后伊奥卡斯特上场。王后询问争吵的情由，俄狄浦斯把先知所言相告。王后说神示和预言并不准确。她举了老王拉伊奥斯的例子。神示说他的儿子将杀死父亲，但老王却在一个三岔路口被强盗所杀；而他的儿子在刚出生时就被丢弃了。王后本意在宽慰俄狄浦斯，而俄狄浦斯听后却魂飞魄散，他询问老王死去的细节，心中更加不安。他向王后讲述自己的身世，他所得到的杀父娶母的神示，他如何逃避神示，在途中一个三岔路口杀死一个老人及众随从。这一切和拉伊奥斯之死何其相似！但俄狄浦斯又心存侥幸，因为逃回的牧人说杀死老王的是一伙强盗，而不是一个人。他派人去找那牧人，以对证此事。

科任托斯国老王因病去世，俄狄浦斯被推为新王。报信人找到俄狄浦斯，请他回去就任。伊奥卡斯特和俄狄浦斯得到这个消息，都庆幸神示没有灵验。但俄狄浦斯说自己仍害怕神示的另一半：娶母。报信人对俄狄浦斯道出实情，他并非科任托斯老王的亲生儿子。当年是忒拜国一个牧羊人将还是婴儿的俄狄浦斯交到报信人手中，后婴儿由科任托斯国王抚养成人。俄狄浦斯到底是谁？他做了什么？最后的悬念集于牧羊人一人。伊奥卡斯特预感到不幸可能发生，劝俄狄浦斯停止追查，被他拒绝，伊奥卡斯特冲进宫中。俄狄浦斯亦感恐惧，但他誓言要查明真相。

牧人上场，俄狄浦斯叫报信人与他对质。不明就里的报信人与牧人相认，但牧人却再三回避。俄狄浦斯威吓牧人，牧人只好说出那个婴儿的下落及老王之死的实情。一切都应验了，俄狄浦斯悲痛欲绝，他喊道："天光呀！我现在向你看最后一眼！我成了不应当生我的父母的儿子，娶了不应当娶的母亲，杀了不应当杀的父亲。"随后冲出宫去。

伊奥卡斯特知道真相后自杀。俄狄浦斯举针刺瞎了自己的眼睛，自愿选择放逐的惩罚。

【作品赏析】

索福克勒斯的悲剧被称为"命运悲剧"。命运是定数，一种无法抗拒的力量，人所不了解并且不能改变的事物发展趋势。它支配着万事万物，以及人的生死祸福。古希腊人相信人和神都是有命运的。在古希腊神话中，有三个专司命运的神，她们"在人出生时就给了他们善或恶的命运，并且监察神与人的一切犯罪行为。在犯罪者受到惩罚之前，她们决不停止可怕的愤怒"[①]。

① ［古希腊］赫西俄德著，张竹明、蒋平译：《工作与时日神谱》，33页，北京，商务印书馆，1991。

命运之神力量极大，连众神之王宙斯都要听命于她。普罗米修斯在古希腊神话中是先觉者的形象，但他只能对宙斯的命运发出预告，却不能改变命运。命运往往是通过神谕、先知的预言，或者是梦的形式宣告于人类。在《俄狄浦斯王》中，命运是一股巨大力量，总是把人的各种努力化解得干干净净，使事件向与人意愿相反的方向发展。因为祖先的罪孽，俄狄浦斯还未出生就被预言了将弑父娶母的命运。这是一个可怕的命运：他本人无罪，却要代祖先受过；而这惩罚是如此之严酷残忍。俄狄浦斯出生后，父母得到他要杀父娶母的神示，立即命人将他双脚钉住，扔进深山。这是他们保护自己、反抗命运的本能举动，但失败了：牧人由于同情这个无辜的婴儿，把他交给了科任托斯国的牧人；最后俄狄浦斯辗转成了科任托斯国王的儿子。俄狄浦斯长大成人，从神示中得知将杀父娶母，他急忙逃离了科任托斯，这是对命运的又一次反抗，但仍然失败了。因为俄狄浦斯不知道，科任托斯国王并不是他的亲生父亲。最后命运以不可阻挡之势汹涌逼来：他杀死的老人是他的父亲，娶的王后是他的母亲。父母和他本人都在最大限度地与命运抗争，却最终都未能逃脱命运的残酷定律，他们的竭力抗争却在无意识中实现了神谕的全部内容。其实命运在《俄狄浦斯王》中的体现，并不只限于杀父娶母一事。斯芬克斯之谜正是对人类命运的一个揭示。俄狄浦斯时而贵为王子，时而亡命天涯；时而君临一国，时而跌入九渊，这都是命运的捉弄。命运无所不在，无所不能。

戏剧中关于俄狄浦斯的杀父娶母命运，学者们有多种解释。社会学批评家常把它与原始时代人类对大自然认识的有限性联系起来。古希腊人生产力发展水平低下，对于他们无法认识和控制的各种自然现象，统统归因于神的意志。索福克勒斯通过俄狄浦斯的命运，反映了古希腊人在无法预料和征服的自然灾难面前感到的悲观愤懑情绪。社会学批评家的另一种看法更具体一些，认为俄狄浦斯杀父娶母反映了原始时代氏族血婚制向奴隶制时代一夫一妻制过渡的特点。希腊原始神话中的诸神大都表现出氏族血婚制的特点，如宙斯和赫拉是姐弟关系，又是夫妻关系。进入奴隶制时代，血婚逐渐被看成乱伦行为，发展成一种禁忌。俄狄浦斯娶母行为，是对奴隶制时代婚姻关系的亵渎和破坏，所以他罪感强烈，并且必受严惩。社会学批评家的第三种看法是把俄狄浦斯的宿命与索福克勒斯时代雅典的社会矛盾联系起来。那个时代是一个充满战争、充满了政治和经济矛盾的动荡时期。希波战争硝烟未尽，城邦之间已开始明争暗斗。贫富悬殊日趋严重，阶级对立愈演愈烈。人们面对社会的动荡和矛盾感到惶恐与困惑，于是，拜倒在冥冥的定数之下。而按照弗洛伊德精神分析理论，俄狄浦斯杀父娶母又有新说。弗洛伊德认为，每个人的潜意识中都有针对父母的性欲望，儿子的性欲望指向母亲，女儿的性欲望指向父亲。由于性欲望是排他的，故儿子仇父，女儿仇母。在进化了的文明社会，这种性欲望虽然被压抑，却不能被根除。俄狄浦斯杀父娶母，正是这种本能的反映。近年来，文化人类学研究的成果也被用来解释俄狄浦斯的杀父娶母。根据这一说法，俄狄浦斯的遭遇反映了一些地中海地区氏族神话中新老王替代的“丛林仪式”。

尽管学者们对《俄狄浦斯王》中命运的根源做出种种解释，但这些说法都不能冲淡这部戏剧所着力表现的个人意志与命运的冲突，以及由此展示的俄狄浦斯的英雄品格。古希腊神话中的命运三女神：克罗托负责纺生命之线，拉刻西斯决定生命之线的长短，阿特洛波斯负责切断生命之线。从相关神话细节中我们知道，命运之神最初并不具有邪恶性质。但在《俄狄浦斯王》中，命运不再是具体的神，它的性质也发生了变化，它使一个无辜无罪之人遭到巨大的不幸，它的非正义性也就暴露出来。这当然和诗人索福克勒斯对命运的态度有关。正因为如此，俄狄浦斯王的主体意志和行为与命运的冲突，凸显了他的英雄性格。剧情集中在追查杀害老王的凶手一事上，这其实是俄狄浦斯命运之咒的延续。因为俄狄浦斯对自己杀父娶母完全不知情，国人亦不知情，神咒加于他的惩罚则无法实现。在这之前，他用智慧为民除妖；被拥为国王后，他治国贤明，受臣民拥戴，这为他英雄性格的发展埋下伏笔；但只有在追查凶手过程中，他英雄性格的全部力量和勇气才充分展露出来。瘟疫出现，神示要抓住杀害老王的凶手才能消弭瘟疫，俄狄浦斯立即勇敢地承担了责任，誓言找到凶手。先知暗示俄狄浦斯杀害了老王，而王后为消除俄狄浦斯对先知的误会，提到旧事，使俄狄浦斯开始认真看待先知的话。剧情发展到此，真正的考验摆在了俄狄浦斯面前。他本可以利用权力和地位终止调查，但他没有这样做，相反，他要求立即去寻找知情的牧羊人作证。科任托斯国的报信人无意间道出俄狄浦斯身世的秘密，可怕的真相眼看要揭开，但即使王后绝望地哀求也不能拉他后退。牧羊人见到报信人，出于爱护俄狄浦斯，他不愿与报信人相认，俄狄浦斯甚至用武力威胁他，逼他说出真相。在拯救国家这个最高利益面前，他早把个人的生死荣辱完全置之度外。真相大白后，他又直面后果，放弃高位，刺瞎双眼，自我流放。在和命运的抗争中，他诚实、正直、善良、坚强、刚毅的品格闪现出夺目的光辉。

按照亚里士多德在《诗学》中的见解，悲剧“是对于一个完整而且有一定长度的行动的模仿”，因此情节是悲剧的基础。情节的发展要具有必然性和内在的整一性。情节有“简单”、“复杂”之分，“复杂”的情节指通过合乎必然性的“突转”和“发现”而达到“苦难”的结局。悲剧还要能“引起恐惧与怜悯之情”。从这些意义上讲，《俄狄浦斯王》都是古希腊悲剧的典范，体现了古希腊高超的悲剧艺术。

《俄狄浦斯王》故事的起因错综复杂，但索福克勒斯没有原原本本从头写起。诗人把故事拦腰截断，前情移到戏外；又采用追溯法，使前情与当下的故事衔接，给当下的故事提供了充足的依据，并推动故事发展。如此处理，结构上紧凑利落，不拖泥带水。剧情从追查凶手开始，一开场就抛给观众一个悬念：谁是凶手？由于找到凶手被提升到邦国安危的高度，这一问题变得如此重大和迫切。在追查凶手这一剧情的进展中，又充满“突转”与“发现”。所谓“突转”，是指行动按照必然律或可然律转向相反的方向。所谓“发现”，是指“从不知到知的转变，使那些处于顺境或逆境的人物发现它们和对方有亲属关系或仇敌关系”（亚里士多德《诗学》）。在《俄狄浦斯王》中，“发现”与“突转”同时出现，被亚里士多德誉为“最好的发现”。如王后本意想安慰俄狄浦斯，却无意中透露了老王被杀的细节；科任托斯国报信人本想解除俄狄浦斯娶母的恐惧心理，却揭开了他的身世之谜；牧人登场，与报信人对质，谜底终于被揭开。三次突转，伴随着三次发现，最后真相大白，俄狄浦斯被逼到绝境。戏剧结尾，俄狄浦斯从顺境转入逆境，从至尊国王变成杀人凶手；他又刺瞎双眼，自我放逐。如此惨烈的不幸和苦难令观众产生无限悲悯的情绪。

【拓展阅读】

一、中译本

1. 索福克勒斯．索福克勒斯悲剧二种．罗念生，译．北京：人民文学出版社，1979.

2. 埃斯库罗斯．古希腊悲剧经典. 罗念生，译．北京：作家出版社，1998.

二、研究著作、论文

1. 吉尔伯特·默雷．古希腊文学史．孙席珍，蒋炳贤，郭智石，译．上海：上海译文出版社，1988.

2. 谢·伊·拉齐克．古希腊戏剧史．俞久洪，臧传真，译．天津：南开大学出版社，1989.

3. 陈洪文，水建馥，选编．古希腊三大悲剧家研究．北京：中国社会科学出版社，1986.
4. 罗念生. 论古希腊戏剧. 北京：中国戏剧出版社，1985.
5. 刘小枫，陈少明，主编. 索福克勒斯与雅典启蒙. 北京：华夏出版社，2007.
6. 耿幼壮. 永远的神话——索福克勒斯《俄狄浦斯王》的批评、阐释与接受. 外国文学评论，2006（5）.
7. 曾艳兵. 一个永恒的诱惑——《俄狄浦斯王》新论. 山东师范大学学报，1996（5）.
8. 傅守祥.《俄狄浦斯王》：命运主题与悲剧精神的现代性. 世界文学评论，2006（1）.

【思考题】

1. 为什么说索福克勒斯的悲剧创作反映了雅典民主制全盛时期的思想意识？
2. 什么是斯芬克斯之谜？
3. 为什么说《俄狄浦斯王》是命运悲剧？
4. 为什么说《俄狄浦斯王》体现了古希腊高超的悲剧艺术？

第二节　迦梨陀娑的《沙恭达罗》赏析

【作家生平】

迦梨陀娑是生活于公元四五世纪的某一时期的印度伟大诗人和剧作家。他的生平材料流传下来的很少，却流行两则传说。其一说迦梨陀娑出身婆罗门，生下6个月就成为孤儿，被一位牧人收养，长大后成为容貌俊秀却资质愚钝的青年。时有才貌双全的公主欲选一才智胜过自己的青年为婿，许多贵胄王公都未能入选。他们为报复公主，举荐迦梨陀娑应选。迦梨陀娑以其俊美和莫测高深的沉默获胜。婚后真相败露，公主驱逐了他。他在悲愤中祷告智慧女神迦梨，女神赐给他横溢的诗才，他因而成为伟大的诗人。其二讲迦梨陀娑晚年在斯里兰卡，因出色地续写了国王重金悬赏的半首诗，一名妓女企图冒领赏金而加害诗人，一代诗圣死于妓女之手。这些传说没有实据，很不可靠。根据他的作品推测，迦梨陀娑受过良好教育，熟练掌握梵语，博学多才，情感丰富。他的故乡大概是喜马拉雅山南麓的邬阇衍那城，但他一生遍历印度各地。他既熟悉宫廷生活，也熟悉民众生活。他热爱大自然，热爱现实生活，热爱一切美好事物。他崇信印度教的湿婆，属湿婆宗的林加支派。

迦梨陀娑流传下来又得到公认的作品有7部：抒情诗集《时令之环》，抒情长诗《云使》，叙事长诗《鸠摩罗出世》和《罗怙世系》，剧本《摩罗维迦和火友王》、《优哩婆湿》和《沙恭达罗》。

《时令之环》（又译《六季杂咏》）是迦梨陀娑的早期诗作，以6组短诗分别描绘6季（夏、雨、秋、霜、寒、春）的自然风光，同时抒发了随着季候景物的变换而变化的人们的情感，突出地抒写了春天里青年男女的爱情欢乐，也表现了雨季中游子闺妇的愁思。诗人善于抓住富于季节特征的物象与景观，使自然景色与人间情感交织渗透，赋情于景，以景托情，富于东方情味。抒情长诗《云使》以第一人称的口吻，抒写恩爱夫妻离别的相思之情。小神仙药叉因得罪主人财神，被贬谪到南方的罗摩山苦行一年。几个月后雨季来到，一片雨云由南向北飘去，药叉意动神驰，忍住泪水，托雨云带去他对妻子的思念。《前云》部分写药叉给雨云指告行程，描绘路途中的名山大川和名城重镇，描绘中融注着主人公内心的焦灼、离别爱妻的愁绪和对美好自然风光的欢欣。《后云》部分写药叉的故乡阿罗迦城和城中情人们自由自在的欢娱，突出抒写想象中妻子独处的孤寂和痛苦，直抒主人公对妻子的缠绵依恋和炽烈思念。长诗情感丰富、想象优美，以大自然的美映衬人的形象美，又以人的美映衬爱情的热烈和甜美，进一步反托出与爱妻离别的痛苦。诗作以枯焦的森林、清瘦的河水、憔悴的采花女、盼雨的农妇等一系列意象，强烈地烘托出一种焦灼渴求的情调。焦灼渴求、离愁别绪与深挚情爱渗透交融，产生一种哀婉、缠绵的审美效果。加上诗作中形象精妙的比喻、缜密优雅的抒情、华美艳丽的语言、象征雨云缓缓飘动的韵律节奏，长诗具有撼人心扉的艺术感染力。《云使》是世界抒情诗的杰作之一。

《鸠摩罗出世》取材印度古代神话，描述喜马拉雅山山神之女波哩婆提与印度教大神湿婆的恋爱与婚姻。诗人在对神界生活的描写中倾注进热烈奔放的人世生活，表现了爱情战胜苦行、入世胜过弃世的主题。诗作中对雪山风光和女主人公的美，做了淋漓尽致的描绘，对湿婆和波哩婆提婚后25年如同一夜的欢爱生活，也极力加以渲染，这些都表现了诗人对世俗生活的充分肯定。《罗怙世系》以帝王谱系的形式，叙述罗摩的祖辈和后代的事迹。诗作将历史传说加以诗意的提炼，着重突出帝王的人性方面。罗摩与悉多的悲欢离合、阿迦痛哭亡妻的诗节，浸透着人生痛苦的深沉感情。长诗富于绚丽多彩的画面和温婉平和的情味，加之优美和谐的语言和富于音乐性的韵律，标志着迦梨陀娑晚年诗作的圆熟。长诗被视为古典梵语叙事诗的典范。

五幕剧《摩罗维迦与火友王》是描写宫廷艳史的喜剧，叙述火友王与因国难沦落为宫娥的摩罗维迦的恋情。剧作情节曲折、结构严谨，但思想不太深刻，注重情节而忽略人物刻画。一般认为这是迦梨陀娑的早期剧作。《优哩婆湿》是仅次于《沙恭达罗》的剧作。剧作将一个古老的神话传说加以全新的创造，描写天国歌女优哩婆湿与人间国王补卢婆娑曲折多难的恋爱故事。剧作鲜明生动地塑造了优哩婆湿这个冲破一切罗网、大胆追求青春欢乐和自由幸福的女性形象。国王也是忠于爱情的多情天子，第四幕写他林中寻妻，向孔雀、杜鹃、鸳鸯、蜜蜂、大象、山岳、河流、树木、花卉等一一诉说心中忧伤、询问妻子下落，既表现了印度人与自然浑融合一的追求，也表现了国王对优哩婆湿炽热的爱恋。《优哩婆湿》情节感人，结构紧凑，想象丰富优美，具有浓郁的浪漫色彩和抒情气氛，充满诗情画意。

迦梨陀娑是个好写理想的诗人。他在创作中充分肯定人生，歌颂现世生活，主张积极入世，尽情享受自然对人生的赐予，大胆追求自由与幸福，从而赋予他笔下的世界以浓烈的理想色彩。作为一个敏感的诗人，迦梨陀娑也看到了来自自然和社会对人生幸福的阻力，但他往往将此推到背景上作淡淡地处理。他极力抒写和表现的是美好的理想生活，大量呈现的是美好的自然、美好的人物、美好的情感、美好的生活。即使描写离情别愁以及由此导致的悲伤与痛苦，他的目的也不是为了描写悲伤痛苦，而是表现美好情操的一种手段，或是更好地映衬以后的欢乐。在美学风格上，迦梨陀娑的作品以“艳情味”为主。“味”是印度古典文论的概念，意指读者或观众的审美体验。“艳情味”居于婆罗多的《舞论》中规定的“八味”之首（其他七味是：滑稽味、悲悯味、暴戾味、英勇味、恐怖味、厌恶味和奇异味）。后世的胜财（公元10世纪）在《十色》中描述“艳情味”：“爱以欢愉为本质。一对青年相互爱悦，有可爱的地点、技艺、时间、服装和享乐等等，有甜蜜的形体动作。这种令人愉快的爱构成艳情味。”迦梨陀娑的作品都以爱情为中心。尽管恋爱双方有的是帝王与公主、有的是大神与神女、有的是小仙与娇妻、有的是普通青年男女，但诗人的目的不在于表现他们的身份、地位与爱情的关系，而是极力渲染“艳情味”，因此往往是在春光明媚、鸟语花香的绚烂背景下，着力烘托恋爱双方热烈的相思、渴求情人怀抱的焦灼、意外风波带来的痛苦、有情人双双结合的欢愉。这种富于肉欲色彩的爱情，是印度古代人的人生目的（正法、财富、爱欲）之一。

【作品内容】

《沙恭达罗》取材于古代传说。这个故事在史诗《摩诃婆罗多》和《莲花往事书》中都有记载。剧作情节讲述国王豆扇陀在一次外出打猎时，遇见了美丽无比的净修女沙恭达罗，她是王族仙人乔尸迦与天女弥那迦的女儿、净修林仙人干婆的养女。两人一见钟情，深深地互相爱慕着。豆扇陀为沙恭达罗的美丽倾倒。在豆扇陀眼中，她的美丽超过了任何宫女。沙恭达罗也不顾净修林里的清规，燃起了爱情的火焰。初次相见，两人眉来眼去，传递着各人隐藏在内心的爱情。最后不得不分离时，沙恭达罗还假装草芽刺了脚，树枝挂住了衣，回过头来，留给豆扇陀一个多情的秋波。此时的豆扇陀，已是“魂魄离身”，“身体走了，那颗心却跑回来”。回宫后，他又是那样地眷恋着那位林中美女，默默地回味着相见时的幸福情景，情不自禁地向臣下讲述她的美丽和柔情，他多么希望再到净修林去见见心上人。恰好净修林的仙人来邀他去保护净修林，同时太后也派人来请他去过节。他内心不知如何是好，一方是净修林，多情的沙恭达罗在等着；一方是太后，母亲的命令。但他选择了前者。再次来到净修林，沙恭达罗和豆扇陀在既无亲属佐证，也无媒妁之言的情况下自主结合成婚。豆扇陀回宫理朝，临别送给沙恭达罗一枚戒指做信物，说明过些时日来迎接她进宫。沙恭达罗在别后的日子里整天惦念豆扇陀，以致怠慢了一个大仙。仙人一怒之下诅咒她：爱她的人一定会忘记她，直到看到他送给她的信物才能恢复记忆。果然，豆扇陀失忆，沙恭达罗望眼欲穿，已怀身孕的她只好前往宫中寻夫。但豆扇陀怎么也想不起与她成婚的事情，国王给她的信物也在途中失落。豆扇陀没有贸然认妻，悲愤的沙恭达罗被天女带到仙山。之后国王见到失落的戒指，猛然记起了事情的真相，痛苦不可言状。他每天面对沙恭达罗的画像，忘形地把它当作真人，对其倾诉衷肠，落下伤心的眼泪。最后豆扇陀在助阵天帝凯旋的路上经过仙山，夫妻重逢团圆，并且有了一个儿子，就是婆罗多族的祖先。这个传说在史诗中没有仙人诅咒和失掉信物的情节，这个情节是在《莲花往事书》中出现的。剧作者为了表达主题的需要，采用了《莲花往事书》的故事，并经过自己的丰富想象和全新的创造，写成了这部七幕剧的名作。

【作品赏析】

《沙恭达罗》像一颗闪光的珍珠，在世界文学的宝库中烁烁眩目。迦梨陀娑用满腔的激情、浓郁的诗意，歌颂了理想中纯洁、真挚、坚贞的爱情。剧作告诉人们：美好的爱情能冲破种种障碍，有情人定会终成眷属。

前三幕，作者以轻快的笔调歌颂了这对男女的美好爱情，写沙恭达罗的美貌，写豆扇陀的才能，写双方的相思，写恋情的表露，以树木、河水作背景，以春光、鲜花作映衬，展现出一幅幅美丽明媚的画面。后三幕的基调变得沉重了。由于仙人的诅咒，豆扇陀失却了记忆，给他们的爱情带来了一场意外的风波。通过这一波折与最终的团圆，一方面表现了他们对爱情的坚贞，另一方面也表现了作者的愿望：美好的事物一定会胜利。

在剧情转折的第五幕“沙恭达罗被拒”中，除了继续表现沙恭达罗对爱情的坚贞外，同样也表现了豆扇陀对爱情的坚贞。这一幕深入细致地刻画了豆扇陀怜惜沙恭达罗，只是不能不负责任地随便爱她，不乱爱才说明了爱她时他必定是坚贞的。他看到戒指恢复记忆后“追悔的痛苦”就更清楚了。他因痛苦而失眠，无法上朝理政，在明媚的大好春光里，无心游赏花园，甚至不让庆祝春节。一想到当时拒绝沙恭达罗的情景，他就心如刀剜，如他所说："这真像是毒箭射在我的心头。"然而再也见不到爱妻了，"希望从悬崖抛入了深渊"，他无可奈何，责骂起戒指来，也痛斥自己。

第七幕重圆，两人相见的场面也是很感人的。沙恭达罗高喊："万岁（胜利）！万岁（胜利）！""胜利"因激动而为泪水所阻，只喊出了"万岁"。豆扇陀说："亲爱的，虽然'胜利'这个字为泪水所阻而没说成，我却已经得到了胜利。"是的，他们经过相爱、追求、结合、波折、思念，现在又团圆了。他们胜利了！

歌颂沙恭达罗与豆扇陀纯洁、真挚、坚贞的爱情是贯彻剧本始终的基本主题。对于这种爱情，要说明两点：（1）这种爱情是作者的理想。在封建制度下，这种纯洁、真挚、坚贞的爱情，自主、美满、幸福的婚姻是不多见的。沙恭达罗是作者理想的美的化身，外貌美与心灵美高度统一。豆扇陀也是作者的理想人物，他的才能、品德、真挚热烈的爱情，是作者极力歌颂的。（2）这种爱情的基础是郎才女貌。他们一见钟情，豆扇陀爱的是沙恭达罗的美貌，沙恭达罗爱的是豆扇陀的温良谦让、优雅善言。正是这两点，表明剧本的爱情主题具有时代的进步意义。作者通过一对理想人物的塑造，表现一种美好的理想，与当时现实的不合理的婚姻相对照，并对这种理想的爱情予以热烈的歌颂，显示它的不可抗拒的力量，激励人们追求美好的理想和美好的事物。对于"郎才女貌"，我们不能用今天的爱情观去要求 1 000 多年前的迦梨陀娑。联系当时的社会历史情况，"郎才女貌"无疑对当时严格的种姓等级婚姻制是一个冲击。

迦梨陀娑生活的时代并不是个理想的时代，但他好写理想。他笔下的理想境界是瑰丽动人的。但他的理想中也有现实的反映，尽管他并不着意去表现。《沙恭达罗》的第六幕中对渔夫、宫女的描写等，从中多少可以看出上层统治阶层对下层人民的欺压。但作者是不喜欢这些社会丑恶的，因而很少涉笔。他是喜欢美的：美好的自然、美好的生活、美好的人物、美好的理想。沙恭达罗是美的，豆扇陀也是美的，他们的爱情、婚姻同样是美的。

女主人公沙恭达罗温柔、美丽、纯真、多情，也有几分坚韧和刚强。她生活在大自然的怀抱，出入净修林，种花饲鹿，穿树皮衣，戴荷花镯，完全与大自然融为一体，纤丽妩媚的外表与纯洁质朴的气质完美地结合在她身上。开始她作为一个纯洁无瑕的净修女出现。她不愿忍受清规的束缚，向往人生的幸福，私自爱上了前来行猎的豆扇陀，爱得真诚，爱得深挚，但又羞于启齿，以致苦思成疾，在女伴的催促下好不容易吐露了衷情。躲在一边偷听的豆扇陀出现在她面前，她又羞得无地自容，转身走开，走了几步又找借口转回来。本来托女友转交情书，女友说出真情，她又生气。就是这种腼腆羞怯神态，活现了一个青年女子在爱情面前的纯洁和柔情。这很自然地令我们想到我国《西厢记》中的崔莺莺，既要红娘转送情诗给张生，嘴上又说是送一个药方，红娘道出了实情，她又口口声声要告诉老夫人，红娘当真时，又转而向红娘求饶。羞怯中透出纯真，腼腆里包含柔情，这就是东方女性的特点。在西方文学中很难找到这样的女性形象。难怪德国诗人席勒不无感慨地说："在古代希腊竟没有一部书能够在美妙的温柔方面，或者在美妙的爱情方面与沙恭达罗相比于万一。"①

沙恭达罗温柔，但并不懦弱，她还有坚强的一面。这种坚强，既表现在冲破各种束缚、自主成婚的方面，也表现在宫中被拒后对豆扇陀的指责。她认为对的，会去追求，而不是闷坐闺房，暗自伤感；她认为不对的，也不会委曲求全。她没有一般封建女子"三从四德"的观念。从她对爱情的执著追求、进宫寻夫、宫中发怒中，都可以感受到她的坚韧和刚强。当然，沙恭达罗的性格是以柔顺为主，即使发怒，也不横蛮失态，而是依理辩情，不失矜持与庄重。她既不会有古希腊美狄亚杀子报复的刚烈行为，也不像东方民族现实生活中的一些弱女子。纯真善良、温柔敦厚、柔中带刚，这就是东方女性的典型特征。

《沙恭达罗》以它追求真善的内容而具有隽永蕴藉、清新细腻的东方戏剧的情味。剧作既不像西方悲剧那样沉重，也不像西方喜剧那样喧闹，而是充满诗情画意、平和气氛和抒情色彩，用一幅幅美丽的画面，缓缓地、温和地把人引进剧情，带到幸福的境界。在这过程中随处可见东方人的智慧。神秘高深的古代东方文化也伴随着剧情得到展现。它不以情节的紧张、多变取胜，也不以台词的诙谐、幽默见长，而是以诗意的美、人情的美为人称道。20 世纪 50 年代我国上演《沙恭达罗》，有人评论道："这里没有喧嚣，没有浮荡，没有杀伐，没有骚动，而是像一股清泉，一声黄鹂，一片花荫，一派仙境，然而又有深厚的人情味。同时也不是没有曲折，可是那曲折像曲径通幽一样，不是给人以沉重的负担，而是引导人到一个更和乐、更幸福的境界……观众不是装了一些激动、沉重的问题离去，而是在美的享受中，在获得一个满足

① 转引自季羡林：《纪念印度古代伟大的诗人迦梨陀娑》，载《人民文学》，1956（6）。

的答案中轻松地回了家。”[①] 既要有戏剧性的矛盾冲突，不致使人寡味沉闷；又要温和轻松地发展剧情，不致令人紧张难负。这二者的关系不好处理，而《沙恭达罗》却处理得恰到好处。东方式的自然描写强化了剧作的东方情味。宁静、优美的大自然描绘在《沙恭达罗》中非常突出。大自然在剧作中起到多重作用：作为人物活动背景，烘托戏剧气氛，构成诗情画意，映衬人物性格。如果仅是这些，在西方文学中也不乏例子。《沙恭达罗》对自然的描写，还有它的独特之处：赋予大自然以人的品性，理解人的情意。剧中的大自然成为一个主要角色，参与剧情。印度人最为欣赏的第四幕集中体现了这一特点。这一幕写沙恭达罗进宫寻夫，告别净修林，整个大自然都为她的离别而伤感。森林寂然，杜鹃啼鸣，野鸭丢下嘴里的莲藕，孔雀停止展翅不再舞蹈，蔓藤蔫下翠绿的叶子，小鹿牵住行人的衣襟。沙恭达罗和它们一一告别，把蔓藤妹妹托付给女友，抚慰了从小饲养的小鹿。她流着泪，一步一回头。情和景，人和物，水乳交融，血肉相连。印度伟大诗人泰戈尔曾对这一幕有过精湛的论述，认为迦梨陀娑笔下是“人情皆自然”。这是东方人的自然观。只有在这种自然观的支配下，才有文学创作中这种对自然生动的描绘，使大自然富于生命，富于感情。

【拓展阅读】

一、中译本

1. 迦梨陀娑．沙恭达罗．季羡林，译．北京：人民文学出版社，1980.

2. 迦梨陀娑．沙恭达罗．王维克，译．北京：人民文学出版社，1954.

二、研究著作、论文

1. 王衍礼．关于迦梨陀娑的出生年代问题．文史哲，1956（8）.

2. 陆侃如．迦梨陀娑——印度古代最伟大的诗人．文史哲，1956（5）.

3. 魏善浩．名副其实的“印度的莎士比亚”——迦梨陀娑与莎士比亚的比较．南亚研究，1990（1）.

4. 黄璇．穿上中国戏服的“沙恭达罗”——从译本看印度古典戏剧与中国戏曲之异同．新疆师范大学学报（哲学社会科学版），2007（4）.

5. 葛一虹．迦梨陀娑和他的名剧“沙恭达罗”．戏剧报，1956（6）.

6. 车子龙．论印度梵剧《沙恭达罗》的美学意蕴．甘肃联合大学学报

① 李长之：《诗情画意的“沙恭达罗”》，载《戏剧报》，1957（11）。

（社会科学版），2009（1）.

7. 田桂荃．充满美学意蕴的《沙恭达罗》. 艺圃（吉林艺术学院学报），1989（2）.

8. 王远泽．论印度古典名剧《沙恭达罗》. 广西民族学院学报（哲学社会科学报），1983（3）.

【思考题】

1. 迦梨陀娑的创作有什么鲜明的特点？
2. 《沙恭达罗》的基本主题是什么？
3. 沙恭达罗是个什么样的艺术形象？
4. 《沙恭达罗》的东方艺术情味表现在哪些方面？

第三节　莎士比亚的《哈姆莱特》赏析

【作家生平】

威廉·莎士比亚（1564—1616），1564 年 4 月 23 日出生在英格兰中部艾汶河上的小镇斯特拉福。他的父亲约翰·莎士比亚是个商人，主要从事手套制作和销售，作过小镇的高级市政官，这是一个相当于镇长的重要角色，但后来家道中落。母亲来自有较高社会地位的家庭。莎士比亚幼时可能在当地的文法学校读过书，但没有相关记录留下来。1582 年，18 岁的莎士比亚与安·哈瑟威——邻近村镇一个比他大 8 岁的女子结婚。第二年，他们的女儿苏姗娜出生，1585 年，一对双胞胎儿子哈姆莱特和裘狄斯出生。莎士比亚早年在当地可能做过教师，但这一工作显然无法让自己的家庭生活得好一些。1587 年，他随在自己家乡巡回演出的剧团去了伦敦，开始了戏剧生涯。在剧团里，莎士比亚给有钱的观众照料马匹，在戏里跑龙套，为演员当幕后提词人，这使他逐渐熟悉了剧场内外。大约在 16 世纪 80 年代末，他开始了戏剧创作活动。他先是改编别人的剧本，继而独立创作。他创作的第一个剧本是历史剧《亨利六世》(1590—1591)，上演后大获成功。由此他一发而不可收。随着莎士比亚在剧坛逐渐崭露头角，他也开始与权贵交往，受到骚桑普顿伯爵的保护。1594 年，莎士比亚加入著名的“御前大臣”剧团（1603 年更名为“王上供奉”剧团)，既当演员，又是剧作家，后来成为剧团的股东。随着创作和演出的成功，莎士比亚逐渐富裕起来。1596 年，他为父亲申请到象征乡绅地位的家族纹章。1597 年起，他在家乡陆续购置了一批产业。1610 年，莎士比亚回到故乡斯特拉福，但仍与伦敦的剧团保持联系。1616 年 4 月 23 日，与他出生同一天，莎士比亚去世，终年 53 岁。

莎士比亚一生共完成了 37 个剧本、2 首长诗、154 首十四行诗，以及若干首不同题材的短诗。其戏剧创作可以大致分为三个时期。第一时期（1590—1600）以历史剧、喜剧创作为主。莎士比亚一生共写了 10 部以英国编年史为题材的历史剧，它们由两个四部曲和两部独立戏剧构成。第一个四部曲是《亨利六世》上、中、下三篇（1590—1591）和《理查三世》（1592）；第二个四部曲是《理查二世》（1595），《亨利四世》上、下篇（1597）和《亨利五世》（1598）。此外，还有《约翰王》（1596）和《亨利八世》（1612）两部独立剧。

莎士比亚的喜剧主要写于第一时期，代表作有《仲夏夜之梦》（1595）、《威尼斯商人》（1596）、《无事生非》（1598）、《皆大欢喜》（1599）、《第十二夜》（1600）等10部喜剧，还有合乎喜剧精神，但形式上是悲剧的《罗密欧与朱丽叶》（1594）。莎士比亚的喜剧讴歌爱情和友谊，格调明朗、轻松、欢快，洋溢着浓郁的抒情气氛。

莎士比亚戏剧创作的第二个时期从1601年至1607年，写的绝大多数作品是悲剧。这时，伊丽莎白统治已经步入她的后期，由于伊丽莎白女王没有子嗣，王位继承权问题变得日益紧迫，封建势力蠢蠢欲动，社会风气沉沦。莎士比亚这一时期的悲剧作品，对黑暗的社会现实进行了深刻的思考。悲剧代表了莎士比亚戏剧的最高成就，尤以《哈姆莱特》（1601）、《奥赛罗》（1604）、《李尔王》（1605）、《麦克白》（1605）这“四大悲剧”最为著名。其中，《李尔王》被认为是一部风格最崇高的大悲剧，《奥赛罗》探讨了根植于人性中的嫉妒与自我意识的问题，而《麦克白》则展示了一个原本具有“巨人”般英雄性格的将领如何被野心迅速攫住并走向灭亡的过程。

莎士比亚戏剧创作的第三时期（1608—1612）是传奇剧时期。这一时期的戏剧以宽恕与和解为主题，轻灵空幻，诗意浓郁。主要作品有《辛白林》（1609）、《冬天的故事》（1610）和《暴风雨》（1612）。

莎士比亚是世界文学史上少数几个最伟大的作家之一。同时代的戏剧家本·琼生为莎士比亚第一对开本的问世写了一首颂诗，称赞莎士比亚是“时代的灵魂”，“不属于一个时代，而属于所有的世纪”。这是对莎士比亚文学地位恰如其分的评价。

【作品内容】

第一幕。故事发生在丹麦。守城的士兵发现刚刚死去的老王的鬼魂深夜出现在城头，霍拉旭认为鬼魂出现“预兆着国内将要有一番非常的变故”。他们决定把鬼魂出现的事情告诉王子哈姆莱特。

新王克劳狄斯刚刚和老王的妻子举行过婚礼。他为自己和长嫂迅速结婚寻找借口："我们凛于后死者责任的重大，不能不违情逆志。"而此时又恰逢挪威小王子福丁布拉斯要夺回割让给丹麦的国土而欲举兵进攻。克劳狄斯为应付不测，一方面在国内大肆扩充军备，另一方面给挪威王写信以平息战端。

哈姆莱特上场。克劳狄斯劝他不要太忧郁，人总是要死的，这是自然的事情；并请他不要回德国去，而在朝廷上领导群臣。当王后劝哈姆莱特不要忧伤时，哈姆莱特说："我将要勉力服从您的意志。"国王和王后离开后，哈姆莱特重又陷入痛苦之中，他诅咒这个虚伪的世界。霍拉旭前来告知鬼魂之事，哈姆莱特请他们保持沉默，并说今晚要去见鬼魂。

雷欧提斯和妹妹奥菲利娅上场。哥哥劝妹妹谨慎对待哈姆莱特的感情，一个姑娘的心对这样的人打开，是危险的。随后父亲波洛涅斯上场，对雷欧提斯有一番待人接物的训示。波洛涅斯不相信哈姆莱特对奥菲利娅的感情是真诚的，他不许女儿再接待哈姆莱特。

老王的鬼魂向哈姆莱特揭穿了事件真相：他中午在花园午睡时，被自己的兄弟，也就是现在的国王用毒药害死。哈姆莱特闻听深感震惊愤怒，他请朋友保密，并谅解他以后所做的一切。

第二幕。疯癫的哈姆莱特去找奥菲利娅。波洛涅斯认为他为爱而疯狂，向国王禀报。为求佐证，他把哈姆莱特写给奥菲利娅的情诗读给国王听。心中有鬼的国王将信将疑，他派朝臣，也是哈姆莱特的朋友去试探虚实，而波洛涅斯也自告奋勇亲自去试探，在女儿和哈姆莱特说话时请国王偷听。哈姆莱特从罗森格兰兹和吉尔登斯吞二人口中听说有戏班子要到宫廷演出，他有了新的计划。他希望戏班子晚上上演《捕鼠机》中的"贡扎古之死"。

第三幕。罗森格兰兹二人试探哈姆莱特，结果不甚了了。当奥菲利娅与哈姆莱特搭话时，国王躲在一旁偷听。哈姆莱特以一通疯话应对，让奥菲利娅倍感痛苦。波洛涅斯坚持哈姆莱特是为爱发疯，但国王却不信。波洛涅斯决定采取新的行动：派哈姆莱特去英国公干，借英王之手除掉哈姆莱特。哈姆莱特请国王、王后去看《捕鼠机》，他把克劳狄斯在花园里毒死老王的情节塞进戏中，请霍拉旭在演出时观察国王的表情。结果国王看到一半，慌乱地离席而去。国王催促罗森格兰兹二人赶快动身，"及早制止这一种公然的威胁"。克劳狄斯内心惶恐不安，他跪在神像面前祈祷。哈姆莱特从他身边经过，认为这是个复仇的机会。但哈姆莱特转念一想，在克劳狄斯忏悔时杀他，等于把他送入天堂，这不叫复仇，因此放过了他。

哈姆莱特来到王后的寝宫斥责母亲，并把偷听的波洛涅斯杀死。哈姆莱特在冷静后请母亲不要把他所说，及她所见的一切说出去。母亲答应了。

第四幕。王后为哈姆莱特掩饰，说他在发疯时不慎将波洛涅斯杀死。国王不敢直接加害哈姆莱特，因为哈姆莱特深得群众爱戴。他催促哈姆莱特赶紧上船去英国，要借英王之手除掉他。

福丁布拉斯率挪威军队借道去进攻波兰，为争夺一块弹丸之地不惜兵戎相见。这事给哈姆莱特以强烈的刺激。他痛斥自己以前过于审慎甚至懦怯，迟迟不能动手。

奥菲利娅疯癫上场。从法国赶回的雷欧提斯率众攻入宫中要为父亲报仇，暴动者高呼“雷欧提斯做国王！”的口号。疯癫的奥菲利娅出现，加剧了雷欧提斯的痛苦和忿怒。老奸巨猾的国王很巧妙地使雷欧提斯相信自己不是凶手，并表示愿意帮助他找到凶手。

哈姆莱特带信给霍拉旭，说自己将要中途折回。克劳狄斯得到哈姆莱特将要回国的消息，趁机挑起雷欧提斯对哈姆莱特的仇恨，并安排了二人的决斗。他的计策还包括把钝剑换成锋利的剑，在战斗中将哈姆莱特刺死。而报仇心切的雷欧提斯还要把毒药涂在剑上。国王又备下毒酒。他们的计划似乎万无一失。此时，奥菲利娅溺水而死。

第五幕。哈姆莱特归来并与霍拉旭会合。国王、王后及雷欧提斯等为奥菲利娅送葬，正与哈姆莱特相遇。二人都表达了对奥菲利娅的哀恸，并在墓穴中发生冲突。哈姆莱特向雷欧提斯挑战，国王趁机安排了他们的决斗。比赛开始，哈姆莱特连胜两局。雷欧提斯在第三局后趁哈姆莱特不备，用毒剑刺他。二人争夺时，雷欧提斯也受伤。王后为庆贺儿子胜第一剑而饮下毒酒，这时毒性发作，雷欧提斯也毒性发作。元凶暴露出来，哈姆莱特一剑刺死国王。他临死之前，要求霍拉旭活下去：“把我的行事的始末根由昭告世人，解除他们的疑惑。”并预言和安排福丁布拉斯成为丹麦国王。福丁布拉斯从波兰凯旋，在宫廷中为哈姆莱特举行盛大的葬礼。

【作品赏析】

《哈姆莱特》的题材取自丹麦一个古老的传说。在莎士比亚之前，曾有法国作家贝尔福雷的《悲剧故事集》收有这一故事的改写本，还有另一些作家根据这一题材演绎出流行的复仇剧。莎士比亚则将这一题材提炼升华为一出深刻反映人文主义理想与现实尖锐矛盾的伟大悲剧，使之成为世界文学史上的一个奇迹。

《哈姆莱特》这出悲剧之所以备受推崇，主要原因是它塑造了哈姆莱特这个人物形象。哈姆莱特是一个人文主义思想家的典型。他在当时的人文主义中心德国维登堡大学读书，接受了人文主义思想教育。他对人类、宇宙抱有美好的看法，他赞叹："人类是一件多么了不起的杰作！多么高贵的理性！多么伟大的力量！多么优美的仪表！多么文雅的举动！在行动上多么像一个天使！在智慧上多么像一个天神！宇宙的精华，万物的灵长！"把人的理性、智慧、丰仪、力量提升到神的高度和境界，这是文艺复兴时代人文主义者的典型观念。散见于剧中的多处对白或独白都呈现了哈姆莱特的人文主义爱情观、人伦观、婚姻观，和对社会秩序、国家秩序的一些基本原则（建立在自然、人性基础上）。正是这种乐观的信念，使他将父亲看成一个理想君王，将母亲看成圣母般纯洁的女性，父亲和母亲的结合是理想与爱的结合，能使这种结合得以实现和存在的世界是"美好的花园"。奥菲利娅在第三幕第一场奉父亲之命去试探哈姆莱特时，看到他疯疯癫癫而发的一段痛苦独白，也印证了这一形象的性质。她赞扬哈姆莱特有着"朝臣的眼睛、学者的辩舌、军人的利剑"，是"国家所瞩目的一朵娇花，时流的明镜，人伦的典范，举世瞩目的中心"。哈姆莱特还深受人民爱戴。在第四幕第三场，克劳狄斯讲到他把哈姆莱特派往英国的原因时，说他"为糊涂的群众所喜爱"，这是克劳狄斯不敢直接加害哈姆莱特的主要原因。在戏剧结尾，福丁布拉斯赞扬哈姆莱特："要是他能够践登王位，一定会成为一个贤明的君主的。"此外，他的性格还有很多优点，如勤于思考、勇于承担责任等。

关于哈姆莱特形象，引起最大争议和兴趣的是对他复仇时的延宕及其原因的认识。在戏中，哈姆莱特的确再三延宕。从行动上看，疯癫是他的精神状态的展示，也是他决定复仇后所采取行动的第一步，但这第一步就有消极、退守的成分，而且是霍拉旭无意中提醒的。他用戏中戏证实了鬼魂的话，而戏班子是他偶然碰上的。此后，他本来有机会在克劳狄斯祈祷时杀死他，但他找了一个借口，认为此刻杀死他，等于送他进天堂，而他希望将克劳狄斯送进地狱，于是就这么把仇人放过去了。再以后，哈姆莱特处处被动，几乎没有采取过什么主动的举措。克劳狄斯想借英王之手除掉他，他所做的只是自保和让两个国王的爪牙去送命。如果说此前他还没有克劳狄斯害死父亲的直接证据，无法向人民解释的话，那么现在他手里已经掌握了克劳狄斯试图害他的证据。但他再见到克劳狄斯时，倒像没有什么事情发生过似的。克劳狄斯安排借刀杀人之计，他简直就是兴冲冲地投到陷阱中去。不要忘了，是他主动向雷欧提斯挑衅的。最后他杀死克劳狄斯，是偶然的机遇促成，而非深思熟虑的结果。延宕和他被动地接受命运的安排及消极迎战是联系在一起的。他的延宕甚至使他自己感到痛苦。在剧中，有两处内心独白揭示了这种痛苦。一次是在第二幕，他希望戏班子晚上上演《捕鼠机》中的“贡扎古之死”一场。当舞台上只剩下他一个人时，他诅咒自己的延宕，他说：“啊，我是一个多么不中用的蠢材！”“可是我，一个糊涂颟顸的家伙，垂头丧气，一天到晚像在做梦似的，忘记了杀父的大仇。”“我是一个没有心肝、逆来顺受的怯汉。”“我这做儿子的却像一个下流女人似的，只会用空言发发牢骚，学泼妇骂街的样子来。”他自责的勇气很大，行动上却仍迟疑不决。第二次自责是在第四幕。如前所述，福丁布拉斯率挪威军队借道去进攻波兰，为争夺一块弹丸之地不息兵戎相见，这事给哈姆莱特以强烈的刺激。他痛斥自己过于审慎甚至懦怯，迟迟不能动手。他决心“从这一刻起，让我摒除一切的疑虑妄念，把流血的思想充满在我的脑际”。可实际上仍不见结果。从内心矛盾的表现上看，哈姆莱特也表现了延宕的特点，他多次著名的独白都和内心矛盾无从抒解有关。

从剧情的发展看，当真相大白后，哈姆莱特不能果断行动，一再错过复仇机会，作者在剧中又没有提供一个合乎逻辑的明确解释，致使300多年来莎学研究者对此争讼不已。但在中国，对哈姆莱特延宕的原因，被普遍认可的看法是从人文主义的力量和弱点的角度加以解释。

人文主义是文艺复兴时期在欧洲产生的一股思想文化思潮。杨周翰先生在《莎剧内外》一文中指出，文艺复兴时期文学中的人文主义有三个特点：一是要求个性解放，具体指恋爱自由、争取确立人的地位和尊严、开发聪明才智等；二是政治和生活方式上的理想主义，它只是一种美好的愿望，远非行动的纲领；三是破坏性。也就是说，其力量与弱点并陈。人文主义对社会进步和资本主义发展起到了巨大的推动作用，但人文主义在发展中，其副作用和恶果也逐渐显露出来。如它强调解放人的自然天性，个性自由，但天性不受约束地发展，必然冲击社会秩序和伦理。莎士比亚时代社会上私欲泛滥，人文主义要负上很大的责任。

莎士比亚对人文主义的认识也经历了一个变化过程。早期他对人文主义理想能够实现持乐观态度；但到中期，随着社会形势日益恶化、利己主义泛滥成灾，莎士比亚感受到了人文主义理想与黑暗现实之间的巨大矛盾，以及人文主义思想在现实中所带来的负面结果。他对人文主义信念发生了动摇，对人本身产生了怀疑。哈姆莱特斥责母亲为了情欲而背叛父亲：“只是一个月的时间，她那流淌着虚伪之泪的眼睛还没有消去红肿，她就嫁了人了。啊，罪恶的匆促，这样迫不及待地钻进了乱伦的衾被！”他相信，奥菲莉娅尽管现在“像冰一样贞洁，像雪一样纯洁”，但“美丽可以使贞洁变成淫荡”，在情欲面前，她也会像王后一样堕落。哈姆莱特审视自身，认为自己的心灵同样充满罪恶的渊薮。他说：“我的罪恶是那么多，连我的思想也容纳不下。”联系一系列变故发生前哈姆莱特对人类的看法，这其中的变化有多大！正是基于对普遍人性认识上的这种变化，哈姆莱特的复仇行动遇到了巨大挑战：人性是邪恶的，克劳狄斯弑君篡位不是孤立现象，而是普遍的人类罪恶的反映；替父报仇、“重整乾坤”不只是与克劳狄斯斗争，更要与人类、与人性普遍的恶斗争，也包括与自己的斗争。由此，他使自己陷入无法克服的矛盾之中：既然每个人都可能成为克劳狄斯，杀死一个克劳狄斯又有何用？于是复仇失去了对象，更严峻的人性问题摆在了哈姆莱特面前。以莎士比亚所处时代的认识水平，不可能为哈姆莱特找到一个正确的答案。哈姆莱特因此坠入虚无之境，心绪迷惘、忧郁、焦灼，也就有了行动上的延宕。

关于哈姆莱特的延宕，还有众多不同的解释。一种引人注目的看法认为哈姆莱特是一个封建王子的形象。作为一个封建王子，他的性格、修为在很大程度上符合中世纪教会关于完美的人的标准，如正义、审慎、坚毅、节制等。他迟迟不肯动手，是因为他从神学教义出发，担心杀人流血而被打入地狱。同时，封建荣誉观念也起到相当大的作用。他要思考公众社会对他的复仇行动持怎样的看法，因为荣誉“不只是在我本身上的一种外貌，而且也必须存在于旁人的观念和承认里”[①]。而解决这些矛盾的办法只有一个，就是把复仇的行动合法化，对得起自己的良心，也获得民众的认知和理解。这是他考虑一切问题的出发点。哈姆莱特表面上的延宕，其实是他为达到这个目的处心积虑的表现。[②]

在艺术方面，《哈姆莱特》有着精巧的情节结构。有论者发现，在剧中为父报仇的线索有三条：哈姆莱特、雷欧提斯和小福丁布拉斯都肩负着复仇的封建义务与使命。而在风雨如晦的宫廷争夺中，还同样交织着三条男女情爱线索：老王与王后、克劳狄斯与王后以及哈姆莱特与奥菲莉娅，“不管是在权力角逐的战场上还是在男女情爱的战场上，我们看到的都是悲惨的结局”[③]。同时，剧作中出现的重重误杀几乎就是古希腊人被命运玩弄于股掌的悲剧主题的系列诠释。这些波诡云谲的戏剧冲突在莎士比亚那里，是以其高超卓绝

① ［德］黑格尔著，朱光潜译：《美学》，第2卷，324页，北京，商务印书馆，1979。

② 在中国，系统表述这一看法的是叶舒宪《从哈姆莱特的延宕看莎士比亚思想中的封建意识》一文，见《文学人类学探索》，桂林，广西师范大学出版社，1998。

③ 李赋宁主编：《欧洲文学史》，第1卷，265页，北京，商务印书馆，1999。

的戏剧语言为载体的。莎士比亚一个相当显著的艺术特质即是悲剧与喜剧因素的掺杂、崇高与滑稽的交织，这种极富美学张力的戏剧效果也为莎士比亚赢得了“最伟大的天才”的称号。

【拓展阅读】

一、中译本

1. 莎士比亚. 哈姆莱特. 朱生豪，译. 上海：上海文艺出版社，2007.

2. 莎士比亚. 哈姆莱特. 卞之琳，译. 杭州：浙江文艺出版社，2001.

二、研究著作、论文

1. 莫罗佐夫．论莎士比亚．朱富扬，译．北京：文化艺术出版社，1987.

2. 陆谷孙，主编．莎士比亚专辑．上海：复旦大学出版社，1984.

3. 孙家琇．论莎士比亚四大悲剧．北京：中国戏剧出版社，1988.

4. 王佐良．莎士比亚绪论兼及中国莎学．重庆：重庆出版社，1991.

5. 歌德．莎剧解读．张可，王元化，译．上海：上海教育出版社，1998.

6. 张泗洋，徐斌，张晓阳．莎士比亚引论．北京：中国戏剧出版社，1989.

7. 李伟昉．说不尽的莎士比亚．北京：中国社会科学出版社，2004.

8. 孟宪强．三色堇：《哈姆莱特》解读．北京：商务印书馆，2007.

【思考题】

1. 莎士比亚的戏剧创作可分为哪三个阶段？
2. 《哈姆莱特》中的“戏中戏”指的是什么？
3. 你如何理解哈姆莱特的延宕？
4. 《哈姆莱特》的语言艺术有哪些特色？

第四节　易卜生的《玩偶之家》赏析

【作家生平】

亨利克·易卜生（1828—1906）出生于挪威东南部的一座滨海小城斯基恩，父亲经商，家境殷实。易卜生8岁时，父亲生意破产，举家搬迁到了戈尔彭的温斯托普农场。此后，易卜生在贫穷困苦的生活中度过少年时代。1844年，易卜生中断学业离开家乡，为一名药剂师做学徒，工作之余阅读了很多世界经典的文学作品，学习写作，逐渐积累起自己的实力和名声。1850年，易卜生为报考大学来到首都，落榜后定居下来。这一年，他自费出版了自己的处女作《凯蒂琳》，反响平平。同时，他的独幕剧《武士冢》被搬上舞台，这是易卜生作品的第一次上演。

1852年，易卜生在卑尔根和首都克里斯蒂安尼亚（今奥斯陆）的剧院担任编剧、艺术指导等工作，直到1864年。十多年的剧院工作不仅让易卜生充分地熟悉、掌握了舞台艺术，也为他的创作和演出提供了不可多得的良好环境。这段时间，易卜生共写出了十多个取材于挪威历史和民间传说的浪漫主义剧作，歌颂古代英雄的爱国情感以及为民族统一作出的伟大贡献，如《觊觎王位的人》(1863)。这些作品为易卜生赢得了良好的声名，此后他的剧作受到了戏剧界的普遍关注，但也因为一些敏感的内容和戏剧形式等问题，引发了很多激烈的争议甚至抨击。

1864年，因为种种原因，易卜生离开祖国，旅居意大利、德国等地，这一去就是27年，直到1891年才返回挪威。虽然身在国外，作家却依旧心系祖国。他从民族传统中汲取精神养料，完成了优秀的浪漫主义剧作《布朗德》(1866) 和《培尔·金特》(1867)。其中，五幕诗剧《培尔·金特》的风格比较独特，是易卜生最著名的诗剧。主人公培尔·金特拐走了别人的新娘并和她在山中生活了一阵子。不久，他告诉新娘自己爱的是另外一个姑娘索尔维格，然后独自离开了。晚年的培尔·金特回到家乡，看到年迈的索尔维格一直在等他，这时他才明白只有索尔维格的爱情才是他的幸福和归宿。

易卜生前期创作的风格属于浪漫主义，从 19 世纪 60 年代末开始，他将目光转向了现实，并在剧作中用散文语言代替了诗体语言，创作了十几部“社会问题剧”，开创了现实主义戏剧的先河。在这些剧作中，主人公大都是生活富足的中产阶级。19 世纪挪威的中产阶级满足于自己的稳定生活，墨守成规，反对一切改革，易卜生借助旅居欧洲获得的广阔视野，展示了中产阶级的价值观念和生活方式，向人们提出了一系列当时比较敏感的社会问题，如法律、道德、宗教、教育、家庭、女性地位等。正因为如此，他的这些剧作被称为“社会问题剧”。其中，《社会支柱》（1877）、《玩偶之家》（1879）、《群鬼》（1881）和《人民公敌》（1882）并称为易卜生的四大社会问题剧。

在易卜生之前，欧洲戏剧创作的主要形式是诗体剧，易卜生早期的剧作也是诗体形式。从现实主义问题剧《社会支柱》开始，易卜生正式使用散文语言进行创作。四幕剧《社会支柱》批判了资产阶级的虚伪道德，模范公民博尼克一直被人们公认为是“社会支柱”，后来人们才发现他道德败坏，假仁假义。三幕剧《群鬼》描写了女主人公阿尔文太太不幸的婚姻和一生。五幕剧《人民公敌》的批判矛头也直接指向了虚伪而又唯利是图的资产阶级。正直高尚的斯多克芒医生发现了在浴场休养的人患病的根源，积极呼吁各方解决问题，但因触犯了很多人的利益，遭到了以市长彼得为首的一群人的反对，并在市民大会上被宣布为“人民公敌”。

19 世纪末期，欧洲弥漫着一股悲观颓废的“世纪末”情绪，反映到文学艺术上，出现了唯美主义和象征主义两个流派。易卜生晚期的创作也转向象征主义，开始尝试新的写作方法，笔触从现实批判转向人的精神，通过一些神秘的象征探索不确定的内心世界。人们一般认为，《野鸭》（1884）是易卜生象征主义戏剧的开始。之后，作家创作了《罗斯莫庄》（1886）、《海上夫人》（1888）、《海达·高布乐》（1890）以及最后一部作品《我们死人醒来的时候》（1899）。

易卜生一共创作出版了 26 部戏剧和 1 部诗集，跨越了浪漫主义、现实主义和象征主义三个时期。易卜生被尊为“现代戏剧之父”，他的“社会问题剧”以崭新的内容和形式开创了新的戏剧之路，这主要体现在关注敏感的社会现实问题、散文化的语言、简洁紧凑的剧情和讨论化的冲突方式等方面。易卜生的剧作影响了后来许多剧作家的创作，促进了世界戏剧的发展，有人评价他在西方戏剧经典中的地位仅次于莎士比亚。

【作品内容】

1879年，易卜生在意大利旅居时，创作出版了他的代表作品《玩偶之家》，并于两周后在哥本哈根皇家剧院首演。此后，在世界各地的舞台上，《玩偶之家》的演出经久不衰，深受观众们的喜爱。

《玩偶之家》共分为三幕。

戏剧是从圣诞节的前一天开场的，女主人公娜拉·海尔茂从外面买东西回来，心情愉悦，随口哼着小曲，整理买来的东西。丈夫托伐·海尔茂听见娜拉的歌声，亲昵地称呼妻子为“小鸟儿”。看到娜拉买的一大堆东西，海尔茂嗔怪她又乱花钱。娜拉却自有道理，丈夫马上就升任为银行经理，以后的家庭花销不必像以往那样紧缩节省了。海尔茂谨慎地劝阻妻子，薪水还得三个月才能拿到，千万不可借债度日。看到娜拉有些垂头丧气后，海尔茂掏出钱包给了娜拉一些钱，哄她开心，娜拉又快活了起来。在海尔茂面前，娜拉就像个不经世事的孩子，任由丈夫宠爱、纵容、安排一切。

林丹太太的意外出现，让娜拉惊讶不已，差点认不出她来。原来，她们是上学时的朋友，已经8年没有见面了。当初，林丹太太为了照顾生病的母亲和两个年幼的弟弟，放弃了自己的恋人，嫁给了经济宽裕的丈夫。3年前，丈夫去世了，没有留下一点遗产，也没有孩子，林丹太太靠自己的力量做事谋生，供养母亲。现在，母亲去世了，弟弟也可以自立了，林丹太太终于松了一口气。她来到大城市，希望找一份办公室工作，养活自己的同时也消磨时间。娜拉爽快地答应了林丹太太的请求，向丈夫求情帮忙。

面对饱经风霜、很有担当的林丹太太，娜拉不想自己仅仅被她看成娇生惯养、不懂谋生之苦的居家太太。她十分自豪地告诉林丹太太，自己也做过一件大事情——救过丈夫的命，而且这个大秘密她一直悄悄地独守多年。原来，娜拉和海尔茂刚结婚时，海尔茂职位低下，薪水有限，为了养活家庭，他起早贪黑地做着各种额外工作，超负荷的奔波损害了他的健康，医生建议他们去南方疗养，否则海尔茂的生命会有危险。在意大利疗养的一年，花费巨大，海尔茂一直以为这笔钱是娜拉的父亲给的。实际上，娜拉的父亲当时也在生病，不久就去世了。娜拉以父亲的名义为担保借了债，还伪造了父亲的签名。幸运的是，经过休养，丈夫恢复了健康，重新开始工作。为了按期还债，娜拉节衣缩食，还偷偷做一些编织、抄写之类的工作，虽然辛苦，但想到自己如此有担当，娜拉内心非常得意。现在，丈夫新年后就会升任银行经理，自己的债务也马上可以还清，一家人的生活就要迈向康庄大道了。

银行职员尼尔·柯洛克斯泰的不期而至打破了娜拉的美好计划，原来他就是娜拉的债主。海尔茂准备解雇柯洛克斯泰，柯洛克斯泰求情遭拒后，要挟娜拉向海尔茂求情保全他的职位，否则他将泄漏娜拉借债、伪造签名的秘密，那时娜拉和海尔茂将身败名裂。受到突如其来的威胁的娜拉心神不定，看到海尔茂辞退柯洛克斯泰的决心不可动摇时，又无计可施。海尔茂告诉娜拉，柯洛克斯泰当年因为伪造字据、欺骗撒谎闹得名誉尽失，他最讨厌这样品行堕落的人，因为这样的人会对儿女产生恶劣的影响。海尔茂的一席话吓得娜拉面如土色，都不敢陪孩子们一块儿玩了。

第二幕开始时，娜拉想着柯洛克斯泰的事情，心烦意乱。林丹太太来了后，两人再次聊起借债的事情。知道阮克大夫天天来娜拉家时，林丹太太误以为他就是娜拉的债主，劝娜拉不要和他走得太近，娜拉却在心里盘算着请阮克大夫帮忙解决债务的事情。海尔茂从银行回家后，娜拉再次请求他留下柯洛克斯泰，海尔茂只得告诉娜拉他辞退柯洛克斯泰的真正理由。他们两人是大学同学，柯洛克斯泰倚仗着这段交情，随便跟海尔茂套近乎，甚至叫他的小名，这让海尔茂经理的颜面扫地。为了彻底结束妻子的纠缠啰唆，海尔茂立刻将解雇柯洛克斯泰的信寄了出去。

阮克大夫来到娜拉家，娜拉本想将自己的打算和盘托出，没想到阮克大夫趁机表白自己对娜拉的深情，让娜拉不知所措，请求帮助之事也无法再开口。收到辞退信的柯洛克斯泰再次造访，逼迫娜拉为他向海尔茂要求一个更高的职位，看出娜拉有打算自杀以保全丈夫名声的念头后，柯洛克斯泰将一封写明借债事情来由的信投入了海尔茂的信箱。林丹太太知道了事情的来龙去脉后，告诉娜拉柯洛克斯泰就是她以前的恋人，现在她去劝柯洛克斯泰收回信件，娜拉则要拖住海尔茂不去开信箱。娜拉以练习第二天晚上参加舞会的舞蹈为由，拖住了海尔茂，让他答应明晚舞会结束前不去看信件。林丹太太没有找到柯洛克斯泰，给他留下一张字条后回到了娜拉家，娜拉细细一算，到明天晚上舞会结束还有 31 个小时。

第三幕中，林丹太太独自坐在娜拉家里，等着柯洛克斯泰。柯洛克斯泰来后，二人倾心交谈，消除了以前的芥蒂，决定重新开始，一起生活。柯洛克斯泰后悔投出那封揭秘信，准备向海尔茂要回来。林丹太太反而阻止了他，认为海尔茂应该知道这件事情，这样有助于夫妻二人互相了解。舞会结束后，娜拉十分不情愿地被海尔茂拽回了家，当她知道信件问题无法解决之后，自杀的决心已定。阮克大夫来向海尔茂夫妇作最后的告别，他从父亲那里遗传的疾病已经无法医治。海尔茂最终看到了柯洛克斯泰的信件，勃然大怒，咒骂娜拉撒谎欺骗，毁了他的名声和幸福。在如此紧要关头，海尔茂手足无措，一味将过错全部推给娜拉，丝毫没有挺身而出、寻找方法保护妻子的意思。关键时刻，柯洛克斯泰的另一封信送来了，里面有他归还给娜拉的那张伪造签名的借据。知道自己安全无事之后，海尔茂大喜过望，再三说明他已饶恕娜拉，花言巧语地安抚她，称呼她“小鸟儿”、“小宝贝”，百般辩解自己刚才的行为。

看着海尔茂的阴阳突转，娜拉彻底明白了自己在家庭、婚姻中的地位，她只不过是海尔茂的一个玩偶，从未得到过一个真正的“人”的待遇。她满心期待海尔茂会像个男子汉那样为她承担起所有的责任，可奇迹最终没有发生。娜拉决定离开海尔茂，去寻找自己的新生活，那一声“砰”的关门声宣告了娜拉的决心和勇气。

【作品赏析】

1879 年《玩偶之家》上演时，第一个娜拉在哥本哈根皇家剧院的舞台上摔门而去后，引起的震惊非同小可。现在，100 多年过去了，作为易卜生剧作背景的那个社会已经今非昔比，但是娜拉依旧活跃在世界各地的舞台上，那声“砰”的关门声依旧能够引起人们的长吁短叹，不能不说易卜生的《玩偶之家》已经超越了时代，获得了长久的生命力和震撼力。

最初，娜拉留给我们的印象是一个无忧无虑、不谙世事的娇弱太太，每天和孩子们说笑玩耍，打理家庭生活。丈夫海尔茂敬业踏实，勤奋养家，更重要的是对娜拉宠爱有加。在戏剧第一幕的开头，通过娜拉和海尔茂之间的亲昵对话，我们看到的是一个洋溢着幸福同时也充满希望的家庭。随着柯洛克斯泰的不期而至以及借债事件的暴露，剧情开始跌宕起伏，也让我们从一个全新的角度重新认识了娜拉。原来，娜拉并不是一个养尊处优、全无心计的依人小鸟。她有情有义，不惜借债和伪造签名救下丈夫的性命；她勇敢坚强，多年来独自承担着偿还债务的巨大压力，小心谨慎地多方拼凑；她积极乐观，相信困难过去就会迎来美好的生活；她有魄力有担当，面对柯洛克斯泰的步步紧逼，决心舍弃自己的生命保全丈夫的名声。综合起来看，娜拉所做的一切都是为了海尔茂，都源于她对海尔茂的深情厚爱和无限信任。

故事发展到这里，我们对娜拉的勇气和选择唏嘘感叹，但震撼和欢呼还在后面。借债事件在海尔茂面前曝光后，那个往日甜言蜜语、恩爱有加的丈夫如同被魔鬼附了身，露出一幅狰狞的面目，破口大骂，娜拉也由往日的“小鸟儿”、“小松鼠”、“小宝贝”变成了“伪君子”、“撒谎的人”、“下贱女人”；刚才还说“娜拉，你知道不知道，我常常盼望有桩危险事情威胁你，好让我拼着命，牺牲一切去救你”，现在他倒想和娜拉拼命了，8年来相濡以沫的夫妻情分瞬间化为乌有。而当问题自动解决后，海尔茂的态度再次一百八十度急转弯，信誓旦旦地宣称自己是男子汉大丈夫，要保护他“受惊的小鸟儿”。这次的惊吓对娜拉来说实在强度不小，它不但震伤了她一腔柔情的心，也震开了她朦胧的双眼，震醒了她理想化的幸福和美好未来。此时，娜拉恍然大悟，原来她只是一个玩偶，是海尔茂美丽的财产和消遣，她从来都没有得到过一个“人”应有的平等和尊重，她费尽心力建立的家庭幸福原来只是空中楼阁。由此，娜拉重新审视了自己一直以来的角色，决定退出和海尔茂的这场婚姻游戏，退出她被设定的妻子角色，离家出走去寻找自己的生命意义。当娜拉离开家，“砰”的一声关上那扇不平等的“玩偶之家”的大门时，带给观众的震撼可想而知。

《玩偶之家》问世以来，因为对娜拉形象的出色塑造，一直被奉为女权运动的杰作，娜拉也成为女性寻求自我、自由和平等的一个象征。实际上，易卜生从不认为自己是女权运动者，他认为自己的工作是“描写人”，他更强调的是个人的精神独立，无论男人还是女人。不过，易卜生对于女性社会地位的清醒认识是无论如何不容抹杀的，他提出的这一重大社会问题一直萦绕在人们的心头，让大家去思索。而“娜拉出走后会怎样?”也成为一个经久不衰的谈论话题，仁者见仁，智者见智。不管怎样，娜拉的出走不是结局，而是开端，她迈向了发现自己的旅程，迈向了更美好的希望未来。

娜拉的出走让人们震惊，而被抛弃的海尔茂也让人们唏嘘不已。在剧中，海尔茂以一个家庭支柱的身份出现，他努力工作，保护妻子，尽力巩固自己在社会中的地位。娜拉借债事件的爆发彻底颠覆了他的形象，在关键时刻，他想到的是自己的名声、地位的受损，并没有像娜拉所期盼的那样承担起保护的承诺，由此也造成了他自私、虚伪、懦弱的形象定位。但从另一方面来说，在19世纪末的社会环境里，海尔茂并不能像他在剧中所表现的那样强大、有自主力，他追逐的名利、地位、荣誉无时不受制于当时的中产阶级社会。如同娜拉在家庭中得不到独立、尊重一样，海尔茂在社会中也得不到独立自主，他也不能如同自己所期盼的那样真正成为家庭、社会的支柱。当娜拉退出婚姻角色，离家出走后，海尔茂也失去了自己的位置，陷入无助沮丧的境地。从这一点来说，我们也可以思考一下“娜拉出走后海尔茂会怎样?”

这一问题。

《玩偶之家》代表了易卜生最高的艺术成就，当时欧洲的戏剧舞台充斥着情节凑巧、场面惊险而内容空洞贫乏的戏剧，易卜生有意打破这种浪漫派传统，写出风格简洁明了的社会问题剧。《玩偶之家》的戏剧人物都来自日常现实生活，没有非凡的性格和能力，他们的对白与日常口语几乎没有区别，戏剧场景逼似现实，情节忠实地按生活原貌展开，没有人为制造的凑巧，体现出对现实主义戏剧美学的贯彻以及"现代戏剧之父"易卜生的大胆革新精神。同时，《玩偶之家》剧情的紧凑而又波澜起伏、矛盾的激烈而又真实可信还得益于易卜生对"追溯法"的巧妙运用。这是易卜生戏剧中常见的一种艺术技巧，类似小说中的倒叙手法。在戏剧幕启之前，某些关键性事件已经发生，并酝酿着戏剧冲突。幕启后，通过剧中人物的追溯，这些关键性事件被分散地交代出来，而剧情本身实际上只是事件发展的后果。《玩偶之家》中，娜拉伪造签字借款，是她与海尔茂冲突的导火线。但这一关键性事件在幕启之前已经发生，仅在剧中通过娜拉追叙往事来加以交代，而剧情本身仅仅集中于柯洛克斯泰要挟娜拉和海尔茂，导致夫妇冲突、娜拉出走的过程。这种追溯手法不仅使戏剧结构紧凑、情节集中，而且使人物性格更加鲜明、主题更为突出，造成了强烈的戏剧效果。另外，易卜生"社会问题剧"的一个非常突出的特点是讨论化的冲突方式，通过娜拉和海尔茂的交谈争论，我们不但能够直接了解到他们关于家庭、婚姻、法律等问题的态度，也可以从中体会到作家对这些问题的关注和观点，同时也能够引发读者的深入思考。如《玩偶之家》结尾处娜拉与海尔茂的争论，这是最为明显的层面上的"讨论"因素；同时，"讨论"因素更渗透入戏剧情节中，成为戏剧的有机整体——娜拉伪造签字借款是否可行？法律应不应该考虑到娜拉违法的行为的崇高动机？娜拉的出走选择是否正确？易卜生通过剧情提出的这些问题，本身就颇具争议性，能有效激发观众的深入思考，从而对剧中提出的社会问题的解决提供帮助。

【拓展阅读】

一、中译本

1. 易卜生．玩偶之家．潘家洵，译．北京：人民文学出版社，1963.

2. 易卜生．娜拉．沈佩秋，译．上海：启明书局，1937.

二、研究著作、论文

1. 比约恩·海默尔．易卜生——艺术家之路．石琴娥，译．北京：商务印书馆，2007.

2. 何成洲．对话北欧经典：易卜生、斯特林堡与哈姆生．北京：北京大学出版社，2009.

3. 刘名厚．真实与虚幻的选择：易卜生后期象征主义戏剧．上海：同济大学出版社，1994.

4. 王忠祥．易卜生．北京：华夏出版社，2002.

5. 陈爱敏．女性主义、个人主义，还是资本主义？——谈对易卜生《玩偶之家》的误读．南京师范大学学报（社会科学版），2009（6）.

6. 桑德拉·莎莉．从女人到人——娜拉的转变．文艺研究，1999（2）.

7. 张文焕．《玩偶之家》的人物关系设计．外国文学评论，1997（2）.

8. 梅启波．易卜生戏剧在中国20世纪三四十年代的传播——从“娜拉事件”谈起．文艺理论与批评，2009（1）.

【思考题】

1. 易卜生的戏剧创作历程是怎样的？
2. 《玩偶之家》的情节设计有何独特之处？
3. 怎样理解娜拉这个人物形象？
4. 你是如何看待海尔茂这个人物的？

第五节　奥尼尔的《悲悼》赏析

【作家生平】

尤金·奥尼尔（1888—1953），美国现代著名戏剧家，美国现代戏剧的创始人，被称为“美国现代戏剧之父”和“美国的莎士比亚”。他于1888年生于纽约，属于爱尔兰第三代移民。父亲詹姆斯·奥尼尔本是美国公认的三四个最有艺术前途的青年演员之一，但因后来专演通俗剧《基度山伯爵》而毁掉了自己艺术家的前程。父亲对他的影响，一方面使他从小就熟悉戏剧，另一方面使他对商业化戏剧深恶痛绝。1906年奥尼尔入读普林斯顿大学，但只读了一年就因酒后闹事而辍学。此后他从事过种种属于社会底层的职业，如水手、码头工人、临时演员、小报记者等。1912年年底，奥尼尔因肺病入住疗养院，在半年多的疗养期间，他认真阅读了古希腊戏剧、莎士比亚、易卜生和斯特林堡等人的作品，并决心成为一名剧作家。1914年秋，奥尼尔去哈佛大学深造，成为贝克教授47戏剧工作室的一名特殊学生。1914年，他的第一部成熟作品《东航卡迪夫》上演，引起公众注意。1916年，他加入以非商业性和实验性为特点的美国小剧场运动重要艺术团体普罗文斯顿剧团，并成为其核心和灵魂。1920年，他的多幕剧《天边外》在百老汇上演，并获得普利策奖，奥尼尔由此成为美国最受注目的剧作家。此后，奥尼尔专事戏剧创作。从19世纪20年代到30年代前期，他创作了大量戏剧作品，1936年因“他的富有生命力的、诚挚的、感情强烈的、烙有原始悲剧概念印记的戏剧作品”（诺贝尔文学奖授奖词）而荣获诺贝尔文学奖。此后奥尼尔基本过着与世隔绝的隐居生活，健康状况恶化，但仍创作了一些重要作品。1953年奥尼尔在波士顿病逝。在他去世后，晚期的扛鼎之作、自传性剧本《进入黑夜的漫长旅程》（1941）于1956年首演，立即引起轰动，奥尼尔再次声名鹊起。

奥尼尔的早期创作以现实主义悲剧为主，多反映其早年的航海经历和水手生活，主要作品有《东航卡迪夫》（1914）、《归途迢迢》（1917）等。中期创作逐渐转向表现主义和象征主义，重要作品有《天边外》(1918)、《琼斯皇》(1920)、《毛猿》(1921)、《安娜·克里斯蒂》(1922)、《榆树下的欲望》(1924)、《奇异的插曲》(1928)、《悲悼》(1931) 等。晚期创作重新回归现实主义，重在反映社会底层生活，主要作品有《送冰的人来了》(1939)、《进入黑夜的漫长旅程》(1941) 等。

奥尼尔作品的主题之一是表现下层社会人民的生活和思想感情。由于奥尼尔结交了很多下层社会的朋友，所以他亲身体验到了下层社会人民的艰难生活，这为他的剧本带上了来自"底层"的基调。奥尼尔早期的航海剧表现的都是水手的生活。中后期作品如《毛猿》、《安娜·克里斯蒂》、《送冰的人来了》等，主要人物也都是水手、妓女和流浪汉等下层人物。奥尼尔在这些人物身上寄托了他对下层社会人民深深的理解和同情。

奥尼尔作品的主题之二是表现社会和人性异化，批判物质主义。奥尼尔对物质主义深恶痛绝，早在 1913 年至 1914 年的独幕短剧《雾》里，奥尼尔就塑造了两个对立的人物，这两个人物没有名字，他们分别被称为"诗人"和"商人"。"诗人"敏感而富有理想，能够承受痛苦和牺牲；"商人"则自私、浅薄、目光短浅。这两个人物的变种出现在奥尼尔以后的一系列作品里。这种"商人"和"诗人"的冲突，喻示了物质主义和人性美、艺术美的对立关系。在晚期剧作中，奥尼尔更明确地突出了物质主义的批判主题。他把自己的一套由 11 部剧作构成的、总称为《占有者自我剥夺的故事》的连台剧称作"以美国人民物质进步而精神退化的趋势为背景的一个家族的心理戏剧"，同时把剧中的人物说成"表现美国的占有欲和物质主义的戏剧中的特别的实例和象征"。

奥尼尔戏剧艺术的突出特点是创新性与实验性。他的作品有不少是以卖淫、流产、乱伦、通奸，以及黑人和白人的通婚等惊世骇俗的现象为题材的。尽管由于某些题材触犯了当时的社会禁忌而遭受到猛烈的抨击，但他仍不为所动。奥尼尔勇于探索新的戏剧形式、戏剧技巧。他的创作比较复杂，既有现实主义，也有表现主义、象征主义和意识流等现代主义，其中以表现主义剧作成就最高，影响最大。与之相应，奥尼尔在艺术手法方面做了许多实验和探索，如在《毛猿》、《琼斯皇》、《榆树下的欲望》、《大神布朗》、《无穷的岁月》等中，他运用了将内心冲突外化、分割演区、面具、独白与旁白、两个演员扮演同一角色等多种手法。他的这些创新产生了世界性的影响。

【作品内容】

《悲悼》是一个三部曲，由《归家》、《猎》、《祟》三剧构成。

《归家》：艾斯拉·孟南是美国南北战争时期新英格兰的一位北军准将。他的女儿莱维妮亚与妻子克里斯蒂相貌酷肖，但却互相敌视。克里斯蒂与丈夫形同陌路，而莱维妮亚却挚爱自己的父亲。孟南和儿子奥林一起奔赴沙场，家里只留下克里斯蒂母女二人。克里斯蒂借口看望丈夫，经常去纽约，实则是与情人卜兰特船长幽会。为了不让女儿对自己与情夫的关系起疑心，她甚至让卜兰特假意追求女儿。莱维妮亚最终对母亲与卜兰特的关系起了疑心，并亲眼见证了母亲与卜兰特的情人关系。莱维妮亚总觉得卜兰特的相貌与父亲有几分相似，并查出卜兰特竟是她叔祖的儿子。原来她祖父和叔祖早先曾同时爱上家里的法国女看护，女看护选择了她的叔祖并怀上了卜兰特。莱维妮亚的祖父一怒之下，将这对恋人赶出了家门。她的叔祖不久自杀而死，卜兰特全靠女看护养大成人。卜兰特在母亲临终前得悉了内情，决心报复莱维妮亚的祖父家。他与克里斯蒂通奸就是这报复步骤中的一环。莱维妮亚就以此要挟母亲与卜兰特断绝关系。克里斯蒂假装屈服，实则已动了谋害丈夫的杀机，并要卜兰特给她搞到毒药，准备伺机下毒。战争结束，孟南归家，奥林却因伤暂时还不能归家。克里斯蒂在孟南归家之际，故意让他得知了自己与卜兰特的奸情以及卜兰特的真实身份，并借假意给他喂药之际，暗中下毒。孟南临死前向闻讯赶来的莱维妮亚指证克里斯蒂是杀人犯。莱维妮亚决心为父复仇。

《猎》：奥林归家奔丧。奥林虽已有情人，但心里却以母亲克里斯蒂为真正的爱人。克里斯蒂极力撇清自己和卜兰特的关系，还说莱维妮亚头脑有点不正常，要奥林不要听信莱维妮亚的话。奥林对父亲是否被母亲毒死倒不十分在乎，但对母亲和卜兰特有暧昧之情却绝不能容忍。莱维妮亚向奥林揭发了卜兰特与克里斯蒂的奸情，并指控他们合谋毒死了父亲。在她的坚持下，奥林答应只要有真凭实据，他就会惩罚卜兰特。莱维妮亚姐弟设下圈套，假装远行。克里斯蒂不知是计，趁机去波士顿密会卜兰特，并商定尽快一起远走高飞。这一切都被秘密跟踪的莱维妮亚姐弟看在眼里。等克里斯蒂离去后，妒火中烧的奥林立即动手杀掉了卜兰特。莱维妮亚姐弟回家后，将卜兰特之死告诉了克里斯蒂。克里斯蒂悲痛之下，吞枪自尽。奥林为此而自责不已，精神濒于崩溃。

《祟》：为了逃避克里斯蒂之死带来的阴影，莱维妮亚姐弟去东方旅行。然而旅行回来后，他们发现克里斯蒂还是阴魂不散，紧紧缠绕着他们。莱维妮亚不仅相貌，而且连性格也越来越像克里斯蒂，她对奥林也产生了一种超出姐弟之情的情愫；奥林则把对母亲的畸恋转移到姐姐身上。一方面，他们分别与彼得和海丝儿兄妹有了婚约；另一方面，他们又为对方与恋人的关系设置障碍，甚至要破坏这种关系。奥林将自己家族因畸恋而引起的恩怨情仇都写了下来，并封好交给海丝儿保管。他以此威胁莱维妮亚放弃彼得。莱维妮亚被迫同意不嫁给彼得，奥林也答应不再和海丝儿相爱，并向海丝儿要回了信。奥林向莱维妮亚坦承自己把姐姐当作母亲的替身而爱的罪恶，还要她和自己一起去忏悔杀害母亲的罪孽。莱维妮亚盛怒之下，不但拒绝忏悔，而且诅咒奥林罪该万死，要他去自尽。奥林认为姐姐逼自己自杀就像自己逼母亲一样，是一桩公道的裁判，是母亲的鬼魂附在姐姐身上跟他说话，若要得到母亲的饶恕，就必须以死谢罪。奥林终于步母亲后尘，吞枪自尽。在奥林的下葬日，海丝儿对莱维妮亚表示怀疑，并表明他们全家都反对彼得娶她。彼得为此十分苦恼，也来找莱维妮亚倾诉。莱维妮亚矢口否认奥林之死与己有关，并恳求彼得忘掉过去，用爱的欢乐补偿自己。然而当她沉浸在与彼得的疯狂亲吻拥抱中时，脱口而出的却是卜兰特的名字。这使莱维妮亚意识到，自己永远也不可能摆脱往事和死人的缠绕，于是决定与彼得一刀两断。她故意抹黑自己，把自己说成荡妇。当彼得嫌恶地拂袖而去后，她命令仆人们把鲜花都扔掉，把房子的百叶窗都钉死，她要终生和死人们同住在这监狱一般的黑屋子里，以比死还可怕的幽闭来惩罚自己，直到孽债偿尽。

【作品赏析】

《悲悼》由古希腊悲剧之父埃斯库罗斯的《俄瑞斯忒亚》三部曲改编而成。《俄瑞斯忒亚》写的是古希腊联军统帅阿伽门农从特洛伊战争中凯旋归家，当日被其妻克吕泰墨斯特拉和其情夫、阿伽门农的堂弟埃吉斯托斯合谋杀害。阿伽门农的儿子俄瑞斯忒斯在姐姐厄勒克特拉的鼓动下为父复仇，杀死了母亲及其情夫。俄瑞斯忒斯因弑母罪被复仇女神追杀，最后在雅典娜的帮助下被判无罪。《俄瑞斯忒亚》三部曲中的几个主要人物在《悲悼》三部曲中分别被改为艾斯拉·孟南、克里斯蒂、莱维妮亚、奥林和卜兰特。然而意义最大的改动并不是人名、地名甚至时代背景，而在于奥尼尔自己所说的，在这部剧作中，他试图“不借用古希腊悲剧中的超自然力量，而纯粹使用现代心理学来大致再现古希腊悲剧中的命运观”。

《悲悼》将时代背景安排在美国南北战争行将结束时期，然而作品表现的却并非南北战争本身，而是美国源远流长的清教主义传统所带来的悲剧。奥尼尔在其一系列作品中，都对清教主义的自奉道德纯洁、死守清规戒律、甚至克勤克俭的传统美德等有所针砭。《悲悼》则主要揭露了清教主义的虚伪性，揭示其在家庭生活，特别是婚姻爱情中的消极作用和影响。作品中的孟南、未出场的孟南的父亲、莱维妮亚、奥林等都是清教主义的代表人物，在某种程度上也是清教主义的受害者。他们一方面对爱情有所追求，另一方面又以卫道士自居，无情打击同样对爱情有所追求的家族中的竞争者。作品着墨最多的是莱维妮亚，她疯狂迫害卜兰特直至将他害死，其真正的动机，完全是出于对母亲的妒忌。

奥尼尔使用现代心理学概念取代了古希腊悲剧的命运观念，奥尼尔所说的“现代心理学”主要是弗洛伊德的精神分析学。从20世纪20年代起，奥尼尔的一系列剧作都表现出了“十分露骨的对弗洛伊德的迷信”[①]。有学者考证出，“奥尼尔在写《悲悼》之前确实读过弗洛伊德的著作”[②]。《悲悼》受弗洛伊德主义影响最深的地方，是它体现了弗洛伊德所谓的“俄狄浦斯情结”的作用。“俄狄浦斯情结”是弗洛伊德借助于古希腊悲剧《俄狄浦斯王》的同名主人公无意中犯下杀父娶母之罪的故事，对男孩自幼在潜意识中就有的恋母憎父心理的一种命名。与之相对的是“厄勒克特拉情结”这一概念，该概念借助于《俄瑞斯忒亚》中厄勒克特拉鼓动弟弟弑母以报父仇的故事，概括了女孩自幼在潜意识中就有的恋父憎母心理。在《悲悼》中，弗洛伊德所提出的“俄狄浦斯情结”和“厄勒克特拉情结”的体现都十分明显。《悲悼》的英文剧名为*Mourning Becomes Electra*，可直译为“悲悼变成了厄勒克特拉”。

在《悲悼》中，孟南家族男男女女的行为都体现了俄狄浦斯情结和厄勒克特拉情结的作用。孟南童年时就爱上了像母亲一样宠爱自己的玛丽亚，当他得知玛丽亚是叔叔的情妇时，对她的感情便由爱变恨。但他娶妻时选择的对象在外貌上却又酷似玛丽亚。卜兰特与克里斯蒂私通，除了出于报复之心，还因为克里斯蒂酷似自己的母亲，甚至连与莱维妮亚虚与委蛇，部分原因也是因为她像自己的母亲。奥林则是男性人物中俄狄浦斯情结最强烈的一个。

① ［美］约翰·霍华德·劳逊著，邵牧君、齐宙译：《戏剧与电影的剧作理论与技巧》，424页，北京，中国电影出版社，1978。

② Richard F. Morton, ed., *Eugene O' Neill' s Century: Centennial Views on America' s Foremost Tragic Dramatist*, Westport, Connecticut: Greenwood Press, 1991, p. 69.

他对母亲的迷恋甚至到了明知母亲毒死自己的父亲也不予追究的地步。但是一旦得知卜兰特是与自己争夺母爱的情敌，他便毫不犹豫地杀害了他。最不可思议的是，当面对卜兰特的尸体时，他竟公然承认，如果他是卜兰特，也会爱上克里斯蒂，甚至为她而杀死孟南。更有甚者，他竟然感到杀死卜兰特也许是在自杀。母亲死后，他又把迷恋的对象转为自己的姐姐，因为莱维妮亚越来越像克里斯蒂，甚至可以说是变成了她。最后，他终于不堪忍受这种畸恋的折磨，自行了断。就连他的自戕，目的也是为了能和母亲在阴间重聚。厄勒克特拉情结主要体现在莱维妮亚这个人物身上。奥尼尔指出，莱维妮亚的模样像她的母亲，她的思想意识和生活作风却像她的父亲。她视父亲为偶像，却视母亲为情敌。母亲的存在，使她不能独占父爱；母亲与卜兰特的私情，又夺去了她的意中人。她曾经爱过卜兰特，因为卜兰特很像她的父亲。然而尽管她对卜兰特动过真情，但是，一旦她得知他是母亲的情人，而自己又无望得到他时，她宁可毁掉他，也不让母亲独占他。在父亲和卜兰特死后，她又把自己的爱欲转移到了弟弟身上。

《悲悼》中的弗洛伊德主义成分还可从其他一些地方看出蛛丝马迹。《悲悼》中孟南家族因畸恋而引起的恩怨情仇世代相承，难以化解。特别是在《祟》中，死人的幽灵始终在游荡。莱维妮亚在追求幸福和解脱的过程中，多次哀叹“死去的人又插进来了！他们老是要插进来”、“死去的人们太顽强了”、“死人！为什么死人不死呢”等，这和弗洛伊德的理论是吻合的。弗洛伊德特别强调人的过去经历对现在的心理（包括意识、潜意识）和人格的影响，往往要把一个人的过去经历追溯到儿童期，甚至婴儿期。

在奥尼尔的《悲悼》中，弗洛伊德主义的消极作用和积极作用并存着。它的积极作用主要在于：它为奥尼尔揭露资产阶级虚伪的社会准则和清教禁欲主义提供了理论武器，同时促使奥尼尔努力探求，并在自己的戏剧创作中表现现代人复杂的心理结构。然而，由于弗洛伊德主义本身的唯心主义和形而上学性质，以及强烈的反理性主义色彩，它导致了奥尼尔忽视反映政治、经济等方面的社会存在，而醉心于表现人的潜意识、本能和俄狄浦斯情结。这种影响有时会损害奥尼尔戏剧中现实主义的广度和深度，削弱和冲淡了它的社会意义。

虽然《悲悼》重在阐发现代心理学概念，但从某些侧面而言，作品仍然体现了奥尼尔的社会历史意识。如对作品中未出场的重要人物玛丽亚，作者特地赋予她一个类似于女仆的女看护的身份。孟南家族，特别是莱维妮亚对她的这个身份十分鄙视，当莱维妮亚知道自己的意中人卜兰特与玛丽亚的母子关系后，以自己曾爱上他为耻，后来竟伙同奥林残忍地杀害了他，其等级观念何其鲜明！特别值得一提的是，奥尼尔最崇仰的瑞典作家斯特林堡也是一个女仆的儿子，他自幼为此而深受歧视，也许奥尼尔为玛利亚设计一个女仆的身份，就是受了斯特林堡身世的启发。

《悲悼》体现了奥尼尔创作的一个突出特点：注重心理胜于注重情节。奥尼尔在谈到《悲悼》时说，他努力"防止情节中那些表面上的情节剧因素淹没真正的戏剧性"。《悲悼》虽然在舞台上出现了下毒、谋杀等场面，但奥尼尔注重的不是谋杀、自杀这些行动本身，而是这些行动背后的动机，以及它们对人物的心理所产生的影响。因此，他有意避免渲染这些事件，而不遗余力地表现人物的内心活动。

运用象征手法是《悲悼》的一个突出特点。作品中出现了许多象征性意象，如孟南家的住宅、挂在墙上的诸位孟南的肖像，它们是清教传统的象征，也是仇恨和死亡的象征。克里斯蒂把孟南家的住宅比作一座坟墓，并说："《圣经》里面那个'白色'的——异教庙宇的门面就好像贴在清教徒灰色丑恶上的一个面具似的！正像老艾比·孟南那个人，修盖这么一所奇形怪状的、像一座供奉他的仇恨的庙宇。"然而莱维妮亚却喜欢这所房子。莱维妮亚最后将自己终生幽闭在这所老宅里，象征着她无法逃脱孟南家族的悲剧命运，只能作清教传统的殉葬品。

《悲悼》的语言也很有特色。一般认为奥尼尔戏剧不以语言见长，但《悲悼》中的语言还是生动、传神，颇有穿透力的。如莱维妮亚宣称："我并不要求上帝或者任何人的饶恕。我饶恕我自己！我希望有什么地方有个为好人而设的地狱！"这种话十分符合她的咄咄逼人但有时又色厉内荏的性格。再如奥林讥讽那些摇摆手帕、欢送出征战士的女人道："叫她们用枪托子把彼此的脑浆打出来，用刺刀把彼此的肠子挑出来，以后，也许她们不再摇摆手帕，乱谈英雄了！"沉痛而又深刻地揭示和反思了战争的野蛮、残酷和反人性，颇具警示意义。

【拓展阅读】

一、中译本

1. 尤金·奥尼尔．奥尼尔剧作选．欧阳基，编．北京：人民文学出版社，2007.

2. 尤金·奥尼尔．奥尼尔文集．郭继德，编．北京：人民文学出版社，

2006.

二、研究著作、论文

1. 汪义群．奥尼尔研究．上海：上海外语教育出版社，2006.

2. 谢群．语言与分裂的自我：尤金·奥尼尔剧作解读．北京：北京大学出版社，2005.

3. 郭继德，主编．尤金·奥尼尔戏剧研究论文集．上海：上海外语教育出版社，2004.

4. 廖可兑，主编．尤金·奥尼尔戏剧研究论文集．北京：外语教学与研究出版社，2000.

5. 克罗斯韦尔·鲍恩．尤金·奥尼尔传：坎坷的一生．陈渊，译．杭州：浙江文艺出版社，1988.

6. 曹禺编．奥尼尔戏剧研究论文集．北京：中国戏剧出版社，1988.

7. 龙兆修．从《悲悼》和《雷雨》看奥尼尔对曹禺的影响．外国文学研究，1997（3）.

8. 杨彦恒．从纳维妮亚身上看奥尼尔的悲剧意识——分析奥尼尔的剧作《悲悼》．国外文学，1995（3）.

【思考题】

1. 如何理解奥尼尔对待美国社会物质主义的态度？

2. 《悲悼》将戏剧时间、地点设定为美国南北战争时期的新英格兰，这与表现作品的主题有何关系？

3. 如何看待奥尼尔对古希腊悲剧的继承和发展？

4. 《悲悼》运用了哪些艺术手法？

第六节　布莱希特的《大胆妈妈和她的孩子们》赏析

【作家生平】

贝托尔特·布莱希特（1898—1956）是德国20世纪拥有广泛影响的剧作家、戏剧理论家与导演。布莱希特出生于德国奥格斯堡一个殷实的工厂主家庭，他似乎很早就具备了独立思索、甚至离经叛道的性格特质。晚年时布莱希特曾用一首小诗来回顾自己儿时自由宽容的家庭氛围："我是个富人家的宠儿，/父母将我的衣领扎得紧紧，/娇生惯养，让人伺候，还教我如何去发号施令。/待我长大成人，举目四顾，/上流社会芸芸众生，/不能赢得我的欢心，/我背离了自己出身的阶级，却愿和卑贱者相依为命。"1918年，布莱希特进入军队服役，曾写下著名的反战诗歌《死兵的传说》和剧本《巴尔》等。1922年，初露锋芒的布莱希特被聘为慕尼黑小剧院的导演兼剧评，并由此形成了集体创作的工作方式，许多奥格斯堡的朋友都应邀前来与之开展合作。1924年，怀揣渴望与梦想的布莱希特移居柏林。在柏林，布莱希特与当时知名的戏剧界人士埃尔温·皮斯卡托等交游甚多，并逐渐接受了马克思主义学说，形成了独特的"非亚里士多德式戏剧"的理论建构。1928年，布莱希特《三分钱歌剧》的轰动性上演标志着布莱希特"向观众传授人生知识"的"教育剧"的构想获得了成功的实践。而依据高尔基同名小说改编的剧本《母亲》（1930—1932）的上演则标志着布莱希特的创作由"教育剧"向"叙事剧"过渡。

1935年，遭受法西斯势力排挤的布莱希特挈妇将雏逃离了德国。离群索居的生活使布莱希特进入了创作的高潮期：剧本《卡拉尔大娘的枪》（1937）、《第三帝国的恐怖和灾难》（1938）、《伽利略传》（1938）、《大胆妈妈和她的孩子们》（1939）、《四川好人》（1943）、《高加索灰阑记》（1945）等都是这一阶段的产物。1947年，结束流亡生活的布莱希特辗转来到瑞士，在这里他完成了堪称自己戏剧理论的总结性著作的《戏剧小工具篇》（1948）。1948年，回到柏林的布莱希特与海伦娜·魏格尔一起创建了柏林剧团，并将之办成了欧洲别具一格的剧院。晚年的布莱希特把精力主要用于舞台上，使柏林剧团的舞台实践以对“间离效果”的运用而突破了传统戏剧“情感共鸣”的表演方法。1956 年 8 月 4 日，这位对身体进行了提前透支的剧作家溘然病逝，并随后葬于自己住所旁边的公墓里。

充满战斗精神的布莱希特最初是以诗人的姿态亮相文坛的，他先后写有 1 500 多首诗歌。为布莱希特赢得广泛赞誉的则是其近 50 部戏剧创作。创作伊始的布莱希特作为自然主义戏剧的继承人，对戏剧传统抱持着激进的“扫荡”态度（比如他曾有过“丢开‘性格’！描写社会过程!”的振臂高呼），这是评论家眼中布莱希特创作的第一阶段——1926 年以前。在 1926 年至 1933 年的第二阶段，流亡中的布莱希特执著地寻找着应对戏剧危机的新的戏剧形式，他将之表述为与传统的“戏剧体戏剧”相对的“叙述体戏剧”（或译为“史诗剧”）和与“情感共鸣”的传统戏剧效果相比照的“陌生化效果”。大概在 1933 年至 1956 年的第三阶段，布莱希特自谓能辩证地对待传统戏剧了，并将“叙述体戏剧”更名为“辩证戏剧”，其晚期的创作也出现了比早、中期更强的情节性。特立独行的布莱希特往往因为这种矫枉过正甚至自相矛盾而成为争论的中心，但毋庸置疑，布莱希特正是以其对传统戏剧中“叙事”因素的发掘与打捞，为现代戏剧的发展做出了有益的探讨，并唤起了后来的戏剧舞台艺术家颠覆戏剧文学性的勇气与灵感。

【作品内容】

《大胆妈妈和她的孩子们》是布莱希特典型的“非亚里士多德式戏剧”，其副标题是“一部三十年战争的编年史”。德国学者汉斯·考夫曼在《历史剧与寓意剧》中写道，“我们心中的编年史应是一个十分确定的一次性的事件或历史过程的报告”，而《大胆妈妈和她的孩子们》“这个采用编年史形式的剧不是一部描写特别决定这一事件的三十年战争特征的历史剧。它更多地是以戏剧形式解释下面这句话以及《大胆妈妈和她的孩子们》中的几段歌词的含义：战争完全是做买卖，不过是用铅弹代替奶酪”。在考夫曼看来，与其说这是一次紧扣剧情、反映现实的风俗摹拟，毋宁说是制造剧情、验证观点的戏剧实验。考夫曼重申了布莱希特的创作主旨——唤醒民众、反对战争。

剧情一开始，布莱希特为观众呈现的就是与信念、荣誉等宏大主题南辕北辙的战争卑劣、庸俗的另一面。苦于征兵任务的招募员只想应付了事，而上士则以魔鬼般的口吻总结道，人类只有在战争中才能脱离动物般的无序状态。在招募员与上士的迎视中，“大胆妈妈”和她的三个儿女及那辆满载的大篷车滚滚而来。大胆妈妈承认正是在大篷车上自己度过了大半辈子，并有了这三个不同血统的孩子。尽管大胆妈妈竭力告诫勇敢的大儿子哀里夫不能去当兵打仗，但老练的招募员使用了“调虎离山”之计，就在大胆妈妈忙于同上士做生意的片刻，拐走了渴望女人与金钱的哀里夫。第一场结束时，大胆妈妈已然失去了一个孩子。

第二场开始时已时隔两年，大胆妈妈巧言令色地同军队厨师就一只阉鸡讨价还价时，她听到帐篷里传来儿子哀里夫的声音。哀里夫为了一头牛敢于同四个农民以死相争，这才成了将军的座上宾。大胆妈妈和儿子相见时却因为儿子的亡命精神而给了他一耳光。

第三场中大胆妈妈他们遭遇了一次天主教的突袭，作了联团出纳的二儿子施伐兹卡司却因受托带回了联团的钱箱。在大胆妈妈外出采购之际，暗探带走了施伐兹卡司。大胆妈妈情急之下决定将大篷车以两百个金币抵押给妓女羽菲特，并求羽菲特帮忙行贿以换回儿子的性命。在听说儿子的钱箱已丢失、卖出的车子再也无法收回之际，大胆妈妈开始了讨价还价。儿子终于被执行了枪决，大篷车保住了。

第四场，大胆妈妈来到军队为自己被破坏的货物及五个泰勒的赔偿费申冤呼告。在碰到一个为了酬劳而大发雷霆的青年兵士后，大胆妈妈又一次自己平息了愤怒，不再申冤。

第五场来到了1631年，在一个被扫射过的村子里，大胆妈妈悭吝于给受伤的村民提供亚麻布包扎伤口。哑巴女儿卡特琳却威胁妈妈拿出货物并从废墟下救出一个小婴儿。

第六场到了1632年，皇家将军梯利的阵亡使大胆妈妈无所适从，在牧师开导下她又恢复了对战争的信念并吩咐女儿代自己去城里进货。当女儿回来时，大胆妈妈发现她挨了打，不禁咒骂起战争，正是战争使得女儿幼年时就成了哑巴，而眼下自己的儿子哀里夫又在哪儿呢？

第七场，生意做得飞黄腾达的大胆妈妈挂着一条银币编成的链子，并宣称“只有战争才能把人养得更好些”。

第八场，因为遭遇到了“折断脖子”的和平，大胆妈妈眼下正有破产之虞，她采纳了厨师的建议外出抛售货物。可就在大胆妈妈外出时，因抢劫农民财产而遭受逮捕的哀里夫被押解着路过此地，母子错过了诀别的机会。哀里夫只能叮嘱在场的厨师不要把事情透露给母亲。

第九场，和平并没有持续下去，大规模的战争已持续了16年。1634年的冬天来得很早，大胆妈妈也生意惨淡。为了女儿，更是为了那辆大篷车，大胆妈妈毅然同要回家乡继承客店生意的厨师分道扬镳。

第十场，1635年大胆妈妈和哑巴女儿继续着这种辗转流离的生活。

第十一场，1636年皇家军队要攻占新教城市哈勒，大胆妈妈正巧外出进货，哑巴女儿正遇上一伙兵痞抢劫农户，并要农民为之带路以偷袭沉睡中的城市。当哑巴女儿听到"保佑孩子"的祷告声时，她毅然爬上了屋顶以击鼓为守城的士兵报警。终于，城里传来了警钟和炮声，但哑巴女儿也中弹倒下。

第十二场，大胆妈妈托人掩埋女儿的尸体，她还要继续自己的营生，并要寻找自己的儿子——哀里夫。

【作品赏析】

这是一出结构松散但却余音袅袅、发人深省的反战剧。从开头大胆妈妈全家拉着那辆大篷车济济一堂地出场一直到结尾处大胆妈妈独自一人拉着大篷车踽踽而行地退场，全剧没有一个一以贯之、首尾齐全的故事情节，仅仅是对大胆妈妈三十年战争中生活片段的撷取与组合，但正是剧作者这种对传统"戏剧体"的有意规避，才使得间隔于戏剧演出之外的旁观者有了洞若观火的澄彻体悟。

反对战争，这大概是特立独行的布莱希特早年就有的强烈意识，据说上中学时布莱希特就曾写过这样的作文："为祖国而死无上荣光，其乐无穷。这种说法只是恶意的煽动。不管在床上还是在战场上，死亡总是痛苦和难受的，对韶光正美的年轻人更是如此。只有傻瓜才会一味追求虚荣……"而到了剧本写作的20世纪30年代，布莱希特越发感到时局的波诡云谲，战争已是如箭在弦，但那又是怎样一段峥嵘沉重的岁月啊，就如同布莱希特后来在《给后来者》中所云："须知我们到处流浪，/从这个国家到那个国家，/换鞋子也没有这么匆忙，/我们从阶级战争里走过，/压抑着我们的是满腔的绝望，/看到的只有邪恶、霸道，/却看不见愤怒的火光。"这一切都使得德国的进步知识分子步步生棘。在斯蒂芬·茨威格的回忆录里这样描述20年代的德国："那时正是一切不受理智控制的狂言怪论的黄金时代：神智学、相心术、招魂术、梦游术、人智学、手相术、笔相法、瑜伽学说以及帕拉齐里斯的神秘学派等等……"这股狂飙突进的"非理性"潮流在30年代随纳粹势力的上台而大有愈演愈烈的势头，"血液和土壤"论、种族主义等论调正是在这片聒噪声中粉墨登场的。难怪布莱希特要这样强调："法西斯主义及其对感情因素的怪诞的强调以及（其重要性不在此点之下）甚至左翼作家的美学观点中理性因素的令人寒心的衰竭，都要求我们要格外强调理性成分。"

在《大胆妈妈和她的孩子们》中，这种对理性的强烈吁求无疑是指向台下同样是商贩、厨师、兵士、牧师等的芸芸众生的。在这种吁求下，观众席上的人们早已放弃了对"故事"的期待，而任由大胆妈妈引发的伦理难题向前一路裹挟着。在《戏剧小工具篇》中，布莱希特这样告诉渐行渐远的思索者："大胆妈妈……与她的朋友们和客人们，以及几乎所有的人共同认识到战争的纯粹重商的本质……她直至最后都相信战争。她一直不明白，必须有一把剪刀，才能从战争中为自己切割到一块东西。观众在灾难中错误地期待着有关人物会从中学乖……让大胆妈妈最后清醒不是作者的责任……对他来说，重要的是观众明白了。"

布莱希特是主动地、一劳永逸地解除了剧作者"道德家"的负担的。在他看来，曾经统治了西方戏剧舞台 2 000 多年的亚里士多德式戏剧其实早已危机重重。在《诗学》中，亚里士多德确立了史诗与戏剧的界限：史诗凭叙述，而悲剧（戏剧）则以表演来摹仿现实世界；戏剧摹仿的目的是引发怜悯与恐惧，以达到道德净化的目的。这种产生于黑格尔所称的"整体性世界"里的戏剧观念由于铁板一块的、绝对性的价值体系的崩溃，因而在布莱希特那里显得分外可疑。布莱希特旗帜鲜明地将自己的戏剧称为"非亚里士多德式戏剧"、"叙述体戏剧"（或译为"史诗剧"）。他在《戏剧小工具篇》中质疑到，人际关系的问题化使得"从个人的立场出发已不再能理解我们时代的决定性事件，这些决定性事件不会再受个人的影响，因此情感共鸣的优越性显得苍白了"，而且从效果上来说，情感的共鸣剥夺了观众主动求索的能力。

如果说彼此不分、消弭真伪的"共鸣"已不合时宜，那么"道德"在布莱希特那里则纯属伪命题。比如大胆妈妈这个人物形象，无疑这是个利欲熏心、囤积居奇的投机分子，她依靠战争过活，正像剧中人物对之的评价："不想和平，而要战争，目的是为了赚钱。"可是大胆妈妈却丝毫不能容忍"靠战争发财的泼妇"这一称呼，相反，有时她还对战争有着异乎寻常的清醒认识：她坚决阻拦儿女们卷入战争，要以"和平的良民"的身份对抗招募士兵的诱拐者。但同时当和平暂时地出现时，就是这位诅咒战争的母亲惊慌失措地喊出了"和平爆发了"的口号。大胆妈妈之所以有如此令人费解的表现，其实缘于她彻头彻尾的唯物主义。不同于剧中满口堂皇的牧师或见风使舵的厨师，大胆妈妈从未掩饰过她的现实算计。当牧师声称"现在他们在举行将军的葬礼了。这是个具有历史意义的时刻”时，大胆妈妈却不屑地反驳说“对我来说具有历史意义的时刻是我女儿的眼睛上边挨了他们的打”；当哑巴女儿不愿使母女亲缘成为大胆妈妈爱情的绊脚石时，大胆妈妈却毫不隐讳地承认：“你不要以为我是因为你的关系才让他走。实在是因为这辆车子的关系。我不能离开这辆我在上边住过的车子，完全不是因为你，倒是为了这辆车子。”

布莱希特大概也同样未曾掩饰过他对道德的厌恶。在他看来，道德其实只是伪君子们欺世盗名的手段与幌子。在第二场中借大胆妈妈的口气，布莱希特这样评说道：

> 因为假定一个将军或是国王相当愚蠢，他把他的部下带到死路上去，那么，在这些部属中就要有死的勇气，这是一种道德。如果他太吝啬，只肯招募极少的士兵，于是这些士兵都得个个像赫克里斯那样才行。如果他是个懒虫，什么也不管，那么他的部属就得像蛇一样聪明，要不，他们就会完蛋。如果他对他们老是要求得很多，这样就会需要一种特殊的忠诚。这些都是道德，一个有秩序的国家，一个好国王、好将军是不需要这样的道德的。在一个有条有理的国家里用不着道德，大家可以变得很平庸，当个中等人，依我看来，甚至都是些懦夫也不要紧。

在布莱希特的安排下，大胆妈妈的两个儿子都成了“道德”的牺牲品：大儿子牺牲于“勇敢”，二儿子牺牲于“忠诚”。这让我们想起了布莱希特在《三分钱歌剧》中的名言：“先要吃饱，再讲道德。”布莱希特深谙道德口号的虚弱，那些空洞的嘉奖于现实不会带来任何改变，无论大儿子还是二儿子，他们的下场都既凄惨又无足轻重。在剧中产生撼动人心的力量的只有那个没有一句言语的哑巴女儿，在大胆妈妈眼里，这个女儿丑陋、愚蠢又满腹心事，大胆妈妈曾这样抱怨道：“要是我知道，她头脑里想些什么就好了！……我不知道，她究竟碰到了些什么事情。我有一个时期简直把头都要想炸了。”哑巴女儿身上这种神秘莫测的力量当然超越了大胆妈妈这个庸俗的唯物主义者的理解。大胆妈妈虽然以这种唯物主义坚忍地存活了下来，但最后形单影只的形象却宣告了她和儿女们一起相守的愿望的破产。布莱希特这样评价大胆妈妈的失败：“人们看到了某种灾祸，如果期待那些灾祸的受害者一定从中吸取教训，那完全是徒然的。群众一日仍作为被政治所操纵的工具而存在，他们就一日不能明白自己的遭遇不过是人为的实验，却只以为是命运的打击；他们也很少能够懂得灾祸形成的原因，正像做实验用的家兔未必能懂得什么生物学一样。”“正像做实验用的家兔”恰如其分地否定了小人物在战争这场大买卖中的痴心妄想。布莱希特将改变的希望寄托给了剧场内洞察着这些徒劳无益的戏剧人物的观众们，他不乏乐观地认为，如果改变了戏剧形式，将传统的锁闭式戏剧或“偶然性”戏剧转化为“开放式”戏剧，就能有效地唤起观众的思索。布莱希特举过一个生动的例子——他和其他两位剧作家写了一部电影，表现一个失业工人的自杀，被检查官查禁了。检查官认为，这部电影如果把这个工人写成一个独特的、有血有肉的、充满人情味的性格人物，那就不用查禁了，因为那样自杀就成了一种有可能阻止的个人行为。但现在布莱希特等人把他写成了一个没有个性的典型，那么他的命运就成了一种无法阻止的整个阶级的命运，自杀的原因也就归之于统治者没有向一大批人提供就业机会，因此电影就有了明显的示威性。因此，在《大胆妈妈和她的孩子们》中，布莱希特放弃了细腻、丰富的性格描写或心理描写。他有意以作为共性的社会性倾空了人物的个性，这种粗线条的勾勒唤起的却是充满智性的艺术享受。

在形式上，《大胆妈妈和她的孩子们》大大焕发了西方戏剧中压抑太久的叙述性因素，比如每一场的“提要”对整场的情节已预先作了概括，这就使观众的兴趣从对结局的关注转移到对过程的关注上来。另外，剧本的整个结构也摒弃了开端—发展—高潮—结局的传统模式，而是用平铺直叙的讲述替代了全部的戏剧性。剧本没有传统戏剧封闭的大结局，相反，结局是开放式的，而这种编剧艺术无疑增强了现实批判性——只要战争还未结束，“大胆妈妈”这些小人物们的悲剧就还会上演。

【拓展阅读】

一、中译本

1. 布莱希特．大胆妈妈和她的孩子们：三十年战争中的一段编年史．孙凤城，译．北京：中国戏剧出版社，1959.

2. 布莱希特．大胆妈妈和她的孩子们//布莱希特．布莱希特戏剧集．张黎，等，译．合肥：安徽文艺出版社，2001.

二、研究著作、论文

1. 张黎，选编．布莱希特研究．北京：中国社会科学出版社，1984.

2. 余匡复．布莱希特论．上海：上海外语教育出版社，2002.

3. 卞之琳．布莱希特戏剧印象记．合肥：安徽教育出版社，2007.

4. 布莱希特．布莱希特论戏剧．丁杨忠，等，译．北京：中国戏剧出版社，

1990.
5. 余匡复．布莱希特．成都：四川人民出版社，2002.
6. 弗雷德里克·詹姆逊．布莱希特与方法．陈永国，译．北京：中国社会科学出版社，1998.
7. 黄秀敏．叙事剧视野下的《大胆妈妈和她的孩子们》. 名作欣赏，2010（36）.
8. 刘扬．布莱希特“陌生化”理论意义解析——从《大胆妈妈和她的孩子们》看陌生化理论．艺术广角，2003（6）.

【思考题】

1. 布莱希特创作可分为哪三个阶段？
2. 对比《大胆妈妈和她的孩子们》的第一场和最后一场，谈谈“大胆妈妈”的处境是否有所变化？
3. 《大胆妈妈和她的孩子们》反映了作者对“道德”怎样的疑问？
4. 《大胆妈妈和她的孩子们》在形式上主要有哪些艺术特点？

第七节　萨特的《禁闭》赏析

【作家生平】

让-保罗·萨特（1905—1980）是20世纪法国无神论存在主义的代表性哲学家、文学家和社会活动家。萨特出生于巴黎的一个海军军官家庭，由于父亲的去世，幼年的萨特随同母亲回到担任语言教师的外祖父家中。在外祖父家的大藏书室里，萨特就确立了成为作家的执著信念。1920年萨特回到巴黎上中学，在那所寄宿学校里，初涉人世的萨特体尝到了世界的复杂性。1924年至1929年，萨特进入巴黎高等师范学校攻读哲学专业，毕业后被聘为勒阿弗尔中学的哲学教师。第二次世界大战爆发后，萨特应征入伍。战后，在创作上声名大振的萨特更多地参与到政治活动中，他发表了一系列宣言和声明，反对帝国主义、殖民主义和霸权主义，甚至在1964年以不愿被资产阶级机构收买为由拒绝接受瑞典皇家学院授予他的诺贝尔文学奖。1980年，以行动斗士著称的萨特在伴侣西蒙·波伏瓦的陪伴下逝世。

萨特曾于1933年赴德国柏林法兰西学士院进修哲学。他接受了海德格尔（1889—1976）等人的存在主义哲学，并对之进行了部分改造，其存在主义哲学更为关注的是人的存在的实践性。虽然与海德格尔、维特根斯坦（1889—1951）这样的专业哲学家相比，萨特的哲学显得有些不伦不类，可正是借着其文学作品，“存在主义”才不胫而走，并成为战后法国乃至欧洲最有影响的哲学流派之一。

1938年，萨特出版了中篇小说《恶心》，以第一人称日记体讲述了历史学家洛根丁对存在与人生的哲学觉悟，奠定了萨特小说哲学与文学相结合的特点。1943年秋，萨特的哲学巨著《存在与虚无》出版，标志着萨特无神论存在主义哲学的基本形成。战后的三部曲长篇小说《自由之路》（1945—1949）则真实地表现了一个洛根丁式的孤独的、意识到自己存在与自由的个人最终怎样走上了集体和介入的道路。这部小说虽然有着结构松散、文字晦涩的缺陷，但却成功地探讨了萨特存在主义的伦理学原则。

与小说相比，萨特的戏剧成就远远超过前者。萨特非常重视戏剧的逻辑性、完整性，其戏剧情节紧张、意味深长。在萨特看来，囿于机械决定论的传统现实主义戏剧可称为“性格剧”，与此相反的则是关注人类生命意义的“境遇剧”，萨特提倡用“境遇剧”来取代“性格剧”。1943 年萨特发表的戏剧《苍蝇》是对萨特“自由选择、自我承担”的自由观的诠释，发表于 1945 年的《禁闭》则以“他人是地狱”的呼告探讨了人与人的关系。此外萨特的戏剧还有《死无葬身之地》（1946）、《恭顺的妓女》（1946）、《肮脏的手》（1948）、《魔鬼与上帝》（1951）等。

可以说，对语词的膜拜、对哲学的热爱铺就了萨特极富特色的文学之路。先天地维系于存在主义哲学这条精神脐带的存在主义文学，在萨特那里取得了长足进展，而情境“极限化”和人物“内在化”的处理使其创作往往成为对置身荒谬世界的人类自由选择的有力设问。

【作品内容】

独幕剧《禁闭》发生于一个封闭、逼仄的房间内三个相互憎恨却又相互需要的灵魂之间。最先被地狱听差带到这个房间的是报纸编辑加尔散，他察觉到这个没有镜子、没有窗户、亮如白昼的房间的异样，因而一再声称要正视自己的处境。第二个来到房间的是邮政局女职员伊内丝。她能平静地接受房间的陈设，却误认为加尔散是即将施刑于自己的刽子手。第三个上场的是家庭主妇艾丝黛尔，她把加尔散当做了某个没有面孔的熟人。三个人最初交换彼此的死因是：艾丝黛尔死于肺炎，伊内丝死于煤气中毒，加尔散死于军营的枪决。两个女人坚持认为地狱的这种安排是早已设计好的迫害，加尔散却相信这纯属巧合。伊内丝在听取艾丝黛尔和加尔散对各自的辩解后，忽然觉悟到他们三个人“自己伺候自己，就像在自助餐厅一样”构建了彼此的地狱。在加尔散提议下，他们决定不予交谈，各自提防。

美丽的艾丝黛尔缺少一面映出妆容的镜子，伊内丝殷勤地提供自己的目光作为矫正的镜子，可艾丝黛尔对自己在伊内丝那里的映像并不在意，她需要的是加尔散的关注。一直屏息倾听生前报社同仁对自己的议论的加尔散成了伊内丝的敌人。为了搞清楚这种悖谬的处境，加尔散承认自己是个“受人钟爱的下流胚”，自己生前甚至敢把混血女人带回家中，因而使妻子伤心不已；伊内丝也承认自己“不道德”，她讨厌“软骨头”的表哥并勾引表嫂与自己在外同居，在表哥死于车祸的半年后，表嫂悄悄打开了煤气管与自己同归于尽；只有艾丝黛尔认为自己最无辜，她因贫困嫁给了一个富有的老男人，后来遇到了情夫并在丈夫不知情的情况下到瑞士生下了情夫的女儿，她毅然把女儿溺死湖中，目睹这一切的情夫随后开枪自杀。加尔散暗示伊内丝，自己可以与伊内丝这样的清醒者为伴；而伊内丝则认为自己在三个人的角逐中可以再次上演离间表兄表嫂并置"软骨头"表哥于死地的一幕，从而命令加尔散不要搅局；艾丝黛尔却恳求加尔散带自己离开这里，因为自己还怀念着生前那些有声有色的舞会，并对企图插手的伊内丝啐口水迫使后者离开。

绝望的伊内丝只好以目光来破坏这场男欢女爱。伊内丝的注视有效地搅乱了脆弱的加尔散，加尔散重新陷入了活人们对自己的评价中去。他真正为之困扰的是自己拒绝参战并从火车上逃跑是否算得上是胆小鬼所为；任性而浅薄的艾丝黛尔以为这要由当事人自己来判断，从而未加认真考虑；而伊内丝却切中肯綮地指出加尔散躲在大道理背后自欺欺人的嫌疑及艾丝黛尔毫无理性、沉溺于情欲的面目。加尔散再也无法忍受与自己撕扯在一起的这两个地狱中的鬼魂，可是当他叫开房间的门时，他却又收回了自己的脚步，为了获得伊内丝对自己的证明而继续留在那里；伊内丝却坚持自己的立场并要从中破坏艾丝黛尔的情欲；恼羞成怒的艾丝黛尔拿起裁纸刀要除掉这个障碍，却发现并无肉身需要的死人其实也不害怕肉体的伤害。三个魂灵要永远这样无休止地纠缠在一起。

【作品赏析】

1943 年，法国杂志《弩》的出版人约请萨特为自己的妻子及她的妹妹等写作剧本，萨特最初构思的场景是地窖，打算选择封闭的环境来表现人与人的关系，后来写作时才改为地狱。该剧于 1944 年首次公演时即获得广泛关注，在这场如同坐上旋转木马的相互追逐的游戏结尾，加尔散的彻悟可谓对全局主旨的揭示："原来地狱就是这样。我从来都没有想到……提起地狱，你们便会想起硫黄、火刑、烤架……啊，真是莫大的玩笑！何必用烤架呢，他人就是地狱。"这句话作为《禁闭》的经典语句，其实是对萨特在《存在与虚无》中提出的"他人意识"与"自我意识"之间关系的文学诠释。

《存在与虚无》作为萨特最重要的哲学著作，其副标题是"现象学本体论实验"。萨特借鉴并改造了海德格尔关于"虚无"的某些洞见，把在海德格尔那里悬浮于物理世界之外的"虚无"坐落在了"意识"上。正因为"意识"

（诸如“加尔散是个胆小鬼”等）对“否定”的催生力量，这个世界的结构和意义得以建构，而实际上建构之前的那个物理世界只是一个未分化的“自在的存在”，因而《存在与虚无》中关于本体论的首要观点即为“存在先于本质”。在1946年的论文《存在主义是一种人道主义》中，萨特对“存在先于本质”作了深入浅出的解释：“我们说存在先于本质的意思是指什么呢？意思就是说首先有人，人碰上自己，在世界上涌现出来——然后才给自己下定义。……人除了自己认为的那样以外，什么都不是。这就是存在主义的第一原则。”“人是自由的，而且没有什么人性可以认为是基本的。”很显然，萨特警惕于先验本质所具有的专横、肤浅的“决定论”力量，因此强调人并非是麻木、无所作为的花椰菜，人正是在自我规划中、在具体的情境中以自己的选择与作为取得自己的存在的。

在《禁闭》中，两个女性之所以在人们的描述中被贴上了“同性恋”、“色情狂”的身份标签，正是她们各自的所为所致，无论她们各自的自我辩解显得有多无辜或多坦率。比如艾丝黛尔，这是一个一心追逐男性、不分善恶甚至杀害婴儿的母亲，与其说她对罪行的遮掩是出于阴谋与虚伪，倒不如说是出于对人性的无知而导致的残忍与盲目。在她的世界里，及时行乐才是第一要义，其他事关人生宏旨的论题都显得沉重而空洞，因而她委屈地谈论情夫的自杀道：“他这又何必呢！我丈夫什么都没疑心。”与之相反的是似乎具有“雌雄同体”的强大力量的伊内丝，对于罪行她供认不讳，第一个承认“我很坏”，甚至清醒地看到在自己的坏处面前，风流成性的加尔散都显得不那么讨厌。也正是这种清醒使伊内丝第一个洞察到他们的处境，剧中那些哲理性的“存在主义”宣言很多都出自伊内丝口中：“我们当中的每一个人，都是另外两个人的刽子手。”“人总是死得太早——或者太迟。然而，你的一生就是那个样，已经完结了；木已成舟，该结账了，你的生活就是你自己。”难怪在加尔散眼中，“毒蛇”般的伊内丝拥有的是理性那既诱惑又乖戾的力量。

这其实也是萨特面对“存在”交付的答卷。萨特认为传统现实主义对人物的理解只是对环境、遗传或精神因素一劳永逸的推诿，这种推诿使得作者和读者达成了对这个世界脆弱的安全感，正是存在主义以真正“严峻的乐观主义”撼动了以前的种种幻象。在《存在主义是一种人道主义》中，萨特专门提到了“懦弱”：“存在主义者在为一个懦夫画像时，他写的这人是对自己的懦弱行为负责的。他并不是因为有一个懦弱的心，或者懦弱的肺，或者懦弱的大脑，而变得懦弱的；他并不是通过自己的生理机制而变成这样的；他所以如此，是因为他通过自己的行动变成一个懦夫。”这似乎就是对加尔散

"盖棺论定"的根据。加尔散对虐待妻子其实并不以为意，他放心不下的是自己是否是个"胆小鬼"，他认为自己做逃兵的背后其实有一个勇敢的理由：要逃到西班牙办报纸，大胆说出自己的和平主义宣言。可是正如伊内丝的提示，那些冠冕堂皇的大道理往往摆脱不了虚伪矫情的嫌疑，最能证明勇者身份的是勇敢的行为。可是加尔散却怯懦地选择了向别人的目光投诚，他一直耿耿于怀的是世人对自己的看法，而"过早"的死亡使得他永远被扣上了"胆小鬼"的帽子。对于加尔散来说，能够反驳既定的身份标签不啻能够摧毁地狱的外来拯救，他再次把渺茫的希望寄托在两名女伴身上，这种饮鸩止渴的做法甚至连不辨是非的艾丝黛尔也向他投出了轻蔑的目光。萨特禁不住借伊内丝的话向我们提示道："胆小鬼，我要这样叫你，然而，你看我是多么虚弱，我只不过是一口气罢了。我仅仅是一道盯着你的目光，一个想着你的平庸无奇的思想。"这样的"目光"、"思想"抓握不住却又无处不在，只有行动——由懦夫跃身为英雄的行动才能获得英雄的证明。

萨特其实一直保有对他人"存在"的自觉意识。在 1965 年为《禁闭》灌制唱片时，萨特曾说过："世界上的确有相当多的一部分人生活在地狱里，因为他们太依赖别人的判断了。"萨特曾有过德国战俘营中"目光地狱"的切身感受，因此在《禁闭》中，萨特设置了"镜子"的意象。在这间找寻不到玻璃镜子的房间里，艾丝黛尔要矫正妆容就必须依赖于他人的目光，"黏糊糊、软塌塌"的艾丝黛尔已习惯于借助镜子才能确认自己的存在，甚至已习惯于依循别人的目光来说话做事："当我讲话时，我总设法在一面镜子中看到自己。我一边说话一边看到自己说话，就像别人看见我一样，我看见了我自己。这样我的头脑就很清醒。"毫无疑问，具有映像功能的镜子，为个体的"客体化"提供了方便的途径：个体可以通过与群体（他人）的对比关照来规范、调整自身，并因此获得某种归属、依存的安全感，可同时群体所具有的压抑力量也就应运而生了。于是艾丝黛尔面对伊内丝的目光分明感到了莫名的恐惧，而伊内丝也分明知晓目光的杀伤力，她与加尔散作战时只需全神贯注地注视对方，就可以把他的自信化为齑粉。加尔散只好一把推开热烈的艾丝黛尔，并绝望地呼号："她夹在我们中间。只要她看见我，我就不能爱你。"除了强调自为承担的行动外，无神论者萨特思想深处还有一个根本的出发点：因为世界的荒诞，所以人生来的体验就是痛苦与孤独。在《存在与虚无》中，萨特说过："我们已经被抛进面对别人的世界，我们的涌现是别人的自由的自由限制，没有任何东西，甚至自杀，都不能改变这种原始处境。"

虽然是无神论者，但萨特却在这部《禁闭》中却运用了"地狱"这种宗教概念，在萨特设置的地狱里，三个死者在一个封闭的房间里如同活人那样交往和活动。在剧作开始处，我们就跟随初来乍到的加尔散领悟到地狱中的死者不用维持肉体的需要：不需食物、不需睡眠；而在剧作结尾，我们又再次从伊内丝与艾丝黛尔的搏斗中得知，他们也不可能遭受肉体上的伤害。除了肉体，他们与活人更重要的差别在于，他们的未来无法向各种各样的可能性敞开。他们只能作为过去行动的标志物存在。与之相反的是那些生者，他们的生命活力即来源于位于过去、现在和将来的时间绵延中的超越性行动。萨特在此重申了那个存在主义的重要口号：自由选择。人只有正视自己的自由处境，自己担当自己的立法者，才是真正的人。也正是在此意义上，萨特把存在主义称为真正的人道主义。

在艺术上，《禁闭》堪称萨特"境遇剧"的典型代表。萨特把自己的存在主义戏剧叫做"境遇剧"，并鲜明地把矛头指向了传统现实主义戏剧，他说："我感兴趣的是，极限的境遇以及处在这种境遇中的人的反应。"不同于现实主义创作中反映时代风貌、催生典型人物的典型环境，存在主义戏剧中"境遇"的作用只是为人物提供紧张的主观感受和在极限中自由选择的客观条件。《禁闭》的"境遇"即是那些有罪者居住的地狱，这里没有最高意志的末日审判，也没有活人世界的日常设施，三个鬼魂像住在合作饭店里一样自己照顾自己、自己折磨自己，在相互摩擦的三角关系中无休止地争吵、辩论。同时这种极限境遇也往往具有现实主义戏剧所没有的荒诞色彩。比如萨特写道，地狱中的死者向人间冥望时能看见生前的房间迎来了新的房客、生前的同事对自己议论纷纷及生前的男友又有了新欢等；而等到时光流逝、死者已不再为生者所回忆时，他们也便得不到人间的任何信息了。萨特站在死者角度从地狱观察人间，从而形成了浓郁的荒诞色彩。威廉·巴雷特在其著作《非理性的人》中这样评价《禁闭》"在萨特成就中是最大的，它或许最充分地展示了他作为一个作家的特殊才华"，《禁闭》早已成为法国的经典剧目被保留下来。

【拓展阅读】

一、中译本

1. 让-保罗·萨特．禁闭//让-保罗·萨特．萨特戏剧集．袁树仁，译．北京：人民文学出版社，1985.

2. 让-保罗·萨特．禁闭//让-保罗·萨特．萨特戏剧集．沈志明，等，译．合肥：安徽文艺出版社，1998.

二、研究著作、论文

1. 柳鸣九，选编．萨特研究．北京：中国社会科学出版社，1981.

2. 杨昌龙．存在主义的艺术人学：论文学家萨特．西安：西北大学出版社，1998.

3. 理查德·坎伯．萨特．李智，译．北京：中华书局，2002.

4. 张月楠．禁闭．当代外国文学，1980（1）.

5. 杨昌龙．唯我论者的悲剧——论独幕剧《禁闭》. 西北大学学报（哲学社会科学版），1993（1）.

6. 仵从巨．他人即地狱：《禁闭》的意思．名作欣赏，2007（23）.

7. 罗国祥．萨特存在主义“境遇剧”与自由．外国文学研究，2001（2）.

8. 黄忠晶．他人与地狱——萨特关于他人的思想简论．青海社会科学，1995（3）.

【思考题】

1. 在萨特的存在主义文学创作中，文学与哲学的关系是怎样的？
2. 《禁闭》中伊内丝、艾丝黛尔和加尔散三人的关系是怎样的？
3. 怎样理解《禁闭》中的“镜子”意象？
4. 《禁闭》最大的艺术特点是什么？

第八节　尤奈斯库的《秃头歌女》赏析

【作家生平】

欧仁·尤奈斯库（1912—1994）出生于罗马尼亚，在法国度过了童年时代，十几岁时到罗马尼亚求学，1938年移居法国。尤奈斯库童年时代就开始接触戏剧，成年后逐渐形成了一套独特的艺术观念，踏上了一条积极探索新的戏剧形式的道路，成为荒诞派戏剧的奠基者。

尤奈斯库的第一部剧本《秃头歌女》便显露出与传统戏剧格格不入的艺术姿态。该剧先是题为《简易英语》，后易名为《英语时间》，最后定为《秃头歌女》。这部戏1950年5月11日在法国首演时，面对台上不知所云的表演，观众难以接受，上演几周后便停演了。此后尤奈斯库又写出了《上课》、《雅克或屈从》、《未来在鸡蛋里》等几部戏剧，在这些作品中，尤奈斯库继续实践着他的艺术观念，凸显日常生活及日常语言的荒诞性，以极富感官冲击力的舞台表演揭露人的生存困境。《椅子》1952年首演时观众寥寥，却赢得了评论界的大力叫好，4年后《椅子》再次上演便大获成功，尤奈斯库也因此名声大振，剧本不断在各大舞台上公演。1969年，尤奈斯库获摩纳哥奖章、国家戏剧奖，1970年当选为法兰西学士院院士。

尤奈斯库的主要戏剧作品有《秃头歌女》（1949）、《上课》（1950）、《雅克或屈从》（1950）、《未来在鸡蛋里》（1951）、《椅子》（1952）、《阿麦迪或脱身术》（1953）、《非雇用的杀人者》（1957）、《犀牛》（1960）、《国王正在死去》（1962）等等。这些作品都是在表现人类处境的荒诞性，这一主题在传统戏剧中也并不少见，但尤奈斯库摒弃了鲜活的人物形象、曲折的情节、严谨的逻辑等手段，推崇"自发性的"创作方式，往往借助于本能和直觉的方式来展现主题，表现物化世界对人的内心的压迫。后期作品转向表现社会生活，反对专制、暴力，形式上的先锋性减弱。

除了创作戏剧外，尤奈斯库还出版了大量戏剧理论文章和访谈录，并涉足小说创作领域，堪称多才多艺。但毋庸赘言，其艺术上的光辉成就是属于戏剧领域的。

1994 年 3 月 28 日，尤奈斯库以 82 岁高龄逝世于巴黎，葬于蒙马特高地。

【作品内容】

《秃头歌女》是一部独幕剧，分为十一场，剧中人物众多，主要人物有史密斯先生、史密斯夫人、马丁先生、马丁夫人、女仆玛丽、消防队长等。但与传统戏剧不同的是，该剧没有贯穿始终的情节，人物的对话缺乏逻辑性，全剧表现出一种奇异的气氛。这十一场的表演时间极不平衡，有些长，有些极短，如第二场和第三场只有短短几句话而已。

全剧由住在伦敦郊区的史密斯夫妇晚餐后的对话开始。史密斯太太议论着刚刚吃过的晚餐，史密斯先生在读报纸，后来两人争吵起来。这段时间内，家里墙上的钟有时响七下，有时响三下、五下。

史密斯夫妇家的女仆玛丽来报告说马丁夫妇来访。马丁先生觉得马丁太太面熟，马丁太太说自己也好像在哪里见过马丁先生，于是开始对证。经过不断重复的对话、交谈、回忆和推理，两人终于意识到他们原来是一对夫妻。这段时间内钟胡乱敲着，没有定准。这时女仆玛丽像个密探一样走上台来，向观众报告说马丁先生孩子的左眼是红的，而马丁太太孩子的右眼是红的，所以马丁夫妇是空欢喜一场。

史密斯夫妇出场与马丁夫妇见面，大家无话可说，台上除了哼哼哈哈的片言只语外，长时间静场。人物每说一句话，就有一段时间的静场。这时门铃响了，史密斯夫人去开门，但门外没人，史密斯夫人白跑了几趟，大发雷霆，最后一次史密斯先生去开了门，看见消防队长站在门外。

消防队长的到来使大家大吃一惊。消防队长说他正在执勤，要奉命扑灭城里的所有火灾，包括壁炉里用来取暖的火。就在他准备离开时，玛丽突然扑上去搂住了他的脖子，还念了一首题为《火》的诗献给他。消防队长告辞去执行灭火任务。临走时，他说："倒忘了，那秃头歌女呢?"这是他把刚才讲最后一个故事时说到的金发女教师说成了秃头歌女。这是整部戏唯一一次出现"秃头歌女"这个词。

消防队长走后，房间内史密斯夫妇与马丁夫妇四个人都开始自说自话，前言不搭后语。到后来，台上每个人都开始抢着说话，声音越来越急促，句子越来越简短，到最后每个人发出的都是毫无意义的喊叫，舞台陷入一片混乱。这时灯光突然熄灭，话声终止。灯光复明时，马丁夫妇重新开始演出，他们平静而准确地说着史密斯夫妇在第一场中的对白，戏剧由终点又回到了起点。幕徐徐落下。

【作品赏析】

《秃头歌女》是尤奈斯库的代表性作品，也是荒诞派戏剧的开山之作。荒诞派戏剧兴起于 20 世纪 50 年代的法国文坛，后波及欧美各国，是第二次世界大战后影响最大的现代主义戏剧流派；最初被称为反戏剧或先锋戏剧，后于 1961 年在英国文学理论家马丁·艾斯林的《荒诞派戏剧》一书中得以概括、定名。尤奈斯库是荒诞派戏剧的先驱，他通过极具革新意义的荒诞派戏剧震撼了世界剧坛，其艺术实践完成了对人类自身命运进行深刻认识和思考的一种全新表达，实现了贝克特所说的“那种无所表达、无以表达、无从表达、无力表达、无意表达，而又有义务表达的表达”。

就内容而言，《秃头歌女》展现的是一个中产阶级家庭生活的片段，这是一个平常乃至于平庸的题材，然而它带来的舞台效果是颠覆性的。最本质的原因就在于，它以离奇怪诞的舞台形象、出乎意料的舞台表现手段，将人生的荒诞状态直观地呈现在观众面前，指向了现代人类生存的本质，引发了观众的共鸣和思考。

从对现实的描摹这一层面上来看，剧作生动地描绘了西方现代文明社会的日常生活场景，讽刺了中产阶级生活的平庸、乏味和沉闷。剧中两对夫妇用不断重复的空洞手势和文不对题的日常俗语东拉西扯地闲聊，夸张地表现了当代资本主义社会中人际关系的隔阂和现实生活的无聊荒谬。例如第一场中，史密斯太太絮絮叨叨谈论食物：“拐角那家杂货铺子的油比对面那家杂货铺子的好，甚至比坡下那家杂货铺卖的还好。但是我不愿说他们这些铺子卖的油差。”这是无话找话，说的全是废话。在更深刻的一个层面上，该剧运用极端的舞台表现，揭示了现代人类的荒诞处境。剧中出现的很多细节、人物的行为都充满了无目的性、无逻辑性，也毫无意义。长久在一起生活的马丁夫妇竟然不知道他们是一对夫妻，经过谨慎、冗长、细致的对证，互相间才相认。但随后上场的史密斯夫妇家的女仆玛丽煞有其事地宣称自己是侦探福尔摩斯，据她的发现，马丁先生不是马丁先生，马丁太太也不是马丁太太，因为他们各自说的那个小艾丽斯不是同一个人。史密斯夫妇和马丁夫妇正在客厅谈话，门铃声响起来，由此引起台上的人讨论“门铃响了到底有没有人”

这一荒唐的问题。夫妻间彼此互不认识，人能死而复生，消防队长的灭火任务是扑灭别人家壁炉里的火，这些看似滑稽荒诞的事件、极端的情境，深刻地揭示了现代人类的荒诞处境。

《秃头歌女》的冲击力除了它主题上表现的荒诞感在观众内心引发的震撼之外，还在于它在艺术表现手段上的大胆乃至惊世骇俗的革新。《秃头歌女》副标题就是"一部反戏剧"，由此可见该剧在反叛传统方面所表现的勇气。

首先是语言意义的缺失造成的荒诞性。《秃头歌女》这部作品本身具有很大的实验性，而古怪的名字使得它显得更为怪异。当初尤奈斯库从《英语会话手册》里发现那些机械重复的语言材料里实际包含着许多生活的哲理，这激发了他创作的灵感，他决定用一些不连贯的语言材料来写《秃头歌女》。剧本原先取名为《简易英语》，后来扮演消防队长的演员在排练时把"金发女教师"误念成了"秃头歌女"，尤奈斯库如获至宝，得到了新的启示，高呼"就是它，就是它"！剧中并没有什么秃头歌女的角色，它只不过是剧中角色一次偶然的口误而已，这鲜明地体现了作者对意义的漠视，对逻辑和规律性的不信任，对传统戏剧结构和艺术方式的反叛。最后一幕，陷入混乱的舞台在灯光重新亮起之后，第一幕的对话又开始了，马丁夫妇开始重复着史密斯夫妇在第一场的台词。这说明这部戏没有任何传统意义上的结局，而不过是一次次无谓的重复和平庸的延续。与荒诞派戏剧相比，存在主义的作品还试图为人类的精神困境找出一条出路，而在荒诞派戏剧中，这样的努力也被放弃了。尤奈斯库认为只有无可解决的事物才具有深刻的悲剧性，才具有深刻的喜剧性，因而从根本上来说，才是真正的戏剧。《秃头歌女》中对第一场的台词的重复意味着这种荒诞处境的无休止，这说明它只是将读者、观众置于滑稽的笑声和荒诞的恐怖之中，以循环性的结构来构造一个表现荒诞性的平台。

除戏剧标题外，《秃头歌女》中的人物语言也是对戏剧传统最有冲击力的因素。从希腊开始，西方戏剧都是通过清晰、明确、富有感染力的对白来完成语言的对话意义的。语言是戏剧的灵魂，有力地支撑起了传统戏剧庄严、优美的大厦，很难想象如果失去了传情达意的语言，戏剧会变成何种模样。可以说，在对语言的运用上，荒诞派戏剧与传统彻底决裂了，无情地颠覆了后者，将质疑、嘲讽的矛头直接指向了语言。传统戏剧中如同血肉一般重要的语言被彻底地加以否定，其表达人物思想、塑造人物性格、发展戏剧冲突的功能完全遭到破坏。在此基础上，荒诞派戏剧通过创造一种新的语言言说方式，在摧毁意义的同时又于无意义中显示意义，从而揭示荒诞感和荒诞意识。具体而言，尤奈斯库试图通过语无伦次的语言、杂乱无章的情节来揭示荒诞的内容，达到一种特殊的深化主题的效果。剧中的人物莫名其妙的对白和长时间的静默阻断了剧中人与人之间的相互交流，还从根本上阻隔了观众与作品中人物的沟通交流，从而形成了一种相互错裂的荒诞关系，暗示出现代人在生活中的无奈、空虚和平庸。这样的例子在《秃头歌女》一剧中比比皆是。第七场里史密斯夫妇与马丁夫妇见面后，先各自“嗯……”、“嗯……嗯……”、“嗯……嗯……嗯……”、“嗯……嗯……嗯……嗯……”一番，然后是简短平淡的对话，其间穿插了十多次沉默。无语言、无意义的对白使观众接受舞台信息的方式遭受了严重考验。传统戏剧中或缓慢、或急促、或平和的表演节奏在这里都被无情地切割开，划分成了无意义的碎片。当需要讲点稀奇的事情时，马丁太太说她看见一个人在大街上弯腰系鞋带，而马丁先生说他看见一个人在地铁长椅上安安静静地看报。这样的事情得到的评价是“真是无奇不有”！尤奈斯库把日常生活里个别的、零星的、偶然的生活现象加以放大，通过对平庸生活的模仿和变形来揭示人存在的荒谬性。

尤奈斯库拒绝把语言作为一种逻辑工具来使用的做法，使具有因果关系的叙事结构模式被散乱的、毫无意义的情景呈现取代了。剧中有些对话由于剔除了相应的逻辑性，从而使对白变得颠三倒四、东拉西扯，也就消解了人与人交流的可能性。在《秃头歌女》中，这种无聊和琐屑的语言风格弥漫全剧。如第九场中，玛丽背了一首所谓起火的诗献给消防队长，内容是“水着火来/天着火/灰也着了火/烟着火/火着火/统统着了火/着火又着火”之类的——比起莎士比亚戏剧中的华彩篇章，对照一下《哈姆莱特》中优美的台词，这样的诗简直就是在开玩笑。在最后的第十一场中，史密斯夫妇与马丁夫妇的对话是一大堆莫名其妙的、意义空洞的句子。到后来，对话干脆变成了无意义词语的重复叫喊：“狗长跳蚤啦，哎呀呀，哎呀呀！”“老鼠老鼠长眉毛，眉毛里面没老鼠！”“苍蝇不碰也会动！”“百货商场卖巴尔扎克，有个元帅叫巴赞纳！”快结尾时，几人说得越来越快，混乱不已，只有嘶叫。可见，《秃头歌女》中语言的叙事和对话脱离了理性主义的语言框架，人们习以为常的思维方式、生活方式受到了彻底的挑战和否定，语言的对话意义在荒诞派戏剧的对白中彻底失落了。

尤奈斯库认为戏剧中的一切都是语言，台词、动作、物件和情节等都能够表达意义。在《秃头歌女》中，舞台布置也强调了戏剧体验的主观性，以更加直接有力的方式来揭示生活的荒诞性。举例来说，这个剧本的舞台设置是符合传统戏剧的家庭内景的，但一旦给所有物件都加上了“英国式的”、“英国的”的修饰语，那么一间英国式的中产阶级起居室、放着英国式的安乐椅，以及英国式的夜晚、英国式的小胡子、英国壁炉、英国袜子、英国式的长时间沉默等就充满了游戏、讽刺的色彩。

如果说这只是作者的一种文字游戏，还没有产生更大的戏剧效果，那么戏中胡乱敲响的钟无疑能给观众带来巨大的震撼效果。《秃头歌女》中的钟不仅仅是一个单纯的道具，而包含了作者对于传统时间观念的挑战。时钟是时间与秩序的象征，有情节线索的戏剧是以时间为必然依托的，无论是按照时间先后顺序表演，还是倒叙以加强舞台效果，总之时间是不可或缺的坐标元素。而《秃头歌女》完全将时间置于戏外，在这里，时钟不再具有科学的精确性。作品中多次出现了关于时钟错乱的情景，墙上的时钟随便乱敲，一下、五下、二十几下不等。到最后一场，钟在台上众人的胡言乱语中敲得更加起劲，舞台陷入混乱。全剧的表演进入了疯狂状态，两对夫妻在台上大喊大叫，挥舞拳头，以无序狂暴的喧闹表达了人内心的不安、焦虑和混乱，观众无从辨识这些语句中的意义。同时，灯光在对舞台气氛的控制上也起到了相当有效的作用。灯光的熄灭和再次亮起，强烈冲击着观众的视觉感受，与舞台上的喧闹和肃静相互呼应。观看这样的表演，在极富冲击力的舞台效果的作用下，观众首先会感到错愕、惊讶甚至愤怒，因为舞台上呈现的一切都不在预料之内，但在错愕、惊讶、愤怒之后，如果能领会到戏剧的真实指向，那么他们一定会报以热烈的掌声。

尤奈斯库的作品始终都围绕着一个中心，即展示人类的生存状况，发现全人类共同的基本问题。在他看来，艺术品的存在就是为了表达试图交流而又无法交流的问题。《秃头歌女》第八场，消防队长讲完一个“亲身经历的寓言”即《狗和牛》的故事之后，马丁夫人问这个寓言是什么意思，消防队长回答说要您自己领会去。从《秃头歌女》开始，尤奈斯库创作了 30 多部戏剧，以打破传统的艺术手法将西方现代人的生活场景呈现在观众面前，也正是想引起观众的关注和深思。总体而言，《秃头歌女》的意义在于它锐意的艺术革新，以非理性的、非逻辑的极端夸张的形式来体现人在社会生活中的荒诞处境；在于它鞭辟入里的思考和批判精神，为人们认识自我提供了一种直观的振聋发聩的指引。

【拓展阅读】

一、中译本

1. 荒诞派戏剧选．施咸荣，高行健，等，译．北京：外国文学出版社，

1983.

2. 黄晋凯，主编．荒诞派戏剧．北京：中国人民大学出版社，1996.

二、研究著作、论文

1. 马丁·艾斯林．荒诞派戏剧．华明，译．石家庄：河北教育出版社，2003.

2. 阿德诺·欣奇利夫．荒诞说：从存在主义到荒诞派．刘国彬，译．北京：中国戏剧出版社，1992.

3. 杨云峰．荒诞派戏剧的情境研究．北京：中国戏剧出版社，2005.

4. 张容．荒诞、怪异、离奇：法国荒诞派戏剧研究．北京：社会科学文献出版社，1995.

5. 高强．约内斯库和《秃头歌女》．当代外国文学，1981（2）.

6. 万莹华．从《秃头歌女》看荒诞派戏剧．杭州师范学院学报（社会科学版），1990（4）.

7. 王峰．从“写作的历险”到“历险的写作”——试论尤奈斯库戏剧活动的二重文化品质．国外文学，2003（3）.

8. 宋学智，许钧．法国荒诞派戏剧在中国的翻译与研究．外国文学研究，2004（2）.

【思考题】

1. 请简单评析尤奈斯库在荒诞派戏剧上的艺术成就。
2. 《秃头歌女》对传统戏剧的反叛具体表现在哪些方面？
3. 为什么说《秃头歌女》是对人类自身命运的深刻认识和全新表达？
4. 为什么说《秃头歌女》的台词消解了传统戏剧语言的对话交流功能？

第九节　品特的《看门人》赏析

【作家生平】

哈罗德·品特（1930—2008）与贝克特、尤奈斯库齐名，是荒诞派戏剧的代表，也是继萧伯纳之后英国最重要的剧作家。他因家境贫寒，居住环境恶劣，加上犹太人背景，常受社区孩子的歧视和欺凌。1939 年 9 月，因第二次世界大战的爆发，9 岁的品特与其他孩子一道，被英国政府疏散到康沃尔郡乡下避难。14 岁时，他被家人带回伦敦，当天恰遇德军飞机轰炸，他亲眼目睹了漫天炮火、炸弹纷飞的恐怖战争场景，幼小的心灵留下了难以平复的创伤。

1948 年，18 岁的品特考入皇家戏剧艺术学院表演系，但他对学院的课程感到失望，在第二年装病退学。尽管如此，品特对戏剧的热情并没有打消。他在家中读书写作，并在广播剧中担任跑龙套的角色。1954 年，品特加入唐纳德·沃尔菲特剧团，到爱尔兰和英国各地巡回演出。1955 年 8 月 3 日，爱尔兰剧作家贝克特的《等待戈多》第一次用英语在伦敦艺术剧院上演，在英国舞台上撒下了欧洲荒诞派戏剧的种子。品特也正是在这一时期接受了贝克特的影响。品特事后回忆道："不管你信不信，我是英国最早接受贝克特的读者之一。那时，我正随马克在爱尔兰演出，偶然看到了一本小杂志《爱尔兰作品》……里面有一篇贝克特的《瓦特》片段，那正是一种过电的感觉。而在那之前，我从未听过他的名字。"

1957 年，品特创作了第一部荒诞派剧作《房间》，当年首演，获得成功，自此走上了戏剧创作的道路。随着《生日晚会》（1958）、《送菜升降机》（1959）、《看门人》（1960）、《归家》（1965）、《背叛》（1978）等近 30 部剧本的陆续发表和演出，他获得了"二十世纪下半叶英国最重要的剧作家"、"当代英国最具才华和最有独创精神的剧作家"的美誉。在 2005 年 10 月获诺贝尔文学奖之前，他已经得到过几乎所有欧美文学奖项，包括莎士比亚奖、欧洲文学大奖、皮兰德娄奖、莫里哀终身成就奖、大卫·科恩大不列颠文学奖、劳伦斯·奥利佛奖、威尔弗雷德·欧文诗歌奖和捷克的卡夫卡文学奖；而在2006年3月，即距荣获诺贝尔文学奖仅5个月之后，他又摘取了欧洲戏剧奖。

品特的戏剧通常被称为“威胁喜剧”。顾名思义，他的作品着重表现人在这个世界上所受到的各种形式的外来威胁。品特对威胁的理解，无疑受到存在主义思想的影响。但品特在其戏剧中表现这种威胁，有其独特方式。通常这种“威胁”是什么、什么来源、什么性质，在剧中都不做明确交代，且难以界定。

品特的戏剧具有发展的特点。上述几部剧作写于早期。研究者认为，到了中期，也就是1969年至1982年，品特的创作转向“记忆戏剧”。像《风景》、《沉默》、《往日》等作品都属于记忆戏剧一类。如果说贯穿于早期威胁喜剧的主题是空间的威胁，那么，记忆戏剧的主题就是时间的威胁。

品特戏剧从20世纪80年代开始，政治批判性明显增强。在《山地语言》、《月光》、《归于尘土》等作品中，他举起自己鲜明的道德旗帜，着重书写人世间的“权力关系”，把威胁的根源指向专制政体和极权统治。

【作品内容】

三幕剧《看门人》是品特早期最优秀的作品。戏剧故事发生在伦敦西区的一所公寓房间里，三个人物分别是为人憨厚、但神经有点问题的阿斯顿，流浪汉戴维斯，阿斯顿的弟弟米克。在第一幕中，阿斯顿将在酒馆被打的流浪汉戴维斯领回住处，安顿他过夜，还给他拿烟叶，送他鞋子，又给他零钱，照顾有加。戴维斯几乎不相信自己交上如此“好运”，但旋即开始挑三拣四，抱怨鞋不合脚，床的位置不好，隔壁有噪音，不愿意与黑人共用卫生间。他说离开酒馆时忘拿了自己的包裹；声称天一晴就去一个叫锡德卡普的地方取能证明自己身份的文件，这样就能领到失业救济一类的福利；又说不久要去温布利，在那里的餐馆找一份工作。与戴维斯的滔滔不绝相反，阿斯顿的问答都简短，仅限于了解戴维斯的生活状况。戴维斯被问到姓名和来历时，言词闪烁。第二天一早，阿斯顿把房门钥匙交给戴维斯，说出去买些东西。阿斯顿离开后，戴维斯一个人在房间四处乱翻。米克悄悄进屋，将戴维斯按倒在地，待他无力挣扎时才将他放开。

第二幕第一场戏开始的时间续接第一幕结尾。米克审讯犯人般向戴维斯问话：叫什么？喜不喜欢这个房间？昨晚睡得可好？睡哪张床？是不是外国人？等等。但他的问话不断重复、跑题，让戴维斯丈二和尚摸不着头脑。最后在一番滔滔不绝的长篇大论中，米克先指责戴维斯私闯民宅，旋即夸口他的哥哥是一流的装潢师，正要装修这个房间；接着把这个房间吹得天花乱坠，并建议戴维斯将这个房间租下来。当问到戴维斯在哪家银行存钱时，阿斯顿走了进来。

在第二场戏中，房间天花板不断有水滴下来，给人物对话造成间隔。米克责备阿斯顿让屋子漏水，阿斯顿说要用沥青堵上裂缝。戴维斯问阿斯顿接漏水的桶满了怎么办，阿斯顿简单地回答"倒掉"。阿斯顿给戴维斯买了一个包，米克与戴维斯为了这个包发生争抢。阿斯顿建议戴维斯留下做看门人，戴维斯说当看门人有风险，可能有人会来找麻烦。

戴维斯在黑暗中被操纵着吸尘器的米克吓了一跳。米克说自己在打扫房间，又重提让戴维斯租房的事情，说房租可以降得很便宜。接下来，米克请戴维斯吃三明治，主动提到对哥哥阿斯顿不满；但当戴维斯附和时，又引起米克的不满。最后，米克表示希望戴维斯留下来当一个看门人，但要看看他的身份证明。戴维斯说要明天去锡德卡普去取，但又推说要等天气好转，并且还需要一双鞋子。

第二天早晨，阿斯顿将戴维斯叫醒。戴维斯抱怨没睡好，报怨窗户没关上，让自己受了风。戴维斯不接受阿斯顿关于睡觉时头转向的建议，坚持要关上窗子，又提醒阿斯顿给自己弄一双鞋子，说没有鞋子无法出去喝茶。阿斯顿由此想到街角自己常去的一家咖啡馆，思绪进入一种缅想的状态，自说自话，引出对自己精神病发作、在医院遭电击的往事的回忆。

第三幕的时间是两个星期以后。戴维斯在房间里吸着烟，不断向米克抱怨：没有切面包的刀子，煤气炉放得离自己太近了，隔壁黑人在使用卫生间，自己应该有一块钟表，阿斯顿总是在半夜推醒他，让他无法睡觉。他说阿斯顿从来听不进自己的这些话，无法沟通，暗示可以与米克合伙将他赶走。看到米克对此反应冷淡，戴维斯又建议米克与阿斯顿谈谈。米克的回答含含糊糊，出门而去。

阿斯顿走了进来，把买的一双鞋递给戴维斯。戴维斯一边挑三拣四，一边穿在脚上，又旧话重提，说自己要去锡德卡普取回证明文件，只是天气不好……当他发现阿斯顿根本没有听他瞎扯，已经出门时，气得骂了起来。

睡梦中的戴维斯发出很大声响，被睡不着觉的阿斯顿摇醒。戴维斯十分恼火，威胁说要和米克联手对阿斯顿不利。见阿斯顿走近他，戴维斯以为他要打自己，急忙抽出刀子防范。阿斯顿建议戴维斯搬走，说可以给他一些钱，让他能去锡德卡普取回自己的证明文件。戴维斯反过来要赶走阿斯顿，还嘲弄阿斯顿一直想搭建的棚子。被刺激的阿斯顿决意驱逐戴维斯。戴维斯自觉理亏，但嘴上很硬，一边说，一边收拾东西，最后走了出去。

戴维斯又与米克一起回到房间，他吹捧米克有头脑，向米克提议赶走阿斯顿。米克起初附和他，但当戴维斯说阿斯顿是疯子时，米克改变了对戴维斯的态度。他骂戴维斯是骗子，甚至愤怒地把一尊佛像摔碎在地上。这时阿斯顿走了进来。戴维斯心虚，谎说自己回来是取烟斗，接着又变着法子乞求阿斯顿让他留下来。阿斯顿面朝窗户静默着，戴维斯不停地唠叨着……

【作品赏析】

《看门人》中的三个人物，阿斯顿与米克是兄弟，戴维斯受阿斯顿救助。按说亲情加感恩，会使他们融洽相处，但实际情形并非如此。在狭窄憋屈的房间里，三人相互提防，彼此争夺，上演了一场权力之战，使人人都受到裹挟和威迫。

戴维斯是一个无家可归的流浪汉，阿斯顿为他提供住处本是一个义举，但戴维斯得寸进尺，不断挤占阿斯顿的空间，甚至想联合米克，将阿斯顿赶走。这激怒了阿斯顿，终于向他发出了逐客令。米克想控制戴维斯，让他作自己的看门人并且照顾自己的哥哥阿斯顿。米克费尽心机想在语言和一些琐事上占上风，对对方形成威慑之势，进而达到控制对方的目的。米克主人般的问话形成一种权力优势，构成了他与戴维斯的主客关系。

剧中一个颇富戏剧性的情节即是：阿斯顿没有取回戴维斯的包，就给戴维斯买了一个包、几件衣服。当阿斯顿将包给戴维斯时，米克却说这包有点眼熟，非要抢这包，于是舞台上就形成了三位男人滑稽地争抢一个包的动作。最后是阿斯顿从米克手里接过包再传给米克，米克再还给戴维斯。这一串极富喜剧性的动作重复了好几个回合，很像《等待戈多》中的两位流浪汉在舞台上不断重复穿鞋、脱鞋的动作。米克并不想要这个“包”，“包”本身也并不重要，不值得米克跟戴维斯抢。但“抢”这个动作本身很重要，从“抢”中戴维斯知道在这里米克说了算，最后包是从米克手里传给戴维斯的。

《看门人》所表现的被威胁感，除由权力之争引起外，由于人物对话提供的不可靠信息而引发的模棱两可的歧义也加深了这种被威胁感。

剧中三位主人公的对话充满了不可靠的信息。戴维斯究竟叫什么名字？是詹金斯，还是戴维斯？戴维斯所说的话基本上都可以打一个问号。除了戴维斯外，我们也不清楚阿斯顿与米克的身份和动机。人物呈现给观众的是一些没有连续性的动作、片段的信息，并且彼此分隔、琐碎无聊，充满了模棱两可的歧义。戴维斯进入一个陌生环境，不明白阿斯顿兄弟俩对他的期待。他没有身份证明，失去了过去，深陷荒诞的处境，时时感到恐惧和不安。

除了这种莫名的被威胁感，《看门人》还向观众展示了交流的失败与人的孤独状态这一主题。

《看门人》向读者揭示了一个阴郁、单调的世界，人物都是受损者和孤独者。自从戴维斯进了阿斯顿的房间，米克和阿斯顿就开始分别用自己的方式接近戴维斯，了解戴维斯，努力与他交流。但戴维斯却不识好歹，忘恩负义。但同时必须承认，在整出剧中，戴维斯没有与两兄弟有过成功的交流，这才是造成他们冲突的主要原因。戴维斯与他熟悉的世界失去了联系，周围的一切都是陌生的，又无法了解，使他犹如没头的苍蝇，四处碰壁，看不清情势。为了保住可怜的暂栖之地，他见风使舵，搬弄是非，结果与两兄弟交流失败，失去了唯一的暂居之地，也失去了阿斯顿的友谊。

由于三人交流的失败，戴维斯失去了栖息之地，重又回到了流浪的境地。米克似乎想让戴维斯做自己的看门人，顺便替自己照顾哥哥，以便自己有时间有精力干自己的事，实现自己的远大理想。结果戴维斯击碎了米克的梦想，阿斯顿也没有找到自己的友谊。三人都没有实现自己的愿望，最后各自又重新回到了戏的起点，回到了孤独的状态。阿斯顿自己仍旧住在堆满杂物的房间，憧憬着自己要建的棚子；米克继续规划着对整个房子的重新装修整治；戴维斯又回到了流浪状态，天天梦想着去锡德卡普，取回证明自己身份的文件。交流失败，孤独依旧，幻想依旧。三人各自靠着自己的幻想继续着孤独的生活。

在戏剧语言艺术方面，传统的戏剧语言是再现和模仿的“媒介”，是传情达意的工具，而品特的语言恰恰构成了交流的障碍；借着交流的被阻隔，语言本身成为戏剧冲突的根源，从而推动了剧情的发展。从这个意义上说，“品特的戏剧是语言的戏剧。……悬念、戏剧的张力、戏剧性和悲剧性无不源自于语言及其韵律”。同时，品特与其他荒诞派戏剧家最大的不同是他的戏剧语言从不虚空高蹈、书生意气，而是取自原生态的生活口语。他戏剧中的人物对话不断重复、游移、省略、停顿、静默，还大量使用助词、叹词、拟声词等副语言，以及含混的指示代词。这些语言虽有粗糙和破碎之嫌，但经过品特的重新组合，被置于独特的戏剧情景中，就焕发出独特的光彩，反映了现实的破碎性和荒诞性。正如瑞典皇家学院在诺贝尔文学奖授奖词中高度评价的那样，品特“发现了日常闲聊之下的深刻”，使“戏剧回归到它的基本元素：一个封闭的空间和不可预知的对话”。

例如，在《看门人》中，品特大量使用了感叹词，以表示语音分隔或停顿的有声符号，表示语音修饰的笑声、骂声、呻吟声等。这些副语言贯穿《看门人》的始终，具有特殊的表达功能，对剧中人物台词的意义起着确定、强化、修饰、替代和表达情感的作用。戏开头的几个有声符号就向观众惟妙惟肖地传达了戴维斯的形象。阿斯顿带戴维斯走进自己的房间后请戴维斯坐：

阿斯顿　坐吧。

戴维斯　谢谢。（四处张望）呃……

像这样的直接来源于生活交际的副语言在台词中比比皆是，它们在塑造人物、结构情节、烘托戏剧气氛等方面起到了举足轻重的作用，同时在建构“品特式”语言风格方面更是不可或缺。

再如，除了副语言之外，品特还善于使用日常生活中人们用来确定各种关系坐标的指示词。比如：

阿斯顿　（修理着烤面包机）你……你愿意在这儿睡吗？

戴维斯　在这儿睡？

阿斯顿　要是愿意，你可以睡在这儿。

戴维斯　在这儿睡？哦，我不知道。

〔停顿一下〕多长时间？

阿斯顿　直到……你安顿下来。

戴维斯　（坐着）嗯，好吧，那……

阿斯顿　直到你稳定下来。

戴维斯　哦，我很快就会安顿下来……很快……

〔停顿一下〕我睡哪儿？

阿斯顿　这边。别的房间不……不合你的意。

戴维斯　（站起身，四处望望）这边？哪边？

阿斯顿　（站起身，向舞台后方指了指）那儿后头有张床。

从这个指示地点的指示词“这儿”的使用，我们看到了阿斯顿和戴维斯两人所处的不同戏剧情势。阿斯顿长期与外界没有接触，他很看重戴维斯的相伴。但他不清楚戴维斯的意愿，只能试探地问戴维斯的想法，并且用了一个特别客观中性的词“这儿”，没有显示房主的架势。阿斯顿的友善出乎戴维斯的预料，戴维斯受宠若惊，但也有点疑惑地重复阿斯顿的话问到："在这儿睡?"好像他现在才开始考虑这个问题。戴维斯确认阿斯顿的意思后又说："在这儿睡？哦，我不知道。……"这次的"这儿"更多地含有兴奋和喜悦。接着就要了解具体的地点，在哪张床上睡？戴维斯没有看见房间里有多余的床，怀疑"这儿"没有多余的睡觉的地方。阿斯顿还是没有具体指出床的位置，只是说"这边"。阿斯顿是主人，他很清楚戴维斯该睡哪里，可戴维斯是第一次来这里，根本不清楚阿斯顿的用意，出于礼貌也只能含糊地问："这边？哪边?"这些常常出现在生活交际用语中的表意功能非常强的指示词，为塑造人物、表达人物关系提供了有力的参考。两个活脱脱的人物跃然纸上。

此外，在《看门人》中，渲染这种"威胁"的戏剧效果的还有大量的潜台词与"不言之意"。

来到阿斯顿住处的第一晚，戴维斯发现一个煤气炉紧靠在他睡觉的床边，他担心煤气炉的隐患，可又不便直说，就问："这个煤气炉能用吗?"阿斯顿说："坏了。"戴维斯又忙问："你用什么来喝茶啊?"阿斯顿说："不用什么。"简短的四句台词，反映出戴维斯初到陌生环境的不安。戴维斯担心煤气炉不安全，可阿斯顿只是说煤气炉坏了，并没有提供更多信息。戴维斯放心不下，只能转弯抹角地问："你用什么来喝茶啊?"意思是想知道阿斯顿是否用煤气炉烧水喝茶，可阿斯顿的回答还是不能让他放心。

除了丰富的潜台词外，不连贯的断断续续的对话加上时不时的沉默和停顿也增加了品特戏剧的模棱两可性，为剧本提供了多重解释，也为观众提供了想象的空间。

最后，《看门人》中制造冲突的戏剧语言也使情节充满了叙述的张力。《看门人》整出戏的动作不多，场景也只是一间堆满杂物的房间，但整出戏充满了戏剧性。在人物的对话中，我们发现他们不断转换话题，一个正常流动的话题突然被中断，又强行插入一个新的话题。剧本由此充满了张力，剧情由此被推动而实现逆转和突变。

品特 1960 年在英国广播公司的一次访谈中这样说：

"20 世纪戏剧中最明显的一种形式就是欺骗。剧作家认为我们对剧中人物了如指掌，而这些人物则是通过他们的对话把自己介绍给观众。事实上，这些剧中人物的所作所为全是剧作家的旨意，他们不是随着剧情的深入而发展自己的性格，他们是为某一特定目标而固定在舞台上——即为剧作家服务，阐明他想要说的观点。在我的一个剧中，当大幕拉开的时候，你看到的是一个特定的场面：两个人坐在一间房间里，故事不是很早以前就开始了，而是在大幕拉开的那一瞬间开始的。对于这两个人我们了解得并不比我对你了解得更多一些。世界充满了出人意料的事情。一扇门可能会被打开，一个人走了进来。我们很想知道这是谁，他在想什么，他为什么进来，但是，我们又有多大的可能性弄清他的想法、他的身份、他的成长过程，以及他和其他人的关系呢？”

品特不想让读者和观众成为受剧作家摆布的木偶，他要打破传统戏剧由剧作家全知全能而营造的“幻觉”。他尽力呈现生活的本来面貌，通过读者和观众自己的思考去探索和揭示事物表面之下的真相。剧中主人公的身份之秘和动机之秘的确让读者费一番周折。如果读者以传统的戏剧模式和阅读习惯来观照品特的《看门人》，的确如坠云雾；但如果我们跟随品特去探索生活的真相，从中看到的可能就是在扭曲的荒诞感后面顽强的生命力，体会到的是生活中知其不可而为之的苦涩。

【拓展阅读】

一、中译本

1. 哈罗德·品特．送菜升降机．华明，译．南京：译林出版社，2010.

2. 袁可嘉，董衡巽，郑克鲁，选编．外国现代派作品选．上海：上海文艺出版社，1985.

二、研究著作、论文

1. 彭达维斯．荒诞与现实之间：品特传．方柏林，陈大为，译．上海：上海外语教育出版社，2010.

2. 陈红薇．战后英国戏剧中的哈罗德·品特．北京：对外经济贸易大学出版社，2007.

3. 何其莘．品特的探索真相之旅．外国文学，2006（2）.

4. 仵从巨，司雯．“房间”内外——读品特与《看房人》．名作欣赏，2006（17）.

5. 袁德成．论品特及其戏剧与政治的关系．当代外国文学，2008（4）.

6. 邓红霞．哈罗德·品特荒诞主题的表现手法．无锡教育学院学报，1994（3）.

7. 刘秋．“房间”在品特戏剧中的象征意义．戏剧文学，2009（10）.

8. 王烈霞．解读哈罗德·品特的《看管人》．青海师专学报，2009（6）.

【思考题】

1. 品特的戏剧创作有着怎样的发展脉络？
2. 《看门人》中三个出场人物的相互关系是怎样的？
3. 《看门人》的思想主题是什么？
4. 《看门人》的语言艺术有什么特点？

第五编

散　文

第一节 《圣经》赏析

【成书经过】

《圣经》作为古代希伯来民族文学的总集，艺术地再现了希伯来人的历程、情感和愿望。希伯来民族的祖先是闪米特族的一支，最早游牧于阿拉伯半岛的西南地带。公元前 3000 年，他们第一次向北移民，定居美索不达米亚，融合了古巴比伦文化。公元前 2000 年初，他们又沿幼发拉底河北上，逐水草游牧至哈兰，后向西经叙利亚而南移，进入迦南（即巴勒斯坦地区）。迦南土著称他们为“希伯来人”（即河那边的人）。公元前 17 世纪，希伯来人因饥荒而流徙埃及，受到埃及法老的压迫和歧视，公元前 13 世纪中叶由坚毅睿智的族长摩西率领逃出埃及，历经艰难返回迦南，经过 200 余年的奋斗，逐渐定居迦南。其间，希伯来人在具有军事和组织才能的民族部落英雄（即“士师”）领导下，与来自地中海的非利士人展开争夺迦南的争战。

公元前 11 世纪下半叶，为了联合抗敌，希伯来人始建立民族统一国家，各部落推选扫罗为首任国王（公元前 1028—前 1013），后经大卫和所罗门父子 80 年的治理，王国迅速发展，达于鼎盛；之后分裂成北朝以色列（公元前 933—前 722）和南朝犹太（公元前 933—前 586）。两朝敌对矛盾，外强乘虚而入。公元前 722 年亚述灭以色列，掳去国王臣民近 3 万人；公元前 586 年，新巴比伦灭犹太，掳去的“巴比伦之囚”达 5 万多人，独立自主的以色列犹太王国彻底沦亡。公元前 538 年，波斯打败新巴比伦，成为西亚霸主，希伯来人得以返回耶路撒冷，重建城墙与圣殿；但尔后又先后沦为马其顿和罗马的行省，圣殿和城墙屡遭毁损，民族文化受到排斥。其间不少有识之士不愿忍受异族压迫，率众起义，也曾一度建立神权政体“马卡比”王朝，但都遭到残酷镇压。尤其是公元 135 年罗马彻底镇压希伯来人的武装起义，扫荡犹太全境，古代希伯来民族的历史全部结束，遗民及其后裔流落世界各地。

古代希伯来民族在几次大移民和生存发展过程中创建了辉煌的民族文化。

这种文化有三个特点非常显著：首先，它在产生发展过程中广泛受到西亚古代文明影响，古代苏美尔、巴比伦、埃及、亚述、波斯的文化都在希伯来文化中得以融合。换言之，古代希伯来文化中保存了上述古老民族文化的因素。其次，希伯来民族是个多灾多难的民族，历史上被迫经历了多次民族大迁徙、大流散，遭受过长期放逐和残酷迫害。灭族之灾，亡国之痛，是希伯来民族的集体情感体验，在追求、抗争、挫败、挣扎的漫长岁月中形成了希伯来民族文化中渴求和平与安宁的思想，也赋予这种文化以民族聚合力。最后，希伯来民族形成了一神教的宗教信仰。和其他古老民族一样，宗教是希伯来民族的精神支柱，但古代希伯来的犹太教只信仰创世的上帝耶和华（又译为亚卫），并自视为上帝的“特选子民”而高出其他民族，其宗教道德具有明显的贵族倾向。罗马统治时期，犹太教的一个下层教派发展成基督教，吸收希腊文化成分，但上帝仍是崇信的唯一神。

【作品内容】

《圣经》包括《旧约》和《新约》两大部分，前者是犹太教的经典，后者是基督教的经典，合起来也称《新旧约全书》。《旧约》是基督教的《新约》确立后对犹太教经典的称谓。其原书的希伯来名称是“托拉、纳毕姆、纪土宾姆”，意为“律法书、先知书、圣文集”，定本形成于公元前 1 世纪。后世学者研究后认为“先知书”包括“历史书”和“先知书”两类，因而 39 卷的《旧约》文献包括四大类：（1）律法书。即“摩西五经”：《创世记》、《出埃及记》、《利未记》、《民数记》、《申命记》5 卷，相传为摩西所作。这部分大约在公元前 12 世纪已开始流传。它包括上帝创世、地上乐园、洪水方舟等神话和希伯来民族祖先亚伯拉罕、雅各、摩西等的传说，记叙了 3 000 多年的希伯来民族史和犹太教的教规教义、民事律法、伦理规范等。（2）历史书。即《约书亚记》、《士师记》、《撒母尔记》（上、下）、《历王记》（上、下）、《以斯帖记》、《尼希米记》等 10 卷。这部分记述了以色列犹太王国建立、兴盛、衰亡的历史。（3）先知书。包括《阿摩斯书》、《以赛亚书》、《耶利米书》等先知作品，计有 14 卷，成书于公元前 8 世纪至 3 世纪，是有识之士在“巴比伦之囚”前后多事之秋的几百年里，对现实问题的抒情性政论。（4）诗文集。系历代文学作品的汇集，包括诗作和一些原始小说。

《新约》是在公元 2 世纪编定，以宣扬基督教教义为目的文献汇编。全书 27 卷，由“福音书”、“使徒行传”、“书信”和“启示录”四部分组成，主要记述基督教创始人耶稣的救世言行及其门徒的事迹。基督教是从犹太教中分裂出来的，与犹太教有直接继承的关系，因而《圣经》编者把犹太教经典《旧约》和基督教经典《新约》合二为一，一起作为基督教的“圣经”。从文化的角度看，《新约》的作者与希伯来民族有着深刻的联系，基督教也是对犹太教的继承和发展。当然，基督教产生在希腊化之后的西亚，吸收了古代希腊文化的营养，是希伯来文化与古希腊文化融合的结果。

【作品赏析】

《圣经》的《旧约》和《新约》两大部分产生在不同时代，其宗教意义既有一脉相承的一面，也有本质性的区别：犹太教是民族性宗教，《旧约》中的上帝是希伯来民族的上帝，而基督教适应罗马大帝国多民族的背景，发展成普世性宗教，《新约》中的上帝已经是人类的上帝；就其教义而言，《旧约》体现上帝的诺言，突出律法，《新约》则是诺言的实践，强调信仰。从文学审美的意义上说，《旧约》的成就高于《新约》。

《旧约》是犹太教的经典，也是古代希伯来的文献集，其中包括大量的文学作品，有的是经编者搜集整理的民间文学，有的是文人的创作。从文学角度看，《旧约》是一部希伯来古代文学总集。

神话传说是《旧约》中最古老的文学作品，汇编在《创世记》中。主要有上帝创世、伊甸乐园、诺亚方舟、巴别伦塔、诸神众子等神话和希伯来早期几代族长亚伯拉罕、以撒、雅各、约瑟和摩西的神奇传说。由于希伯来民族的游牧迁徙，《旧约》神话将两河流域的远古神话和迦南本地的原始神话都糅合在一起，加以希伯来人的创造，反映了古代希伯来人对自然、社会和人生现象的朴素而天真的理解，表现了原始初民探索宇宙生成、人生苦乐成因的意识活动，艺术而概括地描述了人类由采果渔猎、漂泊游牧到定居农耕的社会演进过程，也形象地展示了洪荒时代洪水对初民的危害和战胜洪水的强烈愿望。关于几代族长的传说，有一定的史实所本，是希伯来人对开创民族历史、为民族发展作出卓越贡献的祖先的追忆与缅怀，但更多的内容是虚构和想象，具有一定的神话色彩。希伯来传说中的民族英雄，不同于古希腊传说中赫拉克勒斯半人半神式的英雄，他们不具任何神性，只是普通凡人。但作为普通凡人的人物个性非常鲜明：亚伯拉罕勇敢公正，以撒淳朴厚道，雅各精明谨慎，约瑟志高才宏，摩西坚毅睿智。《旧约》神话传说简约朴素，具体生动，充满戏剧性情节，对后世文学产生了巨大影响。

《旧约》中的史传文学独具风格。它以希伯来民族的历史作素材，交织穿插民间传说，真实史料和艺术想象并重，既真实地再现了征服迦南、建立联合王国、反击异族入侵、维护民族信仰的历史事件，又艺术地刻画了这一历史过程中的民族英雄。约书亚、波拉底、参孙、扫罗、大卫、所罗门等都是这类民族英雄。其中以对参孙和大卫的刻画最为生动。与传说中的早期族长相比，史传文学中的民族英雄更具有真实性，在他们身上既具有贡献于民族的英雄本色，又并非十全十美，甚至有令人发指的罪行。参孙是位勇力无比、令敌丧胆的英雄，但过于贪恋女色是他悲剧的重要因素。大卫既仁慈宽厚，又阴险狡诈；既是勇敢无畏的英豪，又是卑劣荒淫的昏君。

诗歌在《旧约》中不仅数量大，占总篇幅的四分之一，而且文学成就也最高。《旧约》诗歌种类繁多，有劳动歌谣、英雄战歌、祝祷词、赞美诗、格言诗、寓言诗、诗剧、哀歌、情诗等，大致分为抒情诗和哲理诗两大类。前者的主要诗集有《诗篇》、《耶利米哀歌》和《雅歌》，后者的主要诗集有《箴言》、《传道书》和《约伯记》。《诗篇》是《旧约》中最大的诗集，收录了公元前 11 世纪至公元前 2 世纪近千年间的抒情短诗 150 首，大多表现古代希伯来人的宗教生活和情感，也有些篇章抒写人生的体验。《耶利米哀歌》5 首，相传为大先知耶利米所作，以强烈的激情抒发“新巴比伦之囚”的亡国之痛与忧民之情，情真意切，悲痛欲绝；加以艺术表现上采用“气纳体”，即每行五个强音，前三后二，中间停顿，若断若续，形成如诉如泣的表达效果，有效地强化了哀歌的主题。《雅歌》是《旧约》中争论最多的诗集，对其主题和文体都有不同理解，但公认它是“歌中之歌”，是“抒情诗中的奇葩”。实际上《雅歌》是一部洋溢着生命的内在要求，极力渲染青年男女的性爱，但格调高雅、风格清新的民间情歌集。集中描写了不同场景、不同场合下的男女欢爱，有初恋衷情之爱、有婚宴热闹之喜、有洞房花烛之欢、有离别相思之情、有幻梦眷恋之思、有信誓旦旦之约，全都表现得炽烈奔放、酣畅淋漓而又不失优雅。诗集在艺术上叙事、描写、抒情有机融合，运用男女应答对唱的表达方式；采用大量的意象和象征性隐喻，以唤起读者情感和感官的反应；以田园风光烘托爱情的纯真炽烈，具有很强的艺术感染力。《箴言》汇集数百首格言警句式的短诗，依据当时流行的善恶观念，对人们的日常生活、言行举止、人伦关系加以哲理的、精练的概括。《传道书》对人生和生命的意义作形而上的思考，提出在“虚空”的人世追求切实享受的观点，明显产生于希腊化时代，受到伊壁鸠鲁快乐主义哲学的影响。诗剧《约伯记》通过正直善良、品德高尚的义人约伯偏偏家破人亡、全身长满毒疮、受尽痛苦的遭遇，探讨“好人为什么遭罪”的宗教哲理问题，其结论是宗教性的：好人受难是上帝的考验，不能狭隘、世俗地看待“罪与罚”的问题，坚信上帝自能坦然面对苦难。但从中可以看到历经灾难的希伯来人在灾难中对其保护神上帝的怀疑。诗剧结构宏大、气势磅礴，围绕“罪与罚”展开诗的大辩论，慷慨激昂；简洁的叙述、插曲性抒情、哲理化独白、戏剧式突转，四者交织融会，形成深沉凝重的风格。诗剧的主体是诗行的论辩性对话，很少动作和表演因素，只具备了戏剧的雏形。

《旧约》诗歌在体式上具有鲜明的民族特色。首先是《旧约》诗作篇幅较短。古代希伯来民族以诗抒情言志，叙事则由史传文学承担，因而篇幅较大的叙事诗未能获得发展。其次是希伯来语只有声母、没有韵母，因而《旧约》诗歌不是押尾韵，而是用头韵，即所谓“贯顶体”：全诗 22 节，用希伯来的 22 个字母，依次作为每一节诗的第一个字母。《旧约》诗歌中用“贯顶体”创作的诗为数不少。

先知文学是《旧约》的重要文学类型，其内容和艺术表现都具有独特的民族风格。所谓“先知”，是最先领受上帝旨意的人，是上帝选派到民众中的使者，以晓谕上帝意旨和警戒世人为任。他们出现在公元前 8 世纪至公元前 4 世纪之间。实际上他们是在希伯来鼎盛期过后几百年的“多事之秋”出现的一批感受敏锐、不畏强权、富于才智、追求真理的爱国志士。先知文学就是他们针对当时的社会现实而创作的作品，在作品中他们揭露黑暗、抨击丑恶、呼吁变革、预言未来，行文中富于激情和幻想，充满鼓动性和感召力。《以赛亚书》和《耶利米书》是先知文学的代表作。

原始小说是《旧约》中出现最晚的文学样式，约在公元前 300 年间产生并有所发展。其中重要的原始小说有田园小说《路德记》、寓言小说《约拿记》、历史小说《以斯帖记》。《路德记》叙述摩押族女子路德在丈夫亡故后随婆婆生活在犹太族，后改嫁犹太族近亲，生活非常幸福，成为大卫王的祖母。小说在田园诗般的气氛中反映古代希伯来的风习，赞美异族女子的贤淑勤劳，也表达了反对“禁止异族通婚”的狭隘民族主义的政治主题。《约拿记》以鲜明的形象寓示深刻的道理。当约拿为外邦城市尼尼微完好无损而埋怨上帝时，上帝为他上了公正的一课：炎夏中一株浓荫遮凉的葫芦，短时间内枯死焦萎，约拿为之惋惜。对一株植物尚且如此，何况一个 12 万人的大城？小说寓言式地表现了以人道主义代替褊狭民族主义的思想。《以斯帖记》借托波斯统治希伯来民族的历史背景，虚构了犹太裔的波斯王后以斯帖这一形象。她以自己的美貌、柔情和智慧，严惩歧视、意欲屠戮犹太人的波斯大臣，挽救民族于危亡之时，表现出强烈的爱国主义精神。这些作品简洁明净，情节紧凑，讲究结构艺术，以虚构故事表达明确的主题，具备了近代小说的基本因素。但作品注重的是外在故事，对人物的心理刻画不多，场景描写简略，故事的内在价值挖掘不深，因而这些人类最早的“小说”只能称之“原始小说”。

《新约》是基督教的正典，也代表了早期基督教文学的最高成就。它用希腊文写成，共27卷，有“福音书”、“使徒行传”、“书信”、“启示录”四种文类。“福音书”包括《马太福音》、《马可福音》、《路加福音》、《约翰福音》4卷，主要内容是耶稣的生平和传说。“使徒行传”1卷，记录基督教成立初期的活动情况和保罗、彼得两个主要传道者的事迹，有“基督教史诗”之称。“书信”共21卷，主要内容为基督教教会领袖人物对信徒的劝勉和指导。“启示录”1卷，主要内容是犹太人受罗马统治者迫害时期教会的全貌和世界末日的景象，预言新世界的来临。《新约》纪事类作品有的富有神话色彩，想象丰富、奇观纷呈，有的用写实手法，平铺直叙、质朴无华。“福音书”以纪事为主，中心内容是基督教创始人耶稣的生平传说，从玛利亚感受圣灵怀孕到耶稣在十字架上被钉死，想象与现实相结合。这些事迹中具有神话传说性质的想象和夸张，风格奇幻，耶稣的神性因素得以体现；同时，记载耶稣生平的现实事迹，则具有逼真、具体、生动的细节，塑造的耶稣形象全然是现实生活中的普通人。他有伟大的一面，也有平凡之处；他有喜怒哀乐，也具有人性因素。在“福音书”中有许多耶稣向众人的演讲。演讲词有的抒情言志，循循善诱；有的直抒胸臆，开门见山。耶稣的演说对后世具有深远的影响，其中宣示型对寓言的影响，比喻型对小说的影响，直陈型对散文的影响，象征型对神学的影响，诗体讲道对诗歌的影响，都是难以言说的。《新约》的末卷“启示录”是《圣经》中最典范的启示文学作品，全书以象征手法写成，色彩斑斓，想象奇妙，场景壮观，情节迷幻，是世界古典文学中不可多得的精品。

综观《圣经》文学，它以希伯来民族的历史文化为背景，深刻地溶凝着希伯来的民族精神，显示其独特的个性价值。首先是《圣经》文学的综合性和多样性。《圣经》是一部民族文学总集，由众多作者创作，包括了希伯来民族原始社会和奴隶社会时期1 000多年的民间创作和文人创作，自然表现出综合性、多样性的特点。这一特点既表现为形式和文体的多样性，也表现为题材的丰富性。可以说上古人类经验的每个侧面都在《旧约》文学中得到表现，表现得尤其充分的是人类经验中基本的永恒的内容：信仰、自然、爱、死亡、社会关系、邪恶、灵魂、拯救、家庭生活等。正是由于题材的多样，它将人类经验的错综和复杂性作了充分展示。其次是《圣经》中体现出来的爱国主义和民族主义热情。从总体上说，《圣经》文学反映了古代希伯来 1 000 多年的社会现实和精神面貌。这个历史上多灾多难的民族的文学，贯穿其中的突出主题是爱国主义和民族热情。自从远祖亚伯拉罕毁偶像确立一神教信仰，希伯来人自视为上帝的“特选子民”，一种民族激情贯注其中。传说中的几代族长、史传文学中的民族英雄，都被作为民族精神的象征加以歌颂。王国兴衰的艺术表现，更渗透着爱国意识和民族主义精神。参孙的报仇雪恨，体现的是希伯来民族反抗异族压迫的斗志。《耶利米哀歌》是亡国之恨的记录，表达了强烈的爱国主义激情。再次是《圣经》中体现的宗教意识和神秘色彩。古代希伯来的知识分子大都属于祭司阶层，《圣经》的编集出于宗教目的，宗教意识贯注其间。书中到处弥漫着上帝的圣旨，人类经验被宗教意识观念化。《圣经》文学不仅仅为满足审美、或提供一种娱乐而创作，作者的创作冲动总与人和上帝关系的传教意图相联系。宗教意识的表现，赋予作品以神秘色彩，人世经验导源于另一超验世界，而超验的神的世界不能以经验验证，表现出来显得神秘，读之感到玄妙神奇，艺术表现手法则大量运用梦幻、象征、寓意的手法。最后是《圣经》纯朴的艺术风格。剔除编纂时祭司增添的内容，《圣经》文学绝大部分是民间通俗文学，古代口口相传，需要一种纯朴的、而不是复杂的文学感受力。这样在口头文学基础上形成的书面文学，风格质朴简洁。具体表现为深沉真挚的情感流露、鲜明生动的形象塑造、叙述笔调明快、结构模式化、浓郁的生活气息、大量运用口语和烘托强化表达效果等。

【拓展阅读】

一、中译本

1. 新旧约全书. 南京：中国基督教协会，1989.

2. 摩西五经．冯象，译．香港：牛津大学出版社，2006.

3. 智慧书．冯象，译．香港：牛津大学出版社，2008.

二、研究著作、论文

1. 朱维之．圣经文学十二讲：圣经、次经、伪经、死海古卷．北京：人民文学出版社，1989.

2. 古敏，云峰．圣经文学二十讲．重庆：重庆出版社，2005.

3. 张朝柯．《圣经》与希伯来民间文学．北京：东方出版社，2004.

4. 刘意青．圣经的文学阐释：理论与实践．北京：北京大学出版社，2004.

5. 梁工．圣经叙事艺术研究．北京：商务印书馆，2006.

6. 加百尔，威勒．圣经中的犹太行迹：圣经文学概论．梁工，等，译．上海：上海三联书店，1991.

7. 诺·弗莱．伟大的代码：圣经与文学．郝振益，等，译．北京：北京大学出版社，1998.

8. 勒兰德·莱肯．圣经文学．徐钟，等，译．辽宁：春风文艺出版社，1988.

9. 张奎武．试论《圣经》的文学特色．东北师大学报，1984（5）.

【思考题】

1. 简述古希伯来民族文化的特点。
2. 试述《圣经》基本内容的构成。
3. 为什么说《旧约》的文学成就高于《新约》?
4. 《圣经》文学具有怎样的特点?

第二节　蒙田的《随笔集》赏析

【作家生平】

米歇尔·德·蒙田（1533—1592）出生于法国西南部佩里戈尔地区距波尔多市30英里的蒙田古堡。祖辈曾在一个海港小镇经营海运货栈，靠向英国出口熏鱼、葡萄酒发迹。其曾祖父拉普·埃康从采邑领主波尔多大主教手里买下了蒙田古堡。这次明智的决定迈出了埃康家族走进贵族阶层的关键一步。蒙田的父亲皮埃尔·埃康并没有像前人那样选择商人的行当，而是跟随弗朗索瓦一世出征意大利。此次出征，皮埃尔·埃康不仅获得了皇室授予的“蒙田领主”头衔，使埃康家族真正跻身法国贵族阶层；而且深深迷恋上了文艺复兴时期的意大利文化，也许从这时起他已经对要把儿子蒙田培养成什么样的人有了主意。于是，蒙田刚出生就被抱到邻村的农民家中抚养，直到3岁，才重新回到古堡。也就在这一年，皮埃尔·埃康荣升波尔多市副市长，还为小蒙田聘请了一位拉丁语老师，因为他相信拉丁语是打开古希腊罗马先哲思想宝库的唯一钥匙。6岁时，蒙田进入位于波尔多市的居耶纳学堂，该校是当时法国最有名的中学之一，曾做过蒙田老师的有著名的人文主义者布坎南和以创作拉丁语戏剧闻名的穆瑞等。虽然日后蒙田对这所学校的教育方式颇有微词，但所幸并未伤害到他对事物的鉴别力，甚至还发展了他对历史、拉丁语诗歌的热爱。7年之后，蒙田从这所学校毕业。因为当时波尔多局势动荡，直到1548年，父亲才将他送到图卢兹大学读法律。他一度还在法兰西学士院听课。

1554年，父亲成为波尔多市市长，蒙田也在这一年被任命为佩里格间接税最高法院推事，该法院撤销后，蒙田就成为波尔多最高法院推事。在此期间，他认识了后来的妻子——弗朗索瓦兹·德·拉·夏塞涅和挚友拉博埃西（1530—1563）。拉博埃西是杰出的人文主义学者，以抨击苛政闻名。蒙田早期的斯葛多思想就受其影响。1563年，拉博埃西因感染鼠疫去世，但将藏书和遗稿留给了蒙田。帮这位去世的朋友出版遗留的拉丁语诗、法语十四行诗和希腊语译作，可以说是蒙田的第一次文学活动。

1571 年，蒙田 38 岁，他已厌倦官场的无聊，毅然辞去了法庭的职位，回到乡下古堡隐居。现在他终于可以做自己想做的事，为自己而活了。在接下来的 10 年，蒙田潜心研读古希腊罗马典籍，并开始撰写读书心得与笔记，这就是《随笔集》写作的开始。1580 年《随笔集》第一、二卷在波尔多出版。之后，蒙田为治疗结石症，外出旅行，随身带了多卷《随笔集》。在巴黎，他将《随笔集》赠与亨利三世。到罗马后，他谒见教皇，将《随笔集》呈于教廷，得到认可。当蒙田以为自己将在宁静中终老时，却不料世事又在召唤他。1581 年，波尔多议会任命他为市长，一直到 1585 年 6 月当地瘟疫横行，蒙田带了全家出逃。到同年 12 月瘟疫平息之后，蒙田回到古堡，继续续写《随笔集》；第二年，第三卷在巴黎出版。去世前那几年，他一直没停过对《随笔集》的增补与注释。1592 年 9 月 13 日，蒙田在起居室听弥撒时去世，安息在波尔多的斐扬派修道院。蒙田的《随笔集》无论是在其生前，还是死后，在知识界都广泛流行。它是 16 世纪各种知识的总汇，有“生活的哲学”之称，开创了欧洲文学的新纪元，与培根的《人生论》、帕斯卡尔的《思想录》一起，被人们誉为欧洲近代哲理散文三大经典。

【作品内容】

作为 16 世纪法国杰出人文主义代表的蒙田，从一开始就没有将自己当成一位艺术作家。他只是为着自己的性情，做着自己愿意做的事——阅读、思考。所以你在《随笔集》三卷中看不到统一的主题，但你又能看到文字背后的作者对一切都感兴趣：历史、现实政治、宗教、教育、处事策略、人性等等。称《随笔集》为“16 世纪知识的总汇”并不是妄言。

从 1570 年的某天，蒙田在阅读典籍中写下第一个批注，到 1592 年他整理完所有书稿，不留遗憾地去世，整整后半生，《随笔集》的写作与修改几乎成了他生命的全部。据研究蒙田的专家皮埃尔·维利在《蒙田的思想发展》中统计：1570 年到 1574 年，写作随笔 45 篇；1575 年到 1580 年，写作随笔 49 篇；1581 年到 1592 年，写作随笔 13 篇。

1580 年 3 月 1 日，《随笔集》在波尔多出版，这是第一版，分为两卷；1582 年蒙田将《随笔集》第一、二卷修改增补后再版，主要增加了意大利诗人的章节和对罗马客居时的回忆，这一版本在波尔多现在还可看到；1587 年在波尔多出版第三卷，有些研究者将其视做第三版；1588年6月，蒙田在巴黎出版《随笔集》第四版，有600多条增注；1595年德·古内小姐将蒙田去世前增订的《随笔集》交与巴黎朗格里埃出版社，这个版本被称为定本。

定本《随笔集》分三卷，总计107篇，其中第一卷收录了57篇，第二卷收录了37篇，第三卷收录了13篇。表面看，每卷中各篇都是独立的文章，各有各的话题，但正如蒙田所说："我的书是浑然一体的。"三卷《随笔集》基本可以代表蒙田的思想转变过程，每卷有侧重点。

第一卷的基调是斯葛多主义，它是蒙田早期思想的核心部分。斯葛多派认为在纷繁复杂的乱世，人应该以一种冷静的态度观照自己或社会，追求理性，在蒙田的《命运的安排与理性不谋而合》和《论忧郁》中能看到上述思想的影响。斯葛多派推行德行，认为人应该坚毅和勇敢，这些在《论对怯懦行为的惩罚》和《论坚毅》中也有体现。再如《谈食人部落》是对斯葛多派世界主义的化用。

第二卷处处流露出怀疑主义。40多岁的蒙田反观自己的人生、历史和社会现实。开始对普遍流行的观念不信任。任何现象，他都靠自己双眼观察、靠比较来还原真相。甚至他对自己也不大信任。《雷蒙塞邦赞》是阐述其怀疑论思想的重要文章，其中名言"我知道什么呢?"几乎成为蒙田的代名词。

第三卷中的随笔与前面两本相比有了很大不同。首先，从篇幅上来讲，第一、二卷长短相杂，但以短文为主；而在第三卷中，一篇文章的篇幅几乎是前面单篇的6倍。在第三卷中，蒙田除了依赖随处可见的古希腊格言外，更喜欢应用自传性材料。此外，在本卷中蒙田思考如何更快乐地生活的问题，反映出他后期思想受伊壁鸠鲁派影响，如《论功利与诚实》和《论后悔》。

《随笔集》中随处可见蒙田对生活、社会、历史独立思考的火花，但蒙田不是以系统理论见长的思想家。他的智慧如碎玉一般散落在107篇随笔之中。也正因如此，《随笔集》问世之后，在欧洲和美洲就有广泛的读者；第二次世界大战后，在日本出版全集，初印一万册，被抢购一空；在中国，蒙田最早由梁宗岱先生于1933年翻译介绍过来，其随笔文体为现代诸多作家吸纳。1996年南京译林出版社根据1595年法国版出版了全本的《随笔集》。

【作品赏析】

我们——作为站在21世纪门槛上的中国人，置身于当下独特的社会语境，在重新阅读16世纪法国人蒙田的《随笔集》时，不得不首先考虑一个问题：究竟怎样与这隔着很多层的“遗产”建立精神上的联系？它对我们真的有意义吗？如果有意义，又能为我们提供什么样的思想资源？

在《致读者》一文中，蒙田以一种宣告的态度告诉人们：“我写这本书，纯粹是为了我的家庭与我个人，丝毫没有想到要对你有用，也没想要赢得荣誉。这是我力所不能及的。我是为方便我的亲人和朋友才写这本书，当我不在人世时，他们可以重温我个性和爱好的某些特征。”我们相信蒙田的真诚，但客观上，当《随笔集》公印发行后，意义远非如此。蒙田以他面对生活的方式和思考告诉我们自由是什么，以及在纷繁复杂的转型社会如何获得身心自由。

16 世纪中叶和末叶的欧洲，战乱频繁，风云变幻。在法国，封建君主政体逐渐巩固，但靠新型产业发家致富的资产阶级已经开始追逐政治地位。没落的“世袭”贵族与新兴的“穿袍”贵族不可避免地有场争斗。另外，天主教与胡格诺教之间长达 30 余年的宗教战争也是困扰当时法国社会的一个大问题。宗教斗争的顶峰是 1572 年 8 月的圣巴托罗缪节的大屠杀，2 000 多名胡格诺教徒在巴黎被杀。这一切都让身处其间的人们看到了残忍、自私、冷漠、功利。作为一个敏感细致的人，蒙田比其他人更深刻地感受到时代的罪恶与人心的异化。他厌倦了这个时代，或者说他试图以另外一种方式对抗时代。1571 年，蒙田回到远离城市和纷争的小村庄，隐居在自己的古堡中，终于做回了自己，做自己愿意做的事：读书、写作。（1568 年，蒙田父亲去世。父亲一直试图把他培养成帝师式的人物，安排了他的童年、少年、青年。隐居的举动，也预示着蒙田摆脱了父权的桎梏，终于可以自己选择人生的道路。）无独有偶，中国魏晋南北朝时期的“竹林七贤”、陶渊明，同样避居山林。这些身处乱世的人物，为获得内心的自由，首先做的便是解放自己的身体，使自身与社会达到某种程度的疏离。

如果仅仅是身体的自由，对一个完全的人而言，并不算获得真正的自由。为达到心性自由，蒙田选择了阅读与写作。写作与自由的关系，在某种程度上类似于宗教与自由。蒙田曾在巴黎宣誓过信奉天主教，但他一生并未从基督教中获得过智慧或者心灵的解脱。他的自由完全源于对古希腊罗马哲学著作孜孜不倦的阅读，源于对自我细致入微的观察，由此他发掘了一个比外在世界更为广阔的世界——人的内心。认识自己，是蒙田 107 篇随笔的出发点和归宿，在后期的随笔中更是如此。虽然在 1580 年后，世界又召唤了他，他出任过两任波尔多市市长，还为两位国王的矛盾进行过调解和斡旋，但他并没有停止对随笔的写作，他通过写作“保留一个完全属于我们自己的自由空间，犹如店铺的后间，建立起我们真正的自由，和最最重要的隐逸和清净”（蒙田《论隐退》）。

在写作时，蒙田选择了“随笔”这种文体。散文对自由精神的依赖超过所有文体。洪堡特在比较诗歌和散文的时候，说得很有意思：“诗歌只能够在生活的个别时刻和在精神的个别状态之下萌生，散文则时时处处陪伴着人，在人的精神活动的所有形式中出现。散文与每个思想、每一感觉相维系。”在一种语言中，散文利用自身的准确性、明晰性、灵活性、生动性，一方面能够使作家从每一个角度出发，充分自由地发展起来，另一方面则使作家获得了精微的感觉，从而在每一个别的场合决定自由发展的适当程度。蒙田思想的自由、言语表达的自由，与他选择随笔这种文体不无关系。雨果从另一意义确定了他所得到的自由：虽然蒙田是属于16世纪的人物，但他通过写作超越了时代，超越了生命的有限，“他确定了自己的不朽……虽然死了，却还活着，还是‘成长’着”。

一般来讲，作家都是富有感性的，但这样的特点似乎很难在蒙田身上得到印证。环绕《随笔集》的是一种文艺复兴时代的怀疑和理性精神。孟德斯鸠曾说，在《随笔集》中看到的不是写作的人，而是一个思考的人。的确，蒙田的思想可能不是同时代人中最深刻的，但他力求做一个独立思考的人，对于每一个谈论的话题务必有自己的新见解。如《话说食人部落》中，当人们称其他的部落为蛮夷、鄙视他们野蛮时，蒙田却在肯定他们接近大自然的原始淳朴。再如《论隐退》中，很多人认为退出公众职务、远离城市就能达到隐退的目的，但蒙田认为野心、贪财、踌躇、恐惧及淫欲并不会因为我们换了地方而离开我们，要达到隐退就必须回归自我，让自己照顾自己，这才是真正的清净。甚至对于人类“理性”，他也进行过反思。在他看来，人类理性是把双刃剑。在《雷蒙塞邦赞》中，他名为替雷蒙辩护，实则是对雷蒙以人类理性为基础、企图证明人类是宇宙中心的论点的否认。这篇文章被威尔·杜兰称为“最具毁灭性的论文之一，而且可能是现代文学中怀疑论的最具体体现”，但蒙田的价值不在于他对观念和事物持怀疑态度，而是在此基础上的独立分析与思考。如果要对《随笔集》独特内质作一概括的话，那么理性思考是必不可少的特性。

翻开世界文学史，没有哪个作家像蒙田一样，对人性投入如此大的热情，也没有哪个作家能够像蒙田一样对“自己”、对“人”做出过如此细致的分析。正如蒙田研究专家博克所认为的，“他是人性的解剖师”。蒙田曾说自己研究的主题是人、是自己。其《随笔集》能够穿越时代和空间，为我们所理解、喜爱，多半跟他选择的对象有关。我们读蒙田的文章，会有一种贴近的感觉，觉得那分明是在审视我们自己。鲁迅的作品也有这样的力量，但鲁迅笔下的人物更多地处于一定文化语境中；而蒙田关注的是人类，或者说广泛的人性。他不断地追问："人性是什么?"看看在《随笔集》中的篇目——《论忧伤》、《论恐惧》、《论友谊》、《论良心》、《论残忍》等等，20年中，蒙田从未停止过对人性这个话题的探讨。在他看来，人的责任应该是展现和开发自身的潜力，塑造完善的自我。但面对侵略、掠夺和战争，他发出疑问：人真的能思考并管理自己的生活吗？他通过对历史和现实的考察，窥视到了人性的弱点，看到了人从上帝怀抱中挣脱出来后的非理性。

那么如何解决人性的弱点呢？蒙田将"生活得当"看成"人类最伟大最光荣的"杰作，而其他的一切只能算做附属。至于怎样才能达到"生活得当"，他没有求助于宗教和理性，认为这两种东西同样不可靠。他肯定认识自我、有自知之明，也就是人应该学会观察，有认识和思考的能力。同时，他还强调道德的完善，道德完善的人才能获得幸福。如果说早期的人文主义者拨开了宗教的迷雾，发现了人的话，那么蒙田对于后世的意义是他帮助人们客观、全面地认识了自己。

蒙田对于今天的意义不只是精神上的，在形式上也为我们留下了财富。400多年前蒙田为他的读书笔记和思考所得取名为Essais，在法文中，本义是"实验、试验"，我们今天将其翻译为《随笔集》。其实有理由相信，蒙田选择这个词作为书名有很深的用意。他清醒地意识到他在以自己的方式创造一种新的表达方式或者说新文体。这种文体内容上包罗万象，上至宇宙信仰，下至为人处世，都可成为谈论的话题。更具革命意义的是，这种新文体在表达形式上的特点是"无定形和不规则的话语"，是"浑然一体"，是"以变取胜，变得唐突，变得无序"，是"蹦蹦跳跳"、"飘忽不定"。苏轼在《自评文》中也阐述过类似的审美体验："吾文如万斛泉涌，不择地而出，在平地滔滔汩汩，虽一日千里无难……"

具体来讲，蒙田创造的"随笔体"有以下几个特点：

其一，兴之所至。《随笔集》第二卷之《论后悔》中，蒙田曾谈到自己创作的构思不同于其他作家，是"兴之所至"。观其文章，确实是这样。文章的思路常常会随着话题的展开走向各个角落，比如在《论功利与诚实》中，表面看谈论的是伦理学范畴中的功利与诚实，但实际上对文学、历史、政治都曾涉猎。于是有论者据此称《随笔集》中不少文章会一文多意，尤其是长文章里文不对题的状况时有发生。但事实并非如此，表面散漫，意图却是一以贯之，这不过是他独特的表达方式而已。当然“兴之所至”不只表现在构思上，而且表现在其语言层面。《随笔集》的语言句式自由、活泼，善用比喻，趣味横生，既不纤弱精巧，也不激越生硬。他不会为一个词的选用斟酌不定，其追求的语言风格极致是自然。正如他在《论虚妄》中所言：“失去我文章主题线索的不是我，而是不够勤奋的读者。总能在文章的某个角落找到片言只字，片言只字尽管过于紧凑，却不失为精巧。我行文以变取胜，变得唐突，变得无绪。”

其二，善于利用知识。蒙田自从1571年辞去官职、隐居城堡之后，博览群书，长达20年。《论书籍》一章，展示他喜好历史、古希腊罗马哲学和拉丁语诗歌戏剧方面的书籍。在写作随笔时，蒙田巧妙地调动了大脑中库存的各类知识。所以我们翻开《随笔集》任意一章，会发现两个明显的现象。一个是蒙田的文章中常会引用古希腊罗马格言和哲学，比如在《论残忍》中谈到英雄人物的死亡动机时引用贺拉斯的诗句“死的决心使她更为骄傲”。同一章中类似的引文比比皆是。蒙田生前就承认自己文章形式上的这种偏好，他辩解说，只是遇到无法清晰地表达自己的观点、而前人的观点正好解决自己的困境时，他才会有此选择。再一个是蒙田随笔试图躲避纯思维的论辩，喜欢引用具体形象的事例。王论跃先生在《蒙田引论》中认为，《随笔集》采用了大量的史料，包括古代的、中世纪的和近代的以及本人耳闻目睹的，用精彩的散文形式来描述和讨论人生态度或人生哲学。

“随笔”这种欧洲文学史上崭新的文体，虽然诞生于法国，却在之后的英国培根手中定型、成熟，甚至一直影响到中国五四文学革命中的周作人的“美文”观念。

由此可见，蒙田《随笔集》在世界文学史的时空坐标系中有不可磨灭的重要地位。

【拓展阅读】

一、中译本

1. 蒙田．蒙田随笔全集．潘丽珍，王论跃，丁步洲，译．南京：译林出版社，1996.

2. 蒙田．蒙田随笔全集．马振骋，译．上海：上海书店出版社，2009.

二、研究著作、论文

1. 斯蒂芬·茨威格．蒙田．舒昌善，译．北京：三联书店，2008.

2. 博克．蒙田．孙乃修，译．北京：工人出版社，1985.

3. 郭宏安．从蒙田到加缪：重建法国文学的阅读空间．北京：三联书店，2007.

4. 邱紫华．论蒙田的美学思想．厦门大学学报（哲学社会科学版），2003（6）.

5. 王论跃．蒙田引论．解放军外语学院学报，1996（1）.

6. 鲁成波．蒙田怀疑论的个性特征．山东师范大学学报（人文社会科学版），2003（3）.

7. 肖四新．人性的超越——蒙田随笔引论．湖北三峡大学学报，1999（4）.

8. 江伙生．蒙田和他的《随笔集》．法国研究，1998（2）.

【思考题】

1. 简述蒙田的生平经历。
2. 简要概括《随笔集》的成书过程及各卷的主要内容。
3. 蒙田及《随笔集》为我们提供了怎样的精神资源？
4. 《随笔集》具有怎样的艺术特色？

第三节　培根的《培根论说文集》赏析

【作家生平】

弗朗西斯·培根（1561—1626）是英国文艺复兴时期最重要的哲学家、散文作家。培根出身贵族之家，毕业于剑桥大学，后学法律。1576 年，15 岁的培根就跟随英国驻法国大使奉使巴黎。1584 年，他就当上了下议院的议员。但此后的仕途却并不顺利，终伊丽莎白一朝，一直未得重用。直到在苏格兰的詹姆斯六世即位英格兰王（史称詹姆斯一世），他的命运才发生转折，先后任检察长、掌玺大臣，并于 1621 年晋封子爵，出任大法官。但是，3 年后他被指控受贿，自认贪污失职，被罢官。这个简单的履历描述，也许说明不了什么，但他的人品，事实上历来颇受责难，甚至谴责。18 世纪著名诗人蒲伯说："你若爱才，培根才华照人，他是人类中最有智慧、最光辉、最卑鄙的一个。"19 世纪著名作家麦考利在论培根的文章中发挥了这一批评。这不能完全说是非薄前人，姑且不说培根在官场曲意奉承、卑躬屈节，至少他和伊丽莎白的宠臣埃塞克斯伯爵的关系始末，确实是他招致非议的重要原因。一般认为培根是为了谋得权位才投靠正得女王宠信的埃塞克斯，而埃塞克斯也确实一再极力向女王为培根请求要职，以至频繁干请使得女王厌烦；屡请不遂，埃塞克斯竟然以私产相赠，可见交谊之深。但在埃塞克斯因谋反获罪之后，培根奉命陪审，并且在埃塞克斯被处以极刑时又奉命起草罪状，似乎完全不顾情义，很为女王卖命。也许培根当时自感处境危险，有其不得已的苦衷，但他也感到世人的不齿，因而不久发表一篇"自白"，解释自己在这件事中的行为。这当然是自我辩解，也表明他精神上所承受的压力。但这个"自白"被认为不完全可靠，更是授人以口实。英国学者加德纳教授认为："培根的行为表现出他缺乏道义之感，这是不能否认的。"这是颇被认可的一个结论。有意思的是，几年之后，培根写了一篇题为"论友谊"的随笔，言行对照，读者自然会多一层阅读趣味吧？虽然文章通篇是他一贯的客观、冷静的语调，没有明显的自我色彩，但他的人生经历、甘苦怎么会不在其中呢？

也许正因为如此，虽然后来罚金被豁免、监禁也很快被取消，但身败名裂的培根却从此再也不涉足政务，而是心无旁骛地从事理论著述。1626 年因专心致力于冷热理论及其实际应用问题，培根不幸在低温中诱发了支气管炎，并于几天后逝世。

培根还是一位思想家，在哲学、科学史上也有重大贡献。这个方面的问题，限于篇幅，这里就不一一叙述了，中国学者的中文著作里有十分精彩的论述，如王佐良、何其莘《英国文艺复兴时期文学史》第 22 章“培根的科学哲学和散文”（按，此章为王佐良撰写），杨周翰《十七世纪英国文学》中的“培根”一篇，可参阅。了解培根这方面的思想，当然也有助于理解其人、其文。且看杨周翰的论述：

> 奇怪的是像培根这样一个人，一方面积极钻营，看风使舵，一心想做大官，而且终于做了大官，一方面又热心从事学术和科学研究，而且成为一个划时代的哲学家；一方面是趋炎附势的政客，一方面又是真理的追求者，岂不矛盾？……权力地位象征力量，“知识就是力量”，两者是达到同一目的的不同手段。有了权力可以统治人类社会，有了科学知识可以置大自然于人的统治之下，利用自然，繁殖财富，而知识是一切力量的源泉。但是，“我们现在掌握的知识连教我们去希求什么都不够!”这是典型的文艺复兴时期的、一心“向上”的“巨人”的精神状态。他（引按，培根）的论道德修养的论说文也好，他的政治活动也好，他的哲学著作也好，并不存在什么矛盾，而是统一在注重实际上。

这里“实际”一词，思想深刻，杨周翰在下文的一段话，对此有十分精到的进一步论述：

> 为了实际，可以不顾一般的所谓道德，不择手段。这是典型的文艺复兴时期的时代精神。这种精神在培根出生前 30 年就由马基维里（引按，意大利文艺复兴时期政治思想家，通译尼科洛·马基雅维利）理论化了。马基维里说：“有些事，表面上看很符合道德，实行起来却使君主毁灭；有些事，表面上看来不道德，却能使他得到安全和繁荣。”

这对培根来说，似乎持论过于苛刻，但却令人深思。

【作品内容】

培根这个名字，中国的读书人是很熟悉的："知识就是力量"这句格言就是他说的，此其一；他写的那本随笔集，是名著，有好几个中译本，此其二。而马克思主义者提起培根，恐怕会津津乐道马克思、恩格斯曾经称之为"英国唯物主义的真正始祖"。当然，培根在文学史上的地位，自然是他的这本随笔集确立的。

那么，为什么这本仅仅只有58篇短文的文集，能够成为文学经典，具有十分重要的文学史意义？

培根有着显赫的家世。其父尼古拉·培根爵士是亨利八世王朝的官员，伊丽莎白一世时任掌玺大臣。其母名安，安东尼·科克男爵之女，男爵曾为爱德华六世之太傅。亲戚中也不乏显贵：培根的姨父威廉·塞西尔·博来，后为博来公爵，曾任伊丽莎白一世的财相，极受信任；公爵之子罗伯·塞西尔男爵任枢密大臣，等等。据历史记载，女王伊丽莎白不止一次巡幸过培根家的别墅，还称幼小的培根为"朕的小掌玺大臣"。这种贵族家庭的出身，使得培根从小就熟悉上流社会的人情世故，深知上流社会甚至宫廷生活的繁文缛节。培根的随笔集最初版本的10篇文章中，就有2篇分别题为"论礼仪"、"论尊荣与名誉"，这恰恰是贵族关心的关乎体面、社交的大问题，可见这2篇随笔的创作不是没有原因的。

再看培根这本名著的版本情况。培根的随笔集自出版以来，有多种版本，我们这里说的是培根自己生前编定的三个版本。初版本只有《论学问》、《论辞令》、《论礼仪》、《论从者与友人》、《论请托者》、《论消费》、《论养生》、《论尊荣与声誉》、《论党派》、《论交涉》10篇文章，1597年出版；1612年再版，增加到38篇；1625年第三版，增至58篇。第三版出版几个月，培根就去世了，因此可视为作者的最后定本，也是后来的通行本。据说，作者一直将自己的这本书带在身边，不断增删修改；随着他的思想和人生经验的变化，他不断修改他在文章中的议论。如《论请托者》、《论党派》、《论友谊》这3篇，在每一版都有重大修改，特别是《论友谊》，在第三版中的是完全重写的。这并不是枯燥的版本知识，比较版本的变化，在培根的修改中可以看出他思想和人生经验的变化，以及他对自己所关心的问题的深入思考；而就文学欣赏而言，自然可以看出作者对语言的推敲、斟酌，因而能够更为深入地理解其文章艺术。当然，细心的读者也可以看出培根的文风的变化。英国学者奥利芬特·斯威同说：

> 在早期的论说中，词句干脆而对比，所以含义饱满而措辞警策，往往一语破的。后来的文章里却又有典雅从容，着色鲜明之作。前者于“论学问”、“论请托”中见之；后者则可于“论建筑”、“论园亭”中见之。

中国学者王佐良也说：

> 培根的英文风格是有过变化发展的。一开始，当他在1957年写十篇《随笔》的时候，文字极为简约，如《爱》（引按，即水同天译本的《论恋爱》）的开始：“舞台受惠于爱情者，超过人生。”而等到1612年他增写《高位》（引按，即水同天译本的《论高位》）时，他的句子放松了：“与人详谈，或有客私访，不可过于矜持，或时刻不忘尊贵，宁可听人如是说：‘当其坐堂议政时，判若两人矣。’”

对照中外这两位学者的分析，当然能使我们深入体会、理解培根的文风及其变化。

【作品赏析】

培根的随笔集书名为“Essays”，中译本或中文论著中一般译为“随笔集”，如王佐良就是用的这个译名；但也有译做“论说文集”的，如杨周翰的《十七世纪英国文学》中就是如此；而著名的“汉译名著”本，译者水同天也是以“论说文集”名之。这个翻译上的细微的差别值得注意，因为其中大有讲究，关乎培根这本文集中的文章的文体风格。这三位译者，也是著名的英国文学的学者，其对译名的考虑，肯定是颇有斟酌的。

本来“Essay”的中文通行的翻译都是“随笔”，也有译为“小品文”的，但培根的这本文集中的文章，都是议论性的说理文，以“思想之精密与语言之简洁”（斯威同语）著称，和一般的“Essay”之富于个人风趣的亲切笔调，文体大有不同，这恐怕就是有译名为“论说文集”的原因。我们不妨与法国著名思想家蒙田的名著略作比较。蒙田的这本名著，最初的英译本在1603年出版，书名也是“Essay”，一般都认为培根的这本名著与之有渊源关系，并且英国的“Essay”就是承传蒙田的文学传统。但是，正如斯威同所论述的：

> 蒙氏（引按，蒙田）的书对于社会问题的感想较为丰富，对人生观察批评的范围也较为广大，但是我们在他的文章里找不到培根所表现的那种确凿不惑的了解，精密思想的“筋骨”，对学问全体的广泛认识，在比拟事物道理方面的几乎非人间的敏锐，以及对当时各种学问的渊博。在另一方面，培根也缺乏蒙泰涅（引按，今通译蒙田）的轻巧的手法与刻画如生的笔调，用了这种笔调蒙氏能把老生常谈的道理说得好像是新鲜非凡。同时蒙泰涅却没有培根的直达事物之灵魂的那种卓识和极高的推理天才。所以，如果说蒙泰涅是较优的文章作家，则培根所表现的是较深刻的道德和智慧。

知道蒙田是怀疑主义者和他的那句名言“我何所知哉”的读者，自然会理解这段引文中“我们在他的文章里找不到培根所表现的那种确凿不惑的了解”一句的意义。是的，培根的文章清晰、准确，充满自信，而又有雄辩的力量，正如英国作家本·琼森所说：“若论说话干净，准确，有分量，最不空洞，最没有废话，谁也比不上他（引按，培根）。”至于“轻巧的手法与刻画如生的笔调”，这才是“Essay”通常的文风，而培根的则追求思想表达的明确，因而其文章说理性强、条理清楚、逻辑严密、分析细致、一环紧扣一环、周密而不枝蔓，有人称之为“文风言简意赅，颇富格言特点”。当然，最明显的区别是：蒙田的文章很长，而培根的文章十分简短。既然有这样明显的不同，那么培根为什么沿用蒙田的书名“Essay”呢？据说，如培根在其《学术的推进》中所说，这种文章风格适用于表达尝试性的观点或“不完整的知识”，书名如此则应被看做表达“不完整的知识”的简短的“尝试”。

因此，也许我们应该说，译为“随笔”，很本分，是“Essay”的原意，译为“论说文集”，则很准确地表明了培根的文体特征。这样仔细推敲译名，有助于我们深入理解“Essay”的文体特征和培根的文风特点。本文主要依据“汉译名著”本，即水同天译的《培根论说文集》，因而其中的单篇文章的译名是“论……”，而不是“谈……”。

培根的这本文集内容十分丰富。据斯威同研究，培根的这本文集包含三大方面的内容：“（1）人与世界及人群的关系，（2）人与自己的关系，（3）人与上帝的关系。”

根据这些文章，斯威同这样论说培根其人：

> 由培根的文章，我们可以看出来作者至少在理论方面是一个对于道

德有极深的崇敬的人。若不是这样的一个人，决说不出下面的这几句话来——

"一个自身无德的人见别人有德必怀嫉妒。"(引按，《论嫉妒》)

"行善事的能力是一个人之希冀的真实合法的目标，因为善意虽然是上帝接受的，而对于人则比好梦好不了多少，除非他是以行为表现出来。"(引按，《论高位》)

同时我们可以看出来培根至少在理论方面是一个对正义公道有甚深的爱慕和崇敬的人。下面的这段话可以为证。

"一个法官的主要任务是除灭暴力与奸诈。"(引按，《论司法》)

"谁也不可以愚蠢地认为公平的法律和真正的治术是不相侔的，因为这两样东西就好象一个人的精神和筋肉一样，是同时并行的。"(引按，《论司法》)

最后，培根永远是一个坚持真理神圣的人。无论在科学的研究或人生的交往上他都是这样主张。譬如他说：

"真理为自己的判断者。他的教训是——真理的探求（就是对真理求爱求婚)，真理的认识（就是真理的获得）和真理的信仰（就是对真理的享用）乃是人性中的最优之点。"(引按，《论真理》)

"一个人的心智若在仁爱中行动，在天意中休息，在真理的地轴上旋转，那可谓他已到了地上的天堂了。"(引按，《论真理》)

反复强调"至少在理论方面"，措辞谨慎，表明论者清楚并且提醒我们未必"文如其人"，这显然是因为历史上有许多对于培根的为人的非议。

现在再具体、集中地谈谈培根的这本文集中的文章艺术。

"Essay"最重视个性，哪怕是偏见、癖好，只要说得风趣、亲切，就是好文章，这是随笔的首要特征。蒙田的随笔就是这样，而培根的文章则大异其趣，由此我们可以见出培根文章的艺术特色。先说风趣、亲切。在蒙田的随笔里，常常可以看到大段的旁逆斜出的文字，他喜欢在文中突然中断话题，插入一段完全不相干的关于自己私人生活、经历、见闻的叙述，非常有趣，却与题目无关，闲谈的随意、率性的笔调由此形成，也表现出作者亲切的态度。培根的文章不是这样，他只谈道理，层层推进，绝不节外生枝；后期的文风有所变化，不那么严肃了，文笔略微放开，使用引文、典故和比喻，仿佛信手拈来，但也是为了阐明道理。他个人生活方面的直接的叙述，无论前期还是后期，都难以看到。再说偏见。蒙田是个怀疑主义者，甚至怀疑自己究竟能知道什么，因此他不作斩钉截铁的论断，没有断然的语气，充满疑虑、反讽，甚而以和读者商量的口吻、语气说话。当然，这也是随笔的文章作法，有修辞的考虑，是为了避免给读者以居高临下的感受，不给读者留下好为人师的印象。而在培根的文章里，所讨论的问题都有明确的答案，语气断然，充满自信，仿佛谈论的是普世适用、亘古不变的公理。文章常用全称判断，似乎没有例外：如《论死亡》以“成人之怕死犹如儿童之怕入暗处”一句开头，《论谏议》以“人与人之间最大的信任就是关于进言的信任”一句立说；再如《论嫉妒》开头立论说，“人底各种情欲之中，没有一种可以看出是迷人或魔人的——除了恋爱与嫉妒”，明明是有例外的，还不止一种（“除了恋爱与嫉妒”），却偏偏要说“没有一种”，为的是加强不容置疑的语言气势和力量，文章又以“这永远是如此”这样一个独立句结束，干净、简洁，斩钉截铁。还有一个特点，为了强调自己的观点的公理性质，培根很少用第一人称说话，偶尔使用，如《论无神论》中说“我宁愿相信《金传》，《塔尔木经》及可兰经中的一切寓言，而不愿相信这宇宙底体构是没有一个主宰的精神的”，也是一副真理在手的语气。

但是，培根的文章如此，却没有给人以教训、训诫的感受和印象，原因在于他总是说理透彻，有逻辑力量，还是以理服人的。他的文章话题广泛，视野开阔，使用引文、典故和比喻，仿佛信手拈来，渊博的学识自有其内在的力量。培根谈人生的文章居多，饱经世故，虽然尽量避免个人色彩，但人世沧桑尽在其中，读者相信这是他的人生经验、教训之谈，大可资鉴。比如《论高位》中的这样一段话：

> 要升到高位上，其经过是很艰难的，但是人们却要吃许多苦以取得更大的痛苦；要升到高位上，其经过有时是卑污的；然而人们却借着卑污的手段达到尊严的地位。在高位上居留是很不稳的，其退步或是覆亡，或者至少是声名暗晦——那是一件很可悲的事。

其中显然有作者的宦海酸辛，没有唱高调，完全是据实而论，“卑污”一词，令人心惊、凛然，顿生寒意。再如《论司法》中的这句话：“一次不公的判断比多次不平的举动为祸尤烈。因为这些不平的举动不过弄脏了水流，而不公的判断则把水源败坏了。”“水流”、“水源”之喻，是《论司法》的经典论述，于今早已成为名言。联系到作者曾经任职检察长、大法官，特别是他被告受贿而丢官、获罪，读来令人感慨尤深。还有《论困厄》中的这句话：“幸运所生的德性是节制，厄运所生的德性是坚忍；在伦理上讲起来，后者是更为伟大的一种德性。”斯威同认为：“这几句话是写在他失意之后的，从这几句话里我们可以看出来这一场挫折对于他的影响。凡是研究培根的人没有读了这篇‘论困厄’而不受感动者。”

最后，我们以王佐良的一段论述结束本文。这段话既指出了培根文章的艺术特色，又论述了其文学史意义：

> 在一个意义上，培根的《随笔》是独一无二的。当时虽有人模仿他，但或缺他的智慧，或缺他的文笔，成不了气候。而后世随笔的发展，不论是十八世纪艾迪生所作，或十九世纪兰姆与哈兹里特所作，都没有走他这紧凑的、言简意赅的路；他们都写得比他长，比他散漫，而且更多地泄露或卖弄个人感情。……所以正如同培根借蒙田所定的“随笔”一名而不写蒙田式的文章，后世的随笔家也不是培根的嫡传子孙。

生动，简明扼要，实属文学史的精彩叙述。

【拓展阅读】

一、中译本

1. 培根．培根论说文集．水同天，译．北京：商务印书馆，2009.

2. 培根．弗兰西斯·培根：随笔五则．王佐良，译//王佐良．王佐良文集．北京：外语教学与研究出版社，1997.

二、研究著作、论文

1. 杨周翰．培根//杨周翰．十七世纪英国文学．北京：北京大学出版社，1985.

2. 王佐良，何其莘．培根的科学哲学和散文//王佐良，何其莘．英国文艺复兴时期文学史．北京：外语教学与研究出版社，1996.

3. 王佐良．英国散文的流变．北京：商务印书馆，1994.

4. 王佐良．英国文学史．北京：商务印书馆，1996.

5. 安德鲁·桑德斯．牛津简明英国文学史（上）．谷启楠，韩加明，高万隆，译．北京：人民文学出版社，2000.

6. 奥利芬特·斯威同．《培根论说文集》绪论//培根．培根论说文集．水同天，译．北京：商务印书馆，2008.

7. 陈家琪．如何从政治哲学的角度重新理解培根与笛卡儿．同济大学学学报（社会科学版），2006（5）.

8. 刘彩霞．散文翻译，“译”味无穷——培根《论读书》的三个译文比较．和田师范专科学校学报，2007（4）.

【思考题】

1. 你怎样看待培根的道德哲学？
2. 培根随笔集三个版本前后有怎样的变化？
3. 同是“Essay”的写作，在文体风格上蒙田与培根有怎样的不同？
4. 为什么说培根的随笔是少数“世界书”的一部？

第四节　卢梭的《忏悔录》赏析

【作家生平】

让-雅克·卢梭（1712—1778）出生于日内瓦一个新教徒家庭。卢梭幼年丧母，父亲是一个穷困的钟表匠。与父亲的相依为命使多愁善感的卢梭日后在对女性的追逐中总带有对母爱的渴望。10岁时，父亲因遭遇诬告远走他乡，卢梭被寄养于牧师家中，开始了包塞的乡村生活。如果说在城市共和国日内瓦卢梭养成了对平等、自由的追求的话，那么乡村生活则使他产生了对大自然深深的迷恋。12岁那年，卢梭结束了无忧无虑的童年时代，开始自谋生计。因为对粗俗、蛮横的镂刻师的反感，16岁的卢梭独自四处流浪。在安讷西，卢梭遇到了对其一生极其重要的华伦夫人。在与华伦夫人共同生活了大约10年之后，1741年，卢梭带着15个金路易和他自己发明的"数字记谱法"来到巴黎。这个初出茅庐的年轻人并未获得意想中的关注，虽然这一时期卢梭同狄德罗（1713—1784）、孔狄亚克（1715—1780）等"百科全书派"们开始了交往与合作。直到1749年，凭借一篇寄给第戎科学院的征文《论科学与艺术》，卢梭才一举成名。在此基础上，他又于1754年撰写了《论人类不平等的起源和基础》，这篇更加激进的论文使卢梭和他的"百科全书派"朋友们之间开始出现了裂痕。1756年，卢梭接受埃皮奈夫人的邀请住进蒙莫朗西森林里的"退隐庐"，这是他创作的高产期，《新爱洛伊丝》（1761）、《社会契约论》（1762）、《爱弥儿》（1762）等都在这一时期开始撰写。可是由于卢梭乖戾的性格，法国、普鲁士等国家似乎都成了无法容身之地，甚至整个欧洲都将之视为危险人物。1766年，卢梭应哲学家休谟的邀请前往英国，谁知患上被迫害妄想症的卢梭带给休谟的却是噩梦般的回忆。晚年的卢梭几乎把全部精力用于为"自我"发出辩解和控诉，除《忏悔录》（1766—1770）外，他还创作有《对话录》（1772—1774）、《一个孤独漫步者的遐想》（1776—1778）等。1778年7月20日，卢梭中风而死，死后戏剧性地和生前的宿敌伏尔泰

(1694—1778) 占据了先贤祠中的显著位置。

作为卢梭成名作的《论科学与艺术》可看做其全部创作的出发点。在这部论文问世后，据说卢梭便依照论文观点开始了无须钟表的朴素生活。卢梭主张人生而善良，但科学和艺术的进步却造成了人类的堕落与罪恶。卢梭最重要、最深刻的政治理论著作则是《社会契约论》，卢梭把人民与统治者之间的"社会契约"作为民主共和政体的基础，其中的天赋人权、自由平等等思想在法国大革命颁布的《人权宣言》、美国独立战争颁布的《独立宣言》中都有所体现。

即使在理论著作中，卢梭也表现出了浓烈的浪漫主义气质和非凡的想象力，而其文学创作既是对其启蒙思想的诠释，同时更以前所未有的言说方式为卢梭赢得了浪漫主义之父的称号。比如《新爱洛伊丝》以一桩囿于等级观念的爱情悲剧发出了要求个性解放的呼号，并以人物通信的方式尽情地渲染了感伤主义情调。

总之，卢梭的创作反对狭隘的理性，把张扬主体感情置于首位，并发出"回归自然"的热切倡导，而以《忏悔录》为代表的自传体作品更是把在帕斯卡那里一直被压抑的"自我"大胆表达了出来。

【作品内容】

1760 年冬，据说卢梭即将完成《社会契约论》、《爱弥儿》的时候，就曾向朋友们宣布他将不再写作，可是敏感、多疑的卢梭一直有种猜测，认为论敌的目标不仅仅是其著作，更是其本人。直到 1765 年元旦，伏尔泰匿名发表《公民们的感情》，指责《爱弥儿》的作者是个接连把自己五个孩子送进育婴堂的不负责任的可怜虫，卢梭痛感要为自己辩护以获得同情的必要，因此开始了《忏悔录》的撰写。这部自传性的文学作品写作与出版时间相隔了一二十年之久，第一部即前六章写作于 1766 年至 1767 年，出版于 1782 年；后六章写于 1769 年至 1770 年，出版于 1789 年。可以说，卢梭创作之初就有把自己的自我袒露给时人与后人的想法，并坚信自己那种苏格拉底式的追寻必将得到公正的裁判。

第一部分，卢梭回忆从自己出生到离开华伦夫人的经历。卢梭特别声明："我于 1712 年生于日内瓦，父亲是公民伊萨克·卢梭，母亲是女公民苏萨娜·贝纳尔。"卢梭以出生于一个民主共和国而自豪，可也正是在日内瓦，居住于贫民区的卢梭很小就舔尝到了社会不公正的苦涩。在父亲被迫出逃后，他寄居于乡村牧师家，卢梭承认在那里忍受朗拜尔西埃小姐体罚时体验到了奇异的快感。回到日内瓦后，卢梭先后尝试过书记员、学徒等行当，但卢梭遇到的这些粗暴的领路人摧毁了卢梭古典式的教养，他学会了贪婪、隐瞒、撒谎等各种卑劣行径。后来的1728年，卢梭与朋友们有次出游归来正遇城门紧闭，16岁的卢梭索性告别朋友，只身一人开始了前途未卜的流浪生活。

一位天主教神父热情地为卢梭向华伦夫人写了一封介绍信，希望卢梭能皈依天主教。在华伦夫人的花园小径上，卢梭遇到了这位对他一生有着重大影响的贵妇人。为了华伦夫人，卢梭才来到都灵的教养院接受改宗。卢梭承认在都灵的维尔塞里斯夫人家里当仆人时偷过一条丝带并诬陷了一位叫玛丽永的女仆。从都灵归来后，华伦夫人成了卢梭的主人和第一位情人。卢梭在这位年轻貌美的“妈妈”身边度过了一生中最恬美、最平静的时光，直到1737年秋卢梭在华伦夫人的建议下前往蒙佩利埃治病归来后，发现自己已被无聊、粗俗的温赞里德所代替，这才含泪离开了安纳西。

第二部分，心灰意冷的卢梭只身来到欧洲的文化中心——巴黎，不久后出版了《现代音乐论》，但反响却让人沮丧。一位神父告诉卢梭一个诀窍：“在巴黎，什么事都要靠女人才做得起来。”在贵妇们的推荐下，卢梭得以出任法国驻威尼斯大使的秘书，但这位刚愎自用的大使不但以贵族身份自居，还不付给卢梭薪水。卢梭回到了巴黎，并在僻静的旅馆里认识了年轻的女佣黛莱丝·勒·瓦瑟，卢梭很快与之同居。在巴黎期间，卢梭还与伏尔泰、狄德罗等社会名流开展了广泛交往，并参与了《百科全书》音乐条目的撰写。

1749年，在前往范塞纳监狱探望狄德罗的路上，卢梭看到了第戎科学院的征文公告，37岁的卢梭因《论科学与艺术》的征文一举成名。当他的歌剧《乡村教师》公演大获成功后，他出于对创作自由的捍卫而拒绝了国王奖赏的年金。1754年，卢梭的《论人类不平等的起源和基础》拉开了他与“百科全书派”们相互龃龉的序幕。1756年，卢梭住进了埃皮奈夫人安排的“退隐庐”内，开始写作《新爱洛伊丝》，并爱上了忽然到访的埃皮奈夫人的小姑子——乌德托夫人。这种柏拉图式的恋情却招来了各种非议，也刺伤了埃皮奈夫人。1757年12月，卢梭在冰雪严寒的天气中搬出了“退隐庐”。

1760年，卢梭得知自己以前写给伏尔泰的《致伏尔泰论天命的信》未经自己许可就公开发表了，因此他给居住在日内瓦的伏尔泰写了一封措辞强硬的绝交信。1762年《爱弥儿》的出版触犯了当局与天主教会，在通缉令下达后，卢梭从法国辗转到日内瓦再到普鲁士，成了欧洲上流社会群起而攻之的危险分子。1766年1月，卢梭在哲学家休谟的陪同下渡海来到英国，并写作

《忏悔录》第一部分。

【作品赏析】

卢梭在《忏悔录》的卷首题词中毫不避讳地两次使用了“敌人”一词，甚至还将“敌人”身份坐实在“布弗莱、韦尔德两位夫人以及她们的朋友们”身上，由此可见卢梭那份强烈的感情和坚定的信念。出身于平民阶层的卢梭相信自己本可以顺从天性，“在我的宗教、我的故乡、我的家庭、我的朋友之间，在我所钟爱的工作中，在称心如意的交往中，平平静静、安安逸逸地度过自己的一生。我将会成为善良的基督教徒、善良的公民、善良的家长、善良的朋友、善良的劳动者”。但事与愿违、命运多舛，现实情况是跻身社会上层后的卢梭深陷四面楚歌之困、饱受颠沛流离之苦，而这些迫害又分明来自那些他曾经的友人、爱人等。卢梭毅然奔赴这场审判，在这场任读者来裁判、由文字来营造、凭良知来作证的审判中充当了被告。面对狡诈的原告，卢梭的应对就是袒露心迹，甚至不惜自我“剥掉了衣服，而且剥掉了皮肤”（休谟语）。

卢梭当然明白这一举动的危险意味，他以蒙田为榜样，进一步将自己暴露在狂风暴雨中。卢梭认为这位法国同乡的《随笔集》虽然也涉及了作者的缺点，但却是些可爱的缺点，因此也可视为招摇撞骗的伎俩。而他要书写的是那些可憎的缺点，这委实需要过人的勇气。卢梭坦承，16 岁那年他在维尔塞里斯夫人家当仆人时，趁夫人死后的混乱偷了一条主人用旧了的丝带，东窗事发后，卢梭情急之中谎称是另一个女仆玛丽永送给自己的，甚至在两人对质时也一口咬定是对方所为，最终导致了玛丽永的无辜被辞退。在卢梭笔下，他那些卑劣肮脏的行径——诸如对朋友的背叛、与贵妇的艳遇、病态的压抑、狂热的幻想等等被统统倾倒了出来，而且正如作者所预言的以“绝无仅有”的方式。卢梭相信，即使有那些为“正人君子”所不齿的自我暴露，自己也无愧为一个善良的乃至纯洁的人。在《忏悔录》的一开篇就是他那段信誓旦旦的呼告：

> 不管末日审判的号角什么时候吹响，我都敢拿着这本书走到至高无上的审判者面前，果敢地大声说：“请看！这就是我所做过的，这就是我所想过的，我当时就是那样的人。不论善和恶，我都同样坦率地写了出来。我既没有隐瞒丝毫坏事，也没有增添任何好事；假如在某些地方作了一些无关紧要的修饰，那也只是用来填补我记性不好而留下的空白。

其中可能把自己以为是真的东西当真的说了，但决没有把明知是假的硬说成真的。当时我是什么样的人，我就写成什么样的人：当时我是卑鄙龌龊的，就写我的卑鄙龌龊；当时我是善良忠厚、道德高尚的，就写我的善良忠厚和道德高尚。”

自成名作《论科学与艺术》开始，卢梭就形成了一个提纲挈领的观点：人的天性都是良善的，只是由于社会里实际存在的不平等才使好人变坏。卢梭在其所有著作里都不遗余力地呼唤人性中那些自然的、甚至是神性的东西。卢梭是在那些“野蛮人”、“原始人”以及尚未受到文明“沾染”的孩子身上找到“自然人性”的，因此在《忏悔录》第一部分，卢梭是以温情脉脉的笔触回忆自己的青少年时光的。卢梭的生活虽然物质困窘，但却是出自造物主之手的精心之作。比如卢梭谈到自己在都灵当伙计时，对年轻貌美的女店主巴西勒太太产生了爱慕之情，有一天卢梭看到她在房间里绣花：

我端详了她一会儿，她的整个面容都有一种迷人的魅力，简直使我不能自持了。我一进门就跪下了，以激动的心情向她伸出手臂；我确信她听不见我的声音，也没想到她能看见我。但是壁炉上的那面镜子把我出卖了。我不知道我这种激情的动作在她身上产生了什么效果。她一点也没有看我，也没跟我说一句话，只是转过半个脸来，用她的手简单地一指，要我坐在她跟前的垫子上。颤抖、惊惧、奔往她指给我的位置上，这三桩事可以说同时并进，但是人们很难相信我在这样的情况下，竟没有做出进一步的举动。一句话也不说，也不敢抬头看她，甚至不敢利用这个局促的姿势挨一挨她，在她膝上趴一会儿。

在这里，卢梭把肉体欲望抑制在自发情感迸发的界限以内，以一个浪漫而纯洁的爱情故事再次证明了高贵的天性的存在。同时卢梭还有一个观点认为“大部分人在生命过程中常常不像他们自己”，他于退隐庐中制订的写作计划中有一部著作名为《感性伦理学》，希望能“寻求这些变化的原因，研究那些取决于我们个人的原因，指出我们怎样掌握它们，以便使自己变得更好”。他虽然放弃了这部著作的撰写，但在《忏悔录》中卢梭却细致地讲述了每件小事，并坚持：“感情与思想都有某种连续性，先来的影响后来的，必须了解先来的才能评判后来的。我竭力到处阐明最初的原因，为了让人看到持续的后果。”也正因此，卢梭在序言中才标榜说：“不要抹煞这部有用的独特的著作，它可以作为关于人的研究——这门学问无疑尚有待于创建——的第一份参考材料。”比如卢梭在谈到自己偷盗的惯性时这样说：“我渐渐对挨打也就满不在乎了。后来我觉得这是抵消偷窃罪行的一种方式，我倒有了继续偷窃的权利了。我并不把眼睛向后看，看我挨打时的情况，而是把眼睛向前看，看我究竟怎样复仇。我心里想，既然按小偷来治我，那就等于认可我做小偷。我发现，偷东西与挨揍是相辅而行的事情，因而构成了一种交易，作为交易的一方，我只要履行我所承担的义务就行了，至于对方的义务，那就让我师傅费心去履行吧。在这种思想的支配下，每当我偷东西的时候，就比以前更加心安理得了。"卢梭有力地反驳了人类自以为是的理性文明对人性造成的扭曲与伤害，这也是他在《论人类不平等的起源和基础》中立论的基础——理性在人的欲念和良知之间往往站在欲念与功利之间。因而卢梭自述在进入巴黎所谓的上流社会后，发现这里到处充斥着无病呻吟的感慨、乏味空洞的礼节、铺张的宴会，这里的"好人"远远少于卢梭所熟悉的那个乡野村陌。写作《忏悔录》时，已值暮年的卢梭是那样饱含诗意地回忆那些识字不多却不乏自然情感的平民们——比如那个"善良、聪明和绝对诚实"的女仆玛丽永以及华伦夫人家那个忠实、高雅的管家阿乃先生等。难怪柳鸣九先生这样感叹，连法国人自己都承认没有哪一个作家像卢梭那样热爱平民。

也正因此，与温馨的第一部分不同，《忏悔录》第二部分的音调显得紧张而忧郁。卢梭是以平民身份闯入那个骄傲的上流社会的，这个平民不但公然嘲笑那些权势者，更以对"自我"的标榜开创了一个浪漫主义时代。《忏悔录》虽名为"忏悔"，但恰恰相反，这位作者并未捐弃自我，在帕斯卡的"自我是可耻的"严厉告诫尚未消歇的年代，在自传还是王公贵族的专利的时代，卢梭俨然谱写了一曲"自我之歌"。

有许多评论者都注意到了作为"自传"的《忏悔录》的真实性问题。卢梭有过这样的自述："我使自己同时处于现在的感受和过去的印象的回忆之中，以便描绘自己内心的双重性，换句话说，即事情发生的时刻和把它写下来的时刻。我的文笔自然而多变化，时而简练时而冗长，时而明智时而疯狂，时而庄重时而欢快，这一切构成了我的叙述。"卢梭提到了"情感"的作用，在遵守规则、讲求优雅的18世纪的法国，以"百科全书派"为代表的启蒙主义者认为真理是向那些不被情感所迷惑的理智之人才敞开的，而卢梭把"情感"与"真实"的并置赫然揭示了一个到了20世纪仍争论不休的话题：何为真实。置身这座米诺斯迷宫的浪漫主义者甚至现代主义者认为，唯有个体的想象才能充当阿里阿德涅线团，这恐怕也是执拗的卢梭为时人盗来的"天火"吧。

在艺术方面，《忏悔录》最引人注目的特征就是这种饱含感情的描绘。比如卢梭离开巴黎前往“退隐庐”时的描写：

> 虽然天气还冷，甚至还有些残雪，大地却已经开始萌动了；紫罗兰和迎春花已经开了，树木的苞芽也开始微绽。我到的当天晚上，在毗连住宅的一片林子里就听到了夜莺的歌唱——在我的住宅周围，没有一条小径，没有一片修林，没有一片灌木，没有一块僻壤，不是我在第二天就跑遍了的。我越观察这个媚人的幽境，就越觉得它是为我而设，这地方僻静而不荒野，使我恍如遁迹天涯。它具有那种都市附近难以找到的美丽景色；你突然置身其中，就绝对不能相信这里距巴黎只有四里约之遥。

卢梭宛如构图高明的画家，尤其擅长描写那些瞬间定格的田园风光，且对景物本身很少描写，而是更多着意于景物所引起的感情共鸣。这种古典式的简洁风格同时也表现在他对人物的描写上，比如对华伦夫人的描绘，卢梭绝无大段大段的铺陈描写，我们看不到华伦夫人的全幅肖像，却能感触到她那沉静温柔的形象。卢梭的这种风格与其早期阅读有关，他从蒙田等人那里继承了古典主义的抽象情趣，但由于卢梭浪漫的个性使然，他却以语言、风格、技巧上的变化不定代替了古典主义的统一规整。他有时会追求堆砌、豪放的句子，中间插入庄严或悲怆的呼唤等。

【拓展阅读】

一、中译本

1. 卢梭．忏悔录．黎星，译．北京：人民文学出版社，1980.
2. 卢梭．忏悔录．马振骋，译．上海：译文出版社，1997.

二、研究著作、论文

1. 雷蒙·特鲁松．卢梭传．李平沤，译．北京：商务印书馆，1998.
2. 萨利·肖尔茨．卢梭．李中泽，贾安伦，译．北京：中华书局，2002.
3. 赵林．浪漫之魂——让-雅克·卢梭．武汉：武汉大学出版社，2005.
4. 赵立坤．卢梭浪漫主义思想研究．北京：中国社会科学出版社，2008.
5. 高明强．《忏悔录》的直笔．读书，1983（10）.
6. 柳鸣九．卢梭风致的精灵．读书，1993（1）.
7. 孙伟红．诗与真——关于卢梭自传作品的一种解析．复旦学报（社会科学版），2002（6）.

8. 伍厚恺. 简论卢梭《忏悔录》的文学地位. 成都大学学报（社会科学版），1997（4）.

【思考题】

1. 卢梭晚期的创作为什么会主要关注“自我”？
2. 卢梭的《忏悔录》是在怎样的情形下开始创作的？
3. 卢梭为什么敢于把自己那些肮脏、卑劣的往事毫不隐讳地写出来？
4. 《忏悔录》最大的艺术特色是什么？

第五节　兰姆的《伊利亚随笔》赏析

【作家生平】

查尔斯·兰姆（1775—1834），英国著名作家，1775 年 2 月 28 日生于伦敦。他出身很低微，父亲是一个律师的佣人。兰姆只能在一个供贫寒子弟上学的基督慈幼学校读书，幸好在那里与后来成为著名诗人的柯勒律治同学，并且是终生好友。后来他一再撰文回忆学校的生活，尽管有许多不愉快的记忆，但还是充满了深情。但是，尽管兰姆学习成绩优秀，却因为口吃不能上大学，这成为他终生的遗憾。据说他后来经常到牛津、剑桥等大学度假，体会、享受大学的气氛。他曾这样回忆道："在校园里，我可以充一充上流人，当一当大学生。对于像我这样一个早年被剥夺掉在高等学府里娱情怡性的精神养料的人，能在这一所或那一所大学里消磨一两周闲暇的时光，是再愉快不过的事情。"有点自嘲，但也有真诚的向往，可见没有上大学确实是他终生的遗憾。

因为家境贫寒，兰姆十四五岁便开始谋生，先是在南海公司做书记，第二年到东印度公司做会计，到 50 岁退休，一共过了 36 年的小职员生活。1822 年，兰姆在致老友、著名诗人华兹华斯的信中说："三十年来，我为那些市侩们干活，可是我的脖子始终不肯向那个轭套屈服。你不知道，一天一天，每天从上午十点到下午四点的整个宝贵时间，我不能休息，不能间断，像被关禁闭似的只能在那四堵墙里呼吸，得不到一点安慰，这叫人多么烦闷……唉，但愿我从办公桌走到坟墓之前，能够有一两年自己支配的时间！办公桌和坟墓是一样的，区别仅仅在于你坐在办公桌前的时候是一件外加的机器。"这是在兰姆随笔中难以读到的痛苦的心声，可见他那几十年小职员生活的精神感受。

更为不幸的是他的家庭生活。兰姆的姐姐玛丽赶做针线活补贴家用，劳累过度，遗传性的精神病发作，竟然用刀刺死了母亲。姐姐的病时好时坏，兰姆不同意将她送进精神病院，毅然承担照料姐姐生活的重任。玛丽发病之前时有预感，姐弟俩拉着手，哭着，走向医院。而兰姆也有这种遗传性的精神病，初恋女友安妮·西蒙斯弃他而去，嫁给了一个当铺的店主，兰姆十分伤心，以至精神失常，在精神病院住了六周。后来，兰姆还有过恋爱，曾经向一位熟悉的女演员写信求婚，但是因为要照料姐姐的生活，考虑到家庭生活的状况，兰姆马上又写信主动撤回自己的求婚。这样，兰姆一生未婚。

面对不幸的人生，兰姆表现出了毅然承担的人生勇气，并且以对生活的爱，发掘平凡甚至不幸生活中的美好事物，来安排自己的人生。中国作家梁遇春对兰姆有深入研究，他说得好："兰姆这样看遍人生的全圆，千灾百难底下，始终保持着颠扑不破的和人生和谐的精神，同那世故所不能损害毫毛的包括一切的同情心。这种大勇主义是值得赞美，值得一学的。"所以，兰姆的生活中，有了这样的事：玛丽很有文学才情，姐弟俩合作编写《莎士比亚故事集》(1807)，获得巨大成功，成为世界名著；他坚持文学创作，虽然并不成功，却敝帚自珍，于1818年出版自己的《文集》，将那些并不成功的诗文都收入其中；他编剧的《H先生》的演出失败了，他第二天在给朋友的信中这样诙谐地自嘲——"《H先生》昨晚开演，失败了，玛丽心里很难过。我知道你听见这个消息一定会替我们难过。可是不要紧。我们决心不被这事情弄得心灰意懒。我想开始戒烟，那么我们快要富足起来了。一个吞云吐雾的人，自然只会写乌烟瘴气的喜剧"。

他在20世纪的中国影响很大。世纪之初，林纾曾经翻译过他的作品《莎士比亚故事集》，即《吟边燕语》。30年代，散文作家梁遇春写过著名文章《查理斯·兰姆评传》。兰姆的文学创作几乎都是在其下班后的业余时间进行的。他涉猎过诗歌、戏剧、评论等多个领域，但成就最高的还是他的随笔——《伊利亚随笔》。兰姆全然不似18世纪那些喜谈奥古之事、分析抽象之理的散文家，相反，在兰姆的笔下，即使是那些杯水微澜的日常小事也有了深厚的韵致。他的随笔，在中国现代散文史上也产生了重大影响，郁达夫称梁遇春为"中国的伊利亚（引按，兰姆的笔名）"，其实周作人的一些随笔似乎更得兰姆随笔的神韵。因此兰姆的随笔是他贡献给世界的一笔独特的精神财富。

【作品内容】

1818年，43岁的兰姆出版了自己的两卷《文集》，似乎他的文学创作生涯就此完结了，他自己也清楚没有什么成就可言。然而，上帝没有忘记这个人生不幸却对文学有着巨大热情的人。1820年，《伦敦杂志》创刊，主编看重、欣赏兰姆的创作才能，向他约稿，并且内容、形式不限。兰姆因此有了难得的发挥兴致、爱好、特长的自由，开始为该杂志写稿，一月一篇，一共写了60多篇。因为这些文章发表时即很受欣赏、赞美，所以立即结集出版，这就是著名的《伊利亚随笔》(1823) 和《伊利亚续集》(1833)，成为兰姆文学创作的代表作，也是世界文学名著。

据刘炳善先生介绍，《伦敦杂志》"不拘题材、不限写法"且每月一篇的约稿要求一下子开启了兰姆的灵感源泉。那些历久弥珍的往事，无论是平凡的职员生涯、尴尬的人生窘境还是幻梦中的孩子，都自然而然地有了落笔生花的神奇；而嗜书如命的兰姆对阅读体验的记录、对时下戏剧的品评更堪称现今各类"专栏"文章的典范。对于这种信手拈来、不避雅俗皆可入诗的从容与洒脱，梁遇春说得好：

> 他文章的题目是五花八门的，通常事故，由伦敦叫花子，洗烟囱小孩，烧猪，肥女人，饕餮者，穷亲戚，新年一直到莎士比亚的悲剧，De Foe（引按，英国小说家笛福）的二流作品，Sidney（引按，英国诗人锡德尼）的十四行诗，Hogarth（英国艺术家豪卡斯）的讥笑世俗的画，自天才是不是疯子问题说到彩票该废不废问题。无论什么题目，他只要把他的笔点缀一下，我们好象看见新东西一样。不管是多么乏味事情，他总会说得津津有味，使你听得入迷。A. C. Benson（引按，英国作家本森）说得最好："查理斯·兰姆将生活中最平常材料浪漫地描写着，指示出无论是多么简单普通经验也充满了情感同滑稽，平常生活的美丽同庄严是他的题目。"

总之，兰姆的随笔，虽然五花八门，但有一个中心，这就是作者的兴趣。随笔作家最重要的一点就是只写自己感兴趣的东西，并且有本事说得饶有风趣，见出作者的性情，哪怕是偏见、癖好，也令人解颐。兰姆是个很有趣味的人，自然能够做到这一点，甚至他的念旧、唠叨、琐碎，也很可爱、迷人。就如译者刘炳善先生所言："细心的读者对照兰姆的生平，透过他那仿古的文风，他那特别的用语，以及他那迂曲的思路，不难看出在这语言硬壳下所包着的'文心'，亦即作者的心，看出来他是一个苦人，也是一个好人，他的随笔乃是一颗善良的心里所发出的含泪微笑。"

【作品赏析】

《南海公司回忆》是这两集随笔的第一篇，似乎预示了他此后的随笔创作的一些特色。“伊利亚”这个笔名，来自他当年在南海公司任职时认识的一位年老的职员的名字。兰姆念旧，他的好友、著名随笔作家哈兹利特在《时代精神》中评论兰姆的一段话里说：“兰姆不高兴一切新面孔，新书，新房子，新风俗”，“他的情感回注在‘过去’，但是过去也要带着人的或地方的色彩，才会深深地感动他”。南海公司有着肮脏的商业欺骗的历史，令兰姆深深厌恶，小职员的工作暗淡、无聊而辛苦，令兰姆苦不堪言。但他开始写作这一组随笔时，竟然第一篇就是深情地追忆30年前工作过的地方，以及那些令他留恋的人与事。对此，梁遇春有过十分精到的论述：

> 兰姆实在恋着过去的骸骨，这种性情有两个原因，一来因为他爱一切人类的温情。事情虽然已经过去，而中间存着的情绪还可供我们回忆。并且他太爱了人生，虽然事已烟消火灭了，他舍不得就这么算了，免不了时时记起，拿来摩弄一番。他性情又耽好冥想，怕碰事实，所以新的东西有种使他害怕的能力。他喜欢坐在炉边和他姊姊谈幼年事情，顶怕到新地方，住新房，由这样对照，他更爱躲在过去的翼底下。……他爱旧书，旧房子，老朋友，旧瓷器，尤其好说过去的戏子，从前的剧场情形，同他小孩子时候逛的地方。……他说他象个幽灵徘徊在幼年欢乐之场。实在由这种高兴把旧事重提的人看来，现在只是一刹那，将来是渺茫的，只有过去是安安稳稳地存在记忆，绝不会失丢的宝藏。这也是他在这不断时流中所以坚决地抓着过去的原因。

“冥想”的是那些过去的事物、昨日的时光，这就是怀旧，一种对往日的深情，对生活的眷念。这是充满诗意的情趣，兰姆的随笔也确实有此精神魅力；但是，由文及人，深入体会，不难读出其中的苦涩，甚至辛酸。对一个临近退休的老人来说，怀旧是一种特权。而对人生大为不幸的兰姆来说，能有这样对于往日的眷念，实在是一种精神的慰藉，表明生活也曾给予他以些许欢乐，哪怕是别人看来微不足道的，至少他已经很满足、很留恋了，因为生活已经给了他太多、太多的不幸了，更何况即将到来的依靠微薄的退休金生活的晚年，还能有什么幸运呢？他甚至担心自己先去世，留下患病的姐姐无依无靠。梁遇春这段话中说兰姆爱“旧房子”、“顶怕到新地方，住新房”，这是事实；但这也是因为姐姐经常发病，大吵大闹，惊扰邻居不得安宁，只好不断迁居，避免邻居埋怨，而不是什么人们通常对于“故居”的情怀。指出这一点不是拆台，不是故意扫兴，而是不想把兰姆的怀旧浪漫化，故意将苦难和不幸进行廉价地所谓“升华”。慰藉和深情中有苦涩和辛酸，才是更醇厚的诗意，属于一个饱经沧桑而世故的老人，就此而言，兰姆写得很本分。

文学史上一般都把兰姆当作浪漫主义时代的作家，他也确实生活在英国浪漫主义时代，并且和柯勒律治、华兹华斯、哈兹利特、卡莱尔等著名的浪漫主义诗人、作家、评论家是知交好友，来往密切。但是，兰姆的作品和浪漫主义文学的区别是显著的，而且和上述诸人的创作特色也有明显不同。华兹华斯曾经邀请兰姆到乡下度假，兰姆却回信说：

> 我一生在伦敦过活，等到现在我对伦敦结得许多深厚的地方感情，同你山中人爱好呆板板的自然一样，Straed 同 Fleet 二条大街灯光明亮的店铺；数不尽的商业，商人，顾客，马车，货车，戏院；Covent 公园里面包含的嘈杂同罪恶，窑子，更夫，醉汉闹事，车声；只要你晚上醒来，整夜伦敦是热闹的；在 Fleet 街的绝不会无聊；群众，一直到泥粑尘埃，射在屋顶道路的太阳，印刷铺，旧书摊，商量价的顾客，咖啡店，饭馆透出菜汤的气，哑剧——伦敦自己就是个大哑剧院，大假装舞蹈会——一切这些东西全影响我的心，给我趣味，然而不能使我觉得看够了。这些好看奇怪的东西使我晚上徘徊在拥挤的街上，我常常在五光十色的大街中看这么多生活，高兴得流泪。

这个说法、这种趣味，肯定让浪漫主义诗人觉得扫兴。因为我们知道，浪漫主义赞美大自然，喜爱异国情调，崇尚英雄人生，抨击工业文明，恨透了都市的商业气氛及其市民趣味，哪有兴致像兰姆这样流连伦敦的五光十色，更不要说什么“俗人俗事里布满了数不尽可歌可叹的悲欢情感”了。还是兰姆的老友、浪漫主义作家哈兹利特说得对：兰姆的成功，“不是由于与时代精神协调一致，而是由于与其相背”。因此，如果一定要说兰姆有什么属于他那个浪漫主义文学时代的特征，那么也许可以认为，兰姆这种与时代精神相悖的独特个性，以及他特别钟情于这种个性的“魅力”，倒是符合浪漫主义张扬个性、追求个性卓然独异的思想特征。也许正是在这个意义上，英国著名文艺评论家沃尔特·佩特在其《查尔斯·兰姆》一文中强调指出：“对于兰姆，正像对于蒙田一样，在那些表面意图掩盖之下，写作的真实动机乃是想要描绘自己的画像。这种愿望，是与近代文学中可以称为蒙田式的基本因素，即亲切态度和自我本位分不开的。”所以我们在上文指出，兰姆的随笔，虽然五花八门，但有一个中心，这就是作者的兴趣；现在可以进一步说，这种兴趣所表现的是兰姆的“自己的画像”，是兰姆本人。

兰姆是幽默的。我们不能人云亦云地说英国人喜爱幽默来解释兰姆的这种个性，因为没有了幽默，他怎么应付他那背负了一生的种种不幸呢？在《牛津度假记》中，兰姆把这种度假生活看做“是再愉快不过的事情”，他在文中接着说：

> 在这里，我可以不受干扰地散步，随心所欲地想象自己得到了什么样的学位、什么样的身份。我仿佛已经获准取得“该项学历”。过去失去的机会得到了补偿。小教堂的钟声一响，我就起身，幻想这钟声正是为我而鸣。我心情谦卑之时，想象自己是一名减费生，校役生。骨子里的傲气一抬头，我又大摇大摆走路，以自费上学的贵族子弟自居。我一本正经地给自己授予了硕士学位。说实在话，跟那种体面人物相比，我也差不多可以乱真。我在校园里走路，有些眼神不好的校工向我点头致意，有些戴眼镜的管宿舍女仆向我行弯膝礼，他们挺聪明地把我当成有学位的人。我穿黑衣服走来走去，这也助长了他们这种看法。但是，进入了基督教会学院那充满虔诚气氛的四方院子，我一定摆出“神学大老”的派头，这才心满意足。

这段话的前一部分述说想象自己得到什么学位，还是正言，不算是什么想入非非，因为我们知道，兰姆一生都在为自己早年被剥夺了上大学的机会而遗憾，我们读此一段文字，相信并且同情他的真诚，有些感动。特别是“小教堂的钟声”这一句，实在是神来之笔，为这段关于幻想的叙述带来喜悦而庄严的气氛。但恰恰是这一句中的“这钟声正是为我而鸣”，敏感的读者也许会意识到这是暗用典故，出典于著名的英国17世纪诗人约翰·邓恩的《突变引起的诚念》中的名句——“丧钟为我而鸣”，因此也就意识到兰姆在此隐含的戏谑、自嘲意味。果然，此句以下，从“我心情谦卑之时”到这一段的结束，戏谑、自嘲的色彩越来越明显，兰姆将其幽默艺术发挥得淋漓尽致。但是，谁又能否认其中有作者的辛酸和伤痛？

王佐良十分欣赏《穷亲戚》中的这样一段，以为“写穷亲戚串门，把世态炎凉中这类人的窘态写得入木三分”：

> 一听敲门，就知是他。你的心告诉你：“那是某某先生。”一声轻敲，

> 介乎亲昵与尊敬之间，似乎有权要求招待，但又——怕遭到拒绝。进门脸带微笑，但又——局促不安。伸手让你来握，但又——收了回去。说是偶然趁饭前来看看——不想已经满桌上菜。看见你有客人，表示要走，但一劝也就留下……

从上文引述的兰姆随笔的片段，我们也可以看到一个十分突出的艺术特征，这就是具体的描写和生动的细节。沃尔特·佩特论述兰姆的随笔，反复指出这一点。他引证兰姆自己的话这样论述："他（引按，兰姆）自己说过，他'从来不对事物进行系统的评价，只是牢牢抓住细节'；他在纵论一切的时候，也像是适逢其会、率性而谈、聊以自娱，但在这样做的时候，他能胜过他人，往往在瞬息之间窥见并且记下'种种事物那妙趣无穷的姿态'。"

虽然我们有时也许会觉得兰姆的随笔因此也不免显得有些琐碎、唠叨，但和"种种事物那妙趣无穷的姿态"相比，又算得了什么呢？

对于兰姆随笔的文体特征，王佐良有十分精彩的总结性的论述，不必我再辞费，引述如下。他说：兰姆的随笔——

> 写法则是力求亲切，幽默中有伤感，嘲弄别人，更嘲弄自己，对不幸者则充满了同情，深通人情世故，但不怕说出自己的不受欢迎的独特见解，常有奇思怪想，常做文字游戏，爱好双关语、引语、典故，故意用些古词僻语，有时还效法十七世纪汤玛斯·勃朗等人的巴洛克笔调，而把这些融合为一的则是一个十九世纪初年的英国文人的敏感和个性。
>
> 因此，兰姆的文章很耐读，越读越有味，但不可学。学的人往往得其怪诞，失其真挚，有其古僻与文字游戏，无其典雅与风趣，反而显得有点忸怩作态了。

也许在某些认真的读者看来，这段精彩的论述中，如果再指出兰姆随笔有时显得琐碎、唠叨、饶舌这些在今人看来的缺点，似乎就更全面了。

【拓展阅读】

一、中译本

1. 查尔斯·兰姆．伊利亚随笔选：精装插图本．刘炳善，译．上海：上海译文出版社，2006.

2. 查尔斯·兰姆．伊利亚随笔：插图本．高建，译．广州：花城出版社，2007.

二、研究著作、论文

1. 梁遇春．查理斯·兰姆评传//梁遇春．春醪集．上海：北新书局，1930.

2. 王佐良．英国散文的流变．北京：商务印书馆，1994.

3. 安德鲁·桑德斯．牛津简明英国文学史（下）．谷启楠，韩加明，高万隆，译．北京：人民文学出版社，2000.

4. 查尔斯·兰姆．伊利亚随笔选．刘炳善，译．上海：上海译文出版社，2006.

5. 魏国平．英国随笔大家兰姆与《伊利亚随笔》创作．北京第二外国语学院学报，2005（2）.

6. 刘炳善．兰姆在中国有了自己的知音．读书，1989（4）.

7. 徐康玲．把苦难化作酵母的人——兰姆及其《伊利亚随笔》. 山东社会科学，1997（4）.

8. 晴川．兰姆和他的《伊利亚随笔》. 中国图书评论，1999（9）.

【思考题】

1. 兰姆生平的不幸对其创作有怎样的影响？
2. 兰姆随笔的写作题材围绕着怎样的中心？
3. 你认为兰姆是浪漫主义文学家吗？
4. 兰姆的随笔有哪些艺术特征？

第六节　屠格涅夫的《猎人笔记》赏析

【作家生平】

伊凡·谢尔盖耶维奇·屠格涅夫（1818—1883）是19世纪俄国卓越的现实主义作家。屠格涅夫于1818年10月28日出生于奥略尔省姆岑斯克城附近的斯帕斯克庄园，他的父亲是一个贫穷、柔弱的骠骑兵军官，富有、强悍的母亲则是一家之主。这位狂躁的母亲给予屠格涅夫的是庄园里至高无上的“少爷”地位以及在母亲面前诚惶诚恐的童年经历，就像英国学者以赛亚·伯林在《俄国思想家》一书中所总结的那样——“她爱她的儿子，而摧折了他的精神”。母亲对仆役们施行的严厉控制与惩罚，比如鞭打与流放等，使屠格涅夫对农奴制深恶痛绝。1833年，屠格涅夫进入莫斯科大学语言文学系，一年后转入彼得堡大学哲学历史系，后来又被母亲送到德国的柏林大学深造。在德国的侨民中，屠格涅夫结识了亚历山大·赫尔岑和巴枯宁等人。回到俄国后，屠格涅夫又和当时著名的文学评论家别林斯基保持了密切联系，并在后者鼓励下，放弃了早年的诸多计划，全心全意地从事文学创作。1847年初，屠格涅夫临去巴黎之际，给《现代人》杂志寄去了一篇特写《霍尔与卡里内奇》，刊出时，编辑为之加了个副标题“摘自猎人笔记”。此后，屠格涅夫笔耕不辍，并于1852年出版了这本散文特写集《猎人笔记》。可是，这部侥幸通过当时的书刊检查制度的作品却使屠格涅夫遭到了为期一年的流放。19世纪50年代到60年代是屠格涅夫创作的旺盛时期，他创作了一系列中、长篇小说，如《多余人日记》（1850）、《罗亭》（1856）、《阿霞》（1858）、《贵族之家》（1859）、《前夜》（1860）、《父与子》（1862）、《烟》（1867）等。就在《前夜》发表前夕，因为不堪忍受自己的作品被人误解，屠格涅夫与合作多年的资产阶级民主主义杂志《现代人》决裂。而在那部最能体现屠格涅夫的“自由主义困境”的小说《父与子》发表后，越来越疲倦的屠格涅夫决定出国，《处女地》（1877）即是旅居国外的屠格涅夫对俄罗斯“民粹派”的思考。

1880 年，屠格涅夫在莫斯科参加了普希金纪念像的揭幕典礼，这是他最后一次回国。1883 年，屠格涅夫因脊椎癌在巴黎逝世，9 月 26 日，他的遗体最后安葬于彼得堡的沃尔科夫公墓。

屠格涅夫的性格在他的诗人朋友波隆斯基看来即是“和气而柔软如鼠……性情如妇人……没有性格”。从气质上看，屠格涅夫更接近于优美、浪漫的艺术家而非深刻、入世的政治家。但在风雨飘摇的 19 世纪，俄国文学却成了各种政治思想激烈交锋的绝好载体，再加上提倡理论与实践并行不悖的挚友别林斯基的影响，屠格涅夫的小说因此被誉为 19 世纪俄国社会的艺术编年史。

1852 年《猎人笔记》的出版，标志着一度怀疑自己创作才华的屠格涅夫找到了富有成效的现实主义创作道路，屠格涅夫以其温和的理解和简洁的白描使得变迁中的俄国乡村得到了最切实的理解和表达。除此之外，屠格涅夫还创作了小说、戏剧、诗歌、文学评论、回忆录等大量作品，其中《罗亭》、《贵族之家》、《前夜》、《父与子》、《烟》和《处女地》这 6 部长篇小说以对一系列贵族知识分子的塑造，反映了西欧派、斯拉夫派、民粹派等俄国思想史上更迭的思潮及其激烈的交锋。而屠格涅夫出于真诚良知产生的对真理复杂性的疑虑，使得他的小说成了对俄国社会真实可信的见证，就像法国作家安德烈·莫洛亚对《猎人笔记》的评价：“屠格涅夫在《猎人笔记》中除了给我们塑造了斯帕斯克村附近几个农民的形象外，没有描绘任何别的东西。这对我来说是无关紧要的。然而，他比浩瀚冗长的俄罗斯历史更能使我懂得 1830 年的俄罗斯情况。”

【作品内容】

屠格涅夫在童年时代的庄园里就对打猎产生了浓厚的兴趣，他经常听守林人和猎人讲解打猎的知识，并和他们一道去森林打猎。1846 年，别林斯基小组的一批作家同《祖国纪事》杂志产生了分歧，决定将《现代人》作为自己的刊物，屠格涅夫为此和诗人涅克拉索夫一起忙碌奔走。夏季时，屠格涅夫回到故乡的庄园上去度假，他又乐此不疲地重操旧好，直到冬季来临打猎才宣告中断。在庄园休假的这段时间，屠格涅夫背着猎枪走遍了奥略尔省，他涉足荒僻的村舍、葱茏的草场、豪华的庄园，而这一切都为他日后的创作埋下了伏笔。屠格涅夫在冬季的时候终于写出了投寄给第一期《现代人》杂志的《霍尔与卡里内奇》。在别林斯基看来，《霍尔与卡里内奇》是相当成熟的一篇特写。果然，作品刊出后受到了很多读者的关注，而屠格涅夫也沿着这条道路，相继发表了《叶尔莫莱和磨坊主妇》、《独院地主奥夫谢尼科夫》等等。从1847年到1850年，屠格涅夫一共在《现代人》上刊载了21篇“猎人笔记”故事。1852年，《猎人笔记》以单行本出版时又增加了1篇《两地主》；到1880年编辑屠格涅夫文集时，屠格涅夫自己又增加了3篇——《切尔托普哈诺夫的结局》、《车轮的响声》和《枯萎了的女人》，《猎人笔记》已经由25个短篇组成。

与几乎同时问世的谢·季·阿克萨科夫的《奥连堡省一个带枪猎人的笔记》相比，屠格涅夫的《猎人笔记》仅仅以一个猎人的口吻叙述了在斯帕斯克庄园附近狩猎时的见闻与感受。在这块“黑天鹅绒”般的大地上，散布着从贵族老爷到穷困潦倒的流浪汉等芸芸众生，而屠格涅夫则以其极富诗意的笔触描绘了这些芸芸众生或艰辛或平易的现实世界，并为不合时宜的农奴制度发出了义愤的呐喊。

在这25篇特写中，开头的《霍尔与卡里内奇》为全书奠定了温厚、深情的感情基调，屠格涅夫为我们提供了俄罗斯文学中少见的两位活泼泼的农民形象：务实的霍尔和浪漫的卡里内奇。本篇和《美丽的梅恰河畔的卡西扬》、《孤狼》、《歌手》等以分散于广袤的俄罗斯大地上的聪颖、纯真的农民为主角，对他们各式各样的生活场景给予了人文主义的同情与理解。而《我的邻居拉季洛夫》、《总管》、《两个地主》和《塔吉雅娜·鲍里索夫娜和她的侄儿》等则聚焦于形形色色的地主，展现了他们在新旧交替时期同样斑驳芜杂的生活经历。他们中有勇敢捍卫爱情的开明绅士（《我的邻居拉季洛夫》），也有愤世嫉俗、良心未泯的“哈姆莱特”（《希格雷县的哈姆莱特》），更有内心残酷、保守愚昧的“伪君子”（《总管》）。另外，屠格涅夫还以对俄罗斯民族深沉的爱展现了狩猎、牧马以及幽会、爱情还有死亡等日常生活场景。而就在最后那篇赋予大自然灵动色彩与鲜活生命的《树林和草原》中，屠格涅夫禁不住以自己的诗作赞叹道：“他渐渐地想要归去：/回到村子里，回到深幽的花园/那儿椴树树大叶茂，遍布浓荫/铃兰又是何等的纯洁芳香/……回吧，回吧，回到辽阔的田野上/那儿的土地黑得如天鹅绒一般。”

【作品赏析】

在对《猎人笔记》的解读中，这部作品很可能会因其对19世纪俄罗斯社会生活和自然风景极具情感与形式的塑造而被视为诗情画意的闲适小品，其实这也是深谙书刊发行审查制度的屠格涅夫有意假借的“障眼法”。据说在《猎人笔记》出版后不久，俄国教育大臣曾向沙皇呈上一份特别报告书，声称这部书中“绝大部分文章中带有消灭地主的绝对倾向，一般地说，地主不是被表现得滑稽而可笑，就是常常被弄成极不体面而有损他们名誉的样子”。这倒是一语中的。就屠格涅夫本人来说，他常常因诗情画意的俄罗斯大地还残存着人类最愚昧的农奴制度而痛苦不已，尤其有了幼年目睹农奴制的罪恶并接受过西方启蒙教育的经历之后，他是那样深切地关注着个人所能获得的自由与尊严。1858 年，屠格涅夫曾于致列夫·托尔斯泰（1828—1910）的书信中谈及自己严肃的创作观说：“有些时代，文学不能只谈艺术性，有比诗更高的利益。”“你讨厌这片政治泥沼；不错，这玩意儿龌龊、一派污尘、俗劣。但是，街上有脏东西、有灰尘，而我们到底还是不能没有市镇。”

因而，对俄罗斯泥沙俱下的现实的关注也就成了《猎人笔记》秘而不宣的主旨所在。在开篇的《霍尔与卡里内奇》中，那个驰骋于俄罗斯大地的猎人以低沉但并不喑哑的嗓音讲述了两个真实又异常生动的农民形象。经波卢特金这位地主的介绍，“我”认识了卡里内奇这位和善、快活的理想派、浪漫派人物；而“我”又因借宿农家而了解了霍尔这个正派、理性的务实派。这并不相似却又异常和谐的一对代表了俄罗斯农民在外向/内向以及社会/自然两个维度上的深度和力量。比如在与游历过西方的“我”交谈时，卡里内奇更感兴趣的是有关高山、瀑布、非凡的建筑、大城市等的描述，而霍尔所更关心的则是国家和管理方面的问题；卡里内奇不时啧啧赞叹，但霍尔却时常蹙眉沉思。就是在同后者的交谈中，猎人竟形成了一种信念：“彼得大帝主要是表现出俄罗斯人的特性，俄罗斯人的特性正表现于他的革新精神中。俄罗斯人是如此的相信自己的力量和坚强，以至自己受折磨也在所不顾，他们很少迷恋过去，总是大胆地向前看。凡是好的他们便喜欢，合理的他们便吸取，至于它来自何处，他们觉得无所谓。”这篇小说同大部分篇什一样几乎没什么主题，然而就是这种纯朴、清新的风格使得初读《霍尔与卡里内奇》的别林斯基毫不吝啬地发出了热烈的断言：“您自己还没有了解《霍尔与卡里内奇》到底是篇什么样的东西……根据《霍尔与卡里内奇》来看，您的写作前程无量。”

不难想见，关于“被侮辱与被损害的”农民形象是个并不新鲜的题材，而在《猎人笔记》中我们是从侧面体味到 19 世纪乡村生活中粗粝、残忍的一面的。比如《叶尔莫莱和磨坊主妇》中的阿丽娜曾是地主太太的婢女，但却始终不被允许出嫁，直到因为阿丽娜同她的情人做出了“丑事”，她被当做下贱女人剃光了头发，遣送到了乡下。再比如在《利戈夫村》中绰号"小树枝"的奴仆已被扭曲成一个胆小如鼠的可怜虫，以至于在涉水过河面临灭顶之灾时竟不敢伸手去抓走在前面的"老爷"的衣襟。而屠格涅夫对"农民也是人"（别林斯基语）的发现却使一个丰富多彩甚至是诗意盎然的世界悄然坐落在俄罗斯的传统文学中。

除《霍尔与卡里内奇》外，《美丽的梅恰河畔的卡西扬》也可以看成对农民形象的另一种发现。这个来自梅恰河畔的卡西扬在民间世界里是个"怪人"、"疯子"、"傻子"，可是他身上却充溢着生命的活力。他爱大自然中的一切生灵，认为一切飞禽走兽都有权享受自己的生命，所以自己从不猎杀它们，从不"帮助它们去死"。对于自己捕捉夜莺，卡西扬的哲学是他是为了让人高兴，让人快乐开心。卡西扬懂药草，懂夜莺的歌声，还懂得"寻求真理"，这位民间的哲学家与大自然是那样和谐统一、相映成趣。

这样的农人其实散落在俄罗斯的每一处穷乡僻壤中。在《别任草地》中，误入迷途的猎人在燃起篝火的草原上发现了一个童真、纯净的神话世界；而在《枯萎了的女人》中，屠格涅夫感受到在命运重创面前谦卑的女仆却依然保持着对上帝的崇敬。就在这篇《枯萎了的女人》开头，屠格涅夫借费·丘特切夫的诗句呼喊道："长期忍受苦难的祖国/你这俄罗斯人民的国度。"

对于屠格涅夫来说，俄国的地主其实并不比法国的贵族更傲慢、更凶残，只是残存于19世纪的农奴制已成了必须扫除的障碍。屠格涅夫对于把人简化为某种意识形态的符号的做法从来都极为警惕，因此在《猎人笔记》中出现的地主形象既有凶残狡诈之徒，也不乏慷慨优雅的绅士。在《总管》中出现的地主佩诺奇金，他订阅的都是法国的书刊、画册和报纸，并自称是伊壁鸠鲁的门徒。他家里收拾得干净舒适，但仆人们却看起来永远都愁眉苦脸，家里弥漫着一种奇怪的不安的气氛。在客人眼中，他的仆人忘了烫红酒，主人只需平静地交代"去处理一下吧"便无情地实行了惩罚。可以说，《总管》是《猎人笔记》抨击农奴制最激烈的一篇。在与《总管》同写于1847年的《我的邻居拉季洛夫》中，屠格涅夫塑造的却是一个待人和善、慷慨大方的地主；而在《希格雷县的哈姆莱特》中登场的又是一个穷困潦倒、愤世嫉俗的地主。

在各种时髦的思想语汇纷至沓来的19世纪俄国，屠格涅夫无法像其他人那样寻找到足以安身立命的某种教条式意识形态体系，他从未丧失其清醒的现实主义，他对自然、人情的细腻感知使得《猎人笔记》不仅获得了田园牧歌般的美感，甚至还在某种程度上具有了相当的可信度，就像安德烈·莫洛亚所说的："屠格涅夫不作任何努力去'理解生活'。他没有什么道德要向我们推荐，也没有什么形而上学的东西和哲学理论要向我们推荐。这不是他的职业。他给我们讲述一个故事，使我们认识人类。”

在《猎人笔记》中，屠格涅夫还对自然给予了诗意的描写，他也被誉为“轻描淡写的能手”，“不动声色地达到诗的境界”。在他的笔下，大自然充满生气而富有动感，并成为作品中浑然天成的组成部分。比如《别任草地》中的猎人在与纯真的孩子们度过了一个绵长而又温馨的夜晚后，在黎明时分告辞出发，此时在“我”的周围“都洒满了热烘烘的、生气盎然的光芒，先是鲜红的，然后是大红的、金黄的……一切都动起来了，醒来了，歌唱起来，喧闹起来，说起话来。到处都有大滴大滴的露珠映着红光，宛如亮晶晶的金刚石；迎面迎来了钟声，它是那么纯净和明快，仿佛是经过了早晨朝露的冲洗”，这里的描写真正做到了情景交融，使得大自然显得那么伟大而又富有人情。

这种忠诚于现实而又饱含感情的效果的取得，当然与屠格涅夫的艺术手法密不可分。屠格涅夫是颇为自觉的艺术家，他对诗的敏感使他总是为笔下的材料赋予合乎古典美的表现形式。屠格涅夫是那样地富于节制，因而作品也远离了喧闹、粗俗的闹剧和直白的说教，但作者会选择代表性的、意味隽永的细节来作为对情节的补充暗示。比如在《霍尔与卡里内奇》中，作者在展示霍尔务实、独立的形象的同时，在接近结尾处告诉我们：“霍尔听着听着，忽然把头侧向一边，以悲怆的声音与他伴唱起来。霍尔特别喜欢《我的命运呵，命运!》这首歌曲。费佳趁机取笑父亲：‘老爷子，怎么悲伤起来了?’而霍尔只顾手托脸颊，闭起眼睛，继续悲歌自己的命运……”这里的细节描写与霍尔自述的不赎身的原因即是“成了自由人，就会有不留胡子的人来向霍尔发号施令了”形成了呼应，它提醒我们在这块回响着田园牧歌的大地上，其实还存在着现实的压迫与欺侮。另外，屠格涅夫在《猎人笔记》中还运用了鲜明的对比手法来刻画人物性格，比如霍尔与卡里内奇的对比，以及《两地主》中两个地主的对比等。

【拓展阅读】

一、中译本

1. 屠格涅夫．猎人笔记．丰子恺，译．桂林：广西师范大学出版社，2004.

2. 屠格涅夫．猎人笔记．张耳，译．南京：译林出版社，2010.

二、研究著作、论文

1. 安德烈·莫洛亚．屠格涅夫传．谭立德，郑其行，译．名作欣赏，1982（1）.

2. 安德烈·莫洛亚．屠格涅夫传．谭立德，郑其行，译．名作欣赏，1982（2）.

3. 安德烈·莫洛亚．屠格涅夫传．谭立德，郑其行，译．名作欣赏，1982（3）.

4. 安德烈·莫洛亚．屠格涅夫传．谭立德，郑其行，译．名作欣赏，1982（4）.

5. 安德烈·莫洛亚．屠格涅夫传．谭立德，郑其行，译．名作欣赏，1982（5）.

6. 朱宪生．理想爱情的歌唱家：屠格涅夫传．重庆：重庆出版社，2007.

7. 程鹿峰．屠格涅夫和他的《猎人笔记》．文化译丛，1982（4）.

8. 周冠群．小说中的散文美．当代文坛，1984（8）.

【思考题】

1. 为什么屠格涅夫的小说被誉为俄国社会的艺术编年史？
2. 《猎人笔记》的成书过程是怎样的？
3. 《猎人笔记》真正的主题思想是什么？
4. 《猎人笔记》刻画人物时运用的艺术手法有哪些？

第七节　梭罗的《瓦尔登湖》赏析

【作家生平】

亨利·戴维·梭罗（1817—1862）是19世纪美国超验主义哲学家、作家。梭罗于1817年出生于马萨诸塞州康科德镇的一个中产阶级家庭，他颇为故乡感到自豪，因其与近邻列克星敦同是美国独立战争的策源地。梭罗的父亲在梭罗幼年时接管了一家铅笔厂，并支持梭罗于1833年进入哈佛大学学习文学。虽然梭罗在学校一直是个默默无闻的学生，甚至终生对学校教育持藐视态度，但正是在哈佛大学，梭罗积累了扎实的知识基础及写作的相关技巧，并接触到了爱默生（1803—1882）等超验主义思想家。传记作者们认为，也许是在1837年8月哈佛大学毕业典礼上梭罗对自己的角色定位，使他从坎布里奇（哈佛大学所在地）回到了康科德，并在故乡的一所学校谋到了一份待遇优厚的教职。但仅仅几个星期后，梭罗就因为抗拒督学要求对学生施行鞭打一事而辞去教职。此间梭罗一直保持着与爱默生主持的“新英格兰超验主义俱乐部”的联系，并很快又找到了一份教书的差事。梭罗的哥哥约翰也很快加入了弟弟的事业，直到1841年康科德专科学校关闭（梭罗和哥哥创办的这所学校后来由康科德专科学校接管）。从1841年到1843年，梭罗应爱默生之邀为爱默生当了两年的管家并开始从事写作。1845年，在爱默生支持下，梭罗搬到了距离康科德一英里半的瓦尔登湖畔居住，对于梭罗来说，这也是他自大学三年级的那次旅行开始就寻找的机会。在爱默生购买的这块土地上，梭罗盖了一座小屋，度过了两年两个月又两天的独居生活，并完成了《康科德与梅里马克河的一周时光》（1849）的初稿。在回到康科德镇后，梭罗从事过管家、土地测量、铅笔制作等工作，但能干的梭罗却总是避免为拥有太多财富而受到羁绊。他极力主张反省内心及坚持正义，比如说他曾于1847年由于不满财政支出的用途而拒绝交税并发表了题为“论公民的不服从”的激烈演讲，1857年结识废奴主义者约翰·布朗后为其发表了热忱的颂词并在后者被捕后积极组织营救等。1862 年 5 月，梭罗死于晚期肺结核并安葬于故乡康科德镇。在其葬礼上，爱默生这样评价这位 19 世纪的“圣者”：“他在短短的一生中已将这世界上的可能性用得淋漓尽致；无论在什么地方，只要有学问、有美德、有美，他会找到一个家。”

梭罗创作中有影响的第一篇作品是 1849 年发表的论文《论公民的不服从》，他呼吁“我有权承担的唯一职责，就是任何时候都做我认为正确的事情”。梭罗“消极抵抗”的观点深深影响了 19 世纪俄国文学家列夫·托尔斯泰（1828—1910）和 20 世纪印度“圣雄”甘地（1869—1948）。如果说《论公民的不服从》是敦促公民们行动的话，那么发表于 1854 年的《瓦尔登湖》则旨在提醒读者们进行反省。梭罗认为由于实用主义的盛行，整个社会生活都陷入了可怕的短视甚至盲目中，他以对简朴、独立的生活方式的身体力行而被后世尊为 20 世纪环保主义的先驱。此外，在 1849 年至 1853 年间他还有过数次短暂的旅行，那些关于旅行的文字在其逝世后结集出版为《远足》（1863）、《缅因森林》（1864）、《科德角》（1865）和《一个美国人在加拿大》（1866）等。梭罗的日记则由其朋友整理为《马萨诸塞的早春》（1881）出版。

【作品内容】

1846 年，尚在瓦尔登湖独居的梭罗曾经给康科德镇的居民作过一次关于英国作家托马斯·卡莱尔的学术演讲。但梭罗随即被告知，听众们对这些并不感兴趣，他们更希望听到梭罗林居生活的见闻与感受等。梭罗欣然领命并于 1847 年 2 月以“我的个人经历”为题向居民们描述了这种简朴、单纯的生活方式。梭罗的此次演讲大受欢迎，并因而成了《瓦尔登湖》一书写作的契机。从 1846 年开始写作到 1854 年最终出版，《瓦尔登湖》据说历经不断的完善、修补，其间一共经历了七次改动。在这个堪称地质学上的“锅穴”的瓦尔登湖，梭罗度过的两年两个月又两天的生活集中了如此广泛的内容，实属文学上的奇迹。

梭罗在题词中首先提到了英国“湖畔派诗人”柯勒律治的诗歌《沮丧》——“我并不想为沮丧写一首颂歌/倒是想像在自己的栖所报晓的雄鸡/劲头十足地夸耀/哪怕只是为了提醒我的邻居”，很显然梭罗表明了自己与忧郁的“湖畔派”们截然不同的精神立场。如果说“湖畔派”是借隐逸山林以自我隔绝、逃避现实生活的话，那么梭罗则明确地表示：“我到林中去，因为我希望谨慎地生活，只面对生活的基本事实，看看我是否学得到生活要教育我的东西，免得到了临死的时候，才发现我根本就没有生活过。我不希望度过非生活的生活，生活是这样的可爱；我却也不愿意去修行过隐逸的生活，除非是万不得已。我要生活得深深地把生命的精髓都吸到，要生活得稳稳当当，生活得斯巴达式的，以便根除一切非生活的东西。”（《我生活的地方；我为何生活》）

对于这仅有一次的真实生活，在开篇的《经济篇》中，梭罗不厌其烦地列举了自己在瓦尔登湖生活的细节情况，包括他赖以糊口的生计和各种各样的花销。他的结论即是，我们对物质的需求其实并不像我们想象的那么多。他仅用 28 美元多一点即建成栖身的小木屋，而每星期只需 27 美分就足以维持生活。在最后一篇的《结束语》中，梭罗则为唯恐陷于物质不足的时代疾患提供了疗救的方案——成为哥伦布，寻求内心的新大陆，金钱的匮乏无损于人的体面，而灵魂的贫瘠却使你遍寻不见尊严。从开头的“前言”（《经济篇》）到最后的《结束语》之中，第二篇《我生活的地方；我为何生活》即为这场追寻之旅奠定了基点——就是在这样一个静谧的湖畔，“我”可以几乎不受限制地与大自然神游相契。而倒数第二篇的《春》则描述了旅程终点的欣喜景象：“我”的第一年林中生活在冬去春来的季节交替中走到了尽头，每个季节在“我”看来都是各尽其妙的，只要我们能切实地生活在“现在”。

除却这四篇，《瓦尔登湖》的其余章节则巧妙地形成了两两对照的结构，比如宁静对声音（《阅读》和《声》）、独处对社交（《寂寞》和《访客》）、乡村对市镇（《种豆》和《村子》）、纯净对堕落（《湖》和《倍克田庄》）、精神对动物性冲动（《更高的规律》和《禽兽为邻》）、当下对既往（《室内的取暖》和《旧居民：冬天的访客》）、动物的自然生活对人类对自然的探索（《冬天的禽兽》和《冬日的湖》）。

其实，纵观《瓦尔登湖》的结构，我们还能发现一条明晰的时间线索：梭罗是在 7 月 4 日的夏日构筑小木屋的，其后的章节则描述了由夏日经秋季再到冬天及至春回的见闻与感想。在对瓦尔登湖进行细致观照后，在《室内的取暖》一篇中，梭罗得以退回小屋有了回想的机会，并在《春》一篇中连同瓦尔登湖一起焕发了生机。这种生生不息的生命循环既是大自然恒定的运动规则，又是作家创作取之不竭的灵感源泉。

无怪乎著名散文家苇岸在为《瓦尔登湖》中译本撰写的序言中把梭罗的文字称为是“有机的”、“富于质感和血温的”。如果说在梭罗之前出现的描写自然界的作品很大程度上只是以科学报告的形式报道关于自然的发现的话，那么梭罗的《瓦尔登湖》则更像是关于自然的一部灵动的赞美诗和智慧的哲学箴言。

【作品赏析】

对于梭罗迁居瓦尔登湖的原因，有人猜测是为了平静、不受干扰地写作：梭罗的母亲在家里招募了一批寄宿的学生，而就在屋后，梭罗的父亲又经营着一家铅笔厂，梭罗很可能会受困于来自外界的干扰；还有人认为梭罗是为了可以躲避他人的目光，可以更方便地无所事事地游逛。在《瓦尔登湖》开篇不久处，梭罗即把自己的作品和那些轻飘飘的“游记”或“旅行手册”划清了界限。梭罗认为自己的作品最适合充当“清寒的学生”的导师，而自己其实也乐意为“生活得如此糟糕”的读者们指点迷津。梭罗手中握持的筹码就是对实用主义影响下资产阶级价值观的洞穿。梭罗相当犀利地把常人的生活描述为“大多数人，即使是在这个比较自由的国土上的人们，也仅仅因为无知和错误，满载着虚构的忧虑，忙不完的粗活，却不能采集生命的美果”，“除了做一架机器之外，他没时间来做别的”（《经济篇》）。梭罗也许正是从对父亲勉力经营铅笔厂的旁观中才有了这种切肤般的深刻体会，父亲时时“步履维艰”的困境使“美国梦”的神话更像是美丽却虚幻的肥皂泡。梭罗以自己详尽却不生硬的“流水账”，向读者宣告了俭朴生活的可能性。梭罗将人类生活的必需品简化为食物、住处、衣服和燃料四个方面。在他看来，对于生命机体的维持来说，真正必要的只有“燃料”一种。比如说，梭罗断言衣服的功效一是保暖、二是遮羞，只是时人因为关注“如何穿着入时，或整齐干净或至少没有补丁”而使衣服成了涉及尊贵、体面的符号。梭罗不免有了这样的调侃：衣冠楚楚的稻草人与一丝不挂的普通人站在一起，被致敬的更有可能是稻草人。关于住宅，梭罗对那些繁复甚至奢侈的设施有一种天然的鄙夷，他自认为自己用木料、石头、沙子造就的住处反倒有一种“从内部向外面渐渐生长出来”的“生命之美”，这种美与那些只懂雕琢粉饰的建筑师永远隔膜。在梭罗眼中，那些为区区一处住处而支付高额费用的“文明人”虽然得到了“清洁的油漆和墙纸、鲁姆福壁炉、内涂泥灰的墙、百叶窗、铜质的抽水机、弹簧锁、宽敞的地窖还有许多别的东西”，却压根不如一无所有的野蛮人富足。那些不会算计的野蛮人永远也不必付出几十年的生命去换取一间摩登但却可疑的客厅。梭罗在饮食方面也给我们列举了他的食谱：米、糖浆、黑麦、猪肉、苹果、甘薯等。而他也越来越相信，人可以像动物一样单纯而健康地活着。他自信地取缔了人类生活中那些莫名其妙的偏见，譬如说，没有酵母他照样能做出安全、有益健康的面包。

于是，梭罗得出了一个比亚当·斯密和大卫·李嘉图的经济学更关键的“生活经济学”（梭罗谓之“哲学”的同义语）结论：如果我们不是徒然地把构成生命的时间花费在那些不必要的用途上，我们也许早就享受到了似乎仍然遥不可及的幸福。梭罗举了一个例子，一个英国人为了回英国过上诗人般的生活，首先跑到印度去发财，梭罗一针见血地指出了这种做法的悖谬之处：这无异于“花了一个人的生命中最宝贵的一部分来赚钱，为了在最不宝贵的一部分时间里享受一点可疑的自由”。某种意义上，梭罗是资本主义制度尖锐的批判者，他对各种令人眼花缭乱的新设施表现出了异乎寻常的警惕，这不仅使我们想起了德国经济学家、思想家维尔纳·桑巴特在其《奢侈与资本主义》中那个关于资本主义起源的说法：“奢侈，它本身是非法情爱嫡出的孩子，是它生出了资本主义。”

梭罗炯炯如炬的见识显然触及了西方哲学思想中那个伴随资本主义成长壮大的认识论的困境。自 17 世纪笛卡儿（1596—1650）以“我思故我在”的哲学命题实施了认识论转向以后，人们一直被禁锢着的个体意识开始觉醒并迅速生成为“现代性主体”。这种认识论其实有着强烈的“确定性”诉求，并一开始就带上了二元对立的缺陷，因而使得作为“客体”的世界在居于“中心”地位的人类面前成了被征服的对象，而自然也随之笼罩了一层神秘、可怖、非道德的色彩。比如在 18 世纪德国哲学家康德（1724—1804）那里，自然是人的敌人；而德国戏剧家席勒（1759—1805）也相信：“被视作是一个整体的自然，往往会嘲弄我们的理解力为她规定的所有法则。她无拘无束、反复无常，不留情面地践踏智慧的结晶；她把一切重要的东西、琐碎的东西，一切高贵的东西、寻常的东西抓到手上，又把它们丢进同一种可怕的灾难之中。”有了这样的对比，我们再来看看梭罗对自然的态度。在《冬日的湖》中，他有这样的感慨：

每天，很早的时候，一切都被严寒冻得松脆，人们带了钓竿和简单的午饭，穿过雪地来钓鲜鱼和梭鱼；这些野性未驯的人们，并不像他们城里的人，他们本能地采用另外的生活方式，相信另外的势力，他们这样来来去去，就把许多城市部分地缝合在一起了，否则的话，城市之间还是分裂的。他们穿着结实的粗呢大衣坐在湖岸上，在干燥的橡树叶上吃他们的饭餐，他们在自然界的经验方面，同城里人在虚伪做作方面一样聪明。他们从来不研究书本，所知道和所能说的，比他们所做的少了许多。他们所做的事据说还没有人知道。这里有一位，是用大鲈鱼来钓梭鱼的。你看看他的桶子，像看到了一个夏天的湖沼一样，何等惊人啊，

> 好像他把夏天锁在他的家里了，或者是他知道夏天躲在什么地方。你说，在仲冬，他怎么能捉到这么多？啊，大地冻了冰，他从朽木之中找出了虫子来，所以他能捕到这些鱼。他的生活本身，就在大自然深处度过的，超过了自然科学家的钻研深度；他自己就应该是自然科学家的一个研究专题。科学家轻轻地把苔藓和树皮，用刀子挑起，来寻找虫子；而他却用斧子劈到树木中心，苔藓和树皮飞得老远。他是靠了剥树皮为生的。这样一个人就有了捕鱼权了，我爱见大自然在他那里现身。鲈鱼吃了蛴螬，梭鱼吃了鲈鱼，而渔夫吃了梭鱼；生物等级的所有空位就是这样填满的。

这段文字轻而易举地颠覆了人类的自然科学知识。这些焕发着旷野气息的人们，以其超越语言的行动在分裂、隔绝的城市甚至社会之间注入了自然那包蕴一切的力量，他们使得四季的区分显得狭隘，甚至使得万物之间的界限都显得累赘而多余。在梭罗看来，大自然不但不是冷漠的、非道德的，相反，大自然是如此和谐统一的所在，大自然之所以被视作是敌意的，全然在于人类妄自尊大、一厢情愿的自恋情结。在《冬日的湖》中，他写道："如果我们知道大自然的一切规律，我们就只要明白一个事实，或者只要对一个现象作忠实描写，就可以举一反三，得出一切特殊的结论来了。现在我们只知道少数的规律，我们的结论往往荒谬，自然罗，这并不是因为大自然不规则，或混乱，这是因为我们在计算之中，对于某些基本的原理，还是无知之故。"

难怪梭罗会在《种豆》一篇中有了如东方人般"物我不分"的体验："当我的锄头叮当地打在石头上，音乐之声传到了树林和天空中，我的劳役有了这样的伴奏，立刻生产了无法计量的收获。我所种的不是豆子，也不是我在种豆。"这种"物我不分"的奇妙心理，对于梭罗而言除了是瞬间自由的审美体验，更使其走向了老庄所言的"自在"境界。无论是老庄还是梭罗，他们都认为一旦主体意识的膨胀造就了心智中"主/客"对立的二元结构，那么人类将世世代代受到恶毒的诅咒。

也许正是得益于从东方哲学中汲取的营养，在 19 世纪显得落寞不群的梭罗式的生活被 20 世纪的存在主义哲学家海德格尔（1889—1976）描述为"诗意的栖居"，并以之作为对"存在的遗忘"的有效根治。在海德格尔所论证的"技术的黑夜"时代，越来越多的诗人像梭罗那样怀想着那个可亲、可敬的故乡，并身体力行地演绎着这种简朴、智慧的生活方式。

在艺术上，梭罗的《瓦尔登湖》一开篇就向人们展示了作者无与伦比的双关语技巧。比如"我乐意诉说的事物，未必是关于中国人和桑威奇岛人，而是关于你们，这些文字的读者，生活在新英格兰的居民”，梭罗用到了“who are said to live in New England”，将《瓦尔登湖》的读者描述为“据说也生活在新英格兰”，这便同时说到了好几个方面，有赖于读者去确定其强调的重心：如果强调“据说”，那意味着新英格兰有人活着有可能仅仅是个传闻；如果强调“生活”，那说明在新英格兰所认可的生活可能不是真正的生活；如果重心落在“新”字上，那就会让人生疑——新英格兰的生活是否真的有别于“旧”英格兰。另外，作为超验主义作家，梭罗往往以隐喻的手法来描绘生动的大自然，比如《冬日的湖》中：“我先是穿过一英尺深的雪，然后又穿过一英尺厚的冰，在我的脚下开一个窗，就跪在那里喝水，又望入那安静的鱼的客厅，那儿充满了一种柔和的光，仿佛是透过了一层磨砂玻璃照进去的似的。”这里的隐喻就为我们塑造了一个活泼泼的自然界。

《瓦尔登湖》的叙述方式混合了箴言、轶事和寓言等，有评论家认为这种叙述方式混乱不堪。事实上，这种“见微知著”、即兴写就的随笔带有更多的东方色彩，就像《瓦尔登湖》的译者潘庆舲所说的那样：“经过梭罗引经据典并进行了新的诠释，难道说不就是在重新发掘和激活中国传统文化尤其是儒家文化所固有的魅力和活力，从而顺势融合到美国文化，乃至全球文化中去吗?”

【拓展阅读】

一、中译本

1. 亨利·戴维·梭罗．瓦尔登湖．徐迟，译．上海：译文出版社，1982.

2. 亨利·戴维·梭罗．瓦尔登湖．戴欢，译．北京：当代世界出版社，2003.

二、研究著作、论文

1. 斯蒂芬·哈恩．梭罗．王艳芳，译．北京：中华书局，2002.

2. 爱默生．梭罗小传．许崇信，林木椿，译．南京：译林出版社，2009.

3. 张理初．《瓦尔登湖》：寻求单纯．书城，1994（4）.

4. 姚业涌．《瓦尔登湖》阅读札记．博览群书，1999（3）.

5. 刘海燕．露天的生活与思考——有关梭罗和他的《瓦尔登湖》．新闻爱好者，1999（6）.

6. 倪大昕．以自己的方式呼吸——重温梭罗和《瓦尔登湖》．南风窗，2004（7）.

7. 何贤桂．像梭罗那样思考——《瓦尔登湖》阅读札记．社会科学论坛，2006（6）.

8. 涨潮．梭罗与人的自然化——解读《瓦尔登湖》中的梭罗．作家，2008（10）.

【思考题】

1.《论公民的不服从》与《瓦尔登湖》有怎样相似的精神诉求？

2. 梭罗在《瓦尔登湖》的题词中表现了与“湖畔派”怎样的区别？

3. 梭罗对待自然的态度是怎样的？

4.《瓦尔登湖》在语言上运用的艺术手法有哪些？

第八节　尼采的《查拉图斯特拉如是说》赏析

【作家生平】

弗里德里希·威廉·尼采（1844—1900）是德国哲学家，他的著作对于宗教、道德、现代文化、哲学以及科学等领域提出了广泛的批判和讨论，对于20世纪人类精神生活影响巨大。

尼采1844年出生于莱比锡附近的洛肯小镇，父亲是新教牧师。他5岁时父亲去世，因此他几乎是在一个全是女性的环境中长大的。少年时代的尼采以父亲为榜样，时常给伙伴们朗诵《圣经》里的某些章节，被同伴们称为“小牧师”。进入中学阶段后，他开始接受与家中基督教教育环境完全不同的古希腊和古罗马文学的训练。尼采20岁进入了波恩大学，研究神学和古典语言学。1869年，25岁的尼采获得巴塞尔大学的古典语言学教授职位。在这个时期前后，尼采所认识的一些人对他的思想产生了重大影响，他们包括瓦格纳夫妇、哲学家艾弗瑞坎·斯珀以及历史学家雅各·布克哈特等。1872年他发表了《悲剧的诞生》，探讨了古希腊悲剧中的酒神精神，是尼采美学方面的代表作。

在1873年至1876年之间，尼采陆续发表了4篇带有文化批判色彩的长篇论文（后来被编辑在一起，以“不合时宜的考察”为名出版）。这4篇论文，吸纳了叔本华和瓦格纳的思想，挑战当时正快速发展中的德国文化。在这段时间里，尼采活跃于瓦格纳的社交圈中，然而1876年的拜鲁特音乐会却使尼采大为失望，他被演奏的平庸和大众的粗俗反应所震怒，从此开始与瓦格纳保持距离。尼采在1878年出版了《人性，太人性的》一书，以格言方式讨论从形而上学到宗教乃至性别等各种议题，在这本书里尼采明确抛弃了瓦格纳和叔本华的哲学。尼采一直没有找到合适的婚姻对象，健康状况亦越来越差。终于在1879年，尼采因健康原因不得不辞去他在巴塞尔的教授职位。自此开始一直到1889年，为了恢复健康，尼采开始在欧洲四处旅游。这段时期是尼采创作的黄金时期，从 1878 年开始，尼采在接下来的每年都会出版 1 本书（或是 1 本文集），直到 1888 年为止；而在最后一年里尼采则完成了 5 本书。在《朝霞》（1881）一书中，尼采降低了快乐主义在驱动人类行为上的重要性，并且改为强调“对权力的感觉”所扮演的角色，而他对于基督教的批评至此也发展成熟。《快乐的科学》（1882）继续沿用格言的风格写作，颂扬生命的快乐。正是在这本书里，尼采首次提出“上帝已死”。《查拉图斯特拉如是说》写于 1882 年至 1885 年间，是尼采最知名也最重要的一本著作，书以寓言诗的形式探索了“永恒轮回”、“超人”等重要概念。《善恶的彼岸》（1886）提出“生命的观点”，他突破传统的善恶的标准，用权力意志（the will to power）来解释人类行为。1887 年出版的《道德的谱系》中的每篇论文都专注于讨论道德概念的发展以及传统，尼采试着证明当代道德观的最初起源根本没有半点道德根据，残酷的权力斗争才是形塑道德的主要角色。在《瓦格纳事件》（1888）里，尼采猛烈攻击瓦格纳，他承认瓦格纳的作品的杰出成就，但他批评那只不过是文化衰退和虚无主义的产物，也因此只是象征了软弱无能。同年出版的《偶像的黄昏》、《反基督》重新提出并且总结了对许多主要哲学家和基督教道德的批评，认为正是基督教所代表的奴隶的道德败坏了西方文明。尼采在 1888 年还出版他的自传《瞧！这个人》。书中记述的主要是尼采哲学思想的发展经历。他在书的结尾告诉读者，“永恒轮回”以及“对所有价值观的重新评价”是他哲学研究的中心。1889 年尼采精神崩溃，直到 1900 年去世都没有恢复。在尼采精神崩溃及去世后，他的助手特别是他的妹妹先后控制他的著作的出版，并大量篡改其思想，使尼采与反犹太主义产生了联系，尽管尼采本人曾明确反对反犹太主义。

尼采对于后代哲学，尤其是存在主义与后现代主义的发展影响极大。而从文学方面看，尼采的写作风格非常独特：格言式的写作使其文字像电报一样简单、有力，但其中又常常蕴涵着各种悖论，使其文字充满了谜一样的意味。德里达在《马刺：尼采的风格》一书中声称，尼采的风格是没有风格，他的文风、观点是不讲究逻辑和理性的，往往不在乎自相矛盾；可以说，在西方哲学史上他是第一个将哲学与文学这两种互不相融的文体糅合在一起并提出上帝（逻各斯的象征）已死的人。

【作品内容】

《查拉图斯特拉如是说》写于 1882 年至 1885 年间，是尼采最知名也最重要的一本著作。鲁迅最早把它翻译为《察罗堵斯德罗绪言》，徐梵澄则译为《苏鲁支语录》。迄今为止，该书的汉译版本超过 20 种。本书是尼采假借查拉图斯特拉之名说出他自己的哲学思想，也可以说是一本查拉图斯特拉的说教集或查拉图斯特拉的行藏录，又有点像圣者传一类的书。书中的主人公的原型是古代波斯袄教的先知、创始人查拉图斯特拉（该先知的希腊名字是“琐罗亚斯德”，中国古书中则称之为“苏鲁支”）。明显地，尼采虚构了一个全新的查拉图斯特拉，一个激烈反对传统道德的人。

加上序言，全书一共有五个部分。序言中讲道，查拉图斯特拉在山上过了 10 年的隐居生活后，想下山去向群众施予自己的爱与智慧。他在山下的市镇里向群众宣扬超人的道德，但群众并不认同。一个面临深渊走绳索的人，在群众的哄笑声中死掉了。查拉图斯特拉离开市镇寻找伙伴，代表高傲与智慧的鹰与蛇过来跟随他。

正文第一部分：查拉图斯特拉在另一个市镇里找到了第一批门徒，并向他们讲授超人的道德。他发现世人的道德只不过是安睡与麻醉性的道德，而遁世者的道德却是蔑视肉体与大地的虚幻的道德。他告诫门徒：向下扎根，向上生长。精神只有扎根于肉体与本能，才能达到最高的境界。他还批判了现代社会的各色人物、势力和思想，把他们看作走向超人的障碍。最后他离开自己的门徒，要求他们自己去寻找自己的路。

第二部分：查拉图斯特拉在山上梦见他的学说面临危险，就下山了。在幸福岛上他告诫他的朋友和弟子们，小心那些慈悲者、说教者、道德家、贱氓、宣扬平等的人、知名的智者、高尚的启蒙者、学者、诗人，并详细阐明他们反对、扭曲超人学说的种种不同行径。在此之后他又战胜了新的喧嚣的发明者和悲观的虚无主义者。他心中有一种渐趋成熟的思想（即永恒轮回的思想），但却无法大声说出来。为了使思想变得更加成熟，他又一次离开他的朋友们。

第三部分：查拉图斯特拉离开幸福岛，在回去的船上他对众人讲述他对永恒轮回的预感；他赞美日出前的清空之美；登上陆地后，他痛斥现代世人矮化的道德，又借一个傻子之口攻击现代大城市文化；走到原来的市镇，他又尖刻地讽刺了那些重新恢复基督教信仰者。随后，他回到山上，他在山洞里赞美孤独，痛骂山下的人类社会；他对世人所谓的罪行作重新估价，批判旧道德，宣扬新道德……最后，他永恒轮回的思想逐渐成熟，夜半钟声敲响 12 次，他唱出对生命的绝对肯定，也就是永恒轮回之歌。

第四部分：这一部分的中心主题是“同情”。某日，一位预言者来到查拉图斯特拉面前，要诱惑他走上最后的罪恶——同情。这时远远传来求救的声音，那是陷于绝望的较高的人想来引起查拉图斯特拉的同情。他于是走出去寻找，先后遇到了各种各样对现代社会持批判思想的人。他们在上帝死后的时代不知该如何生活下去，面临危机，陷于绝望，所以发出求救的叫声。他们比那些贪图安逸的民众要高出一等，故称为高人。他把这些人请到自己的洞穴，使他们恢复了强健，一起唱起了对生命的永恒轮回的赞歌。但狮吼之后，高人们全都不见了，查拉图斯特拉意识到这就是他的最后的罪恶与诱惑：对高人的同情。他最终克服了这种同情，更加强大，向他的正午走去。

虽然这部作品采取了叙事的形式，但其情节相当松散，主要是通过主人公之口来宣扬尼采本人的哲学思想，特别是"永恒轮回"和"超人"的观念。"超人"是尼采心目中理想的人的化身，而现在的人只是从动物通向超人的桥梁。超人是一个自主、自律、自我实现的个人。超人重视人的肉体本能与快乐，拥有强烈的权力意志与强健的人性。他勇敢、高贵而又冷酷，拒绝传统的、使人衰弱的、奴隶的道德（即基督教道德）。超人是故事中许多相互联系的主题之一，并通过众多不同的比喻被表现出来。而"永恒轮回"观念则是尼采一个更核心、更深层的概念。它指的是已经发生过的所有的事件将会重新无数次地发生。从这样一个前提既可通向悲观和虚无主义，也可通向对生命、自由意志的积极肯定。悲观的倾向在书中时而化身为一个侏儒，时而是一条蛇，时而是一个预言家。他们告诉不断向上攀登的查拉图斯特拉，爬得越高，摔得越惨，或者告诉他"一切皆空，一切相同，一切都曾有过"。这种虚无主义的轮回说可以说是尼采最大的敌人与恐惧。虽然表面上查拉图斯特拉通过对"此刻"的强调似乎战胜了虚无，但这种胜利很难说是决定性和一劳永逸的。弥漫于书中的崇高、战栗的感觉很大程度上来源于这种恐惧。而为了传达这种深刻的崇高感，尼采每次到达这个思想面前时，总是欲言又止，通过比喻、象征、寓言等各种手法来暗示、渲染，使这个思想的表达很不清晰，成为哲学史上的公案，但反过来却也增加了作品的文学性。

【作品赏析】

本书既是哲学名著，又是文学名著，同时是散文诗、寓言、小说和悲剧。上文内容简介基本上把它当作叙事体裁来对待，但这部作品的真正突出的体裁特征是散文诗。它用一种格言化的写作方式，语句极其简洁有力，给人留下深刻印象。如："上帝死掉了！"（《序言》）"人类是一条要伸展在动物与超人之间的绳索——一根高悬于深渊之上的绳索。穿越是危险的，徒步其中是危险的，往后看是危险的，战栗和犹豫是危险的。"(《序言》)"你到女人那里去？别忘带你的鞭子!"(十八《年老的和年轻的女人》)"当心那些善人和义人！他们爱把那些创造自己的道德的人钉上十字架……孤独者对于他所遇到的人，往往太快地伸过手去跟他握手。有好多人，你不可以向他们伸出你的手，只可以伸出前爪：我希望你的前爪也有利钩。"(十七《创造者的道路》)有人认为尼采文字的简洁明快来自其恶魔般的洞察力，他的恶魔的自我定位使他没有工夫遮遮掩掩。

虽然本书表面上语句十分简练，但其文意却并非浅显易懂。相反，由于书中表达了诸多极端反传统的思想，以至于作者写作的时候不得不对传统的语义做极大的修正，因此本书中各种各样的悖论俯首皆是，这使读者不得不回到语言自身并达到语言的极限，反思与语言结合在一起的所有传统思想。比如："我不给什么施舍。我还没有贫穷到如此程度。"(《序言》)"难道先要扯碎他们的耳朵，使他们学会用眼睛来听么?"(《序言》)"有认识的人必须不仅爱他的敌人，而且能恨他的朋友……现在我要求你们，丢开我，寻求他们自己吧；等你们全都不认我，我才愿意再回到你们身边来。"(二十二《赠予的道德》)"你肉体里的理智多于你最高智慧里的理智。"(四《轻视肉体者》)这种悖论式的语句常常在给读者带来震惊感的同时，也给本书带来谜一样的深度，让人觉得晦涩难懂。

此书频繁交叉引用西方文学和哲学经典，含蓄地阐明这些传统和它们的问题，这塑造了本书另外一种深邃繁复的风格。除了模仿柏拉图式的对话、前苏格拉底的语调以及把自然现象作为修辞和解释的工具，本书的风格特别明显地体现出对《圣经·新约》的模仿。《圣经》中的常用语频频出现在本书中，如"正如经书上记载"、"有耳可听的，就应当听"等等。《圣经》中常用的一些表现手法如比喻、象征、寓言等，也是本书常用的。例如他把那些吹捧演员和伟大人物的愚民比喻为市场上的有毒的苍蝇，把那些冒牌社会主义者比喻为塔兰图拉毒蛛；他的宠物鹰象征高傲和独立自主，蛇象征智慧；在叙述他的教义被人歪曲时，就创造一个拿着镜子的小孩，让他看到他在镜子里的形象竟变成一个魔鬼。由于尼采是反对基督教者，为了批判，他在引用《圣经》语句时，常用"戏仿"(parodie)和"反讽"(ironie)手法，也就是反其意而用之。例如《圣经》上说："因为一切事，在天主，没有做不到的。"尼采却说："是不是因为一切事在女人，没有做不到的?"(十八《年老的和年轻的女人》)《圣经》上说："施比受更为有福。"尼采却说："我常常梦想着，盗窃一定比受取还要幸福。”（三十一《夜歌》）《圣经》上说：“鬼就央求耶稣说，若把我们赶出去，就打发我们进入猪群吧。”尼采却说：“有不少人，要赶走他们心中的魔鬼，而他们自己却走进猪群里去。”（十三《贞洁》）这种对《圣经》的模仿与戏仿造就了此书崇高与滑稽相互混杂的风格。也由于其与《圣经》福音书的相似与相反，此书被尼采称为“第五福音”。

我们亦可把它作为一部五幕的悲剧来看待。序幕：第一次宣读超人遭遇失败；第二幕：在斑牛镇获得初步成功；第三幕：幸福岛上的三次考验；第四幕：从深渊到高峰；闭幕：超人的事业未有穷期。它有头、有尾、有中间的过渡、有展开、有高潮，与经典的希腊悲剧和莎士比亚悲剧的结构相当接近。而其中的悲剧冲突包括：主人公与传统价值捍卫者的冲突，主人公与群众的冲突，主人公与高人们的冲突，主人公与他的朋友、伙伴、学生的冲突，悲剧主人公自身的内在冲突等等。

从全书的整体精神气质方面看，它主要呈现一种独特的“酒神赞美诗”风格。在整本书中洋溢着酒神的醉醺醺的味道，这对本书的主题来说并非是可有可无的，而是超人在对生命做终极肯定时所必不可少的品质，这为本书营造了元气充沛、铺张扬厉的氛围。比如在《高人》一篇中有这样的言辞：

> 从一个人的步伐可以看出他是否已经走上他自己的道路：看看我怎样走路！可是，走近自己的目标的人，他就跳起舞来。
>
> 真的，我没有成为直立雕像，我也没有像一根柱子，呆板的无感觉的石头柱子竖在这里；我喜欢快步飞跑。虽然在大地上也沼泽和浓厚的痛苦的事情：捷足的人却会越过泥浆，并且像在擦得光滑的溜冰场上跳舞。
>
> 我的弟兄们，昂起你们的胸膛吧，高些！更高些！也不要忘记你们的脚！也提起你们的脚吧，你们这些出色的舞蹈者，如果你们也会头手倒立，那就更好了！
>
> …………
>
> 笨拙地舞蹈总胜于一瘸一拐地行走。因此，把我的智慧学去吧：就是最坏的事物也有两个良好的反面。
>
> ——就是最坏的事物也有良好的舞蹈之脚：因此，跟我学习吧，你们众位高人啊，好好站稳你们的脚！

我们在读这一段文字时，通过向上跳的双腿的意象，能感到本能与肉体的丰盈与自由，以及登仙一般的权能感。

对于这样一种感觉，理性的语言是很难表达的。因此，本书中尼采大量使用隐喻，并着力于气氛的营造。这也使本书极为晦涩难懂，使想要对它进行概括、分析的学术界长期以来大伤脑筋。这正是尼采刻意追求的效果，他在本书的《赠予的道德》一篇里写道："善与恶的所有的名称，都是比喻：它们不明言，它们只暗示。想要知道这些名称的底细的人，乃是愚夫。"因此本书一直不受学界的赞赏，直到20世纪下半期，尼采的混合哲学与文学的反传统风格才引起人们广泛的兴趣。但与此形成鲜明对照的是，本书却很早就获得了大批热情的读者。这使人不得不再次考虑本书的副标题："一本写给所有人及不写给任何人的书"。尼采心目中的读者不仅应是一位哲学家，而且还应是心理学家和语言学家，但是首先应该是一位自身能够表达我们智慧精华的人。此外，谁若擅长跳舞，即身体敏捷，头脑灵活，那么他自身便具备了阅读这本读物最佳的条件，因为尼采的"放荡不羁的儿子"查拉图斯特拉的名字意味着"金色的星星"，他是一位舞蹈家，是酒神的一种体现。这也许为我们揭示了应该以怎样的心态来阅读这本伟大的书。

尼采对他的这部著作特别钟爱，他说："在我的著作中，《查拉图斯特拉如是说》一书占有特殊的地位，它是我给予人类的前所未有的最伟大的馈赠。"他这样说不仅是因为它提供了尼采最完整的正面学说或教诲，而且还因为它在文学语言上的成就。他曾说："海涅和我绝对是第一流的掌握德语的艺术家。"又说："我自诩，通过《查拉图斯特拉如是说》这本书，我已经把德国语言带到了她的最高境界。德国文学在路德与歌德之后，必须迈出第三大步了。亲爱的朋友，请告诉我，以前是否曾有过集力量、活力与音韵之美于一体的这样的佳作。"本书中的语言确实达到了极高的水平，例如第二部中的《夜歌》，以"酒神赞美诗"的形式表达价值赠予者的孤独之情，具有无与伦比的语言之美，在用德语写成的作品中被誉为最高之作。

【拓展阅读】

一、中译本

1. 弗里德里希·尼采．查拉图斯特拉如是说．钱春绮，译．北京：三联书店，2007.

2. 弗里德里希·尼采．查拉图斯特拉如是说．楚图南，译．海口：海南国际新闻出版中心，1996.

二、研究著作、论文

1. 彼珀．动物与超人之维：对尼采《查拉图斯特拉》第一卷的哲学解释．李洁，译．华夏出版社，2001.

2. 周国平．尼采：站在世纪的交叉点上//尼采．悲剧的诞生：尼采美学文选．周国平，译．上海：上海人民出版社，1986.

3. 周国平．《悲剧的诞生》代译序//尼采．悲剧的诞生：尼采美学文选．周国平，译．北京：三联书店，1986.

4. 陈君华．深渊与巅峰：论尼采的永恒轮回学说．上海：上海人民出版社，2004.

5. 孙周兴．有关尼采查拉图斯特拉形象的若干问题．同济大学学报（社会科学版），2009（5）.

6. 高中建．尼采“超人”概念新解．河南师范大学学报（哲学社会科学版），1995（2）.

7. 俞吾金．究竟如何理解尼采的话“上帝死了”．哲学研究，2006（9）.

8. 张钊贻．鲁迅：中国“温和”的尼采．北京：北京大学出版社，2011.

【思考题】

1. 本书序言中查拉图斯特拉所说的“上帝已死”的确切意思是什么？它与本书的主题有何关系？

2. 书中分别用哪几种形象来比喻“超人”？

3. 查拉图斯特拉用什么办法克服了“永恒轮回”中的虚无主义？

4. 试把本书与鲁迅的《野草》进行对比阅读，体会其语言、意境和思想的联系。

第九节　劳伦斯的《意大利的黄昏》赏析

【作家生平】

戴维·赫伯特·劳伦斯（1885—1930）是20世纪英语文学史上最重要的作家之一，也是世界文学史上饱受争议的一位作家。他于1885年9月11日出生于英国诺丁汉郡伊斯特伍德，这里本是英格兰一个景致优美的地方，但随着煤矿资源的发现而受到了工业文明的侵袭，呈现出一边是田园风光，一边是人造的肮脏矿区的景象。在这样的环境中长大，自然与工业文明的对立冲突就成了劳伦斯毕生关注的主题。他的父亲是一名煤矿工人，母亲出生于破落的中产阶级家庭，受过良好的教育。夫妻两人在价值观和生活方式上的巨大差异使得家庭关系长期处于一种不和谐的状态，对婚姻失望不满的劳伦斯太太把全部感情和期望寄托在儿子，尤其是劳伦斯身上。这种感情对劳伦斯的心理和创作产生了很大影响，这些后来成了创作《儿子与情人》（1913）这部小说的基础。1898年至1901年间，劳伦斯在诺丁汉郡中学上学，并于1901年与杰茜·钱伯斯相遇。杰茜是劳伦斯的初恋女友，也是小说《儿子与情人》中的米丽安的原型。中学毕业后，劳伦斯最初在一家医疗器械厂工作，后因肺病辞职。1902年至1906年，劳伦斯在家乡当了几年实习教师，这段经历，后来成了写作《虹》中厄秀拉的教师生活的素材。1906年，劳伦斯进入诺丁汉大学师范系学习，同时开始了第一部长篇小说《白孔雀》（1911）的创作。1908年，劳伦斯被诺丁汉大学授予教师资格并开始在伦敦郊区克莱敦的一所中学任教。1909年，劳伦斯在《英国评论》上发表了几首诗歌，这是劳伦斯的处女作。1910年，劳伦斯的母亲去世，劳伦斯精神上受到重大的打击，开始写作带有自传色彩的小说《儿子与情人》。1911年，劳伦斯发表了第一部长篇小说《白孔雀》。1912年，劳伦斯拜访诺丁汉大学的语言学教授威克利时，与教授的妻子弗丽达一见倾心，私奔出走德国和意大利。1913年，劳伦斯完成了成名作《儿子与情人》。1914年，劳伦斯和弗丽达回到英国，两人正式结婚。当时欧洲正身处第一次世界大战的阴云中，劳伦斯对战争表示反对，发表了很多反战言论，加上弗丽达出身德国贵族，劳伦斯夫妇被英国当局怀疑为敌国间谍，限制不许离开英国。在艰难困苦的条件下，劳伦斯完成了代表作《虹》（1915）和《恋爱中的女人》（1920）。

第一次世界大战结束后，劳伦斯夫妇获准离开英国，从此开始了浪迹天涯的漫游生活，足迹遍及德国、意大利、锡兰、澳大利亚、新西兰、墨西哥和美国等地。劳伦斯在此期间完成了他创作生涯中的大部分作品。1926 年，劳伦斯在靠近佛罗伦萨的米兰达别墅定居，度过了一段相对稳定的时光，开始写作《查特莱夫人的情人》（1928）。1928 年，这部小说最终完稿出版，成为西方文学史上最具争议的文学作品之一。1930 年 3 月 2 日，劳伦斯因肺病复发在法国去世，终年 45 岁。

在短暂的一生中，劳伦斯完成了大量作品，包括长篇小说、中短篇小说、诗集、散文集等，其中，以长篇小说最能代表他的成就。在创作生涯的早期（1907—1913），劳伦斯创作了《白孔雀》、《逾矩的罪人》（1912）、《儿子与情人》3 部长篇小说。《白孔雀》描写的是莱娣、乔治、莱斯理、麦格 4 个青年男女、2 个家庭之间的爱情与婚姻。这部小说已经出现了劳伦斯作品中反复探讨的人与文明的关系的主题。《儿子与情人》以保罗一家人的生活为中心，描写了保罗从出生到成年作为一个男性的成长历程。这部小说带有浓厚的自传色彩，从中可以看到劳伦斯同父母亲以及初恋女友杰茜·钱伯斯之间的生活和感情经历。同时，这部小说还具有心理探索和社会批判的倾向。

在创作的第二个时期（1914—1919），劳伦斯的代表作是《虹》和《恋爱中的女人》。《虹》描写了布兰温一家三代人的经历和精神发展的历程，表达了渴望挣脱枷锁和束缚、实现新生的愿望。《恋爱中的女人》是《虹》的姐妹篇，和其他作品一样，劳伦斯在这部作品中仍然是通过两性关系的探讨来思索探讨西方文明的。在这部作品中，劳伦斯提出了一种“双星平衡”式的两性关系的理想模式，即“两个单人”之间保持“像星星一样的平衡”。两性之间保持灵与肉的和谐，双方既独立又完整，实现和谐。

1920 年至 1925 年是劳伦斯小说创作的第三个时期。劳伦斯完成了《亚伦的藜杖》（1920）、《迷途的少女》（1920）、《努恩先生》（未完成，1984 年出版）、《袋鼠》（1924）、《丛林中的男孩》（1924，与人合著）、《羽蛇》（1926）等作品。这时是劳伦斯漫游世界、浪迹天涯的时期，因此这些作品呈现出异域和游记色彩，劳伦斯渴望在基督教文明之外找到拯救西方文明的希望，这些小说表现的正是他的这种探索和追寻。

1926 年至 1930 年是劳伦斯小说创作的最后时期。这一时期的代表作是《查特莱夫人的情人》(1928)，这部小说在西方长期因为“淫秽”的罪名遭禁。但劳伦斯在书中对性爱所作的大胆描写，并不是色情，而是具有深刻的含义，劳伦斯探讨的仍然是他一贯关注的理想的两性关系，并进而探索人与文明、人与自然之间的关系这样的严肃主题。

【作品内容】

劳伦斯和他的妻子弗里达热爱旅游，因此，劳伦斯创作了不少游记散文，《意大利的黄昏》就是其中的名篇。这是一部游记散文集，1916 年第一次出版，“此后又于 1924 年，1926 年，1927 年，1929 年，1930 年和 1932 年六次再版”。“它记录了劳伦斯 1912 年至 1916 年间从奥地利、德国、瑞士到意大利徒步旅行时的所见所闻。”（文朴译《意大利的黄昏》译者序）全书分为“跨越群山的十字架”、“在加尔达湖上”、“背井离乡的意大利人”、“踏上归途”四个部分，其中，“在加尔达湖上”又分为七章，分别是：第一章“纺纱女和僧侣”、第二章“柠檬园”、第三章“剧院”、第四章“圣高登齐欧”、第五章“舞蹈”、第六章“伊尔·都罗”、第七章“约翰”。

“跨越群山的十字架”描绘的是作者从慕尼黑穿过蒂罗尔，越过因斯布鲁克和博尔萨诺直到维罗纳的皇家大道上所看到的各种不同风格的十字架以及作者的所思所想。“在加尔达湖上”一部分主要描绘的是作者在意大利期间的游历和意大利的风土人情，包括加尔达湖和群山的景色、意大利的教堂、纺纱女和僧侣、凋败的柠檬园、饭店老板及其妻子、剧院中圣诞节的演出、圣高登齐欧的游历以及保罗一家、在圣高登齐欧喝酒跳舞的男女、来圣高登齐欧进行野餐的叫伊尔·都罗的意大利男子、小客店老板的儿子乔万尼等。“背井离乡的意大利人”主要记述的是劳伦斯徒步从瑞士北部的沙夫豪森穿过瑞士到意大利去的旅途中的所见所闻，重点描写了一群背井离乡移民到瑞士谷地的意大利人。最后一部分“踏上归途”描写的是作者离开意大利移民住的谷地到瑞士中北部城市卢塞恩期间的所见所闻，重点描写了在一家德国小客店中所遇到的英国旅行者。

【作品赏析】

“自然”是劳伦斯作品中一个重要的主题，劳伦斯的很多作品中都诗意地摹写了大自然。作为一部游记散文集，《意大利的黄昏》以如画的笔触对旅途中的自然风光作了细腻的描绘。如在《柠檬园》一章中，作者这样描绘加尔达湖的日出：

> 早晨我常常躺在床上观看日出。乳白色的湖朦胧地卧在那里，背后是深蓝色的大山，而在它们上面的天空则喷射、闪烁着光辉。山梁上有一块地方金光灿灿，仿佛要把小山边缘的沟壑融化一般。在这个点上，它不断地融化着，直到突然之间那强烈的、销金熔铁的、带有生命的光线放射出来。山峦突然被融化了，光明流淌下来，那儿灿烂夺目、亮晶晶的，随后是亮晶晶的一片，再后来是一条巨大的、炫人眼目的太阳光带扫过了乳白色的湖面，最后阳光落到我的脸上。

可以看出，劳伦斯的散文有一种“画的描绘”的特色，他以一种画面构图的方式进行叙述和描摹，善于捕捉色彩、构造景深。如本段中的乳白色的湖，背后是深蓝色的大山，上面是喷射、闪耀着光辉的天空，山与天之间是金光灿灿的山梁的边缘，颜色、层次的搭配和描摹极具画面的质感，仿佛一幅栩栩如生的速写画展现在读者的眼前，使读者如睹其色、如临其境。

劳伦斯在描写自然风景时还善于捕捉特定时间和地点的自然景物所呈现出的某种感觉，如“窗外的阳光像歌唱的鸟儿在跳跃”，“山谷中长着麝香兰，紫得就像正午的空气，带着浓浓的、撩人情欲的正午的芳香”。这种非凡的表达能力，不仅真实准确地表达了作者在当时当地那一刻的感受，更使读者能够感同身受，进入游记所描绘的场景和画面。

在这部作品中，劳伦斯不仅用细腻如画的笔触，描绘了所到之处的山川风景，而且由于他熟练地掌握几种外语，因此，在游踪所到之处，他还能广泛地与当地的居民进行交流，记录下各地的风土人情。《不列颠百科全书》评论劳伦斯的“游记在描写风土人情方面非常出色，令人难忘”。劳伦斯善于细致入微地观察旅途中所遇见的形形色色的人，并抓住他们的特点进行栩栩如生的描绘。如描写意大利纺纱的老妇人的眼睛时，作者这样写道：

> 她抬起一双像天空一样清澈的眼睛看着我。她只是略微抬起了身子。在她转过身来看我的时候，有一种鹰一般轻微的动作，她的双眼射出一道微弱却又犀利的目光。这是我所不习惯的意大利人。

劳伦斯以细腻的笔触捕捉到了老妇人眼神的细节之处，三两笔就勾画出了一个典型的意大利人的形象。

再如描写餐馆老板时，劳伦斯这样形容他的外貌：

他是个矮小、干瘪的男人，头上长着剪得很短的灰发，尖下巴，说话好打手势，这常常使我认为他就是一只古代的有贵族派头的猴子。

描写他的眼睛时，劳伦斯再一次形容那是猴子的眼睛：

那双棕色的、没有表情的、看不出年龄的眼睛，使我想起了猴子的眼睛，想到了用白色玛瑙做的眼睛……

作者抓住了人物外貌的典型特征，并提炼出“猴子”这一意象来形容，刻画出一副栩栩如生的人物肖像。

劳伦斯还善于通过写人状物，概括总结各个国家、各个民族的精神风貌和民族气质，如在“跨越群山的十字架”一部分中，他通过观察沿途所见的十字架风格的变化，总结出不同地域、不同民族的不同精神风貌：

当人们接近阿尔卑斯山的转折点时，走向顶峰和南坡的时候，就会立即更多地感觉到文明之邦的影响。巴伐利亚在精神世界是遥远的，就像一片处女地。那里的十字架是古旧的、灰色的、难以理解的，就像真理的内核一样小。向前走近奥地利，十字架开始变新了，它们涂着白漆，它们也变得大起来，也更加引人注目。它们表达了一个更晚近的时期，带有更多的自省和自我意识。但它们仍然是人们灵魂的真实表现。

在《纺纱女和僧侣》一篇中，劳伦斯由在墙影中弯腰半蹲的意大利老人的注视，总结概括出意大利人的民族特性：

意大利人素以“太阳之子”著称，但是它们还是被称为“阴影之子”为好。他们的灵魂是阴暗的，喜好夜间活动。

在“背井离乡的意大利人”这一部分中，作者游踪所至，观察体味着不同国家和民族的风格，并常常把它们相互进行对比，如把德国的清晨与意大利的早晨进行对比：

到处都干净极了，充满了德国清晨的活力与光明，这与拉丁民族的早晨有如天壤之别。意大利人每天第一件事是死气沉沉，疲疲沓沓，而德国人则是精力充沛、活泼愉快的。

而瑞士的精神气质，劳伦斯概括为平庸：

在瑞士，除非走向高地，人们总有这种感觉：折中，完全缺乏高尚精神的平庸，有些令人无法忍受。……到处都是这种登峰造极的平庸与富裕，但是，它平庸得犹如害了枯萎病。……这就仿佛一位最平庸、最普通、最常见的人穿着一身旧衣服。这块土地扼杀了生机。

正是由于这些描绘，读者从这部散文集中不仅可以领略到那个时代的异国风光和景物，更了解了当时的社会生活和普通民众的风貌。

在西方的散文传统中，散文不仅写景状物，而且常常关注社会现实，对现实进行理性思考，《意大利的黄昏》也呈现出这样的特点。劳伦斯在描述的过程中常常思考和议论现实问题，抒发自己的感受，进行哲理的沉思。

和劳伦斯的其他作品一样，两性问题是劳伦斯关注和探讨的一个重要主题。在《意大利的黄昏》这部散文集中，劳伦斯同样对这一问题进行了细致的观察和深入的探索。在《剧院》一篇中，通过观察剧院中的男人和女人，以及联想到村庄中男女相处的模式，他得出当地两性关系的模式是："在男人和妇人之间没有同志关系，任何的同志关系都没有，而只有一种战斗、克制和敌视的关系。""在婚姻中，夫妻互相发动了微妙的、满意的性战争。这种战争产生了深厚的满足，意义深远的亲昵。但是，它毁掉了活动中的所有和谐一致。"这种探索在《圣高登齐欧》一篇中更为突出。在这一篇中，作者详尽观察和描述了圣高登齐欧庄园的继承者保罗和他的妻子玛丽亚之间的关系，形容他们是"保罗和她处于宇宙的两极，一个是光明，另一个是黑暗"。保罗的世界属于过去，带着几乎是古典式的质朴和文雅，保守恒定，安于宿命。而玛丽亚需要未来，不满足于纯粹的农民式的命运，她掌握了商业世界及其活动的诀窍，对金钱抱有奢望，向其他人提供的一切服务都要收取费用，希望拥有不同的生活。因此，他们的世界相隔万里，"妻子是一块燧石，丈夫却是一块钢铁"。透过这种扭曲的婚姻关系，劳伦斯看到这不仅是由于个体的差异，更重要的是源于新旧两种社会秩序的冲突，是工业文明与自然人性的对立。

自然与文明的关系一直是劳伦斯作品思考和探讨的另一个重要议题。资本主义工业文明对传统的田园牧歌般的自然生活状态和纯真自由人性的冲击和破坏以及二者的对立和冲突，是劳伦斯作品中经常出现的主题，在《意大利的黄昏》中，这个主题也得到了充分的表现。作者行踪所至，所见所闻，几乎处处都能感受到新的工业秩序对传统的欧洲自然、社会的冲击。在《柠檬园》一篇中，美丽芬芳的柠檬园已经破败凋零，作为"太阳之子"的意大利人已经不再关心太阳，而想要拥抱机械，因为"那些机械要比太阳更接近他的灵魂"，"他想要的是机器产品、是钱、是人的权力"。在《约翰》一篇中，客店主人的儿子乔万尼的命运就是在新旧两种社会秩序、新世界与旧大陆之间飘摇，最终，他还是选择回到代表新的工业文明秩序的美国。在本篇的末尾，作者不无深意地写道：

> 妻子和孩子对他而言是什么呢？她们是通向过去的最后阶梯。他父亲是他背后的大陆，妻子和孩子是过去的岸边，但是，他的脸已经转向外面，完全离开了它，到哪儿去呢？无论是他，还是其他任何人都不知道，但他把那个地方称之为美国……

在“踏上归途”一部分中，作者描绘了一个被工业社会的机器制度所摧残的英国旅行者。他在伦敦机械地奴隶般工作了一年，换来的是两周的自由时间，于是他带着机械的旅行路线和刚刚够用的钱精打细算地奔向瑞士，连带回英国的礼物都是按部就班的。整个旅行是机械刻板和缺乏生气的，而旅途的终点，不过是又回到英国伦敦的机器制度中。在这种冲突对立中，劳伦斯深刻地体会到工业文明对自然世界的破坏，因此他对意大利社会工业文明的进程持的是批评的态度，当在意大利的群山中看到山谷底下小城镇工厂的烟囱时，劳伦斯批判：

> 这就是人类世界骇人听闻的粗野，这就是先进的工业世界加在自然世界上的可怕的破坏性的粗暴行为，这是如此令人痛苦。看起来，人类的工业扩展就像一种不断向前的干枯的分崩离析，就像一种干枯的分崩离析的过程。

在米兰大教堂的广场上，看着一群群轻松愉快地喝着谈着的意大利人，劳伦斯想到的是：

> 我看这儿的生活依然欢快，这儿崩溃的过程也是强劲的，而且那卷入人类心灵与肉体的机械行为在成倍增长，它成了这崩溃过程的中心。但是，这儿到处都是同样散发着臭气的目标：机械化，人类生活的彻头彻尾的机械化。

除了对社会现实的关注和思考，《意大利的黄昏》中还出现了很多哲理的沉思，有的甚至带有玄思的成分。在《纺纱女和僧侣》一篇中，劳伦斯由自己作为一个陌生的异国人与意大利纺纱老妇人之间的关系，思考的是自我与世界、本体与非我的关系。当看到积雪和天空时，作者想到的是：

> 永恒的非有与永恒的有是同一事物。在黑暗大地上方，在天空中，闪烁的玫瑰色积雪就是尽善尽美的忘我境界。夜与昼是合而为一的，光明与黑暗也是合而为一的，二者在起源与繁衍中是同一的，二者在忘我的时刻也是同一的，光明融化在黑暗中，黑暗也融化在光明中，正如这黄昏上面的玫瑰色的积雪一样。

作者由自然界的山川景色触发，进行的是形而上的哲学的玄思。

作为劳伦斯创作生涯早期的重要散文集，《意大利的黄昏》已经体现出了劳伦斯艺术思想和特色的很多重要的方面，通过阅读这部散文集，我们不仅可以了解 20 世纪初奥地利、意大利、瑞士等国的山川风光和风土人情，更可以看到劳伦斯早年在文学创作道路上迈出的足迹。

【拓展阅读】

一、中译本

D. H. 劳伦斯．意大利的黄昏．文朴，译．北京：中国文联出版公司，1997.

二、研究著作、论文

1. 理查德·奥尔丁顿．D. H. 劳伦斯传．冰宾，东辉，译．天津：天津人民出版社，1989.

2. 弗兰克·克默德．劳伦斯．胡缨，译．北京：三联书店，1986.

3. 刘洪涛．荒原与拯救：现代主义语境中的劳伦斯小说．北京：中国社会科学出版社，2007.

4. 罗婷．劳伦斯研究：劳伦斯的生平、著作和思想．长沙：湖南文艺出版社，1996.

5. 廉洁．心灵的镜子——劳伦斯散文解读．安徽文学，2009（8）.

6. 刘畅，陈大明．《意大利的黄昏》叙述者的特点分析．北京理工大学学报（社会科学版），2004（S1）.

7. 王兆胜．林语堂和劳伦斯．中国文学研究，2003（4）.

8. 房洁．劳伦斯游记《大海与撒丁岛》的生态主义解读．徐州工程学院学报，2011（2）.

【思考题】

1.《意大利的黄昏》中对自然的描写有什么特点？

2. 为什么说《意大利的黄昏》这部散文集“在描写风土人情方面非常出色，令人难忘”？

3. 劳伦斯在《意大利的黄昏》中是怎样探讨自然与文明的关系这一主题的？

4. 作为一部游记散文，《意大利的黄昏》与劳伦斯的小说创作有什么区别和联系？

第十节 纪伯伦的《先知》赏析

【作家生平】

纪伯伦·哈利勒·纪伯伦（1883—1931）是黎巴嫩著名的诗人、散文家和画家，是“旅美派”的重要代表作家之一。纪伯伦于1883年生于黎巴嫩北部山乡布舍里，那里群山突兀、风景秀丽，给童年的纪伯伦留下了深刻的印象。他的家庭属于天主教马龙派，母亲是虔诚的教徒，心地善良，是纪伯伦心中爱与美的化身。12岁时纪伯伦随母去美国波士顿，1898年回到祖国，进贝鲁特“希克玛（睿智）”学校学习阿拉伯语、法文和绘画。学习期间，他利用假期，遍游黎巴嫩和叙利亚的名胜古迹，领略自然风光，了解阿拉伯社会，记下了自己的见闻和感受。他对土耳其奥斯曼帝国统治下的政治专制、宗教欺骗和腐败的传统有了进一步清醒的认识，发表了许多揭露和批判的文章，这为他以后的创作奠定了坚实的基础。1902年，他创办《真理》杂志，后来由于发表小说《叛逆的灵魂》（1908），触怒当局，作品遭到查禁焚毁，本人被逐，再次前往美国。1908年，纪伯伦在巴黎艺术学院学习绘画和雕塑，曾得到艺术大师罗丹的奖掖。这期间，他还到过罗马、布鲁塞尔、伦敦等城市，访问西欧各国的历史文化名胜，这也为他以后在创作中兼收并蓄东西方文化之长、形成自己独特的艺术风格创造了条件。1910年，他重返波士顿，次年迁往纽约潜心从事文学艺术创作活动。1920年，他和著名作家努埃曼等共同组织了阿拉伯第一个现代文学团体“笔会”，这一团体对阿拉伯海外乃至本土文学的发展起到了巨大的激励和推动作用。1931年，纪伯伦病逝于美国纽约。如今，他的作品已被译成世界多种文字，受到各国读者的欢迎。他的作品中最先被介绍到中国来的是《先知》（冰心译，1931）。从20世纪50年代起，他的其他作品也逐渐为中国读者所了解。

纪伯伦从18岁起就开始自己的创作，20岁即公开发表自己的作品。他的创作大致可以分为两个时期。前期他主要以阿拉伯语进行小说创作，先后发表了短篇小说集《草原新娘》(1906)、《叛逆的灵魂》(1907) 和中篇小说《折断的翅膀》(1911)。这些早期作品深刻地反映了黎巴嫩的社会现实，对当时的封建统治者和旧的因袭势力进行了无情的抨击，代表了阿拉伯民族意识的觉醒。在艺术表现上，他不以故事情节取胜，不描写复杂的人物纠葛，而着重表达人物的心理感受，抒发内心的丰富感情，使得小说具有深刻的东方精神，促进了阿拉伯近代小说创作的发展。

纪伯伦在创作后期，由于受到尼采哲学的影响以及欧美浪漫主义文学的熏陶，而转入散文和散文诗的创作。他从以阿拉伯语写作，转为以英语写作为主。散文在阿拉伯过去的文学中是有着优秀传统的，但散文诗却由纪伯伦开始，是他把散文诗的创作首先引入阿拉伯文学的。他的 10 部散文诗集各有不同的风格，但却都展现了作家最关心的社会和文学问题：大自然、爱与美、生命哲学、人道主义、诗人使命和孤独寂寥等等。它们也预示了作家一生的创作方向。《泪与笑》(1913) 中充满着青春的伤感；《疯人》(1918) 寓意深刻、富于哲理；《暴风集》(1920) 以暴风般的力度和气势，表现了鲜明的民族主义思想；《珍趣篇》(1923) 的许多诗文，反映了纪伯伦的爱国主义情怀；《流浪者》(1932) 抨击了愚昧对文化价值的践踏，展示了文化贫困的可悲。其中，《先知》(1923) 是纪伯伦最深刻和最优美的作品，被公认为他的“顶峰之作”。《先知园》(1933) 和《先知》一脉相承，表达出一种生命哲学。

纪伯伦的一生虽然短暂，但他的创作风格却独树一帜，既有理性思考的严峻与冷峻，又有咏叹调式的浪漫和抒情。他的文笔轻柔、凝练、隽秀，宛如行云流水；语词清新、奇异、俏丽，色彩斑斓夺目；哲理寓意深邃，比喻别致生动，想象力无比丰富；加上那富有神秘格调的天启预言式语句，还有铿锵有力的音乐节奏感、运动跳跃感，构成了世人公认的热烈、清秀、绚丽的独特风格，被世人誉为“纪伯伦风格”。

【作品内容】

《先知》是纪伯伦的代表作，是阿拉伯现代文学史上的一座丰碑。据说他创作这部作品，前后用了将近 30 年。他 18 岁的时候，在黎巴嫩写出了第一稿。又过了 10 年，他定居在纽约之后，写出了这部作品的英文初稿。而在《先知》付印之前 5 年内，他又五易其稿。纪伯伦把《先知》的创作视作完成自己诗人使命的最重要的实践。他称《先知》是他“精神孕育的最好的胎儿”，是他来到世间想说出的最重要的“话”。为写《先知》，纪伯伦不惜付出健康的代价，他曾在病中写信给好友："我怎么办呢？难道丢下《先知》吗？不！我将干到底！即使我的生命随着它的结束而结束也罢！"《先知》出版后立即引起轰动，在短短几年内被译成近 20 种文字。我国作家冰心 1927 年初次读到《先知》，立即被此书"满含着东方气息的超妙的哲理和流利的文辞"所吸引，遂带病将此书译成中文，于 1931 年出版。

《先知》是一篇文笔优美的散文诗，但作者却巧妙地为它安排了一个小说式的故事框架：主人公亚墨斯达法是一个"被选和被爱的"东方智者，滞留在西方城市阿法利斯 12 年，一直期盼着能回到自己出生的岛屿上。一个秋日，他登高远眺大海，看见故乡的船正从云雾缭绕的远方徐徐驶来。他心中充满喜悦和激动，但又对这片长期生活过的土地恋恋不舍，也不愿告别那些给予自己更深生命渴求的人们。而当地居民得知他要离开时，也从四面八方赶来为他送行。圣殿里走出了对他抱有诚心的女子爱尔美差，她向智者表达了最诚挚的祝愿。在圣殿广场，人们请他为他们讲说"真理"，告诉他们"关于生和死之间的一切"。智者怀着真挚和激动的感情，回答了人们的提问。发问者有妇人、富人、商人、农夫、泥水匠、织工、法官、律师、辩士、教师、青年、学者、天文学家、长老、隐士、诗人、流浪者等等，他们提出的问题涉及了人生的各个方面，如爱与美、善与恶、罪与罚、理性与热情、友谊与婚姻、欢乐与苦痛、自由与法律、生与死等，智者都一一做出了回应。当他回答完所有的 26 个问题后，发表了充满祝福和希望的告别致辞，随后扬帆起锚，向东方驶去。作者用诗一般的优美语言，讲述了深刻隽永的哲理，读来发人深思，耐人寻味。

【作品赏析】

《先知》中的 28 章散文诗是一个整体的结构：以《船的来临》开篇，至《言别》收尾，中间是一系列篇章——《论爱》、《论婚姻》、《论孩子》……它们之间既相对独立，又自然而层次分明地从一个主题转换到另一个主题，形成了它们之间的有机联系。据说纪伯伦非常崇尚公元 10 世纪阿拉伯诗人穆泰纳比在诗歌结构上的"整一"。这种"整一"的诗歌结构形式不仅使得他的一系列思想得到贯彻执行，而且又达成了他哲理音调的一致性。除去开篇和结尾之外的 26 个章节，始终贯穿着一个基本主题，即爱与美的主题。在《先知》中，他将"爱"表述为：

爱除自身外无施予，除自身外无接受，

爱不占有，也不被占有。
因为爱在爱中满足了。
不要想你能引导爱的路程，因为若是他觉得你配，他就引导你。

爱没有别的愿望，只要成全自己。

爱是人类的一种普遍情感，近代以来西方的博爱思想一直把爱作为追求审美境界的最高理想。纪伯伦曾旅美多年，自然受到了这种观念的影响，但又有所差别。在作者看来，爱的本质是给予，爱不仅仅是享受和欢乐，爱的美就在于爱的给予，这种爱的思想也成为了人类一切生存活动的前提。它高于爱人、爱物的具体的爱，它已凝聚成为一种精神，一种价值。从爱出发，完善人的行为，促进精神复苏，建立新的价值，达到理想社会境界，便是纪伯伦“大我”之境界。在“婚姻”中，人们要“彼此相爱，但不要做成爱的系链”；在“工作”时，“从工作里爱了生命，就是通彻了生命最深的秘密，工作是眼能看见的爱”；和朋友之间的“友谊”是“你用爱播种，用感谢收获的田地”。字里行间，作家无时无刻不在歌颂爱的力量，他崇尚的是积极而有生命朝气的人生，人类要无私地奉献，快乐地获取，就像花和蜜那样，彼此给予和接受。这种爱的含义带上了浓重的道德意味，把道德与情感相结合的非理性主义正是东方的一贯传统。因此，作家在对爱的本质的追求过程中，同时也体现了其思想东西合璧的特点。爱是人类最高的生存法则，作为人和自然的最根本属性，它无处不在。

当谈及“美”的时候，不同的人有着不同的理解。抑郁的、受伤的人说：“美是仁爱的、柔和的。”热情的人说：“美是一种全能的可畏的东西。”疲乏的、忧苦的人说：“美是温柔的微语，在我们心灵中说话。”烦躁的人却说：“我们听见她在万山中叫号。”这些都只是表象，作家借亚墨斯塔法之口道出了美的实质：

美不是一种需要，只是一种欢乐。
她不是干渴的口，也不是伸出的空虚的手，
却是发焰的心、陶醉的心灵。
她不是那你能看到的形象、能听到的歌声，
却是你虽闭目时也能看见的形象，掩耳时也能听见的歌声。

美是永生揽镜自照。

在纪伯伦的心目中，世上只有一种宗教，就是“美”的宗教。他心目中的美不是以满足人们的某种欲望为根本目的的。美应该是超功利性的，美存在于爱中，存在于生活中，它也是无处不在的。美就是上帝，上帝就是美。而爱，便是通向美的圣殿的道路。与此同时，纪伯伦又把“生命”当作美的体现——“当生命摘去遮盖她圣洁面容的面纱时，美就是生命”。生命的无限和永恒，爱的无限和永恒，体现了美的无限和永恒。

纪伯伦不仅是一位诗人，而且是一位思想敏锐的哲学家、思想家。在《先知》清新隽永的诗句中，凝结着作家对人生和社会的深刻的哲理性思索。纪伯伦的家庭环境、成长背景及他特殊的人生经历，使他能够跨越地域文化的障碍，以世界文化的立场来看待文化问题。他力图站在历史的、可以俯瞰世界的高度，向全人类宣示自己发现的真理。在他看来，人的本质，即所谓的“真我”，应该是一种“神性”，它是无穷尽的，人类的目标是实现这种无穷性。这种人的精神实质，是无法用金钱来衡量的，因此，在论及“施予”的时候，他说：

你把你的产业给人，那只算给了一点。当你以身布施的时候，那才是真正的施予。

除了需要的本身之外，需要还忧惧什么呢？

有人有许多财产，却只把一小部分给人，他们为求名而施予，那潜藏的欲念，使他们的礼物不完美。

有人只有一点财产，却全部都给人。

这些相信生命和生命丰富的人，他们的宝柜总不空虚。

纪伯伦用言简意赅的语言说明，精神财富远远大于物质财富，提倡人们不要束缚于物质的羁绊，而应去追求精神上的提升，向着“神性”的目标努力，达到最高境界。伊宏在《纪伯伦散文诗全集》的序言中说：“摆脱动物性，发扬人性，走向神性，获得自由——这就是纪伯伦在《先知》中为人类升腾规划的神路历程，光明大道。”这便是他的生命哲学。

《先知》的哲理性还体现在它深刻的辩证思维中，纪伯伦的辩证精神几乎涉及一切矛盾的对立面。欢乐与悲哀相依相惜：“当你欢乐的时候，深深地内顾你的心中，你就知道只不过是那曾使你悲哀的，又在使你欢乐。当你悲哀的时候，再内顾你的心中，你就看出实在是那曾使你喜悦的，又在使你哭泣。”善与恶存在于彼此之中，且相互转化：“我能谈你们的善性，却不能谈你们的恶性。因为，什么是恶，不正是善被他自身的饥渴所困苦么？”善与恶之间没有绝对的界限，人性是善与恶的统一。纪伯伦一生酷爱自由，但在自由面前，他依然保持着冷静的思索，“只有那求自由的愿望也成了羁饰，你们再不以自由为标杆为成就的时候，你们才是自由了。当你们白日不是没有牵挂，黑夜也不是没有愿望与忧愁的时候，你们才是自由的”。绝对的自由是不存在的，自由与羁绊是永恒地互相拥抱着的。纪伯伦追求的自由境界是自然的生活态度与自由自在的心灵超越，人类在数千年来苦苦追求自由，却也为自己套上了一层层的枷锁，人们既然无法摆脱现实的羁绊，就更应该向往着内心的那一份恬静与自然。现实的自由始终与羁绊、枷锁同行，唯有存在于内心的那份超功利的、超现实的自由才能引导人们通往“神性”。

《先知》在艺术表现上独具特色。首先是浓郁的抒情性。抒情性和哲理性完美的结合，使得整部作品读来清新拂面。作品的开篇《船的来临》和结尾《言别》，常常会被忽略，实际上这两部分中主人公的内心独白、市民们送别的话语，以及圣殿前依依惜别的场景，都体现了浓浓的诗情画意，使分别的场面深沉而凝重。“我已预备好要走了，我的热望和帆篷一同扯满，等着风来。我只要在这静止的空气中，再呼吸一口气，我只要再向后抛掷热爱的一瞥。”“你在我们中间不是一个异乡人，也不是一个客人，乃是我们的儿子及亲挚的爱者。不要使我们的眼睛因渴望你的脸面而酸痛。”寥寥数语，作者的不舍与哀伤跃然纸上，强化了作品的艺术表现效果。其次，新奇美妙的比喻是散文诗集的又一特色。作家在谈论深奥的人生哲理时，并不是刻板地进行说教，而是运用了大量贴切的比喻，将虚幻缥缈的抽象化为人们日常生活中可感的具象，形象直观，内涵丰富，让读者在不知不觉中领会宇宙的终极哲理。纪伯伦能顺手拈来独特、新奇的比喻喻体，它们不仅准确地把握了思考对象的本质特征，而且句式整齐、朗朗上口。《先知》的第三大特色是文字与绘画艺术的完美结合。文学与绘画是纪伯伦艺术生命的双翼，是其艺术天才的完美体现。纪伯伦说：“艺术中隐匿着一切大自然的秘密，积淀着一切大自然的元素。”他的大部分画作都反映了他在诗集中用文字阐释的哲理和思想，甚至是他信仰的具体体现。作家的绘画作品十分丰富，几乎每本诗文集都有他自己配的插图，《先知》当然也不例外。《先知头像》是作品中主人公亚墨斯塔法的头像，无穷的睿智集结于他那深邃的目光中，仿佛要洞察一切。披散的头发，犹如一轮神圣的光环，散发出东方哲人智慧的光芒。同时他也代表了一种人类完美的至善。作家通过这种艺术性的再现，意在说明《先知》的内涵不仅是东方的，而且更是世界的。

阿拉伯评论家努埃曼把《先知》比作常青树，说它“深深扎根于人类生活的土壤里，只要人类存在，这棵大树就活着”。西方对《先知》也有很高的评价，称它为“伟人的哲学”。合上《先知》，继而一个缓慢的收场。事物渐渐远离，直到从目光的尽头消失；而那些情感、理智与氛围，却悄悄地潜入了我们的灵魂，化作了我们生存的感觉。《先知》的韵律将在人间永久回荡。

【拓展阅读】

一、中译本

1. 纪伯伦．纪伯伦全集．冰心，等，译．北京：人民文学出版社，2000.

2. 纪伯伦．纪伯伦全集．李唯中，译．南昌：百花洲文艺出版社，2007.

3. 纪伯伦．先知．冰心，译．南京：译林出版社，2008.

二、研究著作、论文

1. 米哈伊勒·努埃曼．纪伯伦传．程静芬，译．长沙：湖南人民出版社，1986.

2. 郭闰，主编．纪伯伦散文诗精选评析．郑州：河南大学出版社，2006.

3. 伊宏．东方冲击波——纪伯伦评传．海口：海南出版社，1993.

4. 马征．文化间性视野中的纪伯伦研究．北京：中国社会科学出版社，2010.

5. 伊宏．阿拉伯的文学才子纪伯伦——纪念纪伯伦诞生一百周年．阿拉伯世界，1983（4）.

6. 黎跃进．纪伯伦：“异乡人”的哀伤与幸运．衡阳师范学院学报，1995（1）.

7. 蔡德贵．纪伯伦的多元宗教和哲学观（上）．阿拉伯世界，2004（5）.

8. 蔡德贵．纪伯伦的多元宗教和哲学观（下）．阿拉伯世界，2004（6）.

9. 朱凯．纪伯伦和他的散文诗．外国文学，1992（3）.

10. 张黎玲，骆锦芳．通感与陌生化——纪伯伦诗意美的生成方式．昆明大学学报，2001（1）.

11. 封艳梅．《先知》译文的美学特征．广西师范学院学报，2006（S1）.

【思考题】

1. 纪伯伦创作道路的两个阶段的特点分别是什么？
2. 简述《先知》的基本内容。
3. 《先知》的基本主题是什么？作家是如何表达这种思想的？
4. 试论《先知》的艺术特点。

后　记

本书由国内21所教研出版单位的作者协作编写而成。作者或者是具有丰富世界文学教学和研究经验的专家，或者是对世界文学名著有深刻鉴赏力的作家、诗人、学者、博士，他们在百忙中拨冗撰稿，保证了本书的高质量和按期付梓。

全书的撰写具体分工（按章节前后顺序）如下：

钱谷融、刘洪涛：导言

王文湛：第一编第一节

黎跃进：第一编第二节，第四编第二节，第五编第一节

刘会凤：第一编第三节

刘洪涛：第一编第四节，第二编第三节，第四编第一节，第四编第三节，第四编第五节

章燕：第一编第五节

刘英梅：第一编第六节，第三编第十一节，第四编第四节

孙圣英：第一编第七节

王家新：第一编第八节，第一编第十二节

曾琼：第一编第九节

张青梅：第一编第十节

赵四：第一编第十一节

蔡春华：第二编第一节，第三编第五节

马征：第二编第二节

彭海云：第二编第四节

曾繁亭、胡佳佳：第二编第五节
朱艳阳：第二编第六节，第二编第十一节
刘霞：第二编第七节
毛尖：第二编第八节
张柠：第二编第九节，第三编第七节
陈建华：第二编第十节
吴晓东：第三编第一节，第三编第六节
翟月琴：第三编第二节
刘象愚：第三编第三节
李娟：第三编第四节，第三编第十节，第四编第八节
季进：第三编第八节
曾繁亭、邓琳：第三编第九节
赵昉：第四编第六节，第四编第七节，第五编第四节，第五编第六节，第五编第七节
谢江南：第四编第九节
高恒文：第五编第二节，第五编第五节
陈丽军：第五编第三节
贺玉高：第五编第八章
王程熹：第五编第九节
王阳：第五编第十节

全书初稿完成后，由主编及编委部分成员通读了书稿，并对部分稿子进行了增补、删减或修改，以合乎体例等要求。尤其是赵昉老师，她不仅撰写了多篇高质量的稿子，在全书的统稿、审校等方面，也贡献甚巨。前后两位策划编辑翟江虹老师、黄海飞老师，以及责任编辑黄超老师，都为此书付出了许多心血。在此谨向他们表示衷心的感谢。

关联课程教材推荐

ISBN	书名	作者	单价
978-7-300-18195-0	20 世纪外国文学史	曾艳兵	45.00 元
978-7-300-19996-2	比较文学概论（第二版）	曹顺庆	35.00 元
978-7-300-20316-4	外国文学简编（欧美部分）（第七版）	朱维之　等	45.00 元
978-7-300-19046-4	外国文学简编（亚非部分）（第五版）	梁立基	49.00 元
978-7-300-18194-3	外国文学简史	黄晋凯 何乃英	58.00 元
978-7-300-21905-9	外国文学通用教程（第三版）	杜宗义	45.00 元
978-7-300-20707-0	文学欣赏	金元浦	32.00 元
978-7-300-22242-4	西方文化概论	曹顺庆	35.00 元
978-7-300-20418-5	新编简明东方文学（第二版）	何乃英	29.80 元
978-7-300-13521-2	口才交际能力训练	刘伯奎	45.00 元
978-7-300-26211-6	艺术欣赏（第二版）	黄高才 刘会芹	58.00 元
978-7-300-15854-9	中外现代诗歌导读	王家新	28.00 元
978-7-300-24379-5	电影导论	陈　涛	65.00 元
978-7-300-24355-9	书法创作与欣赏	倪文东 傅汝明	35.00 元
978-7-300-24520-1	外国工艺美术简史	张夫也	75.00 元
978-7-300-24493-8	音乐欣赏（第二版）	齐柏平 赵　方	35.00 元

配套教学资源支持

尊敬的老师：

衷心感谢您选择使用人大版教材，欢迎您随时反馈教材使用过程中的疑问或修订建议！相关的配套教学资源，请到中国人民大学出版社网站（www. crup. com. cn）免费下载，或是直接与我们联系。

样书申请及课件处理，请联系：
龚洪训
电话：010-62515637
电子邮件：6130616@qq. com

选题策划及出版，请联系：
刘　静
电话：010-62513587
电子邮件：12918646@qq. com

地址：北京海淀区中关村大街31号
邮编：100080

欢迎任课教师加入全国世界文学教师群，QQ群号：226136309，或扫码入群：

全国世界文学教师群
扫一扫二维码，加入群聊。

俯仰天地　心系人文

www. crup. com. cn
中国人民大学出版社网站
欢迎登录浏览，了解图书信息，下载教学资源